«Kommissar Marthaler ist eine Figur, die auf Fortsetzungen gespannt macht.» *Die Zeit*

«Jan Seghers schreibt den perfekten Krimi.»
Der Tagesspiegel

«Der Mix aus Thrill, Sozialstudien, Lokalkolorit und einem berückend schönen Mädchen macht im ersten Krimi von Jan Seghers süchtig nach jeder weiteren Zeile.»
Freundin

Jan Seghers, alias Matthias Altenburg, geboren 1958, lebt als Schriftsteller, Reporter, Kritiker und Essayist in Frankfurt am Main. Mit seinen Büchern hat er sich einen festen Platz unter den bedeutendsten deutschen Gegenwartsautoren erobert. «Ein allzu schönes Mädchen» ist sein erster Kriminalroman.

Sein neuer Roman «Die Braut im Schnee» ist 2005 im Wunderlich Verlag erschienen.

Mehr unter: www.janseghers.de

Jan Seghers

EIN ALLZU SCHÖNES MÄDCHEN

KRIMINALROMAN

Rowohlt Taschenbuch Verlag

Dies Buch ist ein Roman.
Alle Figuren und Ereignisse sind frei erfunden.
Gelegentlich bedarf die Wirklichkeit der Phantasie,
um wahrhaftig zu werden.

Einmalige Sonderausgabe   Juni 2006
Veröffentlicht im Rowohlt Taschenbuch Verlag,
Reinbek bei Hamburg, September 2005
Copyright © 2004 by Rowohlt Verlag GmbH,
Reinbek bei Hamburg
Umschlaggestaltung Franziska Regner
(Foto: Heribert Schindler)
Druck und Bindung Clausen & Bosse, Leck
Printed in Germany
ISBN 13: 978 3 499 24312 7
ISBN 10: 3 499 24312 1

Denn es gehet dem Menschen wie dem Vieh;
wie dies stirbt, so stirbt er auch.
Prediger 3, 19

Erster Teil

Am 18. April 1999 ereignete sich in den Wäldern der nördlichen Vogesen, auf der Straße zwischen Schirmeck und Barr, nicht weit vom Kloster St. Odile, ein ebenso schrecklicher wie rätselhafter Unfall. Obwohl es seit zwei Tagen nicht geschneit hatte und die Straße trocken war, war der dunkelrote VW Passat von der Fahrbahn abgekommen, hatte sich an einem steilen Abhang mehrmals überschlagen und war schließlich an einer alten Buche zerschellt.

Als Monsieur Costard – ein im elsässischen Mittelbergheim ansässiger Handwerker, der sich auf dem Heimweg von einem Besuch bei seiner Schwester befand – am späten Nachmittag dieses Tages mit seinem Motorrad an der Unglücksstelle vorüberkam, entdeckte er drei Leichen, von denen sich zwei noch im Inneren des Autowracks befanden, während die dritte einige Meter entfernt auf dem steinigen Boden lag. Wie die Ermittlungen ergaben, handelte es sich bei den Toten um den arbeitslosen Lehrer Peter Geissler, seine aus Lothringen stammende Frau Isabelle und deren zehnjährigen Sohn.

Da es keinerlei Bremsspuren gab, nahm die Polizei an, dass der Fahrer entweder eingeschlafen war oder aber den Unfall absichtlich herbeigeführt hatte. Die sechzehnjährige Tochter der Familie, die sich wahrscheinlich ebenfalls in dem Fahrzeug befunden hatte, wurde nicht gefunden. Als die Suche nach dem Mädchen auch fünf Tage später noch erfolglos geblieben war, übergab man den Fall den Behörden in Saarbrücken, wo die Familie wohnte.

Erst einige Zeit später stießen die deutschen Ermittler auf einen Brief des Lehrers, der nahe legte, dass es sich tatsächlich um einen Selbstmord gehandelt hatte. Gründe dafür, warum die Eltern gemeinsam mit ihren Kindern den Tod gesucht hatten, wurden in dem Brief nicht genannt. Aber er endete mit den altertümlich anmutenden Worten: «Herr im Himmel, sei uns armen Sündern gnädig.»

Eins Als sie endlich die letzten Bäume hinter sich gelassen hatte, öffneten sich unter ihr die Felder. Einen Moment lang hielt sie inne und legte die Hände vors Gesicht, weil die Helligkeit der schneebedeckten Ebene sie blendete. Einen Tag nach jenem schrecklichen Unglück hatte sich der Winter noch einmal mit der Kraft eines Todgeweihten gegen das Frühjahr aufgelehnt. Die Temperatur war ein letztes Mal um einige Grade gesunken, und ein schneidender Ostwind, der vom Rhein herüberwehte, hatte Schnee und Eis über das Land getrieben. Um ihre Schultern war eine Decke gewickelt gegen die Kälte des Waldes. Aber jetzt stand die Mittagssonne hoch am Himmel, mühsam verdeckt von einer dünnen Schicht Wolken. Das Mädchen legte den Kopf in den Nacken und schloss die Augen. Der Reif auf seinen Wimpern schmolz, das Wasser floss in kleinen Rinnsalen die Wangen hinab und hinterließ Spuren im Schmutz auf der Haut. Wenige Tage später sollte das Mädchen den Namen Manon erhalten.

Manon hatte Hunger. Dreimal war es dunkel geworden, seit sie unterwegs war, und dreimal wieder hell. Kein Mensch war ihr begegnet. Einmal hatte sie ein Reh gesehen, aber als sie sich dem Tier hatte nähern wollen, war es geflohen. Noch immer stand sie am Waldrand und blinzelte in die Ebene. Wenn sie ihr Gewicht vom einen auf das andere Bein verlagerte, verzerrte sich ihr Mund vor Schmerzen.

Zögernd hinkte sie weiter. Fast wirkte sie selbst wie ein vorsichtiges Tier, das sich in der fremden Umgebung erst noch zurechtfinden muss. Ihre Kleider waren zerrissen und an einigen Stellen starr vom getrockneten Blut. Wenn sie meinte, ein

Geräusch zu hören, blieb sie stehen, legte lauernd den Kopf auf die Seite, dann wischte sie sich mit dem Ärmel übers Gesicht und ging weiter. Manchmal sprach sie auch mit einem Vogel, mit einem Strauch oder Stein, aber kein Mensch, der ihr begegnet wäre, hätte ihre Sprache verstanden. Unter großer Erregung stieß sie nie gehörte Laute hervor, ihre Züge verzerrten sich, sie gestikulierte mit den Armen und schüttelte die Fäuste wie ein Priester, der die Welt vor ihrem nahen Ende warnen will. Dann wurden ihre Augen wieder leer, und sie ließ die Schultern sinken, als habe sie die Vergeblichkeit ihrer Mühen einsehen müssen.

Jetzt kam von Westen Wind auf und fegte den Himmel blank. Mit schweren Flügeln strich ein Bussard übers Feld. Unter Manons Füßen brach das kalte Laub. Weit hinten eine Kate, die Bäume kahl und eine Frau, die Brennholz sammelte. Blau hing der Winter überm Land, darunter alles schwarz und weiß. Eine Katze duckte sich durch die Ackerfurchen, dann sprang sie auf und einer Krähe nach, die ihr entwischte. Jetzt saß die Katze da und lugte ratlos in die Luft, der Vogel aber ließ sich auf einem fernen Ast nieder. Manon musste lachen. Vor ihrem Mund gefror die Luft zu weißen Flocken.

Als sie an einem Abhang Kinder sah, die Schlitten fuhren, presste sie ihre Hände auf die Ohren, um das Lachen und die Rufe nicht zu hören. Sie schlug einen Bogen um den Hügel, verbarg sich gelegentlich hinter einer Hecke. Sie floh die Nähe der Menschen. Einmal tauchte unvermutet ein Bauer mit seinem Traktor vor ihr auf, da warf sie sich hinter einen Findling und blieb reglos am Boden liegen, bis das Motorengeräusch in der Ferne verklungen war. Bevor sie aufstand, bewegte sie die Arme auf und ab, sodass ein Muster im Schnee entstand, das der Figur eines Engels glich. Vielleicht hatte ihr Vater sie dieses Spiel gelehrt. Sie ließ den Engel liegen und zog weiter; ihr Atmen wurde mit jedem Schritt schwerer. Längst war das Leder der Schuhe durchweicht, und die Haut ihrer Füße scheuerte an den nassen Wollstrümpfen. Auch die Kleider waren feucht; langsam kroch das Fieber in ihren Körper.

Sie folgte dem Lauf eines Baches, dessen Ufer mit schrundigem Eis bedeckt waren. Nur in der Mitte bahnte sich das Wasser einen schmalen Weg und floss dem Mädchen gurgelnd voraus. Manons Hunger wurde größer. Sie fand ein paar Bucheckern, kaute lange auf den harten Früchten herum und spuckte die Überreste schließlich aus. Dann bückte sie sich, nahm etwas Schnee, ließ ihn in den Handflächen schmelzen und leckte das Wasser auf. So hatte sie es auch die Tage zuvor gemacht.

Als sie sich der Kate näherte, begann es bereits zu dunkeln. Das Häuschen stand einsam inmitten der weiten Felder, und dass es bewohnt war, sah man nur an dem Rauch, der dünn aus dem Schornstein emporstieg, bevor er sich im Abendhimmel verlor. Schließlich ging ein Licht im Innern des Hauses an. Erschrocken zog sich Manon zwischen ein paar Bäume zurück, die, nicht weit entfernt, das Ufer des Baches säumten. Eine Weile verharrte sie so, bis sie erneut den Mut fand, sich dem Gebäude zu nähern. Einige Male umkreiste sie das kleine Haus, immer darauf bedacht, dass man sie nicht entdeckte, dann schlich sie dicht heran, drückte ihren Rücken an die Mauer und bewegte sich vorsichtig auf das beleuchtete Fenster zu. In dem Zimmer saß eine ältere Frau an einem Tisch und las in einem Buch. Sie hatte noch dunkles, fast schwarzes Haar, das sie zu einem seitlichen Knoten geschlungen hatte. Ab und zu ließ sie das Buch auf den Tisch sinken, schloss die Augen und bewegte lautlos die Lippen, als ob sie betete. Von Schmerz oder Hunger getrieben, begann Manon zu wimmern, leise genug, dass man sie im Haus nicht hören konnte, aber doch so laut, dass sie sich nicht allein fühlte.

Als die Frau das Licht gelöscht hatte und es im Haus ganz still geworden war, öffnete das Mädchen das verriegelte Tor zur Scheune, das sie zuvor bereits ausgespäht hatte, tastete sich durch die Finsternis, bis sie einen Ballen Stroh gefunden hatte, löste das Band, verteilte das Stroh auf dem Boden, legte sich darauf und fiel in einen tiefen, fieberschweren Schlaf.

Am nächsten Morgen wurde Manon durch das Rumoren der Frau geweckt. Sie kroch zum Eingang des Schuppens und öffnete die Tür gerade weit genug, dass sie durch einen schmalen Spalt hinaus auf den Vorplatz des Hauses sehen konnte. Aufmerksam beobachtete sie jede Bewegung, die ihre ahnungslose Gastgeberin machte. Schließlich holte diese einen Korb aus dem Haus, setzte sich in ihr Auto, ließ den Motor an und fuhr langsam auf dem immer noch verschneiten Feldweg davon. Das Mädchen wartete, bis der Wagen einen Hügel hinaufgeschlichen und von dem dünnen Spalt zwischen Himmel und Horizont verschluckt worden war.

Sie hatte Glück; die Haustür war unverschlossen. Manon ging ins Innere der Kate und schaute sich um. Mit einer solchen Gier nahmen ihre Augen die neue Umgebung auf, dass man meinen konnte, sie hätten nie zuvor eine menschliche Behausung gesehen. Alles fasste sie an, über jeden Stuhl, über jeden Teller ließ sie ihre Finger gleiten, sie sank auf den Boden, schnupperte an den hölzernen Dielen, sog tief den Geruch des Bohnerwachses ein, trank einen Rest Kaffee, leckte die Tasse aus und fuhr dann mit der Zunge über den Küchentisch, wo ein paar Brotkrumen vom Frühstück der Frau übrig geblieben waren. Einmal erschrak sie, als eine Katze sich unverhofft an ihrem Bein rieb. Sie schrie und trat nach dem Tier, doch als nichts weiter geschah, beruhigte sie sich und setzte ihre Erkundungen fort. Im Brotkasten fand sie den vertrockneten Rest eines Weißbrotes, den sie nach draußen trug, um ihn im Schnee aufzuweichen und an Ort und Stelle zu vertilgen. Sie entdeckte einen Krug Milch und trank ihn in einem Zug aus, sie öffnete den Kühlschrank, verschlang einen halben Ring

Fleischwurst, einen Kanten Käse, bis endlich ihr Hunger gestillt war. Dann ging sie ins Schlafzimmer, legte sich ins Bett, hüpfte darin herum, stand wieder auf, um den Kleiderschrank zu durchstöbern, riss Blusen und Röcke heraus, streifte sich eine Unterhose über den Kopf, zog eine Strickjacke verkehrt herum an und wäre vor Schreck fast gestorben, als sie ihr Bild im Spiegel erblickte.

Minutenlang stand sie starr und schaute sich an. Dann schloss sie die Augen und begann zu zittern. Ihr Körper bebte vor Angst, und doch schien ihr der Mut zu fehlen, sich einfach umzuwenden und dem Spuk ein Ende zu bereiten. Erst als sie merkte, dass das fremde Wesen offenbar nicht die Absicht hatte, sie anzugreifen, wagte sie es, die Augen wieder zu öffnen. Sie hob die Hand, sie neigte den Kopf, sie streckte die Zunge heraus und musste lachen, als sie jede ihrer Bewegungen verdoppelt fand. Bald war sie kühn genug, dass sie das andere Mädchen berühren wollte. Als sie aber die Hand hob, um ihm über die Wange zu streicheln, und nichts als kaltes Glas fühlte, wurde Manon böse. Aufgeregt tastete sie die gesamte Fläche ab, bis ihr klar wurde, dass man sie betrogen hatte. Voller Wut schlug und trat sie auf den Spiegel ein und hörte erst damit auf, als ihre Zehen schmerzten und die Knöchel ihrer Hand bluteten. Dann spuckte sie ihrem Bild ins Gesicht und verließ das Haus.

An einem niedrigen Anbau entdeckte sie eine Tür. Mit einiger Mühe gelang es ihr, den Riegel zurückzuschieben. Unversehens fand sie sich am Eingang zu einem winzigen Stall, der bewohnt wurde von einem guten Dutzend Hühner, einigen Enten, zwei Ziegen und einem Schwein. Der Gestank, der Manon aus dem Verschlag entgegenquoll, und der erneute Schreck, der sie beim Anblick einer so großen Zahl von Lebewesen durchfuhr, ließen sie zurückprallen. Doch auch jetzt überwog ihre Neugier, sodass sie das Vieh zunächst eine Weile beobachtete, sich dann aber auf alle viere niedersinken ließ, in den Stall kroch und sich bald unter den Tieren bewegte, als sei sie kein Menschenkind, sondern gehöre zu ihnen. Sie ahmte das Gackern der Hühner nach, imitierte das Grunzen des Schweins, und mit einiger Übung gelang es ihr auch, in den meckernden Gesang des Ziegenpärchens einzustimmen. Immer wieder hielt sie inne, um ihrer eigenen Stimme nachzulauschen, was ihr offensichtlich das größte Vergnügen bereitete. Nach und nach verließen die Tiere den Stall, hielten sich, wohl verwundert über ihre unvermutete Freiheit, eine Weile auf dem Hof und in der Nähe des Hauses auf, bevor sie sich auf die umliegenden Felder verstreuten.

Zwei Als die Witwe am späten Vormittag von ihren Ein-
käufen zurückkehrte und die von Manon angerichteten Ver-
wüstungen entdeckte, rief sie ohne weitere Umschweife die
Gendarmerie an. Man versprach ihr, noch im Laufe des Tages,
wahrscheinlich aber eher gegen Abend, einen Polizisten vor-
beizuschicken, der den Schaden protokollieren und ihre Anzeige entgegennehmen werde.

Madame Fouchard war eine unerschrockene Frau, die nach
dem frühen Tod ihres Mannes nicht wieder geheiratet hatte,
obwohl es an Bewerbern aus der näheren und weiteren Umgebung nicht gefehlt hatte. Ihre Ehe war, nach zwei Fehl-
geburten und der dringenden Warnung des Arztes vor einem
weiteren Versuch, kinderlos, aber doch bis zum letzten gemeinsamen Tag glücklich geblieben. Die Ehepartner hatten
es geschafft, die ungestillte Sehnsucht nach einem Kind in
umso größere Zärtlichkeit füreinander zu verwandeln. So
begleitete Madame Fouchard ihren Mann, der bei der Land-
wirtschaftsbehörde in Straßburg angestellt war, stets auf dessen häufigen Reisen, und er besprach alle beruflichen Probleme, wenn er abends aus dem Büro nach Hause kam, noch
bevor er sie mit Kollegen oder Vorgesetzten erörterte, mit
seiner Frau.

Dann wurde Monsieur Fouchard krank. Und bald war klar,
dass er nicht wieder genesen würde. Es war ein langer Abschied, den die beiden Eheleute voneinander nehmen mussten. Und immer wieder beschwor der Kranke seine noch junge
Frau, ihn nach seinem Tod zwar gebührend zu betrauern,
dann aber wieder ein normales Leben zu führen. Celeste, die

17

diesen Gedanken abwehrte, pflegte ihren schwächer werdenden Mann mit großer Hingabe. Sie kochte und wusch für ihn, sie führte ihn auf den Hof, wo er sich in die Sonne setzte, und als er nicht mehr laufen konnte, brachte sie ihm das Essen ans Bett, fütterte ihn und las ihm stundenlang aus seinen Lieblingsbüchern vor. Und im Nachhinein hätte sie keine Stunde missen mögen, auch nicht aus dieser letzten, schwersten Zeit ihres gemeinsamen Lebens.

Tatsächlich dauerte es lange, bis die junge Witwe sich an das Alleinsein gewöhnte. Doch nach und nach schaffte sie ein wenig Vieh an, pachtete etwas Land, eignete sich die Fertigkeiten, die sie für Haus und Hof benötigte, mit großem Geschick an und musste nur in seltenen Fällen einen Handwerker zu Hilfe rufen. Und obwohl sie sich in den vielen nachfolgenden Jahren immer mal wieder für ein paar Wochen oder Monate einen Liebhaber hielt, achtete sie doch stets darauf, die Verbindung sofort abzubrechen, wenn einer dieser Männer begann, ihr ernsthafte Avancen zu machen, eine feste Liaison oder gar eine Heirat zu fordern oder nur vorzuschlagen. Sie wollte zwar gelegentlich das Bett, nicht aber noch einmal das Leben mit einem Mann teilen, dafür war ihr die Erinnerung an Monsieur Fouchard zu teuer. Bald war sie klug genug, sich nur noch mit verheirateten Männern einzulassen, da sie bei diesen zumeist sichergehen konnte, dass ihr allzu große Begehrlichkeiten erspart blieben. Freilich konnte es dabei nicht ausbleiben, dass gelegentlich eine der betrogenen Gattinnen ihrem Mann auf die Schliche kam. Als eine solche Ehefrau sie vor einigen Jahren auf dem Postamt zur Rede gestellt hatte, hatte Madame Fouchard ihr mit fester Stimme erwidert, dass es ganz allein das Problem des Ehepaares sei, wie es solche Dinge untereinander regele, sie selbst habe nichts als ihr Vergnügen im Sinn und erhebe keine weiteren Ansprüche. Fortan ließ man die Witwe in Ruhe, mehr noch, man sprach mit Respekt von ihr, unter den sich zuweilen sogar ein Ton der Bewunderung mischte.

Als Madame Fouchard festgestellt hatte, dass weder Geld noch Wertgegenstände fehlten, nahm sie an, dass es sich bei dem Einbrecher entweder um einen hungrigen Landstreicher gehandelt habe oder aber um einen Dummejungenstreich. Um die entlaufenen Tiere machte sie sich keine Gedanken; sobald sie Hunger bekamen, würden sie sich wieder einfinden oder aber im Laufe der nächsten Tage von einem der benachbarten Bauern zurückgebracht. Der Schaden hielt sich in Grenzen, und so war die Witwe schon bereit, dem Vorfall keine weitere Bedeutung beizumessen, als sie in der hinteren Ecke des Stalls ein schmutziges Bündel entdeckte. Erstaunt blieb sie stehen, dann ging sie zurück zum Eingang, um die Tür ein Stück weiter zu öffnen. Das Sonnenlicht fiel jetzt direkt auf Manons Gesicht, und das schlafende Mädchen begann, sich zu regen. Instinktiv und ohne ihren Blick von dem unbekannten Wesen abzuwenden, griff Madame Fouchard nach der Forke, die neben der Eingangstür stand, und rief: «He, du, was hast du hier zu suchen?» Und als nichts geschah, wiederholte sie ihre unsinnige Frage, diesmal noch ein wenig lauter: «He, du, was machst du da?»

Geblendet vom grellen Licht, legte Manon sich die Hand vor die Augen. Die Stimme der fremden Frau klang in ihren Ohren nicht anders als das Bellen eines Hundes. Sie verstand die Worte nicht. Es jagte sie auf und in die Ecke. Das Fieber war erneut gestiegen, und sie drückte sich zitternd an die rückwärtige Wand des Stalls. Das Holz trieb ihr Splitter in die Haut und unter die Fingernägel, so sehr verkrallte sie sich in die grob gezimmerten Latten. Das Mädchen öffnete weit den Mund, sodass es für einen Moment einer schreienden Katze glich, aber es entwich ihm kein Laut, und Madame Fouchard wusste nicht zu deuten, ob es sich um eine Gebärde der Angst, des Schmerzes oder um eine Drohung handelte.

Eine Weile verharrte die Witwe noch an der Stalltür, bis sie sich schließlich ein Herz fasste, ein paar Schritte auf das Mädchen zuging und nun besänftigend auf es einsprach. Nach und nach wurde Manon ruhiger. Während ihr Körper noch vom Fieber geschüttelt wurde, legte sie den Kopf auf die Schulter und betrachtete mit glasigen Augen jene Frau, die sich ihr als Silhouette näherte, sich nun zu ihr hinabbeugte, die Hand nach ihr ausstreckte und ihr über die struppigen Haare strich. Noch einmal bäumte sie sich auf, schlug nach dem großen Schatten, dann verließen sie die Kräfte, und sie sackte zurück auf den stroh- und kotbedeckten Boden.

Madame Fouchard hob das Bündel auf, trug es ins Haus und legte es, schmutzig und stinkend, wie es war, in ihr Bett. Dann rief sie erneut bei der Gendarmerie an und sagte, die Sache habe sich erledigt, sie wolle von einer Anzeige absehen, da sie nach genauerer Inspektion des Hauses zu der Überzeugung gekommen sei, dass die kleine Unordnung, die sie nach ihrer Rückkehr vorgefunden habe, eher auf ein streunendes Tier als auf einen Einbrecher zurückzuführen sei. Der Dienst habende Polizist wunderte sich zwar, gab sich aber gerne mit dieser Erklärung zufrieden, denn er hatte mit den Verkehrsunfällen der letzten Tage mehr als genug zu tun und war froh, nicht auch noch die Fahrt zum abgelegenen Hof der Witwe Fouchard vor sich zu haben.

Das Mädchen schlief ohne Unterbrechung den Rest des Tages, die ganze folgende Nacht und auch den nächsten Vormittag. Als Manon gegen Mittag für wenige Minuten aufwachte, saß die Witwe neben ihr und hielt ihre Hand. Sie war zu schwach, um sich dieser Fürsorge zu erwehren, und ließ es ebenfalls geschehen, als ihr die Frau eine Tasse mit warmem

Kamillentee an die Lippen setzte und dabei mit ruhiger Stimme auf sie einredete. Immer, wenn sie jetzt aufwachte, saß die Witwe neben ihr, und so könnte man sagen, sie habe sich im Schlaf an ihr neues Zuhause gewöhnt, denn nichts anderes sollte der Hof von Madame Fouchard in der nächsten Zeit für sie werden.

Als Manon wieder so weit bei Kräften war, dass sie ohne Hilfe auf den Beinen stehen und im Haus umhergehen konnte, bereitete Madame Fouchard ihr ein Bad und machte sich daran, sie zu entkleiden. Ohne Gegenwehr ließ Manon alles mit sich geschehen. Sie ließ sich waschen, die Haare einseifen und hinterher mit lauwarmem Wasser abspülen, allerdings vermied sie es, der Witwe in die Augen zu schauen, und immer wenn sich ihre Blicke begegneten, senkte sie rasch die Lider.

Nun, da sie das Mädchen, befreit vom Schmutz und den zerrissenen Kleidern, zum ersten Mal wirklich sah, war Madame Fouchard von dem Anblick, der sich ihr bot, zutiefst erschüttert. So etwas hatte sie, die sich einiges darauf zugute hielt, eine weitgereiste und in den Dingen der Welt und der Menschen bewanderte Frau zu sein, noch nie gesehen.

Soll man sagen, dass Manon *schön* war? Ja. Aber was war das für ein abgenutztes, schales Wort für eine solche Schönheit! Musste denn nicht jedes Wort verblassen neben der Wirklichkeit dieses Gesichts, dieser Gestalt und ihrer Bewegungen? Ein schön geschnittenes Profil gab es häufiger, der Schwung ihres Nackens war nicht einzigartig, ihre schmalen Augen mit den großen Pupillen, das übervolle kupferfarbene Haar, die schimmernden Zähne, die kirschroten Lippen, die Linie ihres Rückens, all das war, jedes für sich genommen, nichts, was man nicht auch bei anderen Frauen hätte finden können. Bei Manon allerdings vereinigten sich all diese Eigenschaften zu einem so überirdischen Liebreiz, dass es der Witwe das Herz zusammenkrampfte. Einzig ein kleines, kreisrundes Muttermal, das sich auf der hellen Haut unter der linken Brust abzeichnete, trübte die Vollkommenheit, und doch betonte ebendieser vermeintliche Fehler nur umso deutlicher die ansonsten makellose Anmut. Und noch im selben Moment begriff die Witwe, dass Manons Schönheit kein Vorzug war, der dem Mädchen sein künftiges Leben erleichtern würde, dass es sie vielmehr wie eine schwere, nicht abzuwerfende Last würde tragen müssen. Die Frauen würden Manon mit Neid und Missgunst begegnen, die Männer aber mit jener Gier, die, weil sie von Angst und Kleinmut begleitet wird, sich bald in Eifersucht wandelt und am Ende nichts als Zerstörung hervorbringt.

Wirklich, Manon war schön, wie man so sagt: unbeschreiblich schön. Und doch war es eine Schönheit, die sie so sehr von ihrer Umgebung abhob, dass man meinen konnte, das Mädchen sei, egal, wie viele Menschen um es waren, allein. Dieser Eindruck wurde, wie sich bald zeigen sollte, noch deutlicher, da sich Manon ihrer Schönheit nicht bewusst zu sein schien. Sie bemerkte die Blicke nicht, die ihr folgten, wenn sie später über den Dorfplatz ging, hörte die geflüsterten Bemerkungen nicht, wenn sie den Tanzsaal des Gasthofs durchschritt. Ihre Wirkung beruhte auf jener Mischung aus Unschuld und Verheißung, die es so selten gibt, die willentlich nicht zu erzeugen ist und der sich kaum jemand, der ihr begegnet, entziehen kann.

Drei Unter der Obhut der Witwe erholte sich Manon schnell. Obwohl sie sich an nichts zu erinnern schien, was ihr Leben vor der Ankunft bei Madame Fouchard ausgemacht hatte, erlangte sie doch ihr Sprachvermögen rasch zurück, und es stellte sich heraus, dass sie ebenso fließend französisch wie deutsch sprechen konnte und nur gelegentlich ein Wort aus der einen Sprache mit dem gleichbedeutenden Wort aus der anderen verwechselte. Um den Fragen der Dörfler zuvorzukommen, erzählte Madame Fouchard, das Mädchen sei eine entfernte Verwandte, Tochter eines verstorbenen Cousins, dessen Frau im Krankenhaus liege und sie gebeten habe, sich um Manon zu kümmern.

Neben ihrer Schönheit gab es eine weitere Eigenschaft, die Manon auszeichnete, und das war ihre ziellose Neugier. Als müsse sie jene Phase der Kleinkinder, in der diese versuchen, den Dingen ihrer Umgebung auf den Grund zu gehen, nachholen oder immer wieder aufs Neue durchleben, stellte Manon der Witwe unentwegt Fragen nach dem Warum und Woher. Sie, die alles vergessen zu haben schien, was ein menschliches Wesen von den Tieren unterscheidet, lernte so schnell und so begierig, dass Madame Fouchard bald an ihre Grenzen gelangt war und sich nicht anders zu helfen wusste, als jede Woche einmal in die Kreisstadt zu fahren, um aus der öffentlichen Leihbücherei immer neue Stapel mit Büchern zu holen. Es schien nichts zu geben, was Manon nicht interessierte. Ein Lehrbuch der Botanik las sie mit der gleichen Aufmerksamkeit wie die Geschichte der Kreuzzüge, den Fortsetzungsroman in einer Illustrierten mit der gleichen

Neugier wie eine Biographie Ludwigs des Vierzehnten oder die «Gefährlichen Liebschaften» des Choderlos de Laclos – ein Buch, das Madame Fouchard in einer alten Ausgabe besaß und das sie selbst als junge Frau mit ebenso viel Aufregung wie Entsetzen gelesen hatte. Manon hingegen, egal, welche Schlachten in ihren Büchern geschlagen wurden, welche Schicksale und Leidenschaften ihre Helden durchlebten, zeigte keinerlei Regung. Stundenlang fuhr sie mit dem Finger über die roten Linien der Straßen auf den Landkarten, die sie immer wieder aus dem Schuhkarton hervorkramte, der in der Küche unter der Eckbank stand, folgte den Windungen der Flüsse, verlor sich in den dichten Wäldern und machte Rast auf dem Gipfel eines Berges. Während die Witwe Früchte einkochte, Rahm schöpfte oder das Essen bereitete, memorierte Manon still für sich die Namen der Orte, die sie mit den Augen und dem Zeigefinger besucht hatte, und bald wäre sie in der Lage gewesen, nicht nur die Topographie Frankreichs, sondern des gesamten Europa vom Finisterre bis zum Ural, vom Nordkap bis Gibraltar mit allen Details aus dem Gedächtnis aufzuzeichnen. Dann wieder saß sie tagelang mit derselben Hingabe über dem «Großen Atlas des menschlichen Körpers» und betrachtete die Farbtafeln, auf denen das Geschlinge des Darms, die bläulich-rote Muskulatur, das bleiche Knochengerüst oder ein Querschnitt des Hirns, des Herzens, der Leber und der Nieren abgebildet waren. Sie merkte sich so komplizierte Begriffe wie «Ribonukleinsäure», «Leukozytose» und «Primärfollikel», als seien sie nichts anderes als die Worte Baum, Stein und Haus.

So viel sie auch las, hatte sie doch nie das Bedürfnis, über ihre Lektüre zu sprechen. Wenn die Witwe wissen wollte, wie ihr dieser oder jener Roman gefallen habe, zuckte Manon mit den Schultern, und wenn sie gefragt wurde, was sie als Nächstes lesen wolle, sagte sie nur: «Egal, irgendwas.» Sie nahm das

Wissen der Welt in sich auf, ohne dass sie zu erkennen gab, ob sie das, was sie soeben an Neuigkeiten erfahren hatte, begeisterte oder abstieß oder ob sie es auch nur verstanden hatte. Sie kannte keinerlei Wertigkeiten. Ein Wort wie Sehnsucht bedeutete ihr nicht mehr oder weniger als die Bezeichnung für einen toten Gegenstand, mit dem Begriff Trauer verband sie so wenig ein Gefühl wie mit dem Namen einer fremden Stadt.

Nur einmal, sie hatte sich tagelang in ihren Büchern vergraben und kaum ein Wort gesprochen, hob sie den Kopf und fragte mit brüchiger Stimme: «Tante Celeste, was ist Liebe?»

Die Witwe überlegte einen Moment, dann sagte sie: «Es gibt niemanden, der dir auf diese Frage eine Antwort geben kann. Aber glaub mir, wenn du das erste Mal wirklich liebst, dann wirst du dir diese Frage nicht mehr stellen. Du wirst einfach lieben, und es wird dir ganz egal sein, was die Liebe ist.»

Schon wenige Wochen nachdem sie auf dem Hof der Witwe angekommen und bevor sie noch das erste Mal im Dorf gewesen war, hatte sich der Ruf von Manons Schönheit bereits verbreitet. Die wenigen Menschen, die sie bisher zu Gesicht bekommen hatten – der Postbote, ein benachbarter Bauer, ein paar Jugendliche –, hatten die Nachricht von «der Neuen», deren Anblick einem den Atem raube und das Herz stocken lasse, weitergetragen und so die Neugier der Leute – und vor allem der jungen Männer – angestachelt. Um dem Gerede und den Spekulationen ein Ende zu machen, beschloss die Witwe, die sich ansonsten vom dörflichen Leben so weit es ging fernhielt, gemeinsam mit Manon das Dorffest zu besuchen, das, wie jedes Jahr, am ersten Juliwochenende stattfinden würde. Während im Ort das Festzelt aufgebaut, die Straßen und Häuser geschmückt und in den Nachbardörfern Plakate aufgehängt wurden, holte Madame Fouchard ihre Nähmaschine aus der Kammer und begann ein ebenso schlichtes wie bequemes

Sommerkleid aus roter Baumwolle für das Mädchen zu nähen. Und tatsächlich zeigte sich auf Manons Gesicht, als sie das neue Stück zum ersten Mal anprobierte und sich unter den bewundernden Blicken der Witwe vor dem Spiegel drehte, zum ersten Mal so etwas wie der Schatten eines Lächelns, eine stille, fast unmerkliche Freude.

Manons Auftritt auf dem Fest zeigte die von Madame Fouchard erhoffte Wirkung. Zwar zogen die Frauen die Augenbrauen hoch, zwar stießen die Männer einander an und pfiffen leise durch die Zähne, zwar versuchte im Laufe des Abends der ein oder andere, der bei Manons Anblick nicht sofort resignierte, mit ihr anzubändeln, aber am Ende ließ die Aufmerksamkeit für das Mädchen nach. Die Legenden, die in kürzester Zeit über das fremde Mädchen verbreitet worden waren, hatten die Vorstellungen von Manons Schönheit so ins Unermessliche wachsen lassen, dass ihre wirkliche Erscheinung dagegen verblassen musste. Freilich, sie war schön, schöner als alle Frauen, die man je in der Gegend gesehen hatte. Aber ihr fehlte jenes Leuchten einer Göttin, das man erwartet hatte, jene Aureole der Stars, der Schaupielerinnen, die man aus dem Fernsehen kannte. Manon schien vielmehr bescheiden, fast unsicher zu sein und widersprach schon deshalb den Vorstellungen der Leute, die als wirklich groß nur jemanden gelten ließen, der sich über sie erhob.

Allein Jean-Luc Girod, einziger Sohn und damit Erbe des reichsten Winzers der Gegend, Ende zwanzig und ein ebenso schüchterner wie begehrter Junggeselle, ließ den ganzen Abend kein Auge von Manon. Immer wieder forderte er sie, zur größten Verwunderung seiner Freunde, zum Tanzen auf, bekam ebenso oft einen Korb, lud dennoch das Mädchen und die Witwe zu einem Glas Crémant ein, eine Freude, die sie ihm, er flehe sie an, keinesfalls abschlagen durften. Er machte Madame Fouchard Komplimente und drohte oder versprach,

26

je nachdem, wie man es sehen wollte, dass man ihn gewiss nicht so schnell wieder loswerde. Binnen weniger Stunden schien derselbe Jean-Luc, der errötet war, wenn der Lehrer eine Antwort von ihm hatte haben wollen, den die Kameraden für seine Schüchternheit gequält und verspottet hatten, ein anderer Mensch geworden zu sein – als habe er all seinen Witz, seinen Mut und Charme über Jahre hinweg in sich verschlossen, um auf diesen einen warmen Sommerabend zu warten, an dem die Musik schönere Lieder spielen, an dem der Wein besser schmecken würde als je zuvor. Und an dem ihm Manon begegnen würde.

Mit seinem großen, schlanken Wuchs, dem dichten, schwarzen Haar und den dunklen Augen, die so warm wie undurchdringlich waren, glich er äußerlich zwar seinem Vater, hatte aber seinen Charakter unter dem Eindruck von dessen brachialem Naturell zum genauen Gegenteil entwickelt. Während der Alte, der in der Gegend nur «Le Comte» genannt wurde, seine Geschäftspartner mit der gleichen Rücksichtslosigkeit behandelte wie seine Frau und den Sohn, war Jean-Luc, der zunächst ein sehr aufgewecktes Kind gewesen war, im Lauf der Jahre immer stiller und damit seiner Mutter immer ähnlicher geworden. So leise war er, dass man ihn manchmal vergaß und Madame Girod vor Schreck zusammenfuhr, wenn er sich wieder angeschlichen hatte und unverhofft hinter ihr stand. Statt mit den anderen Jungen auf den Fußballplatz zu gehen, statt im Sommer von den Klippen in den See zu springen und im Winter mit Skiern den Todeshügel hinunterzusausen, streifte Jean-Luc allein durch den Wald, um das Wild zu beobachten, oder saß daheim und ließ sich von seiner Mutter verwöhnen. Verlassen hatte er sie nur während der Zeit des Militärdienstes, den er in einer kleinen Stadt in der Normandie ableistete und wo er bald auf eigenen Wunsch einem Spähtrupp zugeteilt wurde. Seine Vorgesetzten waren zufrieden mit ihm, aber als sein Dienst beendet war, kehrte er nach Hause zurück. Mutter und Sohn bildeten ein verschworenes Duo, das verstummte, wenn der Alte sich näherte, das aber tuschelte und kicherte, wenn er endlich wieder außer Haus war. Längst hatte Madame Girod aufgehört, sich wegen der Saufgelage und der außerehelichen Eskapaden ihres Mannes zu grämen, längst hatten sie auch getrennte Schlafzimmer. Sein Essen nahm Monsieur sowieso nur noch am Wochenende zu Hause ein: am Samstagmittag, bevor er mit seinen Kumpanen loszog, um die Nacht in den Bars und Bordellen von Straßburg, St. Dié oder Sélestat zu verbringen, und vierundzwanzig Stunden später, wenn er, gezeichnet von den nächtlichen Ausschweifungen, verkatert und zerknirscht aus seinem Zimmer kam und sich von seiner Frau eine Consommé und zwei halbrohe Steaks servieren ließ, schließlich einen Cognac trank, ihr unter Tränen seine Liebe beteuerte und schwor, dass die vergangene Nacht nun aber wirklich die letzte ihrer Art gewesen sei. Nur, um am Abend wieder zu verschwinden und erst gegen Mitternacht polternd und fluchend zurückzukehren.

Vier Manon war anders als die Mädchen, die Jean-Luc bislang still für sich verehrt hatte, und ganz anders auch als jene, die sich ihm an den Hals geworfen hatten. Weder wies sie ihn ab, noch ermunterte sie ihn. Wenn er ihr sagte, wie schön sie sei, blieb sie ungerührt. Wenn er ihr ein Geschenk mitbrachte, sagte sie danke und legte es zur Seite. Kein Ring, keine Halskette, so kostbar sie auch sein mochten, waren in der Lage, ihr mehr als dieses höfliche, aber trockene Dankeschön zu entlocken.

Was auch immer er tat oder sagte, nichts schien zu helfen, nichts sie zu beeindrucken. Wenn er sie fragte, ob sie ihn liebe, schien sie nicht zu verstehen. Sie freute sich nur über Dinge, die sie nicht kannte. Über einen seltsam geformten Stein oder über irgendeinen billigen Scherzartikel, den Jean-Luc für sie in der Stadt gekauft hatte. Als er an einem windigen Tag im Frühherbst einen selbst gebauten Drachen mitbrachte, den sie auf den Wiesen unterhalb des Waldes steigen ließen, stand sie mit zurückgelegtem Kopf und weit geöffneten Augen neben ihm und konnte nicht genug davon bekommen, dem Steigen und Fallen des bunten Kinderspielzeugs zuzuschauen. Ihre Augen leuchteten, und ihr Gesicht schien in der späten Nachmittagssonne zu glühen.

Er schwankte, ob er sie für naiv oder für besonders gerissen halten sollte, er wusste nicht, ob sie besonders schutzbedürftig war oder ob man sich besser vor ihr hüten sollte. Jedenfalls war ihm ihr Verhalten so fremd, so unberechenbar, dass sein Interesse für sie immer neue Nahrung fand.

Nur einmal, als sie ihn vom Dachfenster aus mit seinem

neuen Auto die Straße herunter- und auf Madame Fouchards
Grundstück fahren sah, zeigte sie so etwas wie Begeisterung,
ja, sie schien wirklich entzückt von diesem Wagen, der nun
wie ein großes weißes Tier vor dem Haus unter den Bäumen
hockte und dessen Lack glänzte wie das Fell einer Raubkatze.
Sie sprang die Treppe hinab, lief, ohne Jean-Luc zu begrüßen,
auf den Hof, umkreiste das Auto mit leuchtenden Augen und
schaute dann ihren Verehrer an, als wolle sie diesen um Erlaubnis bitten, das fremde Tier berühren zu dürfen. Jean-Luc
nickte, und Manon beugte sich über die Motorhaube, fuhr mit
beiden Händen liebkosend über die glatte Fläche, breitete
schließlich die Arme aus, legte sich mit dem ganzen Oberkörper über das Auto, als wolle sie es wie einen Geliebten umfan-
gen, und schmiegte ihre Wange an das warme Metall. Jean-
Luc und die Witwe sahen sich an, und beide lächelten – der
junge Mann froh, seine Angebetete so glücklich zu sehen,
Madame Fouchard ein wenig besorgt, als fürchte sie, das, was
sich jetzt bei Manon als kindliche Freude äußerte, könne bald
auch ganz andere Verwerfungen ihres Charakters zutage bringen.

Allen, die den Winzerssohn kannten, fiel auf, wie sehr er
sich in der folgenden Zeit veränderte. Aus dem schüchternen
und immer ein wenig schwermütig wirkenden Jean-Luc war
ein strahlender junger Mann geworden, der schon von weitem
freundlich grüßte, mit dem man über die Nichtigkeiten des
Alltags plaudern konnte und der für jeden ein freundliches
Wort hatte. Er blühte auf, wie man so sagt, und auch seine
Mutter, die zwar die Anhänglichkeit ihres Sohnes genossen,
sich insgeheim aber über sein einzelgängerisches Wesen gesorgt hatte, war froh. Erst jetzt gestand sie sich ein, dass ihr die
ungeteilte Liebe Jean-Lucs nicht nur eine Genugtuung, sondern auch eine Last gewesen war, und sie oft gefürchtet hatte,
einen jener Söhne großgezogen zu haben, deren Treue nur ih-

rer Mutter gilt und die nach dem Tod dieser Einziggeliebten nicht fähig sind, ein eigenständiges Leben zu führen.

Wäre es nach Manon gegangen, hätte ihr Leben weiter so verlaufen können. Sie hatte kein Ziel, sie kannte keine Absichten. Weder gab es einen Mann, den sie begehrte, noch war sie auf Geld aus. Sie hatte nicht den Wunsch nach einem Haus, wo sie, wie die Frauen um sie herum, mit ihrer Familie wohnen würde, und schon gar nicht gab es einen fernen Traum, den sie zu verwirklichen trachtete. Sie wollte weder für ihre Schönheit berühmt werden, noch war sie bestrebt, eine ihrer Fähigkeiten so weit auszubilden, dass sie damit auf den Bühnen der Welt hätte Beifall ernten können, sie wollte nichts. Sie lebte für den Augenblick, für die nächste Mahlzeit, für das kleine Glück, im Fluss zu baden, und vielleicht noch dafür, und darin war sie ganz Schülerin der guten Madame Fouchard, mal mit diesem, mal mit jenem Jungen im Bett oder auf einer Wiese zu liegen, ohne daraus den Anspruch oder nur den Wunsch auf eine Wiederholung abzuleiten.

So vergingen die Zeit und das Jahr.

Eines Abends in den ersten Augusttagen des Jahres 2000 klagte Madame Fouchard, die in den letzten Jahren nie krank gewesen war und außer zur Absolvierung der regelmäßigen Kontrollen nie einen Arzt benötigt hatte, über heftiges Kopfweh. Wenig später breitete sich der Schmerz über den gesamten Oberkörper aus und hatte bald darauf auch den Magen befallen. Als Manon ihr anbot, Hilfe zu rufen, lehnte die Witwe ab und meinte, es handele sich nur um eine vorübergehende Übelkeit, womöglich hervorgerufen durch den am Mittag verzehrten Fisch, der wohl nicht mehr ganz frisch gewesen sei. Sie werde sich ein wenig hinlegen, die Ruhe werde ihr gut tun, denn der Schlaf, das habe schon ihre Mutter gesagt, sei noch allemal die beste Medizin. Nachdem Manon ihr beim Auskleiden geholfen hatte, bat sie das Mädchen, ihr aus dem Vorratsschrank eine Flasche Marc de Gewürztraminer zu holen, einen in der gesamten Gegend beliebten Tresterschnaps, davon wolle sie ein oder zwei Gläschen trinken, und, man werde sehen, schon am Morgen sei alles wieder in Ordnung.

Manon erwachte früh am nächsten Tag, schlief aber, da sie keines der vertrauten morgendlichen Geräusche hörte, noch einmal ein und wunderte sich erst, als sie geraume Zeit später, die Sonne stand bereits hoch am Himmel, vom Lärm der unruhig werdenden Tiere geweckt wurde. Barfuß stieg sie die Treppe hinab, lauschte an der Tür zu Madame Fouchards Kammer, klopfte an, rief, klopfte noch einmal und betrat dann, ohne eine Antwort bekommen zu haben, das Zimmer. Die Witwe lag noch genau so in ihrem Bett, wie sie sich am Abend zuvor hineingelegt hatte. Die Nachttischlampe war noch immer eingeschaltet, aber der schwache Schein verlor sich im Licht der Sonne, das durch einen Spalt zwischen den Vorhängen auf das reglose Gesicht von Madame Fouchard fiel.

Das Glas und die Flasche mit dem Tresterschnaps standen unberührt auf dem Nachtschrank. Manon setzte sich auf die Bettkante, und als sie noch einmal den Namen der Witwe sagte, erwartete sie bereits keine Antwort mehr. Madame Fouchard war gestorben.

Den ganzen Tag und die ganze folgende Nacht blieb Manon neben der Toten sitzen. Weder kümmerte sie sich um den lauter werdenden Lärm der hungrigen Tiere, noch schien sie selbst Hunger oder Durst zu verspüren. Gegen Mittag des zweiten Tages machte sie sich zu Fuß auf den Weg ins Dorf. Eben schlossen der Lebensmittelhändler und der Bäcker ihre Läden, um sich zur Mittagsruhe zu begeben, der Schulbus überholte das Mädchen, hielt ein paar Meter weiter am Kriegerdenkmal, entließ eine Horde fröhlicher Kinder und ver-

32

schwand hinter einer Kurve, um ins nächste Dorf zu fahren. Dann war es still. Manon setzte sich an den Brunnen unter die Platane, beobachtete das gegenüberliegende Gebäude und wartete.

Endlich öffnete sich die Tür des kleinen Rathauses, der Bürgermeister trat heraus, und während er ausgiebig gähnte, kramte er in seiner Hosentasche nach dem Hausschlüssel. Manon trat hinter ihn und sagte: «Madame ist tot.» Monsieur Durell, der erst im letzten Jahr einen schweren Herzinfarkt gehabt hatte, fuhr herum, sah Manon mit schreckgeweiteten Augen an und sagte, als er sich halbwegs wieder gefangen hatte: «Mensch, Mädchen, das ist doch kein Grund, mich umzubringen.»

Ohne ein Wort zu wechseln, fuhren die beiden in Monsieur Durells dunkelblauem Peugeot zum Hof der Witwe. Der Bürgermeister warf einen kurzen Blick in das Schlafzimmer, ging dann zum Telefon und rief in der Praxis von Dr. Destouches an, um den Arzt zu bitten, den leblosen Körper Madame Fouchards zu untersuchen und den Totenschein auszustellen. Ja, es sei dringend, der Leichnam zeige bereits erste Anzeichen von Verwesung. Nein, er werde nicht zurück ins Dorf fahren, sondern hier auf die Ankunft des Doktors warten. Monsieur Durell setzte sich an den Küchentisch und bat Manon, ihm etwas Wein zu bringen. Er lehnte sich zurück, fuhr sich mit beiden Händen durch das schütter werdende Haar und gähnte erneut. Seine Augen waren feucht.

«Was willst du jetzt machen?», fragte er.

Manon antwortete nicht.

«Bist du denn gar nicht traurig?»

Manon sah ihn an, als verstehe sie nicht. Dann aber, wie um zu zeigen, dass sie sehr wohl wisse, welches Verhalten man von ihr erwartete, sagte sie: «Doch, ich glaube schon, ein bisschen.»

Der Bürgermeister schüttelte den Kopf.

«Mädchen, Mädchen», sagt er. «Aber verdammt hübsch bist du.»

Fünf Madame Fouchards Beerdigung fand bereits am frühen Abend des nächsten Tages statt. Der kleine Friedhof lag oberhalb des Dorfes im Wald auf einer Lichtung, unweit jener Straße, die Donon mit Schirmeck verbindet und hinter der sich die riesige Forêt du Donon mit ihren windigen Höhen und tiefen Schluchten erstreckt.

Es waren nur wenige Trauergäste gekommen, und da die Witwe nie eine eifrige Kirchgängerin gewesen war, beschränkte sich der Pfarrer in seiner Rede auf das Nötigste: ein paar Floskeln über die Verstorbene, wie sie allgemeiner nicht hätten sein können, und ein paar Ermahnungen an die Lebenden, trotz aller Anfechtungen ein gottgefälliges Leben zu führen, auf dass sie dereinst in der Lage seien, reinen Herzens vor ihren Herrn zu treten.

Manon, die ihr in den letzten sechzehn Monaten mehr bedeutet hatte als irgendwer sonst, stand nicht am Grab der Witwe Fouchard, und doch verfolgte sie die Trauerfeier mit größter Aufmerksamkeit. Schon am Morgen hatte das Mädchen seine wenigen Habseligkeiten und alles Geld, das es im Haus finden konnte, in einen kleinen Koffer gepackt, hatte die Tiere noch einmal gefüttert und dann gewartet, dass es Nachmittag würde. Gegen 16 Uhr schloss sie die Haustür hinter sich ab, legte, wie sie es von Tante Celeste gelernt hatte, den Schlüssel hinter den Blumenkasten auf dem Fensterbrett und ging, ohne sich noch einmal umzuschauen, in Richtung Wald auf jenem Weg, den sie vor sechzehn Monaten in umgekehrter Richtung schon einmal gegangen war. Sie schritt zwischen den Feldern hindurch den Hügel hinauf, begab sich in den Schutz der ersten Bäume und hatte nach einer halben Stunde die Rückseite des Friedhofs erreicht. Sie suchte sich eine Stelle, wo die oberen Brocken aus der Sandsteinmauer herausgebrochen waren und wo sie, im Schutz der tief hängenden Äste einer Fichte, das Geschehen auf dem Gottesacker beobachten konnte, ohne selbst gesehen zu werden. Das schwarze Köfferchen neben sich, ihren Körper gegen die Mauer gedrückt, verfolgte sie jene Zeremonie, die sie bislang nur aus ihren Romanen kannte. Sie lauschte den Worten und den Liedern, aber mehr noch interessierten sie die Gesichter. Sie richtete ihren Blick auf die Augen des Pfarrers, die nichts anderes verrieten als Langeweile und routinierte Pflichterfüllung. Sie betrachtete das Mienenspiel des Bürgermeisters und sah nur Müdigkeit und Heuchelei. Sie schaute sich die alten Frauen an, die jedem Leichenwagen folgten wie die Krähen dem Pflug, und sah nur Missgunst und Verbitterung. Manon suchte nach jener Sache, auf die sie der Bürgermeister am Tag zuvor angesprochen hatte. Sie suchte in den Gesichtern nach Trauer und konnte sie nirgends finden.

Sie hob ihren Koffer auf, ging ein paar Schritte in den Wald und folgte dann einem Weg, der sie durch das Dickicht der Bäume hindurch auf die Nationalstraße brachte. Einmal noch trat sie ins Freie, um zu dem Hügel hinaufzuschauen, wo die Villa der Winzersfamilie Girod rötlich im Abendlicht glänzte. Sie bemerkte, dass Jean-Lucs Fenster offen stand, und als sie genauer schaute, glaubte sie einen Schatten zu sehen, der rasch beiseite huschte, als ob jemand, der eben noch am Fenster gestanden hatte, sich im Innern des Zimmers verbergen wolle. Den kleinen Lichtblitz sah sie schon nicht mehr, ein Blitzen, wie es entsteht, wenn ein Sonnenstrahl auf Glas fällt, zum Beispiel auf das Okular eines Fernrohrs.

Manons Leben, von dem sie wusste, hatte sich abgespielt zwischen Hühnern und Ziegen, zwischen der Kate der Witwe Fouchard und dem Dorf, zwischen Bäumen und Feldern. Ihr Leben, von dem sie wusste, war nicht älter als sechzehn Monate. Sie kannte weder das Meer noch die großen Städte, weder die Oper noch das Theater und keines der feinen Restaurants, von denen Tante Celeste ihr erzählt hatte. Manon war nie in einem Zug gefahren, hatte nie in einem Hotelbett geschlafen und nie einen Wolkenkratzer gesehen. Jeder Schritt, den sie von nun an tat, war ein Schritt ins Unbekannte.

Gegen Mitternacht hatte sie die Nationalstraße erreicht. In dem kleinen Ort Fouday fand sie eine offene Bar, der eine Herberge angeschlossen war. Sie legte sich ins Bett und schlief noch in derselben Minute ein. Am Morgen wurde ihr das Frühstück von einer mürrischen Alten serviert, deren kleiner Enkel mit seinem roten Plastikauto an Manons Tisch kam und sie lange ansah, ohne etwas zu sagen. Schließlich fragte der Junge: «Bist du eine Schauspielerin?» Manon lachte und sagte: «Nein, ich glaube nicht.»

«Doch», erwiderte der Junge, «meine Oma hat gesagt, dass du bestimmt eine Schauspielerin bist.»

Einmal fragte sie einen Lkw-Fahrer, ob er sie ein Stück mitnehmen könne, dann wieder nahm sie den Autobus, der sie von Barr nach Molsheim brachte.

Am Nachmittag lief sie über eine kleine, verlassene Landstraße in der Nähe von Straßburg. Ein Sportwagen fuhr mit hohem Tempo an ihr vorüber, hundert Meter weiter bremste der Fahrer abrupt, wendete und passierte sie erneut, diesmal deutlich langsamer. Manon erkannte ein deutsches Nummernschild. Beim dritten Mal näherte sich ihr das Auto wieder von hinten, nun bereits im Schritttempo, und blieb ein paar Meter vor ihr am Straßenrand stehen. Als die Scheibe des Wagen heruntergelassen wurde, hörte Manon laute Musik und die übermütigen Stimmen einiger junger Männer. Ein blonder Stoppelkopf beugte sich aus dem offenen Fenster und lachte Manon zu: «He, Süße, wo soll's denn hingehen?»

Da sie nicht wusste, was sie sagen sollte, schwieg sie und lachte ebenfalls.

«Egal», sagte der Stoppelkopf, öffnete die Tür, stieg aus, klappte den Beifahrersitz nach vorne, machte eine Verbeugung in Richtung des Mädchens und lud es mit einer ausholenden Handbewegung ein: «Wenn Frau Gräfin bitte einsteigen wollen.»

Es waren drei junge Männer, die in dem kleinen Wagen saßen, und nun, da sie ihr Ziel erreicht hatten und das schöne Mädchen auf der engen Rückbank Platz genommen hatte, schien sie mit dem Übermut auch ihr Mut zu verlassen, denn plötzlich waren sie froh, dass die Musik laut genug war, ihre Beklommenheit zu überdecken. Manon war müde. Sie zog die Beine ein wenig an, legte ihren Kopf auf die Rückenlehne und schloss die Augen. Als sie die Grenze überquerten, schlief sie bereits fest. Sie hörte nicht, wie der Fahrer über den nachfolgenden Wagen fluchte, der ihnen mit aufgeblendetem Fernlicht folgte. Und sie merkte nicht, wie sie kurze Zeit später die Bundesstraße verließen, auf die Autobahn abbogen und Richtung Norden fuhren.

Zweiter Teil

Eins Es dämmerte gerade erst. Der Kriminalpolizist Robert Marthaler lag auf dem Bett in seiner Wohnung und lächelte. Er hatte versucht, sich Katharinas Gesicht ins Gedächtnis zu rufen, und diesmal war es ihm gelungen. Seine Frau war seit fünfzehn Jahren tot, und oft, wenn er sich an ihr Aussehen erinnern wollte, kam ihm nur das Foto in den Sinn, das auf seinem Schreibtisch im Präsidium stand. Aber heute lächelte er, weil er sie so deutlich vor Augen hatte wie schon lange nicht mehr und weil heute sein Sommerurlaub begann. Vielleicht würde er sich in den Zug setzen und für ein paar Tage ins Allgäu fahren oder in die Schweiz. Vielleicht würde er auch in der Stadt bleiben, ins Museum gehen, ins Kino, Eis essen und einmal am Tag, gegen Abend, wenn es langsam kühler wurde, mit dem Bus zum Friedhof fahren. Gerne hätte er sich mal wieder einen jener französischen oder italienischen Filme angeschaut, die sie damals als Studenten in Marburg gemeinsam gesehen hatten. Vielleicht sogar Fellinis «Amarcord» oder Godards «A bout de souffle». Im Jahr, nachdem Jean Seberg gestorben war, waren sie gemeinsam nach Paris gefahren und hatten eine Rose auf das Grab der Schauspielerin auf dem Friedhof Montparnasse gelegt. Dann waren sie zum Jardin du Luxembourg gegangen, hatten sich auf die Wiese gelegt, und irgendwann war Katharina aufgestanden, hatte ihre Schuhe abgestreift, sich auf den Rand des Brunnens gesetzt, ihre Füße im Wasser gekühlt, und er hatte fotografiert. Sie hatte auf eines der alten Häuser gezeigt, die gegenüber dem Park lagen, und gesagt: Da drüben irgendwo hat der Dichter Gustave Flaubert während seiner Studienzeit gewohnt. Dann waren sie an die

Seine gegangen und hatten sich ein viel zu teures Essen geleistet, mit Schnecken, Lammkoteletts und hinterher einem riesigen Eis. Später waren sie über den Boulevard de Clichy geschlendert, und Katharina hatte ihn gedrängt, mit ihr in eine der Striptease-Bars zu gehen. Eine Stunde lang hatten sie in dem schummrigen Raum gesessen, sich bei den Händen gehalten und den Mädchen auf der Bühne zugeschaut. Er hatte gemerkt, dass Katharina ihn immer wieder von der Seite ansah. In der Nacht, als sie auf dem breiten Bett in ihrem Hotelzimmer lagen, hatte sie ihn gefragt, ob er erregt sei. «Mmmh, ja, ein bisschen. Und du?» Sie hatte genickt und gelächelt und dann vor Verlegenheit ihr Gesicht in seiner Achselhöhle versteckt.

Sie hatten sich während des Germanistikstudiums in einem Oberseminar kennen gelernt und sich beide für dieselbe Arbeitsgruppe gemeldet. Schon nach wenigen Treffen stellten sie fest, dass sie viele gemeinsame Vorlieben hatten, dass sie über dieselben Dinge wütend wurden und über dieselben Scherze lachen konnten. Sie verabredeten sich immer öfter auch außerhalb der Universität, frühstückten gemeinsam, machten Ausflüge, gingen ins Theater, und ohne dass sie sich ihre Liebe anders als durch Blicke und Gesten gestanden hätten, fragte Marthaler sie eines Abends, ob sie ihn heiraten wolle. Nach zwei schlaflosen Nächten stand Katharina morgens vor seiner Tür, strahlte über das ganze Gesicht und sagte: Ja. Sie bestellten das Aufgebot und sagten ihren Eltern, Geschwistern und Freunden erst wenige Tage vor der standesamtlichen Trauung Bescheid. Sie veranstalteten eine kleine Feier in einem italienischen Restaurant, packten am nächsten Tag ihre Koffer, fuhren für eine Woche ins Burgund und waren von nun an keinen einzigen Tag mehr getrennt.

Wenn in ihrem Freundeskreis wieder mal ein Paar auseinander ging, schauten sie sich an, ohne etwas zu sagen. Sie wussten, dass sie einander nie verlassen würden. Mochte auch alles dagegen sprechen, mochte auch niemand glauben, dass es eine Liebe gab, die ewig hielt, so waren sie eben die Ausnahme.

Sie machten Pläne, malten sich aus, wie es später sein würde. Sie wollten Kinder haben. Drei oder vier. Vielleicht mit Freunden ein Haus auf dem Land kaufen. Vorne sollte es eine Steintreppe haben und hinten eine abschüssige Wiese, vielleicht, dass ein Bach durch das Grundstück floss, jedenfalls mussten dort Bäume stehen, Kastanien, Kirschen, Birnen, ein paar Birken. Und im Sommer wollten sie draußen sitzen an einem langen Holztisch, alle würden da sein, die Kinder, die Freunde, die Freunde der Kinder, womöglich die ersten Enkel, man würde essen und Wein trinken, reden und lachen bis zum Morgen. Und Marthaler sah sich, nun bereits ein älterer, freundlicher Herr, frühmorgens in einem Korbstuhl auf der Veranda sitzen, Zeitung lesend, den Vögeln und Schmetterlingen zuschauend, während hinter ihm im Haus noch alles schlief. Dann würde er seinen Strohhut nehmen – immer sah er sich mit einem Strohhut, wie ihn sein Großvater getragen hatte – und einen ersten Spaziergang durch die Wiesen machen, am Fluss entlang bis ins Dorf, wo er frische Brötchen kaufen würde und ein paar Süßigkeiten für die Kleinen.

Es war anders gekommen.

Am Morgen des 29. Januar 1985, wenige Tage vor Beginn ihres Examens, war Katharina aufgestanden, hatte ihre dicke Winterjacke und eine Pudelmütze angezogen, war noch einmal zu ihm ans Bett gekommen, um ihm einen Kuss zu geben, und anschließend, bevor sie den Vormittag in der Bibliothek verbringen wollte, noch rasch bei ihrer Sparkasse in der Marburger Oberstadt vorbeigegangen, um Geld abzuheben und die

Miete für den nächsten Monat zu überweisen. Sie wollte die Filiale gerade wieder verlassen, als zwei maskierte Männer den Schalterraum betraten. Einer der beiden packte Katharina, drehte ihren Arm auf den Rücken und hielt ihr eine Pistole an die Schläfe. Er drängte sie zu dem gepanzerten Kassenhäuschen und befahl dem Kassierer, das Geld durch den schmalen Schlitz unter der kugelsicheren Scheibe hindurchzuschieben. Katharina raffte die Scheine zusammen und stopfte sie in eine Plastiktüte. Die beiden Räuber hatten den Ausgang schon wieder erreicht, als eine der Angestellten den Alarmknopf drückte. Die Männer drehten sich um und begannen fast gleichzeitig zu schießen. Zwei der Bankangestellten erlitten leichte Schussverletzungen, Katharina wurde in den Kopf getroffen. Sie lag zwei Wochen auf der Intensivstation des Universitätsklinikums, ohne das Bewusstsein wiederzuerlangen. Marthaler saß Tag und Nacht neben ihrem Bett und hielt ihre Hand, bis die Schwestern ihm eine Liege brachten und ihn drängten, sich endlich ein wenig auszuruhen. Sie stellten ihm Kaffee auf den Nachttisch, den er kalt werden ließ, und Essen, das er nicht anrührte. Nach einer Woche gestand ihm der Arzt, dass Katharina kaum eine Chance habe zu überleben. Sie starb am Abend des 11. Februar 1985.

Robert Marthaler ging nicht mehr zurück in die kleine Wohnung in der Marburger Oberstadt. Er bat einen Freund, ihm einen Koffer mit seiner Kleidung zu holen, stieg in einen Zug und fuhr zu seinen Eltern nach Kassel. Dort bezog er sein altes Zimmer und legte sich ins Bett, das er nur zu den Mahlzeiten verließ. Er hatte aufgehört zu sprechen. Der Arzt, den seine Mutter aus Sorge einmal pro Woche kommen ließ, musste jedes Mal unverrichteter Dinge wieder gehen. Marthaler starrte an die Decke und weinte. Er weinte und starrte an die Decke. Nach einem halben Jahr verließ er zum ersten Mal die elterliche Wohnung. Es war später Abend, fast Mitternacht, als er die Haustür hinter sich zufallen hörte. Er hielt einen Moment inne, schloss kurz die Augen, dann begann er durch die menschenleeren, dunklen Straßen zu laufen. Er lief und lief, als könne er nur so seinen Schmerz und seine Trauer ertragen. Jede Nacht durchwanderte er von nun an die Stadt, um gegen Morgen, wenn seine Eltern so taten, als ob sie noch schliefen, in das Haus und in sein Bett zurückzukehren. Anfang November desselben Jahres verkündete er seinen Entschluss. Es war das erste Mal, dass er wieder sprach, und er musste mehrmals ansetzen, bis seine Stimme ihm gehorchte. Er habe entschieden, sein Studium nicht wieder aufzunehmen, sondern stattdessen nach Frankfurt zu ziehen, wo Katharinas Eltern wohnten und wo sie ihre Tochter hatten beerdigen lassen. Er wolle seiner toten Frau so nahe wie möglich sein. Wenn Vater und Mutter bereit seien, ihn für den Anfang mit einem Teil ihres Ersparten zu unterstützen, wolle er sich in der Stadt am Main eine kleine Wohnung oder ein Zimmer nehmen und sich dort um eine Stelle bei der Polizei bewerben.

Zwei Inzwischen war Marthaler seit vielen Jahren Kriminalpolizist. Anfangs hatte er sich in die Arbeit gestürzt, um auf
andere Gedanken zu kommen. Manche seiner Kollegen und
Vorgesetzten hatten seinen Eifer mit Ehrgeiz verwechselt.
Weil er gewissenhaft und zuverlässig war, hatte man ihn be-
fördert und ihm mehrere Auszeichnungen verliehen. Man re-
spektierte ihn, auch wenn er als Sonderling galt. Es hieß, er sei
ein hervorragender Polizist und ein überaus höflicher Kollege,
aber man werde aus ihm nicht schlau. Marthaler war das recht.
Ihm war nicht daran gelegen, dass man schlau aus ihm wurde.
Das Interesse an seinem Beruf war mit den Jahren geringer
geworden, und inzwischen wurde ihm die Arbeit auch manchmal zur Last, was nicht zuletzt an Herrmann, dem neuen Leiter seiner Abteilung, lag. Immer öfter hatte Marthaler Lust,
morgens einfach liegen zu bleiben, sich krank zu melden und
den Tag mit angenehmeren Dingen zu verbringen.

Heute war Dienstag, der 8. August 2000, es regnete seit Stunden, aber Marthaler lächelte. An Katharina zu denken, sich ihr
Gesicht, ihren Blick, ihre Bewegungen ins Gedächtnis zu rufen, war für ihn das Schönste, was er sich vorstellen konnte. Er
sprach mit niemandem darüber.

An das Alleinsein hatte er sich inzwischen gewöhnt. Das war
nicht immer so gewesen. Einige Jahre nach Katharinas Tod
hatte es Zeiten gegeben, in denen er sich so einsam fühlte, dass
er sich gewünscht hätte, irgendjemand wäre da, wenn er nach
Hause kam, jemand würde neben ihm im Bett liegen und morgens mit ihm reden, er könne etwas Schönes kochen, ohne

dann allein am Tisch sitzen zu müssen. Er begann, auf Kontaktanzeigen zu antworten. Ein paarmal verabredete er sich mit einer Kollegin aus dem Betrugsdezernat zum Schwimmen. Er lud eine Touristin, die er in seinem Stammcafé kennen gelernt hatte, zum Essen ein. Und war doch jedes Mal froh, dass sich aus solchen halbherzigen Bemühungen nicht mehr ergab. Er war freundlich, blieb aber distanziert. Und er merkte, dass die Frauen auf seine übergroße Höflichkeit mit Befremden reagierten und sich zurückzogen. Sie spürten wohl, dass er die Regeln für das Spiel zwischen den Geschlechtern nicht beherrschte, und er hatte keine Lust, diese Regeln zu lernen. Bei Katharina hatte er sich nie verstellen müssen. Sie beide waren ohne jeden Argwohn neugierig aufeinander gewesen, auf die Eigenheiten des anderen, auf seine Qualitäten, aber auch auf seine Schwächen.

Marthaler fragte sich, warum es seinen Eltern gelang, ein ganzes Leben lang ein glückliches Paar zu bleiben, und warum das in seiner Generation offenbar kaum jemandem mehr möglich war. Er war umgeben von Kollegen, die sich gerade getrennt hatten, die kurz vor einer Scheidung standen oder schon gar nicht mehr den Versuch unternahmen, eine feste Partnerschaft aufzubauen. Es waren seltsame Beziehungen, die die Männer und Frauen seines Alters zueinander unterhielten. Man ging miteinander aus, man schlief miteinander, nur miteinander leben, das wollte oder konnte man nicht. Und doch war es das, was anscheinend allen fehlte.

Robert Marthaler stand am offenen Fenster und schaute auf die Front des gegenüberliegenden Hauses. Manchmal konnte er dort im zweiten Stock eine junge Frau sehen, die ihre Morgengymnastik machte. Einige Male war sie ihm auf der Straße begegnet, ohne ihn zu erkennen. Meist trug sie ein blaues Kostüm und zog einen kleinen Rollkoffer hinter sich her. Offensichtlich arbeitete sie als Stewardess. Jetzt waren im Nachbarhaus alle Fenster dunkel. Es war noch zu früh. Eben erst hatte der Radiosprecher die Zeit durchgegeben: «Es ist fünf Uhr achtunddreißig, Sie hören das Frühkonzert.» Marthaler ging in die Küche, füllte die Cafetiere mit Wasser und stellte sie auf den Herd. Noch im Schlafanzug stieg er die zwei Stockwerke hinunter und holte sich die Zeitung. Wieder in der Wohnung, setzte er sich an den Küchentisch und überflog die Nachrichten des Tages. Sir Alec Guinness war gestorben. Im US-Bundesstaat Oregon hatte man einen unterirdischen Riesenpilz entdeckt, der viermal so groß war wie die Insel Helgoland. In Brandenburg war schon wieder ein Schwarzer von Neonazis zusammengeschlagen worden. Die Unternehmerverbände beklagten den Rechtsradikalismus als Standortnachteil für die deutsche Wirtschaft. Und in wenigen Stunden würde der amerikanische Präsident mit dem deutschen Bundeskanzler in Frankfurt zusammentreffen.

Er hörte das Brodeln der Cafetiere, schaltete die Herdplatte ab, schenkte sich einen dreifachen Espresso ein, gab zwei gehäufte Teelöffel Zucker hinzu, legte beide Hände um die Tasse und stellte sich wieder ans Fenster, um in den grauen, leeren Himmel zu starren. Er war vierzig Jahre alt, er war seit zweieinhalb Jahren Hauptkommissar, er hatte keine Frau, kein Kind und kein Haus. Er war nicht glücklich, aber auch nicht unglücklich. Sein Gehalt war nicht übermäßig hoch, und doch verdiente er mehr Geld, als er ausgeben konnte. Teure Kleidung interessierte ihn so wenig wie große Autos. Seit sein alter Golf vor ein paar Wochen verschrottet werden musste, hatte er sich vorgenommen, ohne Wagen auszukommen. Nur beim Essen war er wählerisch. Von Zeit zu Zeit gönnte er sich den Besuch in einem guten Restaurant, sein Fleisch kaufte er beim besten Metzger der Stadt, und wenn er Salat, Gemüse oder frische Kräuter brauchte, ging er in die Kleinmarkthalle. Er wusste, dass es viele in dieser Stadt gab, die gerne mit ihm getauscht hätten. Er hätte allen Grund gehabt, zufrieden zu sein. Aber er war neidisch, wenn er samstagvormittags ein schlecht gekleidetes, aber lachendes Paar mit seinen Kindern an der Bratwurstbude stehen sah. Er lebte ein Leben, das er sich so nicht vorgestellt hatte. Und er glaubte nicht, dass sich daran noch einmal etwas ändern würde.

Marthaler nahm seine kleinen Hanteln auf, machte ein paar Übungen, ließ es dann aber bleiben. Er setzte sich auf den Hometrainer und merkte schon nach wenigen Minuten, dass er auch daran keinen Spaß fand. Er war faul, und er beschloss, sich diese Faulheit heute zuzugestehen. Er ging am Spiegel vorbei, streckte seinem Bild die Zunge heraus, zog sich aus und stellte sich unter die Dusche. Als er zehn Minuten später das Wasser abdrehte, läutete das Telefon. Er ließ es läuten. Es gab niemanden, der ihm um diese Zeit etwas Angenehmes mitzuteilen hätte. Er zog sich an und verließ die Wohnung. Er wollte laufen.

Der Regen hatte aufgehört. Jetzt war es warm; der Asphalt dampfte. An den Haltestellen der Straßenbahn standen erst wenige Leute. Sie schauten unter sich und gähnten. In der hell erleuchteten Bäckerei tranken Frühaufsteher ihren Kaffee und blätterten in der Zeitung. An den großen Fenstern bildete das Kondenswasser dicke Tropfen. Marthaler blieb stehen und sah in den Himmel, wo die Sonne gerade über den Dächern aufging. Er kniff die Augen zusammen, dann blickte er auf die Uhr. Er beschloss, noch ein wenig am Main spazieren zu gehen. Auf der Höhe des Städelschen Museums setzte er sich auf eine Bank und sah zum anderen Ufer, wo sich die Skyline erhob. Er mochte diesen Blick auf die Stadt, wie er die Stadt überhaupt mochte, mit den hohen Häusern der Banken, dem Messeturm, dem Dom, dem Römerberg und der Alten Oper. Er mochte sie schon deshalb, weil es so viele gab, die sie verabscheuten, ohne sie wirklich zu kennen. Er hatte sich vom ersten Tag an hier wohl gefühlt, soweit er damals in der Lage gewesen war, sich wohl zu fühlen. Und er verstand seine Kollegen nicht, von denen viele es vorgezogen hatten, sich in der Umgebung in einer hässlichen Neubausiedlung ein Fertighaus zu bauen, und die nur zum Dienst und zum Einkaufen nach Frankfurt fuhren, um dann so rasch wie möglich in ihre Siedlungen zurückzukehren.

Marthaler lief den Fußweg am Mainufer zurück, bog ab in die Schweizer Straße, wo sich jetzt Auto an Auto reihte und wo die Berufstätigen auf ihrem Weg zur Arbeit über die Bürgersteige hasteten. Gleich am Anfang der Diesterwegstraße ging er durch einen kleinen Torbogen, durchquerte den Hinterhof und stand vor dem Eingang des «Lesecafés». Weil sein Stammcafé eigentlich erst in einer halben Stunde öffnen würde, klopfte er wie üblich an die Scheibe der Tür. Eine junge Frau, die er noch nie gesehen hatte und die gerade damit beschäftigt war, die Stühle von den Tischen zu nehmen, hob den Kopf. Sie kam zur Tür, drehte den Schlüssel und sagte: «Wir haben noch geschlossen.»

«Ja», erwiderte Marthaler, und er war ein bisschen ratlos. «Ich weiß, aber Ihre Kollegin lässt mich auch um diese Zeit schon rein.»

Die junge Frau sah ihn einen Moment lang an, dann lächelte sie und sagte: «Wenn das so ist, o.k.»

Marthaler streckte ihr die Hand entgegen, eine Geste, die ihm gleich darauf viel zu vertraulich und auch ein bisschen altmodisch vorkam, und sagte: «Guten Morgen, ich heiße Robert.»

«Ja, na dann», erwiderte sie ein wenig verlegen, «ich bin Tereza.»

Drei Als Werner Hegemann an diesem Morgen um sechs Uhr seinen Dienst beendet hatte, fühlte er sich, als habe er seit Tagen nicht mehr geschlafen. Vor Erschöpfung war ihm flau im Magen, seine Nerven flatterten, und er hatte große Lust, diesen Job einfach hinzuwerfen. Aber er brauchte das Geld, und so blieb ihm nichts anderes übrig, als seine Wut ein ums andere Mal hinunterzuschlucken. Hegemann war achtundzwanzig Jahre alt, ein schlanker, fast leptosomer Typ mit kurz geschnittenem blondem Haar. Seine Eltern waren geschieden. Er lebte gemeinsam mit seiner Mutter, einer gebürtigen Österreicherin, in einer kleinen Zweizimmerwohnung im Frankfurter Stadtteil Oberrad. Im Moment arbeitete er für eine Zeitarbeitsfirma und war seit Anfang Juni, seit Beginn der Urlaubszeit, im Hotel «Lindenhof» als Nachtsteward eingesetzt. Heute Nacht hatte er ein schreiendes Baby gewickelt, dessen Mutter, Inhaberin einer Schauspieleragentur, sich gerade an der Hotelbar mit einem ihrer Klienten betrank und nicht gewillt war, sich durch die Verdauung ihres Sprösslings stören zu lassen. Dann hatte er eine Stunde lang vergeblich versucht, den Streit eines älteren Ehepaares zu schlichten. Und schließlich musste er sich um vier Uhr morgens noch zur Dienst habenden Apotheke begeben, um das ebenso seltene wie dringend benötigte Medikament für einen herzkranken arabischen Geschäftsmann aufzutreiben.

Hegemann mochte die Gäste dieses Hotels nicht. Er mochte die Selbstsicherheit nicht, mit der sie auftraten, die Schamlosigkeit nicht, mit der sie ihr Geld zur Schau stellten, und die Weltläufigkeit nicht, mit der hier Menschen aller Nationen vollkommen selbstverständlich miteinander umgingen, als gebe es keine Unterschiede. Hegemann empfand es als Zumutung, dass er gezwungen war, sich nachts für einen reichen Araber die Hacken abzulaufen.

Der Name des Hotels täuschte. Der «Lindenhof» war nicht etwa ein Landgasthaus, sondern ein großes Luxushotel, das im Süden des Frankfurter Waldes lag, auf dem Stadtgebiet von Neu-Isenburg, einer Siedlung, die Ende des 17. Jahrhunderts von ausgewanderten Hugenotten gegründet worden war und die heute besonders bei den Beschäftigten des nahe gelegenen Rhein-Main-Flughafens als Wohnort beliebt war. Das Städtchen hielt sich etwas zugute auf die hohe Dichte von Betrieben des Gaststättengewerbes, unter denen der «Lindenhof» mit Abstand der nobelste war. Wegen seines Komforts, des exquisiten Essens und der günstigen Verbindung zum Flughafen wurde das Hotel nicht nur von internationalen Stars aus dem Musik- und Showgeschäft immer wieder gerne besucht, seit Jahren fanden hier auch Konferenzen hochrangiger Politiker, Militärs und Wirtschaftsleute statt. In den Tagen vor einem solchen Ereignis glich das Haus einem Bienenstock. Doch gemessen an der Atmosphäre, die seit einer Woche hier herrschte, seit nämlich feststand, dass der amerikanische Präsident im «Lindenhof» absteigen und sich hier mit dem deutschen Bundeskanzler treffen würde, hätte man wohl selbst einen Bienenstock als Hort der Ruhe bezeichnen müssen.

Keine Kellnerin, kein Zimmermädchen, kein Lieferant, kein Handwerker, die nicht verpflichtet worden waren, ihren Personalausweis jederzeit bei sich zu tragen. Überall schwirrten Polizisten und Sicherheitsleute herum, kontrollierten die Zimmer, drehten in der Küche jeden Topf um, in der Wäscherei jedes Laken, schauten in alle Schränke, wühlten in den Tiefkühltruhen, tasteten jeden ab, der das Hotel betrat, durchsuchten die Koffer der Gäste, nahmen Lampenschirme, Vorhänge und selbst die Deckel der Spülkästen in den Toiletten ab. Sprengstoffspezialisten suchten nach Bomben, Abhörspezialisten nach Wanzen, und mehrmals war es schon vorgekommen, dass die Angehörigen der verschiedenen Dienste einander gegenseitig kontrollierten.

Hegemann gähnte. Er ging in den gekachelten Waschraum für das Personal, zog den Anzug aus, hängte ihn in seinen Spind, stopfte das weiße Oberhemd in eine Plastiktüte, erfrischte Gesicht und Oberkörper mit ein wenig kaltem Wasser, zog Jeans und T-Shirt an und freute sich darauf, dieses Irrenhaus so rasch wie möglich zu verlassen, nach Hause zu fahren und endlich in sein Bett zu sinken. Er lief durch den langen Gang, der rechts und links von den Wirtschaftsräumen gesäumt wurde, stempelte seine Arbeitskarte und verließ das Haus durch den Hinterausgang, wo er noch einmal von zwei Security-Leuten kontrolliert wurde. Fast schon im Halbschlaf schloss er sein Fahrrad auf – das letzte Geschenk, das er von seinem Vater erhalten hatte – und machte sich auf den Heimweg.

Wie jeden Morgen und jeden Abend in den letzten beiden Monaten nahm er die Strecke durch den Frankfurter Stadtwald. So umfuhr er den Berufsverkehr auf der Bundesstraße und musste kaum etwas von dieser Stadt sehen, in der er bis heute nicht heimisch geworden war.

Obwohl es aufgehört hatte zu regnen, war der Himmel noch bedeckt, und durch das dichte Laubwerk der Baumkronen drang noch kaum etwas von dem schwachen Tageslicht, trotzdem sah Hegemann überall auf dem Boden die dicken Waldschnecken kriechen. Die Wege waren von den nächtlichen Güssen aufgeweicht, und er musste aufpassen, dass er nicht über einen der Äste fuhr, die nun überall herumlagen. Ein Pärchen Eichelhäher flog schreiend davon, und kurz darauf kreuzte eine Wildsau mit ihren Jungen seinen Weg. Sonst begegnete ihm niemand. Etwa in der Mitte der Kesselbruchschneise, kurz hinter dem Vogelschutzgehölz, wo der lange Waldweg die Babenhäuser Landstraße überbrückte, musste er anhalten und ein Holzgatter öffnen, um seinen Weg fortsetzen zu können. Gerade hatte sich das Tor wieder hinter ihm geschlossen, als Hegemann stutzte.

Links von sich, nur ein paar Meter weit zwischen den Bäumen, hatte er im Unterholz eine merkwürdige Erhebung entdeckt.

Zunächst war es nur eine winzige Irritation im Augenwinkel gewesen, und er wäre fast weitergefahren, dann drehte er den Kopf und schaute genauer hin.

Aber noch immer konnte er nichts erkennen.

Nur einen großen, länglichen Haufen aus Laub und Zweigen, der dort nicht hinzugehören schien und den er gestern Abend, als er dieselbe Strecke in umgekehrter Richtung gefahren war, dort auch nicht bemerkt hatte.

Hegemann stieg von seinem Rad, lehnte es an einen Baumstamm und ging ein paar Schritte näher an den Haufen heran.

Plötzlich erschrak er.

Er hörte, wie nicht weit von ihm der Motor eines Autos gestartet wurde. Er lief zurück in die Richtung, aus der das Geräusch gekommen war, und sah gerade noch, wie sich hinter dem Gatter ein weißes Auto auf der Brücke entfernte.

Der Wagen musste bereits dort gestanden haben, als er vor weniger als zwei Minuten die Stelle passiert hatte.

Er hatte es nicht bemerkt.

Einen Moment lang schwankte er zwischen Furcht und Neugier. Aber wer auch immer in dem Auto gesessen haben mochte, er war jetzt fort und konnte ihm nicht mehr gefährlich werden. Und von einem Haufen aus Blättern und Zweigen hatte er wohl auch nichts zu befürchten. Er suchte sich einen Ast und ging auf die Erhebung zu. Er stocherte in dem

Laub, bis er auf Widerstand stieß, dann schob er die Blätter mit dem Fuß beiseite.

Er zuckte zurück. Das Blut wich ihm aus dem Gesicht. Er merkte, wie ihm schwindelig wurde; er taumelte.

Und schaffte es gerade noch, sich an einem Baumstamm abzustützen, dann musste er sich übergeben.

Marthaler war guter Laune. Er hatte sich von der neuen Bedienung im «Lesecafé» ein Stück Heidelbeertorte mit Sahne bringen lassen, hatte Tereza zu einer Tasse Cappuccino eingeladen, ein wenig mit ihr geplaudert und dabei erfahren, dass sie Tschechin war, dass sie Kunstgeschichte studierte und sich besonders für die Selbstporträts Francisco de Goyas interessierte, weshalb es ihr größter Wunsch war, für ein oder zwei Semester nach Madrid zu gehen. Sie war erst seit wenigen Tagen in der Stadt, wohnte im Zimmer einer Freundin, die gerade in Urlaub gefahren war, und hatte für diese Freundin auch die Urlaubsvertretung im Café übernehmen können.

Schließlich hatte Marthaler die Montagsmagazine durchgeblättert, sodann aus lauter Übermut ein weiteres Stück Torte gegessen und sich endlich, bevor noch die ersten regulären Gäste gekommen waren, mit einem großzügigen Trinkgeld verabschiedet. Einen Augenblick lang hatte er überlegt, Tereza zu fragen, ob sie auch morgen wieder Dienst habe, hatte sich dann aber doch nicht getraut. Schließlich war sie es, die ihm nachrief: «Tschüs … und vielleicht ja bis morgen?» Als die Tür hinter ihm ins Schloss fiel, hatte er sich noch einmal umgedreht.

Durch die Scheibe hatte er gesehen, dass Tereza ihm nachwinkte.

Marthaler fühlte sich leicht und zugleich auf angenehme Weise erschöpft. Er beschloss, zurück in seine Wohnung zu gehen, sich noch ein wenig ins Bett zu legen und vielleicht eine

Weile zu schlafen. Er ging zum Diesterwegplatz, fuhr mit der langen Rolltreppe in die B-Ebene des Südbahnhofs und gelangte auf der anderen Seite der Mörfelder Landstraße auf den Großen Hasenpfad, der steil bis auf den Lerchesberg anstieg und an dessen Ende er wohnte. Als er vor der Haustür ankam und den Schlüssel aus der Tasche zog, war er ein wenig außer Puste. Er stieg die zwei Stockwerke hoch, und schon im Treppenflur hörte er sein Telefon läuten. Ohne sich zu beeilen, schloss er die Wohnungstür auf, ging ins Wohnzimmer, nahm den Hörer ab und sagte: «Es ist niemand da.»

«Mann, Marthaler, wo stecken Sie denn, verdammt nochmal, Sie müssen sofort herkommen.»

«Guten Morgen, Chef», sagte Marthaler, «ich habe Urlaub.»

«Schon gut, ich weiß», bellte Herrmann, «ich würde Sie nicht anrufen, wenn es nicht wichtig wäre. Sie wissen doch selbst, was hier los ist, seit bekannt ist, dass der amerikanische Präsident in die Stadt kommt. Allein heute Nacht hat es drei Bombendrohungen gegeben. Es sind alle Leute im Einsatz, oder meinen Sie, sonst würde ich selbst hier draußen im Stadtwald mit den Füßen im Schlamm ...»

«Was ist denn überhaupt passiert?»

Aber Herrmann antwortete nicht auf seine Frage. «Entschuldigung, was haben Sie gesagt?»

«Nichts», antwortete Marthaler, «sagen Sie mir, wo ich hinkommen soll.»

Herrmann setzte an, ihm den Weg zu erklären.

«Warten Sie», sagte Marthaler, «ich hole mir einen Stift und Papier.»

«Vergessen Sie es», erwiderte Herrmann ungeduldig, «ich schicke jemanden, der Sie abholt.»

Kaum eine Viertelstunde später klingelte es an der Tür. Marthaler schaute aus dem Fenster. Auf der Straße stand ein

Polizeimotorrad. Der Fahrer hatte den Helm abgenommen und sah zu ihm hoch. Marthaler winkte, dann streckte er Daumen und Zeigefinger aus, zum Zeichen, dass er noch zwei Minuten brauche.

Als er auf die Straße kam, fragte er wieder, was eigentlich los sei. Aber der Fahrer zuckte nur mit den Schultern. Er kam selbst gerade aus dem Präsidium.

«Keine Ahnung», sagte er und reichte Marthaler einen zweiten Helm, den dieser sich mit einiger Mühe über den Kopf stülpte. «Ich weiß nur, dass wir in den Stadtwald kommen sollen.»

Sie fuhren über den Sachsenhäuser Landwehrweg bis zum Goetheturm. Hier begann der Wald. Der Fahrer schien sich selbst nicht gut auszukennen, und so steuerte er das Motorrad langsam zwischen den Bäumen den Wendelsweg hinunter. Sie überholten einige Jogger, die sich verwundert zu ihnen umdrehten. Ein paar hundert Meter weiter entdeckten sie an einem Baum das verwitterte Holzschild: Kesselbruchschneise. Es ging noch ein Stück bergan, dann waren sie am Ziel. Zehn, fünfzehn Leute liefen außerhalb des rotweißen Absperrungsbandes durcheinander, trotzdem war es merkwürdig ruhig. Drei Polizeiautos standen mit eingeschalteten Scheinwerfern auf dem Waldweg. Ein paar Meter weiter sah Marthaler den Kleinbus der Kriminaltechniker und daneben einen Leichenwagen mit geöffneter Heckklappe. Er schaute auf die Uhr. Es war zwölf Minuten vor zehn, und er ahnte, dass sein Urlaub, kaum dass er begonnen hatte, auch schon wieder zu Ende war.

«Endlich», rief Herrmann, «Sie übernehmen das hier, ich muss augenblicklich zurück ins Präsidium. Die Kollegin Henschel wird Ihnen alles erklären … wenn sie dazu wieder in der Lage ist. Geben Sie mir Ihren Helm.»

Der Chef der Mordkommission setzte sich auf den Rücksitz des Motorrades, mit dem Marthaler gerade angekommen war, und schnauzte den Kollegen an: «Was ist? Worauf warten Sie?» Der Fahrer sah zu Marthaler und verdrehte die Augen. Dann gab er Gas, die Maschine machte einen Satz nach vorne, sodass Herrmann, wenn er sich nicht im letzten Moment am Fahrer festgehalten hätte, vom Sitz gerutscht und in den Schmutz gefallen wäre.

Kerstin Henschel war eine junge Polizistin, die erst vor einem halben Jahr zur Mordkommission gekommen war. Marthaler hatte sie sofort gemocht: Sie hatte die sparsamen, konzentrierten Bewegungen einer Sportlerin. Wenn sie lachte, hüpfte ihr Pferdeschwanz auf und ab, und man konnte sehen, dass einer ihrer Eckzähne ein wenig schief stand. Anfangs hatte sie sich, um von ihren männlichen Kollegen ernst genommen zu werden, furchtloser und abgebrühter gegeben, als sie in Wirklichkeit war. Dann aber war sie eines Tages zu Marthaler gekommen und hatte ihn um ein Gespräch gebeten. Dass sie kaum noch schlafen könne, hatte sie ihm gestanden, dass das, was sie jeden Tag im Dienst zu sehen bekam, sie nachts in ihren Träumen verfolge, und dass sie glaube, den falschen Beruf gewählt zu haben. Marthaler hatte versucht, ihr klar zu machen, dass Furcht zur Grundausstattung eines jeden Polizisten gehöre und dass, im Gegenteil, einer, der nicht in der Lage sei, Angst oder Mitleid zu empfinden, für diesen Beruf nicht tauge. «Stumpfe Böcke und grobe Klötze», hatte er gesagt, «gibt es in unseren Reihen weiß Gott genug.»

Er musste an dieses Gespräch denken, als er jetzt die junge Kollegin auf dem Beifahrersitz eines der Streifenwagen sitzen sah. Er ging zu ihr. Sie war blass. Sie hatte die Augen geschlossen und den Kopf nach hinten gelegt. Er fragte, ob er ihr helfen könne. Sie schaute ihn an und verneinte stumm. Ihre Hände zitterten. Marthaler sah, dass sie geweint hatte.

«Was ist passiert?», fragte er.

Sie wollte antworten, aber ihre Stimme versagte. Sie hob

die Hand und zeigte in Richtung der Absperrung. Marthaler nickte.

«Wir reden später», sagte er.

Er ging bis zu dem rotweißen Band und begrüßte Schilling, den Chef der Spurensicherung, der auf dem Boden hockte und mit einem kleinen Spatel vorsichtig das Laub zur Seite schob.

«Darf ich?», fragte Marthaler.

«Ja», sagte Schilling und sah zu ihm hoch. «Aber geh bitte hintenrum, dort sind wir schon fertig. Und … mach dich auf was gefasst.»

Schilling gehörte zu jenen Kollegen, deren Arbeit Marthaler schätzte, zu denen er aber nie eine engere Beziehung hatte aufbauen können. Obwohl sie oft miteinander zu tun hatten, hatte er nicht das Gefühl, Schilling zu kennen. Der Chef der Spurensicherung war mittelgroß, mittelschwer und mittelalt. Das einzig Auffällige an ihm war eine Narbe auf der linken Wange, die er unter seinem dunklen Bart zu verbergen suchte. Irgendwelche Leidenschaften oder Überzeugungen hatte er nie zu erkennen gegeben. Es war, als müsse er die Aufregungen und Widerwärtigkeiten seines Berufs durch die größtmögliche Unauffälligkeit seines Charakters ausgleichen.

Zuerst sah Marthaler die Schuhe des Toten, weiße Turnschuhe, deren Leuchtstreifen im Scheinwerferlicht der Polizeiwagen reflektierten. Marthaler trat zwei Schritte näher und schauderte im selben Moment zurück. Der Anblick, der sich ihm bot, war auch für einen Beamten mit seiner Erfahrung nicht leicht zu verkraften.

Er schloss kurz die Augen und atmete durch.

Das T-Shirt des Toten war zerfetzt und blutdurchtränkt, die gelbe Farbe des Stoffs war nur noch an wenigen Stellen zu erkennen. Rechts und links des Oberkörpers waren große Mengen Blut in den Waldboden gesickert. Der Kopf der Leiche war auf unnatürliche Weise nach hinten übergekippt.

Marthaler veränderte seinen Standort um wenige Zentimeter, um das schmutz- und blutverschmierte Gesicht des Toten besser sehen zu können.

Die Züge waren verzerrt wie die eines Menschen mit großen Schmerzen, und die Augen waren vor Entsetzen aufgerissen.

Marthaler schätzte das Alter des Mannes auf zwanzig, vielleicht zweiundzwanzig Jahre. Er beugte sich ein Stück vor, und jetzt erkannte er, dass man dem Jungen die Kehle durchtrennt hatte. Der Hals wirkte wie aufgeklappt, und in der Mitte des Schnittes erkannte man den hellen Knorpel des Adamsapfels.

Marthaler hielt die Luft an und schüttelte den Kopf. Schilling war jetzt neben ihn getreten, hatte ihm eine Hand auf die Schulter gelegt und schaute ihn prüfend an.

«Komm», sagte er, «trink erst mal einen Schluck Kaffee.»

Marthaler merkte, dass ihm die Knie zitterten. Er ließ sich zu dem Wagen des Kriminaltechnikers führen und sackte auf den Beifahrersitz. Schilling schraubte seine Thermoskanne auf und reichte ihm einen Becher mit dampfendem Kaffee. Sosehr Marthaler die abgebrühten Zyniker unter seinen Kollegen missbilligte, in diesem Moment hätte er sich ein wenig von deren Dickfelligkeit gewünscht.

«Weiß man, wer er ist?»

Schilling schüttelte den Kopf.

«Bis jetzt nicht», sagte er. «Ausweispapiere haben wir nicht gefunden. Und es liegt keine Vermisstenmeldung vor, die auf ihn passen würde. Herrmann hat das sofort überprüfen lassen.»

«Meinst du, man hat ihn hier umgebracht?»

Schilling nickte. «Es sieht so aus.»

«Und wann ist es passiert?»

«Irgendwann gestern Abend oder heute Nacht. Allzu lange kann es noch nicht her sein. Vielleicht zwölf Stunden, vielleicht sechzehn Stunden. Länger sicher nicht. Aber wir müssen abwarten, was die Obduktion ergibt.»

«Was ist mit der Tatwaffe?»

«Wohl ein Messer. Ein Küchenmesser, möglicherweise ein Fahrtenmesser. Gefunden haben wir noch nichts. Wir haben Glück, dass das Blätterdach der Bäume hier ziemlich dicht ist und dass die Leiche mit Laub und Zweigen bedeckt war, sonst hätte der Regen sicher die meisten Spuren weggespült.»

«Es sieht aus, als hätte man ihn regelrecht …» Marthaler scheute davor zurück, das Wort auszusprechen, das ihm in den Sinn gekommen war.

«Es sieht aus, als habe man ihn abgeschlachtet», sagte Schilling.

Marthaler nickte.

«Kannst du dafür sorgen, dass wir ein Foto von dem Toten bekommen, das nicht allzu grässlich aussieht?», fragte er. «Es könnte sein, dass wir eine Aufnahme an die Presse weitergeben müssen.»

Dann stand er auf und ging zu dem Streifenwagen, in dem noch immer die junge Kollegin saß.

«Wie geht's?», fragte er.

«Geht schon wieder», sagte sie und versuchte zu lächeln. «Ich schätze, ich bin heute ein ziemlicher Ausfall.»

«Schon gut», erwiderte Marthaler, «es geht wohl keinem hier anders. Wenn ich mir so etwas jede Woche ansehen müsste, hätte ich längst den Beruf gewechselt. Komm, wir schauen uns ein wenig um.»

Sie gingen zu dem Holzgatter, öffneten es und betraten die kleine asphaltierte Zufahrtsstraße. Auf dem Parkplatz standen jetzt einige Autos von Leuten, die einen Spaziergang machen oder Pilze sammeln wollten. Unter ihnen brauste auf der Babenhäuser Landstraße der Morgenverkehr.

«Wer hat ihn gefunden?», fragte Marthaler.

61

«Ein Forstbeamter hat die Notrufnummer angewählt und erzählt, er habe hier einen völlig verstörten jungen Radfahrer angetroffen, der zuerst habe weglaufen wollen, der ihn dann aber zu der Leiche geführt habe. Als wir ankamen, saß der Mann im Dienstfahrzeug des Försters. Er war kaum ansprechbar. Ein Streifenwagen hat ihn aufs Präsidium gebracht.»

«Dann fahren wir am besten dorthin», sagte Marthaler.

«Hast du nicht seit heute Urlaub?», fragte Kerstin Henschel.

Marthaler nickte. Er merkte, dass er Kopfschmerzen bekam.

«Ja», sagte er, «eigentlich schon.»

Vier Sie brauchten fast eine halbe Stunde, bis sie den Platz der Republik erreicht hatten. Die Schulferien waren vor einer Woche zu Ende gegangen, und die Straßen der Stadt waren so voll wie sonst nur selten im Jahr. Hinzu kam, dass für den Nachmittag erneut Regen angesagt war und dass viele Berufstätige statt mit öffentlichen Verkehrsmitteln mit ihren Autos gefahren waren.

Sie fuhren auf den Hof, stellten den Wagen ab und betraten das alte Gebäude durch den Diensteingang. Das Haus platzte aus allen Nähten, und in sämtlichen Abteilungen wartete man ungeduldig auf die Fertigstellung des neuen Präsidiums, das gerade auf einem riesigen Areal an der Adickesallee gebaut wurde. Marthaler allerdings mochte den etwas verlebten Charme des alten Hauses, die breiten Treppenaufgänge und die engen Büros, wo sich überall die Akten stapelten und in denen es nach Staub und Bohnerwachs roch. Und ihm war die Vorstellung nicht ganz geheuer, dass man ihm nun, nach so vielen Jahren, seinen von Tintenflecken übersäten alten Holzschreibtisch, an dem die Rolltür seit Ewigkeiten klemmte, wegnehmen und durch ein neues Exemplar aus Stahl und pflegeleichtem Kunststoff ersetzen würde.

Er betrat sein Büro im dritten Stock, begrüßte seine Sekretärin und bat sie um eine Schmerztablette.

«Oder gib mir gleich zwei», sagte er.

Elvira war Mitte fünfzig und hatte ihren Dienst im Morddezernat etwa zur selben Zeit wie er angetreten. Er kannte ihren Mann, ihre beiden Kinder, und als vor zwei Monaten ihr erstes Enkelkind geboren worden war, hatte Marthaler ihr dreißig Mark gegeben und sie gebeten, ihrer Tochter einen Blumenstrauß von ihm mitzubringen. Wenn man ihn gefragt hätte, mit wem von seinen Kollegen er befreundet war, wäre ihm wohl zuerst Elvira eingefallen.

Er ging zum Waschbecken, ließ Wasser in einen Becher laufen und schluckte die beiden Tabletten.

«Zeig mir doch bitte mal deinen Dienstausweis?», sagte Elvira.

Marthaler schaute seine Sekretärin entgeistert an.

«Nun mach schon!», wiederholte sie ihre Aufforderung.

Er fasste in die Innentasche seines Jacketts und merkte, dass seine Brieftasche verschwunden war.

«Verdammt, ich hab sie doch vorhin noch …»

«Eine Kellnerin aus dem ‹Lesecafé› hat vorhin hier angerufen und gefragt, ob hier ein Hauptkommissar Robert arbeite. Tja, mein Lieber, vielleicht solltest du ein wenig besser auf deine Siebensachen Acht geben. Ein Bote hat die Brieftasche bereits gebracht. Sie liegt auf deinem Schreibtisch.»

«Gut. Danke», sagte Marthaler, der sich bemühte, die Situation rasch zu überspielen. Dennoch sah man ihm an, wie peinlich es ihm war, dass Elvira ihn wieder einmal bei einer Schusseligkeit erwischt hatte.

«Wo habt ihr den jungen Mann hingesetzt?», fragte er.

«Welchen jungen Mann?»

«Den, der die Leiche im Wald gefunden hat.»

«Du meinst Werner Hegemann? Der hat über zwei Stunden hier gewartet, ohne dass sich jemand um ihn gekümmert hat. Dann hab ich ihn nach Hause geschickt.»

«Du hast was?» Der Schmerz in Marthalers Kopf begann zu stechen.

«Er ist ein Zeuge, oder?», sagte Elvira.

«Dieser Hegemann hat versucht abzuhauen, als ihn ein

Forstbeamter neben der Leiche angetroffen hat. Und du lässt ihn einfach gehen?»

Elvira war völlig verdattert. Es war offensichtlich, dass sie sich keiner Schuld bewusst war. «Robert, das tut mir Leid. Ich hatte keine Ahnung. Es hat mir kein Mensch gesagt …»

«Wie lange ist das her?»

«Höchstens eine halbe Stunde.»

«Hast du wenigstens seine Adresse aufgeschrieben?»

«Ja, hier, ich habe mir seinen Ausweis zeigen lassen und alles notiert. Ich habe ihm gesagt, wir würden uns wieder bei ihm melden.»

Sie reichte Marthaler den Zettel. Unter der Adresse stand eine Telefonnummer. Er überlegte kurz, ob er Hegemann anrufen und ihn bitten sollte, wieder ins Präsidium zu kommen. Dann beschloss er, die angegebene Adresse aufzusuchen.

«Robert, bitte…», rief Elvira ihm nach.

Er hob die Hand. Dann ließ er die Tür hinter sich ins Schloß fallen. Er ging drei Zimmer weiter und wollte Kerstin Henschel bitten, ihn zu begleiten. Sie habe sich krankgemeldet, verkündete man ihm.

«Verdammt nochmal», schrie er. «Und ich habe Urlaub.» Auf dem Gang begegnete ihm der Schutzpolizist, der ihn am Morgen mit dem Motorrad zu Hause abgeholt und in den Wald gebracht hatte.

«Haben Sie Zeit, mich nochmal zu fahren?», fragte Marthaler. «Mit dem Motorrad geht es schneller als mit dem Wagen.»

«Warum nicht. Ich müsste nur kurz in der Zentrale Bescheid sagen.»

«Kommen Sie», sagte Marthaler, «das machen wir von unterwegs.»

Der Motoradfahrer streckte ihm die Hand entgegen.

«Manfred Petersen», sagte er, «vielleicht sollten wir wenigstens unsere Namen kennen, wenn wir schon unzertrennlich werden.»

«Entschuldigung», sagte Marthaler. «Ich heiße Robert.»

In den letzten Stunden war es warm geworden, der Himmel war blau, und von dem angekündigten Regen war nichts zu sehen. Marthaler kam es vor, als sei die ganze Stadt voller junger, glücklicher Paare, die offensichtlich endlos viel Zeit hatten, über die Plätze zu flanieren, die Sonne zu genießen und Geld auszugeben. An der ersten Ampel wählte er die Nummer der Zentrale und meldete, dass Manfred Petersen ihn nach Oberrad fahre. Langsam ließen seine Kopfschmerzen nach. An der Obermainbrücke überquerten sie den Fluss.

Die Adresse, die ihm Elvira aufgeschrieben hatte, lag am Ende der Offenbacher Landstraße, kurz vor der Stadtgrenze. Er gab Petersen ein Zeichen, dass sie ihr Ziel erreicht hatten. Sie stellten das Motorrad auf der Straße ab.

Das Zweifamilienhaus stammte aus den dreißiger Jahren und sah ziemlich heruntergekommen aus. Es lag direkt an der Straße, die nach Offenbach führte. Der Putz war verwittert und hatte durch die Abgase an manchen Stellen fast schwarze Flecken bekommen; von den Fensterrahmen blätterte die Farbe. Sie schauten auf die Klingelschilder, aber keines lautete auf den Namen Hegemann. Als Marthaler auf den obersten Knopf drückte, ertönte im Haus lautes Hundegebell. Dann ging über ihnen ein Fenster auf, und ein älterer Mann im Unterhemd schaute heraus.

«Was gibt's?», fragt er.

«Wir möchten zu Werner Hegemann.»

Der Mann schien erleichtert zu sein.

«Die wohnen im Hof», sagte er, «ich mach Ihnen auf.»

Marthaler drückte gegen die Gittertür, die sich nun quietschend öffnen ließ. Im Hof befand sich ein kleiner Anbau, der vielleicht einmal als Doppelgarage genutzt und später zu einer Wohnung ausgebaut worden war.

Marthaler klopfte an die Tür. Die Frau, die ihnen öffnete, hielt eine brennende Zigarette zwischen den Fingern. Sie hatte das graue Gesicht einer Kettenraucherin, war vielleicht Ende vierzig, schlank, sah aber verbraucht aus. Sie sprach einen starken österreichischen Dialekt und gab sich kaum Mühe, sich verständlich zu machen. Aus der Wohnung kam ihnen der Geruch von kaltem Rauch und Reinigungsmitteln entgegen.

«Was wollen Sie?»

«Wir suchen Werner Hegemann.»

«Mein Sohn schläft.»

Marthaler zeigte seinen Ausweis. «Lange kann er noch nicht schlafen. Wecken Sie ihn bitte!»

Marthaler merkte, dass die Frau nervös wurde und immer wieder an ihm vorbei in den Hof sah. Er drehte sich um. Der alte Mann im Unterhemd war aus dem Haus gekommen, machte sich an den Mülltonnen zu schaffen und äugte zu ihnen herüber.

«Also machen Sie schon, kommen Sie rein.»

Diese Frau spricht nicht, dachte Marthaler, diese Frau bellt. Sie drängte die beiden Polizisten in den engen, dunklen Flur und schloss rasch die Wohnungstür. «Was ist eigentlich los?»

«Hat Ihr Sohn Ihnen denn nichts erzählt?», fragte Marthaler.

«Was erzählt?»

«Dass er heute morgen im Wald eine Leiche gefunden hat?»

«Ich war den ganzen Vormittag einkaufen und bin gerade erst zurückgekommen. Eine Leiche?» Frau Hegemann drückte ihre Zigarette in einem unbenutzten Aschenbecher aus, den sie sofort wieder ausleerte und mit einer Spülbürste reinigte.

«Bitte, wecken Sie ihn jetzt.»

«Muss das sein?»

Marthaler merkte, wie die Wut in ihm aufstieg. Sie war eine jener Frauen, die ihrer Umgebung mit jedem Blick, mit jeder Geste zu verstehen geben wollen, dass sie eigentlich etwas Besseres verdient hätten. Er hatte die Frau vom ersten Moment an verabscheut – diese Mischung aus Verkommenheit und Putzwahn, aus Unterwürfigkeit und Unverschämtheit. Er war kurz davor, ausfallend zu werden.

«Jetzt machen Sie schon, sonst nehmen wir ihn fest», herrschte er sie an.

Plötzlich war die Frau wie verwandelt. Sie lächelte. Sie wurde freundlich.

«Sofort», sagte sie, «wenn die Herren, bitte schön, einen Moment in der Küche Platz nehmen wollen. Ich bin gleich zurück.»

Marthaler ahnte, dass er eines jener Wesen vor sich hatte, das so häufig geschlagen worden war, bis es auf nichts anderes mehr als auf Schläge reagierte.

Während die Frau nach nebenan ging, schauten Marthaler und Petersen sich um. So schäbig das Haus auch von außen aussah, es war, als wolle Frau Hegemann die Ärmlichkeit ihrer Wohnung durch übermäßige Sauberkeit ausgleichen. Die Decke auf dem Küchentisch war blütenweiß, die Fenster sahen aus, als seien sie gerade geputzt worden, die Spüle glänzte, nirgendwo stand oder lag etwas herum. Die beiden Polizisten hörten das Vorrücken des Sekundenzeigers und aus dem Nachbarzimmer die Mutter, die mit leiser Stimme versuchte, ihren Sohn zu wecken. Dann kam sie zurück. Sie lächelte wieder. Und steckte sich eine neue Zigarette an. «Ich werd den Herren einen Kaffee kochen.»

Während sie die Maschine mit Wasser füllte und das Pulver in den Filter schüttete, redete sie unentwegt auf ihre Gäste ein. Sie sang das Loblied ihres Sohnes, der jetzt hoffentlich keine Schwierigkeiten bekomme, sie klagte über das schwere Leben, das sie seit ihrer Scheidung zu führen gezwungen sei, und sie schimpfte über die Zustände in dieser Stadt, die sie lieber heute als morgen verlassen würde, um zurückzugehen nach Kärnten, wo, wie sie sagte, noch eine ganz andere Ordnung herrsche.

Dann steckte Werner Hegemann den Kopf zur Tür herein. Er wirkte benommen. Seine Augen waren gerötet. Marthaler bat ihn, hereinzukommen und sich zu ihnen zu setzen.

«Es wäre nett, wenn Sie nebenan warten würden», sagte er zu der Mutter.

Die Frau schaute ihren Sohn fast zärtlich an und strich ihm übers Haar.

«Keine Angst, mein Bub», sagte sie, bevor sie die Tür hinter sich schloss.

«Bitte erzählen Sie», sagte Marthaler.

Der junge Mann berichtete, dass er heute Morgen seinen Nachtdienst im «Lindenhof» beendet habe, dann mit dem Rad durch den Stadtwald gefahren sei und dort die Leiche gefunden habe.

«Im ‹Lindenhof›», fragte Marthaler, «das ist doch das Hotel, wo …»

«Ja», sagte Hegemann, «wo sich die hohen Herrschaften treffen werden.»

Marthaler fand, dass die Formulierung ein wenig verächtlich klang. Und ein wenig altmodisch. «Und was geschah, als Sie den Toten entdeckt hatten?»

«Mir wurde schlecht.»

«Und dann?»

«Dann war da dieser Mann.»

«Welcher Mann?»

«Dieser Förster.»

«Warum haben Sie versucht wegzulaufen?»

«Weil ich mich erschrocken habe.»

«Erschrocken? Weil Sie dachten, dass es der Mörder des jungen Mannes sein könnte?»

Hegemann nickte.

«Haben Sie schon einmal mit der Polizei zu tun gehabt?»

Hegemann schien überrascht zu sein von dieser Frage. Er zögerte einen Moment, dann sagte er: «Nein.»

«Wann haben Sie Ihren Dienst angetreten?», wollte Marthaler wissen.

«Um zwanzig Uhr gestern Abend.»

«Sie sind direkt von zu Hause gekommen?»

«Ja.»

«Wann sind Sie hier losgefahren.»

«Um kurz vor halb acht.»

«Und Sie haben dieselbe Strecke genommen?»

«Ja.»

Marthaler rechnete nach. Vor zwölf, höchstens vor sechzehn Stunden, hatte Schilling gesagt, sei der Tod des Opfers eingetreten. Das würde passen. «Kannten Sie den Toten?»

Wieder zögerte Hegemann.

«Kannten Sie ihn, oder kannten Sie ihn nicht?»

«Nein, ich glaube nicht. Aber ich habe sein Gesicht nicht so genau gesehen. Es waren überall Blätter.»

Marthaler konnte seine Abneigung gegen Hegemann nicht unterdrücken. Dieses verdruckste Muckertum, dieses verschlagene Muttersöhnchen war ihm zuwider. Er versuchte es mit einem Überraschungsangriff. «Könnte es nicht sein, dass Sie den Mann doch kannten, dass Sie ihn gestern Abend getötet haben, dass Sie seine Leiche versteckt, dann Ihren Dienst angetreten haben und heute Morgen zum Tatort zurückgefahren sind?»

Hegemann sah ihn an. Dann lächelte er und schüttelte den Kopf.

Daneben, dachte Marthaler. Das war ein ganz und gar blödsinniger Fehlschuss. Wenn Hegemann etwas mit dem Mord zu tun hätte, würde er nicht hier sitzen. Dann hätte er spätestens, als Elvira ihn aus dem Präsidium hat gehen lassen, die Flucht ergriffen. Jetzt habe ich ihn eingeschüchtert, und das ist das Dümmste, was man mit einem Zeugen machen kann.

«Ist Ihnen sonst noch etwas aufgefallen?»

Hegemann verneinte. Er wurde einsilbig. Es hatte keinen Zweck. Er wollte oder er konnte nichts mehr sagen.

«Bitte kommen Sie morgen früh ins Präsidium, damit wir Ihre Aussage protokollieren können», sagte Marthaler.

Dann verabschiedeten sie sich. Sie stiegen aufs Motorrad und fuhren zurück.

«Ich weiß nicht», sagte Petersen später, als sie in Marthalers Büro saßen, «ich glaube, ich kenne ihn. Ich bin ihm schon mal begegnet.»

«Werner Hegemann?»

«Ja, aber es fällt mir nicht ein, wann und wo ich ihn getroffen habe.»

«Überleg bitte.»

Fünf Die Wirkung der Tabletten hatte nachgelassen, und die Kopfschmerzen begannen von neuem.

«Vielleicht hast du einfach Hunger», meinte Elvira. «Was hältst du davon, wenn wir mal wieder gemeinsam in die Kantine gehen?»

«Ja», sagte Marthaler. «Kantine hört sich verlockend an. Stell einfach das Telefon auf die Zentrale um.»

«War wohl schlimm, die Sache im Wald?»

«So schlimm, dass ich nicht weiß, wie häufig ich einen solchen Anblick noch ertragen möchte. Ich habe Angst, irgendwann pensioniert zu werden und nur grässliche Erinnerungen an meinen Beruf zu haben. Übrigens wollte ich mich bei dir entschuldigen wegen vorhin. Du hast keinen Fehler gemacht, ich war nur so …»

«… ‹angefressen›, hätte meine Tochter das genannt.»

Marthaler lachte. «Ja, angefressen.»

«Schon gut», sagte Elvira.

«Wie geht es deinem Enkelkind?»

«Ach, dem geht es gut. Nur Sabine macht mir Sorgen. Sie kam vorige Woche abends zu mir und erzählte, dass ihr Mann bezweifelt, dass die Kleine von ihm ist.»

«Und was sagt Sabine dazu? Sie können doch einen Test machen lassen.»

«Das ist es ja. Sabine befürchtet, dass ihr Mann Recht hat. Sie sagt, sie sei sich selbst nicht ganz sicher.»

«O Gott.»

«Aber lass uns bitte nicht darüber reden. Ich habe zwei Nächte lang geheult und will nichts mehr davon hören. Du solltest nur wissen, wenn ich im Moment ein wenig neben der Spur bin, dann liegt es auch daran. Aber ändern kann ich ja doch nichts. Es ist ihr Leben.»

«Ja», sagte Marthaler, «und offensichtlich muss jeder auf seine eigene Weise unglücklich werden.»

Am Eingang der Kantine nahmen Marthaler und Elvira jeder ein Tablett. Während Elvira sich mit einem Salat, einem ungesüßten Apfelkompott und einem Fläschchen Mineralwasser begnügte, hatte Marthaler das Gefühl, sich für den entgangenen Urlaub entschädigen zu müssen. Er bestellte Rindergulasch mit Sauerkraut und Kartoffelbrei. Und als Nachtisch einen Vanillepudding mit Schokoladensauce. Dazu nahm er eine Flasche alkoholfreies Bier, besann sich dann aber und stellte noch eine zweite Flasche dazu.

«Irgendwas stimmt mit diesem Hegemann nicht», sagte er, «aber ich glaube kaum, dass er etwas mit dem Mord zu tun hat. Mag sein, dass er ein krummer Hund ist, aber er ist nur einfach zufällig dort vorbeigekommen.»

«Wisst ihr denn schon, wer der Tote war?»

«Nein, und es kann Tage oder Wochen dauern, bis ihn irgendwer vermisst. Und wir wissen noch nicht einmal, ob er Deutscher war. Genauso gut könnte es sich auch um einen Polen, einen Schotten oder einen Norweger handeln. Ich fürchte, wir werden ein Foto des Leichnams veröffentlichen müssen. Aber dann: Stell dir mal die Angehörigen vor, wenn sie morgens die Zeitung aufschlagen und das Foto ihres toten Sohnes oder Bruders erblicken.»

«Oder ihres toten Mannes.»

«Verdammt, Elvira, du hast Recht.» Marthaler schlug sich an die Stirn. Elvira sah ihn fragend an.

«Ich habe noch nicht einmal darauf geachtet, ob er einen Ehering trug oder nicht. Ich werde nachher gleich nachfragen.»

«Und was, wenn ihr einen Profiler vom BKA hinzuzieht?»,
fragte Elvira.

Marthaler verdrehte die Augen.

«Du liest wohl zu viele amerikanische Krimis», sagte er.
«Mal im Ernst, ich glaube kaum, dass wir damit in unserem
Fall weiterkämen. Ich nehme nicht an, dass wir es hier mit
einem geplanten Mord oder mit einem Serienkiller zu tun
haben. So, wie der Tote zugerichtet war, sieht mir das eher
danach aus, als habe der Täter sein Opfer zutiefst gehasst, als
habe er seine Wut an ihm austoben müssen. Wir müssen wissen, wer der Tote war, wie er gelebt hat, mit wem er zu tun
hatte, sonst kommen wir nicht weiter.»

«Weißt du, was mich wundert?», sagte Elvira. «Dass du nach
einem solchen Morgen mit so viel Appetit essen kannst.»

Marthaler hielt einen Moment inne und schaute sie an.

«Willst du mir auch das noch mies machen? Wenn ich nicht
einmal mehr essen könnte, würde ich einen solchen Fall bestimmt nicht durchstehen.»

Sie lachte.

Er schob sich den letzten Löffel Pudding in den Mund,
wischte sich mit der Serviette über die Lippen und sagte: «Außerdem hattest du Recht. Meine Kopfschmerzen sind wie
weggeblasen.»

Marthaler stand auf. «Wenn jemand nach mir fragt: Ich bin
im Kriminaltechnischen Labor. Und nachher fahre ich wohl
noch einmal in den Wald. Ich weiß nicht, ob ich später noch
reinkomme. Grüß deinen Mann von mir. Und grüß auch deine
Tochter.»

«Das mache ich. Soll ich ihr etwas ausrichten?»

«Ja, sag ihr... Nein, sag ihr lieber nichts.»

Marthaler mochte diese unangestrengten Gespräche mit
seiner Sekretärin, bei denen keiner dem anderen etwas beweisen musste und sie sich gegenseitig nichts übel nahmen. Sie

konnten über das Wetter reden, ohne damit etwas anderes zu meinen; sie konnten aber auch einfach schweigen, ohne dass es je peinlich wurde.

Auch für das Kriminaltechnische Labor war das alte Gebäude des Polizeipräsidiums längst zu eng geworden. Große Teile der Abteilung waren vor vielen Jahren ausgelagert und auf dem Gelände der Universität untergebracht worden. Nur Carlos Sabato hatte sich geweigert, mit seinen beiden Mitarbeitern umzuziehen, und stattdessen darauf bestanden, weiter im Keller des alten Präsidiums zu residieren. Hätte man ihm dieses Zugeständnis nicht gemacht, hätte er seinen Dienst bei der Polizei quittiert. Der Satz, mit dem er damals seine Kündigung angedroht hatte, war inzwischen legendär geworden: «Bevor ich hier weggehe, gehe ich hier weg», hatte er gesagt. Weil aber alle wussten, dass man einen Mann wie Sabato nicht so leicht würde ersetzen können, hatte man ihm schließlich erlaubt zu bleiben.

Und nicht nur das, man hatte ihm sogar gestattet, zwei Katzen in seinem Kellerverlies zu halten. Ein Zugeständnis, das bei einigen Kollegen zu der Einschätzung führte, dass dieser Mann ja wohl Narrenfreiheit genieße. Die Katzen waren zunächst im Besitz seiner Eltern gewesen, die sie auf die Namen Dolores und Ernesto getauft hatten. Als seine Mutter gestorben und sein Vater ins Altersheim gekommen war, hatte Sabato die beiden Tiere mit nach Hause genommen. Da sich nach kurzer Zeit jedoch herausstellte, dass seine Frau unter einer Allergie litt, war Sabato eines Morgens mit Ernesto und Dolores im Präsidium aufgetaucht und hatte sie, ohne lange zu fragen, auf dem Gang des alten Kriminaltechnischen Labors einquartiert. Dort hatten sie, verwöhnt von den Kolleginnen und Kollegen, gelebt, bis sie im letzten Frühjahr an ein und demselben Tag hochbetagt gestorben waren. Sabato hatte sich einen Tag Urlaub genommen und die beiden Tiere wie ein altes Ehepaar unter dem Apfelbaum in seinem Garten beerdigt.

Carlos Sabato war Mitte der fünfziger Jahre mit seinen Eltern von Llanes, einer kleinen Stadt in Asturien, nach Deutschland gekommen. Sein Vater hatte auf Seiten der Republikaner im Spanischen Bürgerkrieg gekämpft und später im Untergrund gearbeitet. Mit der Übersiedlung war er seiner Verhaftung durch die francistische Polizei nur knapp entkommen. So hatte die Familie denselben Weg über die alten Schmugglerpfade in den Pyrenäen genommen, den einige Jahre zuvor die deutschen Emigranten in umgekehrter Richtung auf ihrer Flucht vor dem Nazi-Regime gegangen waren.

Carlos, der zur Zeit ihrer Flucht noch ein Kind gewesen war, war in Frankfurt aufgewachsen, zur Schule gegangen, hatte hier studiert und schließlich sowohl in Biologie als auch in Chemie promoviert. Obwohl man ihm während seiner Studienzeit an mehreren europäischen Universitäten ein Stipendium angeboten hatte und er auch später jederzeit für das doppelte und dreifache Gehalt in eines der großen Industrielabors in Mailand, Lyon oder London hätte wechseln können, hatte er es immer abgelehnt, die Stadt zu verlassen. «Ich bin nicht gekommen, um zu gehen», hatte er gesagt, «ich bin gekommen, um zu bleiben.» Diesen Satz äußerte er allerdings auch dann, wenn er auf der Geburtstagsfeier eines Kollegen eingeladen war oder wenn man sich mit ihm nach Feierabend noch auf ein Glas in einer Apfelweinwirtschaft verabredete, was zur Folge hatte, dass ein mit ihm verbrachter Abend meist erst im Morgengrauen endete.

Carlos Sabato war knapp über einsneunzig groß, wog hundertzwanzig Kilo und war bekannt dafür, dass er im Restaurant zwei Menüs auf einmal bestellte. Er aß nicht nur übermäßig viel, sondern auch gerne und gut, und so besuchte ihn Marthaler gelegentlich in seinem Kellerverlies aus dem einzigen Grund, um Rezepte auszutauschen.

«Dein thailändisches Rindercurry», rief Sabato jetzt mit dröhnender Stimme, als er Marthaler durch den Gang kommen sah, «einsame Spitze. Hab ich noch am selben Abend gekocht.»

Dabei legte er die Kuppen von Daumen und Zeigefinger seiner riesigen Hand zusammen, führte sie an seine gespitzten Lippen und gab ihnen den Genießerkuss.

«Und weißt du, was ich als Nachtisch gemacht habe? Gebackene Babybanane, in Honig geschwenkt, mit Kokosflocken bestreut und mit einem Mangoschnaps flambiert. Ich sag dir, ein Gedicht.»

Dann öffnete er die Schublade seines Schreibtischs, zog eine kopierte DIN-A4-Seite heraus und überreichte sie Marthaler. «Und hier, mein Lieber, etwas ganz Spezielles für dich: grüner Spargel mit karamellisierten Riesengarnelen in einer süßscharfen Sauce aus Chili und Orangenlikör. Vietnamesisch. Musst du unbedingt ausprobieren. Ich sage dir …»

«Ich weiß», sagte Marthaler, «ein Gedicht.»

«Schöne Sauerei, die ihr mir da gebracht habt», meinte Sabato und zeigte hinter sich auf den Metalltisch, wo die blutgetränkten Kleidungsstücke des Mordopfers lagen. «Viel sagen kann ich allerdings noch nicht.»

«Das habe ich befürchtet.»

«Noch dazu haben die Kollegen von der Spurensicherung mal wieder Müllabfuhr gespielt und alles eingesammelt, was sie auf dem Waldboden gefunden haben. Hier, schau dir das an.»

Sabato hob ein sorgfältig beschriftetes Plastiktütchen nach dem anderen hoch und ließ sie wieder fallen.

«Kaugummipapier, Zigarettenstummel, ein Knopf, ein alter Socken, ein Fahrradventil, und hier, ein halbvergammelter

Frühstücksbeutel aus der Steinzeit. Das müssen wir jetzt alles untersuchen und kommen am Ende wahrscheinlich zu dem Ergebnis, dass keiner dieser Gegenstände irgendetwas mit dem Opfer oder dem Täter zu tun hat. Und schau dir das an: Hundehaare, nehme ich an. Was meinst du, wie viele Köter jeden Tag zum Gassigehen in den Wald geführt werden, sich dabei an einem Baum kratzen und ein paar Haare verlieren. Wenn wir die alle untersuchen wollten ...»

Marthaler hob die Hände.

«Schon gut», sagte er, «ich weiß, dass ihr viel zu tun habt. Aber wir wissen praktisch nichts. Und deshalb haben wir keine andere Chance, als alle Spuren auszuwerten.»

«Wisst ihr denn, wer der Knabe war?», fragte Sabato.

«Eben nicht.»

«Jedenfalls scheint er nicht arm gewesen zu sein.»

«Wie kommst du darauf?», fragte Marthaler.

«Die Klamotten, alles piekfeine Ware. Selbst die Unterhose ist ein Designermodell. Ich schätze mal, die hat allein siebzig Mark gekostet. Bei Woolworth hat der Junge jedenfalls nicht eingekauft.»

«Das ist ja schon mal was. Obwohl auch das nichts heißen muss.»

«Ach so», erwiderte Sabato ein wenig pikiert. «Dann nützen dir meine Informationen also nichts?»

«Komm, so war es nicht gemeint. Aber heute bestehen doch selbst die Kinder eines Arbeitslosen darauf, Markenkleidung zu tragen. Vielleicht hatte er Geld, vielleicht auch nicht. Mehr wollte ich nicht sagen. Hast du sonst noch was?»

«Nein, aber frag mich morgen Vormittag nochmal, dann sind wir ein Stück weiter.»

«Fast hätte ich es vergessen. Hast du in einer deiner Wundertüten vielleicht einen Ehering gefunden?», fragte Marthaler. «Oder ein anderes Schmuckstück?»

«Am besten noch graviert mit den Namen und Adressen von Opfer und Täter. Meinst du das? Nee, das hätte ich dir bestimmt nicht verschwiegen.»

«Eins zu eins», sagte Marthaler und grinste. «Ich meld mich morgen wieder.»

Sechs Als Marthaler aus dem Kellergeschoss in die Eingangshalle des Präsidiums kam, herrschte dort große Aufregung. Er
fragte einen der Schutzpolizisten, was los sei, und erfuhr, dass
schon wieder eine Bombendrohung eingegangen sei. Ein
anonymer Anrufer habe zehn Minuten zuvor angekündigt,
dass in einer halben Stunde auf dem Vorplatz des Hauptbahn-
hofs ein Sprengsatz detonieren werde. Das war der dritte Anruf dieser Art innerhalb der letzten Woche. Und selbstverständlich reagierte man am Vortag des Präsidentenbesuches
besonders nervös auf derlei Drohungen. Auch wenn sich in den
meisten Fällen herausstellte, dass es sich um blinden Alarm
und bei den Anrufern um verrückte Wichtigtuer handelte, war
man doch jedes Mal gezwungen abzuwägen, wie ernst eine solche Warnung zu nehmen war, welche Maßnahmen zum Schutz
der Bevölkerung getroffen werden mussten. Nachdem erst vor
ein paar Wochen bei einem Sprengstoffanschlag in Düsseldorf
neun Menschen verletzt worden waren, hatte man sich heute
in Frankfurt für die höchste Sicherheitsstufe entschieden.

Als Marthaler das Gebäude verließ, war bereits das gesamte
Viertel abgesperrt. Der Bahnhof lag nur zirka fünf Minuten
vom Präsidium entfernt, und schon am Platz der Republik traf
er auf die ersten Straßensperren. Der Zugverkehr und sämtliche Innenstadt-Linien von Straßen- und U-Bahnen waren bis
auf weiteres gestoppt worden. Überall wimmelte es von uniformierten Polizisten. Nach wenigen Minuten war der Verkehr in den angrenzenden Straßen der City zum Erliegen gekommen, und bald herrschte im gesamten Stadtgebiet ein
einziges Chaos.

Marthaler fluchte. Schon vor Wochen hatte er sich vorgenommen, endlich ein Fahrrad zu kaufen. Jetzt hätte er es gut gebrauchen können. Er griff in die Innentasche seiner Jacke und stellte fest, dass er seine Scheckkarte dabeihatte. Dann lief er los. Vor Jahren hatte er bei einer Ermittlung einen Verkäufer aus einem Fahrradladen im Nordend kennen gelernt, und nun beschloss er, den weiten Weg dorthin zu Fuß zu gehen. Dafür, sagte er sich, werde ich anschließend umso schneller vorankommen. Er lief über die Mainzer Landstraße, vorbei an den schimpfenden und hupenden Autofahrern, die dort in vier endlosen Reihen nebeneinander standen, bog ab in die Taunusanlage und nahm nun, an der Alten Oper und am Eschenheimer Turm vorbei, die Fußwege im so genannten Anlagenring, der die gesamte Innenstadt umschloss. Am Scheffeleck stellte er fest, dass hier der Verkehr nicht mehr ganz so dicht war. Er hielt ein Taxi an und bat den Fahrer, ihn ins Nordend zu fahren. Als er ausstieg, war er durchgeschwitzt. Er hatte Durst. Gegenüber dem Fahrradgeschäft befand sich ein Supermarkt. Marthaler ging hinein, kaufte sich in Anbetracht seiner sportlichen Zukunft, die in wenigen Minuten beginnen würde, zwei Dosen eines isotonischen Getränkes, die er noch vor dem Eingang leerte. Er warf die Dosen in einen Mülleimer und überquerte die Straße. «Rad und Tat» hieß der Laden, und jetzt fiel ihm wieder ein, dass er damals, als er dem Verkäufer begegnet war, sich lustig gemacht hatte über die etwas plumpe Pfiffigkeit dieses Firmennamens.

Er betrat das Geschäft und fragte nach Jens Müller.

«Der arbeitet schon seit Jahren nicht mehr hier», sagte ein junger Mann mit Spitzbart und dreifarbigen Haaren. «Aber vielleicht kann ich Ihnen ja helfen.»

«Ja. Ich möchte ein Fahrrad kaufen.»

Der Spitzbart grinste, und Marthaler merkte, wie idiotisch

ein solcher Satz inmitten von lauter Zweirädern klingen musste.

«An was haben Sie denn gedacht?»

«Ich weiß nicht», sagte Marthaler. «Es soll gut sein und
nicht zu teuer.»

Das Problem war, dass er sich nicht auskannte. Seit seinem
Umzug nach Frankfurt war er nicht mehr Rad gefahren, und
er hatte keine Ahnung, welches die Unterschiede zwischen
einem Trekking-, einem City- und einem Mountainbike waren.

«Wollen Sie nur in der Stadt fahren oder auch im Wald und
im Gelände?»

«Auch im Wald.»

«Warum nehmen Sie nicht ein Mountainbike?», fragte der
Verkäufer und zeigte auf ein ganzes Sortiment dieser Räder.

«Ich weiß nicht», sagte Marthaler, «finden Sie das nicht zu
gewagt? In meinem Alter?»

«Ach was, damit fahren doch heute alle rum.»

Marthaler ärgerte sich über den Überrumpelungsversuch
des Verkäufers.

«Nein, ich nicht», sagte er.

«Und was heißt bei Ihnen ‹nicht zu teuer›?»

Marthaler zögerte.

«Fünfhundert?»

Der Verkäufer schüttelte den Kopf.

«Dafür kriegen Sie höchstens Kaufhausschrott. Die Profi-
räder fangen bei viertausend an.»

Marthaler schüttelte den Kopf, erhöhte aber auf tausend
Mark.

«Das hört sich schon anders an.»

Am Ende hatte er ein silberfarbenes Tourenrad für fast 1500
Mark gekauft und außerdem eine Luftpumpe und ein Bügel-
schloss. Er hatte das Gefühl, viel zu viel Geld ausgegeben zu

haben. Trotzdem war er entschlossen, sich über sein neues Rad zu freuen.

Er fuhr los. Zunächst kam er sich ein bisschen lächerlich vor. Aber gleichzeitig war er stolz. Und als er am Fuß des Sachsenhäuser Bergs ankam, hatte er sich bereits an sein neues Fahrzeug gewöhnt und wunderte sich, dass er den Anstieg zum Henningerturm wirklich bewältigte. Als er den Südfriedhof erreicht hatte, war er außer Atem. Er bog in den Sachsenhäuser Landwehrweg ein und fuhr Richtung Goetheturm.

Marthaler hatte sich vorgenommen, noch einmal an den Fundort der Leiche zurückzukehren. Weil er sich im Stadtwald nicht auskannte, nahm er den gleichen Weg, den er am Morgen gemeinsam mit Manfred Petersen auf dem Motorrad gefahren war. Später würde er feststellen, dass es eine viel kürzere Strecke gab und dass die Stelle im Wald, wo der Tote gelegen hatte, kaum zehn Radminuten von seiner Wohnung entfernt lag.

Dort, wo die Kesselbruchschneise den Steinweg kreuzte, standen noch immer Polizisten und bewachten die Absperrung. Die Leiche hatte man zur Obduktion in das Gerichtsmedizinische Institut gebracht. Marthaler schloss sein Fahrrad ab und bat einen der Uniformierten, ein Auge darauf zu haben. Einige Kollegen der Spurensicherung suchten nun auch den weiteren Umkreis Zentimeter für Zentimeter ab. Marthaler nickte ihnen zu, er hatte nicht vor, sie bei ihrer Arbeit zu stören. Er wollte lediglich ein Gespür für das Gelände bekommen, wollte eine Vorstellung davon gewinnen, warum das Opfer und der Täter ausgerechnet hier aufeinander getroffen waren. Oder waren sie bereits gemeinsam gekommen? Kannten sie sich? Hatten sie ein Geschäft abgewickelt? Ging es um Drogen? Und warum war der junge Mann nicht einfach getötet, warum war er auf eine so barbarische Weise umgebracht worden? Sie wussten nichts. Und er fürchtete, dass sie so lange nicht weiterkommen würden, bis sie wussten, wer der Tote war.

Marthaler ging den Waldweg ein Stück hinunter. Noch immer versammelten sich Gruppen von Schaulustigen am Rand der Absperrung. Im Abstand von wenigen Minuten donnerten die Flugzeuge über den Wald hinweg. Marthaler verließ den befestigten Weg. Bereits ein paar Schritte weiter befand er sich im dichten Unterholz, und kurz darauf stand er vor einem weitmaschigen Zaun, der eine Schonung begrenzte. Er fand eine Stelle, wo der Zaun eingerissen war, und kroch durch die Öffnung. Er konnte nur noch gebückt gehen und musste sich durch das Dickicht der Büsche und Zweige hindurchkämpfen. Bald waren seine Arme und sein Gesicht zerkratzt. Er hatte Angst, die Orientierung zu verlieren. Und kaum Hoffnung, etwas zu entdecken, das ihnen weiterhalf.

Er hielt inne.

Für einen Moment hatte er geglaubt, in der Nähe ein Geräusch gehört zu haben.

Sein Atem ging schwer.

Er lauschte. Aber außer den Flugzeugen und dem Motorenlärm von der Babenhäuser Landstraße war nichts zu hören. Er machte sich auf den Rückweg, doch drei Schritte weiter blieb er wieder stehen. Sein Herz schlug ein wenig schneller. Da. Es war, als ob sich in seiner Nähe jemand bewegte und immer im selben Moment stehen blieb wie er selbst. Er wagte nicht, sich umzudrehen. Er bewegte den Kopf nach rechts und links und versuchte, etwas zu erkennen, aber das Gestrüpp war zu dicht.

Plötzlich hörte er hinter sich eine Stimme. «Mensch, Marthaler, du hast mich vielleicht erschreckt.»

Marthaler atmete durch.

«Danke, gleichfalls», sagte er und wandte sich um.

Es war Schilling, der jetzt hinter ihm auftauchte und ein Lächeln versuchte.

«Hatten wir wohl dieselbe Idee», sagte der Chef der Spurensicherung.

«Nee», sagte Marthaler, «nach Spuren habe ich nicht gesucht.»

«Sondern? Zum Pilzesammeln wirst du ja wohl auch nicht hergekommen sein. Und ich dachte, du wolltest mir meinen Arbeitsplatz streitig machen.»

«Ich weiß nicht. Ich wollte mich einfach mit dem Gelände hier ein wenig vertraut machen. Ich habe keine Ahnung, was ich sonst tun soll. Solange ich von euch kein Ergebnis bekomme, bin ich ratlos.»

«Komm», sagte Schilling, «ich zeige dir etwas.»

Sie kämpften sich durchs Unterholz, bis sie auf einen alten, offensichtlich kaum noch benutzten Weg gelangten, der genau zwischen dem Waldrand und dem vierspurigen Autobahnzubringer verlief.

«Bist du dir inzwischen sicher, dass der Fundort der Leiche auch der Tatort ist?», fragte Marthaler.

«Definitiv», sagte Schilling. «Es ist so viel Blut in den Waldboden gesickert, dass ein anderer Ort nicht in Frage kommt.»

«Das heißt, der Täter und das Opfer haben sich hier getroffen. Aber was haben sie hier gemacht? Welche Gründe fallen dir ein, sich im Wald aufzuhalten?»

«Warum gehst du in den Wald?»

«Um spazieren zu gehen.»

«Man kann hier Rad fahren, man kann Pilze oder Beeren sammeln, man kann seinen Hund ausführen, man kann den Wald auch einfach, wie Hegemann, auf seinem Weg zur Arbeit durchqueren. Man kann sich hier zu einem Picknick treffen oder um bei einer der Hütten zu grillen.»

«Oder man arbeitet hier. Es gibt Förster, Jäger, Waldarbeiter.»

«Und Polizisten.»

«Wieso Polizisten?»

«Wusstest du nicht, dass hier regelmäßig ein paar Kollegen Streife reiten?»

«Nein, das wusste ich nicht.»

«Aber es gibt auch Botaniker und Ornithologen, die sich hier aufhalten, Schulkinder, die eine Wanderung machen. Es gibt praktisch niemanden, der nicht gute, ganz und gar legale Gründe hätte, sich im Wald aufzuhalten.»

Inzwischen waren sie wieder an der asphaltierten Brücke in der Nähe des Tatortes angekommen. Schilling hatte auch dieses Gebiet absperren lassen. Zwei Schutzpolizisten standen in der Nähe und nickten ihnen zu.

«Hier», sagte Schilling und zeigte auf den Boden.

«Was meinst du?», fragte Marthaler. Er sah nur, dass einige Stellen auf dem Asphalt mit Kreide markiert worden waren.

Sie gingen beide in die Hocke.

«Es ist nicht sehr deutlich, aber einer unserer Leute hat es dennoch entdeckt», sagte Schilling.

«Fußabdrücke?»

«Ja, zumindest der vordere Teil einer Sohle, die wohl zu einem Sportschuh gehört. Und an dieser Sohle war Blut, mit hoher Wahrscheinlichkeit das Blut des Opfers. Je weiter wir uns vom Tatort entfernen, desto schwächer werden die Spuren, und, siehst du, hier hören sie plötzlich auf.»

«Das heißt?», fragte Marthaler.

«Das heißt, dass derjenige, der die Spuren hinterlassen hat, nicht mehr weitergegangen ist, dass er sich von dieser Stelle aus auf eine andere Weise fortbewegt hat.»

«Oder er hat die Schuhe ausgezogen.»

«Ja.»

«Also gut», sagte Marthaler, «sagen wir, diese Spuren stammen vom Täter. Sagen wir, er hat den Mann umgebracht, ist

dann zu seinem Auto oder Motorrad oder was auch immer gegangen und weggefahren. Das kann allerdings erst zu einem
Zeitpunkt geschehen sein, als der Regen aufgehört hatte und
der Asphalt schon wieder trocken war. Wie passt das mit dem
Todeszeitpunkt zusammen?»

«Das ist die Frage», sagte Schilling. «Deswegen bin ich mir
auch nicht sicher, ob die Spuren wirklich vom Täter stammen.
Und, schau mal genau hin, fällt dir nicht etwas auf?»

«Doch, der Schuh, der diese Abdrücke hinterlassen hat, ist
nicht sehr groß.»

«Genau. Ich würde schätzen Größe 39, maximal Größe 41.
Das heißt, sie stammen entweder von einem kleinen Mann
oder von einer Frau.»

«Bleiben wir einen Moment bei der Annahme, dass die
Spuren vom Täter stammen», sagte Marthaler. «Das würde
bedeuten, dass er sich nach dem Mord noch eine geraume Zeit
am Tatort aufgehalten hat.»

«Oder nach dem Regen noch einmal dorthin zurückgekehrt ist», erwiderte Schilling.

«Um was zu tun?»

«Tja, das müsstest wohl du herausfinden.»

«Um sich zu vergewissern, dass sein Opfer auch wirklich tot
ist? Oder dass es gut genug verscharrt ist?»

Marthaler und Schilling gingen zurück in den Wald. Marthaler vermied es, noch einmal zu der Stelle hinzuschauen, wo
am Morgen die Leiche gelegen hatte. Plötzlich hatte er es
eilig, von hier wegzukommen. Er öffnete das Schloss seines
Fahrrads und wollte gerade losfahren, als Schilling ihm noch
etwas zurief.

«Übrigens», sagte er, «mir ist noch ein weiterer Grund eingefallen, warum man sich im Wald aufhalten kann.»

Marthaler schaute ihn über die Schulter hinweg an. «Nämlich?»

«Um sich zu lieben», sagte Schilling.

Ja, dachte Marthaler, das ist auch eine Möglichkeit. Nur, dass das hier ganz und gar nicht nach Liebe aussah.

Die große schwarze Wolke, die am frühen Nachmittag für kurze Zeit den Himmel über der Stadt verdunkelt hatte, war wieder abgezogen, ohne dass es erneut geregnet hätte. Marthaler fuhr den Hainer Weg hinunter, machte aber schon am Südfriedhof wieder Halt und setzte sich dort, in der Nähe des Eingangs, auf eine Bank unter einen Baum. Er lächelte. Auf dem Grabstein direkt gegenüber seiner Bank stand in Frakturschrift der Name Johann Strauß, gestorben 1953.

Marthaler hatte sich am Vortag ein Päckchen Mentholzigaretten gekauft, das er sich für die Urlaubstage zugestanden hatte. Viele Jahre lang hatte er täglich mehr als dreißig Zigaretten geraucht, dann von einem Tag auf den anderen aufgehört und sich schließlich, als er sicher war, nicht wieder in seine alten Suchtgewohnheiten zurückzufallen, zum Gelegenheitsraucher entwickelt. Jetzt öffnete er das Päckchen, steckte sich eine an, legte den Kopf in den Nacken, schloss die Augen und versuchte, einen Moment lang an etwas anderes als an den Toten im Wald zu denken. Es gelang ihm nicht. Er hatte gerade beschlossen, Elvira anzurufen, um zu fragen, ob im Büro irgendwelche Nachrichten für ihn eingegangen seien, als sein Mobiltelefon läutete. Es war Manfred Petersen.

«Mir ist eingefallen, woher ich Werner Hegemann kenne», sagte er.

«Woher? Nein, lass! Wo bist du?», fragte Marthaler.

«Im Präsidium. In deinem Büro.»

«Warte auf mich. Ich komme sofort. Und bitte Elvira, die Espressomaschine vorzuheizen.»

Zwanzig Minuten später hatte er den Platz der Republik erreicht. Er fuhr auf den Hof, kettete sein Rad vor dem Hintereingang fest und stürmte die Treppen hinauf. Kurz bevor er sein Büro erreicht hatte, begegnete ihm Kerstin Henschel auf dem Gang.

«Was machst du denn hier?», fragte er außer Atem. «Ich denke, du hast dich krankgemeldet?»

«Quatsch. Wer erzählt denn so einen Unfug? Ich war nur kurz beim Arzt und habe mir ein paar Beruhigungstabletten verschreiben lassen.»

«Entschuldige. Und ich habe dich schon verflucht! Kannst du gleich mit in mein Büro kommen?»

Zu dritt saßen sie um den kleinen runden Besprechungstisch und rührten in ihren Tassen.

«Also?», sagte Marthaler und sah Petersen erwartungsvoll an.

«Ich bin Werner Hegemann nicht nur einmal, sondern bereits zweimal begegnet. Andernfalls hätte ich mich wahrscheinlich gar nicht an ihn erinnert. Der Groschen ist bei mir gefallen, als wir heute Mittag die Bombendrohung erhielten …»

«Was ist eigentlich daraus geworden?», fragte Marthaler.

«Blinder Alarm», sagte Petersen. «Aber mir ist plötzlich klar geworden, woher ich Hegemann kenne. Als ich mir im Frühjahr vor vier Jahren einen Gebrauchtwagen kaufen wollte, habe ich die Angebote im Kleinanzeigenteil der Zeitung durchgesehen. Eine dieser Annoncen hatte Hegemanns Vater aufgegeben, der damals in einem Bungalow auf der Berger Höhe wohnte. Ich fuhr hin, um mir den Wagen anzuschauen, und traf dort nur den Sohn, der mir die Garage aufschloss und das Auto zeigte. Ich habe den Wagen damals nicht genommen und hätte das Ganze sicher vergessen, wenn ich Werner Hegemann nicht drei oder vier Wochen später noch einmal begegnet wäre. Wenn ich mich recht erinnere, war es ein Freitagnachmittag. Im Waldstadion sollte zwei Stunden später ein großes Rockkonzert stattfinden, als wir gegen siebzehn Uhr eine telefonische Bombendrohung erhielten. Wir konnten den Anruf zurückverfolgen, er war aus einer öffentlichen Telefonzelle an der Wittelsbacher Allee gekommen. Als wir hinkamen, war der Anrufer zwar verschwunden, aber direkt nebenan befand sich eine Kneipe, die als Treffpunkt einer Gruppe rechter Jugendlicher bekannt war. Wir kontrollierten die Gäste, unter denen ich Werner Hegemann wieder erkannte. Obwohl wir ziemlich sicher waren, dass der Anruf aus diesem Kreis gekommen war, konnten wir niemandem etwas nachweisen. Es war übrigens auch damals blinder Alarm. Das Waldstadion wurde durchsucht, und das Konzert konnte mit einer Stunde Verspätung beginnen.»

Marthaler konnte seine Enttäuschung nur schwer verbergen. Er wusste nicht, was er gehofft hatte zu erfahren, aber er war sich jetzt sicher, dass Hegemann nichts mit dem Mord im Wald zu tun hatte.

Petersen schaute ihn an. «Du wolltest etwas anderes hören, nicht wahr?»

Marthaler schüttelte langsam den Kopf. «Nein, schon gut. Jedenfalls können wir uns jetzt Hegemanns merkwürdiges Verhalten erklären. Es ist, wie ich mir gedacht habe: Ganz sauber ist der Kerl nicht, aber in unserem Fall ist er lediglich ein Zeuge. Er hat die Leiche gefunden, und das ist alles.»

Marthaler stand auf, ging ans Fenster und schaute hinaus. Auf der gegenüberliegenden Straßenseite hockte ein Mädchen zwischen zwei parkenden Autos, band sich den Arm ab und setzte sich einen Schuss. Die Berufstätigen, die gerade Feierabend hatten, liefen an der jungen Frau vorbei, ohne sie zu beachten. Marthalers Kopfschmerz meldete sich erneut. Gerade wollte er seinen Kollegen vorschlagen, gemeinsam eine Pizza essen zu gehen, als Elvira den Kopf zur Tür hereinstreckte. «Robert, entschuldige bitte, Sabato ist am Telefon, er sagt, es sei dringend.»

Sieben Am Morgen desselben Tages, des 8. August 2000, nicht lange nachdem Werner Hegemann unweit der Kesselbruchschneise die unter Laub und Zweigen verborgene Leiche eines unbekannten jungen Mannes entdeckt hatte, näherte sich Manon auf dem Frankfurter Lerchesberg der Rückseite eines großen Hauses. Sie war auf einer Bank am Waldrand aufgewacht, wo sie sich kurz zuvor hingelegt hatte. Sie erinnerte sich an nichts.

Vielleicht wollte sie sich an nichts erinnern.

Sie schaute lange in den Himmel, wo ein Bussard seine Kreise zog. Dann beobachtete sie ein Eichhörnchen, das über ihrem Kopf in den Ästen eines Baumes herumkletterte.

Sie war müde. Sie schlief erneut ein und wachte wieder auf. Sie hatte Hunger, und sie fror. Sie zitterte am ganzen Körper. In ihrem Kopf war Nacht. Sie wusste nicht, wo sie war.

Das Haar hing ihr wirr um den Kopf, ihre Kleider waren zerrissen und mit Flecken übersät. Es schien, als sei sie zu jenem Zustand zurückgekehrt, in dem sie vor über einem Jahr bei der Witwe Fouchard angekommen war.

Vielleicht schien es nur so.

Sie erhob sich von ihrer Bank.

Hinter einem Baum versteckt, wartete sie, bis ein Spaziergänger mit seinem Hund hinter der nächsten Wegbiegung verschwunden war, dann stieg sie über den niedrigen Jägerzaun, lief an dem abgedeckten Swimmingpool vorbei über den kurz geschnittenen Rasen, betrat schließlich die Terrasse und versuchte, den Rolladen nach oben zu schieben. Als ihr das nicht gelingen wollte, ging sie um das Haus herum und ver-

91

suchte ihr Glück an den Fenstern des unteren Stockwerks, hatte aber auch dort keinen Erfolg.

Schließlich hatte sie eine Idee. Sie rollte eine der großen Mülltonnen an die Rückwand der Doppelgarage, kletterte auf den Deckel der Tonne, hielt sich an der Regenrinne fest und zog sich, indem sie beide Füße gegen die Wand stemmte, auf das Flachdach der Garage. Dort legte sie sich auf den Bauch, robbte vorsichtig bis an den vorderen Rand und vergewisserte sich, dass man sie von der Straße aus nicht sehen konnte. Das Haus hatte zum Wald hin ein tief gezogenes, nicht sehr steiles Dach, und so konnte sie sich, auf dem Bauch liegend und sich an den Ziegeln festklammernd, Stück für Stück in Richtung der Dachluke vorarbeiten. Als sie dort angekommen war, lockerte sie einen der Ziegel und schlug die Scheibe des kleinen Fensters ein. Sie hielt einen Moment inne, lauschte, und als sie sicher war, dass niemand das Geräusch des klirrenden Glases gehört hatte, entfernte sie sorgfältig die Scherben aus dem Rahmen und ließ sich durch die Öffnung ins Innere des Hauses gleiten.

Auf dem Dachboden fand sie nur einen Hometrainer, der lange nicht benutzt worden war, ein paar alte Matratzen, das verstaubte Gestell eines Kinderbettes, ein Regal mit alten Schuhen und ein weiteres mit Gläsern voller eingemachtem Obst. Da der Raum so niedrig war, dass sie nicht aufrecht stehen konnte, kauerte sie sich vor das Regal, öffnete ein Glas mit Birnen, trank den Saft aus und fischte sich eine Hälfte der süßen Früchte nach der anderen heraus. Mit dem Ärmel wischte sie sich über den Mund, dann klappte sie die hölzerne Bodenluke um, kletterte die steile Treppe hinab in die obere Wohnung und begann ein Zimmer nach dem anderen zu inspizieren.

Sie kam in ein Jugendzimmer, wo sie sich sofort für einen kurzen Moment auf das Bett legte, in dem sie später schlafen wollte. Sie durchwühlte die Schubladen des Schreibtischs, wo sie nichts fand, was sie gebrauchen konnte, öffnete den Schrank, sah aber sofort, dass dort nur die Kleidung eines Jungen aufbewahrt wurde. Vor dem Fenster stand ein Computer. Sie schaltete ihn ein, tippte einen Moment wahllos auf den Tasten des Keyboards herum, dann schaltete sie das Gerät wieder aus.

Im benachbarten Schlafzimmer der Eltern hatte sie mehr Glück. Ein Drittel des riesigen Wandschrankes war für Hosen, Hemden und Anzüge reserviert, der Rest war gefüllt mit Röcken, Blusen und Kleidern. Sie wählte ein tiefrotes kurzes Kleid und eine leichte schwarze Lederjacke. Dann nahm sie eine Garnitur dunkelroter Seidenunterwäsche, suchte sich aus dem Schuhschrank ein Paar schwarze Sportschuhe und warf alles auf den Sessel vor der Kommode. Sie zog sich aus, knüllte ihre verdreckten Kleider zusammen und schob das Bündel unter das Ehebett.

Dann lief sie über den Flur, suchte das Badezimmer und drehte an der Wanne das heiße Wasser auf. Sie kippte eine halbe Flasche Schaumbad hinein, setzte sich auf den Toilettendeckel und wartete, bis genügend Wasser eingelaufen war. Ihr Körper war mit Prellungen und Schürfwunden übersät. Nur ihrem Gesicht sah man nicht an, was geschehen war.

Nachdem sie fast eine Stunde reglos und mit geschlossenen Augen in der Wanne gelegen hatte, begann sie zu frieren. Sie seifte sich ein, schamponierte ihr Haar und brauste sich dann ausgiebig ab. An einem Haken fand sie einen Bademantel, wickelte sich darin ein, schlang ein Badetuch um ihre Haare, ging zurück ins Schlafzimmer und zog sich an. Anschließend nahm sie vor der Kommode Platz und begann, sich zu schminken. Als sie Lippenstift und Wimperntusche aufgetragen hatte, trat sie vor die verspiegelte Tür der Schrankwand, um sich zu betrachten. Sie lachte. Und jetzt erinnerte sie sich an den kleinen Jungen mit seinem roten Plastikauto, der sie gefragt hatte, ob sie eine Schauspielerin sei.

Sie stieg die Treppenstufen hinab ins Erdgeschoss und inspizierte auch hier nacheinander alle Räume. An der Wand neben der Wohnzimmertür drückte sie auf einen Schalter und erschrak, weil nicht, wie sie erwartet hatte, das Licht anging, sondern die Rolläden mit einem lauten Surren nach oben gezogen wurden. Das helle Tageslicht fiel durch die große Panoramascheibe. Zuerst schaute sich Manon die Bilder über dem Sofa an, dann ging sie zum Bücherregal und entnahm ihm mehrere Fotoalben. Sie setzte sich in den verschlissenen, bequemen Ledersessel neben der Terrassentür und begann zu blättern. Bald war sie ganz vertieft in das Leben der Familie, die auf den Fotos zu sehen war. Und immer spiegelte sich der dort abgebildete Gesichtsausdruck auf ihrem eigenen Gesicht wider. Sah sie das Foto der lächelnden Frau, dann musste auch Manon unwillkürlich lächeln, schaute der Junge finster in die Kamera, verdunkelte sich auch ihre Miene. Dabei fühlte sie weder Neid noch Mitleid, alles, was sie empfand, war eine tiefe Neugier auf das unbekannte Leben dieser fremden Leute.

Plötzlich merkte sie auf.

Sie hatte etwas gehört.

Ein Geräusch an der Eingangstür.

Jemand hatte einen Schlüssel ins Schloss gesteckt.

Acht Der 8. August war Herbert Webers letzter Arbeitstag vor Antritt seiner sechswöchigen Kur. Weber war sechsundfünfzig Jahre alt, hatte Herzrhythmusstörungen und fühlte sich seinem Job als Wachmann bei der Kelster-Sekuritas schon lange nicht mehr gewachsen. Die Wahrheit war, er hatte diese Tätigkeit von Anfang an gehasst.

Er war im vorletzten Kriegsjahr in Halle an der Saale geboren worden, im Osten Deutschlands aufgewachsen, hatte in seiner Geburtsstadt die Oberschule und später, nach seiner Zeit bei der Nationalen Volksarmee, in Leipzig die Universität besucht. In der kleinen Stadt Köthen, berühmt dafür, dass Johann Sebastian Bach dort als Hofkapellmeister gewirkt und seine Brandenburgischen Konzerte komponiert hatte, war Herbert Weber Lehrer für Sport und Polytechnik geworden. Er liebte seinen Beruf, die Schüler mochten ihn, und da er weder sehr mutig war noch besonders viel Phantasie hatte, war er im Großen und Ganzen mit seinem Leben zufrieden. Als bekannt wurde, dass er eine Beziehung zu einem seiner ehemaligen Schüler unterhielt, drängte man ihn, den Schuldienst zu quittieren. Er bekam eine Anstellung als Hilfsbibliothekar in der Werksbücherei einer örtlichen Maschinenfabrik, die aber 1991 von einem Duisburger Großunternehmen aufgekauft und ein dreiviertel Jahr später geschlossen wurde. Wie so viele seiner ehemaligen Kollegen sah er keine andere Möglichkeit, als in den Westen überzusiedeln und sich dort eine neue Arbeit zu suchen. Auf eine Zeitungsannonce hin meldete er sich bei der Kelster-Sekuritas und wurde schon wenige Tage später zu einem Vorstellungsgespräch gebeten. Weil er sich mit den Gepflogenheiten des westlichen Berufslebens nicht auskannte und weil er sich nicht noch einmal der Schmach einer Entdeckung aussetzen wollte, sagte er dem Personalchef sofort, dass er homosexuell sei. Der Mann hatte nur gegrinst und erwidert: «Was Sie sind, ist uns völlig egal, uns interessiert nur, dass Sie ordentlich arbeiten.»

In den mehr als sieben Jahren seiner Arbeit als Wachmann hatte er gelernt, zur Zufriedenheit seiner Vorgesetzten zu funktionieren. Aber zugleich spürte er, wie seine Erschöpfung von Jahr zu Jahr zunahm. Und er musste sich eingestehen, dass er sich bis heute in Westdeutschland nicht wohl fühlte. Dass man sich damals im Osten in sein Privatleben eingemischt hatte, hatte ihn verletzt wie nichts zuvor. Hier hingegen war alles gleichgültig. Er war glücklich oder unglücklich, er war krank oder gesund, es gab ihn oder gab ihn nicht – niemanden kümmerte es. Er hatte keine Freunde gesucht und infolgedessen auch keine gefunden. Er lebte alleine in einem möblierten Zimmer, für das er viel zu viel Miete zahlte, aber weder brachte er die Energie auf, mehr Gehalt zu fordern, noch sich eine andere Unterkunft zu suchen.

In den ersten Monaten seiner Zeit in Frankfurt war er gelegentlich durch die Bars im Bahnhofsviertel gezogen. Doch jedes Mal hatte er am nächsten Tag das Gefühl, zu viel Geld ausgegeben zu haben für ein Vergnügen, das ihm, kaum dass es vorbei war, entsetzlich schäbig vorkam. Inzwischen verbrachte er seine freie Zeit damit, dass er sich bei schönem Wetter in die S-Bahn setzte, in den Taunus fuhr und dort alleine spazieren ging. Wenn es regnete, blieb er in seinem Zimmer, setzte sich die Kopfhörer auf, hörte Musik und bastelte an seinen Schiffsmodellen.

Viele seiner meist jüngeren Kollegen kamen wie er aus dem Osten, aber sie alle waren bestrebt, sich dem neuen Leben in Westdeutschland anzupassen. Manche hatten bereits hier geheiratet und Kinder bekommen, und einer von ihnen, obwohl fünfzehn Jahre jünger als Weber, war inzwischen sein Vorgesetzter geworden. Er hatte angekündigt, «den Laden auf Vordermann» bringen zu wollen und die «Mannschaft entscheidend zu verjüngen». Diese Ankündigung war es wohl, die Herbert Weber ahnen ließ, dass er auch in seinem Job als Wachmann bald zu den Verlierern gehören würde. Immer wieder hatte ihn in den letzten Wochen ein stechender Schmerz in der linken Brusthälfte geweckt, und als der Arzt ihm dringend eine «Auszeit» empfahl und ihm eine Kur verschrieb, war er froh gewesen, für sechs Wochen den freudlosen Trott seines Alltags hinter sich lassen zu dürfen. Er wollte die Zeit nutzen, um Kraft zu sammeln – vielleicht für einen Neuanfang, jedenfalls aber dafür, bei der Kelster-Sekuritas zu kündigen.

Er hatte seine Koffer bereits am Vorabend gepackt, war am Bahnhof vorbeigefahren, um eine Fahrkarte zu kaufen, und hatte sich früh ins Bett gelegt, um seinen letzten Arbeitstag möglichst entspannt hinter sich zu bringen. Tatsächlich schlief er in dieser Nacht so tief und fest wie schon lange nicht mehr. Um sechs Uhr stand er auf, trank seinen Tee, den die Zimmerwirtin ihm vor die Tür gestellt hatte, zog seine Uniform an und fuhr mit der Straßenbahn zum Sitz der Wachfirma, um sich seinen Dienstplan für den heutigen Tag abzuholen.

Die Kelster-Sekuritas hatte in einem Hinterhof im Gutleutviertel das kleine, reichlich vernachlässigte Nebengebäude einer alten Fabrik und ein paar Parkplätze angemietet. Die Räume der Firma bestanden aus dem Büro des Geschäftsführers, einem Aufenthaltsraum für die Angestellten und der Funk- und Telefonzentrale. Ein vierter Raum diente als Abstellkammer und Archiv. Weber grüßte die mürrische Telefonistin, fragte, ob etwas Besonderes anliege, und machte eine Bemerkung über das Wetter. Dann ging er zu seinem Fach, nahm den Plan für den heutigen Tag, den Wagenschlüssel, das Funkgerät und das graue Kästchen mit den Schlüsseln für die Objekte, die er zu kontrollieren hatte. Er überflog das DIN-A4-Blatt, merkte, dass man ihm wieder drei Kontrollstationen mehr als üblich übertragen hatte, beschwerte sich aber nicht.

Die Kelster war ein vergleichsweise kleines Sicherheitsunternehmen, das hauptsächlich Privathäuser und kleinere Firmen betreute. Webers Aufgabe bestand darin, ein Objekt nach dem anderen abzufahren und zu überprüfen, ob alles in Ordnung war. Seine heutige Tour lag im Süden der Stadt und bestand hauptsächlich aus Einfamilienhäusern, einigen Gaststätten und Geschäften, ein paar Kiosken und einer Tankstelle. In den Jahren, seit er diese Stelle angenommen hatte, war Weber nie in eine wirklich brenzlige Situation geraten. Er hatte zwölf Einbrüche entdeckt, war ein paar Mal hinzugekommen, als man einen Ladendieb gestellt hatte, und hatte einmal eine Gruppe von Jugendlichen vertrieben, die sich am Türschloss einer Bauhütte zu schaffen machte. Bei jedem dieser harmlosen Ereignisse hatte sein Herz angefangen zu rasen, und jedes Mal hätte er am liebsten sofort gekündigt.

Herbert Weber stieg in seinen Dienstwagen, einen dunkelblauen Ford Escort, und fädelte sich am Baseler Platz in den Strom der Autos, die über die Friedensbrücke auf die andere Seite des Flusses nach Sachsenhausen wollten. Der Himmel war grau und wolkenverhangen. Die Fußgänger liefen mit hochgezogenen Schultern und mürrischen Gesichtern über die Bürgersteige zu ihren Arbeitsstellen. Die Möwen kreisten über dem trüben Wasser des Mains, und ein Lastkahn tuckerte langsam flussabwärts unter der Brücke hindurch.

Seine erste Station war eine kleine Konditorei. Er grüßte die Verkäuferin, eine dicke, immer fröhliche Frau, die ihn gelegentlich zu einer Tasse Kaffee einlud. Heute lehnte er dankend ab, ließ sich aber zwei belegte Brötchen einpacken und wartete, bis die Frau das Wechselgeld aus dem Tresor geholt hatte, um sich zu verabschieden. Dann besuchte er die Tankstelle auf der Mörfelder Landstraße, überwachte den Schichtwechsel und fuhr anschließend auf den Lerchesberg, wo er ein paar Privathäuser kontrollieren musste, deren Besitzer verreist waren. Als Erstes fuhr er zu einem Bungalow im Nansenring. Er öffnete die Haustür, warf einen Blick in den Flur und überprüfte die Alarmanlage. Alles war in Ordnung. Er machte einen Haken auf seiner Liste. Auch die nächsten Häuser waren ordnungsgemäß verschlossen.

Herbert Weber schaute auf seine Armbanduhr. Es war kurz vor neun. Er wickelte seine Brötchen aus, goss sich einen Schluck Tee aus der Thermoskanne in einen Becher und blätterte in der Tageszeitung. Als er sein Frühstück beendet hatte, war es wenige Minuten vor halb zehn. Seine letzte Station auf dem Lerchesberg war die Villa der Familie Brandstätter. Er kannte das Haus seit langem, es lag direkt am Waldrand, und er hatte es in den vergangenen Jahren in der Urlaubszeit schon häufig kontrollieren müssen. Als er heute vor der Garagenauffahrt parkte, hatte er ein merkwürdiges Gefühl. Etwas war anders als sonst, aber er hätte nicht sagen können, was. Er stieg aus dem Wagen und schaute sich um. Vielleicht war es der weiße Pajero, der unweit des Hauses halb verdeckt auf einem Waldweg stand und den er noch nie hier gesehen hatte. Andererseits gab es keinen Grund, deshalb misstrauisch zu werden. Ein Spaziergänger, ein Kleingärtner, ein Hundebesitzer, jeder konnte ein solches Auto hier abgestellt haben. Trotzdem war er beunruhigt. Er ging zur Haustür und lauschte. Nichts. Neben dem Klingelschild klebte ein Zettel mit der Ankündigung, dass der Bezirksschornsteinfeger in einer Woche zur Reinigung des Kamins kommen werde. Herbert Weber trat ein paar Schritte zurück und betrachtete das Haus von neuem. Dann fiel ihm auf, dass eine der Mülltonnen nicht an ihrem Platz stand. Dort, wo sie sich hätte befinden müssen, war ein trockener, heller Fleck, während die Platten rundherum noch feucht waren. Das hieß, dass jemand die Tonne entfernt hatte, nachdem es aufgehört hatte zu regnen. Er merkte, wie seine Aufregung wuchs. Er ging um das Haus herum und sah, dass die Tonne an die rückwärtige Garagenwand gerollt worden war. Auf dem Deckel entdeckte er eine Spur frischer Erde.

Einen Moment lang schloss er die Augen und atmete durch. Er hatte Angst, dass ihm sein Herz Schwierigkeiten machen würde.

Er legte den Kopf in den Nacken und schaute hoch. Es war, wie er befürchtet hatte. Die Scheibe des kleinen Dachfensters war zerbrochen. Und jetzt erst bemerkte er, dass der Rolladen des Salons nicht heruntergelassen war.

Was sollte er tun? Eigentlich hätte er sofort in der Zentrale anrufen und darum bitten müssen, dass man die Polizei verständigte.

Er entschied sich anders.

Er ging zurück auf die Vorderseite der Villa, suchte den Schlüssel, lauschte nochmals an der Haustür, und als er von innen kein Geräusch vernahm, öffnete er sie. Auf dem Boden der Diele lagen ein paar Briefe, die jemand durch den Schlitz geworfen hatte. Er hob die Briefe auf und legte sie auf das Buffet neben der Garderobe. Er ging die zwei Stufen zum Salon hinauf.

Die Tür war offen.

Er sah die Frau sofort.

Sie war jung. Sie gehörte hier nicht hin. Sie saß im Sessel am Fenster und hatte ein Fotoalbum auf dem Schoß. Sie sah ihm direkt in die Augen. Er entdeckte keine Spur von Furcht in ihrem Gesicht. Nur Neugier und Erstaunen.

Sie war sehr schön.

Er hatte das Gefühl, dass sie einander endlos lange anstarrten. Er atmete schwer. Er merkte, wie ihm unter dem Hemd ein paar Schweißtropfen den Oberkörper hinabliefen.

Dann drehte er sich um und ging zurück in die Diele. Die Haustür stand noch immer offen. Ohne zu zögern, ging er hinaus, zog die Tür ins Schloss und drehte den Schlüssel zweimal herum.

Dann setzte er sich in seinen Wagen. Er würde es nicht melden. Er würde sich keiner stundenlangen Vernehmung unterziehen und kein Protokoll unterschreiben. Er würde so tun, als sei nichts geschehen. Er lächelte. Wenn man ihn irgendwann fragte, würde er behaupten, dass zum Zeitpunkt, als er das Haus kontrollierte, noch alles in Ordnung gewesen sei. Er machte einen Haken auf seiner Liste. Er startete den Motor und fuhr los. Es kam ihm vor, als habe er zum ersten Mal in seinem Leben einen mutigen Entschluss gefasst. Morgen früh würde er seine Kur antreten.

Neun Als Robert Marthaler zum zweiten Mal an diesem Tag
in das Kellerverlies der Kriminaltechnik hinabstieg, war er gespannt, was Carlos Sabato ihm mitzuteilen hatte. Die Stimme
des schwergewichtigen Naturwissenschaftlers, der bekannt
dafür war, dass er sich so leicht durch nichts aus der Ruhe bringen ließ, hatte aufgeregt geklungen. «Kannst du sofort kommen? Ich muss dir etwas zeigen, ich habe etwas entdeckt», hatte er gesagt, aber mehr am Telefon nicht verraten wollen.

Als Marthaler sich jetzt dem Labor näherte, winkte der
andere ihn ungeduldig heran. «Wo bleibst du denn? Du
schnaufst ja wie ein Walross. Hier, sieh dir das an.»

«Was ist das?»

Sabato pickte mit einer Pinzette einen rötlichen Fetzen Papier von der Glasplatte auf seinem Labortisch und hielt ihn
Marthaler vors Gesicht.

«Schwierig zu erkennen», sagte Sabato, «aber ich nehme
an, es handelt sich um eine Tankquittung.»

«Wo hast du die her?»

«Sie befand sich in der rechten Hosentasche des Opfers.
Das Papier war zerknüllt und blutdurchtränkt, sodass man
kaum etwas entziffern konnte. Ich habe versucht, das Blut ein
wenig auszuwaschen.»

«7. August 2000», las Marthaler, «das war gestern. Und hier
steht auch die Uhrzeit: 15 Uhr 32.»

«Hab ich's nicht gesagt? Man muss nur den Chef kochen
lassen, dann kommen die Gäste auf ihre Kosten.»

«Nur, was nützt uns das, wenn wir nicht wissen, wo die
Quittung ausgestellt wurde. Der obere Teil ist abgerissen.»

«Abwarten», sagte Sabato, «wenn wir Glück haben, gibt es gleich noch einen Nachschlag.»

Er pickte mit seiner Pinzette einen weiteren Fetzen Papier aus der Lösungsflüssigkeit, drehte einen altertümlich aussehenden Heizlüfter an und hielt den Zettel in den warmen Luftstrom. Dann schaltete er eine große beleuchtete Leselupe ein, legte das Papier darunter und begann, es ausgiebig zu studieren. Marthaler konnte seine Ungeduld kaum beherrschen. «Was ist? Darf ich auch mal schauen?»

Sabato ließ sich Zeit. Dann schnippte er mit den Fingern und sah Marthaler an. «Wenn der Herr Kommissar vielleicht mitschreiben wollen: Die Tankstelle heißt Schwarzmoor und liegt an der B 3 nördlich von Karlsruhe. Alles da, was du brauchst. Adresse, Telefonnummer, Faxnummer und sogar ein E-Mail-Anschluss. Nur der Name des Toten steht nicht drauf.»

«Mann o Mann», sagte Marthaler, «das könnte was sein. Du bist wirklich ein Schatz.»

«Erzähl das meiner Frau», erwiderte Sabato.

«Fragt sich nur, ob sich jemand von den Angestellten der Tankstelle an unser Opfer erinnert.»

Marthaler fasste in die Innentasche seines Jacketts und stellte fest, dass er sein Handy im Büro liegen gelassen hatte. Als er Sabato bitten wollte, dessen Telefon benutzen zu dürfen, hielt der ihm bereits den Hörer hin.

Marthaler tippte die Nummer seines Abteilungsleiters in den Apparat und wartete. Als Herrmann sich meldete, startete Marthaler seinen Angriff. «Chef, ich wollte mich nur abmelden. Ich bin dann ab morgen früh im Urlaub. Die Unterlagen zu dem Mord im Wald lege ich Ihnen auf den Schreibtisch.»

Sabato schaute Marthaler fragend an, dann schaltete er den Lautsprecher des Telefons ein, um mithören zu können. Herrmann schrie.

«Sind Sie wahnsinnig, Sie können doch jetzt nicht so mir nichts, dir nichts verschwinden. Sie müssen …»

«Nicht in diesem Ton, Chef. Und müssen muss ich gar nichts. Mein Urlaub ist angemeldet und genehmigt.»

Herrmann schwieg einen Moment. Sabato schaute Marthaler an und grinste.

«Hören Sie, Marthaler», sagte Herrmann, jetzt schon wesentlich kleinlauter, «ich flehe Sie an. Lassen Sie mich bitte jetzt nicht im Stich. Wenn wir diese Sache hinter uns haben, tue ich Ihnen jeden Gefallen.»

«Nein, Chef, nicht, wenn wir die Sache hinter uns haben, sondern jetzt. Wenn Sie wollen, dass ich den Fall weiter bearbeite, dann zu meinen Bedingungen.»

«Und die wären?»

«Ich möchte, dass zwei unserer Leute, die Sie für den Präsidentenbesuch abgezogen haben, ab morgen früh für den Fall zur Verfügung stehen. Und zwar Döring und Liebmann.»

«Einverstanden.»

«Außerdem möchte ich, dass uns Manfred Petersen für die Dauer der Ermittlungen assistiert.»

«Wer ist Manfred Petersen?»

«Ein Schutzpolizist, den wir heute schon ein paarmal als Fahrer missbraucht haben.»

«Ein Schutzpolizist?»

«Ja, ein kluger Kollege. Er kann sich zu Kerstin Henschel ins Büro setzen. Dort gibt es einen freien Schreibtisch.»

«In Ordnung, wenn Sie meinen. Ich werde das organisieren.»

«Chef?»

«Was denn noch?»

«Ich wünsche Ihnen einen schönen Abend. Und: Danke schön.»

Als Marthaler den Hörer aufgelegt hatte, applaudierte Sabato. «Bravo, das war eine Glanzleistung in Verhandlungsführung.»

Aber Marthaler sah erschöpft aus. Er schüttelte den Kopf.

«Nein», sagte er. «Ich mag solche Spielchen überhaupt nicht. Und eigentlich schäme ich mich dafür. Aber manchmal habe ich den Eindruck, dass man diese Tricks von uns bereits so sehr erwartet, dass wir gar nicht mehr ernst genommen werden, wenn wir sie nicht anwenden.»

Zehn Manon war ruhig. Nachdem der fremde Mann das Haus verlassen hatte, war sie in die Küche gegangen. Sie durchwühlte Schränke und Schubladen. Auf einem Regal fand sie eine Blechkiste mit Papieren und Geld. Sie nahm die Scheine heraus und steckte sie in die Tasche der schwarzen Lederjacke. Sie war müde, aber schlafen wollte sie in dem Haus nun nicht mehr. Sie ging zurück ins Wohnzimmer, öffnete die Tür zur Terrasse und trat ins Freie. Es war ein warmer Tag. Sie hatte keine Pläne. Sie wusste nicht, wo sie war. Sie lief zur Vorderseite des Hauses und schaute sich um. Dann ging sie die Straße hinunter und freute sich über die schönen Blumen in den Vorgärten. Alles hier war sehr gepflegt. Die schwarzen Sportschuhe, die sie sich ausgesucht hatte, waren weich und bequem. Ihr Gang war leicht.

Man schaute ihr nach. Ihre Schönheit fiel auf, ihr Haar leuchtete in der Sonne.

Ein Bauarbeiter, der auf einem Gerüst stand, pfiff einen Schlager und rief ihr etwas zu. Ein paar Jungen, die mit ihren Rädern vor einer Garage standen, machten Bemerkungen. Als sie zu ihnen hinüberschaute, drehten sie sich weg und fingen an zu kichern.

Vor einem Zaun, hinter dem eine Frau ihren Rasen wässerte, blieb Manon stehen. Die Frau trug große rosafarbene Gummihandschuhe. Manon lächelte. Etwas unsicher lächelte die Frau zurück. Manon sagte, das seien die schönsten Handschuhe, die sie in ihrem gesamten Leben gesehen habe, und fragte, wo man sie kaufen könne. Sie sprach französisch, aber als sie merkte, dass die Frau sie nicht verstand, wiederholte sie den Satz sofort auf Deutsch. Die Frau war verärgert. Sie zog die Handschuhe aus, ließ sie achtlos auf den Rasen fallen, wandte sich ab und ging ins Haus. Manon blieb stehen und schaute ihr nach. Einen Moment lang überlegte sie, ob sie über den Zaun klettern und sich die rosa Gummihandschuhe holen solle. Dann erschien die Frau am offenen Küchenfenster. Sie hatte einen Telefonhörer in der Hand. Sie schrie Manon an, wenn sie nicht sofort verschwinde, werde sie die Polizei holen. Ihre Stimme überschlug sich, ihr Gesicht sah aus wie zerrissen. Manon hob ihre Hand zum Zeichen, dass sie keine bösen Absichten habe, aber die Frau schrie nur immer wieder: «Gehen Sie, gehen Sie!»

Manon ging.

An einer Bushaltestelle traf sie zwei Mädchen. Beide hatten Spangen im Mund, und beide hatten ihre Sporttaschen dabei.

«Ihr seid sehr schön», sagte Manon. «Wo wollt ihr hin?»

Die Mädchen schauten sich an.

«Ins Schwimmbad», sagte das ältere der beiden.

«Ich habe darüber gelesen», sagte Manon. «Dort würde ich auch gerne hingehen. Zeigt ihr mir den Weg? Ich werde euch nicht stören.»

Als der Bus kam, stieg Manon hinter den Freundinnen ein. Sie legte einen Geldschein auf das Tablett des Fahrers, nahm ihr Ticket, ließ aber das Wechselgeld liegen. Der Fahrer rief ihr nach, aber sie reagierte nicht. Sie setzte sich ans Fenster und lehnte ihre Stirn an die kühle Scheibe. Ohne noch einmal mit ihnen zu sprechen, sah sie immer wieder zu den beiden Mädchen. Als sie am Stadionbad ankamen, nickte die Ältere Manon zu.

«Hier ist es», sagte sie.

Manon stieg aus. Sie stellte sich hinter den anderen Neuankömmlingen am Kassenhäuschen an. Als sie an die Reihe kam, bezahlte sie wieder mit einem Schein, und wieder ließ sie die Münzen liegen.

«So werden Sie es aber nie zu was bringen, mein Fräulein», sagte die dicke Kassiererin.

Manon verstand nicht, was mit dem Satz gemeint war. Sie lächelte die Frau an und wünschte ihr einen schönen Tag. Sie erinnerte sich nicht, jemals zuvor so viele Menschen auf so engem Raum versammelt gesehen zu haben. Das bunte Gewimmel der Badegäste, die Rufe und Schreie der Kinder, die Geräusche des Wassers, der Geruch von Chlor und Sonnenöl, von Schweiß und gebratenen Würstchen verwirrte und erregte sie. Sie mochte den Anblick all der schönen und hässlichen halb nackten Körper, die sich auf den Wiesen wälzten oder im Wasser planschten. Sie verstand nicht, was sie sah, aber es gefiel ihr. Sie schlenderte zwischen den ausgelegten Badelaken umher und betrachtete ungeniert die Leute, die auf dem Bauch lagen und in einer Zeitschrift blätterten, die sich gegenseitig ihre Rücken mit dicken Cremes einmassierten, die mit weißen Plastikgabeln in riesigen Schüsseln mit Kartoffelsalat herumstocherten oder einfach mit geschlossenen Augen im Gras lagen und sich bräunen ließen. Sie schaute in die Gesichter. Sie lachte, wenn sie andere lachen sah, und schrie erschrocken auf, als ein Junge seinem Vater einen kleinen Plastikeimer voller Wasser von hinten über den Kopf goss.

Als sie über den Rand der Duschen balancierte und sich auf einen der Sprungblöcke setzte, um den Schwimmern zuzusehen, kam ein junger Bademeister und ermahnte sie freundlich. Sie fragte, was sie falsch gemacht habe, und erhielt zur Antwort, dass man den Schwimmbereich nur barfuß und in Badekleidung betreten dürfe.

Nach und nach gewöhnte sie sich an den Lärm und die Gerüche. Sie suchte sich einen der wenigen schattigen Plätze, legte sich auf den Rücken unter eine Linde, lauschte, ohne wirklich auf die Worte zu achten, noch eine Weile den Gesprächen ihrer Nachbarn, schaute über sich den schaukelnden Blättern zu, dann schloss sie die Augen und schlief ein.

Am Abend zuvor war Georg Lohmann früh schlafen gegangen. Er hatte einen langen Tag hinter sich, war zwölf Stunden in der Redaktion gewesen und hatte die meiste Zeit mit Vorbereitungen für seine Reise verbracht. Er hatte telefoniert, Faxe verschickt und sich von der Archivarin ein Dossier mit Hintergrundmaterial für die Reportage zusammenstellen lassen. Er arbeitete für den Reiseteil einer Hamburger Zeitung und sollte den Besuch des amerikanischen Präsidenten zum Anlass nehmen, einen Bericht über Frankfurt und seine Hotels zu schreiben.

Lohmann war zum zweiten Mal verheiratet und hatte mit seiner Frau einen fünfjährigen Sohn. Vor drei Jahren hatten sie sich im Alten Land südlich von Hamburg ein leer stehendes Bauernhaus gekauft, hatten es renoviert und waren froh, dass der Kleine nicht in der Großstadt aufwachsen musste. Eigentlich hatten sie verabredet, es bei diesem einen Kind zu belassen, deshalb war Heidi erstaunt, wie freudig ihr Mann die Nachricht aufgenommen hatte, als sie ihm vor zwei Wochen nach einem Arztbesuch mitteilte, dass sie erneut schwanger sei. «Endlich», hatte er gesagt und ihr gestanden, dass er schon lange nach einem Grund gesucht habe, weniger zu arbeiten und mehr Zeit für die Familie zu haben. Gleich am nächsten Tag war er zu seinem Ressortleiter gegangen und hatte ihn gebeten, ihn zum Jahresende von seiner Stelle als Reporter zu entbinden und ihm stattdessen einen Posten in der Redaktion zu geben. Lohmann war abends nach Hause gekommen, hatte zwei Flaschen Wein aus dem Keller geholt, dann hatten er und Heidi bis in die Nacht zusammengesessen und Pläne für ihr neues Leben zu viert gemacht. Sie wollten ein weiteres Kinderzimmer einrichten und vielleicht endlich auch den Stall wieder so weit in Stand setzen, dass sie ein paar Tiere halten konnten.

Der Wecker klingelte um sechs. Georg hatte bereits gepackt. Er kochte Kaffee, nahm sich eine Tasse und goss den Rest für Heidi in die Thermoskanne. Er deckte den Frühstückstisch, schrieb seiner Frau einen Gruß, schaute noch einmal in das Zimmer seines Sohnes und küsste den schlafenden Jungen zum Abschied aufs Haar. Dann setzte er sich in seinen Wagen und fuhr zum Flughafen nach Fuhlsbüttel. Er stellte das Auto im Parkhaus ab, gab seinen Koffer auf und saß eine halbe Stunde später in der Maschine nach Frankfurt.

Dies würde eine seiner letzten Reisen als Reporter sein, und er freute sich schon jetzt auf die Rückkehr zu seiner Familie. Er war fünfunddreißig Jahre alt, hatte in den letzten fünfzehn Jahren die halbe Welt bereist und war doch nirgendwo so gerne wie in seiner norddeutschen Heimat. Er mochte den Wind, das flache Land und den Dialekt seiner Kindheit. Hier verstand er die Leute, auch wenn sie wenig oder gar nicht sprachen. Und je älter er wurde, desto kleiner war seine Neugier auf unbekannte Gegenden und fremde Menschen geworden. Die vielen beruflichen Reisen hatten ihn im Laufe der Jahre zu einem häuslichen und familiären Menschen werden lassen.

Noch vor der Landung auf dem Frankfurter Rhein-Main-Flughafen begannen die Komplikationen. Der Copilot machte eine Durchsage und teilte den Passagieren mit, dass ihre Maschine keine Landeerlaubnis erhalte, da sich die Ankunft des amerikanischen Präsidenten verzögert habe und Teile des Flughafens aus Sicherheitsgründen noch immer abgesperrt seien. Als Georg Lohmann neunzig Minuten später endlich seinen Koffer abgeholt und drei Sicherheitschecks hinter sich gebracht hatte, musste er feststellen, dass der Bahnverkehr zwischen Airport und Innenstadt für die nächste Stunde eingestellt worden war. Mit der Rolltreppe fuhr er hinauf zur Haupthalle, verließ das Gebäude und versuchte, ein Taxi zu bekommen. Als er endlich einen freien Wagen erwischt hatte und den Fahrer bat, ihn in die Innenstadt zu bringen, teilte der ihm mit, dass er sich auf eine längere Fahrt gefasst machen solle, der Verkehr zwischen Flughafen und City sei fast vollständig zum Erliegen gekommen. Lohmann ließ sich auf das Polster der Rückbank fallen, öffnete das Fenster und schloss die Augen. Er war müde, schwitzte und sehnte sich nach einer Dusche in seinem Hotelzimmer. Nach fünfundvierzig Minuten hatten sie noch immer nicht das Stadtgebiet erreicht. In einer halben Stunde hatte er einen Termin mit dem Pressesprecher des Gaststättenverbandes. Auf den Straßen ging nichts mehr. Die Autos bewegten sich nicht einmal im Schritttempo. Er nahm sein Mobiltelefon und sagte den Termin ab.

Eine Weile später zeigte der Taxifahrer auf die gegenüberliegende Seite der Straße.

«Da», sagte er, «die haben es gut. Die gehen ins Schwimmbad.»

Georg Lohmann überlegte einen Moment. Dann zog er seine Brieftasche hervor, bezahlte den Fahrer und sagte: «Genau das werde ich jetzt auch tun.»

Er stieg aus, ließ sich seinen Koffer geben, kletterte über die Leitplanken und schlängelte sich zwischen den stehenden Autos hindurch. Er deponierte sein Gepäck bei der Kassiererin, lieh sich eine Badehose und ein Handtuch aus und beschloss, das zu tun, was jeder Reporter tat, wenn es Schwierigkeiten gab: Er würde diese Schwierigkeiten einfach zum Gegenstand seiner Reportage machen.

Er ging zum Schwimmbecken, legte sein Handtuch auf eine Bank, sprang ins Wasser und schwamm ein paar Bahnen. Dann nahm er eine kalte Dusche, trocknete sich ab, kaufte am

Kiosk eine Limonade und eine Portion Pommes frites. Als er beides verzehrt hatte, suchte er sich einen Platz auf der Wiese.

Da fiel ihm das Mädchen auf. Es hatte rote Haare und lag höchstens zwei Meter von ihm entfernt im Schatten einer Linde. Es war wirklich sehr hübsch ... Nein ... In Gedanken korrigierte er seine Formulierung sofort: Das Mädchen war nicht hübsch, es war außergewöhnlich schön. Hübsch wäre ein zu niedliches Wort gewesen für die Schönheit dieser jungen Frau. Sie schien zu schlafen. Sie lag weder auf einem Handtuch noch auf einer Decke. Sie war vollständig bekleidet. Doch hier, zwischen all den Frauen und Mädchen in ihren knappen Bikinis und Badeanzügen, war es genau dieser Umstand, der seine Aufmerksamkeit erregte. Er legte sich auf die Seite und schaute sie an. Er machte sich gar nicht bewusst, wie lange und wie ungeniert er sie anstarrte. Der Schatten verschob sich. Ihre Füße lagen bereits in der Sonne und bald auch ihre Beine. Er machte sich Sorgen, dass sie sich einen Sonnenbrand holen könnte. Am liebsten wäre er zu ihr hingegangen und hätte sein Handtuch über sie gebreitet.

Dann schlug sie unverhofft die Augen auf. Er schaute rasch weg, aber sie hatte schon bemerkt, dass sie beobachtet worden war.

Er versuchte seine Verlegenheit zu überspielen. Er zeigte in die Sonne und dann auf ihre Beine.

«Die Sonne», sagte er, «Sie müssen vorsichtig sein!»

Sie drehte sich ein wenig, bis sie wieder vollständig im Schatten lag.

Sie lächelte. Dann schaute sie knapp an seinem Kopf vorbei und wirkte einen Moment lang überrascht, irritiert. Lohmann hatte den Eindruck, dass sie dort, hinter ihm, jemanden sah, den sie kannte oder zu kennen meinte. «Wo sind wir?»

Lohmann wusste nicht, was die Frage bedeuten sollte. «Sie meinen ... das Schwimmbad?»

«Nein», sagte sie, «ich meine, in welchem Dorf sind wir?»

Lohmann lachte. «Sie sind wohl auch nicht von hier?»

Er rückte ein Stückchen näher. Sie hatte sich hingesetzt, die Knie angezogen und ihr Kinn darauf gelegt.

«Georg Lohmann», sagte er und streckte ihr seine Hand hin. «Wir sind in Frankfurt.»

Sie schob eine Strähne aus der Stirn und sah ihn an.

«Ich heiße Manon», sagte sie.

Elf Als Marthaler wieder in sein Büro kam, schaute er auf die Uhr. Es war kurz nach halb sechs. Elvira hatte ihm, bevor sie nach Hause gegangen war, noch einen Stapel Akten auf den Schreibtisch gelegt. Er würde sie sich morgen ansehen. Er ließ sich von der Telefonistin in der Zentrale die Privatnummer Manfred Petersens geben und rief ihn zu Hause an. Er entschuldigte sich für die Störung und fragte ihn, ob er sich vorstellen könne, für einige Zeit der Abteilung für Gewaltverbrechen als Assistent zugeordnet zu werden. Wie Robert Marthaler gehofft hatte, schien Petersen sich über diese Abwechslung zu freuen.

«Die Sache hat nur einen Haken», sagte Marthaler, «du müsstest noch heute Abend mit mir nach Baden-Württemberg fahren.»

«Nach Baden-Württemberg?»

«Ja, wir müssen in der Nähe von Karlsruhe die Angestellten einer Tankstelle vernehmen.»

«Warte einen Moment», sagte Petersen.

Marthaler hörte, wie er im Hintergrund mit einer Frau sprach. Dann kam er zurück ans Telefon. «In Ordnung, ich bin in zehn Minuten im Präsidium.»

«Nein, sagen wir lieber in einer Stunde bei mir zu Hause.»

Ohne anzuklopfen, betrat Marthaler das Büro von Kerstin Henschel. Er berichtete ihr von Sabatos Entdeckung.

«Petersen und ich werden nachher zur Tankstelle Schwarzmoor fahren», sagte er. «Vielleicht kann sich einer der Angestellten an den jungen Mann erinnern.»

«Und wenn nicht? Meinst du nicht, es würde genügen, dort anzurufen?», fragte Kerstin.

«Nein», sagte Marthaler, «ich glaube nicht an telefonische Ermittlungen. Wenn mir jemand eine solche Frage beantwortet, möchte ich sein Gesicht sehen, sonst habe ich das Gefühl, nur die halbe Wahrheit zu erfahren. Außerdem haben fast alle Tankstellen eine Videoüberwachung. Mit ein bisschen Glück ist das Band von gestern noch nicht gelöscht, und wir können es beschlagnahmen. Haben wir eigentlich schon ein Foto von dem Toten?»

«Ja, das Labor hat vorhin ein paar Aufnahmen hochgeschickt. Ich habe sie auf deinen Schreibtisch gelegt.»

«Danke. Und könntest du vielleicht noch in der Gerichtsmedizin anrufen, um zu erfahren, ob es bereits Ergebnisse gibt?»

«Schon geschehen», sagte Kerstin Henschel, «eine äußere Inspektion der Leiche haben sie bereits vorgenommen. Den Bericht bekommen wir morgen Mittag. Vorher schaffen sie es nicht.»

Marthaler nickte. «Dann mach jetzt Feierabend. Ich schlage vor, dass wir uns morgen früh um acht im Besprechungszimmer treffen.»

Marthaler ging zurück in sein Büro, um sich die Fotos vom Tatort anzusehen. Er fand sie unter den Akten auf seinem Schreibtisch. Er brauchte einen Moment, bevor er bereit war, sich die Bilder anzuschauen. Wieder starrten ihn diese vor Entsetzen aufgerissenen Augen an. Und wieder wurde er blass beim Anblick des Leichnams. Eine der Aufnahmen allerdings hatte der Laborant am Computermonitor so stark retuschiert, dass man kaum noch etwas vom Blut und den Verletzungen im Gesicht des Toten sah. Die Augen waren geschlossen, und fast hätte man meinen können, es handele sich um das Bild eines schlafenden Mannes. Wenn sie nicht bald die Identität des Toten ermitteln konnten, würde er diese Aufnahme an die Presse weitergeben.

Marthaler steckte das Foto ein. Er verließ sein Büro und grüßte auf dem Gang die türkischen Putzfrauen, die bereits mit ihrer Arbeit begonnen hatten. Er entschuldigte sich bei ihnen, dass er über das bereits gewischte, noch feuchte Linoleum gehen musste, aber sie schauten ihn nur ratlos und lächelnd an. Sie verstanden ihn nicht. Er zuckte mit den Schultern und wünschte ihnen einen schönen Abend.

Im Hof schloss er sein neues Fahrrad los und schob es bis zur Vorderseite des Präsidiums. Er trug es über die Straßenbahnschienen auf die andere Seite der Düsseldorfer Straße und fuhr dann durchs Bahnhofsviertel, wo bereits die Leuchtreklamen der Bordelle und Striptease-Lokale blinkten. Eine merkwürdige Mischung von Menschen hielt sich um diese Zeit hier auf: Bankangestellte auf dem Weg nach Hause oder in eine der Bars, neugierige Touristen, Japaner, Amerikaner, Franzosen, aber auch solche, die aus den Dörfern der Umgebung für einen Abend hierher kamen, um den Kitzel des Verbotenen zu genießen. Etwas weiter, schon in der Münchner Straße, dann die Besitzer und Kunden türkischer Gemüseläden und Metzgereien, schwarze Frauen, die sich in einem Laden namens Black Beauty frisieren ließen, Straßenmädchen auf der Suche nach Kundschaft, verwahrlost aussehende Junkies und Cracker, die auf den Bordsteinen saßen oder sich in einen Hauseingang drückten. Und von allen Seiten strömten die Freier herbei, um rastlos treppauf, treppab durch die Laufhäuser in der Mosel- und der Elbestraße zu streifen, bevor sie sich dann für zehn Minuten oder eine Viertelstunde von einem der Mädchen auf ein Zimmer locken ließen.

Sie alle, die dieses Viertel bevölkerten, traf man wieder in den zahllosen Gaststätten, und Marthaler hätte Lust gehabt, sich gerade heute für zwei, drei Stunden in eine dieser Kneipen zu setzen, dem Gerede am Tresen und den Schlagern aus der Jukebox zuzuhören und sich schweigend mit ein paar Bieren der Nacht entgegenzutrinken. Stattdessen fuhr er bis zum Theater, überquerte den Fluß auf der Untermainbrücke, schlängelte sich durch die schönen Altbauviertel Sachsenhausens und war erschöpft, als er den Anstieg des Großen Hasenpfades bewältigt hatte und vor seiner Haustür angekommen war. Er brachte das Rad in den Kellergang und schloss es ab.

Im Treppenhaus fing ihn die alte Hausmeisterin ab. Obwohl sie so tat, als sei ihr Zusammentreffen ein Zufall, hatte sie offensichtlich auf ihn gewartet. «Ah, schönen guten Abend, Herr Marthaler, gut dass ich Sie treffe.»

«Warum?», fragte Marthaler.

«Es gibt Klagen über Sie.»

«Von wem?»

«Das möchte ich nicht sagen. Aber Sie müssen daran denken, die Haustür abzuschließen.»

Marthaler hatte Mühe, freundlich zu bleiben.

«Ja», sagte er. «Ich werde es versuchen.»

«Das reicht nicht, Sie müssen es auch tun.»

Er merkte, wie sein Blutdruck stieg und wie er böse wurde. Er sah die alte Frau geradewegs an und schwieg. Sie wurde nervös und machte sich an ihrem Schlüsselbund zu schaffen.

«Ist das alles?», fragte Marthaler.

«Ich mein ja nur. Es passiert halt so viel. Das müssten Sie doch am besten wissen. Es ist halt nicht mehr wie früher, dass man alle Türen offen lassen kann.»

«Was meinen Sie mit früher?», fragte Marthaler. «Meinen Sie, als es noch einen Blockwart gab, der aufgepasst hat, dass keine jüdischen Hausierer und keine Zigeuner ins Haus kommen?»

«Also bitte, hören Sie mal, Herr Marthaler, ich tue doch nur meine Pflicht.»

«Genau», sagte er. «Das ist es, was ich meine.»

Er ließ die Hausmeisterin stehen und ärgerte sich noch im gleichen Moment über sich selbst.

Er zog die Wohnungstür hinter sich ins Schloss. Noch eine Viertelstunde, bis Petersen kommen würde, um ihn abzuholen. Marthaler schaltete die Musikanlage ein und legte eine Aufnahme mit den «Nocturnes» von Frederic Chopin in den CD-Spieler. Dann zog er sein Hemd aus, ging ins Bad und steckte den Kopf unter Wasser. Er nahm zwei Kopfschmerztabletten, ging zurück ins Wohnzimmer, ließ sich in den Sessel fallen und schloss die Augen. Als es an der Tür läutete, war er gerade eingeschlafen.

Zwölf Eine halbe Stunde später standen sie auf der Autobahn am Frankfurter Kreuz, wo sich wie jeden Abend um diese Zeit der Verkehr staute. Und auch als sie Darmstadt schon hinter sich gelassen hatten, kamen sie nur langsam voran. Zwischen dem Rhein und der Hessischen Bergstraße fuhren sie die alte A5 Richtung Süden. Die Sonne ging gerade unter, und auf den Dächern der Häuser, die sich östlich von ihnen an die Hänge drückten, spiegelte sich das rote Abendlicht.

«Wenn es dir nichts ausmacht», hatte Marthaler gleich gesagt, als er zu Manfred Petersen in dessen 190er Mercedes gestiegen war, «würde ich gerne einfach neben dir sitzen, ohne viel zu reden. Ich muss ein wenig zur Ruhe kommen.»

Petersen hatte genickt. Sie saßen eine ganze Weile schweigend nebeneinander, und als Petersen das nächste Mal zur Seite schaute, sah er, dass Marthaler eingeschlafen war.

Kurz hinter Heidelberg wachte Marthaler auf. Seine Halsmuskulatur war verspannt, aber immerhin hatte er sich ein wenig erholt. Er gähnte und streckte sich.

«Entschuldige, Manfred», sagte er, «ich weiß, ich bin kein sehr guter Beifahrer.»

«Schon gut», sagte Petersen, «es wird sowieso zu viel gequatscht. Nur musst du mir sagen, wann wir abfahren müssen.»

«Wir könnten die Abfahrt Richtung Bruchsal nehmen. Andererseits habe ich ziemlichen Hunger. Was meinst du, wollen wir noch eine Kleinigkeit essen?»

Sie beschlossen, die Autobahn bei nächster Gelegenheit zu verlassen. Marthaler schlug vor, ein Gasthaus mit angeschlossener Metzgerei zu suchen. Dort seien die Portionen meist größer und das Fleisch besser.

Petersen lachte, sein Adamsapfel hüpfte auf und ab. «Genau das hat mein Vater auch immer gesagt, wenn wir sonntags einen Ausflug gemacht haben und irgendwo einkehren wollten. Aber mir ist das ganz egal, ich bin Vegetarier.»

Zwanzig Minuten später saßen sie in einer kleinen Gaststätte in einem Ort namens Stettfeld. Das Lokal war fast leer, nur am Stammtisch saß eine Runde von Skatspielern bei Korn und Bier. Die Wirtin war allein und reagierte nicht eben begeistert, als sie hörte, dass sie nochmal in die Küche sollte. Marthaler versprach ihr ein gutes Trinkgeld, und so bekam er kurz darauf ein zartes Kalbsschnitzel, während Petersen sich mit einer Portion Pommes frites und Salat begnügte.

«Als ich dich vorhin anrief … die Frau, mit der du gesprochen hast … seid ihr verheiratet?», fragte Marthaler.

«Inge? Nein, verheiratet sind wir nicht, aber schon lange zusammen. Allerdings ist die Stimmung nicht gerade gut im Moment, und ich fürchte, dass es bald zu Ende sein wird.»

Marthaler schwieg.

«Wir haben uns vor vier Monaten eine gemeinsame Wohnung genommen und streiten seitdem unentwegt. Vielleicht liegt es an mir. Ich bin zu eifersüchtig. Jedenfalls sagt sie das.»

«Immerhin», sagte Marthaler, «dann hast du sie doch wirklich gern. Und ich dachte, so etwas wie Eifersucht würde es gar nicht mehr geben.»

Petersen schaute ihn fragend an. Marthaler lachte.

«Schon gut», sagte er. «Du hast gerade geschaut, als sei ich nicht recht bei Trost. Du musst wissen, ich bin in diesen Dingen nicht gerade auf dem neuesten Stand. Na komm, lass uns gehen.»

Marthaler wunderte sich selbst, dass er Petersen gegenüber so offen war. Aber er hatte den hoch gewachsenen Schutzpoli-

zisten mit dem kurzen Kraushaar und dem auffälligen Adamsapfel sofort gemocht. Er kam ihm vor wie ein großer, freundlicher Rabe.

Er zahlte und gab der Wirtin zehn Mark Trinkgeld. Sie bedankte sich überschwänglich, wünschte einen schönen Abend
und war sichtlich irritiert, als Marthaler sagte, dass es doch
immer wieder erstaunlich sei, wie sehr die Laune mancher
Menschen vom Geld beeinflusst werde.

Sie bogen auf die Bundesstraße 3, durchquerten die Innenstadt von Bruchsal, und als Marthaler gerade meinte, jetzt
könne es nicht mehr lange dauern, bis sie die Tankstelle
Schwarzmoor erreicht hätten, verlangsamte Petersen bereits
die Fahrt und zeigte nach links.

«Schau mal, dort könnte es sein. Sieht allerdings aus, als
hätten sie schon geschlossen.»

Marthaler stutzte. Er hatte eine moderne Rastanlage mit
einer großen, hell erleuchteten Tankstelle erwartet, aber was
sie nun sahen, waren zwei Zapfsäulen auf einem düsteren
Gelände, ein heruntergekommenes Haus aus den dreißiger
Jahren, in dem sich der Kassenraum befand, im Anbau eine
Werkstatt, vor deren Tor ein klappriger Abschleppwagen
stand, und nebenan ein riesiges Grundstück, das einmal ein
Obstgarten gewesen sein mochte, aber nun als Abstellplatz für
eine große Anzahl gebrauchter, zumeist schrottreifer Autos
diente. Marthalers Hoffnung, hier ein Videoband mit einer
Aufnahme des Opfers beschlagnahmen zu können, schwand
mit dem ersten Blick, den er auf die Tankanlage warf.

«Ein Fledderer», sagte Petersen, als er den Wagen an einer
der beiden Zapfsäulen abstellte.

«Ein was?», fragte Marthaler.

«Solche Firmen gibt es überall in der Nähe der Autobahnen. Kleine Schrott- und Abschleppunternehmer, die darauf
hoffen, dass bei den zahlreichen Pannen und Unfällen etwas

für sie abfällt. Meist haben sie einen Informanten bei der Autobahnpolizei oder bei einem der großen Automobilclubs, der sie mit Tipps versorgt. Man nennt diese Firmen Fledderer. Oft unterhalten sie ein, zwei Zapfsäulen, an denen man noch vom Tankwart bedient wird.»

Das Tor zur Werkstatt wurde ein Stück aufgeschoben, und heraus kam eine kleine, schlanke Frau mit dunklen, kurzen Haaren. Sie hatte einen Blaumann an und wischte ihre Hände an einem ölverschmierten Lappen ab.

«Die Tankstelle ist schon geschlossen?», fragte Petersen.

Die Frau lächelte.

«Kein Problem», sagte sie. «Was soll's denn sein?»

«Voll tanken, bitte.»

Die Frau hängte den Benzinschlauch in den Tankstutzen und begann die Scheiben des Autos zu säubern. Anschließend überprüfte sie den Ölstand. Marthaler war ausgestiegen. Er stellte sich vor und zeigte seinen Ausweis.

«Hätten Sie einen Moment Zeit?»

Sie hob die Augenbrauen, blieb aber freundlich. Ihre dunklen Augen leuchteten.

«Bitte», sagte sie, «kommen Sie rein.» Und an Petersen gewandt: «Das Auto können Sie neben den Abschleppwagen stellen.»

Die beiden Männer folgten der Frau in den Kassenraum.

Sie zeigte auf ein kleine Sitzgruppe, bestehend aus einem alten, aber bequem aussehenden Sofa und zwei Sesseln, die zwar ebenso alt sein mochten, aber nicht zur gleichen Garnitur gehörten. Überhaupt wirkte der Raum viel wohnlicher, als man es hinter einer solchen Fassade erwartet hätte.

«Möchten Sie etwas trinken?», fragte die Frau. «Ein Bier? Einen Espresso?»

«Espresso wäre prima», sagte Marthaler.

«Gerne, für mich auch», sagte Petersen.

Die Frau ging in einen Nebenraum. Als sie wiederkam, hatte sie ihren Blaumann ausgezogen, sich die Hände gewaschen und servierte den Kaffee.

«Ecco», sagte sie, «due espressi per lo signori. Womit kann ich dienen?»

«Sie sind Italienerin?»

Sie schüttelte den Kopf. «Nicht mehr. Ich lebe seit zwanzig Jahren hier und habe voriges Jahr die deutsche Staatsbürgerschaft angenommen. Entschuldigung, ich habe mich noch nicht vorgestellt, ich heiße Paola Gazetti.»

«Hatten Sie gestern Nachmittag ebenfalls Dienst, Frau Gazetti?», fragte Marthaler.

«Wenn Sie mir jetzt Ihr Mitleid ersparen, verrate ich Ihnen, wie es ist: Ich habe immer Dienst.»

«Die Firma gehört Ihnen?»

«Ja», sagte sie. «Ich habe sie übernommen, als mein Mann starb.»

«Er kam auch aus Italien?»

«Seine Eltern stammten aus den Abruzzen, aber er war bereits hier geboren. Aber ich denke, Sie sind nicht gekommen, um sich meine Familiengeschichte anzuhören.»

«Nein», sagte Marthaler. «Wir haben heute Morgen in einem Wald bei Frankfurt die Leiche eines unbekannten jungen Mannes gefunden. In der Kleidung des Toten befand sich eine Quittung Ihrer Firma. Deshalb sind wir hier. Wir wüssten gerne, ob Sie sich an den Mann erinnern.»

Marthaler zog das Foto aus der Innentasche seines Jacketts und reichte es der Frau. Paola Gazetti schaute es sich lange an, dann hob sie die Schultern.

«Tut mir Leid», sagte sie. «Aber den Jungen habe ich nie gesehen.»

«Aber Sie waren gestern Nachmittag hier?»

«Ja.»

Doch dann schien sie zu stutzen.

«Warten Sie, da fällt mir etwas ein. Um wie viel Uhr ist die Quittung ausgedruckt worden?»

«Um 15.32 Uhr», sagte Marthaler.

«Nein, stimmt», sagte sie, «da war ich kurz auf der Bank. Mein Neffe war hier, um mich zu vertreten.»

«Ihr Neffe?»

«Ja, der Sohn meiner Schwägerin. Er hat gerade Abitur gemacht und wartet auf den Beginn seines Studiums. Er schraubt gerne an Autos herum und hat in den letzten Wochen öfter in der Werkstatt ausgeholfen. Er kam um kurz vor zwei und ist so gegen vier wieder gegangen.»

«Hat er irgendetwas gesagt? Gab es besondere Vorkommnisse?»

«Besondere Vorkommnisse?» Ihre Augen blitzten, und ihre Stimme klang ein wenig belustigt. «Eine solche Formulierung kann auch nur ein deutscher Commissario benutzen. Nein, er hat nichts gesagt. Keine Vorkommnisse.»

Marthaler, der sich etwas darauf zugute hielt, das so genannte Beamtendeutsch möglichst zu vermeiden, fühlte sich ertappt. Um seine Verunsicherung zu überspielen, schlürfte er an seiner leeren Espressotasse und fragte: «Und wo können wir Ihren Neffen finden?»

«Ich weiß nicht, vielleicht ist er zu Hause, vielleicht ist er bei seiner Freundin.»

«Können wir ihn telefonisch erreichen?»

Marthaler bereute seine Frage, kaum hatte er sie gestellt. Er ahnte, dass ihr eine ironische Bemerkung der Frau folgen würde. Doch diesmal beließ sie es bei einer Gegenfrage.

«Kennen Sie einen Achtzehnjährigen, der kein Handy besitzt? Warten Sie, ich gebe Ihnen die Nummer.»

«Offen gesagt, wäre es mir lieber, Sie würden erst einmal mit ihm sprechen.»

Sie war hinter den Kassentisch gegangen und tippte eine Nummer ins Telefon. «Guido, mein Schatz, wo bist du? ... Hör mal, hier sind zwei nette Polizisten aus Frankfurt, die gerne wissen möchten, ob es Vorkommnisse gab, als du gestern hier warst.»

Über den Hörer hinweg lachte sie den beiden Männern zu. Marthaler machte eine Geste, die heißen sollte, dass er jetzt verstanden habe, der Witz sei ausgereizt. Dann hielt er das Foto in die Höhe. Die Werkstattbesitzerin nickte.

«Pass auf, die beiden würden dir gerne ein Foto zeigen. Soll ich sie zu dir schicken, oder magst du vielleicht herkommen? ... O.k., bis dann.»

Sie legte den Hörer auf und hob bedauernd die Arme. «Ihm ist auch nichts aufgefallen. Aber er wird in zehn Minuten hier sein, dann können Sie selbst mit ihm sprechen. Wenn es Ihnen nichts ausmacht, gehe ich wieder in die Werkstatt. Soll ich Ihnen was zum Knabbern hinstellen?»

Aber bevor die beiden Polizisten noch antworten konnten, stand schon ein Teller mit Keksen und Salzstangen vor ihnen auf dem Tisch.

«Charmant, nicht wahr?», sagte Petersen, als Paola Gazetti den Raum verlassen hatte.

«O Gott, ja», sagte Marthaler. «Ich komme mir so ... ich weiß nicht ... so schwerfällig vor gegenüber dieser Frau. Schwerfällig und grässlich alt. Man möchte am liebsten einen Volkshochschulkurs in südlicher Lebensart belegen.»

«Lieber nicht», sagte Petersen, «dabei käme doch nichts heraus. Am Ende würden wir uns so täppisch bewegen wie eine Freundin von Inge, eine ostdeutsche Krankenschwester, die auf jeder Feier ihren orientalischen Bauchtanz vorführt und sich dabei ganz und gar verrucht vorkommt.»

Marthaler lachte. «Da hast du wohl Recht. Bevor man sich lächerlich macht, bleibt man lieber, wie man ist.»

Nach zwanzig Minuten hielt ein rotes Sportmotorrad direkt vor der Tür. Paola Gazettis Neffe war anderthalb Köpfe größer als seine Tante, aber ebenso freundlich. Er nahm seinen Helm ab, zog die Handschuhe aus und begrüßte die beiden Polizisten.

«Entschuldigen Sie die Verspätung», sagte er, «aber das Ding wollte nicht anspringen. Sie wollten mir ein Foto zeigen?»

«Ja», sagte Marthaler und überreichte ihm das Bild des Toten. «Ist Ihnen dieser Mann schon einmal begegnet?»

Guido schaute sich das Foto lange an. Dann nickte er. Marthaler merkte, wie sein Herz schneller zu schlagen begann. «Sie kennen ihn?»

«Der hat gestern hier getankt. Allerdings sieht er auf dem Bild ein bisschen blasser aus. Ist er ... tot?»

«Ja, er ist tot. Bitte erzählen Sie alles, was Ihnen aufgefallen ist.»

«Die genaue Uhrzeit kann ich nicht sagen. Aber es wird so zwischen drei und vier Uhr am Nachmittag gewesen sein.»

«Es war um 15.32», sagte Marthaler ungeduldig, «wir haben den Kassenbon. Erinnern Sie sich, was für einen Wagen er fuhr?»

«Natürlich erinnere ich mich. Es war ein alter Fiat Spider, dunkelgrün, metallic, mit Speichenfelgen. Sehr gepflegt. Der Wagen war ein Traum. Ich schätze mal, Baujahr '78 oder '79. Ohne das Auto würde ich mich an den Typen von dem Foto wahrscheinlich nicht so gut erinnern. Ich habe ihn gefragt, ob er ihn verkaufen will. Aber der hat nur gegrinst und mich angeguckt, als ob ich mir ein solches Auto bestimmt nicht leisten könne. Ziemlich arrogant wirkte der Typ und irgendwie weggetreten.»

«Weggetreten?»

«Ja, so, als ob er irgendwas genommen hätte. Und die anderen wirkten auch nicht gerade wach. Ich hab noch gedacht, dass es schade wäre, wenn die das schöne Auto jetzt irgendwo vor die Wand setzen.»

«Welche anderen?», fragte Marthaler. «Der Mann war nicht alleine?»

«Nein», sagte Guido. «Es waren noch zwei Typen in dem Auto und eine junge Frau.»

«Würden Sie die anderen auch wieder erkennen?»

Gudio schüttelte den Kopf.

«Die Männer bestimmt nicht», sagte er. «Vielleicht die Frau. Die war wirklich ziemlich hübsch. Aber nein, auch die würde ich wohl nicht mehr erkennen. Ich glaube, sie hat geschlafen.»

«Und haben Sie gesehen, aus welcher Richtung die vier kamen und wohin sie gefahren sind?»

«Na, jedenfalls stand der Wagen mit der Schnauze Richtung Bruchsal, da werden sie wohl von Süden gekommen und nach Norden gefahren sein.»

«Haben Sie vielleicht gehört, ob sie sich über irgendetwas unterhalten haben?»

Guido hob bedauernd die Schultern. «Tut mir Leid. Aber … wollen Sie gar nicht die Autonummer wissen?»

Marthaler und Petersen schauten sich entgeistert an.

«Sie wollen sagen, dass Sie sich das Kennzeichen gemerkt haben?», fragte Marthaler.

Guido grinste. Er schien sichtlich Spaß an der Verblüffung der beiden Beamten zu haben.

«Nicht vollständig», sagte er, «aber es war eine Frankfurter Nummer mit den Buchstaben FS. Das ist mir aufgefallen, weil es das Kürzel von Fiat Spider ist. Die Zahlen weiß ich allerdings nicht.»

Marthaler war aus seinem Sessel aufgestanden. Er lief in

dem kleinen Raum auf und ab. Es war nicht viel, was sie jetzt hatten, aber es war viel mehr, als sie hatten hoffen dürfen.

Petersen nahm Guidos Personalien auf.

Die Polizisten bedankten sich bei dem Jungen.

Dann gingen sie nach nebenan in die Werkstatt, wo Paola Gazetti, die wieder ihren Blaumann angezogen hatte, an der Werkbank saß und an einer Lichtmaschine herumschraubte. Sie sah jetzt müde aus und hob entschuldigend ihre ölverschmierten Hände, als Marthaler sich von ihr verabschieden wollte.

«Danke für den Kaffee und die Kekse», sagte er. «Ihr Neffe hat uns sehr geholfen. Sie können stolz auf ihn sein.»

«Ja», sagte sie, «das bin ich auch.»

Sie folgte den beiden Polizisten auf den Hof und winkte ihnen zum Abschied nach. Marthaler drehte sich um und sah die kleine Frau im Halbdunkel stehen. Er ließ die Scheibe herunter und winkte ebenfalls.

Dreizehn Als sie wieder auf der Landstraße fuhren, fragte Petersen, welchen Grund denn eine Tante habe könne, stolz auf ihren Neffen zu sein.

«Ich weiß nicht», sagte Marthaler, «ich wollte einfach etwas Nettes zu ihr sagen, aber mir fiel nichts Besseres ein. Und du hast ja gehört, sie *ist* stolz auf ihn.»

Er schaute auf die Uhr. Es war kurz vor Mitternacht. Er gähnte. Er kramte sein kleines Notizbuch aus der Innentasche des Jacketts, dann tippte er die Nummer von Kerstin Henschel in sein Mobiltelefon. Es dauerte lange, bis sich jemand meldete.

«Kerstin? Robert hier. Entschuldige, ich weiß, dass es spät ist, aber könntest du mir einen Gefallen tun?»

«Habt ihr etwas herausgefunden?» Sie sprach leise, stockend. Es klang, als sei sie gerade aus dem ersten Tiefschlaf erwacht.

«Ja, wir haben eine halbe Autonummer. Und es wäre wichtig, dass du gleich noch eine Halteranfrage in die Wege leitest.» Marthaler gab seiner Kollegin die Daten durch und bat sie, sofort wieder anzurufen, wenn sie etwas herausgefunden hatte. Dann fragte er Petersen, ob er vielleicht das Steuer einmal übernehmen solle.

«Willst du denn?»

«Ehrlich gesagt, wenn es nicht sein muss …»

«Es muss nicht sein. Du magst keine Autos, nicht wahr?»

«Jedenfalls hasse ich es, selbst Auto zu fahren. Ich mag es so wenig, wie ich es mag zu telefonieren. Ich finde, das eine ist nicht die richtige Art, sich fortzubewegen, und das andere nicht die richtige Art, miteinander zu reden.»

«Klingt ein bisschen …»

«Wie? Weltfremd? Altmodisch? Verschroben?», fragte Marthaler.

«Ja. Ein kleines bisschen kauzig», sagte Petersen.

Marthaler seufzte. Kauzig. Das war genau der Charakterzug, den er immer öfter an sich beobachtete. Und er hatte Angst, mit zunehmendem Alter zu einem jener Sonderlinge zu werden, hinter dessen Rücken die anderen grinsten und sich viel sagende Blicke zuwarfen.

«Findest du mich unzumutbar?», fragte er.

Petersen lachte.

«Nein, keineswegs. Jedenfalls nicht so unzumutbar wie die meisten telefonierenden Autofahrer.»

Sie hatten gerade die Landesgrenze überquert und das «Willkommen-in-Hessen»-Schild passiert, als Kerstin Henschel sich wieder meldete. Marthaler war von einer Sekunde auf die andere hellwach. Er schaltete die Innenbeleuchtung an und notierte eilig die Informationen, die ihm Kerstin mitteilte.

«Was ist?», fragte Petersen. «Haben wir ihn?»

«Noch nicht ganz», sagte Marthaler. «Es sind drei Fiat Spider mit der Buchstabenkombination FS in Frankfurt gemeldet. Einer gehört einer Frau, der andere einem älteren Mann. Der dritte ist auf den Namen Jörg Gessner gemeldet. Und jetzt hör zu, was Kerstin herausbekommen hat: Gessner ist achtundzwanzig Jahre alt und bereits zweimal vorbestraft – einmal wegen Zuhälterei, das andere Mal wegen Hehlerei. Auf den sollten wir uns vorerst konzentrieren. Er wohnt in der Wetteraustraße.»

«Aber wir suchen die Identität eines Mordopfers und keinen Kriminellen aus dem Rotlichtmilieu», sagte Petersen.

«Ja», erwiderte Marthaler, «aber wer würde sich besser als Opfer eignen? Wer selbst gefährlich ist, der lebt auch gefährlich. Und außerdem ist ja noch gar nicht gesagt, dass Gessner auch derjenige ist, der gestern Nachmittag den Wagen gefahren hat.»

Als sie Frankfurt erreichten, war es kurz nach halb zwei. Die Stadt war dunkel und die Straßen leer. Nur wenige Autos begegneten ihnen: ein paar Taxis, ein paar Streifenwagen, ein Nachtbus. An einem 24-Stunden-Imbiss auf dem Alleenring machten sie Halt. Marthaler ging hinein. Hinter dem Tresen stand eine junge dunkelhäutige Frau. Sie trug eine rote Bluse und auf dem Kopf ein ebenso rotes Häubchen. Sie schaute Marthaler an. Er bestellte vier Dosen Cola und zwei Käse-sandwichs.

«Du viel müde», sagte sie, während sie die Waren in eine Plastiktüte packte.

«Ja», sagte Marthaler.

«Cola nix gut. Du besser schlafen. Cola nix gut für Magen.»

«Morgen», antwortete er und bezahlte. «Morgen werde ich schlafen.»

«Was machen wir jetzt?», fragte Petersen, als Marthaler wieder neben ihm saß.

«Ich weiß nicht. Lass uns zu Gessners Adresse fahren, dort werden wir entscheiden.»

Langsam fuhren sie an einer Reihe dunkler Einfamilien-häuser vorbei. Als sie fast am Ende der Wetteraustraße ange-kommen waren, zeigte Petersen auf ein zweistöckiges Reihen-haus. «Dort ist es.»

Hinter den geschlossenen Vorhängen eines Fensters im Erdgeschoss brannte Licht. Petersen parkte den Wagen zwan-zig Meter weiter am Rand einer Kleingartensiedlung. Er stell-te den Motor ab und schaltete die Scheinwerfer aus.

«Lass uns reingehen», sagte Marthaler. «Ich will nicht bis morgen warten.»

Leise schlossen sie die Wagentüren und gingen durch die

131

Dunkelheit zu dem Haus. Das Gartentor stand offen. Über einen Plattenweg erreichten sie die Haustür. Marthaler legte seinen Kopf an die Tür und lauschte einen Moment. Er nickte. Es war jemand zu Hause. Jedenfalls hörte man Stimmen aus einem Fernsehapparat. Dann drückte er auf den Klingelknopf. Sie warteten. Der Fernseher wurde abgestellt, sonst geschah nichts.

Marthaler klingelte wieder. Instinktiv griff er unter sein Jackett und überprüfte den Sitz seiner Dienstwaffe. Er schwitzte. Er hatte Angst.

Im Haus rührte sich nichts.

Zwei Minuten später wurde auch das Licht im Erdgeschoss ausgeschaltet. Marthaler trat einen Schritt zurück. Er sah, wie der Vorhang sich bewegte. Dann schlug er mit der Faust gegen die Tür. «Machen Sie bitte auf! Hier ist die Polizei.»

«Scheiße», sagte eine Männerstimme im Inneren des Hauses. «Was gibt's?»

«Herr Gessner?»

«Ja.»

«Machen Sie auf! Wir müssen mit Ihnen reden.»

Ein dicker Mann in Unterhemd und Jogginghose schaute durch den Türspalt. Der Geruch von Bier und Zigarettenqualm schlug den beiden Polizisten entgegen. Marthaler zeigte seinen Ausweis.

«Sind Sie Jörg Gessner?», fragte er.

«Nee.»

«Sondern?»

«Markus Gessner.»

«Aber eine Person namens Jörg Gessner ist hier gemeldet», sagte Marthaler und musste, kaum hatte er den Satz ausgesprochen, daran denken, dass Paola Gazetti ihn bei einer solchen Formulierung wohl ausgelacht hätte.

«Is mein Bruder», sagte Gessner.

«Und ist Ihr Bruder zu Hause?»

«Nee, hab ihn seit zwei Tagen nicht gesehen.»

Marthaler und Petersen sahen sich an. Marthaler zog das Foto des Toten aus der Tasche und reichte es dem Mann.

«Ist das Ihr Bruder?»

Gessner lachte. Aber sein Lachen ging in einen keuchenden Hustenanfall über. Marthaler schauderte beim Anblick dieses Mannes, in dessen Züge sich die Niedertracht regelrecht eingegraben hatte.

«Nee», sagte Gessner und wischte sich mit dem Handrücken über den Mund, «mein Bruder is nicht ganz so tot.»

«Aber Ihr Bruder fährt einen metallicgrünen Fiat Spider?»

«Hat er mal, tut er aber nicht mehr. Hat ihn am Freitag verkauft.»

«Scheiße», entfuhr es Marthaler. «Und darüber gibt es einen Vertrag?»

«Bestimmt. Aber was geht mich das an?»

Marthaler nickte. Er gab Markus Gessner seine Visitenkarte und bat ihn, sobald sein Bruder wieder auftauche, diesem auszurichten, er möge sich umgehend im Polizeipräsidium melden.

Marthaler fühlte sich wie zerschlagen, als sie in Petersens Wagen saßen. Das war eine jener Situationen gewesen, die jeden Polizisten vorzeitig altern ließen. Man klingelte mitten in der Nacht an einer fremden Tür und wusste nicht, was einen erwartete. Würde man bedroht werden? Würde man eine Todesnachricht überbringen müssen? Würden einen die Informationen, die man erhielt, ein Stück weiter bringen, oder würden sie einen zurückwerfen? Und was, wenn man belogen wurde? Vielleicht stimmte es ja gar nicht, dass Jörg Gessner seit zwei Tagen verschwunden war; vielleicht hatte er hinter einer Tür gestanden und das Gespräch vom Nebenzimmer aus mit angehört. Vielleicht saß er jetzt mit seinem Bruder am Küchentisch, trank Bier und lachte über die beiden Polizisten, die sich so leicht hatten abwimmeln lassen.

So war es immer. Man schaute in Gesichter, die man lieber nicht gesehen hätte, die man aber nie wieder vergessen würde. Man erhielt Einblicke in das Privatleben fremder Leute, und es war selten angenehm, was man dort sah. Marthaler kam es vor, als würde die Verkommenheit immer größere Ausmaße annehmen.

Er wickelte sein Käsesandwich aus und nahm einen Bissen, aber er merkte, wie sein Magen sich wehrte.

«Ich kann nicht mehr», sagte er. «Mich ekelt vor diesen Typen.»

«Komm», sagte Petersen, «es sind nicht alle so.»

«Aber die meisten, mit denen wir es zu tun haben. Die einen haben Geld, die anderen nicht. Das ist der einzige Unterschied.»

«Du bist müde. Ich fahr dich nach Hause.»

«Ja», sagte Marthaler, «lass uns Schluss machen für heute, wir sind beide erschöpft.»

Eine Viertelstunde später stand er vor seinem Haus im Großen Hasenpfad. Die Rücklichter von Petersens Wagen verschwanden in der Dunkelheit. Marthaler schaute in den Himmel. Der Mond schien.

«Und du da oben», fragte der Kommissar, «kotzt es dich auch manchmal an, was du hier unten so zu sehen bekommst?»

Er erwartete keine Antwort und war froh, dass ihn niemand hören konnte.

Als er bereits in seiner Wohnung war und die Schuhe ausgezogen hatte, fiel ihm ein, dass er wieder vergessen hatte, die Haustür abzuschließen. Es war ihm egal.

Er warf einen Blick auf die Fensterfront gegenüber, aber dort war alles dunkel. Er ließ den Rollladen herunter und legte wieder eine CD mit Stücken von Chopin in den Spieler. Diesmal war es die Aufnahme, die Martha Argerich 1965 in den Abbey-Road-Studios eingespielt hatte. Ohne sich auszuziehen, legte er sich aufs Sofa. Er wollte an etwas Angenehmes denken, aber es fiel ihm nichts ein. Zwei Minuten später war er eingeschlafen.

Vierzehn Am Morgen des 9. August saß die Braut am Fenster
und weinte.

Die Zeitung, die der Bote schon um halb sechs vor die mit
einem Blumenherz geschmückte Eingangstür geworfen hatte,
lag noch immer dort. Niemand im Haus interessierte sich für
die neuesten Nachrichten. Alle warteten auf Bernd Funke, den
Bräutigam. In der Mitte des Blumenherzens standen mit gol-
denen Buchstaben die Namen «Bettina + Bernd».

Erst vor wenigen Wochen waren die beiden in ihr neues
Haus eingezogen, das ihnen Bernds Vater, ein bekannter
Sportarzt und Orthopäde, als Verlobungsgeschenk am Ortsrand von Bonames gebaut hatte. Noch immer standen Bauma-
schinen auf dem Grundstück, und die Haustür konnte man
nur über eine Reihe von langen Holzbohlen erreichen, aber
innen war ihr neues Heim bereits fertig eingerichtet.

Bernd Funke hatte sich vier Tage zuvor, am Samstagvormittag gegen 9.30 Uhr, von seiner Verlobten verabschiedet,
um gemeinsam mit zwei Freunden seinen Junggesellenabschied zu feiern. Bettina hatte den drei jungen Männern ein
Frühstück bereitet, dann war sie mit ihnen auf die Straße gegangen, hatte Bernd ein letztes Mal umarmt, um schließlich
dem kleinen Sportwagen nachzuwinken, den sie noch am Tag
zuvor gekauft hatten. Am Sonntagnachmittag, spätestens aber
am frühen Abend, werde er zurück sein, hatte Bernd gesagt.
Dann habe man am Montag Zeit, den Wagen umzumelden
und ihn für die Fahrt zum Standesamt zu schmücken. Der
Dienstag bleibe für die Vorbereitungen der Feier.

«Und für uns beide», hatte er hinzugefügt.

Die Idee dieses Junggesellenabschieds hatte Bettina von Anfang an nicht behagt. Sie konnte sich nichts Rechtes unter einem solchen Ritual vorstellen, und die ausweichenden Antworten der drei Freunde hatten sie auch nicht gerade beruhigt. Aber schließlich hatte sie sich gefügt und ihren Bräutigam gebeten, nicht zu viel zu trinken, vorsichtig zu fahren und auf jeden Fall pünktlich zurück zu sein. Bernd hatte die Augen verdreht, dann aber gelacht, Zeige- und Mittelfinger der rechten Hand in die Luft gestreckt und gesagt: «Ich schwöre.»

Als er auch nach dem Sonntagskrimi noch immer nicht wieder zu Hause war, hatte Bettina seine Nummer auf dem Mobiltelefon angewählt. Als er sich endlich meldete, hörte sie Gelächter im Hintergrund, Musik, Gläserklirren.

«Wo bist du?», fragte sie. «Ich warte auf dich.»

«Entschuldige, Schatz, ich wollte dich auch gerade anrufen. Wir sind in Straßburg. Der Wagen hatte eine Panne, und wir müssen warten, bis morgen früh eine Werkstatt aufmacht. Mach dir keine Sorgen. Ich liebe dich.»

Sie glaubte ihm nicht, aber sie war beruhigt. Wenigstens war ihm nichts zugestoßen.

Als er auch am Montagmittag immer noch nicht in Frankfurt angekommen war, versuchte sie erneut, ihn zu erreichen, aber er meldete sich nicht. Sie probierte es immer wieder in immer kürzeren Abständen. Erfolglos.

Schließlich war er es, der am Nachmittag noch einmal anrief. Angeblich sei der Akku seines Telefons leer gewesen. Als sie ihm Vorhaltungen machte, reagierte er ungeduldig. «Ja, natürlich geht's mir gut. Was soll denn sein? Ich komme schon rechtzeitig heim. Nun stell dich nicht so an.»

Sein Ton hatte sie eingeschüchtert, und so hatte sie sich bis jetzt nicht getraut, bei den Freunden herumzutelefonieren. Sie fürchtete, von Bernd zurechtgewiesen zu werden, denn schon einmal, als er eine Nacht nicht nach Hause gekommen war, hatte er sich verbeten, dass sie ihm, wie er es genannt hatte, hinterherschnüffele. Mehr noch aber hatte sie wohl Angst davor, dass sich ihre Vermutung als zutreffend erweisen könne, dass Bernd an der Hochzeit längst nicht so viel lag wie ihr, dass er womöglich im letzten Moment einen Rückzieher machen könne.

In den vergangenen beiden Nächten hatte sie kaum geschlafen. Sie hatte das Radio laufen lassen und alle halbe Stunde den Verkehrsfunk gehört, um zu erfahren, ob es irgendwo einen Unfall gegeben habe. In den Nachrichten war immer wieder vom Besuch des amerikanischen Präsidenten die Rede gewesen. Bald hatte sie das Gefühl gehabt, den Wortlaut der Sendungen mitsprechen zu können. Auf Bernds Handy meldete sich niemand mehr.

Jetzt saß sie am Wohnzimmerfenster und weinte. Es war fast acht Uhr, und Bernd war noch immer nicht da. Um neun hatten sie ihren Termin beim Standesamt. Nebenan in der großen Küche hatte sich die Verwandtschaft versammelt: ihre Eltern, seine Eltern, die Geschwister, deren Partner und die beiden kleinen Nichten, die Blumen streuen sollten. Alle waren festlich gekleidet. Und schon vor einer Stunde hatte auch Bettina ihr weißes Kostüm angezogen. Sie hatte gebeten, alleine sein zu dürfen, aber alle paar Minuten kam jemand herein, um sie zu beruhigen.

Jetzt stand ihr Vater neben ihr und legte ihr eine Hand auf die Schulter.

«Mach dir keine Sorgen», sagte er. «Vielleicht ist wieder etwas mit dem Wagen. Oder er wird festgehalten, weil er das Auto noch nicht umgemeldet hat. Womöglich steckt er auch bloß im Stau. Gerade haben sie durchgegeben, dass die Straßen und Autobahnen rund um das Frankfurter Kreuz abgesperrt sind. Du wirst sehen, er kommt rechtzeitig. Hast du schon etwas gegessen? Soll ich dir eine Tasse Kaffee bringen?»

Bettina schüttelte stumm den Kopf. Sie wusste, dass ihr Vater nicht begeistert war von ihrem Zukünftigen, und so war sie froh, dass er ihr jetzt keine Vorhaltungen machte.

Kurz darauf kam ihre Mutter ins Zimmer.

«Ich denke, wir sollten jetzt fahren», sagte sie.

Eine halbe Stunde später standen sie alle auf dem Römerberg vor dem alten Rathaus. Die Sonne schien auf den Platz. Bettinas Hoffnung, dass Bernd vielleicht direkt zum Standesamt gefahren war, um dort auf sie zu warten, wurde enttäuscht.

Obwohl es noch früh war, war es schon jetzt sehr warm. Ein paar japanische Touristen wollten die deutsche Braut filmen. Aber als sie Bettinas Gesicht sahen, nahmen sie Abstand von ihrem Wunsch und entschuldigten sich. Sie drehten sich um und filmten stattdessen den Brunnen und die Fachwerkzeile. Wahrscheinlich wussten sie nicht, dass die Häuser hinter der schönen Fassade aus Beton erbaut worden waren, vielleicht war es ihnen auch egal.

Alle schauten unentwegt auf die Uhr. Es war kurz vor neun, und der Bräutigam war noch immer nicht aufgetaucht. Niemand wusste mehr, was er noch sagen sollte. Alle Beschwichtigungen hatten sich im Laufe der letzten Stunde verbraucht.

Dann kam ein Mitarbeiter des Standesamtes und rief sie auf.

«Das Brautpaar Funke, bitte.»

Bernds Mutter begann zu schluchzen.

Der Mann vom Standesamt lächelte. Er reichte ihr ein Papiertaschentuch.

«Sie müssen sich nicht schämen», sagte er. «Hier weinen alle Mütter.»

«So», sagte Bernds Vater schließlich, «es reicht. Ich rufe die Polizei an.»

Fünfzehn Das Telefon klingelte lange, bis Marthaler endlich erwachte. Er hatte tief geschlafen. Er brauchte eine Ewigkeit, bis er begriff, wo er war. Er lag noch immer auf dem Sofa im Wohnzimmer seiner Wohnung, wo er sich wenige Stunden zuvor hingelegt hatte. Das kleine Lämpchen am Verstärker seiner Musikanlage leuchtete, aber er konnte sich nicht erinnern, welche Musik er beim Einschlafen gehört hatte.

In seinem Traum war er in einer weißen Stadt gewesen, über der sich ein blauer Himmel wölbte. Er schwitzte. Er trug einen dunklen Anzug und einen Hut. In der Hand hielt er einen Spazierstock. Er stand in der Mitte eines Platzes, als über ihm jemand auf einen Balkon trat und seinen Namen sagte. Er schaute hoch, aber die Sonne blendete ihn. Schützend hielt er eine Hand über die Augen. Es war eine alte Frau, die dort stand. Sie schaute auf den Platz und lächelte. Sie hatte graue Haare und trug ein schwarzes Kleid. Sie war sehr schön. «Warum kommst du nicht?» Jetzt erst, an ihrer Stimme, erkannte er seine Mutter. «Aber Mama, ich bin doch da», antwortete er. Doch sie schien ihn weder zu hören noch zu sehen. «Warum kommst du nicht?», fragte sie erneut. Er winkte und rief ihr jetzt zu, aber sie lächelte nur weiter in seine Richtung, ohne ein Zeichen, dass sie ihn erkannte. «Es ist schon gut», sagte sie schließlich leise. «Schon gut.» Dann wandte sie sich mit einer langsamen Bewegung ab und verschwand im Innern des Hauses.

Marthaler liebte seine Mutter. Er hatte sie immer geliebt, auch als Jugendlicher, in jenem Alter, als um ihn herum seine Freunde sich darin gefielen, auf ihre Eltern zu schimpfen. Es wäre ihm wie Verrat vorgekommen, etwas Schlechtes über Vater oder Mutter zu sagen. Umso mehr beunruhigte ihn sein Traum, und er war froh, dass ihn das Telefon daran hinderte, über die Bedeutung dieser merkwürdigen Szene nachzudenken.

Marthaler nahm den Hörer, klemmte ihn zwischen Schulter und Ohr und ging zum Fenster, um den Rolladen zu öffnen. Er kniff die Augen zusammen. Es war bereits heller Tag.

«Robert, wo bleibst du? Wir warten schon alle auf dich.»

Das war Kerstin Henschel. Er entschuldigte sich bei ihr. Er habe verschlafen. Sein Hals war trocken, und er hatte Mühe zu sprechen.

«Ich beeile mich», sagte er. «Lasst euch in der Zwischenzeit von Petersen berichten.»

«Das ist es ja. Petersen ist auch noch nicht da. Er hat gerade angerufen. Er steckt irgendwo im Stau. Hast du schon mal rausgeschaut? In der halben Stadt herrscht Chaos wegen des Präsidentenbesuchs.»

«Ich komme mit dem Rad», sagte Marthaler. «In zwanzig Minuten bin ich da. Sei so gut und lass mir aus der Kantine ein kleines Frühstück kommen.»

Er stellte sich unter die Dusche und drehte den Wasserhahn abwechselnd auf heiß und auf kalt. Flüchtig trocknete er sich ab und ließ das Handtuch auf den Boden fallen. Während er mit der einen Hand sein Hemd zuknöpfte, setzte er mit der anderen einen doppelten Espresso auf. Er kippte den Kaffee in einem Zug und verbrannte sich die Zunge. Als er auf seinem Fahrrad saß und Richtung Präsidium fuhr, hätte ihn ein Auto, das aus der Schlange der anderen Wagen ausscherte und versuchte, auf dem Radweg voranzukommen, fast gerammt. Marthaler traute sich kaum zu atmen. Der Gestank der Abgase war unerträglich.

Er fluchte. Er hatte sich darauf gefreut, im «Lesecafé» in

Ruhe zu frühstücken und mit Tereza zu plaudern. Stattdessen war er von demselben Problem aus seinem Traum gerissen worden, mit dem er in der Nacht eingeschlafen war. Das ist nicht gesund, dachte er, diese Art Leben kann nicht gesund sein.

An einem Kiosk gegenüber dem Präsidium kaufte er die drei Frankfurter Tageszeitungen. Im Treppenhaus wäre er fast mit Petersen zusammengestoßen. Sie nickten einander zu und gingen schweigend in den dritten Stock. Alle Augen schauten zur Tür, als die beiden das Besprechungszimmer betraten. Neben Kerstin Henschel waren auch Walter Schilling von der Spurensicherung, der Kriminaltechniker Carlos Sabato und die beiden jungen Kommissare Kai Döring und Sven Liebmann anwesend.

Döring und Liebmann kannten sich von der Polizeischule und galten seitdem als unzertrennlich. Marthaler hatte bereits mehrmals mit ihnen zusammengearbeitet. Er wusste: So unterschiedlich die beiden auch waren, sie ergänzten einander gut. Döring war klein, eher korpulent und hatte, obwohl noch nicht einmal dreißig Jahre alt, nur noch einen Kranz roter Haare auf seinem runden Schädel. Er war freundlich, sehr vital und derjenige in dem Zweiergespann, der das Reden übernahm. Sven Liebmann hingegen war ein stiller, groß gewachsener Sportler. Er galt als überaus gut aussehend, und Marthaler hatte mehrfach mitbekommen, wie ihm die jungen Kolleginnen in der Kantine begehrliche Blicke zuwarfen. Liebmann sprach nur, wenn es gar nicht anders ging, aber immer, wenn man am wenigsten damit rechnete, überraschte er seine Kollegen durch ungewöhnliche Schlussfolgerungen.

«Gebt mir noch fünf Minuten», sagte Marthaler. Er setzte sich an den Platz, wo Kerstin sein Frühstückstablett abgestellt hatte, tunkte ein trockenes Croissant in den lauwarmen Kaffee und begann, die Zeitungen durchzublättern. Weil die Pressestelle der Polizei nur eine kleine Meldung herausgegeben hatte, brachten «Rundschau» und «Allgemeine» in ihren Lokalteilen lediglich je einen kurzen, sachlichen Text über die unbekannte Leiche im Wald. Als Marthaler jedoch den «City Kurier» aufschlug, wurde er wütend. Was ihn empörte, war nicht die widerwärtige Wortwahl des Artikels, die man von dieser Zeitung aus vergleichbaren Fällen gewohnt war, sondern das sechs Spalten breite Foto von der Leiche am Tatort, das fast die gesamte obere Hälfte der Seite einnahm.

«Verdammter Mist!», schrie er. «Das darf doch nicht wahr sein. Wo haben die das her? Welcher Idiot hat denen erlaubt zu fotografieren?»

Walter Schilling zog die Augenbrauen hoch und schaute Marthaler an. Als Chef der Spurensicherung war er für die Absperrung des Tatortes verantwortlich gewesen. Er hatte das Foto heute Morgen in der Zeitung gesehen und im Stillen gehofft, Marthaler würde es nicht entdecken.

«Nun mal halblang», sagte Schilling, «natürlich hat niemand irgendwem erlaubt zu fotografieren. Oder hast du den Eindruck, von Anfängern umgeben zu sein?»

«Heißt das, sie haben die Aufnahme ohne Erlaubnis gemacht? Dann zeigen wir sie an.»

Schilling schüttelte den Kopf.

«Nein?» Marthaler schaute ihn fragend an. «Was dann? Es kann ja wohl nicht sein, dass wir uns die Hacken abrennen, um einen unbekannten Toten zu identifizieren, und dann erscheint in diesem Drecksblatt gegen unseren Willen ein Foto der Leiche.»

Marthaler wurde ungeduldig.

Kerstin Henschel versuchte, ihn zu beschwichtigen.

«Wenigstens erkennt man den Toten nicht auf dem Foto», sagte sie.

«Ich weiß, das macht die Sache nicht besser», sagte Schilling, bevor Marthaler erneut aufbrausen konnte. «Jedenfalls nicht entscheidend. Wie es aussieht, ist uns ein Fehler unterlaufen.»

«Ein Fehler?» Marthaler schaute ungläubig.

«Ja», sagte Schilling, «bei der Aufnahme im ‹City Kurier› handelt sich um ein Polizeifoto. Irgendwer scheint es irrtümlich herausgegeben zu haben. Wir wissen noch nicht, wer. Vielleicht einer unserer Fotografen, vielleicht jemand aus dem Labor, vielleicht eine Schreibkraft. Wir müssen das untersuchen.»

«Irrtümlich rausgegeben?» Marthalers Stimme bekam einen höhnischen Unterton. «Glaubst du das wirklich? Ich sage dir, was passiert ist: Da hat sich einer unserer Leute ein Zubrot verdient. Und wahrscheinlich kein ganz kleines. Du weißt doch selbst, welche Summen die Zeitungsleute für solche Fotos zahlen. Da sprichst du allen Ernstes von einer Panne?»

Walter Schilling hob abwehrend die Hände. «Robert, bitte … Ich habe die Zeitung mit dem Bild vor gut einer Stunde zum ersten Mal gesehen. Es war noch keine Zeit, die Sache aufzuklären.»

Carlos Sabato hatte die ganze Zeit schweigend an der Fensterbank gelehnt und mit halb abgewandtem Kopf nach draußen geschaut. Jetzt drehte er sich um, sah Marthaler an und ließ seine tiefe Stimme vernehmen: «Hätte Walter allerdings gewusst, dass wir hier alle untätig rumsitzen müssen, während du dich noch im Bett wälzt, hätte er sicher schon etwas unternehmen können.»

Robert Marthaler stutzte. Die anderen hielten den Atem an. Einen Moment lang war er kurz davor, einen weiteren Wutanfall zu bekommen, dann sah er, dass Sabato lächelte. Marthaler holte tief Luft, blies die Wangen auf und ließ die Luft entweichen. Dann lachte auch er und schaute rundum in die grinsenden Gesichter seiner Kollegen.

«O.k.», sagte er, «können wir jetzt endlich anfangen? Ich

schlage vor, wir informieren zunächst die neu hinzugekommenen Kollegen über den Stand der Ermittlungen.»

Da sich kein Widerstand regte, fasste er selbst die bisherigen Erkenntnisse zusammen.

«Gestern Morgen ist im Stadtwald die Leiche eines bislang unbekannten jungen Mannes gefunden worden, der, wie es aussieht, mit zahlreichen Messerstichen getötet wurde. Den Bericht der Gerichtsmedizin erwarten wir im Laufe des Vormittags. Aufgrund einer Tankquittung, die wir in der Hosentasche des Toten gefunden haben, konnten wir ermitteln, dass sich der Unbekannte noch gestern am frühen Nachmittag in der Nähe von Bruchsal aufgehalten hat. Von einem Zeugen, den Petersen und ich gestern Abend dort aufgesucht haben, wissen wir, dass er gemeinsam mit einer Frau und zwei weiteren Männern in einem grünen Fiat Spider mit Frankfurter Kennzeichen nach Norden gefahren ist. Beim Versuch, den Halter des Wagens ausfindig zu machen, haben wir erfahren, dass der Wagen am Wochenende verkauft, aber bislang nicht umgemeldet wurde. Leider haben wir den bisherigen Besitzer nicht selbst angetroffen und wissen deshalb noch nicht, ob es sich bei dem Käufer des Autos um den Unbekannten aus dem Wald handelt.»

«Wissen wir, wer die Mitfahrer sind?», fragte Kai Döring.

«Nein», antwortete Marthaler, «weder kennen wir ihre Namen, noch wissen wir, wo sie sich aufhalten. Beschreiben konnte sie der Zeuge auch nicht. Er sagte nur, sie alle hätten etwas … angeschlagen gewirkt.»

«‹Weggetreten› war das Wort», berichtigte Petersen.

«Ich fürchte, wir werden sie erst ausfindig machen können, wenn wir die Identität des Toten ermittelt haben», sagte Marthaler. «Im Moment gründen all unsere Überlegungen auf den Spuren am Tatort und auf dem Zustand der Leiche. Gibt es in dieser Hinsicht etwas Neues? Walter?»

«Nein», sagte Schilling. «Aber so viel steht fest: Der Mann wurde dort ermordet, wo wir ihn gefunden haben. Und wir haben Fußspuren der Schuhgröße 39, die zu dem nahe gelegenen Parkplatz führen und die dort plötzlich aufhören. Derjenige, der diese Spuren hinterlassen hat, könnte sowohl ein noch unbekannter Zeuge als auch der Täter sein. Jedenfalls steht fest, dass er kleine Füße hat und sich mit einem Fahrzeug vom Tatort entfernt hat. Die Spuren stammen übrigens von Sportschuhen der Marke adidas. Wenn allerdings der Täter sie dort hinterlassen hat, dann hieße das, dass er noch einmal zum Tatort zurückgekehrt wäre.»

«Woraus schließt du das?», fragte Kai Döring.

«Weil der Mann mit allergrößter Wahrscheinlichkeit bereits vorgestern Abend umgebracht wurde und weil es in der darauf folgenden Nacht lange geregnet hat. Die Spuren wären andernfalls längst fortgeschwemmt gewesen, als wir mit der Sicherung begonnen haben. Das, was wir ansonsten gefunden haben, haben wir an die Kriminaltechnik weitergegeben. Vielleicht kann uns Carlos schon etwas mehr sagen.»

Sabato, der sich inzwischen zu den anderen an den Besprechungstisch gesetzt hatte, reagierte nicht. Fast schien es, als sei er eingeschlafen.

Marthaler wandte sich erneut an Schilling. «Hast du schon eine Täterversion?»

Er wusste, wie sehr Schilling es hasste zu spekulieren, und er wusste auch, wie gefährlich es sein konnte, sich ein falsches Bild vom Täter und seinen Motiven zu machen, weil dadurch die Ermittlungen nur allzu leicht in die Irre geführt werden konnten. Andererseits hatten sie nichts zu verlieren. Und weil jeder Polizist, ob er wollte oder nicht, jeden neuen Fall mit früheren, vielleicht ähnlichen Fällen verglich und so die fehlenden Teile des Puzzles in seinem Kopf komplettierte, war die so genannte kriminalistische Versionsbildung längst zu einer wichtigen Methode ihrer Arbeit geworden. Und Marthaler hatte die Erfahrung gemacht, dass es gut war, wenn man möglichst früh und möglichst offen darüber sprach, welche unterschiedlichen Vorstellungen sich die Beamten vom Täter machten. Besser jedenfalls, als wenn jeder seinem eigenen Phantom nachjagte.

«Ich weiß nicht», sagte Schilling, dem man anmerkte, wie unwohl ihm bei dem war, was er jetzt sagte. «Ich stelle mir einen Mann vor, sehr schlank, höchstens einssiebzig groß, lange Haare, Kapuzen-Shirt, Jeans, Turnschuhe. Ich vermute einen Drogensüchtigen, vielleicht einen Junkie, eher noch einen Cracker. Vielleicht homosexuell, zwischen 25 und 35 Jahren, ungepflegt. Komischerweise ist es besonders das Kapuzenshirt, das sich in meiner Vorstellung festgesetzt hat. Aber stellt mir jetzt bitte keine Fragen. Ich kann euch das Bild, das ich vom Täter habe, nicht einmal vernünftig begründen.»

Manche der Kollegen nickten zustimmend mit dem Kopf, andere schienen eher zu bezweifeln, dass es sich um eine zutreffende Täterbeschreibung handelte. Weil aber niemand sich zu Schillings Theorie äußern wollte, bat Marthaler nun auch den Kriminaltechniker Carlos Sabato um seinen Bericht.

Sabato brummte irgendetwas Unverständliches und schien dann wieder in Schweigen versinken zu wollen.

«Was ist?», fragte Marthaler. «Gibt es etwas Neues?»

Sabato ließ einen Moment verstreichen, bis ihm die ungeteilte Aufmerksamkeit der Runde sicher war.

«Etwas Neues?», sagte er dann. «Ja, ich denke doch, dass man es so nennen kann. Ich hatte nur den Eindruck, ihr würdet lieber noch eine Weile auf euren alten Kamellen herumkauen oder weiter irgendwelche schwulen Kapuzenshirts verfolgen.»

Marthaler beschloss, den beleidigten Unterton zu überhören. «Also, bitte», sagte er, «wir sind gespannt.»

Und das waren sie wirklich. Niemand wagte auch nur zu flüstern, und alle schauten gebannt zu dem massigen Kriminaltechniker auf, der sich von seinem Platz erhoben hatte und jetzt im Stehen zu ihnen sprach. «Erstens: Der Junge hatte ziemlich edle, nicht gerade billige Klamotten an. Zweitens: Diese Klamotten waren, bis hin zu den Schuhen, mit Blut durchtränkt. Drittens: Außer der Tankquittung gab es in den Taschen des Opfers keine weiteren Spuren, die uns weiterführen würden. Viertens: Ich habe eine vorläufige Blutanalyse durchgeführt; das Opfer war jedenfalls nicht in unserer Datei. Fünftens: Außer dem Blut des Opfers befanden sich an der Kleidung auch Spuren vom Blut mindestens einer weiteren Person. Sechstens: In der Unterwäsche habe ich frische Spermaspuren entdeckt. Siebtens: Nicht nur Spermaspuren, sondern auch Vaginalsekret. Achtens: Dieses Sekret und das Fremdblut gehören mit großer Wahrscheinlichkeit zur selben Person. Wir können also davon ausgehen, dass unser Opfer kurz vor seinem Tod Geschlechtsverkehr hatte.»

Sabato machte eine kurze Pause, schaute Schilling an und sagte dann: «Und zwar mit einer Frau. Wie es aussieht, hat ein Kampf stattgefunden. Möglicherweise handelt es sich um eine Vergewaltigung, aber wer hier wen vergewaltigt hat, darauf möchte ich nicht wetten. Der Bericht der Gerichtsmedizin gibt uns darüber vielleicht Aufschluss. Ach ja, fast hätte ich es vergessen. Neuntens, eine Frage: Wird hier eigentlich nur der Hauptkommissar abgefüttert, oder darf sich auch das Fußvolk bei Kräften halten?»

Marthaler schaute Sabato an.

«Alle Achtung», sagte er, «wie es scheint, hast du auch nicht viel geschlafen heute Nacht. Vielen Dank für deinen Bericht.»

Sabato schlug die Augen nieder und machte eine gönnerhafte Geste. Wie immer, wenn er mit unerwarteten Informationen konfrontiert wurde, hatte Marthaler das Bedürfnis, zunächst einmal allein darüber nachzudenken.

«O.k.», sagte er. «Ich schlage vor, wir machen eine Viertelstunde Pause. Ich werde für uns alle ein zweites Frühstück bestellen.»

Sechzehn Marthaler ging den Flur hinunter. In seinem Kopf arbeitete es. Als er in sein Vorzimmer kam, telefonierte Elvira gerade. Sie nickten einander zur Begrüßung zu. Er betrat sein Büro. Während er mit der Kantine sprach, schaltete er den Computer ein. Als er den Hörer wieder aufgelegt hatte, rief er wie jeden Morgen das Tagesprotokoll auf. Auf dem Bildschirm erschienen alle Meldungen, die seit Mitternacht über die Zentrale eingegangen waren. Während er über Sabatos Bericht nachdachte, schaute er unkonzentriert auf den flimmernden Monitor.

00:03 – Schlägerei auf der Kaiserstr./Höhe Elbestr. Sechs männl., eine weibl. Person

00:04 – Verdächtige Person in Praunheim/Heerstr./Elektrogeschäft Schmelzer

00:07 – Einbruch Wohnung Bornheim/Höhenstr. gr. Hochhaus/ Erdgeschoss/Vorsicht Täter noch im Objekt

00:09 – Hilflose Person, männl., Mainufer, Untermainbrücke, Sachsenhäuser Seite, Notarzt benachr.

00:09 – Familienstreit Oberrad, Buchrainstr., laute Hilferufe

00:12 – Autodiebstahl Firmenparkplatz Kaltz-Werke, Kruppstr.

00:13 – Zechpreller Palais d'Amour, betrunken, randaliert, möglw. bewaffnet.

Marthaler scrollte den Cursor langsam bis an das Bildende und überflog die Nachrichten. Es war nichts dabei, was für den Fall des unbekannten Toten von Bedeutung schien.

Er wollte sich gerade abwenden, als von der Zentrale eine neue Meldung eingegeben wurde.

Wie elektrisiert schaute der Hauptkommissar auf den Monitor und verfolgte die länger werdende Reihe von Buchstaben.

08:59 Vermisste Person, männl., 23 J.,

Die Eingabe stockte für einen Moment, wahrscheinlich, weil der Telefonist die Meldung gerade erst entgegennahm und sie während des Telefonats eintippte. «Na, komm schon», sagte Marthaler und klopfte ungeduldig gegen den Bildschirm. Dann ging es weiter:

08:59 Vermisste Person, männl., 23 J., Bernd Funke, unterw. m. grünem Fiat, Kennz. unbek.

Marthaler schlug mit der flachen Hand auf die Platte seines Schreibtischs. Dann sprang er auf und fasste in die Innentasche seines Jacketts, um zu überprüfen, ob er das Foto des Toten bei sich hatte.

«Sag bitte den anderen, sie sollen ohne mich weitermachen», rief er Elvira im Hinausgehen zu. Er lief die drei Stockwerke bis zum Erdgeschoss im Eiltempo hinunter.

Als er in der Telefonzentrale ankam, war er außer Atem.

«Wer hat gerade die Vermisstenmeldung entgegengenommen?»

«Ich. Aber ich glaube, das war nichts.» Ihm grinste ein kleiner, dunkelhaariger Telefonist entgegen, in dessen rechter Ohrmuschel noch ein wenig Rasierschaum klebte. «Da hat wohl nur ein Bräutigam kalte Füße bekommen und sich davongemacht. Sein Vater hat vom Standesamt aus angerufen, wo jetzt alle sitzen und auf das Früchtchen warten. Ich habe die Adresse aufgenommen und gesagt, dass wir uns bei ihnen melden. Der taucht schon wieder auf.»

Der Telefonist schniefte. Marthaler schaute ihn kopfschüttelnd an. Er notierte die Adresse und ging zur Tür. Dann drehte er sich noch einmal um: «Hören Sie auf zu denken, machen Sie einfach Ihre Arbeit. Und waschen Sie sich gefälligst die Ohren, bevor Sie Ihren Dienst antreten.»

Marthaler verließ das Gebäude durch den Hinterausgang. Er kramte seinen Schlüssel aus der Tasche, um das Fahrradschloss zu öffnen. Er hatte das Rad vorhin im Hof abgestellt. Aber dort stand es nicht mehr. Er schaute sich um, konnte es aber nirgends sehen. Vielleicht hatte es jemand in eine der Garagen gestellt. Er fragte nach, aber niemand wusste etwas. Das Rad blieb verschwunden. Es war gestohlen worden. Man hatte am helllichten Vormittag das neue Fahrrad eines Hauptkommissars der Mordkommission aus dem Hof des Polizeipräsidiums gestohlen, wo es ständig von uniformierten Beamten wimmelte. Marthaler war fassungslos. Er war noch zu verblüfft, um wütend zu werden. Er konnte sich nicht erinnern, dass ihm je etwas so Dreistes widerfahren war. Er dachte: Wenn es schon so weit ist, dann wird man über kurz oder lang auf den Gängen des Präsidiums mit Rauschgift handeln.

Er suchte nach einem freien Streifenwagen, aber es war keiner verfügbar. Kurz entschlossen machte er sich zu Fuß auf den Weg. Auf der Mainzer Landstraße stauten sich die Autos in beiden Richtungen. Er durchquerte die Taunusanlage, lief über den ehemaligen Theaterplatz, der jetzt Willy-Brandt-Platz hieß, und kam wenig später auf dem Römerberg an. Er zeigte dem Mann am Eingang seinen Dienstausweis und fragte nach der Hochzeit von Familie Funke.

«Die sind gerade wieder gegangen. Ohne Bräutigam keine Trauung.»

Der Mann war ebenso belustigt wie der Telefonist im Präsidium. Eine sitzen gelassene Braut schien sehr zur allgemeinen Erheiterung beizutragen.

Vor der Paulskirche setzte sich Marthaler in ein Taxi. Er gab dem Fahrer die Adresse in Bonames. Sie kamen besser durch den Verkehr als befürchtet. Hinter der Friedberger Warte bogen sie links ab, um ein kurzes Stück auf der Autobahn zu fahren. Schon wenig später hatten sie die Abfahrt erreicht.

Marthaler merkte, dass er es jetzt gar nicht mehr eilig hatte. Er ließ sich in der Ortsmitte absetzen. Plötzlich fühlte er sich elend. Ein wenig hilflos stand er in der Sonne. Hausfrauen waren unterwegs, um einzukaufen. Er sah in den Himmel. Er schwitzte. Für einen Moment träumte er sich weg aus dieser Stadt, aus diesem Tag. Gerne wäre er jetzt irgendwo im Süden gewesen, vielleicht in einer provençalischen Kleinstadt, hätte sich auf den Marktplatz vor eine Bar gesetzt, ein paar Francs in die Musikbox gesteckt, einen Pastis getrunken und den Leuten zugeschaut, die vorübergingen, oder sich einfach an der schönen Maserung der Platanenstämme erfreut. Aber er war hier, in dieser Stadt, in diesem Vorort, mit diesen Leuten. Und das, was er gleich würde tun müssen, war eine der unangenehmsten Aufgaben, die er sich denken konnte. Er schaute sich um und merkte, dass man ihn beäugte. Ein Fremder fiel hier auf.

Auch wenn er in Kürze einen ersten Ermittlungserfolg erzielen würde – ihn beschäftigte vor allem, dass er eine Todesnachricht überbringen musste. Er würde einer Braut sagen müssen, dass die Hochzeit nicht stattfinden konnte, weil der Bräutigam tot war.

Er betrat einen Supermarkt. Es war angenehm kühl in dem Laden. Er wollte nichts kaufen. Er war nur hier, um sich eine Gnadenfrist zu geben. Vor ihm schob eine alte Frau langsam ihren Einkaufswagen durch den Gang. Sie war ärmlich gekleidet, ging in Pantoffeln und Kittelschürze. In dem Wagen lagen nur billige Waren: eine Flasche Korn, abgepackte Wurst aus dem Sonderangebot, ein Liter H-Milch. Sie schaute sich um und lächelte ihm aus feuchten Augen zu. Er nickte. Am liebsten hätte er ihr etwas Aufmunterndes gesagt. Er ging zum Kühlregal und stand unschlüssig davor. Er nahm einen Becher Buttermilch, stellte ihn aber wieder zurück. Ein Mann im weißen Kittel, vielleicht der Filialleiter, beobachtete ihn aus dem Lagerraum. Marthaler beschloss, eine Packung Weingummi zu kaufen. Als er das Regal mit den Süßwaren gefunden hatte, sah er, wie die alte Frau gerade eine Tafel Schokolade in der Tasche ihrer Kittelschürze verschwinden ließ. Die Alte drehte sich um und sah ihn ängstlich an. Marthaler hob die Brauen, dann grinste er. Er ging zur Kasse.

Draußen zog er sein Jackett aus und warf es sich über die Schulter. Die Tüte mit dem Weingummi schenkte er ein paar Kindern, die ihm verwundert nachschauten. Er ging ein Stück bergauf. Bald hatte er den alten Ort hinter sich gelassen und die Felder erreicht.

Schon von weitem sah er den Eiswagen, der dort mitten auf dem Weg stand. Als er bei dem VW-Bus angekommen war, lugte er durch die Scheibe der Fahrertür. Der Eismann hielt ein Nickerchen. Marthaler klopfte an das Fenster. Der Mann streckte sich, dann öffnete er die Tür. Marthaler bestellte drei Kugeln Fruchteis mit Sahne im Becher.

«Vier achtzig», sagte der Eismann und gähnte.

Marthaler gab ihm ein Fünfmarkstück und sagte:

«Stimmt so. Können Sie mir sagen, wo die Bernsthaler Straße ist?»

Der Mann zeigte in Richtung eines Neubaugebietes.

Der Kommissar machte sich auf den Weg.

Er ging langsam. Seine Schuhe waren staubig. In der Ferne sah man den Großen Feldberg. Marthaler spürte, wie der Schweiß an seinem Oberkörper hinablief. Sein Handy läutete.

Er schaltete es aus, ohne sich zu melden. Wahrscheinlich waren es die Kollegen, die ihn nach seinem überstürzten Aufbruch vermissten. Als er sein Eis aufgegessen hatte, steckte er sich eine Mentholzigarette an. Er blieb stehen und inhalierte den Rauch tief. Nach drei Zügen warf er die Zigarette weg und ging weiter.

Das Haus war noch unverputzt. Die orangefarbenen Backsteine leuchteten in der Sonne. Marthaler balancierte über die wackligen Bohlen bis zur Eingangstür. Bevor er noch klingeln konnte, wurde die Tür geöffnet. Schon jetzt hatte er das Gefühl, ein Trauerhaus zu betreten. Ein groß gewachsener blasser Mann sah ihn fragend an.

«Robert Marthaler, Kriminalpolizei. Sind Sie der Vater des ... Sind Sie Herr Funke?»

Der Mann nickte. Er bat Marthaler herein.

«Das ging aber schnell», sagte er. Seine Stimme klang rau, unsicher. «Ich hoffe nur, es hat keinen Unfall ... Es ist nicht die Art meines Sohnes ... Aber kommen Sie doch bitte rein.»

Im Wohnzimmer saßen ein Mann und eine Frau. Marthaler gab beiden die Hand. Es waren der Vater der Braut und die Mutter des Vermissten. Es sah nicht so aus, als seien die beiden sehr vertraut miteinander. Aus dem Nebenzimmer hörte Marthaler eine Frauenstimme, die beruhigend auf jemanden einredete. Die anderen Gäste hatte man offensichtlich nach Hause geschickt. Der Esstisch war gedeckt. Kurz bevor Marthaler eingetroffen war, hatte der Konditor die Hochzeitstorte geliefert. Jetzt stand sie dort unberührt und begann schon in der Hitze des Vormittags zu zerfließen. Niemand war auf die Idee gekommen, sie in den Kühlschrank zu stellen. Später, wann immer Marthaler an diesen Vormittag zurückdachte, hatte er stets den traurigen Anblick der zerstörten Hochzeitstorte vor Augen. Sie war wie ein Symbol für das schreckliche Verbrechen, das er den Angehörigen offenbaren musste.

155

Nichts in dem Haus verriet etwas über seine Bewohner. Alles war neu und wirkte unbenutzt. Die Einrichtung war weder geschmacklos noch billig, aber die Räume sahen aus wie aus dem Werbeprospekt eines Möbelhauses.

Mit dem Kopf zeigte Marthaler in Richtung des Nebenzimmers.

«Bettina», sagte Funke, «die Braut. Und ihre Mutter. Sie ist ... Bettina ist verständlicherweise nervlich etwas angespannt. Ich ... ich weiß nicht, wie wir Ihnen helfen können? Ich denke, Sie brauchen vielleicht ein Foto meines Sohnes, um die Suche einleiten zu können. Nehmen Sie doch bitte Platz! Darf ich Ihnen einen Kaffee anbieten?»

Marthaler schüttelte den Kopf.

«Nein, danke», sagte er, «ich würde gerne mit Ihnen reden. Können wir nach nebenan gehen?»

Funke schaute seine Frau hilfesuchend an. Sein blasses Gesicht wurde grau. Es war offensichtlich, dass ihn die Situation überforderte. Seine Augen verrieten, dass er den unabwendbaren Schlag bereits erwartete. Er führte Marthaler in die Küche.

Marthaler wusste nicht, wie er anfangen sollte. Er merkte, wie seine Knie zu zittern begannen. Sein Kopf war leer. Wie bringt man einem Vater bei, dass sein Sohn tot ist? Dass er nicht nur tot ist, sondern ermordet, dass er nicht nur ermordet, sondern abgeschlachtet wurde? Alles, was Marthaler in den Seminaren darüber gelernt hatte, wurde zu Makulatur. Funke starrte ihn an.

«Sie ... Sie wissen etwas, nicht wahr?»

Marthaler nickte stumm mit dem Kopf.

Funkes Augen füllten sich mit Tränen. Er ließ sich auf einen Stuhl sinken.

Marthaler zog das Foto des Toten aus der Tasche und legte es auf den Küchentisch. «Herr Funke, ich kann es Ihnen nicht ersparen. Ist das Ihr Sohn?»

Funke warf einen flüchtigen Blick auf das Foto. «Oh, mein Gott.»

Mit einem Seufzer schien jede Kraft aus dem Mann zu entweichen. Er beugte sich über die Tischplatte und vergrub sein Gesicht in den Händen. Sein Oberkörper bebte vor Schmerz.

Im selben Moment erklang von der Küchentür ein gellender Schrei. Marthaler wusste nicht, wie lange die Braut dort bereits gestanden hatte. Schreiend und mit weit geöffneten Augen warf sie sich über den Tisch und riss das Foto an sich. Sie sank auf die Knie, sie drückte das Bild an ihre Brust und schrie immer weiter. Sie schrie und schrie. Marthaler konnte nichts tun. Er wandte sich ab. Er hielt sich an der Spüle fest und starrte aus dem Fenster. Es kam ihm vor, als würden Stunden vergehen. Irgendwann ging das Schreien der jungen Frau in lautes Gewimmer über.

Es hatten sich alle in der Küche versammelt. Marthaler hatte Angst um Bettina. Er bat den Vater der Braut, mit ihm ins Wohnzimmer zu kommen. Er riet ihm, einen Arzt zu rufen.

«Bernds Vater ist Arzt.»

«Ich glaube nicht, dass er momentan in der Lage ist, Ihrer Tochter zu helfen», erwiderte Marthaler. Dann erzählte er, was geschehen war.

«Ich benötige Ihre Hilfe», sagte er. «Wir müssen dringend wissen, wer die Frau und die beiden Männer waren, mit denen Bernd Funke unterwegs war. Ich fürchte, Ihre Tochter wird bis auf weiteres nicht vernehmungsfähig sein, aber wir benötigen die Informationen so schnell wie möglich. Ich wäre dankbar, wenn Sie rasch mit ihr sprechen könnten. Und wir brauchen jemanden, der den Leichnam identifiziert. Den Eltern würde ich das gern ersparen. Darf ich Sie bitten, das zu übernehmen?»

Der Mann nickte stumm.

«Ich werde jetzt gehen», sagte Marthaler. «Bitte rufen Sie mich bald an.»

Marthaler gab ihm seine Karte. Der Mann steckte sie ein.

«Mir tut das alles sehr Leid», sagte Marthaler.

Bettinas Vater sah ihn an.

«Er war ein Schwein», sagte er dann.

«Was?»

Marthaler war zu verdutzt, um zu verstehen. Der Mann wiederholte seinen Satz. «Bernd Funke war ein Schwein.»

Siebzehn Marthaler lief zurück in den Ort und suchte sich einen Taxistand. Er ließ sich auf die Rückbank des Mercedes sinken und nannte sein Fahrziel. «Zum Polizeipräsidium, bitte.»

Der Fahrer war ein junger, dunkelhäutiger Mann, vielleicht ein Inder oder Pakistani. Er fragte seinen Gast, ob er Bach möge. Aber Marthaler war zu erschöpft, um sich auf ein Gespräch einzulassen. Nicht einmal über Bach wollte er jetzt reden.

«Ja», sagte er nur leise, «sehr gerne.»

Der Fahrer legte eine Kassette ein und schaute in den Rückspiegel. Marthaler stutzte. Es war die «Kunst der Fuge», aber in einer Aufnahme, die er nicht kannte. Wie elektrisiert lauschte er dem Spiel zweier Geigen, einer Viola und eines Cellos. So gespannt, so luftig und frei hatte er diese Stücke noch nie gehört.

«Was ist das?», fragte er. «Wer spielt da?»

Der Taxifahrer drehte sich kurz um und grinste ihm breit entgegen. Offenbar bereitete es ihm Vergnügen, dass Marthaler die ungewöhnliche Aufnahme so gut gefiel.

«Das Keller-Quartett», sagte er. «Aus Ungarn. Schön, nicht wahr?»

Marthaler nickte.

«Ja», sagte er, «und genau die Art Schönheit, die ich gerade nötig habe.»

Marthaler schloss die Augen. Er befahl sich, alle Gedanken an tote junge Männer und traurige Bräute für die Dauer dieser Taxifahrt beiseite zu schieben. Er wollte nur dieser Musik lauschen und hatte das Gefühl, dass er daraus so viel Kraft ziehen würde wie aus zwölf Stunden Tiefschlaf. Er merkte, wie die Anspannung aus seinem Körper wich. Seine Züge wurden weich.

«Vielen Dank», sagte er, als sie vor dem Präsidium angekommen waren. «Ich muss zugeben, selten etwas so Schönes gehört zu haben.»

Der Fahrer nahm die Kassette aus dem Recorder und drückte sie Marthaler zusammen mit der Quittung in die Hand.

«Für dich», sagte er.

Marthaler wollte sich gegen dieses Geschenk nicht wehren. Denn für eine kleine Weile würde er sich etwas weniger einsam fühlen in dieser Stadt.

Er stand auf der Straße und sah dem davonfahrenden Taxi nach. Er hätte dem Fahrer gern noch etwas Nettes gesagt, aber es fiel ihm nichts ein. Die kleine, freundliche Geste des Fremden hatte ihn hilflos gemacht.

«Oh, Robert», sagte Elvira, als Marthaler das Kommissariat betrat, «die Kollegen sind ziemlich sauer auf dich. Du hättest nicht einfach so verschwinden sollen.»

«Ich weiß», sagte er. «Versuch bitte, alle nochmal zusammenzutrommeln. Ich brauche eine Viertelstunde.»

Er ging in sein Büro und schloss die Tür hinter sich. Auf seinem Schreibtisch lag ein erster Bericht der Gerichtsmedizin. Marthaler schrieb auf den oberen Rand der ersten Seite den Namen Bernd Funke und das Aktenzeichen. Dann begann er zu lesen. Die Leiche wies sechzehn Schnitte und Stiche auf, die von einem langen scharfen Gegenstand herrührten, wahrscheinlich einem großen Fahrtenmesser. Die meisten Stiche befanden sich an Bauch und Brust, drei allerdings auch im Genitalbereich. Der letzte, tödliche Stich ins Herz war dem jungen Mann vermutlich beigebracht worden, als er schon fast verblutet gewesen war. Ganz zum Schluss hatte man ihm noch die Kehle durchgeschnitten. Die Art der Wunden wies darauf hin, dass der Täter kleiner war als sein Opfer. Wie Sabato ging auch der Pathologe davon aus, dass Funke kurz vor seinem Tod noch Geschlechtsverkehr gehabt hatte. An seinem Hals fanden sich Kratzspuren, unter seinen Fingernägeln Hautpartikel.

Vierundzwanzig Stunden lang hatten sie im Nebel gestochert und nicht einmal gewusst, wer der Tote war. Jetzt stürzten die Neuigkeiten auf sie ein. Aber mit jeder zusätzlichen Information stieg auch die Zahl der offenen Fragen. Wo hatte sich Bernd Funke aufgehalten, seit er am Samstagvormittag sein Haus und seine Verlobte verlassen hatte? Wer waren seine Begleiter gewesen? Wo hielten sie sich jetzt auf? Und wer hatte einen Grund gehabt, den jungen Mann auf so bestialische Weise zu ermorden? Marthaler ärgerte sich, dass er den Hinterbliebenen nicht mehr Fragen gestellt hatte, sein Verhalten war unprofessionell gewesen.

Er nahm einen Bleistift und ein leeres Blatt Papier aus seinem Schreibtisch. Wieder schrieb er den Namen des Toten auf und daneben das Wort «Schwein». Warum hatte ihn Bettinas Vater so genannt? Hatten sie Streit gehabt, hatten sie sich gehasst? Was war der Grund? Die meisten Gewaltverbrechen wurden im direkten persönlichen Umfeld begangen; Täter und Opfer kannten sich oft seit langer Zeit, hatten eine gemeinsame, häufig verwickelte Geschichte, in der sich Zu- und Abneigung manchmal unentwirrbar vermischten. Aber seine Erfahrung sagte ihm, dass dieser Fall anders lag. Zu deutlich waren der Schock und die Trauer der Familienangehörigen gewesen, als er ihnen die Todesnachricht überbracht hatte. Und niemand, der einen Mord beging, würde so offen und arglos seine Abneigung gegen das Opfer äußern, wie es der

Mann getan hatte, der heute Vormittag der Schwiegervater Bernd Funkes hätte werden sollen.

Marthalers Grübeleien wurden unterbrochen, als Elvira an die Tür klopfte. Sie streckte den Kopf herein und sagte, die Kollegen seien jetzt wieder versammelt, nur Sabato habe sich geweigert, ein zweites Mal zum Rapport anzutreten.

«Schon gut», sagte Marthaler, «ich melde mich nachher bei ihm.»

Dann bat er die anderen hereinzukommen. Er hob die Hände zum Zeichen, dass er sich seiner Verfehlung bewusst war, dass sie sich ihre Vorhaltungen sparen konnten.

«Ich weiß», sagte er, «dass mein Abgang vorhin nicht die feine Art war. Aber es war dringend. Und immerhin haben wir jetzt den Namen des Opfers.»

Er teilte den anderen mit, was er in den letzten beiden Stunden erfahren hatte. Er schaute rundum in die Gesichter. Der Unmut der Kollegen über sein plötzliches Verschwinden wich nur langsam dem Interesse an seinem Bericht.

«Ich nehme an, ihr habt euch das Dossier der Gerichtsmedizin bereits angesehen. Sabatos Vermutung hat sich also bestätigt. Bernd Funke hatte kurz vor seinem Tod Geschlechtsverkehr. Mit einer Frau. Und wir dürfen wohl davon ausgehen, dass es sich dabei nicht um seine Verlobte gehandelt hat. Es kommt jetzt alles darauf an, dass wir so rasch wie möglich die beiden Männer und die junge Frau finden, mit denen er gesehen wurde. Und wir müssen sofort eine Fahndungsmeldung nach dem grünen Fiat Spider rausgeben. Hat sich eigentlich der Vorbesitzer des Wagens gemeldet, wie hieß er doch gleich?»

«Gessner», sagte Petersen. «Jörg Gessner.»

Elvira, die mit ihrem Schreibblock in der Tür stand, schüttelte den Kopf. «Nein, bislang nicht.»

«Dann sollten wir sofort versuchen, ihn ausfindig zu machen. Ich schlage vor, das übernehmen Manfred und Kerstin. Wenn ihr ihn habt, setzt ihn ruhig ein wenig unter Druck. Aber seid vorsichtig. Ihr wisst, der Typ ist vorbestraft. Wir müssen herausfinden, ob er Funke kannte, ob sie vor dem Verkauf des Autos schon miteinander zu tun hatten. Wir müssen so schnell wie möglich alles über das Opfer erfahren, über seine Gewohnheiten, seinen Umgang, seine Freunde und Bekannten.»

«Wissen wir schon, was Funke von Beruf war?», fragte Kai Döring.

Marthaler verneinte. Döring zog die Brauen hoch, als habe er seinen Chef schon wieder bei einer Verfehlung erwischt.

«Entschuldigt, ich weiß, dass ich das gleich hätte fragen müssen, aber es war einfach noch keine Gelegenheit, die Angehörigen ausführlich zu vernehmen. Ich hoffe, dass sich der Vater der Braut in Kürze bei mir meldet. Sollte das im Lauf der nächsten Stunde nicht geschehen, werde ich ihn anrufen. Spätestens dann wissen wir mehr. Bis dahin möchte ich Kai und Sven bitten, die Ochsentour zu übernehmen. Nehmt euch ein Foto des Toten und klappert die Siedlungen rund um den Stadtwald ab, fragt, ob jemandem etwas aufgefallen ist, versucht herauszubekommen, welche Forstarbeiter sich während der Tatzeit im Wald aufgehalten haben, und quetscht sie aus …»

Kai Döring und Sven Liebmann waren bereits aufgestanden.

«O. k., o. k.», sagte Döring. «Wir haben verstanden, Chef. Wir machen das schließlich nicht zum ersten Mal.»

«Ich wundere mich ein wenig», sagte Marthaler, «dass sich bislang keiner von Funkes Begleitern bei uns gemeldet hat. Ich habe kein gutes Gefühl dabei.»

Kerstin Henschel runzelte die Stirn. «Du meinst, es könnte noch mehr passieren?»

Marthaler rieb sich die Augen. Er wollte nicht spekulieren. «Wir wissen noch zu wenig. Wir müssen alle Möglichkeiten in Betracht ziehen. Es könnte sein, dass Bernd Funke von einem seiner Begleiter ermordet wurde. Es wäre aber auch möglich, dass die drei unbekannten Personen ebenfalls in Gefahr sind.»

Er wollte den Gedanken an ein weiteres Verbrechen nicht zulassen, aber es behagte ihm ganz und gar nicht, dass von den drei Menschen, die zuletzt mit dem Opfer gesehen worden waren, noch keiner wieder aufgetaucht war.

«Ich weiß nicht», sagte er. «Vielleicht sollten wir auch die Ermittlungen nicht mit solchen Befürchtungen belasten. Aber es ist jetzt einige Stunden her, dass die Zeitungen das Verbrechen gemeldet haben. Und auf irgendeine Weise sollte doch wenigstens einer der drei Begleiter Bernd Funkes davon erfahren haben. Ich glaube, wir haben nicht allzu viel Zeit.»

Achtzehn Marthaler kämpfte gegen seine Ungeduld. Er nahm den Telefonhörer auf, aber als er ansetzte zu wählen, hatte er vergessen, wen er eigentlich anrufen wollte. Er begann in einer Akte zu lesen, konnte sich aber nicht konzentrieren. Er schaute jede Minute auf die Uhr. Dann ging er ins Vorzimmer, nahm die kleine schwarzgelb gestreifte Plastikkanne vom Fensterbrett, zapfte Wasser und begann, die Blumen zu gießen. Elvira schaute von ihrer Arbeit auf und grinste. «Was ist los, Robert?»

«Was soll los sein? Nichts.»

«Komm schon. Auf die Idee, Blumen zu gießen, kommst du nur, wenn du unter Hochspannung stehst.»

Marthaler fühlte sich ertappt, aber er lächelte. «Ich warte auf den Anruf von Bettinas Vater.»

«Warten kannst du auch draußen. Es geht mir nämlich auf die Nerven, wenn du hier rumfummelst. Außerdem wirst du die Blumen noch ertränken, wenn du so weitermachst. Warum gehst du nicht einfach ein bisschen in der Sonne spazieren?»

Marthaler fuchtelte hilflos mit den Händen. Er schämte sich, dass er noch immer nicht wusste, wie man die Telefonanlage so umstellte, dass alle eingehenden Anrufe auf sein Handy umgeleitet wurden. Aber Elvira schien seine Gedanken zu erraten.

«Ich mach das schon», sagte sie. «Nun verschwinde. Bitte!»

Er warf ihr einen dankbaren Blick zu, aber sie hatte sich schon wieder ihrer Arbeit zugewandt und wedelte ihn mit einer Handbewegung aus dem Zimmer.

Die warme Luft staute sich zwischen den Häusern. Marthaler zog sein Jackett aus und legte es über die Schultern. Er war wie benommen. Er hatte das Gefühl, als würde er seine gesamte Umgebung, die Autos, die Passanten und die Geräusche der Stadt durch eine dicke Glasscheibe wahrnehmen. Der wenige Schlaf machte ihm zu schaffen, und es war Stunden her, dass er etwas gegessen hatte. Vor Müdigkeit und Hunger fühlte er sich ein wenig berauscht.

Am Bahnhof wollte er gerade die Schienen der Straßenbahn überqueren, als ihn jemand an der Schulter packte und zurückzog. Er hörte das Klingeln der Alarmglocke, das Quietschen der stählernen Räder und sah, wie der Fahrer in seiner Kabine aufgeregt gestikulierte. Marthaler drehte sich um. Hinter ihm stand ein riesenhafter junger Mann, fast noch ein Junge, der ihn jetzt anlächelte. Marthaler schaute hoch in das breite Gesicht des Riesen.

«Danke», sagte er, «das hätte schief gehen können. Ich war in Gedanken.»

Der Riese antwortete nicht. Er wiegte nur freundlich seinen Kopf. Marthaler war nicht sicher, ob er verstanden wurde. Hautfarbe und Augenform ließen vermuten, dass der Junge aus Asien kam. Er hatte die Kopfhörer seines Discman in die Ohren gestöpselt und hörte laute Musik.

Marthaler schrie jetzt fast.

«Darf ich dich zu einer Tasse Kaffee einladen?», fragte er.

Aber der Junge hob nur seine Pranken, schüttelte den Kopf und walzte über die Straße. Bei jedem Schritt bewegte sich sein Oberkörper schwerfällig hin und her. Marthaler schaute ihm nach und sah noch, wie der junge Riese in einem Fastfood-Restaurant verschwand.

Dafür, dass er gerade vor einem schweren Unglück bewahrt worden war, fühlte Marthaler sich erstaunlich ruhig. Aber er wusste von ähnlichen Ereignissen, dass das Entsetzen oft erst im Nachhinein kam. Das ganze Ausmaß einer Gefahr begriff man oft erst, wenn man wieder zur Ruhe gekommen war und Zeit zum Nachdenken hatte.

Marthaler schaute auf die Uhr. Seit er das Präsidium verlassen hatte, waren gerade mal fünf Minuten vergangen. Er schlenderte im Schatten der Häuser auf dem Bürgersteig die Kaiserstraße hinab. Er hatte nichts zu tun, als auf den Anruf von Bettinas Vater zu warten. Ab und zu blieb er vor dem Schaufenster eines Sexshops, eines Billigmarktes oder eines Fotogeschäftes stehen und betrachtete die Auslagen, ohne sie wirklich wahrzunehmen. In einer der Scheiben entdeckte er unverhofft sein Spiegelbild. Ihm gefiel nicht, was er sah. Er erblickte einen erschöpften, etwas zu dicken Mann, der älter wirkte, als er war. Marthaler dachte an den Fragebogen einer Zeitung, die er gelegentlich las, wo jede Woche ein Prominenter gebeten wurde, sich selbst zu beschreiben. Er überlegte, wie er, der Polizist Robert Marthaler, sich einem Fremden beschreiben würde. Aber als er merkte, dass er entweder lügen müsste oder dass seine Schilderung wenig schmeichelhaft ausfallen würde, brach er das Spiel ab.

Vielleicht sollte er in eines der türkischen Bekleidungsgeschäfte gehen, die es hier im Viertel gab, und sich einen neuen Anzug anpassen lassen. Gleich jetzt. Aber nein, die Vorstellung, sich verschwitzt, wie er war, unwohl, wie er sich fühlte, einem Fremden in Socken zu präsentieren, schreckte ihn. Seine Mutter hatte ihn gelehrt, dass es den Umgang der Menschen erleichterte, wenn alle ein Minimum an Haltung bewahrten.

Während er noch seinen Gedanken nachhing, nahm er im Augenwinkel eine Bewegung wahr, die ihn aufmerken ließ. Vor ihm schlenderte eine junge Frau über den Bürgersteig. Sie fiel ihm schon deshalb auf, weil sie es, im Gegensatz zu den meisten anderen Passanten, nicht sehr eilig zu haben schien.

Sie trug ein beiges ärmelloses Kleid, ihre Arme und Beine

waren von der Sonne gebräunt, und das Haar hatte sie am Hinterkopf zu einem lockeren Knoten gebunden. Marthaler kam es vor, als müsse er die Frau kennen, aber ihm wollte nicht einfallen, woher. Er betrachtete die Linie ihres Nackens und erinnerte sich, wie oft er Katharina gebeten hatte, ihr Haar hochzustecken, damit ihr schöner Hals nicht verdeckt würde. Und wie Katharina gelächelt und ihn gefragt hatte, ob sie sich die Haare abschneiden lassen solle. Für ihn, hatte sie gesagt, würde sie sich sogar eine Glatze scheren lassen.

Ohne sich bewusst zu machen, was er tat, folgte er der Frau. Ihr Anblick gefiel ihm. Sie bog jetzt nach rechts in eine der kleinen Seitenstraßen ab und schlug jene Richtung ein, die auch Marthaler nehmen wollte.

Endlich, als sie an einer Ampel stehen blieb und ihr Gesicht ein wenig zur Seite wandte, erkannte er zu seiner Überraschung Tereza, die tschechische Studentin, mit der er sich im «Lesecafé» unterhalten hatte. Er rechnete nach; es war noch nicht einmal dreißig Stunden her, dass sie ihm von ihrer Vorliebe für den spanischen Maler Goya erzählt und ihm durch die Glastür hindurch nachgewunken hatte. Aber inzwischen war so viel passiert, dass Marthaler kaum Zeit gehabt hatte, auch nur an sie zu denken.

Umso erstaunter stellte er fest, wie groß seine Freude war, sie wieder zu sehen. Fast wäre er seinem Impuls gefolgt und hätte sie zur Begrüßung umarmt. Aber dann dachte er an den Zustand seines Spiegelbildes, das ihm noch eben aus dem Schaufenster entgegengeblickt hatte. Der Mut verließ ihn, und er verlangsamte seine Schritte. Er wollte nicht, dass sie ihn so sah. Und fast war er froh, als sie endlich hinter einer Hausecke verschwand. Er blieb einen Moment stehen, und erst, als er sicher war, dass sie ausreichend Vorsprung gewonnen hatte, ging er weiter.

Er erreichte das Mainufer, schaute nach rechts und nach

links, konnte Tereza aber nirgends mehr sehen. Er setzte sich auf eine Bank, griff in die Seitentasche seines Jacketts, zog das Päckchen mit den Mentholzigaretten hervor und steckte sich eine an. Er war erleichtert. Womöglich hätte sie mit Befremden auf ihn reagiert, vielleicht sogar mit Abwehr wie auf den Annäherungsversuch eines Fremden, der er ja auch wirklich für sie war. Oder sie hätte ihn nur erstaunt angesehen. Jetzt war er froh, sich diese Enttäuschung erspart zu haben. Tief sog er den Rauch seiner Zigarette ein. Er nahm sich vor, in den nächsten Wochen nicht ins «Lesecafé» zu gehen.

Auf einem der Lastkähne, die von Zeit zu Zeit langsam über den Main glitten, sah Marthaler, wie ein Mädchen sich zu einer Musik bewegte, die er nicht hören konnte. Er beneidete das Kind um das bedenkenlose Glück, das in dem lautlosen Tanz zum Ausdruck kam. Am liebsten wäre er dem Schiff auf dem Uferweg gefolgt, um dieses Bild noch eine Weile genießen zu können.

Plötzlich erschrak er. Jemand hielt ihm von hinten die Augen zu. Dann merkte er, dass es die Hände einer Frau waren. Natürlich sollte er jetzt raten, wer sich von hinten an ihn angeschlichen hatte. Er tat, als müsse er überlegen, dann sagte er: «Tereza.»

Sie ließ ihn los, kam um die Bank herum und schaute ihn erstaunt an: «Wie konnten Sie wissen, dass ich es bin?»

Er wollte ihr nicht die Wahrheit sagen, wollte nicht gestehen, dass er sie bereits auf der Kaiserstraße gesehen hatte und ihr dann gefolgt war. Also zuckte er nur mit den Schultern und lächelte sie an.

«Ich weiß nicht», sagte er. «Ihre Hände fühlen sich angenehm an.»

Sie schien ein wenig irritiert über das Kompliment.

«Was machen Sie hier?», fragte sie. «Müssen Sie nicht arbeiten?»

«Doch» erwiderte Marthaler, «aber meine Sekretärin hat mich rausgeworfen. Sie sagt, ich gehe ihr auf die Nerven. Wollen Sie sich nicht setzen?»

Tereza schüttelte den Kopf. «Komm, lass uns lieber ein paar Schritte gehen.»

Marthaler stand auf. Er war überrascht, dass sie ihn plötzlich duzte. Schweigend ging er neben Tereza her. Er wusste nicht, was er sagen sollte, und ihr schien es ähnlich zu gehen. Ab und zu schauten sie einander an. Tereza war ein Stück kleiner als er, und jetzt fiel ihm auf, dass ihre Nase mit Sommersprossen gesprenkelt war. Als sie fast am Eisernen Steg angekommen waren, blieb Tereza stehen.

«Ich dachte, du würdest heute Morgen ins Café kommen», sagte sie.

Hieß das, dass sie auf ihn gewartet hatte? Einen Moment lang war Marthaler versucht, zu weitschweifigen Erklärungen auszuholen, dann sagte er nur: «Es ging nicht. Leider. Auf einen Polizisten kann man sich eben nicht verlassen.»

«Leider», sagte sie.

Marthaler überlegte, ob er sich mit Tereza verabreden sollte. Doch dann war er froh, als sein Handy zu läuten begann und ihm die Entscheidung abgenommen wurde.

«Entschuldige», sagte er und tippte ihr zum Abschied ein wenig unbeholfen auf die Schulter. «Vielleicht klappt es morgen früh, dass ich … ins Café …»

Tereza nickte. Dann wandte sie sich ab.

«Ja», sagte sie, «vielleicht.»

Bevor Marthaler ihr noch etwas nachrufen konnte, hatte sie bereits die Straße überquert und war im Strom der Passanten verschwunden. Und erst jetzt fiel ihm ein, dass er vergessen hatte, sich dafür zu bedanken, dass sie ihm seine Brieftasche ins Büro hatte bringen lassen.

Neunzehn Marthaler war wütend auf sich. Warum hatte er das Läuten seines Telefons nicht einfach ignoriert? Jetzt war es zu spät. Er nahm den Anruf entgegen. Ein Mann meldete sich und stellte sich mit dem Namen Fellbacher vor.

«Wer, bitte?», fragte Marthaler.

Der Anrufer wiederholte seinen Namen: «Erwin Fellbacher, ich bin der Vater von Bettina. Sie hatten mich gebeten, bei Ihnen anzurufen.»

Es war wie immer bei einem neuen Fall: Binnen kurzem bekamen sie es mit so vielen Fremden zu tun, dass Marthaler sich außerstande sah, sich auch nur die wichtigsten Namen zu merken. Immer wieder kam es vor, dass er bei einer Vernehmung den Namen des Zeugen vergaß und dann nervös in seinen Aufzeichnungen wühlte. Und mehr als einmal war er schon in die peinliche Lage geraten, dass er vor Gericht den Namen des Opfers mit dem des Angeklagten verwechselt hatte und sich dafür den Hohn der Strafverteidiger hatte gefallen lassen müssen. Auch in der Stimme des Brautvaters meinte er jetzt so etwas wie Mißbilligung zu hören. Umso entschlossener versuchte Marthaler seine Antwort klingen zu lassen. «Natürlich, Herr Fellbacher. Schön, dass Sie sich melden.»

Eine halbe Stunde später wollten sie sich vor dem Eingang des Zentrums der Rechtsmedizin treffen. Das Institut lag ganz am Ende der Kennedyallee, nicht weit von der Niederräder Pferderennbahn entfernt. Marthaler hatte das Haus betreten und sich bei der Empfangssekretärin angemeldet. Er bat die Frau, ihm einen Zehnmarkschein zu wechseln. Aus dem Automaten zog er sich eine kalte Cola. Er stellte sich vor das Haus in den Schatten einer alten Ulme und beobachtete ein paar junge Frauen in weißen Kitteln, die in der Nähe auf der Wiese saßen, rauchten, gelegentlich zu ihm herüberschauten und kicherten. Er selbst fühlte sich beklommen. Obwohl es eine schöne alte Jugendstilvilla war, mochte er dieses Haus nicht. Er mochte nicht, was hier geschah. Er verstand nicht, wie man freiwillig einen Beruf ausüben konnte, der nicht zuletzt darin bestand, den Körper einer Leiche zu öffnen, ihm die Organe zu entnehmen, diese in Scheiben zu schneiden und unter ein Mikroskop zu legen. Und schon gar nicht mochte er die schnoddrige Unbekümmertheit im Umgang mit dem Tod, die von so vielen Gerichtsmedizinern zur Schau getragen wurde. Er kannte eine solche Haltung auch von Kollegen bei der Polizei, aber für sich selbst hatte er sie nie akzeptiert. Er wusste, dass man sich in einem Beruf, in dem man täglich mit dem Tod anderer Menschen zu tun hatte, schützen musste. Dass man sich nicht jedes fremde Leid zu Herzen nehmen durfte. Dennoch war er fest entschlossen, lieber seinen Dienst zu quittieren, als jemals zu einem dieser achselzuckenden Zyniker zu werden, die glaubten, ihre Abgebrühtheit auch noch dadurch beweisen zu müssen, dass sie unentwegt dumme Witze rissen.

Erwin Fellbacher, der sich jetzt vom Parkplatz her näherte, schien Marthalers Scheu fremd zu sein. Mit der energischen Entschlossenheit eines erfolgreichen Handelsvertreters lief er auf den Kriminalkommissar zu, begrüßte ihn wie einen alten Bekannten und vermittelte den Eindruck, als freue er sich darauf, die Leiche jenes Mannes zu identifizieren, der um ein Haar sein Schwiegersohn geworden wäre.

Über die ehemalige Dienstbotentreppe erreichten sie das Souterrain des Gebäudes, wo sich die Sektionssäle und die Arbeitsräume der Pathologen und Präparatoren befanden. So verspielt die Architektur des Hauses von außen auch wirkte, hier im Inneren herrschte kühle Sachlichkeit. Anders als in Sabatos Kellerverlies im Polizeipräsidium war die Ausstattung des Instituts auf dem neuesten Stand der technischen Entwicklung.

. Marthaler ging voran bis ans Ende des hellen Flurs, dann klopfte er an die Tür eines Büros. Statt eines «Herein» hörte er nur ein leises Krächzen. Hinter dem Schreibtisch saß ein kleiner, buckliger Mann von höchstens fünfunddreißig Jahren, dessen schmaler Schädel nur noch von wenigen stumpf-blonden Haaren umkränzt war. Marthaler hatte den Mann noch nie gesehen. Alles an ihm wirkte knochig. Zwischen Zeige- und Mittelfinger der linken Hand hielt er eine brennende Zigarette, deren Spitze in Richtung Tür zeigte. Es sah aus, als wolle er sie im nächsten Moment wie einen Dartpfeil auf seine Besucher schleudern.

«Oh», sagte Marthaler, «entschuldigen Sie bitte, ich wollte zu Professor Prußeit.»

Marthaler wusste nicht, ob es sich bei dem Ausdruck, der sich jetzt auf dem Gesicht des Pathologen zeigte, um ein Grinsen oder doch eher um ein verunglücktes Lächeln handelte. Der Mann fuchtelte mit beiden Händen durch die Luft, als wolle er ein unsichtbares Spinnennetz zerreißen, dann nickte er ein paarmal mit dem Kopf und brachte unter einer Art röchelndem Husten einen Satz hervor, von dem Marthaler nur ein paar Worte verstand.

«Herzlich. Doktor. Urlaub ... alles ...Vertretung. Herzlich.»

Marthaler brauchte einen Moment, bis er begriff, dass es sich bei dem Wort «Herzlich» nicht etwa um einen besonderen Willkommensgruß handelte, sondern um den Namen des Mannes, der sich ihm vorstellen und mitteilen wollte, dass er die Urlaubsvertretung von Professor Prußeit übernommen hatte.

«Meine Kollegin hatte angerufen», sagte Marthaler, «es geht um die Identifizierung.»

Dr. Herzlich reagierte erneut mit heftigem Nicken, dann warf er mit einem Mal seinen Kopf in den Nacken, schniefte mehrmals laut, öffnete, ohne hinzuschauen, mit der Rechten die oberste Schublade des Schreibtisches, entnahm ihr ein kleines Fläschchen, schraubte es auf und träufelte sich mittels einer Pipette einige Tropfen einer farblosen Flüssigkeit in jedes Nasenloch. Dann sprang er auf und kam so zielstrebig auf den Eingang zu, dass sowohl Marthaler als auch Fellbacher auswichen. Dr. Herzlich wedelte, während er vor ihnen den Gang hinablief, mit den Händen, was wohl als Aufforderung an seine Besucher gemeint war, ihm zu folgen. Er entriegelte die Tür zum Sektionssaal, öffnete eine der Kühlkammern und zog den Stahlschlitten mit dem Leichnam heraus. Dann wandte er sich um und blickte Fellbacher mit leeren Augen an.

Marthaler fröstelte. Verglichen mit der sommerlichen Hitze im Freien, herrschten in den Sektionssälen geradezu eisige Temperaturen, und man verstand, warum die Pathologen und ihre Assistenten im Sommer so oft erkältet waren.

Auch Erwin Fellbacher zitterte ein wenig.

Er schaute unverwandt in das fahle Gesicht des Toten, dessen Körper Dr. Herzlich rasch von den Füßen bis zum Kinn mit einem Tuch bedeckt hatte.

Fellbacher schaute, aber er sagte nichts.

Marthaler war irritiert. Um nicht die Leiche ansehen zu müssen, schaute er in Fellbachers Gesicht und wartete auf eine Reaktion. Warum brauchte der Mann so lange, um den Bräutigam seiner Tochter zu erkennen?

Sie schwiegen. Es war nichts zu hören außer dem Brummen der Kühlaggregate und dem gelegentlichen Schniefen von Dr. Herzlich.

«Herr Fellbacher, geht es Ihnen gut?», fragte Marthaler.

Fellbacher nickte und schwieg. Er schien die Luft anzuhalten. Zwischen seinen Augen hatte sich eine Falte gebildet.

Hieß sein Zögern, dass es sich bei dem Toten womöglich doch nicht um Bernd Funke handelte? Marthaler wurde nervös. Und auch Dr. Herzlich reagierte mit einem erstaunten Gesichtsausdruck.

«Herr Fellbacher, kennen Sie diesen Mann?»

Fellbacher nickte. Er atmete aus. Er schien erleichtert zu sein.

«Ja», sagte er, «natürlich.»

«Handelt es sich bei dem Toten um Bernd Funke, den Bräutigam Ihrer Tochter?»

«Ja.»

Marthaler hatte es jetzt eilig. Ihm gefiel das Verhalten dieses Mannes nicht. Marthaler wollte hier raus. Er wollte endlich die Informationen haben, die er brauchte. Er bedankte sich bei Dr. Herzlich und bat Fellbacher, ihm zu folgen. Er nahm die Treppen fast im Laufschritt. Fellbacher kam schnaufend hinter ihm her. Marthaler klopfte wieder bei der Empfangssekretärin. Er fragte, ob es einen leeren Raum gebe, wo man für kurze Zeit ungestört sein könne. Die Sekretärin öffnete ein Zimmer, das wohl als Aufenthaltsraum diente, das aber mehr einer Abstellkammer glich. Immerhin gab es einen Tisch und zwei Stühle. Marthaler bat Fellbacher, Platz zu nehmen. Er selbst blieb stehen. Er zog einen Stift und sein Notizbuch hervor, dann begann er zu reden.

«Herr Fellbacher, ich weiß nicht, warum Sie Bernd Funkes Leichnam mit solcher Genugtuung angeschaut haben. Ich weiß nicht, was in Ihnen vorgeht, und ich glaube, ich möchte es auch lieber nicht wissen. Ich weiß nicht, was dieser Mann Ihnen oder Ihrer Tochter angetan hat oder warum Sie ihn ein Schwein genannt haben. Sie können es mir erzählen, oder Sie können es lassen. Wenn es etwas mit dem Mord zu tun hat, werde ich es auf jeden Fall erfahren. Dass Sie Funke nicht mochten, habe ich jetzt verstanden. Aber was er auch immer für ein Mensch gewesen sein mag: Er ist auf bestialische Weise ermordet worden. Es ist meine Aufgabe herauszufinden, wer ihn umgebracht hat. Und ich will verhindern, dass noch mehr geschieht. Deshalb möchte ich jetzt von Ihnen vor allem wissen, wer die drei anderen jungen Leute gewesen sind, mit denen Bernd Funke unterwegs war.»

Fellbacher war offensichtlich erstaunt über den unvermuteten Ausbruch des Hauptkommissars. Marthaler kannte das. Er wusste, dass er auf andere Menschen oft den Eindruck eines gutmütigen, etwas betulichen Zeitgenossen machte. Man traute ihm keine Entschlossenheit zu. Er galt als jemand, mit dem man leicht fertig wurde. Umso größer war die Verwunderung, wenn Marthaler zeigte, dass seine Sanftmut Grenzen kannte.

Fellbachers Kopf war rot angelaufen. Er fummelte in seinen Jackentaschen herum. Schließlich zog er seine Brieftasche hervor, klappte sie auf und entnahm ihr einen Zettel. «Ich habe mit Bettina gesprochen. Einer der beiden Freunde von Bernd heißt Hendrik Plöger. Hier sind seine Adresse und seine Telefonnummer.»

Marthaler nahm den Zettel und übertrug die Angaben in sein Notizbuch. Es war eine Adresse in der Burgstraße in Bornheim, einem der nordöstlichen Stadtviertel.

«Der andere Junge heißt Jochen und wird Jo genannt.»

«Wusste Ihre Tochter nichts Genaueres?», fragte Marthaler. Fellbacher schüttelte den Kopf. «Nein. Sie sagt, sie hat diesen Jo am Freitag zum ersten Mal gesehen. Sie hat den Dreien ein Frühstück gemacht und sich dann von ihnen verabschiedet.»

«Und die Frau? Hat sie eine Ahnung, wer die junge Frau war, die in dem Auto gesehen wurde?»

Fellbacher verneinte wieder. «Sie sagt, von einer Frau weiß sie nichts.»

Marthaler nickte. «Richten Sie Ihrer Tochter bitte aus, dass ich sehr rasch ihre Hilfe brauche. Wir müssen mit ihr reden. Möglicherweise benötigen wir auch ein Phantombild von diesem Jo. Es wäre gut, wenn sie sich so bald wie möglich bei uns melden würde.»

Fellbacher schnaufte. Ihm war anzumerken, dass seine Bereitwilligkeit, mit Marthaler zusammenzuarbeiten, nicht mehr sehr groß war.

«Ach ja», sagte Marthaler, als er sich schon halb von Bettinas Vater abgewandt hatte, «was war Bernd Funke eigentlich von Beruf?»

«Student. Medizin», sagte Fellbacher, dessen Gesicht sich zu einem abschätzigen Grinsen verzog.

«Was ist daran verwerflich?»

«Nichts. Aber ich glaube nicht, dass er viel studiert hat. Ich glaube, er hat das Geld seines Vaters genommen und sich damit ein schönes Leben gemacht.»

Marthaler nickte. Dann öffnete er die Tür. Schon halb im Hinausgehen drehte er sich noch einmal um. «Sie kommen bitte morgen ins Präsidium, um das Protokoll zu unterschreiben.»

Dann ließ er Fellbacher sitzen, ohne sich von ihm zu verabschieden. Als er vor dem Haus stand, atmete er durch. Er war froh, dieses Gebäude und diesen Mann hinter sich lassen zu können. Er schaute auf die Uhr. Es war fast Mittag, und es war sehr heiß. Marthaler hatte Hunger, und er hatte Durst. Er überquerte den Parkplatz, lief ein wenig orientierungslos zwischen den zahllosen Gebäuden der Universitätsklinik umher und stellte sich dann an eine Haltestelle, um auf die Straßenbahn in Richtung Bahnhof zu warten.

Er sehnte sich danach, schwimmen zu gehen. Er erinnerte

sich, wie Katharina und er oft im Sommer an einen kleinen Badesee in den Wald geradelt waren. Sie hatten eine Kühltasche und einen Picknickkorb mitgenommen und waren oft den ganzen Tag geblieben. Er sah Katharina vor sich, wie sie auf dem gegenüberliegenden Felsen stand und ihm zuwinkte. Er hatte immer Angst gehabt, wenn sie von dort oben in das tiefgrüne Wasser gesprungen war, aber sie hatte ihn nur milde verspottet wegen seiner Furcht. Mit angehaltenem Atem hatte er am Ufer gesessen und gewartet, bis sie wieder auftauchte und lachend auf ihn zugeschwommen kam. So wie jetzt in seiner Erinnerung. Nur dass Katharinas Gesicht zu seiner Verwunderung mit einem Mal die Züge von Tereza angenommen hatte.

Zwanzig Marthaler war in die Straßenbahn gestiegen und hatte sich auf einen der wenigen freien Plätze gesetzt. Ihm gegenüber saßen zwei Schüler, zwölf, vielleicht dreizehn Jahre alt. Beide waren zu dick. Beide trugen sie weite, viel zu lange Hosen, die am unteren Saum verschmutzt waren. Die Jungen unterhielten sich und tippten dabei auf ihren Handys herum. Sie waren kaum in der Lage, vollständige Sätze zu formulieren. Jedes Mal, wenn einer von ihnen zwei oder drei sinnvolle Worte gesagt hatte, folgte ein ‹Booah›, ein ‹Echt› oder ‹Voll cool›. Dabei sprachen sie die ganze Zeit über nichts anderes als über die Vorzüge und Nachteile ihrer Mobiltelefone. Marthaler fragte sich, ob sie jemals etwas anderes lernen würden als diese Comic-Sprache. Sie waren noch Kinder, aber ihre Phantasie war schon jetzt auf das Niveau eines billigen Zeichentrickfilms geschrumpft. Man ließ sie verkommen. Man hatte sie bereits abgeschrieben. Niemand kümmerte sich um sie. Die öffentlichen Schulen hatten immer weniger Geld zur Verfügung. Die große Masse der Schüler musste sich mit viel zu großen Klassen und viel zu schlecht ausgebildeten Lehrern begnügen. Die Lust am Lernen wurde den Kindern genommen. Sie stumpften ab. Und was dann aus ihnen wurde, mochte Marthaler sich nicht einmal vorstellen.

Er lehnte die Stirn an die Scheibe und versuchte an etwas anderes zu denken. Er versuchte, sich auf den Fall zu konzentrieren. Sie waren ein ganzes Stück weiter gekommen. Sie wussten, wer der Tote war. Sie hatten Namen und Adresse eines seiner Begleiter und den Vornamen des zweiten. Auch die Informationen, die ihnen Sabato am Morgen gegeben hatte, waren wertvoll. Trotzdem hatte Marthaler nicht das Gefühl, dass ihnen bereits ein Durchbruch gelungen war. Das Ganze blieb rätselhaft.

Mit einem Mal wurde Marthaler aus seinen Gedanken gerissen. Die Straßenbahn hatte abrupt gebremst, war dann ruckelnd noch ein paar Meter mit quietschenden Rädern weitergefahren und schließlich endgültig zum Stehen gekommen. Einer der dicken Schüler war von seinem Sitz gerutscht und hatte dabei sein Handy verloren. Er fluchte und hielt sich das Handgelenk. Marthaler wollte ihm aufhelfen, aber der Junge wehrte ihn ab. Überall schimpften die Fahrgäste und krochen über den Boden, um ihre Habseligkeiten wieder einzusammeln. Marthaler hatte sich am Kopf gestoßen. Er fasste sich an die Stirn und merkte erst jetzt, dass er blutete. Er zog ein Taschentuch hervor und presste es auf die Wunde.

Er schaute aus dem Fenster. Die Straße war abgesperrt, überall am Rand der leeren Fahrbahn standen Streifenwagen und uniformierte, bewaffnete Sicherheitskräfte. Ihm fiel ein, dass der amerikanische Präsident und der deutsche Bundeskanzler heute zum Empfang bei der Frankfurter Oberbürgermeisterin geladen waren. Sie würden sich in das Goldene Buch der Stadt eintragen, ein paar vorgefertigte Reden ablesen, ein paar Schnittchen essen und dann wieder verschwinden. Und dafür legte man die halbe Stadt lahm.

Sie warteten. Die Hitze und der Gestank in dem Waggon waren unerträglich. Die Leute stöhnten. In den umliegenden Straßen stauten sich die Autos. Ab und zu hupte einer der Fahrer, dann noch einer, bis ein regelrechtes Hupkonzert ertönte. Dann wurde es wieder still. Sie hatten eingesehen, dass ihr Protest wirkungslos blieb.

Endlich gab der Straßenbahnführer die Verriegelung der Türen frei. Einige der Fahrgäste stiegen aus, aber selbst als Fußgänger durften sie die Absperrungen nicht passieren.

Eine alte Frau war ohnmächtig geworden. Jemand rief nach einem Arzt. Kurz darauf kamen zwei Sanitäter, hoben sie auf eine Trage und brachten sie weg.

Marthaler überlegte kurz, ob er ebenfalls aussteigen und versuchen sollte, die Mainbrücke zu passieren, um zu Fuß ins Präsidium zu laufen. Ihn würde man ja wohl kaum aufhalten. Dann entschied er sich zu warten. Er hatte keine Lust, sich auf Diskussionen mit den uniformierten Kollegen einzulassen.

Aus der Ferne hörte man das Geknatter eines Hubschraubers. Das Geräusch wurde lauter. Schließlich näherten sich noch ein zweiter und ein dritter Helikopter, die jetzt tief über den Dächern der Häuser kreisten und das Laub der Bäume am Mainufer durcheinander wirbelten. Die Fahrbahn war noch immer leer.

Endlich vernahm man die Sirenen der Polizeieskorte. Fünf Motorräder, die wie ein Pfeil formiert waren, sausten über die Straße. Ihnen folgten in hohem Tempo einige Streifenwagen und zivile Sicherheitsfahrzeuge. Dann kamen eine Reihe schwarzer Limousinen und schließlich, im selben mörderischen Tempo, die großen, gepanzerten Wagen der beiden Staatsoberhäupter, die an den aufgepflanzten Standarten zu erkennen waren.

Und vielleicht saßen weder der Kanzler noch der Präsident hinter den getönten Scheiben. Marthaler stellte es sich vor. Es war allgemein bekannt, dass man oft Doubletten der Staatskarossen durch die Straßen chauffierte, um mögliche Attentäter in die Irre zu führen. Vielleicht hatten die beiden Regierungschefs den Römer längst über einen anderen Weg erreicht. Vielleicht saßen sie längst bei der Bürgermeisterin im Sessel, tranken Sekt und ließen Berge von Lachsschnittchen einfach unbeachtet stehen und vertrocknen.

Marthaler dachte daran, dass der Kanzler erst kürzlich auf die faulen Arbeitslosen geschimpft hatte und dass es schon wieder Pläne gab, die Sozialhilfe zu kürzen. Was dachten wohl die Stadtstreicher, die im Sommer dort unten am Mainufer wohnten, über den Pomp, mit dem sich hier oben die gewählten Volksvertreter feierten? Dachten sie überhaupt etwas? Oder würden sie sich, wenn man ihnen ein Fähnchen in die Hand drückte, ebenfalls jubelnd an den Straßenrand stellen?

Sein Vertrauen in die Opfer hatte Marthaler längst verloren. Zu oft hatte er erfahren, dass diejenigen, denen man die Butter vom Brot nahm, ihren Peinigern auch noch applaudierten. Ausgerechnet die Schwächsten plädierten für eine Politik der Stärke. Ihre Armut hatte sie hart und dumm gemacht. Und immer fand sich eine neue Gruppe, der sie die Schuld gaben für ihre eigene Lage. In den sechziger Jahren waren es die Italiener gewesen, dann die Türken, später die Asylbewerber und immer mal wieder auch die Juden.

Auch in den Reihen der Polizei gab es Kollegen, die so dachten und die mit ihrer Meinung nicht hinter dem Berg hielten. Einmal war Marthaler während eines Gesprächs in der Kantine böse geworden, als jemand einen Judenwitz erzählte. Ein jüngerer Kollege hatte ihn angegrinst und gesagt: «Ach, der gute Robert, immer politisch korrekt.» Es war einer der Momente gewesen, in denen Marthaler fast die Beherrschung verloren hatte. Er hatte Lust gehabt zuzuschlagen. Stattdessen war er aufgestanden und wortlos gegangen.

Er schwitzte immer noch, als er endlich am Bahnhof ausstieg. Die Limousinen waren an ihnen vorbeigerauscht, kurz darauf war alles vorbei gewesen wie ein seltsamer Spuk. Straßenbahnen und Autos durften wieder fahren. Die Fußgänger konnten wieder ihrer Wege gehen.

Marthaler ging in einen der kleinen türkischen Imbissläden und bestellte eine Dose Cola und einen Döner Kebab. Er trank einen großen Schluck, dann biss er in das gefüllte Fladenbrot. Das Fleisch war viel zu fett und noch halbroh. Fast augenblicklich wurde ihm schlecht. Er schaute den Mann, der ihn bedient hatte, an, aber statt sich zu beschweren, verzog er nur den Mund und warf das Gericht samt Serviette in den Abfalleimer. Den Rest der Cola nahm er mit auf die Straße und trank ihn in einem Zug aus. Dann kaufte er an einem anderen Stand ein Stück halb verbrannter Pizza, das er gierig verschlang.

Er hatte das Gefühl zu verwahrlosen. Er hasste es, auf der Straße zu essen. Er war erschöpft. Wie gerne wäre er jetzt nach Hause gefahren, hätte sich eine halbe Stunde in das lauwarme Wasser der Badewanne gelegt, um sich dann in seinen Campingsessel auf den schattigen Balkon zu setzen, eine Weile Musik zu hören und schließlich ein paar Stunden zu schlafen.

Aber jemand musste nach Bornheim in die Burgstraße zur Adresse von Hendrik Plöger fahren. Sie mussten diesen Jo ausfindig machen. Und sie mussten herausbekommen, wer das Mädchen war, das mit den drei jungen Männern unterwegs gewesen war.

Als Marthaler im Präsidium angekommen war und das Vorzimmer zu seinem Büro betrat, schaute ihn Elvira entsetzt an. «Mein Gott, Robert, was ist passiert?»

Marthaler wusste nicht, was sie meinte. Er fasste sich an die Stirn. Erst jetzt fiel ihm die kleine Verletzung wieder ein. Er ging zum Spiegel und schaute sich an. Er musste lachen. Es sah wirklich fürchterlich aus. Seine Augenbraue war von der Nasenwurzel bis zur Schläfe mit Blut verklebt.

«Es ist nichts», sagte er. «Nur ein kleiner Riss. Heute haben es die Straßenbahnen auf mich abgesehen.»

Er drehte den Wasserhahn auf und säuberte sich.

«Gibt es schon was von den anderen?»

«Kai Döring hat angerufen. Er und Liebmann befragen seit Stunden die Anwohner in Oberrad. Bis jetzt haben sie noch nichts herausgefunden. Döring will sich wieder melden. Soll ich ihm etwas ausrichten?», fragte Elvira.

«Nein. Sie sollen weitermachen … Oder doch, sag ihm, dass wir uns gegen 18 Uhr hier treffen. Was ist mit Kerstin und Petersen? Sie wollten versuchen, diesen Gessner ausfindig zu machen, den Vorbesitzer des Fiat Spider.»

«Keine Ahnung», sagte Elvira. «Ich kann aber versuchen, die beiden zu erreichen.»

«Nein, lass nur. Sie werden sich bestimmt bald melden.» Marthaler ging auf den Flur. Aus einem der Schränke, in denen die Putzfrauen ihre Utensilien verwahrten, nahm er sich zwei Handtücher. Er lief die Treppen hinab bis in den Keller, wo sich der Fitnessraum befand. Hier war er schon seit Jahren nicht mehr gewesen. Er ging an den jungen Kollegen vorbei, die hier trainierten und die sich jetzt angrinsten, als sie Marthaler sahen. Er ignorierte ihre Blicke, grüßte nur knapp und betrat den Duschraum. Dann zog er sich aus, legte seine Kleidung auf eine der Holzbänke und stellte sich unter die Brause. Er schloss die Augen und ließ das Wasser lange auf seinen Körper prasseln. Hinterher fühlte er sich besser.

Auf dem Gang begegnete ihm Schilling, der Chef der Spurensicherung. Marthaler fragte ihn, ob es neue Ergebnisse bei der Auswertung der Tatortspuren gebe. Schilling verneinte, dann schaute er unter sich.

«Was ist los mit dir?»

Schilling druckste. «Robert, ich wollte dich sowieso noch anrufen. Du hattest leider Recht mit deiner Vermutung.»

«Mit welcher Vermutung?»

«Die Fotos vom Tatort sind tatsächlich aus meiner Abteilung an die Presse weitergegeben worden.»

«Und wer tut so etwas?»

«Er heißt Salzinger. Ein junger Laborant. Er arbeitet seit gut einem Jahr bei uns. Er ist damals auf mein Betreiben eingestellt worden.»

«Hat er etwas zu seiner Entschuldigung vorgetragen?», fragte Marthaler.

«Zuerst hat er versucht, sich herauszureden, hat etwas von einem Irrtum erzählt. Als ich nachgebohrt habe, ist er in Tränen ausgebrochen. Er sagt, er stecke in einer finanziellen Notsituation, er habe Schulden gemacht, sich ein großes Auto gekauft, das er kurz darauf kaputtgefahren habe. Ich weiß nicht, was ich mit ihm machen soll. Er ist ein guter Mann. Ansonsten.»

Marthaler schüttelte den Kopf. Er dachte einen Moment nach.

«Mich wundert nichts mehr», sagt er dann. «Weißt du, dass man mir heute Morgen vom Hof des Präsidiums mein neues Fahrrad gestohlen hat? Was wollen wir uns eigentlich noch alles gefallen lassen?»

Schilling schwieg.

«Hat er gesagt, wie viel Geld er für die Fotos bekommen hat?»

«Fünfhundert Mark», sagte Schilling.

«Fünfhundert Mark? Dann ist er auch noch ein Idiot. Die hätten sicher das Zehnfache gezahlt. Wir werden ihn auf der Stelle entlassen.»

«Robert, meinst du nicht …»

Marthaler hob abwehrend die Hand. Er war wütend. «Ich meine, dass wir endlich Schluss machen müssen mit solchen Schweinereien. Ich meine, dass wir diese Praktiken nicht dulden dürfen. Ein korrupter Polizist ist das Verabscheuungswürdigste, was ich kenne. Du wirst ihn anzeigen. Und wenn du es nicht tust, werde ich es tun. Ich will, dass er auf der Stelle vom Dienst suspendiert wird.»

Er ließ Schilling stehen. Er war froh, dass er hart geblieben war. Dass er sich nicht auf einen Kompromiss eingelassen hatte.

Einundzwanzig Marthaler nahm die U-Bahn. Er fuhr mit der Linie 4 Richtung Seckbacher Landstraße und stieg an der Station Höhenstraße aus. Er lief den Alleenring in westlicher Richtung. Bevor er nach rechts in die Burgstraße abbog, sah er ein Stück weiter auf der linken Seite den hellen Turm der Martin-Luther-Kirche.

Dort hatte damals der Trauergottesdienst für Katharina stattgefunden. Es war die Gemeinde ihrer Eltern, die ganz in der Nähe wohnten. Drei-, viermal im Jahr trafen sie sich zufällig an Katharinas Grab. Marthaler nahm sich vor, die beiden zu besuchen, wenn er diesen Fall hinter sich gebracht hatte. Er hatte es ihnen schon lange versprochen, aber immer war etwas dazwischengekommen. Er wusste, dass sie nie über den Tod ihrer Tochter hinweggekommen waren. Sie würden mit ihrer Trauer sterben. Als er das letzte Mal bei ihnen zum Kaffeetrinken war, hatten sie in der abgedunkelten Wohnung gesessen und die meiste Zeit geschwiegen. Anfangs hatte Marthaler versucht, ein Gespräch in Gang zu bringen, dann hatte er aufgegeben. Er hatte Kuchen mitgebracht, von dem niemand etwas gegessen hatte. Auch er hatte sich nicht getraut, ein Stück zu nehmen. Es wäre ihm wie Verrat vorgekommen. Nach einer Stunde war er wieder gegangen. Es war, als hätten die beiden ihr Leben bereits beendet. Aber er wusste, dass sie sich über seinen Besuch freuten.

Marthaler lief die Burgstraße hoch. Links lag das alte, rotgelbe Gebäude der Comenius-Schule mit der großen Uhr unter dem Dach. Seit Jahren zeigte diese Uhr dieselbe Zeit an. Und

Marthaler fand, dass es etwas Beruhigendes hatte, dass wenigstens an einer Stelle dieser Stadt die Zeit stehen zu bleiben schien. Der Unterricht war längst zu Ende, aber auf dem Schulhof spielten noch ein paar Grundschüler. Ihre bunten Schulranzen hatten sie unter einer der alten Kastanien abgestellt. Noch hingen die Früchte in ihrer hellgrünen Schale an den Bäumen, aber die Blätter zeigten bereits erste braune Flecken. Die gelben Kappen der Schüler mit dem Zeichen der Verkehrswacht leuchteten in der Sonne. Es tat Marthaler gut, die hellen Kinderstimmen zu hören.

Auf der anderen Straßenseite gegenüber der Schule befand sich ein grauer, lang gestreckter Wohnblock mit sechs Eingängen. An einer der Seitenwände des Hauses sah man ein riesiges Bild. Es zeigte drei Zimmerleute bei der Arbeit. Sie waren muskulös und hatten kantige, harte Gesichter. Unter dem Bild stand die Zahl 1937, das Jahr, in dem das Haus erbaut worden war.

Marthaler kannte den Wohnblock. Vor Jahren hatten sie hier einen Mann verhaftet, der verdächtigt wurde, im Laufe weniger Monate mehrere Obdachlose mit einem schweren Hammer erschlagen und einen weiteren lebensgefährlich verletzt zu haben. Er hatte auf sie eingeschlagen, während sie im Freien schliefen. Damals hatte Reiling noch gelebt. Er war Chef der Mordkommission gewesen und hatte die Ermittlungen geleitet. Als der erste Mord geschah, waren sie völlig ratlos. Sie vermuteten ein persönliches Motiv und durchforschten das gesamte Umfeld des Opfers, ohne einen Schritt weiter zu kommen. Als man den nächsten Toten mit eingeschlagenem Schädel auf einer Parkbank in der Nähe des Scheffelecks gefunden hatte, nahmen sie an, dass die Morde politisch begründet sein könnten. Sie durchkämmten die rechtsradikale Szene der Stadt, führten endlose Befragungen durch, überprüften Alibis, nahmen schließlich einen Verdächtigen fest, den sie aber bald darauf wieder laufen lassen mussten. Sie kamen nicht weiter. Reiling gab Anweisung, sämtliche Parks und öffentlichen Gartenanlagen der Stadt zu überwachen. Nacht für Nacht patrouillierten zahllose Streifenpolizisten auf den Wegen, versteckten sich hinter Bäumen und nahmen die Personalien von einsamen Spaziergängern und Liebespaaren auf. Sie wussten, dass sie einen solchen Aufwand nicht lange betreiben konnten. Nach vier Wochen waren alle am Ende ihrer Kräfte. Sie reduzierten die Zahl der Beamten auf die Hälfte. Als schon niemand mehr damit rechnete, schlug der Mörder erneut zu. Eine junge Polizistin kam hinzu, wie er auf den Kopf eines alten Berbers eindrosch, der sein Nachtlager am Mainufer aufgeschlagen hatte. Sie zog ihre Waffe und rief um Hilfe. Der Mörder flüchtete. Über Funk forderte die Polizistin Verstärkung an und benachrichtigte einen Notarzt. Dann nahm sie die Verfolgung auf. Als sie schon fürchtete, seine Spur verloren zu haben, sah sie, wie der Mann den grauen Häuserblock in der Burgstraße betrat. Sie wartete vor dem Eingang. Reiling und Marthaler waren als Erste bei ihr. Der Mann ließ sich ohne Widerstand festnehmen. Er legte sofort ein Geständnis ab. Er behauptete, auf höheren Befehl gehandelt zu haben. Er habe Stimmen gehört, die ihm den Auftrag erteilt hätten, die menschliche Gemeinschaft von den Stadtstreichern zu befreien. Bei seiner Festnahme hatte er gegrinst. Natürlich war der Mann krank. Nur hatte sich Marthaler gewundert, dass niemand, weder vor Gericht noch in den Zeitungen, gefragt hatte, was ihn ausgerechnet auf diese Weise krank gemacht hatte. Dass er glaubte, Menschen umbringen zu müssen, die niemandem etwas getan hatten, die nachts auf Parkbänken schliefen und alles, was sie besaßen, in ein paar Plastiktüten bei sich hatten.

Marthaler hatte kein gutes Gefühl. Ausgerechnet hier sollte er jetzt Hendrik Plöger aufsuchen. Es wäre ihm lieber gewesen, wenn er einen Kollegen bei sich gehabt hätte. Er stand auf dem Bürgersteig vor der Schule und schaute auf die Front des Wohnblocks. Bettinas Vater hatte ihm die Hausnummer gegeben. Es war der zweite Eingang von rechts. In den meisten Wohnungen standen ein oder zwei Fenster offen. Marthaler hörte Musik. Im ersten Stock sah er den Kopf einer alten Frau, die ihn beobachtete. Links oben, direkt unter dem Dach, gab es eine Wohnung, in der alle Fenster geschlossen und die Gardinen zugezogen waren.

Marthaler überquerte die Straße. Er schaute auf die Klingelschilder. Die meisten waren mehrfach überschrieben oder überklebt worden. Da stand es: H. Plöger.

Marthaler drückte auf den Knopf, dann trat er einen Schritt zurück und beobachtete die Fenster.

Es tat sich nichts.

Er klingelte nochmal.

Nichts.

Links neben den Klingeln befanden sich die Briefkästen. Obwohl Plögers Briefkasten mit einem Schild «Bitte keine Werbung einwerfen» versehen war, war er mit Prospekten verstopft.

Marthaler drückte gegen die Haustür. Sie war unverschlossen. Er betrat das Treppenhaus und lauschte. In einem Schaukasten an der Wand hingen die Hausordnung und der Reinigungsplan. Im Erdgeschoss wurde eine Tür geöffnet. Zwei Kinder kamen heraus und stürmten an Marthaler vorbei, ohne ihn zu beachten.

Dann war es wieder still.

Marthaler stieg die Treppen hinauf. Im Vorbeigehen las er die Namensschilder. Plögers Wohnung befand sich im dritten Stock. Vor der Tür stand ein Paar ausgetretener, verschmutzter Sportschuhe. Marthaler dachte sofort an die Fußspuren, die Schillings Leute an der Kesselbruchschneise entdeckt hatten.

Sie stammten von Sportschuhen. Marthaler zog ein Taschentuch hervor, dann ging er in die Hocke und hob einen der Schuhe hoch. Auf dem Schild in der Lasche war die Größe 44 angegeben. Die Spuren im Wald waren viel kleiner gewesen. Vorsichtig stellte er den Schuh wieder ab.

Dann klingelte er erneut. Ohne Ergebnis. Er versuchte es bei der gegenüberliegenden Wohnung, doch auch dort schien niemand zu Hause zu sein.

Er überlegte, was jetzt zu tun sei. Um in die Wohnung einzudringen, hätte er sich zuvor einen Durchsuchungsbefehl besorgen müssen. Aber welcher Untersuchungsrichter hätte ihm den gegeben? Gegen Hendrik Plöger lag nichts vor.

Marthaler beschloss, zu einem späteren Zeitpunkt noch einmal wiederzukommen. Er hatte gerade den Treppenabsatz erreicht, als er stutzte. Ihm war, als habe er aus dem Inneren von Plögers Wohnung ein Geräusch gehört.

Er hielt den Atem an und lauschte.

Dann ließ seine Anspannung nach. Vielleicht hatte er sich getäuscht. Vielleicht war der Laut von der Straße gekommen.

Nein, da war es wieder. Eine Art fernes Schaben oder Kratzen. Marthaler merkte, wie seine Kopfhaut prickelte. Vor Konzentration begann er mit den Zähnen zu knirschen. Leise ging er drei Schritte zurück. Er atmete schwer. Er legte sein Ohr an die Wohnungstür. Er hörte ein anderes, höheres Geräusch, dem ein Wispern folgte.

Er war sich jetzt sicher, dass die Wohnung nicht leer war. Hinter dieser Tür befand sich jemand, der ihm nicht öffnen wollte oder nicht öffnen konnte. Er beugte sich hinab, konnte aber durch das Schlüsselloch nichts erkennen. Er schnaufte und hatte das Gefühl, dass man sein lautes Atmen bis auf die Straße würde hören können.

Mit einem Mal meinte er, einen schwachen Geruch wahrzunehmen, den er kannte, den er aber nicht zuordnen konnte.

Merkwürdigerweise erinnerte ihn der Geruch an Sabato, aber er kam nicht darauf, wie diese Verbindung in seinem Kopf zustande kam.

Einen Moment lang stand er ratlos vor der Tür. Dann drückte er erneut auf den Klingelknopf. Er klingelte Sturm. Er klopfte.

«Aufmachen! Polizei!», rief er laut.

Er hörte, wie einen Stock tiefer eine Wohnungstür geöffnet wurde. Kurz darauf sah er den Kopf eines Mannes um die Ecke lugen.

«Kann ich Ihnen helfen?», fragte der Mann mit leiser Stimme.

«Ich bin Polizist», sagte Marthaler. «Ich muss in diese Wohnung. Können Sie mir sagen, wo ich den Verwalter finde?»

«Einen Moment», sagte der Mann und verschwand.

Marthaler wartete. Er war entschlossen, sich nicht von der Stelle zu rühren. Wer auch immer in dieser Wohnung war, er wollte es wissen. Kurz darauf stand der Mann mit einem großen Schlüsselbund neben ihm.

«Ich bin der Hausmeister», sagte er freundlich. «Kann ich bitte Ihren Ausweis sehen?»

Marthaler war erstaunt, wie selbstverständlich der Mann mit der Situation umging. Es schien, als erlebe er so etwas nicht zum ersten Mal. «Wann haben Sie Herrn Plöger zum letzten Mal gesehen?»

Marthaler hatte seine Frage fast geflüstert. Der Hausmeister reagierte nicht. Marthaler schaute ihn an. «Was ist? Haben Sie mich nicht verstanden?»

«Nein», sagte der Mann und lächelte. «Ich höre ein bisschen schwer. Ich kann Sie nur verstehen, wenn ich Ihre Lippen sehe und wenn Sie laut und deutlich sprechen. Wenn Sie nicht hier herumgepoltert wären, hätte ich gar nicht gemerkt, dass Sie im Haus sind. Was war Ihre Frage?»

«Ich wollte wissen, wann Sie Herrn Plöger das letzte Mal gesehen haben?»

«Das ist schon eine Weile her. Aber ich bin auch erst heute Vormittag aus dem Urlaub zurückgekommen.»

Marthaler nickte. Er ließ sich den Schlüssel von Plögers Wohnung geben, dann bat er den Mann, im Hausflur zu bleiben und darauf zu achten, dass niemand den dritten Stock betrat.

Er wartete, bis der Mann die Treppe hinabgegangen war. Dann zog er seine Dienstwaffe, drehte den Schlüssel im Schloss, trat einen Schritt zur Seite und stieß die Wohnungstür mit dem Fuß auf.

Der Gang war dunkel, die Türen zu den Zimmern geschlossen. Der Geruch war jetzt ganz deutlich.

Marthaler tastete nach dem Lichtschalter. Kaum hatte er die Deckenlampe angeschaltet, sah er den roten Plastikkasten auf dem Linoleum stehen. Der Boden des Behälters war mit weißem Sand bedeckt. Ein Katzenklo. Jetzt erkannte Marthaler den Geruch. Und jetzt wusste er auch, warum dieser Geruch ihn an den Kriminaltechniker erinnerte. Genau ein solcher Kasten hatte in Sabatos Kellerverlies gestanden, als dessen Katzen Dolores und Ernesto noch lebten.

Marthaler atmete durch. Sollte das die ganze Erklärung sein? Sollten die Geräusche, die er gehört hatte, von einer Katze stammen?

Er wollte seine Pistole bereits sinken lassen, als aus einem der Zimmer das unterdrückte Weinen eines Kindes zu hören war.

Eilig ging Marthaler bis ans Ende des Flurs, presste seinen Körper an die Wand, stieß die Tür auf und schob sich mit der Waffe im Anschlag in das Zimmer.

Seine Verblüffung hätte nicht größer sein können. Mitten in dem Raum stand eine junge Frau. Sie schaute Marthaler mit ängstlichen Augen an. Auf ihren Armen hielt sie ein höchstens einjähriges Kind. Über den Teppichboden tollte eine kleine Katze, die mit einer Plastikmaus spielte. Das Kind begann noch lauter zu weinen.

«Ist sonst noch jemand in der Wohnung?», fragte Marthaler.

Die Frau schüttelte den Kopf. Sie hatte offensichtlich Angst.

Marthaler steckte seine Waffe ein.

«Sie müssen keine Angst haben, ich bin Polizist», sagte er.

Seine Kehle war ausgetrocknet. Er bat die Frau, sich hinzusetzen und das Kind zu beruhigen. Er suchte die Küche, nahm zwei Gläser aus dem Schrank und füllte sie mit Leitungswasser. Eins davon stellte er vor der Frau auf den niedrigen Couchtisch. Sein Glas trank er in einem Zug aus. Seine Hand zitterte. Er überlegte, wie er das Gespräch am besten anfangen sollte.

Die Frau wiegte das Kind jetzt auf ihrem Schoß. Es hatte aufgehört zu weinen und schaute Marthaler an.

«Sind Sie Frau Plöger?», fragte er.

Die Frau schüttelte wieder den Kopf. Sie war Ende zwanzig. Sie trug kurz geschnittenes blondes Haar. Hätte die Angst ihr Gesicht nicht entstellt, hätte man sie hübsch nennen können.

«Sagen Sie mir Ihren Namen?»

«Ich heiße Sandra Gessner.»

«Was machen Sie in dieser Wohnung?»

«Ich habe die Katze gefüttert.»

«Sind Sie eine Bekannte von Hendrik Plöger?»

Sie schien einen Moment zu überlegen. Dann nickte sie.

«Wissen Sie, wo sich Herr Plöger im Moment aufhält?»

Wieder zögerte sie.

«Nein», sagte sie dann. «Er wollte längst zurück sein. Ich kann nicht mehr jeden Tag hierher kommen.»

«Wann haben Sie ihn zuletzt gesehen?»

«Am Donnerstag.»

«Warum haben Sie nicht geöffnet, als ich geklingelt habe? Vor wem haben Sie Angst?»

Sie schaute zu Boden. «Ich konnte ja nicht wissen …»

Die Frau wich ihm aus. Sie wirkte nicht raffiniert, aber sie würde lügen, wenn sie den Eindruck hatte, dass ihr das nützte. Marthaler musste die Geschwindigkeit seiner Fragen erhöhen. Er musste sie zu schnellen Antworten zwingen, wenn er etwas herausbekommen wollte. «Wie gut kannten Sie Herrn Plöger?»

«Ich habe die Katze versorgt, wenn er nicht da war.»

«Haben Sie seit Donnerstag etwas von ihm gehört?»

Kurzes Zögern. Kopfschütteln.

Sie log. Jedenfalls sagte sie nicht die ganze Wahrheit. Marthaler war überzeugt, dass die Frau Hendrik Plöger besser kannte, als sie zugeben wollte. «Sagt Ihnen der Name Bernd Funke etwas?»

In ihren Augen erschien ein kurzes Flackern. Sie versuchte, sich unter Kontrolle zu bekommen. Sie tat, als müsse sie überlegen.

Marthaler setzte nach. «Bernd Funke ist tot. Er wurde ermordet.»

Die Frau schluchzte auf.

«Er ist am Freitag gemeinsam mit Hendrik Plöger weggefahren. Hendrik ist seitdem nicht wieder aufgetaucht. Meinen Sie nicht, Sie sollten mir sagen, was Sie wissen?»

Sie nickte. Tränen liefen ihr über die Wangen. Das Kind auf ihrem Schoß war eingeschlafen. Sie legte es auf die Couch.

«Sie heißen Sandra Gessner. Sind Sie die Frau von Jörg Gessner?», fragte Marthaler.

Sie nickte wieder. Dann erzählte sie.

Zweiundzwanzig Als Marthaler das Haus in der Burgstraße verließ, war es fast Abend. Sandra Gessner hatte über eine Stunde geredet. Sein Eindruck hatte sich bestätigt. Diese Frau war weder dumm, noch war sie gerissen. Aber sie hatte sich mit ebenso dummen wie gerissenen, vor allem aber mit brutalen Menschen eingelassen. Marthaler hatte zugehört und sich Notizen gemacht. Zwischendurch hatte er den Hausmeister benachrichtigt und ihm versprochen, den Schlüssel von Hendrik Plögers Wohnung später zurückzubringen. Einmal war er aufgestanden, um Kaffee zu kochen.

Als Sandra Gessner ihren Bericht beendet hatte, war Marthaler erschöpft. Er begriff, dass er eine junge Frau vor sich hatte, die verzweifelt war. Sie war in ein Milieu geraten, dem sie nicht gewachsen war. Sie hatte sich in einem Gestrüpp unübersichtlicher Beziehungen heillos verheddert. Sie hatte ein Kind von einem Mann, den sie nicht mehr liebte, vor dem sie aber Angst hatte. Sie hatte falsche Hoffnungen in einen zweiten Mann gesetzt, der im Begriff gewesen war, eine andere Frau zu heiraten, und der jetzt tot war. Sie wusste weder ein noch aus. Als Marthaler sie am Ende ihres Gesprächs fragte, was sie jetzt vorhabe, sagte sie, sie werde mit dem Kleinen zu ihrem Vater ziehen. Wenigstens für ein paar Tage. Marthaler schrieb sich die Adresse auf. Er bat sie, auf jeden Fall mit ihm in Kontakt zu bleiben. Er fragte, ob sie wisse, wo Jörg Gessner, der Mann, mit dem sie verheiratet war, sich gerade aufhalte. Sie verneinte.

«Ich weiß es nicht», sagte sie. «Ich habe es eigentlich nie gewusst. Er kam und ging, wie es ihm passte. Jetzt will ich es nicht mehr wissen. Hauptsache, er ist nicht in meiner Nähe.»

Marthaler bestellte ein Taxi für Sandra Gessner und ihren Sohn. Er stellte sich ans Fenster und wartete, bis sie mit ihrem Kind eingestiegen war. Dann überlegte er, was er mit dem Kätzchen machen sollte. Es würde ihm wohl nichts anderes übrig bleiben, als es ins Tierheim zu bringen. Er suchte im Branchenverzeichnis die Adresse, dann bestellte er einen Streifenwagen. Als er die Kollegen auf der Straße halten sah, nahm er das Kätzchen auf den Arm. Er zog die Tür hinter sich ins Schloss. Dann klingelte er beim Hausmeister und bedankte sich für dessen Hilfe. Er teilte ihm mit, dass sich eine neue Lage ergeben habe, dass er den Wohnungsschlüssel behalten müsse und dass in Kürze ein Beamter komme, um die Wohnung zu versiegeln.

Er öffnete die hintere Tür des Polizeiautos und setzte sich auf die Rückbank. Das Kätzchen miaute. Als Marthaler es streichelte, rieb es den Kopf an seinem Arm. Er dachte einen kurzen Moment nach, dann stand sein Entschluss fest.

«Ins Präsidium, bitte», sagte er.

In der Glauburgstraße bat er den Fahrer, kurz zu halten. Er stieg aus, ging in eine Zoohandlung, kaufte einen roten Plastikkasten, einen Sack Katzenstreu und drei Dosen Futter.

Als sie zwanzig Minuten später den Parkplatz des Präsidiums erreicht hatten, sah Marthaler, wie Sabato gerade über den Hof lief. Er kurbelte die Scheibe herunter und rief ihn zu sich. «Carlos, komm! Du kannst mir tragen helfen.»

Sabato kam näher und schaute ihn fragend an.

«Ich habe etwas für dich», sagte Marthaler.

Endlich hatte Sabato das kleine Tier entdeckt. Seine Augen begannen zu leuchten. Er streckte beide Hände aus. Einen Moment später hatte er sich das Kätzchen bereits an seinen Hals gelegt und rieb sein Kinn am Kopf des Tieres.

Marthaler lächelte. Es sah merkwürdig aus, mit welcher Zärtlichkeit dieser große, massige Mann die kleine Katze behandelte.

«Es wäre schön, wenn du dich um sie kümmern könntest», sagte Marthaler.

«*Ihn!*», sagte Sabato. «Wenn ich mich um *ihn* kümmern könnte. Es ist ein Kater.»

«Es ist nicht sicher, dass du ihn behalten kannst. Das hängt von unseren weiteren Ermittlungen ab.»

«Dann ermittelt bitte so, *dass* ich ihn behalten kann», erwiderte Sabato.

Marthaler fiel ein, dass er vergessen hatte, Sandra Gessner nach dem Namen des Tieres zu fragen.

«Ich weiß nicht, wie der Kater heißt. Du musst dir selbst einen Namen überlegen.»

Sabato strahlte.

«Wenn das das einzige Problem ist …», sagte er.

Dann wandte er sich ab, ohne den Satz zu beenden, und ging auf den Eingang zu. Seine Kollegen schien er bereits vergessen zu haben.

«Komm», sagt er zu dem Kätzchen, «ab jetzt beginnt das schöne Leben.»

Als Marthaler wenige Minuten später sein Büro betrat, hielt ihm Elvira den Telefonhörer hin.

«Für dich», sagte sie, «es ist Sabato.»

«Aber ich habe doch gerade mit ihm …»

Sabatos Stimme dröhnte durch den Hörer. «Robert, alte Socke, du bist ein Schatz. Du hast dir ein Essen verdient. Wie wär's, wenn du heute Abend zu uns in den Garten kommst. Ich lege eine Kleinigkeit auf den Grill, wir gönnen uns ein Fläschchen Roten, und du atmest mal durch.»

Marthaler überlegte einen Moment. Eigentlich vermied er

es, während der heißen Phase einer Ermittlung private Verabredungen zu treffen. Zu oft passierte es, dass er im letzten Moment absagen musste. Aber das Angebot klang verlockend, und Sabato hatte Recht: Er brauchte dringend eine Pause. Also sagte er zu.

Seit Sandra Gessners Bericht hatte er den Eindruck, dass sie ein kleines Stück vorangekommen waren. Zum ersten Mal meinte er, ein Gefühl für den Fall zu entwickeln. Und die Aussicht auf einen ruhigen, verplauderten Abend unter Sabatos Obstbäumen hob seine Stimmung um ein Weiteres.

Dann rief er den Untersuchungsrichter an. Er erläuterte ihm kurz den Stand der Ermittlungen und bat um einen Durchsuchungsbeschluss für die Wohnung in der Burgstraße. Der Richter versprach, das Dokument umgehend zu unterschreiben und durch einen Boten zu schicken.

Marthaler schaute auf die Uhr. Es wurde Zeit für die Sitzung. Auf dem Weg dorthin begegneten ihm Kerstin Henschel und Manfred Petersen. Sie wirkten erschöpft. Als sie gemeinsam den Raum betraten, saßen Sven Liebmann und Kai Döring bereits auf ihren Plätzen. Marthaler fiel ein, dass er vergessen hatte, mit Schilling zu sprechen. Er rief ihn an und bat ihn, so bald wie möglich die Wohnung von Hendrik Plöger zu untersuchen und anschließend zu versiegeln.

«Und was sollen wir dort finden?» Der Chef der Spurensicherung klang mürrisch. Er hatte wohl den Disput vom Nachmittag noch nicht vergessen.

«Alles», sagte Marthaler. «Alles, was in irgendeinem Zusammenhang mit unserem Fall stehen könnte. Wenn es Adressbücher gibt, Notizen, Aufzeichnungen, irgendetwas, das auf Bernd Funke oder auf einen gewissen Jo oder Jochen hinweist. Den Schlüssel für die Wohnung kannst du dir bei Elvira abholen. Dort findest du auch die richterliche Anordnung.»

Marthaler überlegte, ob er Schilling nochmal auf den Vorfall mit dem Foto ansprechen sollte. Er unterließ es. Das hatte Zeit. Einen Streit unter Kollegen konnten sie jetzt am wenigsten brauchen. Er legte den Hörer auf. Die anderen sahen ihn fragend an.

«Wer ist Hendrik Plöger?», wollte Kerstin Henschel wissen. «Und wer ist Jochen?»

Marthaler hob die Hände. Bevor er selbst erzählte, wollte er die Berichte der anderen hören. Er bat Kai Döring zu beginnen. Aber der verdrehte die Augen: «Um das Ergebnis vorwegzunehmen: Wir haben nichts herausgefunden. Und um ganz genau zu sein: gar nichts. Wir haben stundenlang die Anwohner rund um den Stadtwald befragt, außerdem Spaziergänger, Waldarbeiter, Jogger, alle, die uns über den Weg gelaufen sind. Außer ein paar Wichtigtuern sind wir nur Leuten begegnet, denen nichts Ungewöhnliches aufgefallen ist. Jemand will gesehen haben, dass sein Nachbar in der Morgendämmerung etwas auf seinem Grundstück vergraben hat. Als wir das überprüft haben, stellte sich heraus, dass der Nachbar sich ein Becken bauen will, um das Regenwasser aufzufangen, und dass er sich dafür sogar eine Genehmigung geholt hat. Jemand will ein Sportmotorrad, ein anderer einen Jeep gesehen haben. Ein grüner Sportwagen ist niemandem aufgefallen. Eine alte Frau beklagte sich über eine Gruppe junger Leute, die ihr schon lange verdächtig vorkomme. Als einzigen Grund für ihren Verdacht gab sie an, dass es sich um Ausländer handele, die nachts ihre Musik an den Grillplätzen spielen.»

Entnervt ließ Kai Döring den Stapel mit seinen Notizen auf den Tisch fallen.

«Alles Schrott», sagte er. «Keine einzige Aussage, die uns auch nur einen Zentimeter weiter bringt.»

«Damit mussten wir rechnen», sagte Marthaler. «Trotzdem war es wichtig, dass ihr das gemacht habt. Immerhin kann es sein, dass einem der Befragten in den nächsten Tagen noch etwas einfällt und er sich bei euch meldet.»

Marthaler merkte, dass er Döring und Liebmann durch seine Bemerkung nicht besänftigen konnte. Sie hatten einen ganzen Tag gearbeitet – ohne greifbares Ergebnis. Sie waren enttäuscht, und das konnte er gut verstehen. Dann fragte er Kerstin Henschel, ob es ihr und Petersen gelungen sei, Jörg Gessner ausfindig zu machen.

«Nein», sagte Kerstin. «Es war wie verhext. Wo wir auch hinkamen, es schien niemand zu wissen, wo er sich gerade aufhält. Alle drucksten herum, behaupteten, sich nicht genau zu erinnern, wann sie ihn das letzte Mal gesehen haben. Zuerst waren wir nochmal bei Markus Gessner. Auch der hat angeblich nichts gewusst. Schließlich hat er aber zugegeben, dass sein Bruder bei ihm zwar gemeldet ist, aber nur gelegentlich in dem Haus am Günthersburgpark wohnt. Und zwar wohl immer dann, wenn er gerade eine neue Freundin hat. Immerhin haben wir erfahren, dass Jörg Gessner verheiratet ist und einen kleinen Sohn hat.»

«Und dass er seine Finger offensichtlich in jedem nur denkbaren zwielichtigen Gewerbe hat», ergänzte Manfred Petersen.

Marthaler mochte solche Worte wie «zwielichtig» nicht. Sie waren ihm zu allgemein. Polizisten neigten oft dazu, einen allzu schlichten Begriff von Normalität zu entwickeln. Alles, was davon abwich, betrachteten sie als merkwürdig, als zwielichtig oder gar als verdächtig. Ihre Kollegen, sich selbst und das Leben, das sie führten, hielten sie für normal. Das galt selbst für die Polizei in großen Städten wie Frankfurt. Marthaler wusste aber, wie gefährlich eine solche Sicht auf die Welt für ihre Arbeit sein konnte. Es konnte heißen, dass man bei der Suche nach einem Täter seine Aufmerksamkeit von denen ablenkte, die ein ähnliches Leben führten wie man selbst. Dass man sich stattdessen zu sehr auf jene konzentrierte, die sich anders kleideten, die vielleicht anders sprachen oder einen anderen Lebensrhythmus hatten. Die Erfahrung zeigte jedoch, dass in jedem Milieu Verbrechen begangen wurden.

«Was meinst du mit zwielichtig?», fragte er deshalb.

Petersen war aufgestanden, um ein Fenster zu öffnen. Als er merkte, dass der Lärm von der Straße zu laut war, um sich weiter zu unterhalten, schloss er es wieder. Er wirkte angespannt. Seine neue Rolle als Mitarbeiter der Mordkommission war noch ungewohnt für ihn.

«Wie es aussieht, hat Gessner vor einiger Zeit einen Konkurs hingelegt. Trotzdem betreibt er eine Reihe von Geschäften, die aber alle auf die Namen von Freunden und Verwandten angemeldet sind. Wir waren in einem Sonnenstudio in Enkheim, das er leitet, das ihm jedoch offiziell nicht gehört. In der Schweizer Straße gibt es ein Apartment, das von Prostituierten bewohnt wird, die Gessner als ihren Verwalter bezeichnen. Im Grundbuch ist als Eigentümerin des Apartments eine Cousine Jörg Gessners eingetragen. Im Gallusviertel gibt es eine Videothek, wo er uns als ‹Chef› genannt wurde, obwohl als Inhaberin seine Mutter firmiert. Mit wem wir auch gesprochen haben, wir bekamen immer nur ausweichende Antworten. Es war, als würde man versuchen, einen Fisch mit den Händen zu fangen.»

«Allerdings einen gefährlichen Fisch», ergänzte Kerstin Henschel. «Denn alle scheinen Angst vor ihm zu haben.»

«Und nicht zu Unrecht», sagte Marthaler.

Dann nahm er ein Stück Kreide, ging an die Tafel und schrieb untereinander eine Reihe Namen. Das machte er immer, wenn die Ermittlungen in einem Fall umfangreicher wurden und er damit Gefahr lief, die Personen zu verwechseln, mit denen sie es zu tun hatten. In die oberste Zeile schrieb er in Großbuchstaben den Namen BERND FUNKE.

Und dahinter: *das Opfer*. Dann folgten untereinander eine Reihe weiterer Namen mit jeweils einer kurzen Anmerkung:

Bettina Fellbacher, die Braut
Erwin Fellbacher, Vater der Braut
Werner Hegemann, hat das Opfer gefunden
Jörg Gessner, Vorbesitzer des Fiat
Markus Gessner, sein Bruder
Sandra Gessner, Jörgs Frau
Hendrik Plöger, Freund des Opfers
Jo (Jochen), Freund des Opfers
Unbekannte Frau

Seine Kollegen sahen Marthaler erwartungsvoll an. Er legte die Kreide beiseite und wischte seine Finger an einem Lappen ab. Er überlegte einen Moment, wie er seinen Bericht am besten beginnen sollte. Er erzählte, dass er sich am Mittag mit Erwin Fellbacher im Institut der Gerichtsmedizin getroffen habe. Fellbacher habe die Leiche Bernd Funkes identifiziert und ihm dann einen Zettel mit den Namen der beiden Freunde gegeben, mit denen Funke unterwegs gewesen sei: Hendrik Plöger und ein gewisser Jo, über den man noch nichts Näheres wisse. Dann berichtete er von seinem Ausflug in die Burgstraße und seinem Zusammentreffen mit Jörg Gessners Frau.

«Sandra Gessner hatte Angst», sagte Marthaler. «Das war nicht zu übersehen. Zuerst dachte ich, sie habe Angst vor mir, bis ich schließlich begriff, dass sie sich vor ihrem Mann fürchtete. Sie hatte schon längere Zeit die Absicht, sich von ihm zu trennen, aber er drohte ihr. Vor zirka zwei Monaten hat sie, wohl mehr aus Verzweiflung als aus Zuneigung, ein Verhältnis mit Bernd Funke begonnen.»

Kai Döring schüttelte den Kopf.

«Moment», sagte er. «Ich verstehe gar nichts. Ich denke, Funke hat von Gessner den grünen Fiat Spider gekauft. Was hat jetzt Gessners Frau damit zu tun?»

Marthaler merkte, dass er zu schnell vorgegangen war. «Der Kauf des Autos war nicht das einzige Geschäft, bei dem Funke und Gessner miteinander zu tun hatten. Sie kannten sich bereits seit einiger Zeit. Sie waren wohl keine Freunde, aber doch so etwas wie Kumpanen. Es scheint, als hätten sie gelegentlich kleine Schiebereien zusammen abgewickelt. Jedenfalls hat Sandra Gessner auf diese Weise Bernd Funke kennen gelernt, der sich in ihrer Ehekrise als Tröster anbot.»

«Wusste sie denn nicht, dass der in Kürze eine andere Frau heiraten wollte?», fragte Kerstin Henschel.

«Doch. Aber Funke versicherte Sandra, dass aus dieser Hochzeit nichts werde, dass er vorhabe, die Verlobung mit Bettina Fellbacher zu lösen. Jedenfalls trafen sich die beiden gelegentlich in der Wohnung von Hendrik Plöger in der Burgstraße.»

«Und wer, bitte, ist nun dieser Hendrik Plöger?», fragte Sven Liebmann.

Alle schauten ihn an. Es war einer der seltenen Momente, in denen er sich zu Wort meldete. Kai Döring saß neben ihm und grinste. Sein Freund überragte ihn fast um Haupteslänge.

«Viel weiß ich nicht über ihn», sagte Marthaler. «Wie gesagt, er ist gemeinsam mit Bernd Funke und diesem Jo in dem grünen Fiat Spider weggefahren, um Funkes Junggesellenabschied zu feiern. Mit Funkes und Gessners Geschäften hatte Plöger offensichtlich nichts zu tun. Sandra beschreibt ihn als einen sympathischen, etwas schüchternen jungen Mann. Wo er sich aufhält, wissen wir nicht.»

«Hat Jörg Gessner von dem Verhältnis zwischen Bernd Funke und seiner Frau gewusst?», fragte Manfred Petersen.

«Ob er etwas gewusst hat, können wir nicht mit Sicherheit sagen. Vielleicht hat er etwas geahnt. Dass sie ihm untreu sein könnte, war wohl nicht seine größte Sorge. Denn kurz nachdem sie geheiratet haben, hat er sogar versucht, sie zu überreden, für ihn als Callgirl zu arbeiten. ‹Mit wem du schläfst, ist mir egal, wenn du allerdings vorhast, mich zu verlassen, werde ich dich umbringen›, hat er angeblich gesagt. Sandra hat diese Drohung wohl sehr ernst genommen.»

Marthaler versuchte, seinen Kollegen das Gespräch mit Sandra Gessner so präzise wie möglich wiederzugeben. Er wollte, dass sie sich ein genaues Bild von der Frau machen konnten. Dass sie etwas von der Atmosphäre begriffen, die sie umgab, und von den Schwierigkeiten, in denen sie sich befand.

«Und wie hat Sandra Gessner die Nachricht vom Tod Bernd Funkes aufgenommen?», wollte Kerstin wissen.

«Gefasst, wie man so sagt. Ich denke, Funke war wirklich nur eine Zuflucht für sie. Vor allem wollte sie von Gessner loskommen.»

«Meinst du, sie traut ihrem Mann zu, Funke umgebracht zu haben?»

«Das habe ich sie auch gefragt. Sie war sich unsicher. Sie traue ihm inzwischen alles zu, hat sie gesagt. Aber er sei nur brutal, wenn er damit etwas erreichen könne. Nie jedoch, wenn er wütend sei. Er sei sehr kalt, sehr kontrolliert. Jedenfalls behauptet sie, seit Mitte letzter Woche weder etwas von Bernd Funke noch von Jörg Gessner gehört zu haben. Sie habe am Freitagabend mit ihrem Sohn die gemeinsame Wohnung verlassen und seitdem bei einer alten Schulfreundin übernachtet.»

«Mein Gott, was für Zustände», sagte Kai Döring. «Ehrlich gesagt ist mir das alles zu kompliziert. Warum lässt sie sich mit so einem Typen überhaupt ein?»

Marthaler lachte. Er wusste, dass Döring kein begeisterter Psychologe war. Es lag ihm nicht, die Gefühlsschwankungen anderer Menschen nachzuvollziehen. Lieber, als über Motive zu spekulieren, suchte er nach den Tätern und nach Beweisen, die die Täter überführten.

«Du hast Recht», sagte Marthaler. «Wir sollten uns nicht verwirren lassen. Wir müssen uns auf das konzentrieren, was jetzt zu tun ist.»

Er nahm erneut die Kreide zur Hand und malte je einen Kreis um vier der Namen, die an der Tafel standen.

«Wir müssen so schnell wie möglich Jörg Gessner finden. Immerhin können wir zum gegenwärtigen Zeitpunkt nicht ausschließen, dass er der Täter ist. Wir müssen herausbekommen, wo sich Hendrik Plöger aufhält. Wir müssen Näheres über diesen Jo erfahren. Wer ist er? Wo ist er? Sandra Gessner kannte auch nur seinen Vornamen. Sie sagt, sie habe ihn ein- oder zweimal gesehen. Er sei klein und hässlich und habe eine lange, auffällige Narbe am Hals. Vielleicht haben wir Glück, und Schillings Leute finden einen Hinweis auf ihn in Hendrik Plögers Wohnung. Und ich will endlich wissen, wer die junge Frau ist, die im Auto mit den drei anderen gesehen wurde.»

Kai Döring meldete sich erneut zu Wort. Marthaler war froh, zusammen mit ihm an diesem Fall arbeiten zu können. Ihm gefiel die forsche, direkte Art des jüngeren Kollegen. Auch wenn dieser Wesenszug ihm selbst fremd war, schätzte er ihn bei anderen durchaus.

«Ich finde», sagte Döring, «dass wir mit den ersten drei Namen genug zu tun haben. Diese fremde Schönheit, die kein Mensch kennt, bringt uns im Augenblick nicht weiter. Wenn ich recht verstanden habe, hat außer dem Zeugen an der Tankstelle niemand sie gesehen. Keiner weiß, um wen es sich bei dieser Frau handelt. Es könnte doch sein, dass sie einfach eine Anhalterin war, die ein Stück in dem Spider mitgenommen werden wollte und irgendwann wieder ausgestiegen ist.»

Marthaler sah reihum in die Gesichter der Kollegen. Er versuchte, die Blicke zu deuten. Er merkte, dass alle geneigt waren, Döring Recht zu geben. Womöglich war er es selbst, der sich irrte. Womöglich war er im Begriff, die Ermittlungen zu überfrachten, indem er darauf beharrte, dass auch dieser Punkt geklärt wurde.

«Vielleicht war es, wie Kai sagt. Vielleicht spielt diese Frau für unseren Fall keine Rolle. Vielleicht liegt die Lösung tatsächlich im näheren Umfeld des Opfers. Andererseits wissen wir, dass Bernd Funke kurz vor seinem Tod mit einer Frau geschlafen hat. Wer diese Frau war, das konnten wir noch nicht klären. Ich bitte euch nur, die Frage nach der Fremden nicht ganz zu vergessen.»

Döring war noch nicht zufrieden. Er schaute Marthaler an. «Ich verstehe nicht, warum du so zögerlich bist, Robert. Alles, was wir über diesen Jörg Gessner wissen, zeigt uns doch, dass er ein brutaler Krimineller ist. Warum wohl ist er wie vom Erdboden verschluckt? In meinen Augen ist er unser Hauptverdächtiger. Ich sehe keinen vernünftigen Grund, daran zu zweifeln. Und ich halte es für gefährlich, uns nicht auf ihn zu konzentrieren. Wir sollten uns einen Haftbefehl ausstellen lassen und ihn zur Fahndung ausschreiben.»

Marthaler merkte, wie er in die Defensive geriet. Ihm fehlte die Kraft, sich gegen eine so deutliche Position zu wehren. Und er hatte keine guten Argumente. Er wusste nur, dass er nicht noch einmal einen Fehler machen wollte, wie vor zwei Tagen, als er vorschnell Werner Hegemann verdächtigt und damit einen womöglich wichtigen Zeugen verschreckt hatte. Umso erfreuter war er, dass er jetzt Hilfe von einer Seite bekam, von der er sie am wenigsten erwartete. Es war Sven Liebmann, der den Kopf schüttelte und seinem Freund widersprach.

«Nein», sagte er, «das geht mir zu schnell. Lass uns noch einen Tag damit warten.»

Mehr Worte waren nicht nötig. Liebmann streckte sich und gähnte. Auch die anderen sahen müde aus. Niemand von ihnen mochte diese Sitzungen. Und dennoch mussten sie sein.

Es war nicht nur wichtig, dass alle den Stand der Ermittlungen kannten, sondern auch dass jeder wusste, wie die anderen dachten, ob sie sich bereits auf einen Verdächtigen festgelegt hatten oder ob sie noch ratlos waren. Marthaler hatte oft genug erfahren, wie nützlich ihm die Zweifel seiner Kollegen sein konnten. Besonders dann, wenn er selbst sich verrannt hatte. Manchmal genügte dann schon der ungläubige Blick oder das Lächeln eines Kollegen, und er war bereit, seinen Gedanken eine neue Richtung zu geben.

«Wenn alle einverstanden sind, machen wir es so, wie Sven vorgeschlagen hat», sagte Marthaler. «Ich finde, wir sollten jetzt nach Hause gehen und uns ausruhen.»

Sie verabredeten, sich am nächsten Morgen um acht Uhr wieder zu treffen, um das weitere Vorgehen abzusprechen.

Dreiundzwanzig Marthaler nahm dankend an, als Petersen anbot, ihn nach Hause zu fahren. So hatte er noch etwas Zeit bis zu seiner Verabredung bei den Sabatos. Während der Sitzung hatte er immer wieder an den bevorstehenden Abend gedacht wie an etwas besonders Kostbares.

Er legte Beethovens Pastorale in den CD-Spieler und drehte die Anlage auf. Dann ging er ins Badezimmer und ließ Wasser einlaufen. Er zog sich aus und lief nackt durch die Wohnung. Als sein Blick zufällig auf das gegenüberliegende Haus fiel, sah er, dass die junge Frau, die er dort gelegentlich sah, am offenen Fenster stand. Sie hatte ihn entdeckt. Sie schien zu lächeln. Er lächelte ebenfalls, zog dann aber doch die Vorhänge zu. Laut summte er das Thema des ersten Satzes mit. Ihm gefiel, mit welcher Leichtigkeit Roger Norrington diese Sinfonie dirigierte.

Marthaler hatte sich immer gewünscht, ein wenig musikalischer zu sein, aber ihm war bewusst, wie kläglich sich seine Versuche anhörten, auch nur die einfachste Melodie zu halten. Er hatte es längst aufgegeben. Selbst wenn er, was selten genug vorkam, einen Gottesdienst besuchte, weigerte er sich, die Lieder mitzusingen. Nur in seiner Wohnung, wenn er allein und guter Stimmung war, sang er glücklich laut und falsch mit.

Er dachte an seinen alten Schulfreund Holger, der immer behauptet hatte, kein Mensch sei unmusikalisch, den meisten fehle es nur an musikalischer Ausbildung. Allerdings strafte Holger seinen eigenen Optimismus Lügen. Denn obwohl er anderthalb Jahre Gesangsunterricht genommen hatte, verzogen alle die Gesichter, wenn er auf den Klassenfeiern lauthals die Lieder von John Lennon oder Georges Moustaki mitsang.

Es war lange her, dass Marthaler und Holger sich das letzte Mal gesehen hatten. Holger hatte nach dem Abitur seinen Wehrdienst abgeleistet, war dann zum Studium nach Berlin gegangen und hatte dort später die Gärtnerei eines kinderlosen Großonkels übernommen. Inzwischen war er verheiratet und hatte drei oder vier Kinder; so genau wusste Marthaler das nicht. Vor einigen Jahren hatten sie sich einmal für zwei Stunden in einem Restaurant auf dem Frankfurter Flughafen getroffen. Sie hatten rasch ein paar Gläser überteuerten Wein getrunken und versucht, nicht allzu viele Verlegenheitspausen entstehen zu lassen. Sie hatten von den alten Zeiten gesprochen und doch gemerkt, dass inzwischen zu viel geschehen war. Immer wieder war ihr Gespräch ins Stocken geraten, und sie hatten sich für Sekunden stumm angelächelt. Dann hatten sie sich verabschiedet mit dem Versprechen, diesmal nicht wieder so viel Zeit bis zum nächsten Treffen vergehen zu lassen. Aber beide hatten gewusst, dass dieses Versprechen nicht ernst gemeint war.

Nun, da Marthaler seit langem einmal wieder an Holger dachte, verspürte er das vage Bedürfnis, ihn wieder zu sehen. Er hatte sich bereits mehrmals vorgenommen, einmal nach Berlin zu fahren, um sich die neue Hauptstadt anzuschauen. Aber immer, wenn er ein paar freie Tage hatte, zog er es doch vor, an jene Orte zu reisen, die er mit Katharina vor vielen Jahren besucht hatte und wo er glücklicher gewesen war als je zuvor und je danach. In Berlin war er als Heranwachsender ein paarmal gewesen, war dann in den Osten gefahren, um sich ein Theaterstück anzuschauen, war über den Dorotheenstädtischen Friedhof gelaufen und hatte in der großen Buchhandlung am Alexanderplatz Bücher gekauft, die es im Westen nicht gab, und meist auch noch ein paar Schallplatten mit klassischer Musik. Später war er nie mehr da gewesen.

Marthaler stieg aus der Wanne und sah auf die Uhr. Er rief Sabato an und sagte, dass es ein paar Minuten später werde. Dann zog er sich an und bestellte ein Taxi. Er zog die Tür hinter sich ins Schloss und stieg hinab in den Keller, um eine Flasche Wein zu holen.

Diesmal dachte er daran, die Haustür hinter sich abzuschließen. Als er auf dem Bürgersteig stand, schaute er nach oben und sah die Hausmeisterin im Fenster lehnen. Er winkte ihr zu.

Unterwegs fragte er den Taxifahrer, ob er ein offenes Blumengeschäft wisse. Sie hielten am Bahnhof, Marthaler ließ sich für dreißig Mark einen Strauß zusammenstellen, dann fuhren sie weiter nach Berkersheim.

Eine Klingel gab es nicht an dem alten Törchen. Aber er hatte kaum den Kiesweg im Vorgarten betreten, als schon die Haustür geöffnet wurde.

Sabato lachte. Sein Kopf berührte fast den Türbalken. Er hatte beide Arme ausgestreckt, um Marthaler zu begrüßen. Er zog den Gast ins Haus.

«Komm», sagte er, «du musst Elena guten Tag sagen. Sie hat sich so auf dich gefreut.»

Elena war eine fröhliche, schwarzhaarige Frau. Sie hatte eine halbe Stelle als Ärztin in einer Klinik für Psychiatrie. Elena war ein paar Jahre jünger als Sabato. Obwohl sie fast ein Meter siebzig groß war, wirkte sie neben ihrem Mann geradezu klein und zierlich. Dennoch machte sie einen sehr energischen Eindruck. Marthaler kannte sie fast so lange wie Sabato selbst. Er schaute ihr zu, wie sie zielsicher die richtige Vase auswählte, Wasser einfüllte und dann die Blumen, die er mitgebracht hatte, mit ein paar gekonnten Handbewegungen anordnete.

«Na», sagte sie, «das ist aber mal ein schöner Strauß.»

Dann ging sie zu Marthaler, der sich auf einen Küchenstuhl gesetzt hatte, und gab ihm einen Kuss auf die Stirn.

«Schön, dass du da bist, Robert. Ist lange her, oder?»

Marthaler nickte. Ja, es war lange her. Aber sofort fühlte er sich wieder wohl bei den beiden und bereute, dass sie sich nicht wesentlich öfter trafen. Er merkte, dass er Gefahr lief, sentimental zu werden, und war froh, als Elena zu verstehen gab, dass sie jetzt ungestört die letzten Vorbereitungen treffen wolle.

«So», sagte sie und wedelte die beiden Männer mit der Hand aus dem Raum, «raus mit euch aus der Küche. Kümmert euch gefälligst um den Grill.»

Wie jedes Mal, wenn er in den vergangenen Jahren die beiden besucht hatte, merkte Marthaler auch jetzt, wie sehr ihm dieses Haus gefiel. Alles war einfach, aber zweckmäßig und mit viel Geschmack eingerichtet. Die Wände waren weiß, hier und dort hing ein Bild, von dem man den Eindruck hatte, es habe schon immer dort gehangen. Im großen Zimmer, das mit der Küche verbunden war, standen auf einer Mauer ein paar bemalte Tonkrüge, von denen Marthaler annahm, dass sie aus Spanien stammten. Es gab Bücher, ein großes Regal voller Kunstbände, einen alten, aber schlichten Sekretär. Nichts von dem wirkte wie ausgestellt, alles ganz selbstverständlich. Man merkte, dass die beiden es nicht nötig hatten, einander oder jemand anderem etwas zu beweisen.

Und wie das Haus, so mochte Marthaler auch den Ton, der zwischen den Eheleuten herrschte, die Vertrautheit und Zuneigung, die aus jedem ihrer Worte sprach. Das alles erinnerte ihn an seine Kindheit und an seine Eltern, die ihm so viel Rückhalt und Stabilität geboten hatten. Ohne das, dachte er oft, hätte er seinen Beruf wohl kein halbes Jahr aushalten können. Er wusste, wie viel Glück er gehabt hatte, wie selten das war. Wie viele Menschen durch die Welt liefen, die niemals etwas Vergleichbares kennen gelernt hatten. Und selbst eine glückliche und behütete Kindheit war kein Garant dafür, dass man nicht in späteren Jahren in eine Situation geriet, die einen aus der Bahn warf. Er dachte an Sandra Gessner, die sehr liebevoll von ihren Eltern gesprochen hatte, die aber einen Mann geheiratet hatte, der ihr das Leben zur Hölle machte, sodass sie jetzt keine andere Lösung wusste, als sich mit ihrem kleinen Sohn vor ihm zu verstecken.

«Was ist los, Alter? Bläst du schon wieder Trübsal?» Sabatos Stimme riss Marthaler aus seinen Gedanken. «Komm her, schau dir das an!»

Sabato führte seinen Kollegen von der Terrasse in den großen Garten. Das Grundstück lag am Hang, und sie konnten zwischen den alten Obstbäumen hindurch bis weit in den Taunus blicken. Am Horizont sahen sie den Großen Feldberg mit seinem Turm.

Langsam setzte die Abenddämmerung ein. Wieder war es den ganzen Tag überaus heiß gewesen, aber jetzt kam ein wenig Wind auf, und die Blätter fächelten zwischen den Zweigen. Sabato wies hierhin und dorthin. Jede Blume, jeden Strauch, jedes kleine Kräuterbeet sollte Marthaler bewundern. Er bekam Pflanzennamen genannt, die er noch nie gehört hatte und die er sofort wieder vergessen würde. Trotzdem hörte er gerne dem Singsang der tiefen Stimme Sabatos zu.

Das Haus hatte Elenas Eltern gehört, die es in den frühen sechziger Jahren für wenig Geld gekauft hatten. Inzwischen war Elenas Mutter tot, und ihr Vater lebte seit langem in einem Pflegeheim in der nahe gelegenen Wetterau. Wenn es sein Gesundheitszustand zuließ, holte ihn die Tochter übers Wochenende zurück in sein altes Zuhause, wo noch immer ein Zimmer für ihn reserviert war.

«Ich werde ihn Anton nennen», sagte Carlos Sabato.

«Wen wirst du Anton nennen?»

«Na hör mal, den Kater natürlich. Anton wie Anton Tschechow, der russische Dichter.»

Marthaler nickte. Er erinnerte sich. Katharina hatte ihm vor vielen Jahren einmal Tschechows Erzählung «Die Dame mit dem Hündchen» vorgelesen. Eine traurige, aber wunderschöne Geschichte.

«Komm», sagte Sabato, «es wird Zeit für den Grill.»

In der Mitte des Gartens befand sich eine ummauerte Feuerstelle, darüber stand ein dreifüßiges Gestell, zwischen dem, an einer Kette befestigt, der runde Grillrost hing. Sabato hatte bereits trockenes Holz aufgeschichtet, das er jetzt nur noch anzünden musste. Dann bat er Marthaler, sich in einen der Korbstühle zu setzen, und ging zurück ins Haus. Kurz darauf kam er wieder mit einem Tablett, auf dem sich in Knoblauch und Olivenöl eingelegte Hähnchenschenkel, marinierte Schweinerippchen und rote Paprikawürste türmten. Elena brachte zwei Flaschen Ribera del Duero und einen noch lauwarmen spanischen Kartoffelsalat, den sie auf die Schnelle bereitet hatte. Während das Grillgut langsam garte, merkte Marthaler, wie die Anspannung allmählich von ihm abfiel. Sie prosteten einander zu, tranken und lachten, dann servierte Sabato die ersten Chorizo-Hälften, die er zuvor mit Apfelwein abgelöscht hatte.

Marthaler wunderte sich über seinen unmäßigen Appetit. Er konnte nicht genug bekommen von dem deftigen Essen. Er tauchte die Costillos, wie Elena die Rippchen nannte, in eine Vinaigrette aus Sherry, Essig, Öl und klein gehackten roten Zwiebeln, knabberte anschließend noch zwei Hähnchenschenkel bis auf die Knochen ab und ließ sich schließlich zufrieden in seinen Sessel sinken. Er hörte zu, wie Elena von ihrer Kindheit in einem galizischen Fischerdorf erzählte, und sah im Westen langsam die Sonne hinter den bewaldeten Hügeln verschwinden.

Als es längst dunkel geworden war und Elena sich verabschiedet hatte, um ins Bett zu gehen, saßen er und Sabato noch lange beieinander und plauderten ziellos über dies und jenes. Beide vermieden es sorgsam, über den Fall und die Ermittlungen zu sprechen. Sie wussten, dass sie sich diesen Abend verdient hatten, dass sie ihn brauchten, um neue Kraft zu schöpfen.

«Ach, Herr Doktor», sagte Marthaler und machte mit der Rechten eine unbestimmte Handbewegung, «du glaubst ja gar nicht, wie gut das tut.»

Am Ende des Abends hatten sie fünf Flaschen Wein geleert. Marthaler merkte, dass er müde und auf angenehme Weise betrunken war. Als er Sabato bat, ihm die Nummer eines Taxiunternehmens herauszusuchen, schüttelte der Kriminaltechniker den Kopf.

«Nein», sagte er. «Du bleibst hier heute Nacht. Elena hat dir unten das Bett frisch bezogen. Im Bad liegen Handtücher und eine neue Zahnbürste. Du hast das ganze Souterrain für dich. Morgen mache ich uns ein Frühstück, und dann können wir gemeinsam ins Präsidium fahren.»

Marthaler protestierte. Er fand, dass er die Gastfreundschaft der beiden schon genug strapaziert hatte. Doch Carlos Sabato blieb stur.

«Keine Widerrede», sagte er. «Du bleibst. Es gibt keinen Grund, dass du jetzt fährst.»

Marthaler nickte. Sabato hatte Recht; es gab keinen Grund.

Vierundzwanzig Als er aufwachte, hörte er einen Vogel im
Garten singen. Im Haus war noch alles ruhig. Es begann gerade erst zu dämmern.

Marthaler hatte Durst. Er sah, dass Elena ihm eine Flasche
Mineralwasser auf den Nachttisch gestellt hatte. Er trank ein
Glas und gleich noch ein zweites hinterher. Er schaute auf die
Uhr. Es war noch nicht einmal halb sechs. Trotzdem fühlte er
sich ausgeruht. Seine Blase hatte ihn geweckt, und er wusste,
dass er nicht mehr würde einschlafen können. Er ging zur Toilette, dann legte er sich wieder hin. Er knipste die Nachttischlampe an. Auf einem kleinen Regal neben dem Bett stand eine
Reihe mit alten, zerlesenen Taschenbüchern. Es waren aus-
nahmslos Kriminalromane. Er zog einen hervor, blätterte darin und begann zu lesen:

*Hank war ein hartgesottener Bursche. Er hatte keine Haare
mehr. Sein Kopf glich einem hautfarbenen Fußball. Er öffnete
den Mund. Sein Kopf glich jetzt einem hautfarbenen Fußball
mit einem Loch in der Mitte. Er schnipste eine Zigarette aus
der Packung und steckte sie in das Loch. Er schaute zum Tresen
und fragte nach Feuer, aber niemand reagierte. Hank fragte
noch einmal. Dann zog er seine Luger und schoss.*

Marthaler lächelte. Er klappte das Buch wieder zu. Er fragte
sich, wer in diesem Haus so etwas las. Als Jugendlicher hatte er
selbst zahllose Kriminalromane gelesen. Irgendwann hatte er
die Nase voll gehabt von dem Ton, der in diesen Büchern
herrschte, von all den Hanks und den anderen hartgesottenen

Burschen. Seit er selbst Polizist geworden war, hatte er einen regelrechten Widerwillen gegen diese Art Literatur entwickelt. Und wenn im Fernsehen ein Kriminalfilm angekündigt wurde, schaltete er sofort um.

Er stellte das Buch zurück ins Regal. Dann ging noch einmal ins Bad, putzte sich die Zähne und wusch sein Gesicht. Er überlegte, ob er sich anziehen und ein Taxi rufen solle. Sabato und Elena würden sicher frühestens in einer halben Stunde aufstehen.

Als er zurück in das Gästezimmer kam, klingelte sein Mobiltelefon. Er brauchte einen Moment, bis er es aus der Jackentasche gekramt hatte. Es war Manfred Petersen.

«Ich glaube, es wäre gut, du würdest herkommen.»

Marthaler saß auf der Bettkante und presste den Hörer an sein Ohr. Von einer Sekunde zur anderen war er hellwach. «Was ist passiert?»

Er merkte, dass seine Stimme heiser klang.

«Warum flüsterst du?», fragte Petersen.

«Ich habe bei Sabato in Berkersheim übernachtet. Carlos und Elena schlafen noch. Ich will sie nicht wecken. Was ist passiert?»

«Erklär mir den Weg. Ich werde dich mit dem Motorrad abholen. Es sieht so aus, als hätten wir den grünen Fiat gefunden.»

Marthaler merkte, wie seine Nerven vor Anspannung vibrierten. «Ich laufe hoch zur Bundesstraße, dort werde ich auf dich warten.»

Marthaler zog sich an und ging leise nach oben. In der Küche suchte er Stift und Zettel, um eine Nachricht zu schreiben. Vorsichtig zog er die Haustür hinter sich ins Schloss.

Noch in Socken lief er über den Kiesweg bis zu dem alten Gartentörchen. Erst auf der Straße zog er seine Schuhe an. Dann machte er sich auf den Weg.

Um zwanzig nach sechs hatte er die Bundesstraße erreicht. Schon jetzt waren viele Pendler mit ihren Autos nach Frankfurt unterwegs. Die gegenüberliegende Fahrbahn war fast leer. Marthaler stellte sich an den Straßenrand und wartete. Über seinen Kopf flog ein Schwarm schreiender Elstern hinweg. Trotz ihres schönen Gefieders hatte er diese Vögel nie gemocht. Sie waren ihm immer dreist und zänkisch vorgekommen. Dann aber hatte er vor ein paar Wochen den Zeitungsartikel eines Ornithologen gelesen, der den Elstern eine große Intelligenz zusprach. Sie wurden mit Schimpansen und Delphinen verglichen. Offensichtlich, hatte Marthaler gedacht, kann man nicht nur gegenüber bestimmten Menschen seine Vorurteile pflegen, sondern auch gegenüber Tieren. Und immer liegt es daran, dass man zu wenig weiß.

Er sah Manfred Petersen schon von weitem. Er stellte sich auf den Seitenstreifen und winkte. Als Petersen neben ihm hielt, gab Marthaler ihm ein Zeichen, dass er den Motor ausstellen und seinen Helm abnehmen solle.

«Was ist passiert?»

«Ein Kollege der berittenen Polizei, mit dem ich befreundet bin, hat mich vor einer guten Stunde zu Hause angerufen. Ich hatte ihm von unseren Ermittlungen erzählt. Auch, dass wir diesen grünen Fiat Spider suchen. Er sagte, er sei gerade auf seinem Streifenritt durch den Stadtwald und habe eine Entdeckung gemacht. In einem der kleinen Seen liege ein grünes Auto. Mehr wusste er selbst noch nicht.»

«Wo?»

«Im Kesselbruchweiher. Ungefähr anderthalb Kilometer vom Fundort der Leiche entfernt. Es kann sich natürlich um einen Irrtum handeln. Vielleicht ist es ein anderer Wagen. Aber ich dachte, es sei besser, dir gleich Bescheid zu sagen.»

«Sind die Taucher und ein Bergungsfahrzeug angefordert worden?», fragte Marthaler.

Petersen schüttelte den Kopf. «Nein, ich habe dem Kollegen gesagt, er soll warten, bis wir uns wieder melden.»

Marthaler rief in der Zentrale an und gab die Anweisungen durch.

«Es ist unser Wagen», sagte Marthaler. «Da bin ich mir ganz sicher. Lass uns losfahren.»

Der Kesselbruchweiher befand sich in jenem Abschnitt des Stadtwaldes, der wie ein riesiges Dreieck von der Darmstädter Landstraße auf der einen und von der Babenhäuser Landstraße auf der anderen Seite begrenzt wurde. Im Süden verlief die Autobahn 3, von der sie jetzt den morgendlichen Verkehr hörten. Gleich dahinter begann das Stadtgebiet von Neu-Isenburg. Marthaler erinnerte sich, dass er sich in diesem Teil des Waldes vor Jahren einmal während eines Spazierganges verlaufen hatte.

Sie stiegen von Petersens Motorrad und begrüßten den Kollegen von der Reiterstaffel. Er hieß Carsten Berger. Er hatte sein Pferd angebunden, saß auf einer Bank und aß gerade sein Frühstücksbrot. Sofort, als Marthaler den Mann sah, musste er an eine Zeichnung des Don Quijote denken, die den Umschlag seiner Kinderausgabe geziert hatte. Carsten Berger war ein hagerer Riese mit unendlich langen Armen und Beinen. Allerdings ein Riese mit hellblonden, fast farblosen Haaren und einer blassen, von zahllosen Sommersprossen übersäten Haut.

Marthaler ließ sich die Stelle im See zeigen, wo das Auto lag. Er hatte Mühe, etwas zu erkennen. Auf der Wasseroberfläche schwammen Blätter und Zweige, und das Sonnenlicht warf helle Reflexe. Erst als er seine Position am Ufer um ein paar Meter verändert hatte, bemerkte er, dass das Wasser dort, wo Carsten Berger hingezeigt hatte, eine etwas andere Färbung hatte. Er kniff die Augen zusammen. Dann nickte er.

«Könnte es sein, dass der Wagen bereits seit einigen Tagen in dem See liegt, ohne von jemandem bemerkt worden zu sein?», fragte er.

«Gut möglich», sagte Berger.

«Die Frage ist, wie das Auto dort hineingekommen ist. War es ein Unfall, oder ist es mit Absicht in dem Weiher versenkt worden?»

Petersen schaute ihn an.

Und Marthaler wurde im selben Moment bewusst, dass er sich mit dem, was er soeben gesagt hatte, um die entscheidende Frage herumgedrückt hatte. Die Frage war: Was würde sie erwarten, wenn der Wagen in Kürze geborgen worden war? Würde er leer sein? Oder mussten sie damit rechnen, im Inneren des Fahrzeugs ein weiteres Opfer zu finden? Marthaler wehrte sich gegen den Gedanken. Er setzte sich neben Carsten Berger auf die Bank. Er merkte, dass er Hunger bekam. Ihm fehlte das Frühstück, vor allem aber sein doppelter Espresso. Instinktiv tastete er nach seinen Zigaretten, eine Gewohnheit, die er längst überwunden zu haben glaubte. Er zog das Päckchen hervor. Petersen und Berger wechselten einen Blick. Erst da fiel ihm ein, dass er im Wald nicht rauchen durfte. Seufzend steckte er die Zigaretten wieder weg.

Marthaler überlegte, was zu tun war. Sollte er schon jetzt einen Arzt rufen und die Spurensicherung anfordern? Er entschied sich zu warten.

Drei Minuten später sahen sie, wie ein Kleintransporter der Feuerwehr in den Waldweg einbog. Es waren die Taucher. Marthaler konnte sich nicht erinnern, die beiden je zuvor gesehen zu haben. Sie ließen sich berichten, was geschehen war, dann trafen sie schweigend ihre Vorbereitungen.

Endlich erschienen auch die anderen Feuerwehrleute. Zuerst kam ein Pkw mit eingeschaltetem Blaulicht und kurz danach ein Kranwagen mit einer Seilwinde. Da der Kesselbruchweiher nicht weit vom Waldrand entfernt lag, hatten sich in den letzten Minuten bereits die ersten Schaulustigen eingefunden. Marthaler bat den Einsatzleiter der Feuerwehr, das Gelände so weiträumig wie möglich abzusperren. Obwohl er nicht daran glaubte, dass sie um den See herum brauchbare Spuren finden würden, wollte er doch sichergehen. Und er wollte verhindern, dass irgendwer mit einer Kamera auftauchte und sie bei der Arbeit filmte oder fotografierte.

Marthaler wurde ungeduldig. Noch immer waren die Taucher nicht ins Wasser gestiegen. Er konnte es nicht fassen, dass das alles so lange dauerte, und war kurz davor, die beiden anzuschreien. Zum Glück gelang es ihm, sich zu beherrschen. Nun meldete ihm auch noch einer der Feuerwehrleute, dass der Kranwagen zusätzlich mit einem Stahlseil an zwei Bäumen gesichert werden musste. Das Ufer des Sees war abschüssig, und es bestand die Gefahr, dass das Fahrzeug ins Wasser rutschte. Marthaler fluchte. Aber wie nervös er auch war, es blieb ihm nichts übrig, als zu warten und den Männern bei ihrer Arbeit zuzusehen.

Endlich gaben die beiden Taucher ihm ein Zeichen. Sie zogen ihre Brillen auf und nickten einander zu. Dann stiegen sie mit unbeholfen wirkenden Bewegungen ins Wasser. Mit den Armen balancierten sie die Unebenheiten des Untergrunds aus. Sie waren bereits einige Meter vom Ufer entfernt, als schließlich auch ihre Köpfe untertauchten und man nur noch die Blasen aus den Pressluftflaschen an die Wasseroberfläche treten sah.

Marthaler lief auf dem Waldweg auf und ab. Er musste sich bewegen, um seine Unruhe zu besänftigen.

Die Sonne verschwand hinter einer Wolke. Dunkel, fast schwarz lag der Weiher jetzt zwischen den Bäumen. Etwas raschelte im Gebüsch. Vielleicht ein Wiesel, das sich von der nahe gelegenen Lichtung ins Unterholz verirrt hatte. Marthaler hörte von fern, wie Petersen mit Kerstin Henschel telefonierte und ihr Bescheid sagte, dass sie erst später zur verabredeten Besprechung ins Präsidium kommen würden. Die Geräusche seiner Umgebung nahm Marthaler nur gedämpft wahr.

Zwei Radfahrer kamen lachend auf ihn zu. Er hielt sie an und teilte ihnen mit, dass der Weg gesperrt sei, dass sie wieder umdrehen sollten.

«Aber wir müssen hier durch», sagte einer der beiden und warf seinem Freund einen Blick zu.

Marthaler sah ihn fassungslos an. Dann begann er zu brüllen. Erschrocken machten die Männer kehrt und fuhren davon.

Als er zurück an den Weiher kam, fragte Petersen, was geschehen sei.

«Nichts», sagte Marthaler. «Ich musste mich nur auslüften.»

Er starrte auf den See und wartete. Endlich kam einer der beiden Taucher an die Oberfläche, kurz darauf auch der andere. Sie nickten einander zu. Dann kamen sie ans Ufer.

«Und?» Marthaler konnte seine Ungeduld kaum noch zügeln.

«Es ist der Wagen, den ihr sucht.»

«Sicher?»

«Ganz sicher. Das hintere Nummernschild war deutlich zu erkennen. Der Wagen ist mit der Front abgesunken. Der ganze vordere Teil steckt im Schlamm.»

«Befindet sich jemand darin?»

Die Männer schüttelten gleichzeitig die Köpfe. «Nein. Nicht, soweit man sehen kann. Der Wagen ist leer.»

Marthaler atmete vor Erleichterung auf. Wenigstens das nicht, dachte er. Wenigstens nicht noch eine Leiche.

«Wir können jetzt ein Stahlseil befestigen und versuchen, ihn mit dem Kranwagen zu bergen.»

Marthaler nickte.

«Ja», sagte er. «Versucht bitte, so rasch wie möglich zu arbeiten.»

Sogleich ärgerte er sich über seine Bemerkung. Er wusste, dass sie überflüssig war. Marthaler wählte Schillings Nummer. Es dauerte eine Weile, bis der Chef der Spurensicherung sich meldete. Er sei selbst bereits im Einsatz, sagte Schilling, versprach aber, sofort zwei seiner Leute zu schicken. Sie sollten den Wagen an Ort und Stelle untersuchen.

Keine halbe Stunde später gab der Einsatzleiter der Feuerwehr dem Fahrer des Kranwagens die Anweisung, die Motorwinde in Gang zu setzen. Langsam straffte sich das Seil. Kurz darauf kam das Heckteil des grünen Fiat Spider an die Oberfläche. Aus den Radkästen ergoss sich das Wasser in den See. Zentimeter für Zentimeter näherte sich das Auto dem Ufer.

Dann stockte der Vorgang. Einen Moment lang sah es so aus, als wolle die Stoßstange, an der der Haken befestigt war, abreißen. Aber dann ging es langsam weiter. Die Befestigung hielt.

Zwei Feuerwehrleute in Gummihosen und riesigen Stulpenstiefeln stiegen ins Wasser und halfen mit ihrer Muskelkraft nach.

Als das Fahrzeug endlich an Land war, versammelten sie sich um das Wrack. Marthaler gab Anweisung, den Wagen nicht unnötig zu berühren. Wenn überhaupt noch Spuren zu sichern waren, sollte die Arbeit von Schillings Leuten nicht erschwert werden.

Die Scheiben waren eingeschlagen worden. Das Auto war also absichtlich in dem Weiher versenkt worden. Marthaler schaute in den Innenraum. Die Sitzpolster hatten sich mit Wasser voll gesogen. Überall klebte Schlick. Sonst konnte er nichts Auffälliges entdecken. Er zog Latexhandschuhe an und öffnete die Beifahrertür. Im Handschuhfach befand sich ein

Stapel durchnässter Papiere. Er packte die Unterlagen in eine Plastiktüte. Darum musste Sabato sich kümmern.

«Robert, kannst du mal kommen.» Petersen stand am Heck des Wagens und rief nach ihm. Seine Stimme klang merkwürdig. So, als habe er etwas Beunruhigendes entdeckt. «Schau mal hier!»

Marthaler ging um das Auto herum. Er sah sofort, was Petersen meinte. Die Kofferraumhaube des Spider war an mehreren Stellen durchlöchert. Es sah aus, als habe jemand mit einem großen Messer das Blech durchstochen.

Marthaler äußerte die Vermutung, dass die Löcher angebracht worden waren, damit der Wagen schneller sinke.

«Warum hat man dann nicht einfach die Haube geöffnet?», sagte einer der Feuerwehrleute.

Der Mann hatte Recht. Etwas stimmte hier nicht.

«Vielleicht sollte die Klappe nicht geöffnet werden», sagte Marthaler. «Wir müssen den Kofferraum aufbrechen», und er merkte, wie seine Unruhe aufs Neue wuchs.

Der Fahrer des Kranwagens brachte ein Stemmeisen. Er bat die anderen, zur Seite zu gehen. Er setzte das Eisen zweimal an, dann sprang die Klappe auf.

Der Mann wurde blass.

Er ging einen Schritt zur Seite, ließ das Stemmeisen sinken und wandte sich ab.

Marthaler sah es im selben Moment.

Im Kofferraum lag zusammengekrümmt die nackte Leiche eines Mannes. Die Haut war fahl und aufgeschwemmt. Die Augen waren trüb. Der Körper wies mehrere Einstiche auf. Am Hals sah man eine lange Narbe.

Marthaler drehte sich um und lief ein paar Meter in den Wald. Dann sank er auf einen Baumstumpf und vergrub das Gesicht in den Händen.

Fünfundzwanzig Als Marthaler und Petersen das Besprechungszimmer betraten, hatten sich die anderen bereits versammelt.

Marthaler setzte sich schweigend auf seinen Platz.

Was er befürchtet hatte, war eingetreten. Sie hatten ein
weiteres Mordopfer. Dass es sich dabei um jenen Jo handelte,
von dem ihm Sandra Gessner noch gestern erzählt hatte, daran konnte kaum ein Zweifel bestehen. Und immer noch wurden zwei Personen vermisst, die sich ebenfalls in dem Auto
befunden hatten. Allen war klar, dass keine Zeit zu verlieren
war.

Aber Marthaler fühlte sich wie gelähmt. Er wusste nicht,
was er sagen, was er denken sollte. Alle schauten ihn an. Man
erwartete von ihm, dass er Vorschläge machte, was jetzt zu tun
war. Stattdessen saß er stumm auf seinem Stuhl.

Das Bild der nackten Leiche ging ihm nicht aus dem Kopf.
Wenn nicht alles täuschte, hatte der Mann schon einige Tage
im Wasser des Kesselbruchweihers gelegen. Mit einiger Wahrscheinlichkeit waren die beiden Morde am selben Tag, vielleicht sogar zur selben Stunde, begangen worden. Aber was
war nur dort draußen im Wald geschehen? Warum waren die
beiden jungen Männer auf so bestialische Weise umgebracht
worden?

Wer hatte ein Motiv dafür? Und welches? Angenommen, es
hatte eine Vergewaltigung stattgefunden. War das Opfer, war
eine Frau in der Lage, sich so brachial gegen zwei Männer zur
Wehr zu setzen? Wer hatte die nackte Leiche in den Kofferraum verfrachtet? Wer hatte den Wagen in dem Weiher ver-

senkt? Und welche Rolle spielte der dritte Mann? Hatte er womöglich der Frau geholfen? Nichts passte zusammen. Marthaler merkte, dass er auf Spekulationen angewiesen war. Ihm fehlten zu viele Informationen. Er fand keine schlüssige Erklärung. Er räusperte sich. Es würde ihm nichts übrig bleiben, als seine Ratlosigkeit einzugestehen. Er wollte gerade ansetzen, etwas zu sagen, als die Tür zum Besprechungszimmer sich öffnete.

Herein kamen Hans-Jürgen Herrmann, der Leiter der Mordkommission, und Arthur Sendler, ein alter Staatsanwalt, den sie alle seit vielen Jahren kannten.

Während Sendler sich auf einen der freien Stühle setzte, blieb Herrmann stehen. Er war wie immer korrekt gekleidet und trug eine neue Brille mit einem dünnen goldfarbenen Gestell. Wahrscheinlich hatte er sie sich aus Anlass des Präsidentenbesuches gekauft. Er ergriff sofort das Wort.

«Es muss etwas geschehen», sagte er. «Ich habe mich vor einer halben Stunde, als uns die Nachricht von dem zweiten Mordopfer erreichte, von Kerstin Henschel über den Stand der Ermittlungen unterrichten lassen.»

Marthaler merkte, dass Kerstin Henschel ihn ansah. Womöglich befürchtete sie, dass er sich von ihr hintergangen fühlte. Doch sowenig er die Methoden Herrmanns mochte, in diesem Moment war er froh, dass sein Vorgesetzter ihm die Initiative abnahm.

«Wir werden eine Hundertschaft samt Hundestaffel und berittener Polizei einsetzen und den gesamten Stadtwald durchkämmen.» Herrmann hielt einen dünnen Kugelschreiber in der Hand, mit dem er zur Unterstützung seiner Worte immer wieder Löcher in die Luft stach. «Staatsanwalt Sendler hat uns einen Haftbefehl für Jörg Gessner besorgt. Wir werden sofort nach dieser Sitzung mit zwei Teams ausschwärmen, um den Mann festzunehmen. Wir werden sämtliche seiner

Behausungen, Firmen, Sonnenstudios, Videotheken oder was auch immer durchsuchen, bis wir ihn gefunden haben.»

Herrmann schaute an die Tafel. Dort standen noch immer die Namen, die Marthaler gestern hingeschrieben hatte. Herrmann nahm ein Stück Kreide und unterstrich den Namen Jörg Gessners dreimal.

«Das ist unser Mann», sagte er. «Wir sind es uns, wir sind es dieser Stadt und der Öffentlichkeit schuldig, diesen Menschen unschädlich zu machen.»

Marthaler fragte sich, wo man eine solche Sprache lernte. Und wo Herrmann seine Selbstsicherheit hernahm. Vielleicht gab es Seminare, in denen man dieses Verhalten trainieren konnte. Vielleicht musste man so sprechen, sich so benehmen, wenn man mit der Frankfurter Oberbürgermeisterin Schnittchen essen und zu den Empfängen des Ministerpräsidenten eingeladen werden wollte. Vielleicht musste man aber auch gar keine Kurse besuchen. Vielleicht musste man nur aus einem Elternhaus kommen, das ehrgeizig genug war.

«Petersen übernimmt die Aktion im Stadtwald», sagte Herrmann. «Liebmann und Döring werden das erste Einsatzkommando leiten, Henschel und ich das zweite.»

Schweigen. Die Kollegen sahen sich erstaunt an.

Marthaler schaute auf die Tischplatte. Dann meldete er sich wie ein Konfirmand und sagte: «Herr Pfarrer, ich bin auch da.»

Herrmann war sichtlich irritiert. «Ah ja, Marthaler. Sehr schön. Sie bleiben hier und halten die Stellung.»

Mit diesen Worten wandte sich der Leiter der Mordkommission dem Ausgang zu. Döring schaute in die Runde, schüttelte den Kopf und tippte sich an die Stirn.

Marthaler wunderte sich über seine eigene Reaktion. Statt den unsinnigen Plänen seines Vorgesetzten zu widersprechen, statt sich zu ärgern, dass man ihn kaltstellte, war er froh, durch Herrmanns Aktion Zeit gewonnen zu haben.

Auf dem Gang wurde er von Walter Schilling aufgehalten. Der Chef der Spurensicherung steckte ihm ein Foto zu.

«Hier», sagte er, «das ist ein Bild von Hendrik Plöger. Wir haben es in seiner Wohnung sichergestellt. Es dürfte eine ziemlich aktuelle Aufnahme sein. Jedenfalls meinte das der Hausmeister, dem ich das Foto gezeigt habe.»

Marthaler bedankte sich. Er blieb stehen und schaute sich das Bild des jungen Mannes lange an. Dann brachte er es in die Computerabteilung, ließ es einscannen und bat die Kollegen, es den internen Fahndungsdaten beizufügen.

Er ging in sein Büro und bat Elvira, in der nächsten Stunde nicht gestört zu werden. Er wollte sich alle Akten noch einmal anschauen und in Ruhe über den Fall nachdenken. Schon nach zwanzig Minuten hörte er laute Stimmen im Vorzimmer. Kurz darauf steckte Elvira ihren Kopf durch den Türspalt.

«Robert, entschuldige, da sind zwei Männer, die nur mit dir sprechen wollen. Ich habe versucht, sie abzuwimmeln …»

Bevor sie weiterreden konnte, wurde die Tür weit geöffnet und Elvira zur Seite geschoben. Ein rotgesichtiger kleiner Mann trat vor Marthalers Schreibtisch, warf ihm eine Visitenkarte hin und begann aufgeregt auf ihn einzureden. Nun betrat ein zweiter, elegant gekleideter Mann den Raum. Er trug einen grauen Anzug und blieb mit unbewegter Miene und schweigend hinter dem Kleinen stehen.

«Stopp!», sagte Marthaler. «Was fällt Ihnen ein? Wer hat Ihnen gestattet, diesen Raum zu betreten? Wenn Sie sich nicht augenblicklich bei meiner Sekretärin entschuldigen, werde ich Sie wegen Körperverletzung und Hausfriedensbruch festnehmen lassen.»

Der Kleine schnaufte. Immerhin hatte er seinen Redefluss unterbrochen. Er sah nun aus wie ein Luftballon, aus dem langsam das Gas entwich. Er fuchtelte noch einen Moment mit den Händen, murmelte etwas in Richtung Elvira, das man mit einigem guten Willen als Entschuldigung verstehen konnte, dann schaute er sich hilfesuchend nach dem anderen Mann um. Der ging auf Marthaler zu und reichte ihm die Hand. «Entschuldigen Sie, dass wir hier unangemeldet hereinplatzen, aber man hat mir gesagt, Sie wollten mich sprechen. Das ist Dr. Fleckhaus, mein Anwalt.»

Bei den letzten Worten zeigte er auf das Rotgesicht. «Mein Name ist Jörg Gessner.»

Marthaler lehnte sich in seinem Bürosessel zurück. Größer hätte seine Verblüffung nicht sein können, und er gab sich keine Mühe, seine Verwunderung zu verbergen. Der Jurist setzte zu einer neuen Tirade an. Anscheinend hatten die beiden sich auf einen Auftritt mit verteilten Rollen geeinigt. Der Anwalt spielte das wild gewordene Rumpelstilzchen, während sein Mandant sich so verbindlich und seriös wie nur möglich präsentierte.

Langsam gewann Marthaler seine Fassung zurück. Er wusste, dass jetzt alles auf die richtige Taktik ankam. Da Gessner offensichtlich noch keine Ahnung hatte, dass er wegen Mordverdachts gesucht wurde, wollte Marthaler diesen Vorteil für sich nutzen. Er entschuldigte sich einen Moment, ging ins Vorzimmer, gab Elvira ein paar Anweisungen und kehrte in sein Büro zurück. Dann wandte er sich an Gessner.

«Es tut mir Leid, wenn wir Ihnen mit unseren Nachforschungen Ungelegenheiten bereitet haben. Aber ich bin sehr froh, dass Sie mit uns zusammenarbeiten wollen, denn wir gehen davon aus, dass Ihre Aussagen uns entscheidend weiterhelfen können. Sie haben hoffentlich nichts dagegen, wenn ich unser Gespräch aufzeichne.»

Dr. Fleckhaus machte Anstalten zu protestieren, aber Gessner winkte ab. Marthaler schaltete das Tonband ein.

«Bitte», sagte Gessner lächelnd, «stellen Sie Ihre Fragen!»

«Sie wissen, dass Bernd Funke tot ist?»

«Ja, ich habe es in der Zeitung gelesen.»

«Wie gut kannten Sie ihn?»

«Wir haben gelegentlich Geschäfte miteinander gemacht.»

«Was für Geschäfte?»

«Ich handele mit Autos. Unter anderem. Er hat mir ab und zu geholfen.»

«Waren Sie befreundet?», fragte Marthaler.

«In meinen Kreisen ist man nur insoweit befreundet, wie man sich nützt.»

«Was sind Ihre Kreise?»

«Die Polizei würde sie wohl als zwielichtig bezeichnen?», sagte Gessner.

«Und das stört Sie nicht?»

«Mich stört nie, was andere über mich denken oder sagen. Mich würde stören, wenn Sie mir eine strafbare Handlung nachweisen könnten.»

Kerstin Henschel hatte Recht, dachte Marthaler. Dieser Gessner ist kalt und glatt wie ein Fisch.

«Sie wissen, dass Eifersucht kein seltenes Motiv für einen Mord ist?»

In Gessners Gesicht regte sich nichts. Keine Überraschung, kein verlegenes Grinsen, nichts.

«Ich habe Geschäfte mit Bernd Funke gemacht, obwohl er ein Verhältnis mit meiner Frau hatte», sagte er.

«Sie wussten, dass Ihre Frau und Funke …»

Gessner unterbrach Marthaler. «Es ist mein Kapital, mehr zu wissen, als man vermutet.»

«Wissen Sie auch, wo Funke in den Tagen vor seinem Tod war?»

«Nein, ich weiß nur, dass er mit zwei anderen Freunden auf Tour wollte. Er hat noch am Wochenende einen Fiat Spider von mir gekauft.»

«Kennen Sie Hendrik Plöger?», fragte Marthaler.

«Nein», antwortete Gessner.

«Und wer ist Jo?»

«Jochen Hielscher, ein armer Hund, klein, hässlich, dumm. Er hat bis vor kurzem im Gefängnis gesessen. Funke kannte ihn noch aus der Schulzeit.»

«Wir haben Jochen Hielscher heute Morgen tot aus dem Kesselbruchweiher geborgen.»

Gessner hob beide Augenbrauen. Marthaler konnte nicht erkennen, ob seine Verwunderung echt war oder gespielt.

«Seine Leiche lag im Kofferraum jenes Fiat Spider, der noch immer auf Ihren Namen zugelassen ist. Wo waren Sie am Montag, Herr Gessner?»

Für einen kurzen Moment verengten sich Gessners Augen. Zum ersten Mal merkte Marthaler, dass sich hinter der reglosen Fassade tatsächlich ein sprungbereites Tier verbarg. Aber schon lächelte das Tier wieder. Gessner gab seinem Anwalt ein Zeichen.

«Hier», sagte Fleckhaus und zog ein Blatt Papier aus seinem Aktenkoffer. «Eine lückenlose Liste mit allen Aufenthaltsorten meines Mandanten von Samstagmorgen bis Dienstagabend. Das dürfte wohl genügen. Daneben finden Sie die Namen sämtlicher Personen, die das bezeugen können. Mit Adressen und Telefonnummern.»

Einen Moment lang war Marthaler verunsichert.

«Wir werden das überpüfen», sagte er.

«Tun Sie das!» Das Speckgesicht von Dr. Fleckhaus glänzte. «Dann können wir ja wohl jetzt gehen.»

«Oh, Herr Gessner», sagte Marthaler und schaltete das Tonbandgerät aus, «das hätte ich fast vergessen. Gegen Sie liegt ein Haftbefehl vor. Im Vorzimmer warten zwei Beamte auf Sie, die Sie festnehmen und bis auf weiteres in Untersuchungshaft bringen werden.»

Obwohl er überzeugt war, dass Jörg Gessner nichts mit den Morden zu tun hatte, erfüllte es ihn mit Genugtuung, diesen Mann wenigstens für kurze Zeit hinter Gittern zu wissen. Noch als er sein Büro bereits verlassen und sich auf den Weg zur Kantine gemacht hatte, hörte Marthaler hinter sich das lautstarke Gezeter von Gessners Anwalt. Marthaler lächelte. Solange die Schurken protestieren, dachte er, ist noch nicht alles verloren.

Es war noch früh. In der Kantine hatte man gerade begonnen, die ersten Mittagessen auszugeben. Wie immer überlegte Marthaler, ob er sich für das fettarme, vegetarische Essen entscheiden solle, bestellte dann aber doch eine Portion Schweinebraten mit Knödeln und Salat. Schließlich hatte er seit dem Vorabend nichts gegessen. Er nahm sein Tablett, zahlte, wechselte ein paar Worte mit der Kassiererin und steuerte dann auf einen der freien Tische am Fenster zu.

Kaum hatte er die ersten Bissen heruntergeschluckt, als er Walter Schilling hereinkommen sah, der sich umblickte und dann winkend auf ihn zukam.

«Robert, gut dass ich dich treffe. Wenn es dir recht ist, hole ich rasch mein Essen und leiste dir Gesellschaft. Es gibt eine Neuigkeit, die dich interessieren dürfte.»

Marthaler war froh, dass der Chef der Spurensicherung ihm seinen Wutausbruch wegen der Geschichte mit dem Laboranten offensichtlich verziehen hatte. Schilling war ein äußerst zuverlässiger und fähiger Polizist, und Marthaler hätte es bedauert, wenn dieser Vorfall ihre Zusammenarbeit beeinträchtigt hätte.

«Ich habe schon versucht, dich zu erreichen. Elvira sagte mir, dass du essen gegangen bist.» Schilling stellte sein Tablett auf den Tisch und setzte sich auf den Platz gegenüber.

«Was gibt es?», fragte Marthaler.

«Heute Morgen haben mich die Kollegen vom Einbruchsdezernat zu einer Villa auf dem Lerchesberg gerufen», begann Schilling zu erzählen. «Es handelt sich um das Haus einer Familie Brandstätter. Sie sind am frühen Morgen aus dem Urlaub zurückgekommen und haben entdeckt, dass während ihrer Abwesenheit bei ihnen eingebrochen wurde. Außer ein paar Kleidungsstücken und einem kleinen Geldbetrag ist wohl nichts gestohlen worden. Die Sache wäre nicht weiter wichtig, wenn wir nicht gewisse Spuren gefunden hätten.»

Marthaler merkte, dass er ungeduldig wurde. Aber er wollte Schilling nicht drängen.

«Was für Spuren?», fragte er nur.

«Der Einbrecher, oder ich sollte besser sagen: die Einbrecherin, ist über eine Dachluke eingestiegen. Sie hat Fußabdrücke auf dem weißen Putz der Garagenwand hinterlassen. Dabei handelt es sich eindeutig um die Sohle eines Sportschuhs.»

Marthalers Kopfhaut begann zu kribbeln. Ein sicheres Zeichen dafür, dass seine Aufmerksamkeit nicht größer sein konnte. «Und du meinst, es handelt sich um dieselben Schuhe, deren Spuren ihr auf der Zufahrt im Wald gefunden habt?»

Schilling nickte. «Daran besteht kein Zweifel. Ich habe die Profile sofort verglichen. Sie sind identisch.»

«Und warum bist du dir plötzlich so sicher, dass die Schuhe von einer Frau getragen wurden? Wir haben doch immer gesagt, dass es sich auch um einen kleinen Mann handeln könnte, jedenfalls um einen Mann mit kleinen Füßen.»

«Bei den Sachen, die aus der Villa der Brandstätters gestohlen wurden, handelt es sich ausschließlich um Frauenkleidung. Außerdem haben wir noch etwas anderes entdeckt. Unter dem Ehebett befand sich ein Bündel völlig verschmutzter Anziehsachen. Auch sie stammen eindeutig von einer Frau, aber nicht von der Hausbesitzerin.»

«Sabato muss diese Kleidungsstücke sofort untersuchen.»

«Er ist schon dabei», erwiderte Schilling.

«Habt ihr sonst noch etwas entdeckt?», fragte Marthaler.

«Die Einbrecherin hat offensichtlich Hunger gehabt. Sie hat auf dem Dachboden ein ganzes Glas mit eingemachten Birnen gegessen. Und sie hat ein Bad genommen. Als wir hinkamen, war die Wanne noch mit Wasser gefüllt.»

«Weißt du, wann sie sich in dem Haus aufgehalten hat?»

«Nein», sagte Schilling. «Wenn du mehr wissen willst, solltest du dich an die Kollegen vom Einbruchsdezernat wenden.»

«Das werde ich tun. Aber vorher möchte ich von dir wissen, was du von der Sache hältst.»

«Was meinst du?», fragte Schilling.

«Findest du es nicht auch merkwürdig, dass jemand sich die Mühe macht, in ein Haus einzubrechen, und dann praktisch nichts stiehlt?»

«Vielleicht hat sie nur nach einem Platz gesucht, wo sie etwas essen, wo sie ein Bad nehmen und sich umziehen kann. Vielleicht heißt das sogar, dass sie hier fremd war, dass sie niemanden kannte, zu dem sie hätte gehen können.»

Marthaler nickte. Das waren genau die Gedanken, die er auch gehabt hatte.

«Du denkst, dass es sich bei unserer Einbrecherin um die Frau handelt, die mit den Männern in dem Sportwagen gesehen wurde?», fragte Schilling.

«Ich wüsste nicht, was ich sonst denken soll. Wenn wir nur jemanden hätten, der sie näher beschreiben könnte. Wir müssen wissen, wie sie aussieht. Wir müssen herausfinden, wer sie ist.»

Marthaler stand gedankenverloren auf. Ohne sich von Schilling zu verabschieden, nahm er sein Tablett, stellte es auf einen der Wagen und verließ die Kantine.

Er ging sofort bei den Kollegen des Einbruchsdezernates vorbei und hatte Glück. Heinrich Michaelis, der den Fall bearbeitete und den Marthaler seit vielen Jahren kannte, war gerade dabei, seinen Bericht zu schreiben.

«Die Leute werden die kaputte Dachluke verschmerzen», sagte Michaelis. «Wie es aussieht, haben sie reichlich Geld. Und bestimmt sind sie gut versichert. Warum interessiert dich das Ganze?»

Marthaler berichtete ihm von seinem Gespräch, das er gerade mit Schilling geführt hatte.

«Wir müssen die Frau finden», sagte er. «Es ist mehr als wahrscheinlich, dass sie etwas mit den Morden zu tun hat. Was genau, weiß ich nicht. Es ist auch sehr wohl möglich, dass sie sich in Gefahr befindet. Habt ihr irgendetwas herausbekommen, das uns weiterhilft bei der Frage, wann sie den Einbruch in das Haus verübt hat und wie lange sie sich dort aufgehalten hat?»

Michaelis überlegte einen Moment. Dann begann er in seinen Unterlagen zu blättern.

«Hier», sagte er, als er gefunden hatte, was er suchte. «Die Villa der Brandstätters wurde von einem Wachunternehmen namens Kelster-Sekuritas betreut. Ich habe bereits mit der Firma telefoniert. Die letzte Kontrolle des Hauses hat am 8. August stattgefunden. Der zuständige Wachmann hat auf seinem Protokollzettel vermerkt, dass alles in Ordnung sei. Seinen Eintrag hat er um 9.46 Uhr abgezeichnet.»

«Das heißt?», fragte Marthaler

«Das heißt, dass der Einbruch nach diesem Zeitpunkt stattgefunden haben muss.»

«Der 8. August war der Dienstag. Das war der Tag, an dem wir Bernd Funkes Leiche im Wald gefunden haben.»

«Wie lange sich die Einbrecherin allerdings im Haus aufgehalten hat, können wir nicht sagen.»

«Kommt es häufiger vor, dass jemand in ein Haus einbricht, dann aber so gut wie nichts stiehlt?», wollte Marthaler wissen.

«Sagen wir mal so: Es ist eher selten. Gelegentlich sucht jemand einen Unterschlupf, um sich auszuruhen. In diesen Fällen werden dann aber eher Gartenhäuser aufgebrochen, oder ein Obdachloser verschafft sich Zugang zum Keller eines Rohbaus oder eines leer stehenden Hauses.»

«Ist dir sonst noch etwas Ungewöhnliches aufgefallen?»

«Ich würde sagen, alles an diesem Fall ist ungewöhnlich», antwortete Michaelis. «Der Schmuck, der sich im Schlafzimmerschrank befand, den die Frau ja durchsucht hat, wurde nicht angerührt. Stattdessen lagen im Wohnzimmer Fotos der Familie herum, die offenbar das Interesse der Einbrecherin gefunden haben. Und ich bin mir ziemlich sicher, dass die Tat verübt wurde, während es draußen hell war.»

«Wie kommst du darauf?»

«Der große elektrisch betriebene Rolladen im Salon wurde geöffnet. Nachts würde das wohl niemand tun. Aber auch am Tag ist ein solches Verhalten mehr als ungewöhnlich. Normalerweise sind Einbrecher bestrebt, sich vor Blicken von außen zu schützen.»

Marthaler versuchte den Schlussfolgerungen seines Kollegen zu folgen. «Du meinst, es war der Frau egal, ob sie entdeckt wurde?»

«Jedenfalls schien sie nichts zu befürchten.»

«Danke», sagte Marthaler, «du hast mir sehr geholfen. Ich muss über all das erst einmal nachdenken. Wenn ich noch Fragen habe, melde ich mich wieder bei dir.»

Gerade als er sich verabschieden wollte, klingelte das Telefon von Michaelis. Marthaler stand auf und ging zur Tür. Als er die Hand zum Gruß hob, schüttelte Michaelis den Kopf und winkte ihn zurück. Marthaler wartete, bis Michaelis den Hörer aufgelegt hatte.

«Das ist merkwürdig», sagte er.

«Was?», fragte Marthaler.

«Das war der Sohn der Familie Brandstätter. Er sagte, er habe eben seinen Computer angeschaltet und festgestellt, dass dieser während seiner Abwesenheit benutzt worden ist.»

«Warum nicht? Wenn die Einbrecherin sich für die Fotos der Familie interessiert hat, kann sie sich auch für den Computer interessiert haben.»

«Ja. Seltsam ist nur, dass der Computer am 8. August um 8.56 Uhr eingeschaltet wurde, also zirka eine Stunde bevor der Wachmann das Haus kontrolliert hat. Das heißt, dass die Frau sich zu diesem Zeitpunkt schon in der Villa befunden hat.»

«Ich möchte diesen Wachmann sprechen.»

«Das dürfte schwierig werden», sagte Michaelis. «Wenn ich die Sekretärin der Kelster-Sekuritas richtig verstanden habe, hat er gerade eine Kur angetreten.»

«Das ist mir egal. Bitte gib mir die Adresse der Firma.»

«Und was versprichst du dir davon?»

«Ganz einfach», sagte Marthaler. «Entweder hat der Wachmann die Frau nicht bemerkt und deshalb irrtümlich auf seinem Zettel angegeben, dass in dem Haus alles in Ordnung war, oder er hat gelogen.»

«Warum sollte er lügen?»

«Ich weiß es nicht. Aber ich will ihn sprechen.»

Sechsundzwanzig Als er wieder in seinem Büro war, wählte Marthaler unverzüglich die Nummer der Kelster-Sekuritas. Es dauerte lange, bis sich jemand meldete. Die Sekretärin, die das Gespräch schließlich annahm, schien nicht eben erfreut über seinen Anruf zu sein. Ihre Stimme klang, als habe man sie bei einer Tätigkeit gestört, die ihr weitaus wichtiger war als ein Telefonat mit der Polizei.

«Wir haben Ihren Kollegen bereits alles Nötige mitgeteilt», sagte sie.

«Nein», sagte Marthaler, «das haben Sie nicht. Ich möchte den Namen und den Aufenthaltsort des Wachmannes wissen, der die Villa der Brandstätters kontrolliert hat. Ich weiß, dass er sich in Kur befindet. Aber ich möchte wissen, wie der Ort heißt, an dem sich dieser Mitarbeiter im Moment aufhält, und ich brauche den Namen der Klinik.»

«Tut mir Leid», sagte sie. «Darüber dürfen wir keine Auskunft geben.»

«Dann geben Sie mir bitte den Geschäftsführer.»

«Der ist leider verreist.»

Wütend legte Marthaler den Hörer auf. Er hatte sowieso keine hohe Meinung von den privaten Sicherheitsunternehmen, die in den letzten Jahren immer zahlreicher wurden. Er war der Ansicht, dass es allein Aufgabe der Polizei sein sollte, die Bürger zu schützen. Denn allzu oft stellten diese Unternehmen Leute ein, die nur unzureichend qualifiziert waren und sich dann im Konfliktfall falsch verhielten.

Marthaler zog sein Jackett an, steckte den Zettel mit der Adresse der Kelster-Sekuritas ein und sagte Elvira Bescheid, dass er für eine Weile außer Haus sei. Dann verließ er das Präsidium. Er brauchte keine zehn Minuten, bis er im Gutleutviertel angekommen war. Das Wachunternehmen war im Hinterhof eines Grundstücks untergebracht, auf dem sich eine ehemalige Fabrik befand, deren Räumlichkeiten jetzt an verschiedene kleine Firmen vermietet waren. Der Flachbau machte einen verwahrlosten Eindruck. Die Außenwände waren verwittert, und die Fenster sahen aus, als seien sie seit langem nicht mehr geputzt worden. Marthaler drückte auf den Klingelknopf, aber nichts geschah. Er versuchte es noch einmal, dann drehte er den Türknauf und ging hinein. Einen Moment lang stand er ratlos in dem schmuddeligen Gang und überlegte, an welche der Türen er jetzt klopfen solle.

«Wer sind Sie? Was wollen Sie?» Die Stimme in seinem Rücken klang schneidend. Erschrocken fuhr er herum.

«Marthaler», sagte er und zeigte seinen Ausweis, «wir haben gerade telefoniert.»

«Ich habe Ihnen doch gesagt …»

Er schnitt der Frau das Wort ab. «Wenn Sie mir nicht unverzüglich die verlangten Informationen geben, werde ich Sie wegen Behinderung der polizeilichen Ermittlungen anzeigen.»

Einen Moment lang schaute ihn die Frau verdutzt an. Dann machte sich ein Grinsen auf ihrem Gesicht breit.

«Sie bluffen», sagte sie. «Sie können mir nicht drohen. Unser Mitarbeiter heißt Herbert Weber und ist für mehrere Wochen in Kur. Mehr weiß ich nicht, und mehr werde ich Ihnen nicht sagen. Und jetzt verlassen Sie bitte dieses Gebäude.»

In dem Raum, aus dem die Frau gekommen war, klingelte ein Telefon. Sie drehte sich um und ließ Marthaler stehen. Sie verschwand in ihrem Büro und schloss die Tür hinter sich. Fast augenblicklich hörte er sie am Telefon lachen.

Marthaler überlegte einen Augenblick, dann fasste er einen Entschluss. Leise drückte er die Klinke einer Tür. Dahinter befand sich ein Raum mit zwei Tischen, einem Kühlschrank und einer Kaffeemaschine. Es roch nach kaltem Rauch und abgestandenem Kaffee. Neben der Tür stand ein Regal, das in zwei Reihen mit Fächern aufgeteilt war, an die man jeweils ein Namensschild geklebt hatte. Das Fach von Herbert Weber war leer. An der Wand hingen eine Uhr und der Werbekalender einer großen Autowerkstatt. Offensichtlich handelte es sich um den Aufenthaltsraum der Mitarbeiter. Das war nicht, was Marthaler suchte.

Er ging zurück auf den Flur.

Neben dem Büro, in dem die Frau noch immer telefonierte, befand sich eine weitere Tür.

Als Marthaler einen Schritt darauf zuging, knarrte der Boden. Er zog seine Schuhe aus und nahm sie in die Hand.

Er bewegte sich nur langsam. Er wagte kaum zu atmen.

Es war lächerlich. Nur, um Kontakt zu einem möglichen Zeugen aufnehmen zu können, musste er sich wie ein Dieb benehmen.

Dann hatte er die Tür erreicht. Der Raum war ebenfalls unverschlossen, aber dunkel. Marthaler tastete nach dem Lichtschalter. Flackernd setzte sich die Leuchtstoffröhre in Gang. Er befand sich in einer Art fensterlosem Aktenlager. Der braune Veloursteppich, der den Boden bedeckte, war mit Flecken und Staubflocken übersät. Marthaler ging zu dem alten, riesigen Bücherschrank, der fast die gesamte linke Wand des Zimmers bedeckte. Die Türen des Schrankes hatte man entfernt, sodass die unzähligen Ordner, die sich darin stapelten, frei zugänglich waren. Die Rücken der Ordner waren mit weißen Zetteln beklebt. Marthaler legte den Kopf schief, um die Aufschriften lesen zu können.

Dann hielt er inne, um zu horchen. Die Frau telefonierte immer noch.

Endlich hatte er gefunden, was er suchte. «Personal T – Z»

stand auf dem Ordner. Marthaler löste die Klemme und begann, die Seiten umzublättern. Unter dem Buchstaben W gab es nur die Unterlagen Herbert Webers. Ganz oben war eine Karteikarte mit den persönlichen Daten des Wachmannes abgeheftet. Marthaler versuchte, sich Adresse und Telefonnummer einzuprägen. Direkt darunter fand sich eine Mitteilung der Krankenkasse über die Bewilligung der Kur. Wo die Kur stattfinden sollte, war daraus nicht ersichtlich. Marthaler klappte den Ordner zu und stellte ihn zurück in den Schrank. Zur Not würde er die Krankenkasse bitten müssen, ihm den Aufenthaltsort Webers mitzuteilen.

Er ging zurück zur Tür und schaltete die Deckenbeleuchtung aus. Als er die Tür öffnete, stand vor ihm ein großer uniformierter Wachmann. Beide waren sie gleichermaßen erschrocken. Der Wachmann starrte ihn an, dann schüttelte er den Kopf und ging, ohne ein Wort zu sagen, in den Aufenthaltsraum. Erst jetzt wurde Marthaler bewusst, dass er immer noch seine Schuhe in der Hand hielt. Er zog sie an und verließ das Gebäude. Was für eine merkwürdige Sicherheitsfirma, dachte er, wo es die eigenen Mitarbeiter nicht interessiert, wenn ein fremder Mann in Socken durch die Räume schleicht.

Als er wieder auf der Straße stand, merkte Marthaler, wie erschöpft er schon wieder war. Er überlegte, ob er zurück ins Präsidium gehen sollte, entschied sich aber anders. Allein der Gedanke, dort herumzusitzen und zu warten, bis Herrmann seinen sinnlosen Einsatz beendet hatte, machte ihn nervös. Sie hatten durch diese Aktion wahrscheinlich viel Zeit verloren. Und noch immer hatte sich niemand um die Angehörigen des toten Jochen Hielscher gekümmert.

Er rief Elvira an und bat sie, ihm einen Wagen zu schicken. «Und bitte schau mal im Computer nach, was wir über

Hielscher haben. Wenn es stimmt, was Jörg Gessner gesagt hat, ist er erst kürzlich aus dem Gefängnis entlassen worden. Vor allem möchte ich wissen, wo er zuletzt gewohnt hat. Ich melde mich im Laufe des Nachmittags wieder.»

Fünf Minuten später hielt das Polizeiauto neben ihm am Fahrbahnrand. Marthaler bat den Fahrer, ihn zu der Adresse aus Herbert Webers Akte zu bringen.

Das Haus lag in einer kleinen Seitenstraße im nördlichen Westend. Es war ein herrschaftliches Mietshaus aus der Zeit um die vorige Jahrhundertwende. Über den breiten Plattenweg, der durch einen gepflegten Vorgarten führte, erreichte Marthaler die mit großzügigen Schnitzereien versehene Eingangstür. Auf dem untersten Klingelschild standen zwei Namen, einer in großen Buchstaben und darunter, wesentlich kleiner, der Name des Wachmanns. Es wurde sofort geöffnet.

Eine alte, sehr streng wirkende Dame erwartete ihn.

«Sie sind Polizist?», sagte sie. Und als sie Marthalers Verblüffung bemerkte: «Ich habe Sie aus dem Wagen steigen sehen. Wie kann ich Ihnen helfen?»

«Es geht um Herrn Weber. Sind Sie eine Verwandte?»

Aus dem Inneren der Wohnung war Vogelgezwitscher zu hören.

«Nein. Herbert Weber bewohnt bei mir ein Zimmer.»

Marthaler erklärte, um was es ging. Er versicherte der Frau, dass sich ihr Untermieter nichts habe zuschulden kommen lassen, dass er nur als Zeuge in einem wichtigen Ermittlungsverfahren gehört werden müsse. Die Frau bat ihn, an der Wohnungstür zu warten. Wenig später kam sie zurück und reichte ihm einen Zettel, auf dem die Adresse und Telefonnummer einer Kurklinik in Bad Nauheim standen. Wenigstens das, dachte Marthaler, wenigstens ein Ort in der Nähe und nicht irgendwo im Allgäu oder an der Ostsee. Er bedankte sich bei der alten Dame und verließ das Haus.

Wieder im Wagen, wählte er die Nummer der Klinik. Von der Telefonistin ließ er sich mit dem Zimmer Herbert Webers verbinden. Er hatte Glück. Nach dreimaligem Klingeln wurde abgenommen.

«Spreche ich mit dem Wachmann Herbert Weber?»

«Ja.»

Die Stimme am anderen Ende klang müde. Marthaler entschuldigte sich für die Störung und erklärte, worum es ging. Dann stellte er seine Frage: «Als Sie am Morgen des 8. August die Villa der Familie Brandstätter auf dem Frankfurter Lerchesberg kontrolliert haben, ist Ihnen da etwas Ungewöhnliches aufgefallen?»

Einen Moment lang war es still in der Leitung.

«Nein», sagte Herbert Weber dann. Seine Stimme klang plötzlich eine Spur zu entschlossen. «Was sollte mir denn aufgefallen sein?»

Er lügt, dachte Marthaler.

«Sind Sie sicher?», fragte er noch einmal nach.

Der Mann blieb bei seiner Aussage.

Marthaler bedankte sich und beendete das Gespräch. Er war sich sicher, dass Weber nicht die Wahrheit gesagt hatte. Er ärgerte sich, überhaupt angerufen zu haben. Wieder einmal hatte sich seine Erfahrung bestätigt, dass telefonische Ermittlungen in den meisten Fällen nichts wert waren. Es gab nur eine Möglichkeit, er musste den kranken Wachmann von Angesicht zu Angesicht befragen.

«Wir fahren nach Bad Nauheim», sagte Marthaler zu dem Kollegen am Steuer des Polizeiwagens. «Jetzt, sofort.»

Sie fuhren über die Autobahn Richtung Norden. Der Feierabendverkehr hatte schon eingesetzt.

Sie brauchten fast eine Stunde, bis sie endlich die Ausfahrt erreicht hatten. Im Zentrum von Bad Nauheim fragten sie die

Besatzung eines örtlichen Streifenwagens nach dem Weg. Die Kurklinik lag etwas außerhalb des Ortes auf einer Anhöhe. Das Gebäude war ein riesiger, achtstöckiger Plattenbau. Wahrscheinlich hatte es sich einmal um ein modernes Sanatorium gehandelt. Das allerdings war offensichtlich lange her. Die farbig gestalteten Außenwände waren verblasst, und der Regen hatte lange, schmutzige Schlieren auf ihnen hinterlassen. Marthaler legte den Kopf in den Nacken und schaute hoch bis zu dem Flachdach. Er fragte sich, wie man sich in einem solchen Haus erholen konnte. Wenn man vorher keine Depressionen gehabt hatte, hier würde man sie spätestens bekommen. Sicher würde keiner der Betreiber dieser Einrichtung sich jemals selbst hier behandeln lassen.

Die Rasenflächen auf dem Außengelände waren mit wenigen kargen Büschen bepflanzt. Alles wirkte unendlich lieblos. Ein paar alte Leute in Jogginganzügen schlurften über die Gehwege, andere wurden im Rollstuhl geschoben. Marthaler kam es vor, als sei es hier kälter als in Frankfurt. Ihn fröstelte. Unwillkürlich zog er sein Jackett ein wenig fester zusammen. Dann betrat er durch eine breite automatische Glastür die Eingangshalle. An der Rezeption fragte er nach Herbert Weber. Man sagte ihm das Stockwerk und die Zimmernummer.

Es gab zwei Aufzüge, aber nur einer funktionierte. Die Zeit, die er warten musste, kam ihm endlos vor. Unkonzentriert überflog er die Ankündigungen am schwarzen Brett. Ein Bastelkurs für Schlaganfallpatienten wurde angeboten, man konnte an einem Bibelkreis teilnehmen, und für den kommenden Samstag waren alle Patienten zu einem Heimatabend mit Tanz und Livemusik eingeladen. Der Eintritt war frei.

Auf der beleuchteten Anzeigetafel sah Marthaler, dass der Fahrstuhl in jeder Etage hielt. Schließlich beschloss er, die Treppe zu nehmen. Als er im sechsten Stock angekommen war, atmete er schwer. Er öffnete die Feuertür, ging den langen Flur entlang und fand schließlich die richtige Zimmernummer. Er klopfte, aber es meldete sich niemand.

«Der ist beim Abendbrot», sagte eine Frau im Morgenmantel, die gerade aus ihrem Apartment kam und sich sogleich eine Zigarette ansteckte.

«Aber es ist doch erst halb fünf», sagte Marthaler.

«Ja, aber hier fangen die Tage früh an.»

«Und Sie, gehen Sie nicht essen?»

«Nee, ich rauche lieber. Gibt sowieso nur Hagebuttentee und Gelbwurst. Jeden Tag.»

Marthaler setzte sich auf einen der Plastikstühle, die neben den Aufzügen standen. Er hatte beschlossen, hier auf den Wachmann zu warten. Die Frau im Morgenmantel setzte sich neben ihn, steckte sich eine weitere Zigarette an, sagte aber nichts mehr.

Nach zehn Minuten kamen zwei männliche Patienten aus dem Fahrstuhl.

«Ist einer von Ihnen Herbert Weber?», fragte Marthaler.

«Ja, warum?»

Marthaler erhob sich von seinem Stuhl und stellte sich vor. Sofort fiel ihm die Unsicherheit des Mannes auf. «Können wir uns irgendwo ungestört unterhalten?»

Weber machte eine vage Bewegung in Richtung seines Apartments. Er ging voraus. Dann schloss er die Tür auf und bat Marthaler hinein.

«Ich habe mir schon gedacht, dass Sie kommen würden», sagte er.

Marthaler sah ihn erstaunt an. «Warum? Weil Sie mir vorhin am Telefon nicht die Wahrheit gesagt haben?»

Weber nickte. Dann begann er zu erzählen. Er schien nur auf eine Gelegenheit gewartet zu haben, jemandem sein Herz auszuschütten. Er berichtete, dass er befürchtet habe, seine Kur nicht antreten zu können, wenn er den Vorfall in der Villa

Brandstätter gemeldet hätte, er sagte, dass er sich krank und müde fühle und lieber heute als morgen bei der Kelster-Sekuritas kündigen würde. Er erzählte von seinen Schwierigkeiten, sich im Westen zurechtzufinden, und von seiner Zeit als Lehrer in der DDR. Mit jeder Minute, die er weitersprach, schien er sich mehr und mehr in seiner Vergangenheit zu verlieren. Marthaler war ungeduldig, aber er hatte das Gefühl, den Mann reden lassen zu müssen. Es war offensichtlich, dass er einen Menschen vor sich hatte, der sich zutiefst verbraucht fühlte und Schwierigkeiten hatte, seinem weiteren Leben einen Sinn zu geben.

Schließlich verstummte Herbert Weber. Er stand auf und schaute schweigend aus dem Fenster.

«Wir müssen noch einmal über Ihren letzten Arbeitstag reden», sagte Marthaler. «Was haben Sie gemeint, als Sie von dem ‹Vorfall› in der Villa sprachen? Was haben Sie bemerkt?»

«Etwas war anders als sonst. Die Mülltonne stand nicht an ihrem Platz. Ich bin um das Haus herumgegangen und habe das kaputte Dachfenster gesehen. Also habe ich die Haustür aufgeschlossen. Ich hatte Angst. Dann habe ich sie gesehen. Sie saß einfach da und schaute mich an.»

Marthaler bemerkte, dass Webers Hände zitterten. «Wen haben Sie gesehen?»

«Das Mädchen, diese Frau.»

«Eine fremde junge Frau, die nichts in dem Haus zu suchen hatte?»

Weber nickte.

«Haben Sie mit ihr gesprochen?»

«Nein. Wir haben uns nur angeschaut. Sie war sehr schön. Dann bin ich gegangen.»

«Sonst nichts?»

«Nein.»

«Könnten Sie die Frau beschreiben?»

Weber überlegte einen Moment. Dann nickte er.

«Ja», sagte er. «Gewiss kann ich sie beschreiben.»

«Wir müssen diese Frau unbedingt finden», sagte Marthaler. «Es ist sehr wichtig. Fühlen Sie sich gesund genug, um morgen nach Frankfurt ins Präsidium zu kommen und gemeinsam mit unserem Zeichner ein Phantombild anzufertigen? Einer unserer Wagen würde Sie abholen und anschließend wieder in die Klinik bringen.»

Weber war einverstanden. Er fragte Marthaler, ob die Kelster-Sekuritas eine Mitteilung darüber erhalte, dass er eine falsche Angabe auf seinem Kontrollzettel gemacht habe.

«Von mir erfahren die bestimmt nichts», sagte Marthaler.

«Danke», sagte Weber, «das ist nett von Ihnen.» Und nach einer kurzen Pause: «Aber vielleicht ist es sowieso egal.»

«Warum sollte es egal sein?»

Statt zu antworten, schüttelte Weber nur stumm den Kopf. Marthaler verabschiedete sich. Er sah, dass der Mann Tränen in den Augen hatte.

Auf der ganzen Rückfahrt dachte Marthaler über den Wachmann nach. Er war ihm nicht unsympathisch, und er tat ihm Leid. In gewisser Weise fühlte er sich ihm verwandt. Er teilte viele der Ansichten, die Weber geäußert hatte. Herbert Weber war ein kluger und sensibler Mensch, der aus irgendwelchen Gründen seinen Platz in dieser Welt verloren hatte. Er wirkte, als stehe er mit nichts und niemandem mehr in Verbindung. Er schien sehr einsam zu sein. Es kann nicht richtig sein, dachte Marthaler, dass die Intelligenz eines solchen Menschen brachliegt. Bestimmt ist er ein guter Lehrer gewesen, und bestimmt wäre er das noch heute. Aber es war niemand da, der ihm eine Chance geben wollte.

Siebenundzwanzig Als sie wieder in Frankfurt ankamen, war es bereits Abend. Marthaler schaute auf die Uhr. Es lohnte sich nicht mehr, jetzt noch einmal ins Präsidium zu fahren. Elvira hatte sicher längst Feierabend gemacht. Er ließ sich vor seiner Wohnung im Großen Hasenpfad absetzen. Die Haustür schloss er von innen ab, leerte seinen Briefkasten und ging nach oben. Bevor er sich noch hingesetzt hatte, nahm er sein Notizbuch und suchte die Nummer von Paola Gazetti heraus. Die Besitzerin der Werkstatt meldete sich sofort.

«Ah, der Commissario aus Francoforte. Sie haben Glück, ich wollte gerade Schluss für heute machen.»

Marthaler meinte, in ihrer Stimme wieder diesen belustigten Unterton zu hören.

«Gibt es neue besondere Vorkommnisse?», fragte sie.

Marthaler war irritiert. «Was meinen Sie damit?»

«Entschuldigen Sie, es war nur ein Witz», sagte sie. «Als Sie vor ein paar Tagen mit Ihrem Kollegen hier waren, haben Sie gefragt, ob es besondere Vorkommnisse gab.»

«Ach so, ja», sagte Marthaler. Obwohl es ihm nicht unangenehm war, mit Paola Gazetti zu sprechen, war Marthaler zu müde, um sich auf ihre Plauderei einzulassen. Er fühlte sich ihrer Ironie nicht gewachsen.

«Ja», sagte er, «es hat Vorkommnisse gegeben. Das ist der Grund, warum ich anrufe. Ich würde gerne Ihren Neffen noch einmal sprechen.»

«Oh, warten Sie! Einen Moment. Er will gerade nach Hause fahren ...»

Sie legte das Telefon aus der Hand. Marthaler hörte, wie sie nach draußen ging und Guidos Namen rief. Kurz darauf meldete sich der junge Mann.

«Leider muss ich Sie noch einmal belästigen», sagte Marthaler. «Es wäre nett von Ihnen, wenn Sie morgen Vormittag in Frankfurt sein könnten. Wir brauchen dringend ein Phantombild der Frau, die Sie in dem Fiat gesehen haben.»

Guido schien einen Moment zu überlegen. «Ich habe Ihnen ja schon gesagt, dass ich sie nicht besonders gut gesehen habe. Aber wenn ich Ihnen damit behilflich sein kann, werde ich kommen. Ist etwas geschehen?»

«Ja», sagte Marthaler ausweichend. «Wir brauchen Ihre Hilfe. Es wäre sehr wichtig. Wir haben noch einen weiteren Zeugen ausfindig gemacht, und ich habe die Hoffnung, dass unser Zeichner gemeinsam mit Ihnen beiden am Computer ein halbwegs brauchbares Bild des Mädchens zustande bringt. Die Kosten für die Fahrt werden wir Ihnen selbstverständlich erstatten.»

Marthaler gab dem Jungen eine Wegbeschreibung, dann verabschiedete er sich: «Und grüßen Sie bitte Ihre Tante noch einmal von mir.»

Er hatte gerade aufgelegt und wollte nachschauen, ob er im Küchenschrank noch eine Tütensuppe oder eine Dose Ravioli fand, als seine Sekretärin anrief.

«Elvira, bist du noch im Büro?»

«Nein. Ich bin zu Hause. Aber ich dachte, ich melde mich noch einmal. Du wolltest wissen, was mit Jochen Hielscher war.»

«Ist es dringend, oder kann das bis morgen warten?», fragte Marthaler. «Was mich mehr interessiert: Hast du von den anderen etwas gehört?»

«Das Beste wird sein, du schaltest den Fernseher ein. Das Hessenfernsehen hat gerade einen Bericht über Herrmanns

Aktion vom Vormittag angekündigt. Die Sendung kommt in fünf Minuten. Ich dachte, das solltest du dir anschauen.»

«Danke. Ist sonst noch was?»

«Nein.»

«Gibt es Neuigkeiten von deiner Tochter?»

«Sie haben den Test machen lassen», sagte Elvira. «Jetzt warten sie auf das Ergebnis. Ich werde dich auf dem Laufenden halten.»

«Bis morgen», sagte Marthaler.

Er suchte die Fernbedienung seines Fernsehers. Er fand sie unter einem Stapel alter Zeitungen, den er längst hatte wegwerfen wollen. Er nahm sich vor, wenn sie diesen Fall abgeschlossen hatten, endlich einmal wieder seine Wohnung gründlich aufzuräumen und zu putzen. Der Teppichboden musste dringend gesaugt werden, in der Spüle stapelte sich seit Tagen das schmutzige Geschirr, und der Wäschekorb quoll auch schon wieder über. Obwohl seine Mutter versucht hatte, ihn dazu zu erziehen, seine Sachen in Ordnung zu halten, war ihm das nie wirklich gelungen. Immer wieder fand er neue Ausreden, um die Hausarbeit aufzuschieben: Mal war er zu erschöpft, mal fand er, dass er sich einen ruhigen Abend mit Musik verdient hatte, dann wieder gab es wirklich Wichtigeres zu tun. Und erst wenn er bei jedem Klingeln an der Haustür fürchtete, es könne unverhoffter Besuch kommen, merkte er, wie unwohl er sich bereits selbst in der eigenen Unordnung fühlte.

Er schaltete den Fernseher ein. Als er das richtige Programm gefunden hatte, lief eine Werbesendung. Dann erschien der Nachrichtensprecher. Er sah aus wie ein Model für Herrenbekleidung. So sahen sie jetzt immer öfter aus. Sprechende Puppen, dachte Marthaler, die keine Beziehung haben zu dem, was sie sagen. Sie wirken, als würden sie alle auf derselben Moderatorenschule ausgebildet. Dieselbe Mimik, dieselben Gesten, dieselbe Stimme. Engagiertes Gefuchtel und einen treudoofen Dackelblick, mehr brachten sie nicht zustande. Seit die alten Fernsehanstalten versuchten, den Privatsendern Konkurrenz zu machen, war es egal, welches Programm man einschaltete. Es ging nur noch um Glamour, um Stars und um das so genannte Menschliche, um das öffentlich gemachte Glück oder Unglück der Leute. Selbst die politischen Sendungen arbeiteten immer mehr mit den billigsten Reizen. Marthaler hatte schon häufiger überlegt, den Fernseher abzuschaffen. Und schon seit längerem schaute er sich höchstens dann und wann mal eine Tiersendung oder die Übertragung eines Konzertes an.

«Der Schlächter vom Stadtwald hat wieder zugeschlagen. Zwei schreckliche Morde erschüttern ganz Frankfurt», sagte der Sprecher. «Die Polizei steht unter Erfolgsdruck. Aber noch immer lassen konkrete Ermittlungsergebnisse auf sich warten. Schon gibt es erste Stimmen, die sich fragen, ob die Leitung der Frankfurter Kripo ihren Aufgaben gewachsen ist. Eine groß angelegte Aktion vom heutigen Tag endete mit einer beispiellosen Blamage.»

Zur Bebilderung ihres Berichtes zeigten sie genau jenes Foto vom ersten Tatort, das der Polizeilaborant an die Zeitung verkauft hatte. Marthaler war kurz davor, den Fernseher wieder auszuschalten. Aber obwohl er sich denken konnte, was jetzt kam, zwang er sich, weiter zuzuschauen.

Es folgte ein Interview mit Hans-Jürgen Herrmann, das noch am Morgen, vor Beginn der Aktion und offenbar direkt nach ihrer Besprechung, im Hof des Präsidiums geführt worden war. Im Hintergrund sah man die Männer des Sondereinsatzkommandos mit ihren Waffen und Helmen hantieren. Herrmann strotzte vor Selbstbewusstsein. Er hatte alles gut vorbereitet. Er wollte die größtmögliche Aufmerksamkeit. Er blickte lächelnd in die Kamera. Er sei sich sicher, sagte er, dass man schon am Mittag eine Festnahme vermelden könne.

Sie zeigten Bilder vom Sturm der SEK-Leute auf eine Videothek und auf ein Sonnenstudio. Dann sah man die Hundestaffel mit einer Hundertschaft Polizisten den Stadtwald durchkämmen. Darüber die Stimme des Moderators: «Entgegen allen Versicherungen des Leiters der Mordkommission führten die groß angelegten Maßnahmen der Polizei nicht zur Verhaftung des verdächtigen Geschäftsmannes Jörg G. Sie konnten auch gar nicht dazu führen. Denn Jörg G. befand sich zum gleichen Zeitpunkt bereits gemeinsam mit seinem Anwalt auf dem Weg ins Polizeipräsidium, wo er dem dort verbliebenen Hauptkommissar Robert Marthaler ein lückenloses Alibi für den Zeitpunkt der beiden Morde vorlegte. Seltsam nur: Der Haftbefehl gegen G. wurde trotz aller Belege für seine Unschuld vollstreckt. Hören Sie dazu eine Stellungnahme seines Anwaltes.»

Dr. Fleckhaus erschien im Bild. Er plusterte sich auf. Er sprach von einem Akt der Willkür gegen seinen Mandanten, von Verschwendung der Steuergelder, von Rufschädigung. Er verlangte die unverzügliche Haftentlassung Gessners. Und er drohte mit Gegenmaßnahmen. Man werde, sagte er, sowohl Schadenersatzforderungen als auch eine oder gar mehrere Dienstaufsichtsbeschwerden in Erwägung ziehen.

Man habe, sagte der Fernsehmann, den Leiter der Mordkommission am Nachmittag gebeten, zu den Vorwürfen Stellung zu nehmen. Leider sei dieser zu keinem Kommentar mehr bereit gewesen. Was die Frage aufwerfe, ob die Polizei sich der Medien nur dann bediene, wenn sie für Fahndungszwecke gebraucht würden oder wenn es Erfolge zu vermelden gebe.

Im nächsten Bild sah man Herrmann, wie er vor den Kameras flüchtete. Er hob die Hände und schüttelte den Kopf. Dann stieg er in seinen Wagen und fuhr davon. Der Moderator hob die Augenbrauen: «Keine Antwort ist auch eine Antwort», sagte er.

Marthaler schaltete den Fernseher aus. Die ganze Aktion, der er von Anfang an mit Skepsis begegnet war, hatte ihren schlimmstmöglichen Ausgang genommen. Aber statt Genugtuung gegenüber Hans-Jürgen Herrmann zu empfinden, war er wie gelähmt. Wieder einmal waren sie die Blamierten. Schon jetzt konnte er sich die Kommentare in den morgigen Zeitungen ausmalen. Man würde sie verspotten und zu Witzfiguren machen. Sie würden dadurch geschwächt werden und damit ein bisschen weniger in der Lage sein, ihren Aufgaben nachzukommen. Es würde schwer sein, den Misserfolg des heutigen Tages wieder wettzumachen.

Immer mehr wurde es für Marthaler zur Gewissheit, dass die unbekannte junge Frau eine zentrale Rolle in diesem Fall spielte. Sie waren ihr dank Schillings Hilfe heute ein Stück näher gekommen. Trotzdem wog das andere schwerer. Sie hatten den Stein ein Stück den Berg hinaufgerollt, aber er war ein noch weiteres Stück wieder hinuntergerollt.

Marthaler war müde und hungrig. Er ging in die Küche. Ganz hinten im Schrank fand er eine Dose Linsensuppe. Er öffnete sie, schüttete den Inhalt in einen Topf und stellte ihn auf den Herd. Zum Essen ging er ins Wohnzimmer. Später überlegte er, ob er einen Schluck Wein trinken solle, entschied sich aber für Mineralwasser. Gestern Abend bei Sabato hatte er mehr als genug Alkohol getrunken. Er stellte die Musikanlage an und legte eine CD mit den Konzerten Leonardo Leos ein. Er drehte die Lautstärke hoch, dann ging er in die Küche und machte den Abwasch. Anschließend legte er sich aufs Sofa. Die Gardine war zurückgezogen, und er schaute auf das Haus gegenüber. In der Wohnung der Stewardess brannte Licht, aber es war niemand zu sehen. Marthaler merkte, wie ihm die Augen zufielen. Kurz darauf war er eingeschlafen. Es war kurz nach halb zehn.

Dann hörte er etwas klopfen. Er bemühte sich, das Geräusch mit seinem Traum in Übereinstimmung zu bringen. Es klopfte wieder.

Schließlich wachte er auf. Die Musik lief noch immer. Er hatte versehentlich die Wiederholungs-Taste gedrückt. Draußen war es finster. Schlaftrunken stand er auf und stellte den CD-Spieler ab. Er schaute auf die Uhr. Sie zeigte wenige Minuten vor Mitternacht. Er merkte, dass es an seiner Wohnungstür klopfte. Er ging hin und öffnete. Es war die Hausmeisterin, die sich über die laute Musik beklagte.

«Welche Musik?», fragte Marthaler. «Bei mir läuft keine Musik.»

Dann zog er sich aus, legte sich ins Bett und schlief augenblicklich wieder ein.

Achtundzwanzig Als Georg Lohmann an diesem Morgen aufwachte, war es draußen noch dunkel. Er drehte sich um und streckte seine linke Hand aus, um ihr Haar zu berühren. Er lauschte und hörte ihren leisen, gleichmäßigen Atem. Dann schaute er auf die Uhr. Es war noch nicht einmal halb sechs. Es war Freitag, der 11. August.

Der Reporter Georg Lohmann, der sich selbst noch vor kurzem als den glücklichsten Ehemann und Vater bezeichnet hätte, war in keiner Weise auf das vorbereitet gewesen, was in den letzten Tagen mit ihm geschehen war.

Er rechnete nach. Es war gerade mal siebzig Stunden her, dass er seine Frau, seinen schlafenden Sohn und sein Haus im Alten Land verlassen hatte, um in die Maschine nach Frankfurt zu steigen. Einige Stunden später hatte er im Schwimmbad dieses Mädchen kennen gelernt. Seitdem, seit zweieinhalb Tagen, hatte er sein sonstiges Leben, hatte er seine Familie, seine Kollegen und seinen Auftrag fast vollständig vergessen. Einmal, das war noch am Mittwochvormittag gewesen, hatte er kurz zu Hause angerufen, um Heidi zu sagen, dass er gut angekommen sei und dass er sie liebe. Gestern dann hatte ihn der Ressortleiter sprechen wollen, um zu hören, wie er mit seiner Reportage vorankomme. Es laufe gut, hatte er geantwortet, sehr gut sogar, aber ein paar Tage werde er wohl noch brauchen. Die Wahrheit war, dass er keinen einzigen der verabredeten Termine wahrgenommen und dass er noch nicht eine Zeile geschrieben hatte. Sein Notebook lag zuunterst in seinem Koffer. Er hatte es nicht einmal ausgepackt.

Lohmann versuchte, nicht darüber nachzudenken, was

kommen würde. Er wusste es nicht. Er drehte sich auf den Rücken und lag mit geschlossenen Augen im Dunkel des Zimmers.

Noch im Schwimmbad hatte er Manon gefragt, wo sie wohne. Sie schien ihn nicht zu verstehen. Ob sie Hilfe brauche, ob sie mit in sein Hotel kommen wolle? Sie hatte gelächelt und genickt. An der Rezeption des «Frankfurter Hofs» hatte er «Herr und Frau Lohmann» auf den Anmeldezettel geschrieben. Sie waren auf das Zimmer gegangen und hatten seinen Koffer abgestellt. Ob sie denn gar kein Gepäck habe? Nein. Sonst nichts. Nur: nein. Und wieder dieses Lächeln.

Sie zog sich aus, legte sich aufs Bett und wartete, dass er sich zu ihr legte. Ihm fielen die blauen Flecken auf, die sie am Körper hatte. Ob sie einen Unfall gehabt habe, wollte er wissen. Sie antwortete nicht. Später, am Abend, bestellten sie den Nachtkellner und ließen sich einen Imbiss bringen. Sie war ausgehungert. Sie fiel über das Essen her wie ein junges, gieriges Tier. Er musste noch einmal anrufen und Nachschlag bestellen. Am nächsten Morgen das Gleiche. Sie frühstückten auf dem Zimmer, und wieder hatte sie Appetit für zwei. Der Kellner lächelte. «Es freut uns immer, wenn es unseren Gästen schmeckt.»

Georg wartete, bis sie im Bad verschwand, dann rief er Heidi an. Als er gerade auflegte, stand Manon hinter ihm.

«War das deine Frau?»

«Ja.»

«Liebst du sie?»

«Ja.»

Das war alles, was sie wissen wollte.

Hand in Hand liefen sie durch die Stadt, und jeder, der ihnen begegnete, musste sie für das glücklichste Paar der Welt halten. Sie setzten sich auf den Rand eines Brunnens und ließen sich die Sonne ins Gesicht scheinen. Sie gingen am Mainufer spazieren und schauten den Kindern auf ihren Skateboards zu. Georg bemerkte die Blicke der Männer, von denen kaum einer an ihnen vorüberging, ohne Manon mit einer Mischung aus ungläubigem Staunen und Bewunderung anzuschauen. Und etwas von dieser Bewunderung fiel, beim nächsten Blick, immer auch für ihn ab, der das Glück hatte, diese schöne Frau zu begleiten.

Er wollte ihr etwas kaufen. Er wollte Geld für sie ausgeben, je mehr, desto besser. Es war, als müsse er sich und sie durch die hohen Beträge auf den Rechnungen betäuben. In der Schillerstraße gingen sie zu einem der teuersten Juweliere und suchten eine Halskette und ein Armband aus. Wenige Meter weiter kaufte er ihr, weil sie sich nicht entscheiden konnte, gleich drei Paar Schuhe. In der Goethestraße, wo sich ein exklusives Bekleidungsgeschäft an das andere reihte, verbrachten sie mehr als zwei Stunden. Egal, was Manon anprobierte, es schien wie für sie gemacht. Und zielsicher wählte sie immer die schönsten, teuersten Stücke. Die Verkäuferinnen waren hingerissen. Und Georg war es ebenfalls. Wie entrückt schaute er Manon zu, wenn sie aus der Umkleidekabine kam und ihm wieder ein neues Teil vorführte. Wenn die Preise genannt wurden, sah sie ihn jedes Mal fragend an. Er aber nickte nur schweigend und freute sich seinerseits über Manons kindliche Freude.

Am Ende mussten sie ein Taxi nehmen, um die zahllosen Taschen, Tüten und Päckchen zurück ins Hotel zu transportieren, wo der livrierte Portier einen Pagen rief, der alles auf ihr Zimmer brachte. Dann, über Mittag, schlossen sie sich für Stunden ein, nur, um am Nachmittag erneut durch die Stadt zu streifen und andere Geschäfte aufzusuchen oder aber um doch noch dieses Kostüm oder jene Tasche zu kaufen, die sie am Morgen bereits gesehen und dummerweise nicht gleich mitgenommen hatten.

Es war, als entdecke Manon gerade erst die Welt. Und während sie staunend und mit immer neuen Ausrufen der Verwunderung alles um sich herum betrachtete und berührte, besetzte sie auch noch den letzten Winkel in Georg Lohmanns Kopf.

Das war das eine.

Das andere war, dass sie manchmal unverhofft in ein stumpfes Brüten verfiel. Ihr Blick verfinsterte sich, und ihr ganzer Körper wurde von einer merkwürdigen Starre befallen. Dann schien sie unfähig, sich zu bewegen; all ihre Sinne waren wie ausgeschaltet, sie sah nichts, sie hörte nichts, sie spürte nichts. Oder sie zeigte plötzlich Anzeichen einer scheinbar unbegründeten Nervosität, ihre Bewegungen wurden fahrig, und sie begann ängstlich um sich zu blicken, als lauere überall um sie her eine namenlose Gefahr.

Manon war ihm ein Rätsel. Aber Georg Lohmann war erfahren genug, um zu wissen, dass es genau das war, was seiner Neugier auf dieses Mädchen immer neue Nahrung gab. Nie konnte er ihre Reaktionen im Voraus einschätzen. Mal nahm sie es ganz selbstverständlich hin, dass er sie berührte, dann wieder wehrte sie ihn fast wütend ab, zog sich für lange Zeit in sich zurück, saß mit angezogenen Beinen auf dem Bett und stierte vor sich hin oder auf den Fernseher, den sie, die Fernbedienung krampfhaft umklammert, von einem Programm zum anderen schaltete. Wenn er sie dann ansprach, tat sie, als habe sie nicht gehört.

Einmal hatte er nur die Hand nach ihr ausgestreckt, als sie ihn sofort mit beiden Fäusten attackierte, ihn an den Haaren riss und nach ihm trat. Sie weinte, und kurz darauf lachte sie wieder und schlang die Arme um seinen Hals.

Er wusste nichts über sie. Er kannte ihren Nachnamen nicht, er hatte keine Ahnung, wo sie herkam, und er konnte sich nicht einmal sicher sein, ob Manon ihr wirklicher Vorname war. Hatte sie kein Zuhause, keine Eltern, keine Geschwister, keine Freunde oder einen Liebhaber? Sie wich seinen Fragen aus, sie schwieg oder küsste ihn, statt ihm eine Antwort zu geben, in der unverhohlenen Absicht, ihn so von seinen Fragen abzulenken.

Gestern Abend, als er sie wieder mit seiner Neugier traktiert hatte, hatte Manon ihn direkt angesehen und gefragt: «Warum willst du das alles wissen? Was würde es dir nützen, was würde es ändern, wenn ich dir eine Antwort auf deine Fragen geben könnte?»

Er hatte nicht gewusst, was er erwidern sollte. Einen Moment lang war er versucht gewesen zu sagen: «Weil ich, nach all dem Geld, das ich für dich ausgegeben habe, ein Recht habe zu wissen, wer du bist.» Aber das hatte er nicht gesagt. Er hatte geschwiegen und sich geschworen, sie nicht noch einmal durch seine Fragen zu verärgern.

Jetzt hatte er sich im Bett aufgesetzt und schaute sie an. Durch den Spalt der geschlossenen Vorhänge drang ein Strahl des ersten Sonnenlichts. Sie lag auf dem Bauch und hatte ihren Kopf im Kissen vergraben. Vorsichtig, fast ohne sie zu berühren, fuhr er ihr mit der Hand über die Haare.

Sie begann, sich zu regen. Es dauerte weitere zehn Minuten, bis sie das erste Mal die Augen öffnete. Sie streckte sich. Dann sah sie ihn an. Ihr Blick war finster.

«Was ist mit dir?», fragte er.

«Nichts.»

«Soll ich uns Frühstück bestellen? Du bist sicher hungrig.»

«Nein, lass mich. Ich bin noch müde», sagte sie.

«Dann werde ich runter ins Restaurant gehen. Du kannst ja nachkommen, wenn du magst.»

Sie sagte nichts mehr.

Er stand auf und ging ins Bad. Dann kleidete er sich leise an und zog die Zimmertür hinter sich zu. Manons düstere Stimmung beunruhigte ihn.

Mit dem Fahrstuhl fuhr er ins Erdgeschoss und betrat das Restaurant. Er ging ans Frühstücksbuffet, füllte seinen Teller, suchte sich Platz an einem der Tische und bestellte einen Milchkaffee.

Kurz darauf trat ein Hotelangestellter auf ihn zu. «Herr Lohmann?»

«Ja?»

«Entschuldigen Sie bitte die Störung, aber darf ich Sie etwas fragen?»

«Bitte!», sagte Georg.

«Es klingt vielleicht etwas indiskret, aber heißt Ihre Frau Manon?»

Georg war einen Moment lang irritiert über die Frage. Er fühlte sich ertappt. Er versuchte seine Verunsicherung zu überspielen. «Ja, sicher. Warum?»

«Vor etwa zwei Stunden kam ein Mann zu mir an die Rezeption, zeigte ein Foto Ihrer Frau und fragte, ob sie hier wohne. Er nannte den Namen Manon, aber einen anderen Nachnamen. Ich habe dem Mann gesagt, dass wir keine Auskunft über unsere Gäste geben und dass es darüber hinaus zu früh sei, jemanden zu stören.»

«Was war das für ein Mann?», wollte Georg wissen. «Was wollte er?»

«Ich habe ihn gebeten, mir eine Telefonnummer oder seinen Namen zu hinterlassen, aber er sagte nur, er würde sich wieder melden. Ich hoffe, ich habe keinen Fehler gemacht.»

«Nein», sagte Georg. «Schon gut. Sie haben alles richtig gemacht.»

Neunundzwanzig Marthaler fühlte sich so frisch und entspannt wie schon lange nicht mehr. Er hatte fast zehn Stunden geschlafen. Er schaute auf die Uhr und überlegte, ob er zum Frühstücken ins «Lesecafé» gehen sollte. Aber dafür würde die Zeit nicht reichen. Nachdem er geduscht und sich angezogen hatte, ging er in die Küche, stellte den Backofen an, legte zwei Tiefkühlbrötchen hinein, kochte Espresso und setzte sich an den Tisch. Er nahm ein Blatt Papier, einen Stift und begann zu überlegen. Es war nicht viel, was er aufschrieb. Als er fertig war, standen nur ein paar wenige Stichworte auf seinem Zettel, aber nun hatte er einen Plan für den Tag.

Bevor er das Haus verließ, raffte er seine schmutzigen Kleider zusammen und stopfte sie in einen Wäschesack. Das Bündel geschultert, trat er auf die Straße. Pfeifend lief er den Großen Hasenpfad hinunter. Auf der Mörfelder Landstraße schwenkte er nach links. Hundert Meter weiter betrat er eine Reinigung und gab seine Kleidung ab. Dann ging er auf die andere Straßenseite und wartete auf die Straßenbahn.

Ein paar Stationen weiter stieg er aus und ging den restlichen Weg zu Fuß. Als er das Zentrum der Rechtsmedizin erreicht hatte, merkte er, dass sein frisches Hemd bereits wieder verschwitzt war. Er klopfte an der Tür der Empfangssekretärin, erhielt aber keine Antwort. Er drückte die Klinke und ging hinein. Die Sekretärin sah ihn aus geröteten Augen an.

«Entschuldigung», sagte Marthaler, «ich möchte zu Professor Prußeit. Ist er aus dem Urlaub zurück?»

Die Frau brach in Tränen aus. In der rechten Hand hielt sie ein völlig durchnässtes Taschentuch. Statt einer Antwort brachte sie nur ein klägliches Schluchzen hervor. Marthaler griff in die Tasche seines Jacketts und reichte ihr eine Packung Papiertaschentücher. Als sie sich ein wenig gefangen hatte, erfuhr Marthaler, was passiert war. Sie hatte am Abend zuvor die Nachricht erhalten, dass Prof. Prußeit auf der Rückreise von seinem Urlaubsort in den griechischen Bergen verunglückt war. Er hatte versucht, mit seinem Pkw einem entgegenkommenden Lastwagen auszuweichen, war dabei von der Fahrbahn abgekommen und einen Abhang hinuntergestürzt. Seine Frau war auf der Stelle tot gewesen, er selbst lag mit schweren Verletzungen im Krankenhaus. Wann er transportfähig sein würde, war völlig ungewiss. Ebenso, ob er je wieder in seinem Beruf würde arbeiten können.

Marthaler musste sich setzen. Er kannte Prußeit nicht besonders gut, aber immerhin schon seit sehr vielen Jahren, seit er selbst bei der Frankfurter Mordkommission angefangen und seinen ersten Fall betreut hatte. Der Pathologe hatte etwa zur gleichen Zeit seine Stelle in der Rechtsmedizin angetreten. Sie hatten häufig miteinander zu tun gehabt und waren in der Anfangszeit sogar ein paarmal zusammen in eine der Apfelweinwirtschaften in der Textorstraße gegangen. Allerdings hatten sie rasch gemerkt, dass ihre Interessen zu unterschiedlich waren, als dass sie sich ernsthaft hätten miteinander befreunden können. So war ihr Kontakt in der Folgezeit wieder auf das Berufliche beschränkt geblieben. Dennoch mochten sie einander, hatten Respekt vor der Kompetenz des jeweils anderen und waren sich, wo immer es ging, behilflich. Für Marthaler gehörte Prußeit zu den fünf, sechs Personen, von denen er wusste, dass er sich immer auf sie und ihr Urteil verlassen konnte. Jetzt war er nicht mehr da und würde vielleicht nie mehr wiederkommen. Marthaler hatte das Gefühl, dass wieder einer der wenigen Fäden, die ihn noch mit seinem Beruf verbanden und die ihn durchhalten ließen, gekappt worden war.

Er wusste nicht, was er sagen sollte. Er fühlte sich hilflos. Er bat die Sekretärin, ihn anzurufen, wenn sie etwas Neues über Prußeits Gesundheitszustand erfuhr. Er fragte, ob Dr. Herzlich auch weiterhin Prußeit vertreten werde. Die Frau nickte stumm, dann begann sie erneut zu weinen. Marthaler verließ das Empfangszimmer und ging hinunter ins Souterrain.

Die Tür von Prußeits Büro war nur angelehnt. Dr. Herzlich saß am Schreibtisch und frühstückte. Er schaute auf und gab zur Begrüßung, wie schon zwei Tage zuvor, ein heiseres Krächzen von sich. Er schüttelte seinen hageren Vogelkopf, stand auf, wischte sich mit einer Serviette über den Mund, kam auf Marthaler zu und reichte ihm die Hand.

«Schrecklich», sagte er, «der Professor … das Leben … schrecklich.»

Dann wedelte er mit der Hand zum Zeichen, dass der Kommissar sich setzen möge.

«Danke», sagte Marthaler, «aber ich habe es eilig. Ich bin nur gekommen, um zu hören, ob Sie bereits etwas über Jochen Hielscher sagen können. Ich brauche dringend alle Informationen über die näheren Umstände seines Todes.»

Herzlich ging zurück zum Schreibtisch. Sein Kopf ruckte hin und her, er ließ ein leises Röcheln vernehmen, dann flatterten die Finger seiner rechten Hand über einem Stapel mit Unterlagen, aus dem er mit einer blitzschnellen Bewegung einen DIN-A4-Bogen hervorzupfte.

«Gedacht», sagte Herzlich, «eilig, eilig. Hier.»

Marthaler schaute sich das Blatt an. Es zeigte die Skizze eines menschlichen Körpers, der an mehreren Stellen mit roten Kreuzen markiert war. Marthaler brauchte einen Moment, bis er verstand, dass es sich bei den Markierungen um die Stichwunden handelte, die man Jochen Hielscher zugefügt hatte. Der Zeichnung waren ein paar handschriftliche Zeilen beigefügt, die Marthalers Fragen nach dem vermutlichen Todeszeitpunkt, der Tatwaffe und der Todesursache beantworten sollten. Trotzdem fragte er nach.

«Wenn ich Sie richtig verstehe, können wir davon ausgehen, dass Jochen Hielscher ungefähr zur selben Zeit wie Bernd Funke getötet wurde? Plus/minus zwei Stunden?»

Dr. Herzlich nickte.

«Bei der Waffe handelt es sich ebenfalls um ein Messer, möglicherweise um dasselbe?»

Wiederholtes Nicken.

«Heißt das auch, dass wir es mit demselben Täter zu tun haben könnten?»

Wieder ruckte der Kopf des Pathologen einige Male aufgeregt hin und her. Eine Bewegung, die kurz darauf den gesamten Oberkörper des Mannes ergriff.

«Wahrscheinlich», brachte Dr. Herzlich endlich unter heftigen Kontraktionen seiner Gesichtsmuskulatur hervor. «Mehr als wahrscheinlich ... derselbe Täter ... die Wunden ... der Stichkanal ... dieselbe Handschrift ... kleine Person.»

Marthaler fragte sich, ob das seltsame Benehmen des Rechtsmediziners auf eine Krankheit zurückzuführen war oder ob es sich einfach um eine Häufung persönlicher Marotten handelte. Immerhin war es erstaunlich, dass der Mann zwar keinen vollständigen Satz hervorbrachte, dass er aber dennoch in der Lage war, sich unmissverständlich zu äußern. Und Marthaler war froh, nur einen Tag nachdem sie Jochen Hielschers Leiche gefunden hatten, so exakte Informationen zu bekommen. Mehr konnte man nicht verlangen.

Der Pathologe schaute Marthaler geradewegs an, dann öffnete er den Mund und stach sich mit dem Zeigefinger an die Schläfe, als habe er unverzeihlicherweise das Wichtigste vergessen.

«Die Leiche ...», sagte er. «Wollen Sie sehen? Die Leiche?»

Marthaler winkte ab.

«Nein, danke», sagte er. «Die Informationen, die Sie mir gegeben haben, dürften fürs Erste genügen.»

«Allerdings Vorbehalte ...», sagte Dr. Herzlich, «... vorläufige Ergebnisse ... das alles ... endgültiger Bericht in ein paar Tagen.»

«Ich weiß», sagte Marthaler. «Trotzdem vielen Dank. Sie haben mir sehr geholfen.»

Dr. Herzlich zog seinen Kopf noch ein wenig mehr zwischen die Schultern. Auf seinem Gesicht breitete sich eine Art Lächeln aus. Aus den Tiefen seines Oberkörpers konnte man ein kleines Glucksen hören. Es sollte wohl, nahm Marthaler an, ein Ausdruck der Freude sein.

Er betrat das Präsidium durch den Hintereingang und nahm die Treppe zu Sabatos Kellerverlies. Aus einem der Labors kam leise Musik. Marthaler öffnete die Tür. Sabato saß an seinem Schreibtisch vor einem Bildschirm. Mit einer Hand tippte er auf der Tastatur, mit der anderen streichelte er die kleine Katze, die auf seinem Schoß saß. Aus einem alten Kassettenrecorder kam spanische Volksmusik.

Marthaler räusperte sich.

«Sei froh, dass du es bist», sagte Sabato, ohne sich umzudrehen. «Jeden anderen, der mich hier unangemeldet stören würde, hätte ich hochkant rausgeschmissen.»

«Schön war's übrigens», sagte Marthaler, «bei Elena und dir.»

«Du wiederholst dich», brummte Sabato, dessen Abneigung gegen freundliche Redensarten Marthaler kannte. «Und pass bitte auf, dass du Antons Milchschale nicht umwirfst.»

Erst jetzt bemerkte Marthaler, dass er tatsächlich fast den kleinen Napf umgestoßen hätte, der direkt neben der Tür auf dem Boden stand. «Carlos, ich bräuchte dringend ...»

Weiter kam er nicht. Sabato hob die Hand und unterbrach ihn. «Ich weiß, was du brauchst», sagte er. «Du willst wissen, ob das Blut, das wir an den Klamotten der kleinen Einbrecherin gefunden haben, identisch ist mit dem Fremdblut, das an der Kleidung Bernd Funkes klebte.»

Mit einer Hand stieß sich Sabato vom Schreibtisch ab. Sein Stuhl machte eine halbe Drehung, und Marthaler schaute in das grinsende Gesicht des Kriminaltechnikers. «Stimmt's?»

«Stimmt.»

«Und du willst die Information möglichst schnell haben?» Marthaler nickte.

«Dann tu mir bitte einen Gefallen: Geh in dein Büro, spiel noch eine Weile mit deinem Jojo und lass mich in Ruhe arbeiten. In spätestens einer halben Stunde bin ich bei dir, dann bekommst du dein Ergebnis.» Ohne noch etwas zu sagen, wandte sich Sabato wieder seiner Arbeit zu.

«Du gehörst zu den wenigen angenehmen Menschen, die ich kenne», sagte Marthaler leise. «Aber manchmal bist du der verstockteste, dickköpfigste, ekelhafteste Esel, dem ich je begegnet bin.»

Der Esel nickte. Und Marthaler machte sich auf den Weg in sein Büro.

Der gestrige Tag hatte seine Spuren hinterlassen. Die Stimmung in der Ermittlungsgruppe war so, wie Marthaler befürchtet hatte. Herrmanns fehlgeschlagene Aktion und die hämischen Kommentare der Journalisten waren allen aufs Gemüt geschlagen. Niemand schien zu wissen, wie es jetzt weitergehen sollte. Jeder hatte Angst, den nächsten Fehler zu begehen. Die Kollegen saßen in ihren Büros, blätterten lustlos in den Unterlagen, telefonierten und beschäftigten sich mit belanglosen Routinearbeiten. Marthaler ging reihum und bat alle, sich eine halbe Stunde später im Besprechungszimmer zu versammeln. Er war entschlossen, die Arbeit nicht ins Stocken geraten zu lassen. Weder ein Rückschlag noch das Gemecker der Medien durften sie daran hindern, jetzt weiterzumachen.

Er klopfte an die Tür von Herrmanns Vorzimmer. Als niemand antwortete, ging er hinein. Die Sekretärin saß nicht an ihrem Platz. Marthaler nahm an, dass sie frühstücken gegangen war. Auch der Chef der Mordkommission war nicht in seinem Büro. Im Vorzimmer klingelte das Telefon. Marthaler zögerte einen Moment, dann ging er hin und nahm den Hörer ab. Er meldete sich. Er hörte nur das Atmen auf der anderen Seite der Leitung, dann wurde aufgelegt. Kurz darauf läutete das Telefon erneut. Diesmal meldete sich Herrmann.

«Marthaler, was haben Sie in meinem Büro zu suchen?»

«Ich wollte mit Ihnen sprechen, und weil niemand hier war …»

«Das ist mir egal. Ich bin krank.»

«Das tut mir Leid. Ich wollte nur wissen, wie wir weiter vorgehen sollen.»

«Machen Sie, was Sie für richtig halten.»

Marthaler musste grinsen. Es war keine vierundzwanzig Stunden her, da hatte ihn Herrmann in den Innendienst verbannen und ihm so den Fall aus der Hand nehmen wollen. Jetzt schien er sich nicht einmal mehr für den Fortgang der Ermittlungen zu interessieren.

«Danke», sagt Marthaler nur. «Das werde ich tun.»

Er überlegte, ob er Herrmann gute Besserung wünschen sollte, aber er brachte es nicht über sich. Er war sicher, dass sein Chef nicht krank war, sondern kniff, weil er nicht bereit war, die Folgen seines gestrigen Fehlers zu tragen. Herrmann interessierte sich nicht mehr für den Fall. Er hatte ihn in dem Moment abgehakt, als er gemerkt hatte, dass er vor den Kameras nicht mehr als strahlender Sieger würde posieren können.

In diesem Moment fasste Marthaler den Entschluss, keine

Rücksicht mehr auf Herrmanns Entscheidungen zu nehmen. Jetzt nicht und auch in Zukunft nicht mehr. Zur Not würde er die Weisungen seines Vorgesetzten unterlaufen. Er war nicht bereit, seine Arbeit irgendwelchen politischen Winkelzügen und undurchschaubaren Nebenabsichten zu unterwerfen. Lieber nahm er den Kampf auf. Er würde die Konfrontation nicht suchen, aber er würde ihr auch nicht mehr ausweichen.

Auf seinem Schreibtisch fand Marthaler eine dicke Akte über Jochen Hielscher. Elvira hatte alles Material zusammengesucht, das sie in den Polizeiunterlagen hatte finden können. Wie es aussah, war in Hielschers kurzem Leben alles schief gegangen, was in einem Leben nur schief gehen konnte. Sein Vater war unbekannt, die Mutter hatte ihn kurz nach der Geburt in ein Kinderheim gegeben. Er war zu einer Pflegefamilie gekommen, die ihn mit fünf Jahren erneut dem Jugendamt übergeben hatte. Es folgten verschiedene Heime, aus denen der Junge immer wieder ausgerissen war. Als er volljährig wurde, hatte er bereits drei Haftstrafen in Jugendstrafanstalten hinter sich. Es gab kaum ein Delikt, das er nicht begangen hatte: Autodiebstahl, Körperverletzung, Nötigung, Einbruch, Drogenhandel, Erpressung. Schon als dreizehnjähriger Junge hatte er in einem dichten Gebüsch am Mainufer mit vorgehaltenem Messer eine Schülerin gezwungen, sich vor ihm auszuziehen.

Marthaler blätterte die Akte durch. Es war einer jener Lebensläufe, denen er bereits allzu oft begegnet war. Angesichts dieser Geschichte, dachte Marthaler, war das Ende des Mannes kaum verwunderlich. Zuletzt war Jochen Hielscher dabei erwischt worden, wie er in ein kleines Einfamilienhaus am Röderbergweg eingebrochen war. Wie sich herausstellte, war der Besitzer des Hauses einer seiner ehemaligen Bewährungshelfer. Hielscher wurde zu einer weiteren Haftstrafe verurteilt und war erst wenige Wochen vor seinem Tod aus dem Gefängnis entlassen worden. Als letzter Wohnsitz stand in den Unterlagen ein Männerwohnheim in der Nähe des Bahnhofs. Einer handschriftlichen Notiz konnte Marthaler entnehmen, dass Elvira bereits mit dem Heimleiter gesprochen hatte. Demzufolge hatte sich Hielscher zwar angemeldet und hatte dort auch einmal übernachtet, war dann aber nicht mehr aufgetaucht. Sein weiterer Aufenthalt galt als unbekannt.

Marthaler war ratlos. Er wusste nicht, was er mit dieser Menge von Informationen anfangen sollte. Es gab zahllose Menschen, die im Lauf der Jahre unangenehme Bekanntschaft mit Jochen Hielscher gemacht hatten. Es würde womöglich Monate dauern, herauszufinden, ob darunter jemand war, der einen Grund und Gelegenheit hatte, ihn umzubringen. Womöglich musste auch diese Arbeit noch getan werden. Resigniert klappte Marthaler die Akte zu. Wenigstens wollte er gleich Elvira bitten, den Wohnsitz von Hielschers Mutter zu ermitteln. Immerhin bestand eine kleine Chance, dass diese wieder Kontakt zu ihrem Sohn aufgenommen hatte und ihnen weiterhelfen konnte.

Es klopfte an Marthalers Tür. Elvira steckte den Kopf herein.

«Robert, entschuldige die Störung. Hier ist ein junger Mann, der behauptet, mit dir verabredet zu sein.»

«Ein junger Mann? Oh verflixt, das hatte ich ganz vergessen.»

Marthaler stand auf. Dann sah er das freundliche Gesicht von Paola Gazettis Neffen. «Guido ... nicht wahr? Kommen Sie. Vielen Dank, dass Sie sich die Mühe gemacht haben. Ich bringe Sie gleich zu unserem Porträtspezialisten.»

Das, was im Volksmund «Phantombild» hieß, wurde in der Fachsprache der Kriminalpolizei «subjektives Porträt» genannt. Das Bundeskriminalamt hatte zur Erstellung solcher

Porträts in den letzten Jahren ein umfangreiches Computer-programm mit dem Namen I.S.I.S. entwickelt. Die Abkür-zung stand für «Interaktives System zur Identifizierung von Straftätern». Es enthielt zirka 1500 Fotos verschiedener Men-schen und Menschentypen. Diese Fotos wurden segmentiert, und die einzelnen Segmente – bestehend aus Kopfform, Oh-ren, Stirn, Nase, Brauen, Mund, Kinn, Frisur und Augen – konnten aufgrund der Beschreibung des Zeugen beliebig neu zusammengesetzt werden. So entstand am Ende zwar nicht das individuelle Foto eines Verdächtigen, in den meisten Fäl-len aber immerhin ein Bild, das dem Typus der gesuchten Per-son sehr nahe kam.

«Versuchen Sie, sich so genau wie möglich zu erinnern», sagte Marthaler. «Es ist sehr wichtig, dass wir die junge Frau finden.»

«Ist sie denn verdächtig?», fragte Guido.

«Wir können es nicht ausschließen. Möglicherweise ist sie nur eine Zeugin. Vielleicht ist sie aber auch in Gefahr. Jeden-falls kommt alles darauf an, dass wir sie sehr rasch identifizie-ren. Verstehen Sie bitte, dass ich Ihnen mehr nicht sagen kann.»

Im Treppenhaus begegnete ihnen Herbert Weber, der von einem Streifenwagen aus der Klinik in Bad Nauheim abgeholt worden war. Marthaler begrüßte auch ihn. Dann machte er die beiden Zeugen miteinander bekannt und brachte sie zu dem Porträtspezialisten. Dieser würde sie zunächst getrennt und später gemeinsam befragen.

«Ich lasse Sie jetzt allein. Wenn Sie mögen, würde ich Sie beide nachher gern zum Essen einladen», sagte Marthaler.

Dass es zu dieser Mahlzeit nicht kommen würde, konnte er noch nicht ahnen. Er ging zurück in sein Büro, wo ihn Sabato bereits erwartete.

Dreißig «Es ist, wie du vermutet hast», sagte der Kriminaltechniker. «Das Blut, das wir an den Kleidungsstücken aus der Villa Brandstätter gefunden haben, ist identisch mit dem Fremdblut an der Kleidung Bernd Funkes. Das heißt: Die Einbrecherin und das Mordopfer hatten miteinander zu tun – und ich würde sagen, sie hatten auf ziemlich heftige Weise miteinander zu tun. Aber das ist noch nicht alles.»

Sabato machte eine Pause, um Marthalers Spannung zu erhöhen. Doch der wollte ihm diesmal nicht den Gefallen tun, seine Ungeduld zu zeigen. Er wartete und schwieg.

«Wir haben Blut von drei verschiedenen Personen an ihrem Kleid gefunden: erstens von ihr selbst. Zweitens von Bernd Funke. Und drittens … nun rate bitte, von wem noch!»

Marthaler schlug mit der flachen Hand auf den Tisch.

«Von Jochen Hielscher», sagte er.

«So ist es», sagte Sabato. «Und wenn die DNA-Analyse nichts anderes ergibt, würde ich behaupten, dass das Mädchen mit beiden Männern Verkehr hatte. Die Spermaspuren, die wir gefunden haben, deuten jedenfalls darauf hin. Aber frag mich bitte jetzt nicht, welche Schlüsse daraus zu ziehen sind, ich habe nämlich nicht die geringste Ahnung.»

«Genau diese Frage wollte ich dir aber stellen», sagte Marthaler. «Und genau diese Frage müssen wir beantworten, wenn wir weiterkommen wollen.»

Die beiden Männer sahen sich einen Moment lang schweigend an. Beide scheuten sich davor, Schlussfolgerungen aus dem zu ziehen, was Sabato herausgefunden hatte. Sie wollten sich nicht ausmalen, was vier Tage zuvor im Stadtwald geschehen war. Aber ihnen war klar, dass sich das nicht vermeiden ließ. Egal, wie schrecklich es auch war, sie mussten eine Vorstellung von den Ereignissen entwickeln, um entscheiden zu können, wie sie weiter vorzugehen hatten.

Sabato schüttelte den Kopf.

«Nein, Robert», sagte er, «das kannst du von mir nicht verlangen. Ich bin der, der durch das Mikroskop schaut. Mir ist es egal, ob ich einen Tropfen Wasser oder einen Tropfen Blut auf dem Tisch habe. Mich interessiert die Zusammensetzung von Körperflüssigkeiten. Der Grund, warum sie geflossen sind, interessiert mich nicht. Ich sage euch, was ich durch das Okular sehe. Das ist alles. Der Rest geht mich nichts an. Das ist eure Sache.»

Marthaler schwieg noch immer.

«Wenn ich etwas anderes gewollt hätte», fuhr Sabato fort, «wäre ich kein Naturwissenschaftler geworden. Dann wäre ich Sozialarbeiter oder Priester oder Fahnder geworden. Das wollte ich nicht. Ob du es glaubst oder nicht: Ich führe genau das Leben, das ich immer führen wollte. Ich mache meine Arbeit, gehe abends nach Hause zu meiner Frau, esse gut, schlafe gut und stehe am nächsten Morgen erholt wieder auf. Ich will nicht wissen, was die anderen Menschlein miteinander treiben oder was sie einander antun. Ich will es mir nicht einmal vorstellen. Also komm du jetzt bitte nicht und zwing mich, deinen Job zu tun.»

Marthaler hatte den Kopf gesenkt und die Augen geschlossen. Als er jetzt das Wort ergriff, sprach er so leise, dass Sabato Mühe hatte, ihn zu verstehen.

«Du bist ein Lügner», sagte Marthaler. «Alles, was du mir eben erzählt hast, war eine einzige riesengroße Lüge. Was du da beschrieben hast, ist ein mickriger, kleiner Spießer. Ein Mensch, der sich für nichts und niemanden interessiert als für sich und sein eigenes Wohlergehen. Du bist kein solcher

Mensch, auch wenn es dir gefällt, ein solches Bild von dir zu malen. Ein solcher Mensch kannst du auch gar nicht sein. Nicht bei deiner Geschichte und schon gar nicht bei der Geschichte deiner Eltern. Du bist niemand, der sich aus allem heraushält. Du bist kein Spießer, weil du dann nicht mein Freund sein könntest. Und ich habe dich nicht gebeten, mir zu helfen, weil es dein Job ist. Du solltest mir helfen, weil ich mir eingebildet habe, du würdest es als Freund tun.»

Sabato war sprachlos. Seine Verwunderung war nicht zu übersehen. Er hatte die Arme von sich gestreckt. Seine großen Hände lagen reglos auf der Tischplatte.

Zum ersten Mal hatte einer von ihnen das Wort «Freund» ausgesprochen. Und zum ersten Mal ging das, was sie einander zu sagen hatten, über den Austausch von Rezepten und über das Geplänkel zwischen guten Kollegen hinaus. Beide spürten, dass ihre Beziehung an einem Wendepunkt angekommen war.

Marthaler öffnete die oberste Schublade seines Schreibtischs und nahm das Foto Hendrik Plögers heraus, das Schilling in der Wohnung des jungen Mannes sichergestellt hatte. Marthaler stand auf und legte die Aufnahme vor Sabato auf den Tisch.

«Hier», sagte er, «das ist der Junge, bei dem wir den kleinen Kater gefunden haben, der jetzt in deinem Labor herumturnt. Ich hoffe sehr, dass du das Kätzchen behalten kannst. Aber noch mehr hoffe ich, dass wir diesen Jungen lebend und gesund wieder finden.»

Auf dem Foto war ein sommersprossiger junger Mann mit kurzen blonden Locken zu sehen. Er lachte in die Kamera, und sein Gesicht zeigte einen Ausdruck zwischen kindlicher Freude und schelmischer Belustigung.

Sabato hob beide Hände und verdrehte die Augen. Marthaler kam es vor, als würde sich der Kriminaltechniker über ihn lustig machen.

«Ich weiß beim besten Willen nicht, was es da zu grinsen gibt», sagte er.

«Nichts, nichts», sagte Sabato beschwichtigend. «Ich grinse nicht, ich lächle. Nur, mein lieber Mann, du fährst hier Geschütze auf wie ein amerikanischer Staranwalt in seinem Schlussplädoyer. Aber da wir nun das Wahrheitsspiel spielen, darf ich vielleicht auch mal etwas sagen. Ich weiß nicht, ob es dir klar ist: Aber auch dein Selbstbild scheint mir seit einiger Zeit nicht mehr ganz mit der Wirklichkeit übereinzustimmen. Du läufst die meiste Zeit wie ein Trauerkloß durch die Gegend und willst deiner Umgebung weismachen, dies sei ein Ausdruck deiner Ernsthaftigkeit.»

Sabato war jetzt aufgestanden und hatte sich ans Fenster gestellt. Er sprach weiter, ohne Marthaler anzusehen. «Du bist stur und humorlos, und wenn du nicht aufpasst, wirst du binnen kürzester Zeit ein verschrobener alter Kauz, der niemanden versteht und der von keinem mehr verstanden wird.»

Da war es wieder. Ein alter Kauz. Marthaler erinnerte sich an das Gespräch, das er vor einigen Tagen mit Petersen geführt hatte.

«Außerdem, mein Lieber», setzte Sabato seine Tirade fort, «wird es höchste Zeit, dass du dir wieder eine Frau suchst. Und bitte, komm mir jetzt nicht mit Katharina. Ich kannte sie nicht. Aber ich glaube dir sofort, dass sie die beste Frau der Welt war und dass du nie wieder eine solche finden wirst. Aber darauf kommt es gar nicht an. Vielleicht findest du ja die zweitbeste Frau, die auf der Suche nach dem zweitbesten Mann der Welt ist. Und die hätte dir dann bestimmt heute Morgen gesagt, dass du noch Rasierschaum hinter dem rechten Ohr hast.»

Marthaler war perplex. Mit diesem Echo hatte er nicht gerechnet.

«Im Übrigen», beendete Sabato seine Rede, «hat es mich

gefreut, dass du mich deinen Freund genannt hast. Und vielleicht können die beiden Freunde jetzt endlich anfangen zu arbeiten.»

«Du meinst ...» Marthaler war aufgestanden, um sich im Spiegel zu betrachten und sein Ohr zu säubern.

«Ich meine», schnitt ihm Sabato das Wort ab, «dass ich vorhin Unsinn erzählt habe. Dass ich meiner eigenen Großmäuligkeit auf den Leim gegangen bin, als ich über mich selbst gesprochen habe. Es tut mir Leid. Und ich meine, dass wir jetzt darüber reden sollten, was am Montag im Stadtwald passiert sein könnte.»

Marthaler brauchte einen Moment, um sich zu fangen. Sosehr ihn Sabatos Selbstkritik freute, so sehr war er doch von dessen Gegenangriff überrascht worden. Er ging nach draußen, um jedem einen doppelten Espresso zu machen. Er stellte eine der Tassen vor Sabato auf den kleinen Besprechungstisch und setzte sich auf den freien Platz gegenüber.

«Vielleicht stimmt es, was du sagst. Ich bin ein alter Kauz, der seinen Beruf an den Nagel hängen sollte.»

«Jetzt lass mal gut sein», erwiderte Sabato. Seine tiefe Stimme hatte jeden Klang von Ironie verloren. «Darüber können wir ein andermal weiterreden. Jetzt sollten wir endlich zur Sache kommen.»

«Du hast Recht. Dann lass mich zusammenfassen, was wir wissen.» Aber kaum hatte er angefangen zu reden, merkte Marthaler, dass es ihm nicht behagte, auf einem Stuhl zu sitzen. Er erhob sich und begann in dem kleinen Büro auf und ab zu laufen.

«Drei junge Männer brechen am Samstagmorgen vergangener Woche in Frankfurt auf, um gemeinsam den Junggesellenabschied des einen zu feiern: Bernd Funke, Jochen Hielscher, Hendrik Plöger. Als sie am Sonntagabend noch immer nicht zurück sind, ruft Bettina Fellbacher ihren Bräutigam auf dem Mobiltelefon an. Funke behauptet, mit den anderen in Straßburg zu sein und eine Autopanne zu haben. Am frühen Nachmittag des nächsten Tages findet ein letztes Telefongespräch zwischen den beiden statt. Wo sich Funke während dieses Telefonats aufgehalten hat, wissen wir nicht.»

Sabato trommelte mit den Fingern auf die Tischplatte. Doch Marthaler ließ sich nicht irritieren. Er brauchte solche Zusammenfassungen, um sich selbst zu vergewissern, dass er die Fakten nicht durcheinander brachte. Und er brauchte ein Gegenüber, dem er das alles erzählen konnte.

«Gegen 15.30 Uhr am Montag wird Funke zum letzten Mal lebend gesehen: an der Tankstelle Schwarzmoor in der Nähe von Bruchsal. In seiner Begleitung sind eine unbekannte junge Frau und zwei Männer. Wir dürfen davon ausgehen, dass die beiden Männer Hielscher und Plöger waren. Laut Angaben der Gerichtsmedizin werden Hielscher und Funke noch am Montagabend ermordet. Am Dienstagmorgen wird Funkes Leiche im Frankfurter Stadtwald an der Kesselbruchschneise gefunden. Nur kurze Zeit später entdeckt der Wachmann Herbert Weber auf dem Lerchesberg den Einbruch in die Villa Brandstätter. Er ertappt die Einbrecherin auf frischer Tat, lässt sie aber laufen. Zwei Tage später wird auch Hielschers Leiche anderthalb Kilometer entfernt entdeckt – im Kofferraum des grünen Fiat Spider, der im Kesselbruchweiher versenkt wurde. Wo Hielscher umgebracht wurde, wissen wir nicht, möglicherweise aber in dem Wagen.»

Marthaler spürte Sabatos Ungeduld. Der Kriminaltechniker rutschte auf seinem Stuhl hin und her und rührte immer wieder mit dem Kaffeelöffel in seiner leeren Tasse. Er hatte nur darauf gewartet, dass Marthaler eine Pause machte.

«Um es kurz zu machen», sagte Sabato. «Wir haben vier Personen. Zwei sind tot, zwei sind verschwunden.»

«Und eine davon spurlos», sagte Marthaler. «Denn während das Mädchen immerhin am nächsten Tag noch einmal gesehen wurde, wissen wir über Hendrik Plöger nichts. Wir wissen nicht einmal, ob er am Montagabend im Wald noch dabei war.»

«Sag nicht spurlos», ermahnte Sabato. «Du musst bedenken, dass wir bislang allenfalls Zeit hatten, die auffälligsten Spuren zu untersuchen. Schillings Leute haben Berge von Material herbeigeschleppt. Das meiste habe ich nicht einmal angeschaut. Es könnte durchaus sein, dass wir noch die eine oder andere brauchbare Spur entdecken, wenn wir wissen, auf was wir zu achten haben.»

«Gut, gehen wir also davon aus, dass Plöger mit im Stadtwald war. Was hat sich dort abgespielt?»

«Jedenfalls etwas, das die Menschen Geschlechtsverkehr nennen.»

«Also eine Vergewaltigung?»

«Vielleicht. Jedenfalls ist das nahe liegend», sagte Sabato. «Es könnte aber auch sein, dass sie freiwillig mit den Männern geschlafen hat.»

«Mit beiden?», fragte Marthaler.

«Man hat schon von dergleichen gehört. Und wie gesagt, es kann durchaus sein, dass auch Plöger noch mit im Spiel war.»

«Du meinst, sie haben so eine Art Orgie veranstaltet? Aber warum sind zwei der Männer anschließend tot? Eine Orgie, über die sie irgendwann die Kontrolle verloren haben?»

Sabato zuckte mit den Achseln. Mit einem Mal sah er müde und erschöpft aus. «Ehrlich gesagt, Robert, mein Sexualleben ist so stinknormal, dass mir für so etwas ganz einfach die Phantasie fehlt.»

«Mir leider auch», sagte Marthaler.

«Zum Glück», erwiderte Sabato.

Marthaler nickte.

«Du hast Recht. Zum Glück», sagte er.

«Immerhin ist nicht auszuschließen, dass dein blonder Sonnyboy hier der Täter ist.»

Sabato tippte mit dem Finger auf das Foto Hendrik Plögers, das immer noch vor ihm auf dem Tisch lag.

«Vielleicht wollten die anderen ihn nicht mitspielen lassen. Vielleicht hat er das Mädchen geliebt. Vielleicht haben Funke und Hielscher die Kleine zum Beischlaf gezwungen, und Plöger wollte sie schützen.»

Marthaler dachte an das, was er noch am Morgen in Jochen Hielschers Akte gelesen hatte, dass der sich schon als dreizehnjähriger Schüler einer sexuellen Nötigung schuldig gemacht hatte.

«Oder es ging um ganz etwas anderes. Um Drogen. Um Geld. Möglicherweise haben wir irgendetwas übersehen und müssen noch einmal ganz von vorne beginnen. Vielleicht gibt es aber in diesem Fall auch eine weitere Person, die wir noch nicht kennen.»

Zum wiederholten Mal an diesem Tag schlug Marthaler mit der Hand auf den Tisch.

«Verdammt nochmal, wo ist dieses Mädchen? Und wo ist Hendrik Plöger?»

Die Antwort auf die zweite Frage sollten sie schneller erhalten als erwartet.

Einunddreißig Es lag nicht nur an der Hitze, dass sie in dieser Nacht kaum Schlaf fand. Ihre Tochter hatte sie am Abend besucht, sie hatten gemeinsam gegessen und sich dann ins Wohnzimmer ihrer kleinen Wohnung gesetzt, um noch ein wenig zu plaudern. Schon nach kurzer Zeit hatten sie angefangen zu streiten. Wie so oft ging es um die Fehler, die sie angeblich in ihrer Ehe und in der Erziehung des Kindes gemacht hatte. Irgendwann hatte sie angefangen zu weinen, und ihre Tochter war aufgestanden und ohne ein versöhnliches Wort gegangen.

Maria Wieland war Anfang vierzig und arbeitete seit vielen Jahren als Redaktionssekretärin beim Hessischen Rundfunk. Ihre Arbeit machte ihr noch immer großen Spaß. Allerdings musste sie sich eingestehen, dass ihr bisheriges Leben nicht so verlaufen war, wie sie sich das noch vor zwei Jahrzehnten vorgestellt hatte. Die Scheidung, der Umzug in die Zweizimmerwohnung auf dem Mühlberg und die dauernden Zwistigkeiten mit ihrer Tochter hatten sie viel Kraft gekostet. Trotzdem war sie entschlossen, die Vergangenheit so gut es eben ging hinter sich zu lassen, ohne deshalb ihre Grundsätze aufzugeben. Die Vorwürfe ihrer Tochter empfand sie als ungerecht. Nur, weil jetzt eine neue Generation mit neuen Maßstäben heranwuchs, wollte sie ihre eigenen Maßstäbe nicht einfach über den Haufen werfen. Aber sie war traurig, dass sie es nicht wenigstens schafften, einander so zu akzeptieren, wie sie waren, und dass auch dieser Abend wieder im Streit hatte enden müssen. Morgen begann ihr langes freies Wochenende. Drei endlose Tage, um über die immer gleichen Vorhaltungen ihrer Tochter zu grübeln.

Um sich abzulenken, war sie in die Küche gegangen und hatte die Spülmaschine eingeräumt. Dann war sie zurück ins Wohnzimmer gegangen und hatte insgeheim gehofft, ihre Tochter würde noch anrufen, um sich zu entschuldigen. Lange saß sie neben dem Telefon und wartete. Sie trank noch eine halbe Flasche Wein und blätterte unkonzentriert in den Illustrierten der vergangenen Woche. Obwohl schon nach Mitternacht, war es noch immer unerträglich heiß. Sie nickte ein wenig ein, wachte aber eine Dreiviertelstunde später wieder auf. Sie schaltete den Fernseher ein, drückte ein Programm nach dem anderen, fand aber keine Sendung, die sie interessierte. Schließlich ging sie ins Badezimmer und zog sich aus. Sie schaute lange in den Spiegel. Erfolglos versuchte sie, ihrem Gesicht einen zuversichtlichen Ausdruck zu verleihen. Dann löschte sie die Lichter und legte sich ins Bett. Die Gardinen hatte sie zugezogen, die Balkontür aber offen gelassen, in der Hoffnung, dass wenigstens gegen Morgen ein wenig frische Luft ins Zimmer käme. Sie hatte sich nur mit einem Laken zugedeckt. Endlich fiel sie in einen unruhigen Schlaf.

Sie wurde durch ein eigenartiges Geräusch geweckt und war sofort hellwach.

Einen Moment lang blieb sie reglos liegen, dann griff sie so leise wie möglich nach ihrem Wecker auf dem Nachttisch und schaute auf die Anzeige. Es war 4.43 Uhr.

Vorsichtig stellte sie den Wecker zurück. Sie lauschte.

Als sie bereits glaubte, sich geirrt zu haben, hörte sie das Geräusch erneut. Es war eine Art Grunzen. Es kam direkt von ihrem Balkon.

Ihre Wohnung lag im Hochparterre, und sie dachte daran, dass sie sich im Frühjahr bereits einmal fürchterlich erschreckt hatte, als sich eines Abends die Katze der Nachbarn auf ihren Balkon verirrt hatte.

Aber Katzen grunzen nicht.

Und dann war sich Maria Wieland sicher, dass das Geräusch nicht von einem Tier herrührte. Auf ihrem Balkon befand sich ein Mensch. Ein fremder Mensch. Ein Mann.

Ihr Herz raste.

Fieberhaft überlegte sie, was jetzt zu tun sei. Einen Moment lang dachte sie daran, einfach aufzustehen, ins Wohnzimmer zu gehen und die Polizei anzurufen. Oder sollte sie sich zunächst anziehen und die Balkontür schließen? Dazu müsste sie aber erst die Vorhänge öffnen und wäre demjenigen, der dort draußen lauerte, ausgeliefert.

Oder sollte sie einfach laut um Hilfe schreien? Was aber, wenn niemand sie hörte? Sie wusste, dass die meisten anderen Mieter noch im Urlaub waren.

Die Gedanken rasten durch ihren Kopf. Ihre Überlegungen kamen zu keinem Ergebnis. Noch nie hatte sie sich so schutzlos gefühlt. Erst im vergangenen Herbst hatte ihr der Vermieter vorgeschlagen, ein Schutzgitter vor ihrer Balkontür anzubringen. Sie hatte abgelehnt, weil es so teuer gewesen war.

Sie wagte kaum zu atmen.

Sie blieb noch eine Weile liegen und lauschte angestrengt in die Dunkelheit. Dann fasste sie einen Entschluss.

So leise wie möglich stand sie auf. Sie schlang das Laken um ihren Körper und ging zwei Schritte auf den Schlafzimmerschrank zu. Sie hielt inne, machte einen weiteren Schritt und ging langsam in die Hocke. Sie tastete nach dem Griff der unteren Schublade. Langsam, Zentimeter für Zentimeter, zog sie die Schublade heraus.

Mit der rechten Hand schob sie vorsichtig die Kassette mit dem Schmuck und den Ausweisen beiseite. Dann hatte sie gefunden, was sie suchte. Die kleine Schreckschusspistole hatte sie vor zwei Jahren von ihrer Tochter zu Weihnachten geschenkt bekommen. Sie hatte gelacht, als sie das Päckchen aufgemacht hatte, und gefragt, was sie damit solle. Ein wenig unbeholfen hatte sie mit der Waffe hantiert, hatte sie der Höflichkeit halber noch zwei Tage auf dem Gabentisch liegen lassen, um sie nach den Feiertagen endgültig im Schlafzimmerschrank zu verstauen. Bis heute hatte sie nicht mehr an die Pistole gedacht. Sie wusste nicht einmal, ob sie geladen war.

Schwer atmend schloss sie ihre Hand um den Griff der kleinen Waffe und zog sie langsam aus der Schublade. Sorgsam achtete sie darauf, nirgends anzustoßen.

Dann stellte sie sich aufrecht und ging vorsichtig um das Bett herum. Fast wäre sie über den Staubsauger gestolpert, den sie am Morgen benutzt und nicht wieder weggeräumt hatte. Noch drei Schritte, und sie stand direkt vor der offenen Balkontür. Sie war keinen Meter von dem Unbekannten entfernt. Zwischen ihm und ihr befand sich nur die Gardine. Mit der linken Hand schob sie den Vorhang ein wenig zur Seite. Sie merkte, dass ihre Hand zitterte. So groß war ihre Anspannung, dass sie am liebsten geschrien hätte. Angestrengt versuchte sie, etwas zu erkennen.

Dann sah sie es.

Auf ihrer Campingliege lag jemand. Zunächst erkannte sie nur einen schwarzen Schatten. Dann sah sie, dass es ein junger Mann war, der offensichtlich schlief. Sie hielt die Pistole auf seinen Kopf gerichtet. Der Mann bewegte sich im Schlaf. Er drehte seinen Körper auf die andere Seite und gab wieder dieses Grunzen von sich.

Sie überlegte, was sie nun tun sollte. Was sollte sie sagen?

Schließlich ging sie zwei Schritte zurück, knipste das Deckenlicht an, zog im selben Augenblick den Vorhang auf und rief:

«Aufstehen! Hände hoch! Ich schieße sofort!»

Der Mann wurde wach. Er hielt sich den Unterarm vors Gesicht. Er hatte Schwierigkeiten, sich zu orientieren. Offensichtlich wusste er nicht, wo er sich befand.

«Hände hoch!», sagte Maria Wieland noch einmal. Sie trat einen weiteren Schritt zurück ins Innere des Zimmers. Der junge Mann streckte die Hände über seinen Kopf.

«Was soll ich machen?», fragte er.

Maria Wieland merkte, dass sich ihre Aufregung schon im nächsten Moment zur Hysterie steigern würde. Sie zitterte so stark, dass sie fürchtete, die Pistole nicht mehr lange halten zu können.

«Verschwinden!», schrie sie. «Verschwinde sofort!»

Vorsichtig, ohne den Blick von ihr zu wenden, stand der Mann auf. Er trat einen Schritt zurück, fasste mit beiden Händen das Balkongitter und kletterte hinüber. Dann sprang er auf den Rasen. Als er unten ankam, stieß er einen unterdrückten Schmerzenslaut aus. Maria Wieland sah, wie sein Schatten in der Dunkelheit verschwand.

Sie schloss die Balkontür und ging hinüber ins Wohnzimmer, um das achte Polizeirevier anzurufen. Sie holte das Telefonbuch und begann darin zu blättern. Mit einem Mal merkte sie, wie die letzte Kraft aus ihrem Körper schwand. Das Telefonbuch rutschte ihr aus der Hand und plumpste auf den Fußboden. Sie stützte sich an der Wand ab. Ihr Körper wurde von einem heftigen Weinkrampf geschüttelt. Sie ließ sich auf das Sofa gleiten und bettete ihren Kopf auf ein Kissen. Sie zog beide Knie dicht an ihren Körper und umschlang sie mit den Armen. Ihre Nerven vibrierten.

Irgendwann ging das Weinen in ein leiseres Schluchzen über. Endlich schlief sie ein.

Als sie die Augen wieder öffnete, hatte sie fast fünf Stunden geschlafen. Draußen war es hell, und von der Straße hörte sie die vertrauten Geräusche. Es war zehn Minuten nach zehn. Sie duschte ausgiebig, putzte sich die Zähne und zog sich an. Sie bereitete sich ein kleines Frühstück mit Kaffee, Orangensaft und zwei Scheiben Toast und war selbst erstaunt, dass es ihr nach der Aufregung dieser Nacht bereits wieder so gut schmeckte.

Später nahm sie den Einkaufskorb und schloss die Wohnungstür zweimal hinter sich ab. Sie überlegte kurz, ob sie den Wagen nehmen sollte, entschied dann aber, dass ihr ein kleiner Morgenspaziergang gut tun würde.

Sie kam am Willemerhäuschen vorüber und lief den Berg hinab, wo sie die Offenbacher Landstraße überquerte. In dem großen Supermarkt hinter der Tankstelle erledigte sie ihren Einkauf fürs Wochenende.

Dann suchte sie das 8. Polizeirevier auf, um Anzeige gegen Unbekannt zu erstatten. Der Dienst habende Beamte war freundlich, schien aber nicht zu verstehen, warum sie sich nicht gleich in der Nacht gemeldet hatte. Sie hatte keine Lust, es ihm zu erklären. Während sie noch ihre Personalien in ein Formular eintrug, betrat ein aufgeregter Junge das Revier und meldete, dass sein Vater ihn geschickt habe. In ihrem Gartenhaus schlafe ein fremder Mann. Der Garten befand sich ebenfalls auf dem Mühlberg.

Der Polizist sah Maria an. «Wenn wir Glück haben, haben wir Ihren nächtlichen Störenfried bereits gefunden. Wir werden gleich einen Streifenwagen losschicken. Wenn Sie mögen, können Sie mitfahren.»

Maria schüttelte den Kopf.

«Nein», sagte sie. «Sie wissen ja, wo Sie mich erreichen können. Ich bin zu Hause.»

Als sie den Schlüssel in die Wohnungstür steckte, hörte sie das Telefon klingeln.

Es war ihre Tochter.

«Mami?»

«Ja.»

«Wo warst du?

«Ich war nur kurz einkaufen.»

«Ich habe es schon ein paarmal versucht. Ich rufe wegen gestern Abend an.»

«Ja?»

«Ich habe mich schlecht benommen. Ich wollte mich bei dir entschuldigen.»

«Das ist nett.»

Habe ich also doch nicht alles verkehrt gemacht, dachte Maria Wieland. Sie lächelte.

Dann legte sie den Hörer auf und sagte leise zu sich selbst: So, und jetzt fängst du bitte nicht schon wieder an zu heulen.

Zweiunddreißig Der Junge saß auf der Rückbank des Streifenwagens. Er war aufgeregt und plapperte in einem fort auf die Schutzpolizisten ein. Weil sie beide Raimund hießen, wurden sie von den Kollegen nur bei ihren Nachnamen genannt: Steinwachs und Toller.

«Können Sie nicht das Martinshorn einschalten?», fragte der Junge.

«Nein, es ist niemand auf der Straße, der uns stört. Und schneller können wir sowieso nicht fahren.»

«Haben Sie Ihre Revolver dabei?»

«Wir haben keine Revolver. Wir haben Pistolen.»

Obwohl ihm der forsche Ton des Jungen nicht gefiel, antwortete Steinwachs, der auf dem Beifahrersitz saß, so geduldig wie möglich.

«Sind die Pistolen geladen?»

«Ja.»

«Werden Sie den Mann erschießen?»

«Ganz sicher nicht.»

«Schade. Werden Sie ihn verhaften?

«Vielleicht.»

«Können wir nicht doch ein bisschen schneller fahren?»

Toller, der den Streifenwagen steuerte, drehte sich halb zu dem Jungen um: «Hör zu, mein Kleiner, jetzt hältst du mal die Klappe, sonst werden wir dich an der nächsten Ecke raussetzen, und du kannst zu Fuß weitergehen. Hast du das kapiert?!»

«Das dürfen Sie nicht. Mein Papa ist Rechtsanwalt. Sie dürfen mich nicht einfach aussetzen, sonst bekommen Sie eine Anzeige.»

Die beiden Polizisten sahen einander an und verdrehten die Augen.

«Vielleicht kannst du uns wenigstens sagen, wo genau euer Garten liegt», sagte Steinwachs.

«Ich weiß nicht. Da oben irgendwo.»

«Wann hat dein Vater den Mann in eurer Gartenlaube entdeckt?»

«Um elf Uhr sechzehn.»

Steinwachs grinste. «Das ist ja immerhin mal eine exakte Auskunft. Und wie bist du so rasch zum Revier gekommen?»

«Mit dem Fahrrad.»

«Wie heißt du überhaupt?»

«Timo Schneider.»

Sie hatten die letzten Wohnhäuser hinter sich gelassen und fuhren nun in das ausgedehnte Kleingartengebiet, das sich zwischen Oberrad, dem südöstlichen Stadtrand von Sachsenhausen und dem Stadtwald erstreckte. Die Straßen wurden schmaler, und bald bogen sie von dem asphaltierten Weg ab in einen geschotterten schmalen Pfad, der auf beiden Seiten von Zäunen begrenzt wurde.

«Hier», rief der Junge, «hier müssen Sie rein.»

Toller drehte sich um, um zu sehen, ich welche Richtung der Junge deutete. Dann steuerte er den Wagen nach rechts. Der Weg wurde immer enger. Rechts und links schlugen die überhängenden Zweige der Hecken und Obstbäume an die Autofenster. Plötzlich kam das Fahrzeug mit einem lauten Krachen zum Stehen. Toller ließ den Motor noch einmal laut aufheulen, aber nichts bewegte sich. Sie saßen fest.

«Verdammter Mist!»

Sein Kollege sah ihn resigniert an. Der Unterboden des Streifenwagens hatte auf einem großen Grenzstein aufgesetzt.

Nur mit Mühe kamen die drei aus dem Fahrzeug heraus. Die Stimmung der Polizisten wurde immer gereizter. Ihnen

würde nichts anderes übrig bleiben, als den Weg zu Fuß fort-
zusetzen. Einzig der Junge schien diesen Zwischenfall als eine
Steigerung seines ungewöhnlichen Abenteuers zu begreifen.

Drei Minuten später sahen sie etwas oberhalb auf dem Weg
einen Mann stehen. Bevor die Beamten ihn aufhalten konnten,
lief Timo Schneider auf seinen Vater zu. «Papi, Papi, ich habe
die Polizei geholt.»

Schwitzend kamen Toller und Steinwachs am Eingang des
Gartens an. «Sie sind Herr Schneider?»

Schneider grinste. Er ignorierte Tollers ausgestreckte Hand
und schaute stattdessen demonstrativ auf seine Armbanduhr.

«In der Tat, mein Name ist Doktor Schneider. Es wird Zeit,
dass Sie kommen. Ich hätte Sie telefonisch angefordert, aber
bedauerlicherweise habe ich mein Handy zu Hause vergessen.
Wie Ihnen mein Sohn ja bereits mitgeteilt haben dürfte, befindet sich in meinem Gartenhaus ein fremder Mann. Wenn ich
die Herren jetzt bitten dürfte, den Einbrecher festzunehmen.»

Steinwachs merkte, wie sich Tollers Körper versteifte. Er
rechnete jeden Moment mit einem Wutausbruch seines Kolle-
gen. Deshalb war er bemüht, ihm zuvorzukommen. «Hören
Sie, Herr Doktor Schneider, bleiben Sie jetzt einfach mit
Ihrem Sohn hier draußen stehen und lassen Sie uns unsere
Arbeit tun. Haben Sie verstanden?»

Als Schneider ihnen den Weg freigab und das Tor öffnete,
merkten die Polizisten, dass das, was sich dahinter verbarg,
weniger einem Garten als vielmehr einem parkähnlichen,
künstlich angelegten Urwald glich. Das Grundstück hatte
mindestens 3000 Quadratmeter und war von einem hohen
Zaun umfasst. Das Gelände war mit riesigen, wunderschönen
Bäumen bewachsen, zwischen denen ein schmaler Bach ent-
langlief, der am nördlichen Ende zu einem kleinen See gestaut
war. Das Ufer des Sees war von Schilf umwuchert, und man

konnte eine unglaubliche Vielfalt von Libellen, Schmetterlingen und anderen Insekten entdecken. Es sah so aus, als habe der Besitzer die gesamte Anlage absichtsvoll verwildern lassen. Und man ahnte, dass es für einen Gärtner weit mehr Arbeit bedeutete, die Schönheit dieser Verwilderung zu erhalten, als ein Kartoffelbeet, ein paar Obstbäume und ein Stück englischen Rasen zu pflegen.

Auch das als Gartenhaus bezeichnete Gebäude war weniger eine Laube als vielmehr ein kleines zweistöckiges Fachwerkhaus, das sein jetziger Besitzer einem Bauern im Spessart abgekauft hatte. Dort war es abgebaut und hier, am Ortsrand von Frankfurt, komplett wieder aufgebaut worden. Steinwachs erinnerte sich, darüber einen Bericht im Lokalteil der Zeitung gelesen zu haben.

Doch die beiden Schutzpolizisten hatten wenig Sinn für die Schönheiten dieser Anlage. Sie merkten sehr rasch, dass das, was sie für einen Routineeinsatz gehalten hatten, keine leichte Aufgabe werden würde. Das Gelände war unübersichtlich, und wenn der Einbrecher sie bemerkte, konnte er sich ohne Mühe in dem Haus verschanzen.

«Was meinst du?», sagte Steinwachs. «Sollten wir nicht lieber Verstärkung anfordern?»

Toller zögerte einen Moment mit seiner Antwort.

«Komm», sagte er dann. «Lass uns erst einmal schauen. Außerdem haben wir die Funkgeräte im Auto liegen lassen.»

Die beiden öffneten ihre Holster und zogen die Dienstpistolen. Während Toller sich von der Seite der Eingangstür des Hauses näherte, schlug Steinwachs einen Bogen und nutzte den Schutz einer hohen Staude, um sich an das Fenster heranzuschleichen.

Die Sonne fiel schräg auf die Glasscheibe, und Steinwachs musste nah an das Fenster heran, um im Innern etwas erkennen zu können. Während er mit der Rechten seine Waffe hielt, legte er die linke Hand schützend über seine Augen und näherte sich der Scheibe. Seine Pupillen brauchten einen Moment, bis sie sich auf den dunkleren Innenraum eingestellt hatten.

Dann sah er den Mann. Er lag auf einem Sofa, das an der gegenüberliegenden Wand des Hauses stand. Eine Holztreppe führte ins obere Stockwerk.

Der Mann hatte die Augen geschlossen. Er schien noch immer zu schlafen. Sein Gesicht war gut zu sehen. Ob er bewaffnet war, ließ sich nicht feststellen.

Dann wurde dem Polizisten klar, dass er den Mann kannte. Er hatte sein Foto heute Morgen im Programm der internen Fahndung gesehen. Instinktiv entfernte sich Steinwachs von der Scheibe. Er überlegte, was zu tun sei. Sie durften den Mann keinesfalls wecken, bevor sie Verstärkung geholt hatten. Er beschloss, sich zunächst mit Toller abzusprechen. Er ging zurück auf die Vorderseite des Gebäudes und winkte seinem Kollegen zu. Ein paar Meter vom Haus entfernt stellten sie sich hinter eine Baumgruppe. Ihr Gespräch wagten sie nur im Flüsterton zu führen.

«Es ist Plöger», sagte Steinwachs.

«Wer?», fragte Toller.

«Er liegt dort drinnen auf dem Sofa und schläft. Hendrik Plöger. Er wird wegen der Morde im Stadtwald gesucht. Sein Foto war heute Morgen im Fahndungsprogramm.»

«Bist du sicher?»

Steinwachs nickte.

«Heißt das, dass sich in diesem Haus ein Doppelmörder ausruht?», fragte Toller. «Dann müssen wir sofort zuschlagen.»

«Sie sind sich wohl noch nicht sicher. Wenn ich es richtig verstanden habe, könnte er sowohl ein Zeuge als auch der Täter sein. Jedenfalls wird er dringend gesucht. Wir müssen sofort das Präsidium benachrichtigen.»

«Papi, Papi.»

Die beiden Polizisten fuhren erschrocken herum. Sie hatten nicht bemerkt, dass sich Timo Schneider wieder in den Garten geschlichen und sie belauscht hatte. Jetzt lief er auf das Tor zu und seinem Vater entgegen. «Papi, wir haben einen Mörder im Gartenhaus.»

Die Stimme des Jungen schallte über das gesamte Gartengelände. Toller und Steinwachs wechselten einen raschen Blick. Sie wussten, was das zu bedeuten hatte. Auf Verstärkung zu warten, dafür war es jetzt zu spät. Höchstwahrscheinlich war Hendrik Plöger durch den Lärm des Jungen geweckt worden. Sie würden unverzüglich handeln müssen. Gleichzeitig sahen sie Plögers schemenhaftes Gesicht hinter der Fensterscheibe. Dann war es wieder verschwunden.

Toller ging hinter dem dicken Stamm einer Buche in Deckung. Er brachte seine Waffe in Anschlag. Er zielte direkt auf das Fenster. «Hier spricht die Polizei. Kommen Sie langsam und mit erhobenen Händen aus dem Haus.»

Sie warteten einen Moment. Nichts geschah.

Toller wiederholte seine Aufforderung. «Herr Plöger, wir wissen, dass Sie dort drin sind. Das Haus ist umstellt. Sie haben keine Chance.»

Steinwachs hatte sich dem Eingang genähert. Der Lauf seiner Pistole war auf die Tür gerichtet.

Dann hörten sie wummernde Schritte aus dem Innern des Gartenhauses. Das konnte nur heißen, dass Plöger die Holztreppe benutzt hatte, um ins obere Stockwerk zu gelangen. Sie lauschten einen Moment. Alles war jetzt wieder still.

Toller verließ seine Deckung. Er duckte sich und rannte zu seinem Kollegen.

«Was jetzt?», fragte der.

«Wir müssen rein», sagte Toller.

Steinwachs hob die Augenbrauen.

«Ich mache es», sagte Toller. «Geh du auf die Rückseite und pass auf, dass er dort nicht entwischen kann.»

Toller drückte die Türklinke. Dann presste er seinen Rücken dicht an die Hauswand. Er wartete ab. Das Hemd klebte an seinem Oberkörper. Der Schweiß lief ihm über die Stirn und sammelte sich in den Augenbrauen. Mit dem Fuß öffnete er die Tür. Er machte alles so, wie sie es auf der Polizeischule gelernt hatten. Mit einem Satz sprang er in den Eingangsbereich. Er brauchte nur den Bruchteil einer Sekunde, um zu sehen, dass der Raum leer war.

Plöger hatte sich also wirklich in der oberen Etage verschanzt.

«Herr Plöger, geben Sie auf! Wir sind bereits im Haus. Kommen Sie langsam die Treppe herunter!»

Tollers Appell blieb ohne Reaktion.

Steinwachs war einmal um das Haus herumgegangen und hatte die zweite Etage inspiziert. An den beiden gegenüberliegenden Seitenwänden gab es je ein Fenster. Beide waren geöffnet. Offensichtlich hatte Plöger vorgesorgt. Es gab keine Möglichkeit, beide Fenster gleichzeitig zu überwachen. Er musste sich entscheiden. Sollte Plöger wirklich versuchen, auf diese Weise zu fliehen, konnte er nur hoffen, auf der richtigen Seite des Hauses zu stehen.

Er hörte die Stimme seines Kollegen, der Hendrik Plöger aufforderte aufzugeben. Steinwachs lauschte. Er wusste, wenn Toller sich entschied, die Treppe hinaufzusteigen, war der entscheidende Moment gekommen.

Dann hörte er Kinderstimmen, die ein Lied sangen: «Wem Gott will rechte Gunst erweisen.» Die Stimmen kamen von dem nah gelegenen Waldspielplatz. Einen Moment lang war er abgelenkt.

Dieser kurze Moment genügte.

Plöger sprang ihm direkt auf den Oberkörper. Steinwachs fiel vornüber. Sein Kopf schlug auf eine Bodenplatte. Er merkte noch, wie ihm die Pistole entwunden wurde, dann verlor er das Bewusstsein.

Als der Schutzpolizist Raimund Toller an der Fensteröffnung erschien, sah er gerade noch, wie Plögers Kopf hinter dem hohen Gartenzaun verschwand.

Dreiunddreißig Als die Nachricht Robert Marthaler erreichte, saß er noch immer mit Sabato in seinem Büro. Sie hatten gerade beschlossen, sobald es die Zeit erlaubte, einmal gemeinsam ins Schwimmbad zu gehen, als Elvira das Gespräch durchstellte. Am Telefon war der Leiter des 8. Polizeireviers. Er berichtete, dass zwei seiner Beamten versucht hatten, Hendrik Plöger zu verhaften, und dass bei diesem Versuch einer der Polizisten verletzt worden sei.

«Was heißt verletzt?», fragte Marthaler.

«Wir wissen es noch nicht. Wahrscheinlich eine schwere Gehirnerschütterung. Er ist in die Klinik gebracht worden. Mehr wissen wir erst, wenn die Untersuchungen beendet sind.»

Marthaler hörte sich den Bericht des Kollegen an. Er war wütend, dass Plöger ihnen entwischt war, aber er wusste, dass er niemandem einen Vorwurf machen konnte.

«Wie lange ist das alles her?», fragte er.

«Ungefähr zwanzig Minuten, vielleicht eine halbe Stunde. Toller musste sich erst um die ärztliche Versorgung von Steinwachs kümmern.»

«Ich verstehe. Aber das heißt, dass es wahrscheinlich zu spät ist, das Kleingartengelände abzuriegeln. Plöger kann längst über alle Berge sein. Immerhin können wir ihn jetzt guten Gewissens zur öffentlichen Fahndung ausschreiben. Schließlich hat er einen Polizisten verletzt und eine Dienstwaffe gestohlen. Wir müssen jetzt rasch handeln, um ihn möglichst schnell wieder einzufangen. Ich möchte umgehend mit Toller sprechen. Das Beste wäre, er würde sofort hierher kommen.»

Doch dann überlegte er es sich anders.

«Oder nein», sagte Marthaler. «Ich werde zu euch kommen. Toller soll sich bereithalten. Ich werde mit ihm in diesen Garten fahren. Ich will mir ein Bild machen. Wenn ich es schaffe, bin ich in zirka einer Stunde da.»

Marthaler stürmte auf den Flur. Bevor er nach Sachsenhausen fuhr, wollte er die Kollegen zu einer kurzen Besprechung ins Sitzungszimmer bitten, um die nächsten Aufgaben zu verteilen. Ohne anzuklopfen, öffnete er die Tür zu Kerstin Henschels Büro. Sie und Manfred Petersen schauten ihn verwundert an. Marthaler hatte den Eindruck, die beiden überrascht zu haben. Kerstin wurde rot, und Petersen schien ein wenig verlegen zu lächeln. Marthaler wusste nicht, was das zu bedeuten hatte, und er wollte es lieber nicht wissen. Er wollte nicht behelligt werden mit dem Gefühlsleben seiner Umgebung.

«Kommt», sagte er. «Wir müssen eine kurze Lagebesprechung machen. Sagt bitte Döring und Liebmann Bescheid. Und wenn Schilling da ist, soll er ebenfalls kommen.»

Auf dem Gang begegneten ihm Herbert Weber und Guido. Marthaler hatte die beiden schon wieder völlig vergessen. Er entschuldigte sich und sagte, dass das gemeinsame Mittagessen leider ausfallen müsse.

«Ist es Ihnen gelungen, ein Phantombild zu erstellen?», fragte er.

Die beiden nickten, und Weber hielt ihm einen braunen Umschlag hin. «Das sollen wir Ihnen geben.»

Marthaler öffnete den Umschlag und zog den Computerausdruck des Phantombildes heraus. Verblüfft schaute er das Porträt an. «Und das ist die junge Frau, die Sie gesehen haben?»

«Ja, so sieht sie aus.»

«Da sind Sie sich sicher?»

Beide bestätigten es.

«Meine Güte», sagte Marthaler, der sich normalerweise nicht leicht von Äußerlichkeiten beeindrucken ließ, «das ist in der Tat ein ungewöhnlich schönes Mädchen. Wer so aussieht, sollte sich wohl identifizieren lassen.»

Er bedankte sich bei den beiden für ihre Hilfe und kündigte an, dass sie noch einmal zur Gegenüberstellung gebraucht würden, falls denn die junge Frau irgendwann gefunden werde. Dann verabschiedeten sie sich, und Marthaler bat Guido wieder, seine Tante zu grüßen.

Wenige Minuten später hatten sich alle im Sitzungsraum versammelt. Sie nahmen ihre gewohnten Plätze ein. Nur Marthaler blieb an der Tafel stehen. Die Kollegen merkten, dass er angespannt war.

«Es sieht so aus, als würden unsere Ermittlungen in eine erste entscheidende Phase kommen. Ich bitte euch alle um größte Aufmerksamkeit. Wir haben keine Zeit für eine lange Besprechung, deshalb müssen wir rasch und konzentriert arbeiten.»

Er fragte, ob jemand etwas Neues mitzuteilen habe. Kerstin Henschel ergriff als Erste das Wort.

«Ja», sagte sie. «Schillings Leute haben in der Wohnung von Hendrik Plöger ein Adressbuch sichergestellt. Darin stand auch die Telefonnummer von Plögers Eltern. Sie wohnen in Heide, einer kleinen Stadt in Schleswig-Holstein. Ich habe sie gestern Abend erreicht und konnte mit Hendriks Mutter sprechen. Sie war sehr besorgt. Sie hat erzählt, ihr Sohn habe sie vor drei Tagen angerufen. Er sei aufgeregt gewesen und habe kaum sprechen können. Er habe nur einen Satz gesagt: ‹Ach, Mama, es ist etwas Schreckliches passiert.› Dann habe er angefangen zu weinen und aufgelegt.»

«Gut», sagte Marthaler. «Wir werden später überlegen, was, außer dem Offensichtlichen, das zu bedeuten hat.»

Er schaute in die Runde. «Wenn sonst niemand etwas Wichtiges hat, möchte ich Carlos um einen kurzen Bericht bitten.»

Sabato wiederholte, was er Marthaler schon am Morgen mitgeteilt hatte. Alle hörten gespannt zu.

«Das heißt», sagte Marthaler, «wir haben es mit zwei Verbrechen zu tun, die in irgendeiner Weise im Zusammenhang mit sexuellen Handlungen stehen. Ich drücke mich absichtlich so vage aus, denn wir wissen nicht, in welcher Weise. Und wir müssen aufpassen, nicht in die Irre zu laufen. Fest steht nur, dass beide Opfer kurz vor ihrem Tod sexuellen Kontakt zu dem Mädchen hatten.»

Dann berichtete er von den Ereignissen auf dem Mühlberg und dem misslungenen Versuch, Hendrik Plöger zu verhaften.

«Das darf doch nicht wahr sein», sagte Kai Döring. «Wir rennen uns die Hacken ab, um den Kerl zu finden, und diese Trottel lassen Plöger einfach wieder laufen.»

Marthaler hob die Hand. Er wusste, dass es immer wieder zu Zwistigkeiten zwischen den einzelnen Abteilungen der Polizei kam. Und er wollte keinesfalls, dass in ihrer Ermittlungsgruppe ein überheblicher Ton laut wurde.

«Niemand ist ein Trottel», sagte er bestimmt. «So etwas möchte ich nicht noch einmal hören. Die Kollegen hatten keine Möglichkeit, Verstärkung zu holen. Einer der beiden ist bei dem Einsatz erheblich verletzt worden. Sie haben ihr Bestes gegeben, um Plöger dingfest zu machen. Meines Wissens haben sie alles richtig gemacht. Sie hatten keine Chance. Das Schlimme ist allerdings, dass Plöger jetzt bewaffnet ist. Er hat die Dienstpistole von Raimund Steinwachs an sich genommen und ist damit geflohen.»

Marthalers Anspannung hatte sich während der letzten Minuten auf die anderen übertragen. Alle spürten, dass es jetzt darauf ankam, so schnell und so effektiv wie möglich zu arbeiten.

«Das ist noch nicht alles. Wie es aussieht, ist Plöger in der Nacht von einer weiteren Zeugin gesehen worden. Ein unbekannter junger Mann ist auf den Balkon dieser Zeugin geklettert und hat dort auf einer Campingliege geschlafen. Sie ist aufgewacht und hat ihn mit einer Schreckschusspistole vertrieben. Die Frau heißt Maria Wieland. Ich möchte, dass Döring und Liebmann die Frau aufsuchen. Zeigt ihr Plögers Foto. Und versucht, genau zu erfahren, was letzte Nacht dort passiert ist. Außerdem müssen sowohl dieser Balkon als auch das Gartenhaus auf Spuren untersucht werden.»

Marthaler machte einen Moment Pause. Die anderen sahen ihn an. Er ging zum Tisch und nahm den braunen Umschlag, den ihm Herbert Weber übergeben hatte. Er zog das Foto heraus und heftete es an die Tafel. Alle schauten auf das Phantombild des Mädchens. Marthaler versuchte, die beifälligen Bemerkungen der Kollegen zu ignorieren.

«Wie ihr merkt, sind wir ein ganzes Stück weitergekommen. So könnte unsere Fremde aussehen. Jetzt muss es uns gelingen, herauszubekommen, um wen es sich bei dem Mädchen handelt. Wir schreiben sie zur Fahndung aus. Für die nächsten Tage lassen wir es bei einer internen Fahndung bewenden. Wenn sich dann nichts tut, können wir immer noch neu entscheiden. Anders liegt der Fall bei Hendrik Plöger. Hier sollten wir uns sofort an die Öffentlichkeit wenden. Was auch immer er sonst noch getan oder nicht getan haben mag, jedenfalls hat er sich des gewaltsamen Angriffs auf einen Polizisten und des Waffendiebstahls schuldig gemacht.»

Er bat Kerstin Henschel, diese Aufgabe zu übernehmen und keinesfalls den Hinweis zu vergessen, dass der Gesuchte bewaffnet sei. Dann wandte er sich an Manfred Petersen.

«Wie hieß noch gleich der Kollege von der Pferdestaffel, der den Fiat Spider im Kesselbruchweiher entdeckt hat?»

«Berger. Er heißt Carsten Berger», sagte Petersen. «Was ist mit ihm?»

«Nichts», sagte Marthaler. «Aber sprich doch bitte mit ihm. Es wäre sehr gut, wenn die Kollegen der berittenen Polizei uns in den nächsten Tagen bei der Suche nach Hendrik Plöger behilflich wären. Alles, was mit diesem Fall zu tun hat, spielt sich bislang im Stadtwald oder in der unmittelbaren Umgebung ab. Niemand kennt sich dort besser aus, niemand kann sich dort besser bewegen als die Kollegen mit ihren Pferden. Und schärf auch ihnen unbedingt ein, dass sie vorsichtig sein sollen.»

«Ist das alles?», fragte Petersen.

«Nein. Sei so gut und sprich noch einmal mit Sandra Gessner. Vielleicht versucht Hendrik Plöger, mit ihr Kontakt aufzunehmen. Dann soll sie sich umgehend bei uns melden. Vielleicht sind wir auch zu spät, und er hat es bereits versucht. Jedenfalls müssen wir darüber informiert sein.»

Alle standen auf, um sich an ihre Aufgaben zu machen.

Marthaler ergriff noch einmal das Wort. «Elvira ist für die kommenden Stunden unsere Zentrale. Bei ihr laufen alle Nachrichten zusammen. Jeder, der etwas Neues herausbekommt, soll sich bei ihr melden.»

«Wann ist die nächste Besprechung?», fragte Kerstin Henschel.

«Morgen ist Samstag», sagte Marthaler. «Wir haben uns alle eine Pause verdient. Wenn nichts Außergewöhnliches geschieht, sollten wir uns am Montag um sieben Uhr hier wieder treffen. Trotzdem möchte ich euch bitten, am Wochenende erreichbar zu sein. Nehmt eure Telefone mit, wenn ihr an den Badesee fahrt.»

Marthaler schaute auf die Uhr. Er bat Schilling, ihn im Wagen der Spurensicherung nach Sachsenhausen mitzunehmen. Er hatte bereits vor einer Viertelstunde auf dem 8. Polizeirevier sein wollen.

Die anhaltende Hitze machte Marthaler zu schaffen. Sein Mund war ausgetrocknet, und er fühlte sich verschwitzt. Er hatte Durst. Er sehnte sich nach einer Dusche. An der Offenbacher Landstraße ließ er sich von Schilling absetzen.

«Soll ich auf dich warten?», fragte der Chef der Spurensicherung.

«Nein. Fahr du schon mal vor in den Garten. Ich hole Toller ab, dann kommen wir nach.»

Bevor er in das Revier ging, kaufte er sich an einem Kiosk eine Dose kalte Limonade. Er trank sie in wenigen Zügen aus, dann bekam er einen Schluckauf.

Eine halbe Stunde später erreichte er gemeinsam mit Raimund Toller das Gartengelände am Mühlberg. Schon von weitem sah er Schilling, der sich mit einem anderen Mann stritt.

«O Gott», sagte Toller, «nicht der schon wieder.»

«Kennen Sie den Mann?», fragte Marthaler.

«Allerdings. Das ist Schneider. Dr. Schneider. Ihm gehört der Garten. Ein aufgeblasener Wichtigtuer. Aber Sie sollten vorsichtig sein; er ist Rechtsanwalt.»

«Was ist los?», fragte Marthaler, als sie am Eingang des Gartens ankamen.

Obwohl er sich mit seiner Frage an Schilling gewandt hatte, war es der Gartenbesitzer, der sofort das Wort ergriff.

«Das frage ich Sie, was hier los ist. Dies ist mein Grundstück, und ich werde nicht zulassen, dass hier fremde Leute herumtrampeln. Dank Ihrer tölpelhaften Beamten ist bereits mehr als genug Schaden entstanden, den mir wohl auch niemand ersetzen wird.»

Marthaler sah dem Mann direkt in die Augen. Er ließ sich

Zeit mit seiner Antwort. Er wollte nicht, dass man ihm seine Empörung anmerkte. Er wusste, dass seine Erwiderung umso wirkungsvoller sein würde, je ruhiger er sie vorbrachte.

«Wir ermitteln in einem Mordfall», sagte er schließlich leise. «Wenn Sie Ihren Garten bald wieder ungestört benutzen wollen, lassen Sie uns jetzt unsere Arbeit tun. Bis das erledigt ist, sind wir es, die hier das Sagen haben. Und jetzt entschuldigen Sie uns bitte.»

Mit diesen Worten schob er den Anwalt beiseite und betrat das Grundstück. Als Dr. Schneider ihm folgen wollte, hob Marthaler abwehrend die Hand.

«Nein», sagte er. «Sie nicht! Für Sie ist der Zutritt bis auf weiteres untersagt.»

Er ließ den Mann stehen. Dann drehte er sich noch einmal um.

«Und wenn Sie Ansprüche geltend machen wollen, tun Sie das. Aber tun Sie es bitte schriftlich. Die Adresse des Präsidiums steht im Telefonbuch.»

Marthaler schaute sich um. Im Schatten einer großen Kastanie, dicht an dem kleinen Bach, sah er eine Sitzgruppe. Sie bestand aus drei Stühlen und einem kleinen runden Tisch. Die Möbel waren aus weiß gestrichenem Metall, das im Licht dieses schönen Sommertages leuchtete.

«Dorthin gehen wir», sagte Marthaler. «Dort können wir reden.»

«Nicht schlecht», sagte Toller, nachdem er seine Uniformjacke ausgezogen und sich auf einen der Stühle hatte sinken lassen.

Der Polizist grinste.

«Was meinen Sie mit ‹nicht schlecht›?», fragte Marthaler. «Den Stuhl? Oder den Garten?»

«Nein. Ich meine: Wie Sie es diesem Typen gegeben haben.»

«Das habe ich nicht. Ich habe lediglich gesagt, was zu sagen war. Und jetzt erzählen Sie bitte.» Marthaler hörte sich an, was Toller zu berichten hatte. Mehrmals unterbrach er den Schutzpolizisten und fragte nach Einzelheiten. Er merkte rasch, dass ihm die Art des Kollegen nicht behagte. Zu forsch waren dessen Bewegungen und zu lässig seine Formulierungen. Toller verkörperte genau den Typ des Polizisten, den Marthaler immer als schädlich für ihre Arbeit empfunden hatte. Er hatte es nie gemocht, wenn die Kollegen mehr Zeit im Fitnessraum und auf dem Schießstand verbrachten als mit den Leuten, um die es ging. Innerlich musste er sich ermahnen. Das Gespräch durfte nicht durch seine Abneigung belastet werden. Und er wollte nicht dieselbe Überheblichkeit bei sich zulassen, die er kurz zuvor noch bei Kai Döring kritisiert hatte.

«Ich kam ans Fenster und habe gerade noch Plögers Kopf hinter dem Zaun verschwinden sehen», sagte Raimund Toller.

«Sie haben zuerst Plöger gesehen. Und später erst entdeckt, dass Steinwachs unten am Boden lag?»

«Ja. Ich hätte eine Sekunde schneller sein müssen.»

«Was meinen Sie damit? Eine Sekunde schneller?», wollte Marthaler wissen.

«Ich hätte schneller oben am Fenster sein müssen.»

Marthaler begriff nicht. «Was hätte das geholfen, wenn Sie schneller oben gewesen wären?»

«Ich habe gerade noch Plögers Kopf verschwinden sehen. Eine Sekunde früher hätte ich ihn noch erwischt.»

«Erwischt?»

«Ja, dann hätte ich noch schießen können.»

Marthaler war sprachlos. Er brauchte einen Moment, um zu verstehen, dass Toller es ernst meinte. «Aber haben Sie nicht gesagt, Plöger ist über den Zaun geklettert? Er hat Ihnen also den Rücken zugekehrt. Dabei hat er bestimmt die Pistole nicht in der Hand gehabt. Und Sie wussten zu diesem Zeitpunkt noch gar nicht, dass er bewaffnet war. Sie hätten ihn einfach so in den Rücken oder gar in den Hinterkopf geschossen? Meinen Sie das?»

Toller schien Marthalers Einwände nicht zu verstehen. Es war, als lebten sie beide in völlig unterschiedlichen Welten. «Ich denke, ihr sucht einen Doppelmörder.»

Marthaler hätte am liebsten geschrien. Aber er zwang sich, ruhig zu bleiben. «Nein, nein, nein. So geht das nicht. Es stimmt, wir suchen einen Doppelmörder. Und wir haben Hendrik Plöger zur Fahndung ausgeschrieben. Aber wir wissen nicht, ob er der Täter ist. Vielleicht ist er auch nur ein wichtiger Zeuge. Das heißt, Sie hätten, ohne zu zögern, einen Zeugen erschossen.»

Toller schüttelte den Kopf.

«Begreifen Sie denn nicht?», sagte er. «Er hat einen Kollegen verletzt. Er hat einem Kollegen die Waffe gestohlen. Steinwachs hätte tot sein können.»

Marthaler nickte.

«Doch», sagte er. «Ich begreife. Ich begreife aber auch, dass es Ihnen nicht um den Kollegen ging. Der lag bereits bewusstlos am Boden. Und Sie wussten ja in diesem Moment noch nicht einmal, dass er verletzt war. Doch, ich begreife sehr wohl. Vor allem begreife ich, dass Sie gerne geschossen hätten.»

Toller begann mit den Armen zu fuchteln. Er setzte zu wortreichen Erklärungen an. Schließlich warf er Marthaler vor, nicht zu wissen, wie es auf der Straße zugehe, wie schwer der Alltag eines Schutzpolizisten sei.

Marthaler stoppte Tollers Redefluss.

«Danke», sagte er. «Sie können jetzt gehen. Ich brauche Sie nicht mehr. Ich werde einen Bericht über unser Gespräch schreiben. Ich werde dafür sorgen, dass überprüft wird, ob Sie für diesen Beruf geeignet sind. Ob man es verantworten kann, dass jemand wie Sie einen Polizeiausweis und eine Dienstwaffe trägt.»

Toller stand auf. Er bebte vor Zorn. Seine Kiefermuskulatur zuckte. Er stand jetzt direkt vor Marthaler. Er hatte die Ärmel seines Hemdes hochgekrempelt, als wolle er dem Hauptkommissar seinen mächtigen Bizeps zeigen.

«Kameradensau», sagte Toller. «So haben wir solche wie Sie während der Ausbildung genannt. Wissen Sie das?»

Dann nahm er seine Jacke von der Stuhllehne, drehte sich um und ging.

«Ich weiß», murmelte Marthaler, der mit einem Mal unendlich müde war. «Leider weiß ich auch das.»

Er blieb im Schatten der Kastanie sitzen. Die Sonne war inzwischen ein ganzes Stück in Richtung Westen gewandert. Ein wenig Wind kam auf und bewegte die Blätter und Halme. Die kühle Luft tat gut. Ein kleines Frösteln lief über Marthalers Unterarme.

Er schaute sich um. Mit hungrigen Blicken nahm er die Schönheit des Gartens auf. Dann schloss er die Augen und lauschte dem Zwitschern der Vögel, dem Plätschern des Baches, dem Summen der Insekten.

Was für ein wunderbarer Ort, dachte er. Die Farben, die Gerüche, die Geräusche. Alles ist so frisch, als sei es gerade erst entstanden. So also kann das Leben auch sein, so unversehrt, so arglos. Hier möchte man sitzen bleiben. Für immer. Ohne an etwas anderes zu denken als an die Pflanzen, die Tiere und den Wind. Nicht an tote junge Männer, nicht an schöne Einbrecherinnen und nicht an schießwütige Polizisten. Einfach sitzen und warten.

Er ließ sein Kinn auf die Brust sinken. Sein Gesicht lag im rötlichen Licht der Nachmittagssonne. Die Wärme hatte ihn schläfrig gemacht.

Als er die Augen wieder öffnete, saß Walter Schilling auf einem Stuhl neben ihm. Marthaler wusste nicht, wie lange er so dagesessen hatte.

Er streckte sich. Dann musste er gähnen.

«Das sah schön aus», sagte Schilling.

«Was?»

«Du hast so friedlich geschlafen. Ich wollte dich nicht wecken.»

Marthaler war es peinlich, dass man ihn beim Schlafen überrascht hatte. «Ich muss wohl einen Moment eingenickt sein. Hast du etwas gefunden im Haus? Spuren, die uns weiterhelfen?»

Schilling verneinte. «Ein paar Fasern, ein paar Fingerabdrücke. Ich glaube nicht, dass sich daraus etwas Neues ergibt. Das war wohl auch nicht zu erwarten. Oder?»

«Trotzdem war es wichtig.»

«Ja. Vielleicht.»

Eine Weile saßen sie schweigend nebeneinander.

«Weißt du was», sagte Schilling, «da drinnen gibt es eine Espressomaschine, einen Vorratsschrank und einen gut gefüllten Kühlschrank. Überhaupt ist dieses so genannte Gartenhaus besser ausgestattet als meine Wohnung. Was hältst du davon, wenn ich uns einen Cappuccino mache?»

Marthaler sah ihn ungläubig an.

«Ich versichere dir, ich werde hinterher alles wieder so herrichten, dass man keine Spuren findet. Davon verstehe ich was.»

Marthaler lachte. «Ja. Cappuccino wäre prima. Mit geschäumter Milch?»

«Selbstverständlich! Mit geschäumter Milch!»

«Hoffen wir nur, dass uns der Herr Rechtsanwalt nicht überrascht.»

Während Marthaler in seinem Stuhl saß und hinter sich

Schilling im Haus rumoren hörte, begann er wieder über den Fall nachzudenken.

Obwohl sie seit dem heutigen Vormittag ein ganzes Stück weitergekommen waren, hatte er das Gefühl, dass ihre Ermittlungen noch immer zu ungeplant verliefen, dass sie noch keine eindeutige Richtung gefunden hatten.

Ohne dass es jemand ausgesprochen hatte, waren sie nach den Ereignissen der Nacht und des Morgens stillschweigend davon ausgegangen, dass Hendrik Plöger der gesuchte Täter war.

Vieles schien darauf hinzuweisen. Denn warum war Plöger, wenn er unschuldig war, nicht in seine Wohnung zurückgekehrt? Warum hatte er sich nicht längst bei der Polizei gemeldet? Warum schlief er auf einem fremden Balkon? Und schließlich: Warum war er vor den beiden Polizisten geflohen, hatte dabei den einen verletzt und auch noch dessen Pistole gestohlen? Hieß das, dass er die Waffe einsetzen wollte? Das alles konnte bedeuten, dass Hendrik Plöger der Täter war.

Aber etwas ließ Marthaler zögern. Vor allem befürchtete er, dass sie vorschnell etwas ins Rollen gebracht hatten, das nur schwer zu stoppen sein würde. Tollers Übereifer, der nur zufällig ohne schlimme Folgen geblieben war, war wie eine Bestätigung dafür.

Walter Schilling stellte die Tassen auf den Tisch. Dann setzte er sich und schaute Marthaler an.

«Du bist unzufrieden mit uns, nicht wahr?», sagte er.

Marthaler verneinte. «Nicht mit uns. Nicht mit unserer Arbeit. Ich glaube zwar, dass wir Fehler gemacht haben. Aber keine entscheidenden. Ich bin nur einfach ratlos. Ich weiß nicht, wie wir weitermachen sollen. Noch heute Morgen hatte ich den Eindruck, dass neuer Schwung in unsere Ermittlungen gekommen war. Jetzt sind die Aufgaben verteilt, und wir können wieder nur abwarten. Und das in einem Fall, von dem wir nicht wissen, wie er sich entwickelt. Ob nicht noch mehr schreckliche Dinge passieren. Ich habe das Gefühl, dass wir schnell handeln müssen und dass wir gleichzeitig verurteilt sind zu warten. Es gibt wohl keine unbefriedigendere Situation in unserem Beruf.»

«Mir reicht es für heute», sagte Schilling und wischte sich mit dem Handrücken den Milchschaum vom Mund. «Ich fahre zurück ins Präsidium. Willst du mitkommen? Ich muss nur noch rasch die Tassen abwaschen.»

«Lass mich das machen», sagte Marthaler. «Ruf du doch bitte diesen Schneider an und sag ihm, dass er wieder in seinen Garten kann. Dann fahren wir gemeinsam.»

Sie brauchten lange. Es war Freitagnachmittag. Der Verkehr verstopfte die Straßen. Viele Bewohner der Umgebung nutzten den Beginn des Wochenendes, um in Frankfurt einzukaufen. Darüber hinaus fand im Waldstadion eine Sportveranstaltung statt. Schon auf der Mörfelder Landstraße kamen sie kaum noch weiter. Um die Friedensbrücke zu überqueren, benötigten sie mehr als eine Viertelstunde.

«Das geht nicht mehr lange so weiter», sagte Marthaler. «Die Verkehrsplaner müssen sich etwas einfallen lassen. Eine Stadt, die nur von Autos beherrscht wird, noch dazu von Autos, die nicht vorankommen, verliert auf Dauer jede Lebensqualität.»

Er fragte Schilling, ob sie noch gemeinsam etwas essen wollten. Aber der Chef der Spurensicherung lehnte ab. Er war am Abend bei seiner Schwester zum Geburtstag eingeladen.

«Sie kocht phantastisch», sagte Schilling. «Bestimmt gibt es eine Geflügelleberpastete mit Portweingelee. Die macht sie immer, wenn sie mich einlädt. Und sie wäre sicher zutiefst beleidigt, wenn ich nicht wie ein hungriger Wolf darüber herfalle.»

Einen Moment lang war Marthaler neidisch. Manchmal wünschte auch er sich, wenigstens ein paar Verwandte in der Nähe zu haben, mit denen er sich von Zeit zu Zeit einmal treffen konnte.

«Wir haben ihn übrigens entlassen.»

Marthaler wusste nicht, von was Schilling sprach. «Ihr habt *wen* entlassen?»

«Den Laboranten, der die Fotos verkauft hat.»

Marthaler nickte beifällig. «Das ist gut», sagte er. «Ich bin sehr dafür, dass man Fehler verzeiht. Aber solche Typen haben bei uns nichts zu suchen.»

Als sie auf den Hof des Präsidiums fuhren, winkte ihnen der Hausmeister zu. Marthaler drehte die Scheibe herunter.

«Ist Ihnen nicht ein Fahrrad gestohlen worden?», fragte der Mann.

Marthaler nickte. «Allerdings. Und zwar hier. Unter den Augen von viereinhalbtausend Polizisten.»

«Kommen Sie, ich zeige Ihnen was.»

Marthaler stieg aus und folgte dem Hausmeister. Der führte ihn zu einem kleinen Verschlag neben seiner Werkstatt. Er zeigte auf die Überrreste eines Fahrrads. Marthaler stutzte. Dann erkannte er sein Rad. Es fehlten der Sattel und das Vorderrad. Der hintere Reifen hatte einen Plattfuß, und das Plastik des Vorderlichts war zerbrochen.

«Ja. Das gehört mir. Wo haben Sie es gefunden?»

«Ich habe es nicht gefunden. Es stand einfach hier. Vor der Werkstatt.»

«Heißt das, jemand stiehlt ein neues Fahrrad vom Hof des Polizeipräsidiums, zerstört es und bringt es dann zurück? Etwas so Dreistes ist mir noch nie begegnet. Da will uns jemand verhöhnen.»

Der Hausmeister zuckte nur mit den Schultern.

«Es sieht schlimmer aus, als es ist», sagte er. «Wenn Sie

wollen, kümmere ich mich darum. Eine Reparatur lohnt sich auf jeden Fall. Es ist ein sehr schönes Rad. Das kriegen wir schon wieder hin. In ein paar Tagen können Sie es abholen.»

Marthaler bedankte sich und nahm das Angebot an.

Elvira war gerade dabei, ihre Handtasche zu packen. Sie teilte ihm mit, dass Petersen angerufen habe. Er hatte mit Sandra Gessner gesprochen. Aber Hendrik Plöger hatte sich bisher nicht bei ihr gemeldet. Sie hatte versprochen, umgehend Bescheid zu geben, falls sie etwas von ihm hören sollte. «Die Kollegen von der Pferdestaffel sind auch benachrichtigt und haben ihre Unterstützung zugesagt.»

«Gut. War sonst noch was?»

«Nein», sagte Elvira. «Oder doch: Ich soll dir sagen, dass Döring und Liebmann noch im Büro sind. Wenn du willst, geh nochmal bei ihnen vorbei. Ich glaube, sie haben mit Maria Wieland gesprochen.»

«Danke», sagte Marthaler. Dann wünschte er ihr ein schönes Wochenende.

«Sehr gemütlich wird es wohl nicht werden», erwiderte Elvira. «Wir halten nämlich Familienrat. Du weißt schon …»

Marthaler nickte, aber er sagte nichts. Er wusste: Auf die privaten Probleme seiner Sekretärin würde er sich im Moment nicht konzentrieren können.

Döring und Liebmann saßen vor ihren Computern und tippten Berichte, als Marthaler das Büro betrat. Beide schienen die Störung als eine willkommene Unterbrechung zu betrachten. Während Liebmann schwieg, begann Kai Döring von ihrem Besuch bei Maria Wieland zu erzählen. Schon nach den ersten Sätzen wurde er von Marthaler unterbrochen.

«Das Wichtigste zuerst!», sagte er. «Habt ihr der Frau das Foto gezeigt? War der Mann, den sie auf ihrem Balkon überrascht hat, Hendrik Plöger?»

309

Döring nickte.

«Ja», sagte er. «Sie hat ihn zweifelsfrei und ohne zu zögern erkannt.»

«Was hat sie für einen Eindruck von ihm gehabt? Hat sie dazu etwas gesagt?»

Döring überlegte. Dann schaute er sich hilfesuchend nach Liebmann um. «Ja. Ich glaube, sie sagte, er habe orientierungslos gewirkt.»

«Nein», korrigierte Liebmann. «Das Wort war aufgelöst. Hendrik Plöger habe auf sie gewirkt wie ein Mensch, der völlig aufgelöst war.»

«Hatte er eine Waffe? Ist er gewalttätig geworden? Hat er sie bedroht?»

Nun ergriff Döring wieder das Wort. «Im Gegenteil. Als sie ihm mit ihrer Schreckschusspistole gegenüberstand, hat er sofort die Hände hochgenommen und gefragt, was er machen soll.»

«Er hat was?»

«Er fragte: ‹Was soll ich machen?› Und als sie ihn aufforderte zu verschwinden, ist er augenblicklich über das Balkongeländer geklettert und auf den Rasen gesprungen.»

Marthaler dachte über diese Informationen nach. Obwohl er noch nicht wusste warum, hatte er das Gefühl, dass sie von großer Wichtigkeit waren, jedenfalls bekamen sie langsam eine Ahnung von Plögers Charakter.

«Wir müssen noch mehr über ihn erfahren. Unsere Vorstellung davon, was er für ein Mensch ist, ist noch zu vage. Ich denke, es wäre gut, wenn noch mal jemand mit Sandra Gessner sprechen würde. Aber nicht am Telefon.»

«Heute noch?», fragte Döring.

«Heute oder morgen. So schnell wie möglich.»

«Das kann ich machen», sagte Liebmann. «Ich habe sowieso Bereitschaftsdienst.»

«Gut», sagte Marthaler. «Frag Petersen. Er hat heute Nachmittag mit ihr telefoniert. Er weiß, wo sie zu erreichen ist.»

Marthaler verabschiedete sich von den beiden. Als er bereits auf dem Gang war, kehrte er noch einmal um. «Kennt jemand von euch den Schutzpolizisten Raimund Toller?»

Döring verdrehte die Augen, sagte aber nichts.

«Was ist?», fragte Marthaler. «Kennst du ihn? Was ist er für ein Polizist?»

Döring schüttelte den Kopf.

«Nein», sagte er. «Ich will mir von dir nicht schon wieder einen Rüffel einfangen. Dass ich den Kollegen gegenüber überheblich sei.»

Liebmann sprang ihm bei.

«Wir waren mit Toller zusammen in der Ausbildung», sagte er. «Er ist ein Rambo. Und wenn ich noch deutlicher werden soll: Er ist das geborene Arschloch.»

Marthaler nickte. Ein Rambo. Das deckte sich mit dem Bild, das er selbst von Toller gewonnen hatte. Wenn er bisher noch gezweifelt hatte, jetzt war er sicher: Er würde eine Überprüfung Raimund Tollers veranlassen.

Vierunddreißig Marthaler nahm die U-Bahn. Am Südbahnhof stieg er aus und ging den Großen Hasenpfad hinauf.

Als er gerade die Wohnungstür hinter sich geschlossen hatte, klingelte das Telefon. Sofort begann sein Herz schneller zu schlagen. Nein, dachte er, nicht das. Nicht schon wieder eine schlechte Nachricht. Nicht noch ein Einsatz heute Abend.

Er nahm den Hörer ab.

Es war seine Mutter. «Ach, Mutti. Schön.»

Seine Mutter schien zu stutzen. «Robert. Was ist los mit dir?»

«Nichts, nichts. Ich bin gerade heimgekommen. Ich habe befürchtet, es sei dienstlich. Schön, dass du dich meldest.»

«Ja. Wenn die Jugend nicht zum Alter kommt, muss das Alter wohl zur Jugend kommen.»

Marthaler lachte. Er wusste, es war nicht vorwurfsvoll gemeint. Trotzdem entschuldigte er sich dafür, dass er so lange nicht angerufen hatte.

«Schon gut», sagte sie. «Ich weiß doch, dass du viel zu tun hast. Bestimmt nicht so viel wie wir Rentner, aber sicher auch nicht wenig.»

Sie klang fröhlich. Sie erzählte ihm, dass sie gerade dabei waren, sich ausgehfertig zu machen. Sein Vater hatte sie mit Konzertkarten überrascht. Sie wollten ein Freiluftkonzert mit Dvořáks 9. Sinfonie besuchen. «Später gehen wir noch eine Kleinigkeit essen und gönnen uns eine Flasche Wein. Schade, dass du nicht dabei sein kannst.»

«Ja, schade», sagte Marthaler. Und er meinte es ernst. Es

hätte ihm Spaß gemacht, den heutigen Abend mit seinen Eltern zu verbringen.

«Wann sehen wir uns mal wieder?», frage sie.

«Wir haben gerade einen schwierigen Fall», antwortete Marthaler.

«Ich weiß», sagte sie. «Wir haben darüber gelesen. Es war auch bei uns in den Zeitungen.»

Marthaler fiel auf, mit welcher Selbstverständlichkeit sie ‹wir› und ‹uns› sagte. Im Laufe der Jahrzehnte waren seine Eltern zu einer so untrennbaren Einheit geworden, dass sie sich nur noch als Paar wahrnehmen konnten. In seiner eigenen Generation war das sehr selten geworden.

«Ich melde mich», sagte er.

«Mach das.»

«Und grüß Papi. Ich wünsche euch einen schönen Abend.»

«Den werden wir haben.»

Dann legten sie auf.

Marthaler zog sich aus und warf seine verschwitzte Kleidung in die Wäschetonne. Als er unter der Dusche stand, überlegte er, im «Lesecafé» anzurufen und zu fragen, ob Tereza da sei. Nein, dachte er. Ich habe Hunger. Ich werde mir ein Taxi nehmen und hinfahren. Ob sie da ist oder nicht. Ich muss etwas essen. Und ich will nicht schon wieder allein vor einer Tütensuppe an meinem Küchentisch hocken.

Er zog sich an. Dann telefonierte er mit der Taxizentrale, ging nach unten und wartete vor dem Haus. Nach nicht einmal fünf Minuten war der Wagen da. Als sie die Diesterwegstraße erreicht hatten und er den Fahrer bezahlte, war es kurz nach halb sieben.

Tereza habe gerade Dienstschluss gehabt, sagte ihre Kollegin, die noch die Abrechnung machte. Sie sei vor zwei Minuten gegangen. Sie müsse ihm fast in die Arme gelaufen sein.

«Wissen Sie, wo sie hinwollte?», fragte er.

Die Kellnerin hob die Augenbrauen. Dann lächelte sie.

«Nein», sagte sie. «Tut mir Leid. Keine Ahnung.»

Marthaler stürmte hinaus. Aufs Geratewohl lief er einmal um den Schweizer Platz. Dann sah er sie. Sie stand vor der Buchhandlung und schaute sich die Auslagen an. Atemlos kam er bei ihr an.

«Ach, der Kommissar.»

Sie lächelte. Sie schien sich zu freuen, aber sie wirkte auch bedrückt.

«Sind Sie wieder im Einsatz?»

Marthaler war irritiert. Er merkte, dass sie ihm mit großer Reserve begegnete.

«Wir haben uns schon einmal geduzt», sagte er.

«Stimmt. Robert. Nicht wahr?»

Er wusste nicht, was er sagen sollte. Fast bereute er, sie angesprochen zu haben. Ihr distanziertes Verhalten machte ihn verzagt. Dann fasste er sich ein Herz. «Hast du heute Abend schon etwas vor? Wollen wir essen gehen? Ich bin sehr hungrig.»

Sie schien zu zögern.

«Warum nicht?», sagte sie schließlich. «Aber nur, wenn du dein Telefon abstellst.»

Obwohl er seine Kollegen angewiesen hatte, ihre Mobiltelefone am Wochenende eingeschaltet zu lassen, tat er, was sie von ihm verlangte.

«Wo gehen wir hin?», fragte er.

«Ich weiß nicht, es ist deine Stadt.»

«Komm», sagte er. «Nicht weit von hier ist eine Apfelweinwirtschaft. Dort kann man im Freien sitzen.»

Schweigend liefen sie die Textorstraße entlang. Durch eine Toreinfahrt betraten sie den Hof der «Germania». Alle Bänke waren besetzt, aber der Kellner forderte einfach ein paar Gäste auf, zusammenzurücken und den Neuankömmlingen Platz zu machen. Überall wurde geredet, gelacht und getrunken. Tereza blieb schweigsam. Sie ließ sich von Marthaler die Gerichte erklären und bestellte schließlich einen Spuntekäs.

«Solche Gaststätten haben wir in Prag auch. Nur, dass man bei uns Bier trinkt», sagte sie.

Sie bemühte sich, unbefangen zu wirken, aber Marthaler spürte ihre Unruhe. Und wieder merkte er, wie ungeübt er darin war, ein einfaches belangloses Gespräch zu führen.

«Hast du Sorgen?», fragte er.

Sie nickte. «Ich bin keine lustige Gesellschaft heute Abend.»

Marthaler musste über die Formulierung lächeln.

«Das macht nichts», sagte er. «Sag mir einfach, was los ist, wenn du magst.»

Dann erzählte sie, dass ihre Freundin, in deren Zimmer sie wohnte, überraschend aus dem Urlaub zurückgekommen war. Man hatte ihr in der Nähe von Florenz das Auto aufgebrochen und alles gestohlen. So war sie nicht, wie geplant, drei Monate, sondern nur anderthalb Wochen geblieben.

«Das Zimmer ist zu eng für zwei», sagte Tereza. «Ich müsste mir rasch etwas Neues suchen, aber die Mieten sind sehr teuer. Ich hatte gehofft, mir in Frankfurt ein wenig Geld zu verdienen, um im Herbst für drei Wochen nach Madrid fahren zu können.»

Marthaler überlegte. Er zögerte, doch dann fasste er einen Entschluss.

«Du könntest bei mir wohnen», sagte er.

Und weil er fürchtete, dass sein Angebot ein wenig verwegen klingen könnte, fügte er gleich hinzu: «Meine Wohnung ist groß genug. Du hättest ein eigenes Zimmer. Und Geld brauchst du nicht dafür zu bezahlen. Ich würde dich nicht stören. Ich bin nur selten zu Hause.»

Tereza schaute ihn einen Moment lang sprachlos an. Es sah

aus, als wolle sie ihn einer schnellen, aber eingehenden Prüfung unterziehen. Dann breitete sich ein Lächeln über ihrem Gesicht aus.

«Ist das dein Ernst? Das würdest du machen?»

Sie stand auf, kam um den Tisch herum und küsste ihn auf die Wange. Dann setzte sie sich wieder auf ihren Platz. Er hatte die Prüfung bestanden. «Und du würdest wirklich nichts dafür verlangen?»

Marthaler hob die Finger zum Schwur.

«Nichts», sagt er.

«Wann kann ich zu dir kommen?»

«Wenn du willst, sofort.» Terezas offenkundige Freude beschämte Marthaler fast.

«Jetzt noch? Heute Abend?»

«Warum nicht? Allerdings habe ich kein Auto», sagte er. «Wir müssten einen Wagen mieten, um deine Sachen zu holen.»

«Ich habe nicht viel. Nur einen Koffer und eine Reisetasche. Und einen Karton mit Büchern.»

«Dann genügt auch ein Taxi.»

Ihre Augen leuchteten. «Wollen wir? Jetzt? Sofort?»

Marthaler lachte. Er wunderte sich über sich selbst. Obwohl er oft so eigenbrötlerisch war, lud er nun eine fremde Frau ein, bei ihm zu wohnen. Er beruhigte sich damit, dass Tereza, indem sie sein Angebot annahm, noch größeren Mut bewies.

«Von mir aus jetzt und sofort», sagte er. «Lass mich nur noch fertig essen.»

Sie fuhren ins Ostend. Nicht weit vom Zoo bewohnte Terezas Freundin ein kleines Zimmer in einer Wohngemeinschaft.

«Wenn die Stadt ruhig ist, hört man hier manchmal die Affen. Und irgendwelche Vögel, die laut kreischen», sagte Tereza.

Ihre Freundin war offensichtlich erleichtert über die unerwartete Lösung des Problems. Während Marthaler im Hausflur wartete, half sie Tereza beim Packen. Als er den Bücherkarton nach unten gebracht hatte und den Koffer holen wollte, standen die beiden im Treppenhaus und umarmten einander.

«Behandeln Sie sie anständig», sagte die Freundin. «Sie ist ein gutes Mädchen.»

«Ja, den Eindruck habe ich auch. Ich hoffe nur, dass sie mich ebenfalls anständig behandelt», sagte Marthaler und wunderte sich noch im selben Moment über seine eigene Forschheit.

Anderthalb Stunden später war der Umzug bereits erledigt. Marthaler war froh, dass er wenigstens seine schmutzige Wäsche am Morgen weggeräumt und in die Reinigung gebracht hatte. Tereza lief aufgeregt durch die Wohnung und inspizierte die Räume. Dann ließ sie sich neben ihn auf das Sofa fallen. Er hatte zwei Gläser aus dem Schrank geholt und eine Flasche Wein geöffnet.

«Wird gemacht», sagte Tereza.

«Was?», fragte Marthaler.

«Ich werde dich anständig behandeln.»

Nun ahmte sie seine Geste nach und zeigte ihm ebenfalls die Schwurhand.

«Aber du musst mir versprechen, dass du sofort sagst, wenn du mich wieder loswerden willst.»

«In Ordnung, aber dann musst du mir versprechen, dich hier nicht wie eine Besucherin zu benehmen. Solange du hier wohnst, gehört die Wohnung uns beiden. Einverstanden?»

Tereza nickte.

Als sie ihre Gläser ausgetrunken hatten, entstand zwischen beiden ein ratloses Schweigen. Offensichtlich wusste keiner von ihnen, auf welche Weise dieser Abend zu Ende gebracht werden sollte.

«Was hältst du davon, wenn wir jetzt schlafen gehen?», sagte Marthaler. «Wenn du magst, kannst du schon mal ins Bad gehen, während ich noch rasch dein Bett beziehe.»

Tereza nickte. Dann tippte sie mit der Fingerkuppe auf seine Nasenspitze.

«Danke. Für alles.»

Bevor sie endgültig im Badezimmer verschwand, streckte sie noch einmal den Kopf heraus und sagte: «Ich finde es schön lustig mit dir.»

Marthaler lag noch lange wach. Die Aufregungen des heutigen Abends überdeckten alles, was in den letzten Tagen geschehen war. Seit er Tereza vor der Buchhandlung am Schweizer Platz getroffen hatte, hatte er keine Minute mehr an den Fall gedacht.

Er überlegte, was er eigentlich über sie wusste. Es war so gut wie nichts. Sie kam aus Prag, studierte Kunstgeschichte, mochte die Bilder von Francisco de Goya und wollte nach Madrid. Das war alles. Er wusste weder, wie sie mit Nachnamen hieß, noch, wie alt sie war. Bis vor wenigen Stunden hatte er sie gerade zweimal gesehen, und jetzt wohnte sie schon bei ihm. Trotzdem fragte er sich keinen Moment, ob er einen Fehler gemacht hatte. «Ich finde es schön lustig mit dir.» Er war der Meinung, ein Mädchen, das einen solchen Satz zu ihm sagte, hatte jedes Vertrauen verdient.

Einmal in der Nacht knipste er das Licht an, um zur Toilette zu gehen. Als er zurückkam, schaute er auf das Foto von Katharina, das auf seinem Nachttisch stand. Er tat es ohne eine Spur von Unruhe. Er lächelte und knipste das Licht wieder aus. Dann schlief er ein.

Geweckt wurde er durch ein ungewohntes Rumoren in seiner Wohnung. Nur langsam kämpfte er sich aus den Tiefen des Schlafes herauf. Noch mit geschlossenen Augen nahm er wahr, dass es draußen bereits hell war. Er lauschte auf die Geräusche. Dann fiel ihm Tereza wieder ein. Er schaute auf die Uhr. Es war Viertel nach zehn. Er ließ den Kopf wieder auf das Kissen sinken.

Er versuchte sich vorzustellen, was Tereza dort draußen machte. Er versuchte sich ihr Gesicht und ihren Körper vorzustellen. Ihm fiel ihr Lächeln ein. Er merkte, dass er sich auf sie freute. Aber er blieb noch eine Weile liegen, um seine Freude auszukosten.

Schließlich stand er auf. Auch wenn er sich sonst im Sommer nackt in der Wohnung bewegte, zog er sich jetzt einen dünnen Schlafanzug über und ging in die Küche. Sie hatte bereits Kaffee gekocht und den Tisch gedeckt, aber sie war nirgends zu sehen.

Dann hörte er, wie in der Dusche das Wasser zu rauschen begann. Er ging in den Flur. Die Tür zum Badezimmer stand offen.

Er sah Tereza, wie sie mit geschlossenen Augen unter der Dusche stand. Sie hatte den Kopf nach hinten gebeugt und spülte sich die Haare aus. Er blieb an der Tür stehen und schaute sie an. Dann drehte sie das warme Wasser ab und brauste sich mit einem kalten Schwall ab. Sie zappelte, und er sah, wie sich ihre Haut unter der Kälte kräuselte. Plötzlich drehte sie den Kopf und sah ihn an.

Er wich ihrem Blick nicht aus.

Sie lächelte.

Dann ging er zurück ins Schlafzimmer, holte ein frisches Badetuch und brachte es ihr.

«Danke», sagte sie. Und: «Guten Morgen.»

Während sie sich abtrocknete, putzte er sich die Zähne. Dann ging er in die Küche, legte Brötchen in den Ofen, setzte sich an den Frühstückstisch und wartete auf sie.

Er sah, wie sie nackt durch den Flur huschte.

«Ich bin gleich so weit», rief sie.

Fünf Minuten später war sie angezogen und setzte sich ihm gegenüber. Er suchte in ihren Augen nach der Spur eines Unbehagens oder eines Vorwurfs, weil er sie heimlich angeschaut hatte. Er konnte nichts dergleichen entdecken. Trotzdem bat er sie um Entschuldigung.

«Für was?», fragte sie.

«Für eben. Ich hätte dich nicht so anstarren dürfen.»

Sie schüttelte den Kopf.

«Ich bin auch ein Augenmensch», sagte sie.

Er merkte, wie ihn auch diese Antwort erstaunte. War es wirklich so einfach? Konnte man so unverstellt miteinander umgehen?

«Wie alt bist du?», fragte er.

«Achtundzwanzig. Und du?»

«Vierzig.»

«Ist das deine Frau?» Sie deutete mit dem Kopf auf das Foto Katharinas, das hinter ihm an der Wand hing. Er nickte.

«Ich werde dir von ihr erzählen», sagte er. «Aber später. Nicht jetzt.»

«Hast du Zeit? Wollen wir etwas machen?», fragte sie.

«Hast du einen Vorschlag?»

Sie überlegte. Auf einmal klatschte sie in die Hände. «Au ja. Weißt du was, wir gehen zusammen ins Städel. Ich mache eine Führung mit dir. Und ich möchte dir die beiden Bilder von Goya zeigen, die dort hängen. Was hältst du davon?»

Marthaler war einverstanden. Und er dachte, dass es wohl nichts gab, was er an diesem Morgen nicht gerne gemeinsam mit Tereza gemacht hätte. Außerdem war es viele Jahre her, dass er zuletzt in den Städelschen Kunstsammlungen gewesen war.

«Ja», sagte er. «Gerne. Nur muss ich mein Mobiltelefon leider mitnehmen. Und ich muss es angeschaltet lassen.»

«Du hast mit den toten Männern im Wald zu tun, nicht wahr?»

«Ja. Aber ich möchte nicht darüber sprechen.»

«Gibt es noch viele Dinge, über die du nicht sprechen möchtest?», fragte Tereza.

Marthaler lachte. «Nein. Ich glaube nicht.»

Aber wenn er ehrlich war, musste er zugeben, dass er nicht einmal das mit Sicherheit sagen konnte. Er hatte sich diese Frage schon lange nicht mehr stellen müssen. Es hatte niemanden gegeben, der neugierig auf ihn gewesen wäre.

Als sie die Wohnung verließen, begegnete ihnen die Hausmeisterin. Sie begrüßten einander.

«Das ist Tereza», sagte Marthaler. «Sie wird eine Weile bei mir wohnen. Ich habe ihr bereits gesagt, dass sie die Haustür abends abschließen muss.»

Sie schlenderten den Großen Hasenpfad hinunter. Am liebsten hätte Marthaler allen Leuten, die ihnen begegneten, einen Guten Morgen gewünscht. Manchmal berührten sich beim Gehen ihre Oberarme. Als sich Tereza unverhofft bei ihm unterhakte, bekam Marthaler einen kleinen Schrecken. Er merkte, wie sich sein Oberkörper für einen Moment versteifte.

«Ist es dir unangenehm?», fragte Tereza.

«Nein, überhaupt nicht», antwortete er. «Es ist nur, dass mir lange niemand mehr so nah war.»

Tereza sah ihn von der Seite an. Sie schien etwas sagen zu wollen, rückte aber nicht mit der Sprache heraus.

«Was ist?», fragte er.

«Die Deutschen sind nicht sehr …» Sie zögerte, ihren Satz zu Ende zu bringen.

«Komm, sag schon», ermunterte er sie. «Wie sind die Deutschen?»

«Ich habe den Eindruck, die Deutschen sind nicht sehr entspannt.»

«Mag sein», sagte Marthaler. «Aber vielleicht gibt es dafür gute Gründe. Und dann weiß ich auch nicht, ob es wirklich ein erstrebenswertes Ziel ist, entspannt zu sein. Es gibt so viele entspannte Idioten.»

Tereza lachte.

«Ja», sagte sie, «da hast du Recht. Aber ich meine etwas anderes. Ich habe oft das Gefühl, dass dieses Land ein Pulverfass ist. Es genügt, wenn man jemanden versehentlich anstößt, schon wird man beschimpft. Es ist ein schönes Land, aber der Frieden ist so dünn hier.»

Marthaler glaubte zu verstehen, was sie meinte. Trotzdem war er froh, dass sie jetzt am Städel angekommen waren. Er dachte oft genug über das Land und seine Menschen nach. Heute hatte er keine Lust dazu.

An der Kasse lösten sie ihre Eintrittskarten.

«Komm», sagte er. «Jetzt zeigst du mir ganz entspannt deine Bilder.»

Tereza führte Marthaler mit großer Begeisterung durch die Räume. Man hätte meinen können, sie sehe das alles zum ersten Mal, dabei hatte sie in den letzten Wochen viele Stunden in diesem Museum verbracht. Sie zeigte ihm die rätselhafte Venus von Lucas Cranach, den Astronomen von Vermeer, aber auch das wunderschöne weibliche Brustbild des Bartolomeo da Venezia und das bunte Paradiesgärtlein eines unbekannten oberrheinischen Meisters.

Marthaler merkte, wie naiv er auf all die Bilder reagierte. Ob ihm etwas gefiel oder nicht, hing fast immer davon ab, was auf den Gemälden dargestellt war. So schön sie auch gemalt sein mochten, ihn schauderte vor Kreuzigungsszenen. Er hatte nie verstanden, wie eine Religion das Abbild eines gemarterten Menschen zu ihrem Symbol machen konnte.

Terezas Blick war ein anderer. Sie wies ihn auf viele Einzelheiten hin, erläuterte ihm die Malweise, erklärte, welche Bedeutung eine bestimmte Blume oder ein Totenkopf haben konnte. Und wie sich im Laufe der Jahrhunderte die Darstellung der Menschen verändert hatte. Langsam begann Marthaler zu begreifen, dass sie viel mehr auf diesen Bildern sah als er, weil sie viel mehr wusste.

Und er war erstaunt, mit welcher Sicherheit sie ihre Urteile fällte. Während er oft verständnislos vor einem alten Gemälde stehen blieb und meinte, er müsse lernen, es zu bewundern, zog sie ihn einfach weiter.

«Komm», sagte sie, «das ist nichts. Nur weil es alt ist und in einem Museum hängt, muss es ja nicht gut sein.»

Auch die Berühmtheit eines Malers schützte seine Bilder nicht vor Terezas Kritik. Andererseits zwang sie Marthaler immer wieder, genauer hinzusehen. Zu einem Gemälde zurückzukehren, an dem er gerade achtlos vorbeigelaufen war.

«Schau doch mal hier», sagte sie und deutete auf Courbets Welle. «Ist das nicht wunderschön? Und so einfach. Es ist die Welle aller Wellen. Als sei niemals zuvor eine Welle gemalt worden. Sie ist schön und sieht doch auch gefährlich aus. Man möchte hineinspringen, und gleichzeitig hat man Angst, darin unterzugehen.»

Erst ganz zum Schluss führte sie ihn in den Raum mit den Gemälden von Goya. Sie mussten ein paar Stufen hinaufgehen. Es waren zwei kleine dunkle Bilder. Sie hingen rechts an der Wand. Und sie trugen beide denselben Titel: «Szene aus dem spanischen Krieg».

«Ich möchte, dass du mir die Bilder beschreibst», sagte Tereza. «Sag mir, was du siehst.»

Marthaler fühlte sich überrumpelt.

«Was meinst du?», fragte er. «Ich sehe Krieg. Gewalt.»

«Nein, das stimmt nicht. Krieg kann man nicht sehen. Gewalt auch nicht. Man sieht Formen und Farben. Vielleicht sieht man Figuren und Gegenstände, die aus Farben und Formen gestaltet sind. Schau einfach hin und fang an.»

«Also gut», sagte er. «Ich sehe eine Frau.»

«Wie sieht sie aus? Ist sie alt, ist sie jung? Ist sie fröhlich oder traurig?»

«Eher jung. Sie liegt auf dem Boden. Ihre Kleidung ist verrutscht, sie ist halb nackt. Sie hat einen schönen Körper. Man tut ihr etwas an.»

«Gut, weiter», ermunterte ihn Tereza. «Was tut man ihr an? Und wer?»

«Ein Mann steht über ihr. Ein mächtiger, grober Kerl. Er packt sie am Unterarm. Alles ist dunkel. Fahl. Es passiert nachts.»

«Sonst noch was?»

«Ja», sagte Marthaler, der langsam Gefallen an dem Spiel fand. Terezas Ermunterungen machten ihm Spaß, und er merkte, wie sich seine Wahrnehmung schärfte. «Zwei Kinder. Eins ist rechts, eins links von der Frau. Es sind ihre Kinder. Sie weinen oder schreien. Sie haben Angst. Dann ist da noch ein Mann.»

«Was ist mit dem anderen Mann?»

«Er steht daneben. Man kann ihn nur schwer erkennen. Er tut nichts. Er ist vermummt und steht einfach da. Er wirkt wie ein Wächter des Bösen.»

Tereza klatschte vor Begeisterung in die Hände. Eine Museumsaufsicht kam in den Raum und schaute, ob alles in Ordnung war. Tereza ließ sich nicht beirren.

«Das ist sehr gut», sagte sie. «Der vermummte Mann ist ein Wächter des Bösen.»

«Im Hintergrund, weiter entfernt, sieht man so etwas wie Körper. Eigentlich sind es nur Schemen. Es sieht aus, als habe man Menschen an den Füßen aufgehängt.»

«Wie wirkt das Ganze auf dich?», fragte Tereza.

«Sehr brutal», sagte Marthaler. «Die Gesichter der Menschen sind kaum zu erkennen. Alles ist ein Knäuel. Als ob Täter und Opfer unentwirrbar miteinander verknäuelt sind.»

Tereza nickte.

«So», sagte sie. «Jetzt das andere Bild.»

«Es ist das Gleiche», sagte Marthaler.

«Nein», sagte Tereza. «Es ist vielleicht ähnlich. Aber es ist nicht das Gleiche. Dann hätte Goya es nicht malen müssen.»

«Gut. Eine Frau im weißen Kleid. Sie kniet im Vordergrund. Eine Brust ist entblößt. Hinter ihr steht ein kräftiger Mann, er hat einen stechenden Blick, seine Beine sind gespreizt. Er hält ihren linken Arm gepackt, und er zerrt ihren Kopf an den Haaren nach hinten. Das Gesicht der Frau ist gerötet, fast schon verzagt. Als ob sie merkt, dass es keinen Zweck mehr hat, sich zu wehren.» Marthaler hielt einen Moment inne.

«Es ist grässlich», sagte er. «Und das Grässlichste ist, dass man auch hier wieder ein weinendes Kind sieht, das sich an der Mutter festklammert.»

«Ja. Es ist nicht schön, was man da sieht», sagte Tereza. «Aber es ist schön gemalt. Du musst das unterscheiden. Mach weiter!»

Obwohl es ihn mehr und mehr vor dem Anblick schauderte, zwang Marthaler sich, mit seiner Beschreibung fortzufahren.

«Hinter den dreien sieht man eine andere Gruppe. Ein paar dunkle Kerle, einer hat ein Schwert, vielleicht sind es Soldaten. Sie tragen den Körper einer weiteren Frau. Sie ist nackt, nur eine Art Schleier ist nachlässig über ihren Körper geworfen. Einer ihrer Arme hängt schlaff herab. Wahrscheinlich ist sie bereits tot. Ihr Gesicht ist bleich. Sie hat bereits alles hinter sich. Der Schleier wirkt wie eine Art Leichentuch.»

«Siehst du eine Ähnlichkeit?», fragte Tereza. «Zu einem anderen Gemälde, das wir vorhin gesehen haben?»

Marthaler überlegte, aber es fiel ihm nicht ein, welches Bild sie meinte.

«Es sieht aus wie die Kreuzabnahme, die wir auf dem Altarbild gesehen haben.»

Jetzt, da sie es sagte, sah er es auch.

«Und hier ...» Sie wies auf ein Stück Tuch, das über der Schulter des Kindes zu sehen war. «Schau mal. Es sieht aus, als ob dies ein Flügel wäre. Als sei das Kind bereits ein Engel.»

Marthaler war erschöpft.

Tereza lächelte ihn an.

«Das hat Spaß gemacht», sagte sie.

«Das stimmt», sagte er. «Und trotzdem: Ich verstehe nicht, wie jemand solche Bilder malen kann.»

«Komm», sagte sie und hakte ihn wieder unter. «Lass uns gehen. Wir haben schwer gearbeitet. Wenn du so weitermachst, wirst du noch ein Kunsthistoriker.»

Draußen überfiel sie die Hitze. Sie standen auf der breiten Treppe vor dem Städel und schauten über den Main, auf das Bankenviertel und den Dom. Sie überlegten, was sie jetzt tun sollten.

«Wollen wir an den Fluss gehen?», fragte Tereza. «Es gibt dort unten einen Stand, wo man frisch gepressten Orangensaft bekommt. Wir setzen uns auf eine Bank und schauen den Schwänen zu. Was meinst du?»

«Ja», sagte Marthaler. Aber er merkte, dass er unruhig war. Zum ersten Mal seit gestern Abend musste er wieder an den Fall denken. Er wusste, dass es mit den Bildern zusammenhing. Nicht nur die Gewalt auf den Bildern, die Francisco de Goya vor fast zweihundert Jahren gemalt hatte, erinnerte ihn an die Dinge, die im Stadtwald geschehen waren.

«Was ist mit dir?» Tereza sah ihn besorgt an.

«Na ja. Was wir gesehen haben, war ja nicht gerade erheiternd.»

«Aber es ist doch Kunst», sagte sie. «Es sind Bilder.»

Marthaler schüttelte den Kopf. «Nein, das glaube ich nicht. Das ist nicht einfach Kunst. Es sind nicht nur Formen und Farben. Es hat auch etwas mit der Wirklichkeit zu tun. Sonst wäre es nicht gemalt worden.»

Tereza schwieg einen Moment.

«Ja», sagte sie. «Natürlich. Du hast Recht. Manchmal bin ich so gefangen.»

Marthaler verstand nicht. «Gefangen?»

«Sagt man nicht gefangen? Wenn man nur so in seinen eigenen Bahnen denkt.»

«Befangen», sagte Marthaler. «Du meinst befangen.»

Sie saßen schweigend nebeneinander. Keiner schien das Bedürfnis zu haben, das Schweigen zu brechen.

«Es ist ein schöner Tag», sagte Tereza schließlich.

Aber dann läutete Marthalers Mobiltelefon.

Fünfunddreißig Es war Kerstin Henschel. «Robert? Wo bist du? Ich glaube, es wäre gut, du würdest kommen.»

Marthalers Herz setzte einen Moment lang aus. «Was ist? Was ist passiert?»

«Manfred hat gerade einen Anruf bekommen. Die Reiterstaffel. Es sieht so aus, als hätten sie Hendrik Plöger entdeckt.»

«Bist du im Präsidium?»

«Nein. Wir sind hier. In meiner Wohnung. Manfred Petersen ist bei mir.»

Marthaler war irritiert. Aber er fragte nicht nach. «Haben sie ihn festgenommen?»

«Nein. Er ist ihnen entwischt. Aber sie haben seine Spur. Er scheint sich noch immer im Bereich des Stadtwaldes aufzuhalten. Sie sind bereits mit mehreren Pferden unterwegs.»

«Wo treffen wir uns?»

«Wo bist du? Sollen wir dich abholen?»

«Ja. Das wäre gut. Ich warte auf euch am Schaumainkai, Ecke Untermainbrücke. Wann könnt ihr da sein?»

Marthaler hörte, wie die beiden sich absprachen.

«In zehn Minuten.»

«Gut.»

Marthaler steckte das Telefon in die Tasche seines Jacketts. Tereza sah ihn an.

«Es ist nicht schlimm», sagte sie, bevor er noch zu einer Erklärung ansetzen konnte. «Auf einen Polizisten kann man sich eben nicht verlassen.»

«Leider», sagte er.

Sie mussten gleichzeitig lachen.

Petersen stoppte seinen Wagen auf der rechten Spur. Sofort begannen die Autofahrer hinter ihm zu hupen. Marthaler öffnete die Tür und rutschte auf die Rückbank. Kerstin Henschel, die auf dem Beifahrersitz saß, drehte sich kurz zu ihm um, um ihn zu begrüßen. Sie wirkte verlegen.

«Wo fahren wir hin?», fragte er.

«Zum Wendelsweg», sagte Petersen. «Wir wissen selbst noch nichts Genaues. Carsten Berger hat mich angerufen. Einer seiner Reiter hat Plöger bei den Grillplätzen am Scheerwald entdeckt. Plöger hat sofort die Flucht ergriffen. Das ist alles. Jedenfalls war es eine gute Idee, die Reiterstaffel um Hilfe zu bitten.»

Schweigend fuhren sie weiter.

«Robert, vielleicht sollten wir dir erklären ...», sagte Kerstin Henschel. «Manfreds Freundin ist ausgezogen, und ...»

«Nein», sagte Marthaler. «Das ist eure Sache.»

Er wusste immer noch nicht, was er davon halten sollte. Egal, was sie ihm jetzt erzählen wollten, er hätte nicht gewusst, was er dazu hätte sagen sollen.

Als sie am Wendelsweg ankamen, schaute Marthaler auf die Uhr. Es war kurz nach 13 Uhr am Samstag, dem 12. August. Petersen parkte seinen Wagen direkt vor dem kleinen weißen Gebäude, in dem die berittene Polizei ihre Station hatte. Hinter dem Haus befanden sich die Stallungen für die Pferde und eine Koppel, auf der einige der gut gepflegten Tiere zu sehen waren.

Carsten Berger begrüßte die Kollegen und führte sie umgehend in einen kleinen Nebenraum. Er bat sie, Platz zu nehmen. An der Wand hing eine Karte des Stadtwaldes mit den angrenzenden Gebieten. Darunter, auf einem ausgedienten Schreibtisch, befand sich die Funkstation, mit der sie Kontakt zu den Reitern hielten, die sich draußen im Einsatz befanden.

«Ich denke, es ist das Beste, wenn wir sofort zur Sache kommen. Getränke habe ich kalt gestellt. Und der Pizza-Service ist bereits unterwegs.» Berger nahm eine Reitgerte, die er als Zeigestock benutzte, und tippte damit mehrmals nacheinander auf die Karte.

«Hier liegt der Scheerwald», sagte er. «Dort ist der Spielpark, hier befinden sich die Grillplätze und direkt daran angrenzend der Sportplatz der SPVGG.05 Oberrad. Das Gebäude, das ihr hier seht, ist die Vereinsgaststätte. Um 12.14 Uhr erhielten wir den Funkspruch zweier Kollegen, die gemeinsam Streife ritten. Sie gaben die Meldung durch, dass sie eine einzelne männliche Person gesichtet hätten. Die Person befand sich in der Nähe der Grillplätze und versteckte sich offensichtlich hinter einem Baum. Als die Kollegen näher kamen und eine Personenkontrolle durchführen wollten, erkannten sie Plöger. Plöger ergriff sofort die Flucht.»

«Und sie haben ihn laufen lassen?» Der ungläubige und vorwurfsvolle Unterton in Petersens Worten war nicht zu überhören. Berger hob die Hand zum Zeichen, dass er noch nicht fertig war mit seinen Erläuterungen.

«Unser Pech ist, dass heute Nachmittag auf dem Sportplatz ein großes Spiel- und Sportfest stattfindet. Seit anderthalb Stunden strömen von allen Seiten des Stadtwaldes die Besucher und Teilnehmer dieser Veranstaltung in Richtung Scheerwald. Bevor unsere Beamten noch reagieren konnten, hatte sich Plöger unter eine Gruppe von Fußballern gemischt. Es gelang ihm, über das Gelände des Sportplatzes zu flüchten. Als die Kollegen ihm nachsetzten, sahen sie gerade noch, wie er in einer umzäunten Schonung verschwand.» Berger tippte mit seiner Gerte auf eine Stelle der Karte, die ein Gebiet westlich des Scheerwaldes umfasste.

«Und dort ist er jetzt noch?», fragte Marthaler.

«Wir nehmen es an. Aber wir sind uns nicht sicher. Der

Baumbestand ist zu dicht. Das Areal ist mit den Pferden nicht zu passieren. Ich habe sofort zwei weitere Teams mit Reitern dorthin geschickt, sodass jetzt sechs Kollegen vor Ort sind. Wir stehen in ständigem Funkkontakt. Zwei Beamte durchstreifen die Schonung zu Fuß. Die vier anderen umkreisen das Gebiet mit ihren Pferden.»

«Sie wissen hoffentlich alle, dass Plöger bewaffnet ist», sagte Marthaler.

«Ja, das wissen sie. Ich habe sie zu höchster Wachsamkeit aufgefordert. Die Frage ist, ob wir weitere Kollegen hinzuziehen sollen.»

Berger hatte Recht. Das war die Frage, die sie jetzt rasch beantworten mussten. Sollten sie eine Hundertschaft der Schutzpolizei anfordern und eine groß angelegte Suchaktion einleiten oder nicht?

Kerstin Henschel und Petersen waren sofort dafür.

Marthaler überlegte. Er war unentschlossen. Wie immer war er skeptisch, was Großeinsätze anging. Er wusste, wie schwer es war, die Aktionen einer so großen Zahl Polizisten zu koordinieren. Wie unübersichtlich die polizeiliche Arbeit sofort wurde. Und welch gefährliche Situationen entstehen konnten, wenn ein Täter sich in die Ecke gedrängt fühlte.

Das Knistern des Funkgerätes riss ihn aus seinen Gedanken. Berger meldete sich.

«Nichts Neues», sagte die Stimme aus dem Lautsprecher. «Sieht so aus, als habe er die Schonung bereits verlassen. Was sollen wir tun?»

Berger schaute Marthaler an. Der zuckte nur mit den Schultern.

«Okay», sagte Berger in sein Mikrophon. «Wir müssen das erst besprechen. Macht weiter, bis wir uns wieder melden. Ihr bekommt in Kürze neue Anweisungen.»

«Was meinst du?», fragte Marthaler in Richtung Carsten

Berger. «Sollen wir einen Großeinsatz einleiten oder nicht? Du bist es, der sich hier am besten auskennt.»

Auch Berger schien noch nicht zu einer festen Meinung gekommen zu sein. Er nagte an seiner Unterlippe. Dann schüttelte er den Kopf.

«Nein», sagte er. «Ich glaube, das wäre keine gute Idee. Der Wald ist voller Menschen. Außer den Besuchern des Festes sind Hunderte Spaziergänger unterwegs. Sollen wir die alle einkesseln? Was machen wir, wenn es zu einer Schießerei kommt? Oder wenn Plöger, weil er keinen anderen Ausweg mehr sieht, auf die Idee kommt, eine Geisel zu nehmen? Das Risiko wäre zu groß.»

Marthaler teilte diese Befürchtungen. Wie es aussah, war Plögers Verhalten unberechenbar. Trotzdem mussten sie sich jetzt entscheiden. Sie konnten die Kollegen im Wald nicht länger im Ungewissen lassen.

Er ergriff die Initiative. «Vielleicht müssen wir eine ungewöhnliche Lösung finden. Einen Mittelweg. Wir bilden kleine Trupps von zwei, drei Leuten, sowohl in Zivil als auch in Uniform. Diese Trupps verteilen wir über den Wald. Das Gebiet, in dem sie eingesetzt werden, muss Carsten Berger festlegen. Sie sollen sich mit größter Zurückhaltung bewegen. Auch wenn wir ihn entdecken, darf Plöger nie das Gefühl bekommen, von uns in die Enge getrieben zu werden. Aber wir müssen ihn unauffällig einkreisen. Wenn ein Zugriff zu riskant ist, lassen wir Plöger laufen, in der Hoffnung, dass er dem nächsten unserer Trupps in die Arme läuft. Wir vermeiden jede unnötige Konfrontation, aber versuchen, ihn unter Kontrolle zu behalten. Wir müssen einfach auf die günstigste Gelegenheit warten, ihn ohne große Gefahr festnehmen zu können.»

Marthaler schaute in die Gesichter seiner Kollegen. Er konnte deren Skepsis erkennen.

«Ob das funktioniert, weiß ich auch nicht», sagte er. «Aber

es scheint mir die einzige Möglichkeit zu sein. Wenn jemand eine bessere Idee hat, bin ich nicht beleidigt. Dann ziehe ich meinen Vorschlag gerne wieder zurück.»

Die anderen schüttelten den Kopf.

«Nein», sagte Kerstin Henschel. «Mir fällt auch nichts Besseres ein. Ich finde, wir sollten es so versuchen. Vielleicht haben wir Glück.»

Sie verteilten die Aufgaben, dann funkte Berger seine sechs Kollegen im Wald an und erläuterte ihnen den Plan.

Kerstin Henschel nahm Kontakt zum Leiter der Schutzpolizei auf. Sie erhielt die Zusage, binnen einer Stunde fünfzig bis sechzig Beamte zugeteilt zu bekommen. Sie alle würden mit einem Foto Hendrik Plögers ausgestattet und würden sich dann in kleinen Gruppen auf den Wald verteilen. Carsten Berger und Marthaler würden den Einsatz der Schutzpolizisten leiten.

Petersen hatte Kai Döring benachrichtigt. Er und Liebmann würden ebenfalls in Kürze am Wendelsweg eintreffen. Alles war in die Wege geleitet.

Inzwischen hatte ihnen der Pizza-Service das Essen gebracht. Alle nahmen rasch ein paar Happen und versorgten sich mit Getränken. In den nächsten Stunden würden sie wahrscheinlich keine Zeit mehr haben, ihren Hunger und Durst zu stillen.

Marthaler ging nach draußen. Er fasste an die Tasche seines Jacketts und merkte, dass er seine Zigaretten vergessen hatte. Ein paar Meter vom Eingang der Polizeistation entfernt befand sich ein Kiosk. Dort ging er hin. Er kaufte sich eine Packung Mentholzigaretten und eine Schachtel Streichhölzer. Dann lief er ein paar Meter die Straße hinauf in Richtung Goetheturm. Er stellte sich in den Schatten eines Baumes und schaute auf die Koppel mit den Pferden. Er steckte sich eine Zigarette an und inhalierte tief. Er war sich keineswegs sicher, den richtigen Vorschlag gemacht zu haben. Wenn etwas schief ging, würde er die Verantwortung übernehmen müssen. Trotzdem sah er keine andere Möglichkeit.

Er zog das Mobiltelefon aus der Jackentasche und wählte seinen Anschluss im Großen Hasenpfad. Als er schon aufgeben wollte, meldete sich eine Frauenstimme.

«Tereza?»

«Robert, wie schön, dass du dich meldest», sagte sie. «Ich wusste nicht, ob ich abnehmen soll oder nicht.»

«Ich wollte dir nur sagen, dass ich einen Einsatz habe. Es kann spät werden.»

«Wie spät?»

«Ich weiß nicht.»

«Musst du etwas Gefährliches machen?»

«Ich hoffe nicht.»

«Ich hoffe auch nicht. Sei bitte feige.»

Wieder musste Marthaler über ihre Formulierung lachen. Einen kurzen Moment hatte er gezögert, sie anzurufen, jetzt war er froh, es doch getan zu haben.

Er ging zurück zur Station. Die ersten Schutzpolizisten waren bereits eingetroffen und wurden von Berger instruiert. Er zeigte ihnen auf der Karte, wie sie sich im Wald verteilen sollten. Manche machten sich zu Fuß auf den Weg. Andere, die einem weiter entfernten Abschnitt zugeordnet waren, nahmen Motorräder und Streifenwagen, die sie dann am Waldrand stehen lassen sollten. Alle waren bewaffnet. Marthaler schärfte ihnen ein, nur im äußersten Notfall von ihren Pistolen Gebrauch zu machen. Das Gespräch mit Raimund Toller war ihm noch gut in Erinnerung.

Eine Stunde später war der Einsatz in vollem Umfang angelaufen. Döring, Liebmann, Petersen und Henschel beteiligten sich ebenfalls an der Suche im Wald.

Marthaler und Berger koordinierten die Aktion von der Station aus. Während Berger am Funkgerät saß, verzeichnete Marthaler auf der Karte die Bewegungen der einzelnen Teams. Weil die Frequenzen des Polizeifunks immer wieder abgehört wurden, hatten sie in der Einsatzbesprechung mit allen beteiligten Beamten einen Code verabredet. Sie hatten die Karte des gesamten Stadtwaldes in kleine Planquadrate eingeteilt. So waren die Teams jederzeit genau zu orten, ohne dass ein Außenstehender mit den Informationen etwas hätte anfangen können. Trotzdem war sich Marthaler sicher, dass sie ihre Aktion nicht lange würden geheim halten können. Er hoffte nur, dass sie Plöger gefunden hatten, bevor die ersten Reporter, Fotografen und Kameraleute im Wald aufkreuzten und ihnen die Arbeit erschwerten.

Um 15.03 Uhr hob Berger die Hand und stellte den Lautsprecher des Empfangsgerätes lauter.

Wieder hörte man zunächst nur ein lautes Rauschen und Knistern. Er drehte an der Feineinstellung und bat dann sein Gegenüber, die Meldung zu wiederholen.

Die Stimme kam krächzend: «Hier Team 4, PM Schrader. Zielobjekt gesichtet. Bewegt sich langsam von G3 in Richtung G2. Zugriff zurzeit nicht möglich. Wir folgen unauffällig und warten auf neue Anweisungen.»

«Verstanden. Danke», sagte Berger.

Marthaler suchte auf der Karte den angegebenen Punkt. Er konnte seine Aufregung nur mit Mühe unterdrücken.

«Hier», sagte er, «G2. Er bewegt sich auf der Klepperschneise Richtung Hensels Ruhe. Von dort kommt Team 9. Sie sollen versuchen, Plöger zu orten, und dann die Observierung übernehmen.»

Berger wollte die Order gerade weitergeben, als sich Schrader noch einmal meldete.

«Sichtkontakt verloren. Zielobjekt scheint die Richtung ge- ändert zu haben. Sieht so aus, als habe er sich in die Büsche geschlagen. Was sollen wir tun?»

«Mist», sagte Berger. «Bleibt dran. Versucht, ihn wieder zu finden.»

Berger und Marthaler beratschlagten. Bevor sie noch zu ei- nem Ergebnis gekommen waren, kam der nächste Funkspruch von Team 4.

«Vorige Meldung rückgängig. Zielobjekt wieder gesichtet. War wohl nur pinkeln. Bewegt sich weiter in Richtung G2. Wir lassen uns zurückfallen. Bleiben aber dran.»

Berger sprach ins Mikrophon. «Achtung, Team 9, bitte. Zielobjekt bewegt sich auf euch zu. Erhöhte Aufmerksamkeit. Wenn ihr Sichtkontakt zu ihm habt, bitte melden.»

Berger und Marthaler warteten. Nichts geschah.

«Team 9, bitte melden. Was ist? Habt ihr ihn geortet?»

Marthaler steckte sich eine neue Zigarette an.

Der Empfänger blieb stumm.

Berger versuchte es noch einmal. «Was ist los, Team 9? Bit- te gebt Nachricht!»

Marthaler sah auf die große Wanduhr. In der Mitte des Zif- ferblattes hatte jemand einen Aufkleber der Polizeigewerk- schaft angebracht. Es war 15.09 Uhr. Er drückte seine Zigaret- te im Aschenbecher aus, und sofort nahm er wieder den durchdringenden Pferdegeruch wahr.

«Sieht so aus, als hätten sie ihr Funkgerät abgestellt», sagte Berger. «Vielleicht sind sie so nah dran, dass sie Angst haben, Plöger könnte sie hören.»

Anderthalb Minuten lang harrten sie vor dem Lautsprecher aus. Dann kam die Bestätigung für Carsten Bergers Vermu- tung.

«Hier Team 9. Sorry. Wir konnten uns nicht melden. Wir waren kurz davor, einen Zugriff zu versuchen. Eine Gruppe

Radfahrer ist uns dazwischengekommen. Sieht so aus, als hätte das Zielobjekt etwas gemerkt.»

«Verdammter Mist.» Vor Wut hieb Berger mit der Faust an die Wand.

«Wo ist er?»

«Er bewegt sich jetzt in Richtung H2. Hat ein ziemliches Tempo drauf.»

Marthaler schaute auf die Karte, dann kritzelte er rasch etwas auf einen Zettel und reichte ihn Berger.

«O.k. Team 9 bleibt dran, bis das nächste Team übernimmt ... Hier Zentrale für Team 17. Zielobjekt kommt eilig auf euch zu. Vorsicht, er scheint vorgewarnt zu sein.»

Die Antwort kam prompt. «In Ordnung. Verstanden.»

Marthaler erkannte die Stimme. Team 17 waren Kerstin Henschel und Manfred Petersen. Petersens Stimme klang heiser. Marthalers Nerven waren angespannt. Plötzlich fühlte er sich hier in der Station fehl am Platz. Jetzt, da die Situation im Wald sich zuspitzte, hatte er das Gefühl, seine Kollegen im Stich zu lassen. Er bat Berger, ihm das Mikrophon zu überlassen. «Team 17. Wo seid ihr?»

«Einen Moment. Er kommt direkt in unsere Richtung.» Petersens Stimme wurde immer leiser. Jetzt flüsterte er nur noch in sein Funkgerät.

«Wir haben uns rechts und links des Weges hinter Bäumen versteckt ... Kerstin steht zwanzig Meter hinter einer Wegbiegung ... Verdammt, was macht er jetzt? ... Er hält die Waffe in der Hand ... Er ... Ich glaube, er hat Kerstin entdeckt ... Was soll ich denn machen?»

«Manfred, verflucht, was ist los?» Marthalers Frage blieb unbeantwortet. Der Funkkontakt war abgebrochen.

Als sie ihn hinter sich bemerkte, war es bereits zu spät. Kerstin Henschel versuchte noch, ihre Waffe zu ziehen, aber Plöger hatte ihren Unterarm gepackt und ihr auf den Rücken gedreht. Sie schrie auf vor Schmerz.

Er zog ihr die Pistole aus dem Holster und stopfte sie in seinen Hosenbund. Die andere Waffe hielt er an ihre Schläfe.

Dann sah sie Manfred Petersen kommen. Er hielt seine Pistole im Anschlag. Er lief geduckt. Sprang ein paar Meter und suchte wieder hinter den Bäumen Deckung.

«Nein», rief sie, «Manfred, bleib weg!»

«Pistole fallen lassen!», schrie Plöger. «Verschwinden Sie!»

Petersen zögerte einen Moment. Dann hob er langsam beide Hände in die Höhe und ließ seine Waffe auf den Waldboden plumpsen.

«Gehen Sie weg!», rief Plöger.

Petersen blieb stehen. Dann ging er noch einmal einen Schritt auf die beiden zu.

«Abhauen, habe ich gesagt.» Plögers Stimme überschlug sich fast. Er hob die Pistole und schoss in die Luft.

Einen Moment lang war alles still. Dann hörte man in der Nähe Menschen rufen.

Kerstin Henschel zitterte am ganzen Körper. Aber sie merkte, dass sie mehr Angst um Manfred Petersen hatte als um sich selbst. «Manfred, tu, was er dir sagt. Ich schaffe das schon. Du gefährdest uns beide.»

Sie sah, wie Petersen nickte. Dann entfernte er sich langsam. Als er hinter der Wegbiegung verschwunden war, gab Plöger ihr einen Stoß.

«Los jetzt», sagte er.

Sie liefen kreuz und quer durch den Wald, brachen durchs Unterholz. Die Zweige schlugen ihnen ins Gesicht. Immer wieder gab ihr Plöger Anweisungen, ob sie nach rechts oder links laufen sollte.

Er war dicht hinter ihr. Sie hörte ihn keuchen. Und sie roch ihn. Er dünstete einen nahezu unerträglichen Gestank aus.

Einmal stolperte sie über einen Ast und fiel zu Boden. Sie hatte sich die Wange aufgeschrammt. Plöger packte sie und zwang sie, aufzustehen und weiterzulaufen. Immer wieder kamen sie an Leuten vorbei, die erschreckt aufschrien und rasch Deckung suchten.

Für einen Moment hatte sie die Orientierung verloren. Dann sah sie, dass sie im Kreis gelaufen waren. Sie näherten sich der Rückseite des Goetheturms. Man hörte bereits die Kinder, die mit lautem Jauchzen die lange Rutsche hinuntersausten. Sie hasteten an Gruppen von Spaziergängern vorbei. Plöger schob sie einfach vorwärts. Wenn es ihm nicht schnell genug ging, stieß er ihr den Lauf der Pistole in den Rücken.

Sie liefen am hölzernen Zaun der Anlage entlang und umkreisten das gesamte Gelände. Plöger hielt sie jetzt am Arm gepackt. Dann waren sie am Fuß des Goetheturms angekommen. Fünfzehn, zwanzig Rentner standen direkt am Aufgang, hatten die Köpfe in den Nacken gelegt und hörten den Erläuterungen einer Reiseleiterin zu.

Im selben Moment sah sie, wie Marthaler sich vom Wendelsweg aus näherte. Einen Moment lang schien Plöger zu zögern. Als wisse er nicht weiter. Plötzlich ließ er von ihr ab.

«Weg da!», schrie er.

Dann drängte er sich durch die Gruppe der alten Leute. Sie selbst hatte er einfach stehen lassen. Er stieg die ersten Stufen des Turmes empor, hielt kurz inne und drehte sich noch einmal um. Er hob die Pistole. Kerstin schaute ihn an. Sie hatte den Eindruck, als ob er etwas sagen wolle.

Er hat Angst, dachte sie. Sein Gesicht ist wie zerrissen. So übermäßig groß ist seine Angst.

Plöger schüttelte den Kopf, als wolle er einen lästigen Gedanken loswerden. Er schaute ihr direkt in die Augen. Mit einem Mal bewegte er die Lippen, als wolle er etwas sagen. Aber aus seinem Mund kam kein Laut. Dann drehte er sich um und lief weiter die Treppen hinauf.

Von unten hörte man, wie die Leute, an denen er vorüber kam, zu schreien begannen.

Der Goetheturm war eine Frankfurter Sehenswürdigkeit, die in jedem Reiseführer verzeichnet war. Und überall wurde vermerkt, dass es sich um den höchsten hölzernen Aussichtsturm Deutschlands oder gar Europas handelte. Er stand auf dem Sachsenhäuser Berg, direkt am Rand des Stadtwaldes, wo sich Wendelsweg und Sachsenhäuser Landwehrweg kreuzten. Zuvor hatte hier bereits ein kleinerer Turm gestanden, der aber kurz nach dem Ersten Weltkrieg wegen Baufälligkeit abgerissen worden war. Im Goethejahr 1931 war der neue Turm eingeweiht worden. Er war 43 Meter hoch und bestand ganz aus Holz. Im Winter wurde er geschlossen, aber während der schönen Jahreszeit kamen täglich oft Hunderte Besucher, die die 196 Stufen emporkletterten.

Marthaler war in seiner ersten Frankfurter Zeit an den Wochenenden manchmal hier gewesen. Und in den späteren Jahren hatte er gelegentlich Besucher von außerhalb auf den Turm geführt. Wenn man oben auf der überdachten Aussichtsplattform stand, hatte man einen Blick über die gesamte Stadt. Bei klarem Wetter konnte man bis weit in den Taunus sehen und das Spiel der Wolkenschatten über den Wäldern bewundern. Marthaler fand, dass man nirgends sonst eine so gute Vorstellung von Frankfurt und seiner Umgebung bekam. Alle, die hier oben zum ersten Mal standen, wunderten sich, wie klein die Stadt in Wirklichkeit war, die sich so gern als Metropole und manchmal sogar als heimliche Hauptstadt bezeichnete.

Marthaler war durchgeschwitzt. Als er bei Kerstin Henschel ankam, hatten die ersten Flüchtenden den Fuß des Goetheturms erreicht. Aus dem kleinen Lokal, das sich zwischen Turm und Spielplatz befand, strömten die Neugierigen herbei. Es hatte sich rasch herumgesprochen, dass etwas passiert war. Dass sich ein bewaffneter Mann auf dem Weg zur Aussichtsplattform befand. Bald war der kleine, von Bäumen umgebene Platz mit Menschen überfüllt, die aufgeregt durcheinander redeten.

«Wie geht es dir? Was ist passiert?», fragte Marthaler. Es fiel ihm schwer zu sprechen. Er war noch außer Atem von dem steilen Anstieg von der Polizeistation bis hier oben. Er verschaffte sich Platz und führte Kerstin Henschel zu einer Bank, wo er sie drängte, sich zu setzen.

«Sollen wir einen Arzt holen?», fragte er.

Sie schüttelte den Kopf.

«Nein», sagte sie. «Ich glaube, es geht schon.»

Aber es war nicht zu übersehen, dass sie am Ende ihrer Kräfte war. Während sie stockend berichtete, trafen Döring und Liebmann ein.

«Was ist?», fragte Döring. «Wir müssen hoch. Jetzt können wir ihn schnappen.»

«Nein, warte», sagte Marthaler. «Lass uns überlegen. Zuerst muss sich jemand um Kerstin kümmern. Dort oben kann er uns nicht so einfach entwischen.»

Dann wandte er sich an Liebmann. «Sven, geh bitte mit Kerstin in das Lokal und frag, ob ein Arzt oder Sanitäter in der Nähe ist. Dann müssen wir so schnell wie möglich den Platz räumen. Die Leute müssen hier weg. Wir sperren weiträumig ab.»

Er rief Berger an, der in der Station geblieben war, und berichtete, was geschehen war. Er bat ihn, die Aktion im Wald abzubrechen und alle Einsatzkräfte zum Goetheturm zu schicken.

«Und es wäre gut, wenn du selbst auch kommen würdest», sagte Marthaler.

Dann ging er zum Aufgang des Turms und stieg ein paar Stufen empor. Hinter ihm kamen noch immer Menschen die Treppe herunter, die in panischer Angst vor Plöger flohen. Marthaler zog seinen Polizeiausweis und hielt ihn in die Höhe. Dann wandte er sich an die Umstehenden.

«Ich bitte einen Moment um Ihre Aufmerksamkeit. Mein Name ist Robert Marthaler, ich bin Polizist. Wir befinden uns in einer gefährlichen Situation. Ein von uns gesuchter Mann hat sich soeben auf dem Goetheturm verschanzt. Er ist bewaffnet. Wir müssen mit allem rechnen.»

Sofort stieg der Geräuschpegel an. Die Leute waren aufgeregt. Eine Frau begann hysterisch zu schreien. Und eine Mutter versuchte, ihr weinendes Baby zu beruhigen.

Marthaler hob beide Hände. Er wartete einen Moment, bis man ihm wieder zuhörte.

«Trotzdem bitte ich Sie, Ruhe zu bewahren», sagte er. «Alle, die eben noch auf dem Turm waren, sollen sich hier drüben auf dem Parkplatz versammeln. Halten Sie sich zu einer kurzen Vernehmung bereit. Wir werden uns bemühen, Sie so schnell wie möglich wieder zu entlassen.»

Den letzten Satz hatte Marthaler in Richtung von Kai Döring gesagt, der sich sofort auf den Weg machte.

«Alle anderen verlassen bitte jetzt schon das Gelände. Und zwar umgehend. Das gilt auch für die Besucher des Lokals und des Kinderspielplatzes. Ich weiß, dass es immer wieder Neugierige gibt. Deshalb wiederhole ich meine Aufforderung: Verlassen Sie das Gelände! Gehen Sie nach Hause! Dies ist ein Platzverweis. Wer in fünf Minuten noch hier angetroffen wird, muss damit rechnen, wegen Behinderung der Polizeiarbeit belangt zu werden.»

Während die Leute sich zerstreuten, wartete Marthaler, ob noch weitere Besucher vom Turm kamen. Als er sich gerade abwenden und einem der ankommenden Schutzpolizisten die

Aufsicht übergeben wollte, sah er ein altes Ehepaar die Treppe herabsteigen. Die Frau stützte ihren Mann, der nur mit Mühe eine Stufe nach der anderen nehmen konnte.

Marthaler ging den beiden entgegen und stützte den Mann von der anderen Seite. «Wissen Sie, ob noch mehr Leute auf dem Turm sind?»

Die Frau schüttelte den Kopf.

«Ich weiß nicht», sagte sie. «Auf dem Weg nach unten haben uns ja alle überholt. Keiner wollte uns helfen.»

Marthaler nickte.

«Gehen Sie in das Lokal und fragen Sie nach Herrn Liebmann», sagte er. «Man wird sich um Sie kümmern.»

Dann ging er auf den Parkplatz, wo sich die anderen Besucher des Turms versammelt hatten. Es waren fünfunddreißig bis vierzig Leute. Marthaler bat um Aufmerksamkeit.

«Zuerst die wichtigste Frage», sagte er. «Wir müssen herausfinden, ob sich außer dem gesuchten Mann noch andere Personen auf dem Turm befinden. Vermisst jemand noch einen Angehörigen oder Freund, der mit Ihnen gemeinsam dort oben war?»

Es setzte ein Gemurmel ein, aber niemand meldete sich.

«Also können wir das ausschließen. Das heißt aber nicht, dass niemand mehr dort oben ist. Es kann sein, dass noch ein einzelner Besucher oder eine Gruppe von Personen auf dem Turm ist, die mit niemandem von Ihnen in Beziehung steht. Lässt sich herausfinden, wer von Ihnen zuletzt den Turm verlassen hat?»

Wieder ratloses Gemurmel.

Marthaler sah ein, dass er die Frage falsch gestellt hatte.

«Also gut», sagte er. «Ich möchte Sie um Folgendes bitten: Schauen Sie sich hier in dieser Gruppe um. Ist Ihnen dort oben jemand aufgefallen, den Sie hier vermissen?»

Ein halbwüchsiger Junge mit verkehrt herum aufgesetzter Baseballkappe grinste.

«Ja», sagte er. «Der mit der Pistole fehlt noch.»

Irgendwer kicherte. Marthaler schluckte. Er war kurz davor, einen Wutanfall zu bekommen. Er zwang sich, ruhig zu bleiben.

«Ja», sagte er nur. «Der Mann mit der Pistole ist noch dort oben. Aber fehlt sonst noch jemand?»

«Wo sind denn die beiden Chinesinnen?» Die Frau, die die Frage gestellt hatte, war vielleicht fünfzig Jahre alt. Man merkte ihr an, dass sie noch immer verängstigt war.

«Sie haben zwei Chinesinnen gesehen?»

«Ja, zwei junge Frauen.»

«Das waren Japanerinnen», sagte jemand anderes. «Keine Chinesinnen. Die hab ich auch gesehen.»

«Einigen wir uns auf Asiatinnen», sagte Marthaler. «Gibt es sonst noch jemanden, der diese Frauen bemerkt hat?»

Fünf Leute meldeten sich. Vier davon waren der Auffassung, dass die beiden bis zum Schluss auf dem Turm gewesen seien. Ein älterer Herr hingegen meinte, er habe die beiden eben noch unten auf dem Platz gesehen.

«Aber warum sind sie dann nicht hier?», sagte Marthaler. «Ich habe doch alle aufgefordert, die auf dem Turm waren, hierher zu kommen.»

«Vielleicht verstehen sie kein Deutsch», sagte der Mann. «Vielleicht sind sie schon gegangen.»

Marthaler nickte. «Sind Sie sicher, dass es dieselben beiden waren?»

«Na ja», sagte der Mann, «beschwören möchte ich es nicht. Sie wissen ja, wie das mit den asiatischen Gesichtern ist.»

«Gut», sagte Marthaler, der einsah, dass er keine eindeutigen Aussagen mehr bekommen würde. «Ich werde Ihnen zwei Kollegen schicken, die Ihre Personalien aufnehmen. Es kann sein, dass wir noch weitere Fragen haben. Sollte Ihnen von selbst noch etwas einfallen, melden Sie sich bitte umgehend.»

Dann bat er die Leute, anschließend ebenfalls den Heimweg anzutreten.

«Ich möchte aber noch nicht nach Hause. Ich möchte noch einen Freund besuchen. Darf ich das?» Es war wieder der kleine Witzbold mit der Baseballkappe. Marthaler sah ihn an.

«Weißt du was», sagte er, «am Ratsweg hat gerade ein Wanderzirkus seine Zelte aufgebaut. Dort solltest du hingehen. Vielleicht suchen die noch einen Pausenclown.»

«Heeh, Sie Arsch. Wieso duzen Sie mich? Ich werde mich über Sie beschweren.» Dann zog er kichernd ab.

Sechsunddreißig Fünf Minuten später versammelte sich die Einsatzgruppe vor dem kleinen Gartenlokal, das den Namen «Goetheruh» trug. Sie hatten ein paar Tische und Stühle zusammengestellt und so eine Besprechungsrunde improvisiert.

Kerstin Henschel hatte sich die Schramme auf ihrer Wange von einem Sanitäter verarzten lassen, es aber abgelehnt, sich im Krankenhaus gründlicher untersuchen zu lassen.

Das Gelände war weiträumig abgeriegelt. Überall an den Absperrungsbändern schwirrten Polizisten herum und wiesen verärgerte Spaziergänger ab. Inzwischen waren auch die ersten Journalisten eingetroffen. Von weitem beobachtete Marthaler die Ankunft zweier Übertragungswagen. Sie gehörten zu den Rhein-Main-Studios der größten Fernsehsender und tauchten bei allen spektakulären Polizeiaktionen auf.

Sie wollten gerade mit ihrer Lagebesprechung beginnen, als Marthalers Handy läutete. Es war der Pressesprecher der Polizei.

«Was ist bei euch los?», fragte er. «Es geht nicht, dass die Journalisten mich mit Fragen bombardieren und ich keine Ahnung habe. Anscheinend weiß die Presse bereits mehr als derjenige, der sie informieren sollte.»

«Nicht jetzt», sagte Marthaler. «Vertröste sie. Entschuldige, aber wir sind mitten in einer Aktion.»

Dann schaltete er sein Telefon ab. Damit hatte er sich dieses Problem kurzfristig vom Hals geschafft, aber er wusste auch, dass er nicht darum herumkommen würde, in den nächsten Stunden eine Erklärung für die Öffentlichkeit vorzubereiten. Wahrscheinlich würden sie noch heute eine Pressekonferenz abhalten müssen. Er schloss einen Moment lang die Augen und versuchte, sich zu konzentrieren.

«Wir können nicht stürmen», sagte er, um alle Vorschläge in dieser Richtung von vornherein zu verhindern.

«Und wieso nicht, wenn man fragen darf?», sagte Döring.

«Weil er jeden erschießen könnte, der versuchen würde, den Turm zu besteigen. Außerdem ist es möglich, dass er zwei Geiseln hat. Zwei Asiatinnen. Sie sind von vier Zeugen auf dem Turm gesehen worden. Aber nur ein Zeuge meinte, sie später hier unten wieder erkannt zu haben. Wir wissen es nicht. Wir müssen eine Möglichkeit finden, das zu erfahren.»

Alle schwiegen. Niemand schien eine Idee zu haben.

Dann schlug sich Berger mit der flachen Hand an die Stirn. «Natürlich. Der Henningerturm.»

«Was ist mit dem Henningerturm?»

«Er ist hoch genug. Er liegt nur tausend, vielleicht fünfzehnhundert Meter Luftlinie von hier entfernt. Wir müssen jemanden dort raufschicken. Mit einem guten Fernglas müsste man erkennen können, wie viele Personen sich auf dem Goetheturm befinden.»

«Sehr gut», sagte Marthaler. «Dann leiten wir das sofort in die Wege.»

«Ich frage mich, was Plöger vorhat. Es ist mir ein Rätsel, was er dort oben will», sagte Manfred Petersen.

«Wenn er wirklich die beiden jungen Frauen als Geiseln genommen hat, könnte er versuchen, mit uns zu verhandeln und freien Abzug zu erzwingen. Er hätte uns in der Hand», meinte Döring. «Im Grunde ist das ein Fall für die Scharfschützen vom SEK.»

«Und wie stellst du dir das vor?», sagte Marthaler. «Wie soll ein Sondereinsatzkommando an ihn herankommen?»

«Mit dem Helikopter», meinte Döring. «Sie könnten sich abseilen.»

Der Vorschlag kam so überraschend, dass alle verdutzt schwiegen. Es war Sven Liebmann, der schließlich entschlossen den Kopf schüttelte.

«Nein», sagte er. «Dabei würde es fast zwangsläufig Tote geben. Wir haben nur eine Chance: Wir müssen warten. Wir können versuchen, Kontakt zu ihm aufzunehmen. Und wenn uns das nicht gelingt, müssen wir warten.»

«Und wie lange willst du warten?», fragte Döring. «Eine Stunde, zwei Stunden? Oder willst du warten, bis es dunkel wird?»

«Wenn nötig, noch länger.»

«Willst du ihn aushungern?»

«So ähnlich. Er ist seit fünf Tagen unterwegs. Er hat wahrscheinlich nur unregelmäßig gegessen und getrunken und kaum geschlafen. Ich nehme an, dass seine Nerven äußerst angespannt sind und seine Kraft nicht mehr lange reicht. Wenn er ganz am Ende ist, wird er etwas unternehmen müssen. Er wird sich stellen. Oder er wird wenigstens von sich aus Kontakt zu uns aufnehmen.»

Da schaltete Berger sich wieder in ihr Gespräch ein. «Heißt das, dass wir hier ein, zwei, womöglich sogar drei Tage lang alles absperren müssen? Das kriegen wir nicht durch. Das schaffen wir nicht.»

«Das heißt es», sagte Liebmann. «Und wir müssen es schaffen. Ich glaube, es gibt nur eine sichere und wirksame Waffe in dieser Situation, und das ist Geduld.»

Wieder einmal war Marthaler beeindruckt von Sven Liebmanns besonnener Art. Offensichtlich hatte er bereits alles bedacht. Er hatte alle Möglichkeiten durchgespielt, um dann einen Vorschlag zu machen, den auch Marthaler für den richtigen hielt. Trotzdem wollte er die Meinung der anderen Kollegen noch hören.

«Kerstin, was meinst du?», fragte er.

«Entschuldigt. Ich denke dauernd über etwas anderes nach. Bevor er auf den Turm gestiegen ist, hat Hendrik Plöger irgendetwas zu mir gesagt. Aber ich weiß nicht, was.»

«Wie meinst du das?»

«Er hat mich angeschaut und die Lippen bewegt. Er hat Worte geformt, ohne sie auszusprechen. Ich habe keinen Laut gehört. Ich komme nicht darauf, was er gemeint haben könnte. Aber ich habe den Eindruck, dass es wichtig war.»

«Dann überleg bitte weiter», sagte Marthaler. «Jede Information, die uns hilft, Plöger und sein Verhalten besser einschätzen zu können, ist im Moment wichtig.»

«Und ich hatte den Eindruck, dass er große Angst hat.»

«Dazu hat er ja wohl allen Grund», sagte Döring. «Trotzdem würde ich jetzt gerne wissen, was wir tun sollen.»

Er schaute kurz zu Liebmann hinüber. «Ich meine: außer warten.»

«Wir können das tun, was Sven vorgeschlagen hat», sagte Marthaler. «Und wir können versuchen, Kontakt zu Plöger aufzunehmen. Allerdings habe ich keine Idee, wie wir das bewerkstelligen sollen.»

Marthaler merkte, dass Liebmann etwas sagen wollte. «Sven?»

«Es gibt nur zwei Möglichkeiten. Wir können einen Lautsprecherwagen holen und mit Plöger sprechen. Das würde dann allerdings ein sehr einseitiges Gespräch. Seine Antworten würden wir hier unten nämlich nicht verstehen. Oder einer von uns versucht doch, auf den Turm zu gelangen und mit ihm zu reden.»

«Warum machen wir nicht beides?», sagte Manfred Petersen. «Wir machen ihm über Lautsprecher das Angebot, seine Geiseln, falls er welche hat, gegen einen von uns auszutauschen. Und wir kündigen ihm an, dass derjenige, der dazu bereit ist, unbewaffnet auf den Turm kommen wird. So ist er vorbereitet und fühlt sich wenigstens nicht überrumpelt.»

Kerstin Henschel schüttelte den Kopf.

«Wer soll das tun?», sagte sie und schaute Petersen an. «Manfred, wer von uns soll da hochgehen?»

Petersen wich ihrem Blick aus.

«Wenn ihr mir das zutraut, würde ich es machen», sagte er.

«Kommt nicht in Frage», erwiderte Marthaler. «Das ist meine Aufgabe. Besorgt einen Lautsprecherwagen. Je schneller wir diesen Versuch unternehmen, umso besser.»

Um 16.44 Uhr machte Marthaler seine erste Durchsage. Er saß auf dem Beifahrersitz des Polizeifahrzeugs und hielt das Mikrophon in der Hand. Er schwitzte stark. Sein Mund war trocken. Er bat den Fahrer des Wagens, ihm eine Flasche Wasser zu besorgen. Er trank einen Schluck, dann drückte er den Schalter. «Hendrik Plöger, hören Sie mich? Hier spricht die Polizei.»

Marthaler erschrak. Seine Stimme war so laut, dass er den Eindruck hatte, man müsse sie bis weit in die angrenzenden Viertel hören. «Wir machen Ihnen ein Angebot. Lassen Sie Ihre Geiseln frei! Im Austausch werde ich zu Ihnen auf den Turm kommen. Ich werde unbewaffnet sein. Ich werde allein kommen. Wenn Sie verstanden haben und unseren Vorschlag akzeptieren, geben Sie uns ein Zeichen. Winken Sie mit einem Kleidungsstück.»

Sie warteten zwei Minuten, starrten mit Feldstechern hinauf zur Aussichtsplattform. Es kam keine Reaktion. Nichts war zu sehen. Marthaler wiederholte seine Durchsage.

«Hendrik Plöger! Wir warten noch eine Minute», sagte er dann. «Wenn wir bis dahin nichts von Ihnen sehen, werde ich zu Ihnen kommen. Ihnen wird nichts geschehen. Wir wollen lediglich verhandeln.»

Als Marthaler den Lautsprecherwagen verließ, flammten hinter dem Absperrungsband die Blitzlichter der Fotografen auf. Die Zahl der anwesenden Journalisten und der Schaulustigen hatte sich vervielfacht. Er war sich sicher, dass die Fernsehanstalten bereits Sondersendungen brachten. Wahrscheinlich war seine Durchsage direkt in die Wohnzimmer des Landes übertragen worden. Von nun an würden sie ihre Arbeit unter den Augen der gesamten Öffentlichkeit tun müssen. Jeder Schritt würde kommentiert, jede Maßnahme beurteilt werden.

Er zog sein Jackett aus. Er ging rüber zum Aufgang des Turms, wo sich die anderen versammelt hatten. Er schnallte sein Holster ab und gab seine Waffe Kerstin Henschel.

«Gibt es Nachrichten vom Henningerturm?», fragte er.

Berger nickte. «Ja. Unser Mann ist dort oben und beobachtet mit seinem Fernglas die Aussichtsplattform. Wir sind ständig mit ihm in Kontakt. Aber es tut sich nichts. Es ist niemand zu sehen. Wahrscheinlich hat sich Plöger hinter der hölzernen Balustrade verschanzt. Und wenn er wirklich zwei Geiseln bei sich hat, so sitzen oder liegen auch die auf dem Boden. Tut mir Leid, Robert. Aber wir sind genauso schlau wie zuvor.»

Marthaler nickte.

«Willst du nicht doch lieber mich gehen lassen?», fragte Petersen.

«Nein», sagte Marthaler.

Dann machte er sich an den Aufstieg. Er drehte sich nicht noch einmal um. Er beeilte sich nicht, aber er zögerte auch nicht. Er hatte keine Angst, obwohl er wusste, dass das, was er tat, gefährlich war. Aber sie hatten keine Wahl.

Er zählte die Stufen. Er war verwundert darüber, dass seine Schritte nicht lauter zu hören waren. Nach ungefähr zweieinhalb Minuten hatte er die Hälfte der Strecke hinter sich. Er

351

war jetzt auf einer Höhe mit den Baumwipfeln. Der Himmel war klar. Er schaute hinüber zum Henningerturm und bildete sich ein, dort das Okular eines Fernglases in der Sonne blitzen zu sehen.

Er ging weiter. Dann hatte er den vorletzten Absatz erreicht. Er lauschte, konnte aber nichts von oben hören. Noch zweimal zwölf Stufen lagen vor ihm.

Er stieg bis zum nächsten Absatz und befand sich direkt unter der quadratischen Plattform.

Er wusste, jetzt musste er vorsichtig sein. Er legte sich auf den hölzernen Boden. Er schob sich langsam an die unterste Stufe der letzten Treppe heran. Dann rief er nach oben. «Hendrik Plöger. Mein Name ist Robert Marthaler. Ich bin Polizist. Sie haben unser Angebot gehört.»

Der Schuss kam augenblicklich.

Marthaler hörte, wie das Projektil direkt neben seinem linken Ohr in einen Balken einschlug. Er zuckte zurück, wälzte sich ein paar Mal um die eigene Achse, um sich in Sicherheit zu bringen.

Sein Puls ging rasend schnell. Er legte die rechte Hand auf sein Herz, als könne ihn das beruhigen. Er wartete und verhielt sich leise. Er behielt die Treppe im Auge, aber von Plöger war nichts zu sehen.

Immer noch auf dem Boden liegend, näherte er sich erneut der Öffnung. «Plöger, hören Sie. Dies ist mein letzter Versuch.»

Weiter kam er nicht. Oben huschte jemand vorbei. Im selben Moment hörte Marthaler den Knall. Auch die zweite Kugel ging ins Holz. Die Bodenplanke splitterte direkt neben seinem Fuß.

Er begann unverzüglich mit dem Abstieg. Diesmal brauchte er weniger als drei Minuten. Unten erwarteten ihn aufgeregt die Kollegen. Sie bestürmten ihn mit Fragen.

«Noch eine Minute», sagte Döring. «Und ich wäre hoch-gekommen.»

Marthaler stand erschöpft und mit hängenden Schultern zwischen ihnen.

«Es ist alles in Ordnung», sagte er.

Aber er wusste selbst, dass das nicht stimmte. Nichts war in Ordnung. Die Aktion war ein Fehlschlag gewesen. Noch eine Niederlage in diesem Fall, in dem alles schief zu gehen schien.

Er fühlte sich wie ein besiegter Soldat. Einen Moment lang konnte er Döring verstehen. Plötzlich hatte auch er das Be-dürfnis, den Knoten zu durchschlagen, dem Ganzen ein schnelles Ende zu setzen. Am liebsten hätte er den Befehl ge-geben, den Turm umgehend zu stürmen. Aber er wusste, dass er diesem Impuls nicht nachgeben durfte. Es war Liebmann, der Recht hatte: Die beste und sicherste Waffe war Geduld. Die musste er jetzt zurückgewinnen. Ohne noch etwas zu sa-gen, stapfte er in den Wald.

«Soll ich ihm folgen?», fragte Petersen.

«Nein, lass», sagte Kerstin Henschel. «Er will allein sein. Er braucht das ab und zu.»

Als Marthaler aus dem Wald zurückkam, war es 17.32 Uhr. Erst jetzt fiel ihm auf, dass sein Telefon noch immer ausge-schaltet war.

Er beschloss, an Ort und Stelle eine kurze, improvisierte Pressekonferenz abzuhalten. Er rief den Sprecher der Polizei an und teilte ihm sein Vorhaben mit. Der schien erleichtert und dankbar zu sein, diese Aufgabe nicht selbst übernehmen zu müssen.

Als Marthaler sich dem Absperrungsband näherte, gingen die Kameras sofort in Stellung. Die Journalisten waren gierig auf Neuigkeiten. Sie hatten Marthalers Lautsprecherdurchsage gehört und später die beiden Schüsse auf dem Turm. Aber niemand hatte ihnen die Vorfälle erläutert. Einige waren sichtlich aufgebracht über die Informationspolitik der Polizei.

Wie Hunde, die an ihren Ketten zerren, dachte Marthaler.

Hinter den Vertretern der Medien war die Menge der Schaulustigen inzwischen auf mehrere hundert Leute angewachsen. Und schon hatten sich auch die ersten Händler eingefunden. Marthaler konnte einen Brezel-Verkäufer und einen Eiswagen ausmachen. Weiter rechts auf dem Parkplatz verkauften zwei Jugendliche kalte Getränke aus großen Kühlboxen. Fehlt eigentlich nur noch, dass jemand eine Musikanlage aufbaut, dachte Marthaler, dann könnten sie auch noch tanzen, wenn ihnen langweilig wird.

Bevor er selbst noch etwas sagen konnte, wurde er sofort mit Fragen bestürmt. Er hob die Hände und bat um Ruhe.

«Ich werde Ihre Fragen beantworten, so gut es geht», sagte er. «Aber zunächst interessiert Sie ja vielleicht, was passiert ist.»

Er fasste die Ereignisse der letzten Stunden zusammen. Er erklärte, wie das, was im Stadtwald und auf dem Goetheturm geschehen war, mit den beiden Morden zusammenhing. Von den beiden Geiseln, die Plöger möglicherweise genommen hatte, sagte er nichts. Er lehnte es grundsätzlich ab, Spekulationen an die Presse weiterzugeben.

Der erste Journalist, der sich meldete, war der Reporter eines großen privaten Fernsehsenders. Marthaler kannte ihn vom Bildschirm. «Stimmt es, dass der Doppelmörder Plöger zwei Japanerinnen in seiner Gewalt hat?»

«Wenn Sie bereits wissen, dass Plöger ein Doppelmörder ist, wissen Sie mehr als ich», antwortete Marthaler.

«Aber alle Indizien weisen darauf hin.»

«Um die Indizien kümmern wir uns, kümmern Sie sich um die Fakten, die Sie von uns erfahren.»

«Was ist mit den beiden Japanerinnen? Stimmt es, oder stimmt es nicht?»

«Woher wissen Sie davon?», fragte Marthaler.

«Also stimmt es», sagte der Reporter. «Es ist unsere Aufgabe, das Publikum zu informieren. Wir senden seit über einer Stunde live.»

Der Reporter bekam Unterstützung von einer jungen Kollegin, die sich als Vertreterin des Hessischen Rundfunks vorstellte. Marthaler hatte sie noch nie zuvor gesehen.

«Wir sind ebenfalls mitten in einer Sondersendung», sagte die Frau. «Und Sie müssen damit leben, dass wir Spekulationen an die Zuschauer weitergeben, wenn wir von Ihnen keine Informationen bekommen.»

Marthaler ging nicht auf den Vorwurf ein.

«Ihre Frage, bitte?», sagte er.

Sie stellte sich in Positur und zupfte an ihrem Kostüm. Sie sah Marthaler an, aber ihr Lächeln galt der Kamera. «Ich möchte wissen, wann Sie endlich zuschlagen.»

«Wann wir was tun?»

«Wann Sie zuschlagen? Wann Sie etwas unternehmen? Oder soll Plöger auf dem Goetheturm übernachten?»

Marthaler wurde nun ernsthaft böse. «Wir sind nicht in einem Action-Film. Niemand zwingt Sie, unentwegt Sondersendungen zu produzieren. Warum zeigen Sie nicht einfach einen schönen Tierfilm? Weitere Fragen? Das ist nicht der Fall. Vielen Dank.»

Damit drehte er sich um und ging wieder in Richtung des Gartenlokals. Hinter sich hörte er die Proteste der Journalisten, die er nicht mehr hatte zu Wort kommen lassen. Sollen sie sich bei ihren Kollegen beschweren, dachte Marthaler. So lange die nicht lernten, auf sachliche Weise zu kooperieren, war er nicht bereit, mehr als das Nötigste zu sagen.

«Ich hab's.» Kerstin Henschel lief aufgeregt zwischen den Stühlen auf und ab.

«Du hast was?», fragte Döring.

«Ich weiß jetzt, was Plöger zu mir gesagt hat, als er auf der Treppe stand. Ich habe die ganze Zeit darüber nachgedacht. Jetzt weiß ich es.»

«Nämlich?»

«Form bitte einmal mit den Lippen den Satz: ‹Ich bin kein Mörder.› Aber ohne, dass ich etwas höre.»

«Wie bitte?»

«Komm, mach schon.»

Döring befolgte ihre Bitte. Sie schaute konzentriert auf seinen Mund.

«Nochmal, bitte», sagte sie.

Döring wiederholte die stummen Mundbewegungen.

«Und jetzt du, Robert.»

Auch Marthaler sagte den Satz, ohne einen Laut von sich zu geben.

«Das ist es», sagte Kerstin Henschel. «Das ist es, was er sagen wollte. Ich bin ganz sicher. Er wollte sagen: ‹Ich bin kein Mörder.›»

«Das würde ich auch behaupten an seiner Stelle», sagte Döring.

«Ja, aber es hat etwas zu bedeuten. Die Art, wie er das getan hat. Er hatte in dem Moment eigentlich ganz andere Sorgen.»

«Ich glaube, Kerstin hat Recht», sagte Marthaler. «Wir müssen darüber nachdenken. Wir haben über zu viele Ungereimtheiten noch nicht gesprochen. Aber wann hätten wir das auch tun sollen, wenn sich die Ereignisse so überschlagen?»

In diesem Moment sahen sie, wie eine schwarze Mercedes-Limousine von den Beamten durch die Absperrung gelassen wurde. Sie hielt auf dem nahe gelegenen Parkplatz. Der Fahrer ging um den Wagen herum und öffnete die hintere rechte

Tür. Ein Mann stieg aus, bückte sich noch einmal ins Innere des Autos, nahm eine Anzugjacke heraus und zog sie über. Marthaler wollte gerade bei den Kollegen protestieren, als er den Polizeipräsidenten erkannte.

«Auch das noch», sagte Döring leise und verdrehte die Augen. «Ich frage mich, wieso man uns nicht einfach in Ruhe arbeiten lässt.»

Marthaler hatte den Polizeipräsidenten bei verschiedenen offiziellen Anlässen erlebt, und er fand, dass Gabriel Eissler seine Arbeit gut machte. Fast immer, wenn sie in die öffentliche Kritik geraten waren, hatte Eissler es verstanden, die Gemüter zu beruhigen, und gleichzeitig keinen Zweifel daran gelassen, dass er hinter seinen Leuten stand. Jetzt allerdings teilte Marthaler die Bedenken von Kai Döring. Es war kein gutes Zeichen, dass der oberste Frankfurter Polizist an einem Samstagnachmittag hier auftauchte.

Eissler ging reihum und gab jedem Beamten die Hand. Jenen, die er nicht kannte, stellte auch er sich mit vollem Namen vor. Er lächelte und schaute den Leuten zur Begrüßung in die Augen. Dann bat er Marthaler um ein kurzes Gespräch.

«Gehen wir ein paar Meter», sagte er.

Sie entfernten sich von den anderen. Eissler kam ohne Umschweife zur Sache.

«Ich habe gerade einen Anruf vom Intendanten des Hessischen Rundfunks erhalten», sagte er.

«Das ging aber schnell», antwortete Marthaler.

«Ja. Eine Mitarbeiterin des Senders hat sich beschwert. Sie wissen, dass ich auf derlei Kritik im Normalfall nicht allzu viel gebe.»

«Im Normalfall?»

«Ich weiß nicht, ob Ihnen klar ist, dass wir es mit einer besonderen Situation zu tun haben? Alle Radio- und Fernsehsender berichten unentwegt über die Lage im Stadtwald. In-

357

zwischen ist die Aufmerksamkeit des gesamten Landes auf den Goetheturm gerichtet.»

«Das ist mir egal», sagte Marthaler. «Das muss mir egal sein. Und das Besondere an diesem Fall liegt meines Erachtens woanders. Es liegt …»

Eissler schnitt ihm das Wort ab.

«Sie wissen genau, was ich meine», sagte er. Die Schärfe in seiner Stimme war nicht zu überhören. «Ich meine, dass ich informiert werden will über alles, was bisher geschehen ist. Der Umstand, dass Hans-Jürgen Herrmann erkrankt ist, hat mich veranlasst, diesen Fall selbst in die Hand zu nehmen. Ab sofort bin ich derjenige, der entscheidet, was wir tun und was wir lassen.»

«Nein», sagte Marthaler.

Einen Augenblick lang verschlug es Eissler die Sprache. Marthaler sah, wie dem Polizeipräsidenten die Zornesröte ins Gesicht stieg. Dann begann er zu schreien. «Was heißt hier nein? Was bilden Sie sich überhaupt ein? Ich möchte, dass hier ein für alle Mal klar ist, wer die Anweisungen gibt und wer sie zu befolgen hat.»

Marthaler blieb ruhig. Er schwieg eine Weile, dann merkte er, wie Eissler erste Zeichen von Verunsicherung zeigte und wie sein Zorn nachließ.

«Weder möchte ich Ihre Kompetenz in Zweifel ziehen», sagte Marthaler, «noch liegt mir etwas daran, meine eigenen Kompetenzen zu überschreiten. Aber dieser Fall ist schwierig genug. Daran ist zu keinem geringen Teil auch der amtierende Leiter der Mordkommission schuld. Obwohl ich bereits Urlaub hatte, hat er mich gebeten, den Fall zu übernehmen. Dann hat er versucht, mich auszubooten. Als er sich wegen der Sache mit Jörg Gessner öffentlich lächerlich gemacht und anschließend krankgemeldet hatte, musste ich wieder einspringen. Vielleicht können Sie verstehen, dass ich dieses Hin und

Her satt habe, dass ich es nicht länger mitmachen werde. Wenn Sie es wirklich wollen, können Sie den Fall übernehmen. Dann allerdings stehe ich nicht mehr zur Verfügung.»

Marthaler hatte seine Meinung in betont sachlichem Ton vorgetragen. Trotzdem konnte kein Zweifel daran bestehen, dass es ihm ernst war. Und dass er bereit war, alle eventuellen Konsequenzen zu ziehen.

Eissler schien das begriffen zu haben. Er hatte die Hände hinter dem Rücken verschränkt und schweigend zugehört. Jetzt nickte er heftig mit dem Kopf.

«Verstehe», sagte er. «Verstehe. Gut. Dennoch schlage ich vor, dass Sie mich zunächst einmal über den Stand der Ereignisse informieren.»

«Kommen Sie», sagte Marthaler. «Gehen wir ein paar Meter ins Freie. Ich habe Lust zu rauchen.»

Sie traten zwischen den Bäumen hervor und nahmen den schmalen Asphaltweg, der zwischen dem Wald und den Kleingärten verlief. Marthaler zog die Packung hervor und hielt sie Eissler hin. Der Polizeipräsident lehnte zunächst ab, überlegte es sich dann aber anders. Marthaler gab ihm Feuer. Eissler sog den Rauch tief ein und blinzelte verschmitzt wie ein Junge, der heimlich hinter der Schule eine Zigarette raucht.

Als Marthaler mit seinem Bericht zu Ende war, machten sie kehrt und gingen langsam zurück in Richtung Goetheturm.

«Wenn ich richtig verstehe», sagte Eissler, «hängt also alles davon ab, ob die beiden Asiatinnen sich dort oben befinden oder nicht.»

«Ja», antwortete Marthaler. «Aber wie es aussieht, werden wir das vorerst nicht herausbekommen.»

«Was also schlagen Sie vor?»

«Es gibt nur eine Möglichkeit. Wir müssen abwarten.»

«Ihnen ist hoffentlich klar», sagte Eissler, «dass jede Stunde, in der wir nichts tun, uns zunehmend in Erklärungsnot bringt. In einer solchen Lage erwartet die Öffentlichkeit zu Recht, dass die Polizei handelt.»

In diesem Moment läutete Marthalers Telefon. Er entschuldigte sich und trat ein paar Meter zur Seite. Der Anruf kam aus der Telefonzentrale des Präsidiums.

«Gerade hat ein Mann für Sie angerufen», sagte der Telefonist. «Er sagt, er sei einer der Zeugen, die Sie heute Nachmittag auf dem Parkplatz am Goetheturm vernommen hätten. Ich soll Ihnen ausrichten, er habe die beiden Japanerinnen zufällig auf dem Römerberg wieder getroffen. Er habe sogar mit ihnen gesprochen. Es seien zweifelsfrei die beiden Frauen, die auf dem Turm gewesen sind.»

«Was heißt das: Er hat mit ihnen gesprochen? Kann der Mann Japanisch?»

«Ich weiß nicht», sagte der Telefonist. «Mehr hat er nicht gesagt. Ich habe mir seinen Namen und seine Nummer notiert. Vielleicht hat er Englisch mit den beiden gesprochen.»

«Ja», sagte Marthaler. «Das kann sein. Danke.»

Ihm war sofort klar, was diese Information bedeutete. Einen Moment lang war er versucht, sie dem Polizeipräsidenten vorzuenthalten. Später würde er sich vorwerfen, dieser Versuchung nicht nachgegeben zu haben.

Marthalers ganze Argumentation gegenüber Eissler war darauf aufgebaut gewesen, dass eine Erstürmung des Turms zu gefährlich sei. Dass dadurch möglicherweise das Leben zweier Geiseln gefährdet würde. Jetzt war dieses Argument mit einem Schlag hinfällig geworden. Eisslers Reaktion kam wie erwartet.

«Also gibt es keine Geiseln?», sagte der Polizeipräsident, als Marthaler ihm den Inhalt des Telefonats wiedergegeben hatte. Es war mehr eine Feststellung als eine Frage.

«Sieht so aus», sagte Marthaler.

«Das heißt, wir werden unverzüglich stürmen.»

«Ohne mich», sagte Marthaler.

Er war sich bewusst, dass er mit dieser Antwort womöglich einen neuerlichen Wutanfall des Polizeipräsidenten provozierte. Doch Eissler schien vorbereitet gewesen zu sein auf den Widerstand seines Hauptkommissars. Er hatte sofort einen Vorschlag zur Hand.

«Schließen wir einen Kompromiss», sagte er. «Wenn Sie Plöger in fünf Stunden nicht haben, werde ich dem SEK den Einsatzbefehl geben.»

Marthaler hatte nur zwei Möglichkeiten. Entweder er stimmte zu, oder er war raus aus dem Fall. Trotzdem wollte er sich nicht kampflos geschlagen geben.

«Zwölf Stunden», sagte er.

Eissler lachte. Dann sah er auf die Uhr.

«O.k.», sagte er. «In der Nacht wäre ein Zugriff wahrscheinlich sowieso zu gefährlich. Zwölf Stunden. Wir telefonieren morgen früh um Viertel vor sieben. Wenn Plöger dann nicht unten ist, bekommt er eine letzte Chance. Sie werden ihm über Lautsprecher unsere Aktion ankündigen und ihn auffordern, den Turm zu verlassen. Um Punkt sieben fliegt unser Helikopter los.»

Sie hatten überlegt, während der Nacht nur in kleiner Besetzung vor dem Goetheturm auszuharren. Aber niemand wollte nach Hause gehen. Alle beteuerten, sowieso nicht schlafen zu können, und so beschlossen sie, sich abwechselnd auf der Rückbank des Lautsprecherwagens eine Weile auszuruhen.

Die Zahl der Reporter und Schaulustigen war im Laufe des Abends kleiner geworden. Einzig die lokalen Zeitungen und die großen Fernsehanstalten hatten weiter ihre Leute vor den Absperrungsbändern postiert. Im Licht der Scheinwerfer sah man immer mal wieder eine Gruppe Journalisten stehen und rauchen.

Marthalers Unruhe wuchs mit jeder Stunde, die verging, ohne dass sich auf dem Turm etwas regte. Gleichzeitig spürte er, dass seine Erschöpfung zunahm.

Gegen 22 Uhr erklärte sich Carsten Berger bereit, für alle einen Imbiss zu besorgen. Um Viertel vor elf kam er mit zwei großen Tüten Hamburgern und einigen Flaschen Cola zurück.

Lustlos kaute Marthaler auf dem weichen Brötchen herum. Er hatte Hunger, aber keinen Appetit. Den anderen schien es ähnlich zu gehen. Schließlich waren die Tische vor dem dunklen Gartenlokal übersät mit den bunten Schachteln des Fastfood-Restaurants, in denen sie die Essensreste verstaut hatten.

Sie warteten und lauschten. Sie rauchten und schwiegen. Die Geräusche der Stadt wurden allmählich leiser. Niemand schien das Bedürfnis zu haben, zu reden. Manchmal hörte man es irgendwo im Unterholz rascheln. Ab und zu unterbrach jemand die Stille, indem er laut gähnte.

Gegen Mitternacht verabschiedete sich Carsten Berger. Er sagte, er wolle ein Nickerchen auf seiner Liege in der Polizeistation am Wendelsweg nehmen. Er versprach, spätestens um sechs Uhr wieder zurück zu sein.

Um kurz vor zwei ging Marthaler zu dem Lautsprecherwagen, um sich für eine Stunde hinzulegen. Er wollte versuchen zu schlafen. Er legte sich auf die Rückbank, zog seine Beine an und deckte sich mit seinem Jackett zu. Er dachte an Tereza. Er schloss die Augen und versuchte, sich ihr Gesicht vorzustellen. Aber es vermischte sich immer wieder mit Katharinas Gesicht. Irgendwann schlief er ein.

Im Traum sah er sich auf einer großen Wiese. In der Ferne am Waldrand stand ein schwarzes Auto auf dem Feldweg. Aus der Wiese stieg dichter Morgennebel. Die Scheinwerfer des Wagens waren eingeschaltet. Er wollte auf den Wagen zugehen, aber der Abstand wurde nicht kleiner. Im Inneren des

Autos saß die bleiche Gestalt einer Frau. Sie hatte lange rot-
blonde Haare. Ihr Gesicht war nicht zu erkennen. Schließlich
wurde der Motor angelassen, und der Wagen fuhr langsam auf
ihn zu. Er versuchte wegzulaufen, aber es gelang ihm nicht. Er
kam nicht von der Stelle. Nur das Auto näherte sich unaufhalt-
sam. Er schrie, aber seine Stimme war nicht zu hören. Er wollte die Arme hochreißen, doch sie hingen schwer wie Blei an
seinem Körper herab. Als die Stoßstange des Wagens fast seine
Schienbeine berührte, wachte er auf.

Er schaute auf die Uhr. Es war kurz vor fünf. Er hatte fast
drei Stunden geschlafen, aber er fühlte sich wie zerschlagen.
Ihn fröstelte, und seine Kleidung war klamm, seine Zähne
fühlten sich stumpf an. Er hörte, wie Kerstin Henschel und
Manfred Petersen leise miteinander sprachen. Er schob die
Tür auf und kletterte aus dem Wagen. Er streckte sich, seine
Gelenke waren steif.

Sven Liebmann saß an einem Tisch vor dem Gartenlokal
und hatte den Kopf auf die Arme gebettet. Er schien zu schlafen. Ein paar Meter weiter lag Kai Döring zusammengerollt
auf einer Parkbank.

«Irgendwas passiert auf dem Turm?», fragte Marthaler leise. Seine Stimme klang brüchig, und er musste sich räuspern.

Petersen schüttelte den Kopf. «Nichts. Wir haben ihn noch
ein paar Mal aufgefordert, sich zu ergeben. Ohne Reaktion.
Wahrscheinlich schläft er.»

Marthaler ging an dem Gartenlokal vorbei. Ein paar Meter
weiter befand sich ein Toilettenhäuschen. Er drehte den Wasserhahn auf. Er spülte seinen Mund aus und wusch sich not-
dürftig. Dann ging er nach draußen und machte ein paar
gymnastische Übungen. Er überlegte, ob er Tereza anrufen
sollte, aber es war noch zu früh. Stattdessen lief er ein paar
Meter in den Wald und hörte den Vögeln zu, die im ersten
Morgenlicht zu zwitschern begannen. Er sah zwei Eichel-

häher auf einem Baum sitzen, aber als er näher kam, flogen sie schreiend davon.

Um sechs Uhr kam Berger. Er hatte zwei Thermoskannen mit Kaffee dabei.

«Das Frühstück kommt auch gleich», sagte er.

Kurz darauf sahen sie einen uniformierten Reiter den Wendelsweg hochkommen. Er hatte eine große Tüte dabei, die er Berger überreichte.

Marthaler fragte sich, wo man um diese Uhrzeit am Sonntagmorgen bereits frische Brötchen kaufen konnte, und er bewunderte Bergers Organisationstalent.

Sie setzten sich an die Tische und machten sich schweigend über den heißen Kaffee und das Essen her.

«Noch zwanzig Minuten», sagte Döring. «Habt ihr gesehen, die Presse marschiert auch schon wieder auf.»

Alle schauten unentwegt auf ihre Uhren. Marthalers Nervosität wuchs. Er spürte, wie sich sein Magen verkrampfte.

Um kurz nach halb sieben ging er wieder zum Lautsprecherwagen und setzte sich auf den Fahrersitz. Er drehte das Radio an und schaltete es gleich wieder aus, als er die gut gelaunte Stimme des Moderators hörte. Dann schaute er rüber zu dem Pulk der Journalisten. Sie hatten der Presse nichts von der bevorstehenden Aktion mitgeteilt, trotzdem schienen die Reporter gemerkt zu haben, dass auch ihr Arbeitstag gleich wieder beginnen würde. Sie brachten ihre Kameras und Mikrophone bereits in Stellung.

Um 6.45 Uhr klingelte Marthalers Handy. Es war Eissler. Die Stimme des Polizeipräsidenten klang frisch.

«Es ist so weit», sagte er. «Das SEK ist bereit. Machen Sie Ihre Durchsage. Wenn ich in fünf Minuten nichts von Ihnen gehört habe, fliegt unser Helikopter los.»

Marthaler wollte noch etwas erwidern, aber Eissler hatte schon wieder aufgelegt. Er nahm das Mikrophon und schaltete es ein. Der Lautsprecher gab einen schrillen Ton von sich. Marthaler räusperte sich ein letztes Mal, dann begann er zu sprechen.

«Hendrik Plöger, hier spricht die Polizei. Ich wiederhole: Hier spricht die Polizei. Sie haben jetzt die letzte Möglichkeit, den Turm zu verlassen und sich zu ergeben. Geben Sie uns ein Zeichen. Sollten wir in vier Minuten nichts von Ihnen gehört haben, werden wir den Turm stürmen. Sie haben noch knapp vier Minuten.»

Marthaler legte das Mikrophon auf den Beifahrersitz und schaute auf den Sekundenzeiger seiner Uhr. Bei den Journalisten war jetzt hektische Betriebsamkeit ausgebrochen. Man hörte Rufe, das Schlagen von Autotüren und gezischte Befehle.

«Noch drei Minuten.» Marthalers Herz schlug schneller. Er schaute rüber zum Aufgang des Turms. Liebmann und Döring hatten ihre Waffen gezogen. Sie sahen hoch zur Aussichtsplattform, wo sich noch immer nichts regte.

«Hendrik Plöger, ergeben Sie sich! Sie haben noch zwei Minuten.» Marthalers Stimme zitterte. Seine Hände waren feucht, er wischte sie an den Hosenbeinen ab. Er beugte sich weit nach vorn, um die Spitze des Goetheturms sehen zu können. Noch immer hoffte er, dass Plöger ihnen in letzter Minute ein Signal geben würde. Er hatte gerade das Mikrophon wieder aufgenommen, als er meinte, auf der Aussichtsplattform eine Bewegung wahrzunehmen.

Dann erschien Plögers Kopf.

«Verdammt, was macht der denn?» Es war Manfred Petersens Stimme.

Plöger hatte ein Bein über die Holzbrüstung gelegt. Jetzt stemmte er sich hoch.

Marthaler ließ das Mikrophon fallen, sprang aus dem Lautsprecherwagen und lief zum Turm. Er legte seinen Kopf in den Nacken und formte die Hände zu einem Trichter, den er an den Mund hielt.

«Nein, Plöger, nein!», schrie er.

Plöger saß jetzt auf der Brüstung. 43 Meter über dem Erdboden. Die Journalisten schrien aufgeregt durcheinander. Hendrik Plöger breitete seine Arme aus.

Für einen kurzen Moment verstummten alle Rufe. Marthaler meinte, in der Ferne bereits das Knattern des Helikopters zu hören.

Dann sprang Plöger. Mit einem langen, gellenden Schrei fiel er in die Tiefe. Marthaler wandte sich ab. Er hörte, wie Plögers Körper ein paar Meter weiter zwischen den Koniferen aufschlug.

Im selben Moment wusste Marthaler, dass er dieses Geräusch nie wieder vergessen würde.

Siebenunddreißig Als sie sich am frühen Mittag im Großen
Saal des Polizeipräsidiums am Platz der Republik versammelten, sah man den Angehörigen der Mordkommission an, was
sie in den letzten vierundzwanzig Stunden durchgemacht hatten. Alle waren übernächtigt, und jeder versuchte auf seine Art
mit den Ereignissen umzugehen. Kai Döring stand am offenen
Fenster und rauchte. Sven Liebmann saß auf einem Stuhl, hatte die Beine weit von sich gestreckt und die Augen geschlossen.
Kerstin Henschel und Manfred Petersen standen schweigend
neben der Eingangstür und hatten jeder einen Becher Kaffee
in der Hand.

Marthaler hatte sich nach Plögers Sprung sofort von Petersen nach Hause fahren lassen. Er hatte gewusst, dass es am
Goetheturm nichts mehr für ihn zu tun gab. Ohne einen
Kommentar abzugeben, hatte er sich durch die Gruppen der
wartenden Reporter geschoben. In seiner Wohnung angekommen, war er geradewegs ins Bad gegangen und hatte sich
eine Stunde lang in die Wanne gelegt. Auf Terezas besorgte
Fragen hatte er nur einsilbig geantwortet. Sie hatte im Fernsehen gesehen, was geschehen war. Die Bilder wurden auf allen
Sendern ein ums andere Mal wiederholt. Immer wieder hörte
man Marthalers Lautsprecherstimme, die Plöger aufforderte,
den Turm zu verlassen. Und immer wieder sah man Hendrik
Plögers fallenden Körper.

Dann nahm Marthaler sich ein Taxi und fuhr zum Platz der
Republik. Der Polizeipräsident hatte für den Mittag eine Pressekonferenz anberaumt und darauf bestanden, dass alle mit
dem Fall befassten Beamten anwesend waren. Er wollte, dass

alle Fragen der Journalisten von den zuständigen Kollegen beantwortet wurden. Wahrscheinlich wollte er nicht allein den Kopf hinhalten für das, was heute Morgen am Goetheturm passiert war.

Als Marthaler den Großen Saal betrat, waren die Haustechniker noch damit beschäftigt, den Raum für die anschließende Konferenz herzurichten. Es wurden Leitungen verlegt, Lautsprecher angeschlossen, Mikrophone getestet, Getränke bereitgestellt und zwei Kübel mit künstlichen Blumen rechts und links des Podiums platziert.

«Herr Hauptkommissar, schön, dass Sie schon da sind.» Es war die Stimme Gabriel Eisslers. Marthaler war sich nicht sicher, ob die Bemerkung ironisch gemeint war. Der Polizeipräsident kam hinter ihm den Gang herauf. Im Schlepptau hatte er seine Sekretärin, den Pressesprecher und dessen beide Assistentinnen. Es sah so aus, als hätten die fünf sich bereits auf eine gemeinsame Marschroute für ihren Auftritt vor den Journalisten geeinigt. Marthaler merkte, wie sein Ärger wieder wuchs. Er hatte gehofft, noch einen Moment mit seinen Leuten allein sprechen zu können.

Eissler klatschte in die Hände und rief alle zusammen. Döring drückte rasch seine Zigarette auf der Fensterbank aus und schnippte den Stummel nach draußen. Der Polizeipräsident warf ihm einen missbilligenden Blick zu, sagte aber nichts. Sven Liebmann gähnte ausgiebig auf seinem Stuhl, bevor er sich in Gang setzte. Alle versammelten sich auf dem Podium und gruppierten sich um den Tisch. Eissler ergriff das Wort.

«Wir haben nur eine Chance gegenüber der Presse», sagte er. Er machte eine Pause und schaute in die Runde, als erwarte er schon jetzt Beifall für seine Idee, die er ihnen noch gar nicht mitgeteilt hatte. Der Pressesprecher lächelte und nickte. Sonst reagierte niemand.

«Absolute Offenheit», fuhr Eissler fort. «Wir müssen ihnen sagen, was wir wissen und was wir nicht wissen. Jeder gibt Auskunft, so gut er kann. Ehrlichkeit ist in diesem Fall die beste Strategie.»

«Was soll denn das jetzt?» Kai Döring hatte seine Frage nur geflüstert. Trotzdem hatte Eissler ihn gehört.

«Und, Kollege Döring», sagte er, «ich möchte, dass wir mit einer Stimme sprechen.»

«Entschuldigung», erwiderte Döring, «wie soll das gehen? Wenn jeder von uns zehn Journalisten auf dem Schoß sitzen hat und mit ihnen plaudert? Entweder ‹absolute Offenheit› oder ‹mit einer Stimme›. Eins von beidem geht nur.»

Marthaler erwartete einen Wutanfall des Polizeipräsidenten und war erstaunt, als dieser stattdessen mit einem Lachen reagierte.

«Sie haben völlig Recht», meinte Eissler. «Was ich sagen will: Wir müssen den *Eindruck* absoluter Offenheit vermitteln. Wir dürfen den Journalisten gegenüber keine Abwehr erkennen lassen. Es darf nicht so aussehen, als würden wir ihren Fragen ausweichen. Die Antwort ‹Kein Kommentar› ist der einzige Kommentar, den ich nicht hören möchte. Wir sind freundlich. Wir füttern sie mit so vielen Details, dass sie darüber jene Fragen, die wir nicht beantworten wollen, vergessen. Jeder von Ihnen sagt, was er meint, sagen zu können. Den Rest erledige ich. Alle einverstanden?»

Alle nickten beifällig mit den Köpfen; offensichtlich hatte niemand eine bessere Strategie anzubieten. Trotzdem war Marthaler nicht wohl bei dem Gedanken, jetzt mit unabgesprochenen Informationen an die Öffentlichkeit zu gehen. Am liebsten hätte er noch ein paar Tage gewartet, bis sie mit ihren Ermittlungen weiter waren. Wenigstens aber, bis sie Zeit gefunden hatten, sich untereinander über die Geschehnisse auszutauschen. So aber musste er darauf vertrauen, dass seine

Mitarbeiter klug genug waren, sich den Presseleuten gegenüber nicht in Spekulationen zu ergehen.

Eine halbe Stunde später war der Große Saal bis auf den letzten Stuhl mit Journalisten besetzt. Selbst entlang der Wand und in den Gängen zwischen den Stuhlreihen drängten sich die Reporter. Die Kamerateams und Fotografen rangelten bis zum letzten Moment um die besten Plätze. Vor dem Podium waren ganze Sträuße von Mikrophonen befestigt worden. Marthaler konnte sich nicht erinnern, jemals einen solchen Auftrieb bei einer Pressekonferenz erlebt zu haben.

Es dauerte mehrere Minuten, bis es den Mitarbeitern der Pressestelle gelungen war, so weit Ruhe herzustellen, dass der Polizeipräsident seine einführende Erklärung abgeben konnte. Gabriel Eissler stand auf und klopfte mit einem Kugelschreiber gegen sein Wasserglas. Dann begann er leise zu sprechen. Er hieß die Anwesenden willkommen. Er entschuldigte sich für die bislang lückenhaften Informationen und wies darauf hin, dass der Besuch des amerikanischen Präsidenten viele Polizeikräfte in Anspruch genommen habe. Er fasste die Ereignisse der letzten Woche zusammen. Dann kam er auf das Geschehen am Goetheturm zu sprechen.

«Wie Sie wissen, hat sich der polizeilich gesuchte Hendrik Plöger heute Morgen um kurz vor sieben Uhr durch einen Sprung aus 43 Meter Höhe das Leben genommen. Jede Hilfe kam zu spät. Wir bedauern diesen Vorfall zutiefst. Sie werden sich womöglich die Frage stellen, ob diese Tat nicht zu verhindern gewesen wäre. Und glauben Sie mir: Niemand stellt sich diese Frage so dringlich wie ich. Die Antwort ist: Wir wissen es nicht. Niemand kann das wissen. Vielleicht hat der bevorstehende Zugriff des SEK seine Entscheidung herbeigeführt, vielleicht hat er sie aber auch nur beschleunigt. Wir waren in einer Zwickmühle: Wir mussten handeln. Ich weiß nicht, ob man sagen kann, dass jemand die Schuld an diesem Vorfall trägt. Aber wenn Sie unbedingt einen Verantwortlichen finden wollen, dann steht er hier. Ich selbst und niemand anders habe den Einsatzbefehl gegeben. Aber bevor Sie Ihr Urteil sprechen, möchte ich Sie bitten, sich für einen Moment in unsere Lage zu versetzen. Und ich möchte Sie daran erinnern, dass nicht zuletzt Sie es waren, die völlig zu Recht und im Namen der Öffentlichkeit gefordert haben, dass die Polizei in einer solchen Situation ihre Handlungsfähigkeit beweisen muss.»

Gabriel Eissler machte eine Pause und schaute für einen Moment mit ernster Miene unter sich. Im Saal hörte man keinen Laut. Dann hob der Polizeipräsident den Kopf, und jetzt sah es fast so aus, als würde ein leichtes, schmerzvolles Lächeln über sein Gesicht huschen.

«So», sagte er, «und nun erwarte ich Ihre Fragen. Ich darf darauf hinweisen, dass sämtliche Kollegen, die an dem Fall arbeiten, gerne für Antworten zur Verfügung stehen. Verbotene Fragen gibt es nicht. Unsere Devise heißt: Absolute Offenheit. Oder um es mit den Worten Erich Honeckers auf dem VIII. Parteitag der SED zu sagen: Keine Tabus!»

Aus dem Saal hörte man Gelächter und beifälliges Gemurmel. Marthaler wusste, dass der Polizeipräsident mit seiner Rede die weitaus meisten der anwesenden Journalisten zufrieden gestellt hatte. Dafür bewunderte er ihn. Er hatte jeder Kritik den Wind aus den Segeln genommen. Wenn es ihnen gelang, das nun folgende Frage- und Antwortspiel ohne Patzer zu überstehen, durften sie die Pressekonferenz als Erfolg werten.

Tatsächlich stellte sich heraus, dass der Hunger der Journalisten nach noch unveröffentlichten Details über die beiden Morde so groß war, dass sie damit die nächsten anderthalb Stunden über die Runden brachten. Eisslers Strategie, die Presseleute mit so vielen Einzelheiten zu füttern, dass sie gar nicht zum Luftholen kamen, schien aufzugehen. Ohne dass einer der Polizisten dies ausdrücklich bestätigt hatte, gingen alle davon aus, dass Hendrik Plöger seine beiden Freunde umgebracht hatte.

Fast alle.

Denn als der Pressesprecher die Konferenz gerade beenden wollte, meldete sich in der letzten Reihe jemand zu Wort. Marthaler reckte den Kopf. Einen Moment lang entstand Unruhe im Raum. Es war ein junger Mann, der sich als Mitarbeiter der «Wetterauer Zeitung» zu erkennen gab. Er wartete einen Moment, bis das Saalmikrophon bei ihm angelangt war, dann wiederholte er seine Frage. Er wirkte schüchtern, und seine Stimme schien ein wenig zu zittern.

«Ist der Fall damit erledigt?», fragte er. «Ist Hendrik Plöger der Mörder? Und warum hat er seine Freunde getötet? Was hatte er für ein Motiv?»

Marthaler hielt den Atem an. Das waren die einzig wirklich wichtigen Fragen. Und kein anderer Journalist hatte sie bislang gestellt.

Wenn Eissler jetzt einen Fehler machte und die Antwort an ihn delegierte, würde er lügen müssen. Oder er musste eingestehen, dass sie ahnungslos waren. Aber der Polizeipräsident lachte.

«Das waren viele Fragen auf einmal», sagte er. «Ich versuche, der Reihe nach zu antworten. Nein, der Fall ist damit noch nicht abgeschlossen. Selbst nachdem ein Schuldiger gefunden ist, haben die zuständigen Beamten alle Hände voll zu tun. Sie müssen also nicht befürchten, dass hier jemand arbeitslos wird.»

Noch einmal gab es Gelächter. Die ersten Teams packten bereits ihre Sachen zusammen, um sich auf den Weg in die Redaktionen zu machen. Eissler fuhr fort: «Die Frage nach dem Motiv bereitet uns großes Kopfzerbrechen. Selbst wenn ich wollte, könnte ich sie nicht eindeutig beantworten. Ich kann also nur an Sie appellieren, uns noch etwas Zeit zu lassen. Wir arbeiten weiter. Und Sie wollen ja auch nächste Woche Ihren Lesern und Zuschauern noch etwas mitzuteilen haben. Ich verspreche Ihnen, dass wir Sie auf dem Laufenden halten werden. Vertrauen Sie uns. Wir bedanken uns für die konstruktive Zusammenarbeit und wünschen Ihnen allen einen guten Heimweg.»

Die Mikrophone wurden abgestellt. Marthaler pfiff leise durch die Zähne. Liebmann sah ihn an und lächelte.

«Nicht schlecht, oder?», sagte er.

«Aber haarscharf», erwiderte Marthaler, der das Gefühl hatte, in den letzten Stunden um Jahre gealtert zu sein. Dass Gabriel Eissler seine Sache bravourös gemeistert hatte, musste er zugeben. Ohne je die Unwahrheit zu sagen, hatte Eissler den Eindruck erweckt, alle Fragen vorbehaltlos zu beantworten. Gleichzeitig hatte er vermieden, irgendwelche Informationen weiterzugeben, die sie nicht weitergeben durften. Trotzdem empfand Marthaler diese Pressekonferenz als ein einziges Spektakel, um die Sensationslust der Öffentlichkeit zu befriedigen. Sie wurden dadurch nicht einen Schritt weitergebracht. Lediglich die Kettenhunde waren für eine Weile ruhig gestellt worden.

«Und was machen wir jetzt?», fragte Kai Döring.

«Schlafen», sagte der Polizeipräsident, der plötzlich hinter ihnen stand. «Ich würde vorschlagen, Sie alle gehen jetzt nach Hause, um sich auszuruhen. Nein, ich schlage es nicht vor, ich befehle es Ihnen!»

Marthaler verließ das Präsidium durch den Hinterausgang. Als er über den Hof lief, winkte ihn der Hausmeister zu sich. Er führte ihn wieder in den kleinen Verschlag neben der Werkstatt. «Und, Chef? Was sagen Sie nun?»

Marthaler staunte. Sein Rad stand an der Wand und sah aus, als sei es nie kaputt gewesen.

«Aber haben Sie nicht gesagt, die Reparatur würde eine Weile dauern?»

«Na ja», brummte der Mann, «war gerade nicht viel zu tun.»

Marthaler bedankte sich.

«Was bin ich schuldig?», fragte er.

Der Hausmeister winkte ab.

«Schon gut», sagte er, «hab ja nur gebrauchte Teile verwendet.»

Marthaler öffnete sein Portemonnaie und zog einen Fünfzigmarkschein hervor. Als der Hausmeister das Geld nicht annehmen wollte, stopfte er es ihm in die Brusttasche seines grauen Kittels.

Er stieg auf das Rad und drehte eine Runde.

«Fährt sich besser als vorher», sagte er.

«Mmmh, hab alles schön eingefettet», sagte der Hausmeister. «Nun kaufen Sie sich aber mal ein ordentliches Schloss. Und, Chef, wenn mal wieder was ist …»

Marthaler winkte ihm zum Abschied zu. Dann fuhr er los. Er war froh, nicht schon wieder ein Taxi nehmen zu müssen. Der Fahrtwind tat ihm gut. Auf der Heimfahrt dachte er über den Hausmeister nach. Er hatte fast vergessen, dass es Leute gab, die mit den Händen arbeiteten, für die es selbstverständlich war, ihre Arbeit mit Sorgfalt zu verrichten, und die keine großen Worte darüber verloren. Im Stillen beneidete Marthaler den Mann, und er sehnte sich nach einer Tätigkeit, die ihn nicht dazu zwang, immer und immer wieder im Müll zu wühlen.

Als er die Wohnungstür aufschloss, hörte er aus dem Wohnzimmer Musik. Tereza kam vom Balkon und lächelte ihm zu. Sie war barfuß. Sie hatte nur ein Paar Shorts an und

374

ein gestreiftes T-Shirt. Sie küsste ihre Fingerspitzen und tippte damit auf seine Stirn.

«Du bist ermüdet», sagte sie.

Marthaler sah in den Spiegel und drehte sich gleich wieder weg. «Das kann man wohl sagen.»

«Geh schlafen. Wenn du aufwachst, mache ich uns etwas zu essen.»

«Nein», sagte er. «Ich würde mich gerne eine Weile zu dir in die Sonne setzen.»

«Soll ich Kaffee machen?»

Marthaler nickte. Er ging auf den Balkon und setzte sich in einen der beiden Liegestühle. Als Tereza ihm den Kaffee servieren wollte, war er bereits eingeschlafen.

Geweckt wurde er, weil jemand seinen Namen flüsterte. Er schlug die Augen auf. Tereza stand neben ihm. Sie hatte eine Hand auf seine Schulter gelegt, um ihn sanft wachzurütteln. Er schaute auf die Uhr. Er hatte fast vier Stunden geschlafen.

«Entschuldige, Robert. Es ist jemand am Telefon, der dich dringend sprechen möchte.»

Marthaler nickte. Er stand auf, ging ins Badezimmer und schlug sich einen Schwall Wasser ins Gesicht. Dann ging er zum Telefon und meldete sich.

«Wer kennt diese Frau?», fragte die Stimme am anderen Ende.

Marthaler war irritiert. Er dachte, die Frage bezöge sich auf Tereza. Es war die Stimme eines Mannes, die ihm bekannt vorkam, die er aber nicht zuordnen konnte.

«Wer spricht, bitte?», fragte er.

«Ja, wer spricht? Du kommst nicht drauf! Ich gebe dir einen Hinweis: Wiesbaden, Frühjahr 1990.»

Marthaler überlegte. Dann wusste er, wer der Anrufer war. Er musste lächeln. «Kamphaus. Stimmt's? KD Kamphaus.»

«Volltreffer.»

Marthaler und Kamphaus hatten sich vor zehn Jahren auf einem zweiwöchigen Psychologie-Seminar des Bundeskriminalamtes kennen gelernt. Sie hatten sich sofort gemocht und waren die folgenden Abende gemeinsam durch die Wiesbadener Weinstuben gezogen. Trotzdem war es eine der typischen Seminar-Bekanntschaften geblieben. Sie hatten sich im darauf folgenden Jahr noch ein paar Postkarten geschrieben und immer wieder ein Treffen ins Auge gefasst, zu dem es dann aber doch nie gekommen war. Das Letzte, was Marthaler von Kamphaus gehört hatte, war, dass dieser kleine, rundliche Genussmensch mit den ewig feuchten Lippen eine Stelle bei der Kripo in Saarbrücken antreten wollte.

«Schön, von dir zu hören», sagte Marthaler. «Woher hast du meine Nummer?»

«Bin ich Polizist? Also: Wer kennt diese Frau?»

Langsam dämmerte Marthaler, was Kamphaus mit seiner Frage meinte. Sie konnte sich nur auf die Suche nach dem fremden Mädchen beziehen, auf das Phantombild, das sie vor zwei Tagen in die interne Fahndung gegeben hatten.

«Heißt das, du kennst sie?», fragte Marthaler. Er merkte, wie er sich binnen Sekunden wieder ganz auf den Fall konzentrierte. «Weißt du, wo sie sich aufhält? Wo bist du überhaupt? Wir müssen sie unbedingt finden.»

«Nun mal langsam», sagte Kamphaus. «Ich bin in Saarbrücken. Im LKA.»

«Im LKA?»

«Ja» sagte Kamphaus, «aber spar dir deine Kommentare. Also: Eigentlich habe ich noch bis morgen früh Urlaub. Bin nur mal ins Büro gegangen, um mir meinen Schreibtisch anzuschauen. Und als ich eben den Computer anschalte, sehe ich eure Fahndung. Das Porträt ist keine Meisterleistung, aber ich bin mir ziemlich sicher, dass es sich bei der Kleinen um ein

Mädchen handelt, das wir vor anderthalb Jahren eine Zeit lang gesucht, aber niemals gefunden haben. Ihre Familie ist bei einem merkwürdigen Unfall in den Nordvogesen ums Leben gekommen. Die Geschichte ist etwas länger ...»

Marthaler unterbrach ihn.

«Wie lange braucht man mit dem Zug von Frankfurt nach Saarbrücken?», fragte er.

«Ich weiß nicht. Vielleicht zweieinhalb Stunden.»

«Bleib, wo du bist», sagte Marthaler. «Ich nehme die nächste Verbindung. Und bestell mir bitte ein Hotelzimmer in deiner Nähe.»

Er überlegte kurz, ob ihm die Kollegen diesen erneuten Alleingang übel nehmen könnten, beruhigte sich aber damit, dass ihm schließlich niemand vorzuschreiben hatte, was er mit seinem Sonntagabend anfing.

Dritter Teil

Eins Der Regionalexpress aus Frankfurt kam pünktlich um
21.54 Uhr im Hauptbahnhof von Saarbrücken an. Klaus Dieter Kamphaus, genannt KD, stand bereits am Gleis und wartete auf seinen Kollegen. Die beiden fixierten sich, dann grinsten sie sich an und umarmten einander zur Begrüßung. Einen
Moment lang spürten beide jene kleine Verlegenheit, die entsteht, wenn man sich lange Zeit nicht gesehen hat.

Kamphaus sah Marthaler von der Seite an.

«Du hast dich aber wirklich überhaupt nicht …»

Marthaler unterbrach ihn.

«Lüg nicht», sagte er. «Du wolltest sagen, dass ich mich
nicht verändert habe. Das ist nicht wahr. Ich bin älter geworden, ich bin dicker geworden, und ich bin langsamer geworden. Also komm, erzähl mir die Geschichte von dem Mädchen.»

Während sie nebeneinander hergingen, begann Kamphaus
mit seinem Bericht. «Es war vor sechzehn Monaten, im April
1999. Wir bekamen von den Kollegen aus dem Elsass die Mitteilung, dass ein Personenwagen aus Saarbrücken zwischen
Schirmeck und Barr einen schweren Unfall hatte. An der Unglücksstelle wurden drei Tote gefunden: der Halter des Fahrzeugs, ein arbeitsloser Lehrer namens Peter Geissler, seine
Frau und der zehnjährige Sohn.»

«Wie kann ein Lehrer arbeitslos werden?», fragte Marthaler.

«Warte», sagte Kamphaus. «Das ist ein Teil der Geschichte, die ich dir erzählen werde. Also: Der Wagen war einen steilen Abhang hinuntergerast, hatte sich mehrmals überschlagen

und war dann an einem Baum zerschellt. Weil wir keine Bremsspuren fanden, nahmen wir an, dass der Fahrer eingeschlafen sein musste. Marie-Louise, die sechzehnjährige Tochter des Ehepaares, blieb unauffindbar. Da wir sie weder in der elterlichen Wohnung noch bei Nachbarn oder Freunden antrafen, mussten wir annehmen, dass sie ebenfalls in dem Unfallwagen gesessen hatte. Gemeinsam mit der französischen Polizei klapperten wir sämtliche Krankenhäuser im Umkreis von hundertfünfzig Kilometern diesseits und jenseits der Grenze ab – ohne Ergebnis. Wir machten uns auf die Suche nach Verwandten der Familie, konnten aber außer einer in Paris lebenden Schwester der Frau niemanden ermitteln. Also begannen wir mit der Ochsentour. Wir befragten alle, die mit Marie-Louise oder ihrer Familie in irgendeiner Weise zu tun hatten: Mitschüler, Freundinnen, die Nachbarschaft, die Lehrer. Niemand konnte uns Auskunft geben, ob das Mädchen gemeinsam mit der Familie in das Elsass gefahren war. Niemand wusste etwas über ihren Verbleib. Und keiner hatte eine Ahnung, was die Geisslers überhaupt in Frankreich vorhatten, ob sie jemanden besuchen oder einfach einen Wochenendausflug machen wollten. Es war wie verhext. Kurz darauf tauchte die Schwägerin Geisslers bei uns auf. Sie war extra aus Paris nach Saarbrücken gekommen. Sie legte uns den Schlüssel eines Bankschließfachs vor, den ihr Schwager ihr wenige Wochen zuvor kommentarlos zugeschickt hatte. Gemeinsam mit ihr haben wir das Fach geöffnet. Es enthielt nichts außer einem Brief von Peter Geissler.»

Kamphaus machte eine Pause. Sie waren inzwischen am Ende der Bahnhofstraße angekommen, überquerten einen Platz und gingen weiter in die Mainzer Straße.

«Bist du hungrig, wollen wir noch eine Kleinigkeit essen?»

«Nein», sagte Marthaler. «Bitte, erzähl weiter. Was stand in dem Brief?»

«Vielleicht ist Brief das falsche Wort. Es war ein Schreiben, das an niemanden gerichtet war. Eine Erklärung, die wir zunächst nicht recht verstanden. Geissler schrieb, dass nicht jeder, der unter Verdacht gerate, auch schuldig sei. Dass nur Gott beurteilen könne, ob ein Herz rein oder befleckt sei. Dass der Hochmut und die Selbstgerechtigkeit unbekannter Menschen sein Leben und seine Familie zerstört hätten. Und zum Schluss stand dort der Satz: ‹Herr im Himmel, sei uns armen Sündern gnädig.› Das alles wirkte ein wenig wirr, und wir konnten nicht viel damit anfangen. Immerhin mussten wir nun davon ausgehen, dass es sich bei dem Schreiben um eine Art Abschiedsbrief handelte.»

«Und dass der Unfall kein Unfall war», warf Marthaler ein.

«Genau. Das ist aber auch das Einzige, was in diesem Fall festzustehen scheint. Obwohl er dies nicht ausdrücklich geschrieben hat, bin ich nach wie vor davon überzeugt, dass Geissler sich und seine Familie absichtlich in den Tod gefahren hat.»

«Und dann, was habt ihr dann gemacht?»

«Wir suchten weiter erfolglos nach dem Mädchen und begannen mit unseren Befragungen von vorne. Wir wollten herausbekommen, was Geissler mit seinen dunklen Andeutungen gemeint hatte. Aber alle, mit denen wir sprachen, schienen uns auszuweichen. Es machte den Eindruck, als fühlten sie sich mitschuldig am Tod der Familie.»

«Wieso denn das?»

«Geissler war Lehrer an einem Gymnasium, das auch seine Tochter Marie-Louise besuchte. Der alte Schulleiter war erkrankt. Er sollte Anfang des Jahres 1999 vorzeitig in Pension gehen. Peter Geissler bewarb sich, wie einige Kollegen auch, um die frei werdende Stelle. Man räumte Geissler gute Chancen ein, den Posten zu bekommen. Kurz bevor die Entscheidung fiel, ging im Schulamt ein anonymes Schreiben ein, in dem der Verdacht geäußert wurde, Geissler habe seine Tochter als Kind missbraucht. Man versuchte zunächst, die Vorwürfe diskret zu behandeln, aber im Kollegium sprach sich die Sache rasch herum. Obwohl nie Anzeige erstattet wurde, entwickelte sich innerhalb der Lehrerschaft so etwas wie eine Kampagne gegen Peter Geissler.»

«Und was war mit Marie-Louise? Hat man sie nicht befragt? Sie hätte die Sache womöglich rasch klären können», sagte Marthaler.

Inzwischen waren sie am Eingang des Landeskriminalamtes angekommen. Sie betraten das Gebäude, grüßten den Nachtpförtner und fuhren mit dem Fahrstuhl in den dritten Stock, wo Kamphaus sein Büro hatte.

«Man hat wohl versucht, mit ihr zu sprechen, aber sie hat sich jeder Befragung entzogen. Wenn man den Zeugen glauben darf, hatte sie sich in den letzten Jahren sehr verändert. Alle bestätigten, dass sie ein ungewöhnlich schönes Mädchen war, dem die Herzen der Jungen nur so zuflogen. Aber sie wurde zunehmend aggressiver und verstockter. Sie stritt sich unentwegt mit ihrem Vater und sprach kaum noch mit ihrer Mutter. Die Vorwürfe gegen ihren Vater wurden weder bestätigt noch widerlegt. Aber ob etwas dran war oder nicht: Geissler hielt dem Druck nicht stand. Er meldete sich krank, und schließlich kündigte er fristlos. In der Schule war man froh, ihn auf diese Weise bequem losgeworden zu sein. Um so etwas wie einen Neuanfang zu gewährleisten, wurde die Stelle des Schulleiters mit einem Außenstehenden besetzt. Und den Rest kennst du. Das Bild, das ich mir von Marie-Louise Geissler machen konnte, wurde immer schärfer, bis ich schließlich überzeugt war, dass sie nicht mit ihrer Familie in dem roten VW Passat gesessen hat, der im April 1999 den Abhang hinuntergestürzt ist.»

Kamphaus schloss die Tür zu seinem Büro auf.

«So», sagte er. «Und jetzt bist du dran, mir zu erzählen, was du über Marie-Louise weißt.»

«Hast du ein Foto von ihr?», fragte Marthaler. «Das ist das Wichtigste. Wir müssen es mit unserem Phantombild vergleichen.»

Kamphaus ging zu seinem Schreibtisch und schaltete den Computer ein. Dann zeigte er auf einen kleinen Beistelltisch, auf dem sich ein riesiger Stapel mit Akten befand.

«Hier», sagte er. «Ich habe dir sämtliche Unterlagen kommen lassen. In den Ordnern findest du alles, was wir herausbekommen haben. Jedenfalls kann man uns nicht vorwerfen, dass wir den Fall nicht ernst genommen hätten.»

Aus einer Klarsichthülle zog Kamphaus einen dicken Packen mit Fotos hervor und breitete sie auf der Unterlage seines Schreibtischs aus. Sie alle zeigten Marie-Louise Geissler, mal allein, mal im Kreis ihrer Familie oder zusammen mit Freunden. Kamphaus drückte ein paar Tasten auf dem Keyboard des Computers, dann erschien das Phantombild.

Marthaler nickte. Es bestand kein Zweifel. Das subjektive Porträt, das sie in Frankfurt hatten anfertigen lassen, und die Fotos zeigten dieselbe Person. Die junge Frau, die sie suchten, war nicht länger eine Unbekannte.

«Etwas muss ich noch wissen», sagte Marthaler. «Seid ihr bei euren Ermittlungen auf den Namen Bernd Funke gestoßen?»

Kamphaus schüttelte den Kopf.

«Jochen Hielscher?»

«Nein.»

«Hendrik Plöger?»

«Nein.»

«Das dachte ich mir. Ich wollte nur sichergehen.»

«Also», sagte Kamphaus. «Jetzt will ich etwas hören.»

«KD, entschuldige», sagte Marthaler. «Aber dafür ist jetzt

keine Zeit. Wenn du einverstanden bist, möchte ich mich jetzt gleich über die Akten hermachen. Ehrlich gesagt wäre es mir am liebsten, du würdest mich allein lassen. Und kannst du mir noch einen Gefallen tun und im Hotel Bescheid sagen, dass ich nicht komme? Wenn ich müde werde, lege ich mich hier ein wenig hin.»

Er zeigte auf eine Sitzgruppe, die aus zwei Sesseln und einer schmalen Couch bestand.

Kamphaus sah Marthaler einen Moment schweigend an. Dann nickte er. «Meine Güte, du scheinst ja wirklich unter Druck zu stehen. Aber gut, dann werde ich dich morgen früh wecken. Draußen auf dem Gang ist übrigens ein Kaffeeautomat; ich werde ihn gleich noch einschalten. Kleingeld findest du in der oberen Schublade. Und eine Wolldecke liegt unten im Wandschrank. Brauchst du sonst noch was?»

Marthaler lächelte. «Nein danke. Du bist ein Held. Ich weiß, ich bin im Moment eine Zumutung. Aber sei mir nicht böse. Wir holen das Plaudern nach.»

Kamphaus verabschiedete sich. Bevor er den Raum verließ, drehte er sich noch einmal um. Auf seinem Gesicht hatte sich ein Grinsen breit gemacht. «Wer war übrigens die Frau mit der netten Stimme, die ich vorhin in deiner Wohnung am Telefon hatte?»

«Raus jetzt!», sagte Marthaler.

Er saß allein in dem stillen Büro und schaute auf den Stapel mit Akten. Er war immer wieder erstaunt, welche Mengen beschriebenen Papiers sich binnen kurzer Zeit bei einem Fall ansammelten. Und stets verbargen sich dahinter Geschichten von Menschen, die nach Erfüllung suchten oder nur nach dem kleinen Glück in ihrem Leben und denen dabei irgendetwas oder irgendjemand in die Quere gekommen war. Und fast immer gab es einen Punkt, wo aus einem kleinen Konflikt eine heillose Tragödie wurde. Als würde eine Zentrifuge in Gang gesetzt, deren Kräfte so stark waren, dass alle Beteiligten aus ihrer Mitte herausgeschleudert wurden.

Unkonzentriert begann er zu blättern. Ab und zu sah er auf die Uhr, die gegenüber an der Wand hing und deren großer Zeiger jede Minute mit einem leisen Klacken weiterrückte. Schon auf den ersten Seiten stieß Robert Marthaler auf den anonymen Brief an die Schulbehörde, von dem Kamphaus ihm erzählt hatte. Das Schreiben bestand nur aus wenigen Sätzen. Er zog das Papier aus der Klarsichthülle. Es handelte sich um ein weißes DIN-A4-Blatt, das offensichtlich mit einem Laserdrucker beschrieben worden war. Er las den kurzen Text mehrere Male durch:

«Der Verfasser dieses Briefes wurde zweifelsfrei darüber unterrichtet, dass der Pädagoge Peter Geissler seine Tochter Marie-Louise während deren Kindheit wiederholt missbraucht hat. Dies und die maßlose Bigotterie, die dieser Mann an den Tag legt, machen ihn unserer Auffassung nach ungeeignet dafür, weiterhin Schüler zu unterrichten. Ziehen Sie Ihre Schlüsse daraus!»

Marthaler dachte darüber nach, was es zu bedeuten hatte, dass im ersten Satz des Schreibens von *einem* Verfasser die Rede war, weiter unten aber der Eindruck erweckt wurde, als hätten mehrere Personen diesen Brief geschrieben. Er kam zu keinem Ergebnis. Wer hatte ein Interesse an einer solchen Anschuldigung gehabt? Doch wohl nur die Mitbewerber um den Posten des Rektors. Hatten der oder die Verfasser, wenn sie sich so sicher waren, dass der Vorwurf der Wahrheit entsprach, sich deshalb nicht zu erkennen gegeben?

Nachdem er sämtliche Aktenordner flüchtig gesichtet hatte, begann er von vorn und kämpfte sich nun systematisch durch die Berge von Material, die sich während der Arbeit an dem Fall angehäuft hatten. Er las die Ermittlungsberichte, die Gutachten von Kfz-Sachverständigen, die das Autowrack der Geisslers untersucht hatten, Hunderte Zeugenprotokolle und zahllose Abschriften von Telefongesprächen. Es gab Hinweise von Anrufern, die Marie-Louise nach dem Unglück in Hamburg, an der Côte d'Azur oder in einem Dorf in der Nähe Saarbrückens gesehen haben wollten. All diesen Hinweisen war nachgegangen worden, doch keiner hatte zu einem Ergebnis geführt. Selbst lange nachdem die Polizei ihre aktive Suche eingestellt hatte, waren von Zeit zu Zeit noch Meldungen aus der Bevölkerung gekommen. Ein Lkw-Fahrer gab an, die Gesuchte ähnele der Kellnerin einer Autobahnraststätte in der Nähe von Basel. Eine Geschäftsfrau aus Saarlouis behauptete, das Mädchen auf einem Dorffest in den Nordvogesen erkannt zu haben. Und ein Student wollte sie in Begleitung einer älteren Frau im Foyer eines Kinos gesehen haben.

Auf dem Boden neben dem Schreibtisch standen drei braune Kartons mit persönlichen Unterlagen der Geisslers, die die Beamten in der Wohnung sichergestellt hatten. Es befanden sich Kontoauszüge darin, Versicherungspolicen, Adressbücher, Briefe und Familienfotos. Wie immer, wenn Marthaler gezwungen war, die persönlichen Hinterlassenschaften fremder Menschen zu untersuchen, hatte er das Gefühl, etwas Unrechtes zu tun. Ihr gewaltsames Ende nahm den Toten auch noch das Recht auf einen kleinen Rest von Diskretion.

Er blätterte in der Mappe mit den Kontoauszügen und stellte fest, dass das schmale Guthaben der Familie in den letzten Monaten immer mehr zusammengeschmolzen war. Er schaute sich die Fotoalben an, in der Hoffnung, irgendetwas zu finden, das ihn der Wahrheit näher brachte. Aber alles, was er sah, war eine ganz und gar durchschnittliche Familie, deren Kinder langsam älter wurden. Es gab Aufnahmen von gemeinsamen Urlauben an irgendeinem Strand, von Geburtstagen und Weihnachtsfeiern. Lachende Gesichter, herausgestreckte Zungen, ein Zoobesuch, die Konfirmation, immer wieder Kirchenbesuche, aber auch Sandburgen, neue Fahrräder, Lampions, die Kinder beim Ponyreiten, ein Gartenfest bei Freunden. Ihm fiel auf, dass Marie-Louise auf den Fotos der letzten beiden Jahre seltener zu sehen war. Und dass ihr Gesichtsausdruck nicht mehr so unbeschwert kindlich war. Die Bilder zeigten ein ebenso ernstes wie attraktives Mädchen, dessen Miene Abwehr demonstrierte. So als wolle Marie-Louise sagen: Lasst mich in Ruhe, das ist mir alles zu dumm, was wisst ihr denn, ich habe damit nichts mehr zu tun. Aber Marthaler war sich nicht sicher, ob er aus diesem Eindruck Schlüsse ziehen durfte. Vielleicht hätten sich solche Fotos in den Alben jeder vergleichbaren Familie gefunden. Marie-Louise war in einem Alter, in dem sich alle Mädchen von ihren Eltern lösten. Und vielleicht war ein solcher Prozess in einer so tief religiösen Familie, wie es die Geisslers wohl gewesen waren, schwerer, auch schmerzhafter als in anderen Familien.

Marthaler suchte eines der letzten Porträts von Marie-Louise aus, löste es von der Seite und steckte es in die Innentasche seines Jacketts. Das Phantombild würden sie jetzt nicht mehr brauchen. Dann klappte er das Fotoalbum zu und legte es zurück in den Karton. Er rieb sich die Augen. Es war kurz vor halb drei. Er ging auf den Gang und zog sich am Automaten einen Kaffee.

Zurück im Büro, schaute er sich noch einmal den Ordner mit den Aussagen von Peter Geisslers Kollegen an. Alle beschrieben ihn als einen freundlichen, aber sehr gläubigen und prinzipienfesten Menschen. Er hatte keinen Alkohol getrunken, hatte an den Feiern des Kollegiums nicht teilgenommen, war aber immer bereit gewesen, eine Vertretung zu übernehmen oder ein paar Stunden zu tauschen, wenn er damit jemandem einen Gefallen tun konnte. Seine fachliche Kompetenz stand außer Frage, allerdings galt er in seinen Ansichten als ein wenig altmodisch.

Das, dachte Marthaler, sagt man über mich auch. Er blätterte weiter und stieß auf das Aussageprotokoll einer Französischlehrerin namens Lieselotte Grandits. Sie hatte Marie-Louise Geissler unterrichtet und, wie sie betonte, die Schülerin sehr gemocht. Gelegentlich hätten sie sich sogar privat getroffen. Ihre Beschreibung Peter Geisslers unterschied sich kaum von den Schilderungen der anderen Lehrer. Trotzdem gab es in der Aussage von Lieselotte Grandits etwas, das Marthaler aufmerken ließ. Aber erst nach wiederholter Lektüre fand er den Grund.

«Das ist ja ein Ding», sagte er laut. Und war erschrocken, plötzlich seine eigene Stimme in der Stille des Büros zu hören. Er suchte noch einmal die Liste des Schulamtes, auf der die Bewerber um die Rektorenstelle aufgeführt waren. An dritter Stelle fand sich der Name der Französischlehrerin. Marthaler schrieb Adresse und Telefonnummer von Lieselotte Grandits auf einen Zettel und überlegte, ob er sofort bei ihr anrufen sollte. Er entschied, dass er um diese Uhrzeit schlecht eine Zeugin aus dem Bett holen konnte, dass es besser war, wenn er versuchte, sich selbst erst einmal ein paar Stunden auszuruhen. Er legte die Arme auf den Schreibtisch und bettete den Kopf darauf. Nach wenigen Minuten war er eingeschlafen.

Es dauerte einige Augenblicke, bis sich am anderen Ende der Leitung eine müde Frauenstimme meldete. Marthaler schaute auf die Uhr. Es war noch nicht einmal halb sieben. Eine Viertelstunde zuvor war er mit verspanntem Nacken und schmerzenden Armen am Schreibtisch von Klaus Dieter Kamphaus im Saarbrücker Landeskriminalamt aufgewacht. Er war zur

Toilette gegangen, hatte sich das Gesicht gewaschen und den Mund ausgespült. Er hatte ein paar gymnastische Übungen gemacht und dann die Nummer von Lieselotte Grandits gewählt.

Er merkte, wie die Frau stutzte, als er ihr sagte, wer er war und was er von ihr wollte.

«Bleiben Sie, wo Sie sind», sagte Marthaler. «Ich bin in einer halben Stunde bei Ihnen. Ich muss mit Ihnen sprechen.»

Er verließ das Polizeigebäude, suchte sich ein Taxi und nannte dem Fahrer die Adresse. Sie fuhren quer durch die Stadt und gelangten bald in einen der westlichen Vororte Saarbrückens. Es war ein ruhiges Viertel, in dem die Französischlehrerin wohnte. Sie bogen in eine kleine Seitenstraße ab, deren hinteres Ende in einen Feldweg überging. Rechts und links standen niedrige, weiß verputzte Doppelhäuser, denen jeweils ein winziges Gartengrundstück vorgelagert war. Vor der Hausnummer 20 stieg Marthaler aus. Hinter dem Fenster im Erdgeschoss bewegte sich die Gardine. Auf dem Klingelschild stand nur der Name Grandits. Es war nicht zu erkennen, ob die Lehrerin hier allein lebte. Bevor er noch läuten konnte, wurde die Haustür geöffnet. Sie hatte auf ihn gewartet.

Sie war eine üppige, nicht sehr große Frau. Er schätzte sie auf Ende vierzig. Ihr freundliches Gesicht war blass. Sie wirkte müde und bat ihn mit leiser Stimme herein. Marthaler war irritiert. Das Aussehen und das Auftreten der Lehrerin widersprachen dem Bild, das er sich von ihr gemacht hatte. Ohne sich darüber Rechenschaft abzulegen, hatte er eine kalte, hartherzige Frau erwartet, die er einer strengen Befragung unterziehen wollte. Jetzt merkte er, wie sein Vorsatz verflog.

Er folgte ihr in ein Wohnzimmer, das mit einer ungewöhnlichen Mischung aus alten und modernen Möbeln eingerichtet war. Jedes Teil für sich schien mit Bedacht ausgewählt zu sein, ohne jedoch zum Rest des Mobiliars zu passen. Und trotzdem harmonierte alles aufs angenehmste, sodass Marthaler sich in dem Raum auf Anhieb wohl fühlte. Lieselotte Grandits zeigte auf einen Sessel und bat ihren Gast, Platz zu nehmen. Während sie in die Küche ging, um Kaffee zu kochen, schaute er sich um. Das große Regal an der gegenüberliegenden Wand war gefüllt mit französischer Literatur. Er erkannte eine mehrbändige Ausgabe mit den Werken Stendhals, einen kompletten Flaubert und Prousts «À la recherche du temps perdu». Rechts und links der nur angelehnten Tür, die zum Nachbarzimmer führte, hingen zwei kleine Gemälde Chaim Soutines, dessen Bilder Marthaler vor Jahren einmal in einer Ausstellung bewundert hatte. Und neben seinem Sessel lag auf einem Lesetisch die gleiche illustrierte Ausgabe von Choderlos de Laclos' «Liaisons dangereuses», aus der ihm Katharina gerne vorgelesen hatte.

Als Lieselotte Grandits mit nur einer Tasse Kaffee zurückkam, die sie neben Marthaler auf das Tischchen stellte, lächelte sie ihm zu.

«Schön haben Sie es hier», sagte Marthaler.

«Ja», antwortete sie. Aber es klang wie der Seufzer einer unglücklichen Frau. «Wollen Sie mir Ihre Fragen stellen?»

Marthaler nickte. «Wie gut kannten Sie Marie-Louise Geissler?»

«Wir mochten uns. Sie hat mich besucht. Das ist alles.» Sie zögerte einen Moment, dann schüttelte sie den Kopf. «Nein, das stimmt nicht. Wir mochten uns sehr, wir waren fast so etwas wie Freundinnen.»

«Das ist nicht wenig … zwischen einer Lehrerin und ihrer Schülerin. Oder?»

«Ja. Es kommt nicht mehr oft vor, dass man das Vertrauen eines Schülers gewinnt.»

«Wie oft war Marie-Louise bei Ihnen? Über was haben Sie gesprochen?»

«Nach der Scheidung von meinem Mann, den sie nicht mochte, kam sie ein-, zweimal die Woche. Sie hat mir von den Schwierigkeiten mit ihrem Vater erzählt. Wissen Sie, das Mädchen war sehr neugierig und klug, sehr eigenwillig ...»

«Und sehr schön, nicht wahr?»

Die Lehrerin nickte. «Ja. Außergewöhnlich schön.»

«Hat sie Ihnen erzählt, dass ihr Vater sie missbraucht habe?» Marthaler merkte, wie die Lehrerin zögerte. Zwar hatte sie die Frage offensichtlich erwartet, schien sie aber möglichst genau beantworten zu wollen.

«Wissen Sie, wie ich darauf gekommen bin, dass Sie es waren, die den anonymen Brief an die Schulbehörde geschrieben hat?», fragte Marthaler.

Lieselotte Grandits schüttelte den Kopf.

«Ich habe heute Nacht die Protokolle gelesen. In der Befragung haben Sie Peter Geissler einen bigotten Menschen genannt. Und genau so steht es auch in dem Brief. ‹Bigotterie› – das ist kein sehr gebräuchliches Wort.»

«Aber auch kein so ungewöhnliches», erwiderte die Lehrerin.

«Mag sein», sagte Marthaler. «Aber es hat mich aufmerken lassen. Und als ich dann sah, dass Sie zu jenen Lehrern gehörten, die sich um die Rektorenstelle beworben haben, war ich sicher, dass Sie den Brief geschrieben haben.»

Lieselotte Grandits nickte. Sie ist erleichtert, dachte Marthaler. Ihr Herz ist schwer, aber sie ist erleichtert, dass jemand die Wahrheit ausspricht. Er wiederholte seine Frage: «Hat Marie-Louise von Missbrauch gesprochen oder nicht?»

«Sie hat es ... nahe gelegt.»

«Was heißt das: Sie hat es nahe gelegt? Oder waren Sie es vielleicht, die ihr das nahe gelegt hat?»

Marthalers Ton war schärfer ausgefallen als beabsichtigt.

Die Lehrerin mühte sich, die Fassung zu bewahren. Ihr Stimme zitterte. «Warum hätte ich das tun sollen?»

«Um die Stelle zu bekommen, die Peter Geissler besetzen sollte.»

Sie schüttelte heftig den Kopf. «Nein, so war es nicht. Ich war hin und her gerissen. Woche für Woche hat Marie-Louise hier gesessen und geweint. Immer, wenn wir über ihren Vater redeten, begann sie zu heulen. Alle Andeutungen, die sie machte, ließen nur den Schluss zu, dass er sie missbraucht hat. Wenn ich sie fragte, hat sie geschwiegen. Ich wollte sie zu einem Psychologen schicken, aber sie hat sich geweigert. Und mir war klar, wenn sie mit mir nicht darüber reden wollte, würde sie es auch keinem anderen sagen. Ich wusste nicht, was ich tun soll. Ich wollte ihren Vater nicht zu Unrecht einem so schrecklichen Verdacht aussetzen; andererseits durfte ich nicht zulassen, dass dem Mädchen so etwas geschieht. Es war ausweglos.»

Marthaler schwieg lange. Er wartete. Aber die Lehrerin sagte nichts mehr.

«Und als Peter Geissler Rektor werden sollte, haben Sie sich entschlossen, den Brief zu schreiben?»

Lieselotte Grandits nickte stumm. Dann begann sie zu schluchzen. «Ich wollte das alles nicht … Es war eine Dummheit … ein riesiger Fehler. Aber ich kann es nicht wieder gutmachen.»

Marthaler nickte. Dann stand er auf. Er wusste nicht, was er noch sagen sollte. Er wollte so rasch wie möglich ins Freie. Er öffnete die Haustür und ging nach draußen. Er atmete durch. Er durchquerte den Vorgarten. Als er auf der Straße stand, drehte er sich noch einmal kurz um. Erst jetzt merkte er, dass er die Haustür nicht wieder geschlossen hatte. Er lief bis zur Hauptstraße und wartete auf den Bus, der ihn zurück in die Innenstadt bringen sollte.

Es war 8.59 Uhr, als sein Blick auf die große Uhr im Bahnhof von Saarbrücken fiel. Er ging zum Informationsschalter und fragte nach der schnellsten Verbindung Richtung Frankfurt. Weil die Strecke über Kaiserslautern wegen eines Gleisschadens gesperrt war, musste er den Umweg über Karlsruhe nehmen. Er holte sich einen Becher Kaffee und ein heißes Croissant, ging zum Gleis und nahm dieses karge Frühstück im Stehen ein. In Karlsruhe stieg er um. Er setzte sich auf einen der Fensterplätze in einem leeren Raucherabteil, steckte sich eine Mentholzigarette an und schaute hinaus. Die Bahnstrecke verlief parallel zur Bundesstraße 3. Plötzlich sah er am Straßenrand ein Gebäude, das ihm bekannt vorkam. Vor Überraschung und Freude wäre er fast von seinem Sitz aufgesprungen. Tatsächlich, es war die Tankstelle Schwarzmoor, und die Frau, die dort vor dem Garagentor stand und sich die Hände an ihrem Blaumann abwischte, war Paola Gazetti. Automatisch und ohne daran zu denken, dass sie ihn wohl kaum würde sehen können, hatte er die rechte Hand gehoben, um ihr zuzuwinken. Eine Weile später, der Zug hatte den Stadtrand von Bruchsal bereits erreicht, merkte Marthaler, dass er beim Gedanken an die Werkstattbesitzerin noch immer lächelte.

Zwei Es war fast Mittag, als sein Zug den Frankfurter Hauptbahnhof erreichte. Wenige Minuten später betrat er das Präsidium. Schon auf dem Gang merkte er, dass etwas nicht stimmte. Obwohl keiner seiner Kollegen zu sehen war, konnte man die Aufregung förmlich spüren. Dann flog die Tür des Sitzungsraums auf. Kerstin Henschel stürmte heraus und schnallte sich im Laufen ihre kugelsichere Weste um.

«Da bist du ja», rief sie. «Schnell, wir müssen zum ‹Frankfurter Hof›. Es ist etwas passiert. Petersen wartet schon unten mit dem Wagen.»

Sie schob sich an Marthaler vorbei und war im nächsten Moment bereits im Treppenhaus.

«Was ist? Worauf wartest du?»

Er hatte Mühe, ihr zu folgen. «Kannst du mir vielleicht sagen, was eigentlich los ist?»

Während sie immer zwei Stufen auf einmal nahm, teilte sie ihm mit, dass vor einigen Minuten ein Notruf eingegangen sei. Jemand habe aus der Rezeption des Hotels «Frankfurter Hof» angerufen und berichtet, dass in einem der Gästezimmer eine Leiche liege.

«Ein toter Mann», sagte Kerstin Henschel. «Mehr weiß ich nicht. Er soll schlimm aussehen.»

«Die Spurensicherung?»

«Schilling ist unterwegs.»

Sie stiegen in den Streifenwagen, dessen Motor bereits lief. Manfred Petersen saß am Steuer. Als sie den Hof des Präsidiums mit großer Geschwindigkeit verließen, schaltete er die Sirene und das Blaulicht ein. Auf der kurzen Fahrt schwiegen die drei. Sie kamen vor dem Eingang des Hotels an. Ein Wagen der Spurensicherung stand bereits mit offener Heckklappe auf dem Bürgersteig.

«Wir brauchen Verstärkung», sagte Marthaler. «Bis wir die Lage geklärt haben, soll niemand das Hotel verlassen.»

«Das werden wir nicht schaffen», sagte Kerstin Henschel. «Weißt du, wie groß dieses Haus ist? Hier gibt es unendlich viele Aus- und Eingänge.»

«Wir müssen es versuchen. Manfred, bitte kümmre dich darum. Und Kerstin, du trommelst bitte alle Leute zusammen, die irgendetwas über die Sache wissen. Wer ist das Opfer? Welche der Angestellten kannten den Mann? Seit wann hat er hier gewohnt? Wer hat die Leiche gefunden? Sorg bitte dafür, dass man uns einen Raum zur Verfügung stellt.»

Marthaler eilte zur Rezeption und bat einen der Angestellten, ihn zu dem Zimmer zu führen, in dem der Tote gefunden worden war. Sie stiegen in einen Aufzug, fuhren zwei Stockwerke hinauf und folgten einem langen Gang. Als sie um die Ecke bogen, sah Marthaler bereits das Absperrungsband und die beiden Alukoffer mit Schillings Werkzeugen. Das Zimmer trug die Nummer 324. Am Türknauf hing ein Schild mit der Aufschrift: «Bitte nicht stören!» Um keine Spuren zu verwischen, nahm Marthaler einen Kugelschreiber und klopfte damit an die angelehnte Tür. Dann schauderte er zurück. Ihm schlug der süßliche Geruch eines verwesenden Leichnams entgegen. Im selben Augenblick meldete sich Walter Schillings barsche Stimme. «Was ist? Keiner betritt den Raum!»

Marthaler hielt sich den Unterarm vor die Nase.

«Ich bin's», sagte er. «Kann ich reinkommen?»

«Keine Chance», erwiderte Schilling. «Das kann noch Stunden dauern. Hier sind schon viel zu viele Leute durchgetrampelt.»

«Was ist passiert? Kannst du nicht wenigstens mal herkommen?»

Kurz darauf erschien Schillings bleiches Gesicht in der Türöffnung. Der Chef der Spurensicherung hatte sich einen Atemschutz vor Mund und Nase gebunden. Er schaute Marthaler aus geröteten Augen an. Seine Hände steckten in dünnen Kunststoffhandschuhen. Er schüttelte den Kopf. «So was sieht man nicht alle Tage. Das Zimmer ist ein einziger Saustall.»

«Also: Dann erzähl! Wenn du mich schon nicht reinlassen kannst.»

«Was willst du wissen? Ich bin selbst erst seit zehn Minuten hier. Männliche Leiche. Hat einen Ausweis bei sich auf den Namen Georg Lohmann. 35 Jahre. Ist zirka zwei bis vier Tage tot. Genauer kann ich es nicht sagen, da ich nicht weiß, wann und wie lange die Klimaanlage eingeschaltet war. Erstochen. Mindestens acht Stiche. Hier drin sieht es aus wie … Nein, ich erspar uns einen Vergleich. Es ist alles voller Blut. An der Decke im Bad. Schleifspuren auf dem Teppichboden. Im Bett eine riesige Lache. Überall an den Wänden Spritzer.»

«Sonstige Spuren?»

«Viel zu viele. Überall sind Abdrücke. Wer weiß, wer hier schon alles drin war, bevor man uns gerufen hat. Das wird eine Kärrnerarbeit.»

«Meinst du, die Sache könnte etwas mit den Morden im Wald zu tun haben?», fragte Marthaler.

Schilling nickte. «Allerdings. Es ist das gleiche Muster. Und wenn du mich fragst, wurde sogar dieselbe Waffe verwendet.»

«Die du aber nicht gefunden hast?»

«Nein. Bislang jedenfalls nicht.»

Marthaler merkte, wie ihm schwindelig wurde. Für einen Augenblick hatte er Lust aufzugeben. Er stellte sich vor, den Polizeipräsidenten anzurufen und ihm mitzuteilen, dass er sich der Sache nicht mehr gewachsen fühle, dass er versagt habe und um Entbindung von seinen Aufgaben bitte. Dann wischte er sich über die Augen und schüttelte den Kopf.

«Was ist mit dir?», fragte Schilling.

«Schon gut. Ich dachte nur gerade, dass ich dringend Urlaub brauche.»

«Wem sagst du das?», erwiderte Schilling. «Mein Antrag liegt bereits ausgefüllt auf dem Schreibtisch.»

«Gibt es sonst noch was?»

«Ja. Lohmann scheint nicht allein in dem Zimmer gewohnt zu haben. Hier stehen mehrere Taschen und Tüten mit Frauenkleidung herum. Das meiste ist nagelneu. Alles ziemlich edle Sachen. Und bevor du mir jetzt auch diese Frage noch stellst: Nein, ich weiß nicht, ob sie unserer schönen Phantomfrau gehören. Aber immerhin: Es könnte sein. Die Größe würde jedenfalls passen. So. Und jetzt würde ich wirklich gerne in Ruhe weiterarbeiten. Denn irgendwann möchte ich hier auch wieder rauskommen.»

«Eine Bitte noch», sagte Marthaler. «Behandle alle Spuren, die auf die Frau hinweisen, mit Vorrang. Pack alles ein, was du sichern kannst. Ich schicke jemanden vorbei, der die Sachen abholt und sofort zu Sabato bringt.»

Marthaler drehte sich um. Er lief ein paar Schritte in Richtung Aufzug, als er Schillings Stimme noch einmal hörte.

«Ach, Robert!»

«Ja?»

«Lass mir doch einen starken Kaffee bringen. Oder besser noch: einen doppelten. Sie sollen ihn einfach vor die Tür stellen.»

Marthaler nickte.

«Und, Robert …»

«Was?»

«Auf deine Rechnung, o. k.?!»

Als Marthaler wieder in die Hotelhalle kam, wimmelte es dort von uniformierten Polizisten. Kerstin Henschel hatte dafür gesorgt, dass das Ermittlungsteam einen kleinen Konferenzsaal zur Verfügung gestellt bekam, den sie als provisorische Einsatzzentrale und als Vernehmungsraum benutzen konnten. Als Marthaler den Raum betrat, waren dort etwa fünfzehn Personen versammelt. Der Hotelmanager, ein schlanker, groß gewachsener Endvierziger, begann gerade eine Rede zu halten. Man merkte seinem Auftreten an, dass er es gewohnt war, Leute zu dirigieren, und dass diese Leute seinen Anweisungen normalerweise widerspruchslos Folge leisteten.

«Was in unserem Haus passiert ist, ist gleichermaßen schrecklich wie misslich. Ich verlange von allen Anwesenden, das Ganze mit größtmöglicher Diskretion zu behandeln. Die Herrschaften von der Polizei möchte ich bitten, die Gäste unseres Hotels so weit wie möglich unbehelligt zu lassen und die uniformierten Kräfte so rasch wie möglich wieder abzuziehen. Es liegt in meiner Verantwortung, den reibungslosen Ablauf des Hotelbetriebs ...»

«Nein, nein, nein.»

Alle drehten sich zu Marthaler um, der diese Worte gesagt hatte.

«Nein, so geht das nicht. Wir haben keine Zeit, uns lange Reden anzuhören. Wir wissen selbst am besten, was zu tun ist. Ich möchte jetzt alle Hotelangestellten, die in irgendeiner Weise mit dem Opfer zu tun hatten, bitten, vor der Tür zu warten. Wir werden eine kurze Lagebesprechung abhalten und Sie dann einzeln hereinrufen.»

Bevor der Hotelmanager protestieren konnte, wandte sich Marthaler direkt an ihn. «Und Sie lassen bitte einen starken Kaffee auf Zimmer 324 bringen.»

Der Mann schaute ihn verdutzt an.

«Einen doppelten starken Kaffee. Auf meine Rechnung»,

wiederholte Marthaler. «So. Und jetzt an die Arbeit, Kollegen.»

Als sie unter sich waren, berichtete er, was er soeben von Schilling erfahren hatte.

«Vielleicht habe ich einen Fehler gemacht», sagte er. «Vielleicht hätten wir die schöne Fremde gleich zur öffentlichen Fahndung ausschreiben müssen. Womöglich wäre dann dieser letzte Mord nicht mehr geschehen. Die erste Frage, die wir jetzt klären müssen, ist, ob es Marie-Louise Geissler war, die sich in diesem Hotel mit dem Opfer Georg Lohmann ein Zimmer geteilt hat.»

Die anderen schauten sich fragend an.

«Wer ist Marie-Louise Geissler?», fragte Kai Döring.

«Entschuldigt», sagte Marthaler und zog das Foto aus der Tasche, das er aus den Unterlagen der Saarbrücker Ermittler mitgebracht hatte. «Die Frau auf unserem Phantombild heißt Marie-Louise Geissler. Sie stammt aus Saarbrücken und ist vor einiger Zeit von den dortigen Kollegen erfolglos gesucht worden. Fragt mich jetzt bitte nicht, wie ich das herausbekommen habe; ich werde es euch später erklären. Wir müssen wissen: Hat sie hier mit Lohmann gewohnt? Unter welchem Namen? Wann ist sie zuletzt gesehen worden?»

«Wartet», sagte Kerstin Henschel. «Das können wir sofort klären.»

Sie stand auf, ging zur Tür und kam kurz darauf mit einem Mann wieder herein. «Das ist Herr ...»

«Stanojewic. Zoran Stanojewic.»

«Sie arbeiten an der Rezeption. Ist das richtig?»

Der Mann nickte. Kerstin Henschel zeigte ihm die Porträtaufnahme. «Kennen Sie diese Frau?»

Er lächelte. «Das ist Frau Lohmann.»

«Sie meinen, das ist die Frau, die hier mit Georg Lohmann gewohnt hat. Sind Sie sicher?»

«Ja. Ich habe bereits in unseren Unterlagen nachgesehen. Herr Lohmann hat sich und seine Frau gemeinsam auf dem Meldezettel eingetragen.»

«Wann haben Sie die Frau zum letzten Mal gesehen?»

«Gestern Morgen. Sie hat allein im Restaurant gefrühstückt und dann das Hotel verlassen. Seitdem ist sie nicht wieder aufgetaucht.»

«Das heißt, dass auch keiner Ihrer Kollegen sie nach diesem Zeitpunkt gesehen hat.»

«Das ist richtig. Das haben wir selbstverständlich abgeklärt, bevor wir das Zimmer geöffnet haben. Schließlich hing noch immer das ‹Bitte nicht stören›-Schild an der Tür.»

«Und wann ist Ihnen Herr Lohmann zuletzt begegnet?», fragte Marthaler.

«Sie meinen: lebend?»

Marthaler verdrehte die Augen. «Natürlich: lebend.»

«Das ist schon ein paar Tage her. Vielleicht am Donnerstag oder Freitag. Am Samstag hatte ich frei. Danach habe ich ihn jedenfalls nicht mehr gesehen.»

«Gut», sagte Marthaler, «dann können Sie jetzt erst mal wieder gehen. Aber halten Sie sich bitte zu unserer Verfügung.»

Der Mann zögerte. Es schien, als wolle er noch etwas sagen. Marthaler reagierte ungeduldig. «Ist noch was?»

Nun schüttelte Zoran Stanojewic den Kopf und verließ den Raum.

Sven Liebmann wartete, bis die Tür von außen geschlossen wurde, bevor er anfing zu sprechen.

«Wenn es stimmt, was Schilling sagt, dass Lohmann bereits seit zwei bis vier Tagen tot ist, Marie-Louise Geissler aber erst gestern Morgen das Hotel verlassen hat ...» Er ließ das Ende des Satzes unausgesprochen.

«Dann heißt das: Sie hat noch mindestens 24 Stunden mit

der Leiche in einem Zimmer verbracht», sagte Manfred Petersen.

«Wenn ihr mich fragt», schaltete sich Kai Döring ein, «hat
die Dame eine schwere Macke.»

Ohne auf die Äußerung seines jungen Kollegen einzugehen,
gab Marthaler nun seine Anweisungen.

«Ich schlage vor, dass wir umgehend mit der Vernehmung
des Hotelpersonals fortfahren. Die Sperrung der Ein- und
Ausgänge können wir wieder aufheben. Ich werde versuchen,
einen Ermittlungsrichter aufzutreiben. Wir brauchen einen
Haftbefehl gegen Marie-Louise Geissler. Wie die Dinge sich
jetzt darstellen, steht sie im dringenden Verdacht, Bernd Funke, Jochen Hielscher und Georg Lohmann getötet zu haben.
Ich möchte, dass binnen der nächsten zwei Stunden sämtliche
Polizisten in dieser Stadt das Foto der Gesuchten erhalten.
Und wir werden die Pressestelle bitten, sofort alle erreichba-
ren Medien zu informieren. Ich bin sicher, die Zeitungen und
Fernsehsender werden nichts lieber tun, als das Bild einer
schönen Mörderin zu drucken. Wenn alles so läuft, wie ich mir
das vorstelle, wird es morgen Mittag niemanden mehr geben,
der nicht weiß, wie die Täterin aussieht.»

«Wir haben nur ein Problem», sagte Kai Döring.

«Nämlich?»

«Wir wissen nicht, wo wir sie suchen sollen. Wir haben keine Ahnung, wo sie sich aufhält. Sie hat mehr als einen Tag Vorsprung. Wenn wir Glück haben, ist sie noch in der Stadt. Vielleicht hat sie sich wieder in irgendeinem leer stehenden Haus
verkrochen. Vielleicht hat sie aber auch längst das Land verlassen und sucht sich ihr nächstes Opfer irgendwo im Ausland,
vielleicht sogar in Übersee.»

«Obwohl ich das für unwahrscheinlich halte», erwiderte
Marthaler, «besteht auch diese Möglichkeit. Also müssen wir
die Fluggesellschaften abklappern und sämtliche Passagier-

403

listen der letzten dreißig Stunden überprüfen. Wir schicken Streifenwagen mit dem Fahndungsfoto zu allen Taxihaltestellen. Wir hängen Plakate in die Postämter, Supermärkte und Krankenhäuser. Wir haben keine andere Wahl: Wir müssen das ganz große Programm durchziehen.»

Marthaler lehnte sich zurück. Er wusste, was sie sich mit einer solchen Fahndung zumuteten. Kerstin Henschel sah ihn kopfschüttelnd an.

«Was ist?», fragte er. «Bist du nicht einverstanden?»

«Doch», erwiderte sie. «Aber mir fällt nur gerade auf, wie schrecklich du aussiehst.»

«Ich weiß. Ich habe heute Nacht schon wieder kaum geschlafen. Ich werde jetzt den Haftbefehl besorgen und mich dann für ein paar Stunden hinlegen. Ich fürchte, in meinem jetzigen Zustand bin ich sowieso nicht sehr hilfreich.»

Kerstin Henschel hatte bereits mit dem Büro der Staatsanwaltschaft telefoniert, sodass er den Antrag auf Ausstellung eines Haftbefehls nur noch in Empfang zu nehmen brauchte. Dass er damit beim Ermittlungsrichter auf Schwierigkeiten stoßen würde, damit allerdings hatte Robert Marthaler nicht gerechnet.

Er kannte Magnus Sommer als einen freundlichen, allzeit kooperationsbereiten Juristen, der ebenso umsichtig wie entschlussfreudig war. Der sportliche Mann war Mitte fünfzig, und Marthaler mochte ihn schon deshalb, weil er mehrmals bewiesen hatte, dass ihm seine Karriere im Zweifelsfall egal war. Er traf seine Entscheidungen ausschließlich aufgrund sachlicher Argumente und hatte sich bislang nie von politischen Rücksichtnahmen leiten lassen. Nicht zuletzt aber beruhte die Zuneigung des Polizisten zu dem Richter auch darauf, dass sie das Interesse für klassische Musik teilten. Sie hatten sich im Laufe der letzten Jahre immer mal wieder bei einem

Konzert in der Alten Oper getroffen, und gelegentlich tauschten sie am Telefon Tipps über neue oder seltene Aufnahmen aus. So hatte ihn Magnus Sommer erst kürzlich auf die wunderschöne Einspielung von Beethovens Eroica unter Hermann Scherchen aufmerksam gemacht. Irgendwann waren sie, ohne es zu thematisieren, vom Sie zum Du übergegangen.

Jetzt zog der Richter die Augenbrauen hoch und schaute Marthaler über den Rand seiner Lesebrille hinweg an. Er hatte dem Polizisten lange und aufmerksam zugehört. Dann hatte er den Antrag und die Begründung eingehend studiert und dabei mehrmals den Kopf geschüttelt.

«Das gefällt mir nicht», sagte er.

Marthaler war sichtlich irritiert. Er war davon ausgegangen, dass die Ausstellung des Haftbefehls gegen Marie-Louise Geissler eine reine Formsache sein würde.

«Wenn ich es recht sehe, habt ihr in nur einer Woche drei Verdächtige präsentiert. Da war zuerst dieser …» Magnus Sommer schaute in seine Unterlagen. «… Jörg Gessner. Bestimmt ein Strolch, aber wir mussten ihn wieder laufen lassen. Dann kam Hendrik Plöger an die Reihe. Plötzlich stand der ganz oben auf eurer Liste. Und jetzt diese junge Frau, deren Namen ich gerade zum ersten Mal höre. Warum soll es plötzlich nicht mehr Plöger gewesen sein? Nur, weil er sich umgebracht hat? Er wäre nicht der erste Mörder, der sich das Leben nimmt.»

Marthaler musste all seine verbliebene Kraft zusammennehmen, um sich auf den Disput mit dem Richter einzulassen.

«Was auch immer im Wald geschehen ist», sagte er mit leiser Stimme. «Nach Lage der Dinge kommt für den Mord im ‹Frankfurter Hof› nur Marie-Louise Geissler in Frage.»

«Nach Lage der Dinge? Nach Lage welcher Dinge? Ihr habt noch nicht einmal alle Spuren am Tatort gesichert. Von einer Auswertung dieser Spuren gar nicht zu sprechen. Und die Tatzeit ist noch völlig ungewiss. Von welcher Lage und welchen Dingen sprichst du also?»

«Aber Marie-Louise Geissler hat mindestens einen vollen Tag neben der Leiche zugebracht. Wenn sie es nicht war, warum hat sie niemanden vom Tod Georg Lohmanns benachrichtigt? Stattdessen ist sie spurlos verschwunden.»

«Und was heißt das? Nach allem, was du mir erzählt hast, muss man in ihr einen gestörten Menschen sehen. Angenommen, diese Lehrerin hatte Recht, und die Kleine wurde von ihrem Vater missbraucht, angenommen, sie saß damals im Auto der Familie und hat den Unfall überlebt, angenommen, sie wurde im Stadtwald von den jungen Männern vergewaltigt, und das ist es ja, was wir vermuten müssen – dann wäre sie doch wohl in mehrfacher Hinsicht hochgradig traumatisiert. Robert, dann wäre sie erst mal und vor allem ein Opfer.»

«Dass Opfer zu Tätern werden können, muss ich dir wohl nicht erklären.»

Der Richter schüttelte erneut den Kopf. «Die Betonung liegt auf ‹können›. Und es behagt mir ganz und gar nicht, mich dem Druck der Öffentlichkeit zu beugen. Warum fahndet ihr nicht einfach nach ihr als Zeugin? Dafür braucht ihr keinen Haftbefehl.»

Marthaler merkte, wie ihn die Kraft verließ. Er war sich seiner Sache sicher, aber er wusste nicht mehr weiter. Das Einzige, was ihm noch blieb, war ein Eingeständnis.

«Die Ermittlungen sind weiß Gott nicht so gelaufen, wie ich mir das vorgestellt habe. Aber außer dieser jungen Frau haben wir nichts. Wir müssen sie finden. So schnell wie möglich. Wir müssen die ganz große Maschine anwerfen. Und du weißt genauso gut wie ich, dass ich die Leute und die Mittel dafür nur bekomme, wenn ich einen Haftbefehl habe.»

Der Richter sah ihn eine Weile schweigend an. Dann schob er seine Brille ein Stück nach oben, nahm einen Stift, ließ ihn über dem Blatt kreisen, zögerte nochmals einen Moment, um schließlich doch zu unterschreiben.

Marthaler wollte sich bedanken, aber Magnus Sommer hob abwehrend die Hand.

«Verschwinde», sagte er. «Und schau bei Gelegenheit mal in den Spiegel. Du siehst …»

Marthaler schnitt ihm das Wort ab. «Schon gut, schon gut. Man hat es mir bereits gesagt: Ich sehe schrecklich aus. Und weißt du was? Ich fühle mich auch so.»

Drei Obwohl es keinen Grund dafür gab, hatte er Tereza gegenüber ein schlechtes Gewissen. Er hatte sie vom «Frankfurter Hof» aus angerufen und gesagt, dass er am frühen Abend nach Hause komme. Sie hatte ihn gefragt, ob er Lust habe, noch etwas gemeinsam zu unternehmen. Er sei erschöpft, hatte er geantwortet, und müsse bald ins Bett. Er wusste, dass sie ihm keine Vorwürfe machen würde, aber er hatte den Eindruck, dass sie sich einen unterhaltsameren Mitbewohner vorgestellt hatte, als sie bei ihm eingezogen war.

Als er nun seine Wohnungstür im Großen Hasenpfad öffnete, schlug ihm der Duft einer warmen Mahlzeit entgegen. Er jetzt merkte er, wie groß sein Hunger war. Seit dem Croissant auf dem Saarbrücker Bahnhof hatte er nichts mehr gegessen. Aus dem Wohnzimmer hörte er Musik. Es waren Dvořáks Slawische Tänze.

«Da bist du ja», sagte Tereza und begrüßte ihn mit einem strahlenden Lächeln. «Bist du hungrig? Es dauert noch eine Viertelstunde.»

«Das ist gut. Dann kann ich noch rasch duschen.»

Sie trug ein bunt geblümtes Sommerkleid und hatte die Haare im Nacken hochgesteckt. Sie machte zwei Schritte auf ihn zu, dann drehte sie sich mit einem kleinen Kichern weg.

«Was ist?», fragte er.

«Fast hätte ich dich mit Freude geküsst», sagte sie.

Er war zu irritiert, um auf diese Eröffnung zu reagieren, also sagte er nur, dass er sich auf das Essen freue und gleich wieder da sei. Dann verschwand er im Bad. Er nahm eine ausgiebige Dusche, rasierte sich anschließend, band sich ein

Badetuch um die Hüften, ging ins Schlafzimmer und zog sich frische Hosen und ein neues Hemd an.

Tereza hatte den Tisch bereits gedeckt: zwei große Platzteller, die silbernen Bestecke, die Katharina und er von seinen Eltern zur Hochzeit bekommen hatten und die er kaum je benutzte. Dazu Stoffservietten und in der Mitte des Tisches eine brennende Kerze. Während er sich setzte, hantierte sie noch in der Küche.

«Gibt es etwas zu feiern?», fragte er.

«Die Heimkehr des mutigen Ritters», rief sie.

Dann trug sie auf. Zwei knusprige Gänsekeulen. In Scheiben geschnittene Serviettenknödel. Und eine Schüssel mit Apfelrotkohl. Dazu gab es ein dunkles tschechisches Bier.

«Mmmh, das riecht ja wie Weihnachten.»

«Ich weiß», sagte sie, «eigentlich ist es zu heiß für ein solches Essen. Aber ich hatte ein bisschen … wie sagt man, Heimschmerz?»

Es dauerte einen Moment, bis ihm einfiel, was sie sagen wollte. «Du meinst Heimweh.»

«Ja, Heimweh. Ein schönes Wort. Ich habe viel an Prag gedacht und an meine Freunde. An die Familie und an die Wiese hinter unserem Haus. Es war schön, daran zu denken, aber es hat mich auch ein bisschen traurig gemacht.»

Marthaler aß mit großem Appetit. Er genoss es, in seiner eigenen Wohnung so freundlich empfangen und dann auch noch bekocht zu werden. Trotzdem war ihm nicht ganz behaglich zumute. «Tereza, ich glaube, wir sollten einmal reden. Ich habe das Gefühl, deine Erwartungen nicht erfüllen zu können. Es liegt nicht nur an dem Fall, nicht nur an der vielen Arbeit, die ich im Moment habe. Ich war sehr lange nicht mit einer Frau zusammen …»

Tereza legte den ausgestreckten Zeigefinger auf ihre Lippen. «Pssst. Sag nichts. Ich wollte dir etwas vorspielen.»

Sie ging zur Musikanlage und legte eine neue CD ein. Er kannte das Stück, aber in einer anderen Version.

«Janáček, nicht wahr?»

Sie nickte. Ihre Augen leuchteten. «Ja. Das Zweite Streichquartett. Aber in der Urfassung. Ich schenke es dir.»

Sie schwiegen einen Moment und lauschten der Musik.

«Nein», sagte Tereza schließlich, «es gibt nichts zu reden. Im Moment jedenfalls nicht. Es ist, wie es ist. Und es wird, wie es wird.»

Marthaler nickte. Das Essen und das Bier hatten ihn schläfrig gemacht. Er wollte den Tisch abräumen, aber sie drängte ihn, ins Bett zu gehen.

«Nein, geh. Du fühlst dich müde an», sagte sie.

Das, fand er, war eine freundliche Umschreibung seines Zustandes. Freundlicher jedenfalls als die Worte, die Kerstin Henschel gefunden hatte.

Er gab Tereza einen Kuss auf die Stirn und ging ins Schlafzimmer. Er zog sich aus und legte sich nackt unter das Laken. Im Einschlafen hörte er, wie sie neue Musik auflegte. Es war jetzt wieder Dvořák. Der zweite Satz aus dem Klavierquartett A-Dur. Sie schien wirklich großes Heimweh zu haben.

Ob Tereza ins Schlafzimmer kam, ihr Kleid über den Kopf streifte, zu ihm ins Bett schlüpfte und sich an seinen Rücken drängte oder ob er das nur geträumt hatte, hätte er am nächsten Tag nicht mit Bestimmtheit sagen können.

Denn in dieser Nacht trieben die Träume ihr Unwesen in Marthalers Kopf.

Er sah einen schwarzen Reiter, der mit seinem Pferd auf einer Wiese unter einem blühenden Apfelbaum stand und eine kleine Katze auf dem Arm trug. In der Ferne erhob sich im Nebel eine weiße Festung. In den Ästen des Baumes näherte sich eine riesige Schlange, die sich züngelnd auf den Kopf der

Katze zubewegte. Die Katze fauchte, aber es half ihr nichts. Die Schlange öffnete das Maul, schnappte zu und verschlang das Kätzchen. Der schwarze Reiter lachte. Das grausame Spiel schien ihm Vergnügen zu bereiten.

Er lachte auch dann noch, als Marthalers Träume ihren Schauplatz gewechselt hatten und er durch dunkle Straßen einer fremden Frau folgte. Er lief ihr nach, rief abwechselnd die Namen Katharina und Tereza, aber als die Frau sich endlich umdrehte, sah er anstelle ihres Gesichts nur eine weiße Fläche und einen lächelnden großen Mund.

Er baute Sandburgen mit Marie-Louise Geissler, bis der Richter Magnus Sommer sich kopfschüttelnd näherte und sagte: «Das gefällt mir nicht, das gefällt mir ganz und gar nicht.» Er verirrte sich in den Gängen eines großen Hotels, öffnete eine Zimmertür nach der anderen, musste aber feststellen, dass sämtliche Eingänge zugemauert waren. Er war ein kleiner Junge und rührte weinend in einem Eimer voller Blut, bis sein Vater kam, ihm über den Kopf streichelte und sagte: «Keine Angst, mein Junge, das ist doch nur Farbe.»

Schließlich sah Marthaler sich noch einmal am Fuß des Goetheturms stehen. Hendrik Plöger saß oben auf der hölzernen Balustrade und drohte zu springen. Marthaler wusste nicht, was er tun sollte. Er rannte in den Wald und kam wieder zurück. Er lief ein paar Stufen der Turmtreppe hinauf und kehrte wieder um. Er wollte dem jungen Mann etwas zurufen, aber ihm fehlten die Worte. Dann sprang Plöger, doch bevor er auf dem Boden aufschlug, wachte Marthaler auf.

Erleichtert stellte er fest, dass er in seinem Bett lag. Er hörte Tereza irgendwo in der Wohnung ein fröhliches Lied pfeifen. Als er in die Küche kam, schaute sie ihn einen Moment lang prüfend an. Er reagierte unsicher.

«Hat der mutige Ritter gut geschlafen?»

«Ich weiß nicht», antwortete Marthaler, «ich glaube, ich

habe viel geträumt. Aber ich kann mich schon kaum noch erinnern. Was machst du heute?»

«Ich gehe noch mal ins Städel. Ich will sehen, ob sie mir Reproduktionen von den beiden Goyas anfertigen können. Dann werde ich zum Arbeitsamt gehen und fragen, ob sie einen neuen Job für mich haben. Vielleicht frage ich auch mal beim tschechischen Konsulat. Ich muss wieder etwas Geld verdienen.»

«Wenn du willst, kann ich dir aushelfen.»

«Du hilfst mir schon genug, indem du mich bei dir wohnen lässt. Der Espresso ist noch heiß. Und im Ofen liegen zwei Brötchen für dich.»

Bevor er noch etwas erwidern konnte, hatte sie bereits den Schlüssel in der Hand und zog mit einem «Tschühüs» die Wohnungstür hinter sich zu.

Es war kurz nach neun, als er im Präsidium ankam. Der Hausmeister hatte ihm vorgeschlagen, sein Rad künftig im Schuppen neben der Werkstatt abzustellen, und er hatte das Angebot dankend angenommen.

Im Treppenhaus begegnete ihm Manfred Petersen, der gerade auf dem Weg nach Hause war, um sich für ein paar Stunden hinzulegen. Er hatte die ganze Nacht durchgearbeitet.

«Gut, dass du kommst», sagte er, «dort oben ist der Teufel los. Die Telefone stehen nicht mehr still.»

Im Besprechungszimmer des Kommissariats hatten sie eine provisorische Telefonzentrale für die eingehenden Hinweise eingerichtet. Aber sie hatten nicht damit gerechnet, dass sie von einer solchen Flut von Anrufen überschwemmt würden. So mussten sie zunächst zwei, später sogar fünf Telefone anschließen.

Alle Fernsehanstalten hatten im Laufe des gestrigen Nachmittags und Abends das Foto von Marie-Louise Geissler wiederholt gezeigt. In sämtlichen Morgenzeitungen war der Fahndungsaufruf abgedruckt. Keine Redaktion wollte sich die Geschichte entgehen lassen. Dass in einem Nobelhotel einer ihrer Kollegen ermordet worden war, schien den Reiz für die Journalisten noch erhöht zu haben. Und die Boulevardblätter überboten sich in der Drastik ihrer Schlagzeilen: «Killer-Lady tötet Lady-Killer», «Schlachthaus in der Luxus-Suite», «Schöne Mörderin im Blutrausch». Dass das Mordopfer als Lady-Killer bezeichnet wurde, fand Marthaler besonders unappetitlich. Es gab keinerlei Hinweise darauf, dass Georg Lohmann häufig außereheliche Affären gehabt hatte. Aber die Reporter hatten sofort herausbekommen, dass er verheiratet und dass seine Frau schwanger war. Das hatte für die Zeitung genügt, sich das Wortspiel mit dem Lady-Killer nicht verkneifen zu können. Und es war genau diese Art von Berichten, welche die Phantasien der Leser anheizte.

Wie immer in einem solchen Fall mussten sie die Unzahl der Hinweise filtern, die offensichtlichen Falschmeldungen von den ernst zu nehmenden Anrufen unterscheiden, die Spinner von jenen, die womöglich wirklich etwas mitzuteilen hatten.

Sven Liebmann, der gerade telefonierte, begrüßte Marthaler mit einem Kopfnicken. Dann verdrehte er die Augen und legte auf. «Schon wieder so ein Idiot, der behauptet, vorige Woche einige heiße Nächte mit Marie-Louise Geissler in Budapest verbracht zu haben. Ein anderer wollte, dass wir sie zu ihm schicken, wenn wir sie gefasst haben. Er sagte, mit Messern habe er es besonders gerne. Man glaubt nicht, wie viele verkorkste Gelüste in den Köpfen der Leute herumspuken. Noch ein paar von der Sorte, und ich brauche erst mal ein Vollbad, bevor ich hier weitermachen kann.»

Marthaler setzte sich an den Tisch, auf dem sich die Telefonnotizen türmten. In dem großen linken Stapel befanden sich jene, die von den Kollegen bereits aussortiert worden waren. In dem rechten, sehr viel kleineren, wurden die Hinweise gesammelt, denen man noch nachgehen wollte. Ein dritter Teil war in einem Ordner abgeheftet. Es waren jene Hinweise, die man bereits einer Prüfung unterzogen und mit entsprechenden Kommentaren versehen hatte.

«Irgendwas Brauchbares dabei?», fragte Marthaler.

«Ein paar Aussagen von Verkäuferinnen und Inhabern von Läden, wo Lohmann und Geissler im Lauf der letzten Woche eingekauft haben. Boutiquen, Schuhgeschäfte, Juweliere. Sieht so aus, als habe Lohmann sich mächtig ins Zeug gelegt für die Kleine.»

«Und ihr Aufenthaltsort?»

Liebmann schüttelte den Kopf. «Bislang Fehlanzeige. Jedenfalls nichts, was uns weiterbringen würde. Ein Taxifahrer will sie vorgestern vom ‹Frankfurter Hof› zum Bahnhof gebracht haben. Er ist sich hundertprozentig sicher. Dem steht die Aussage eines Kellners aus Bad Homburg entgegen, der behauptet, sie habe um dieselbe Zeit zwei Stunden allein in seinem Restaurant gesessen. Es bestehe kein Zweifel. Und die Verkäuferin einer Videothek aus Offenbach schwört, Marie-Louise Geissler habe sich den ganzen Vormittag vor ihrem Laden herumgetrieben und Männer angesprochen. Ebenfalls vorgestern. Jetzt sag mir, wem ich glauben soll?»

«Wo sie gestern oder vorgestern war, darf uns im Moment nicht interessieren», sagte Marthaler. «Wir müssen uns vorerst auf die Anrufe konzentrieren, die uns Hinweise darauf geben, wo sie sich im Moment befinden könnte.»

«Genau das tun wir», sagte Sven Liebmann, «aber es ist dasselbe Spiel. Wenn wir all jenen glauben wollten, die in der letzten Stunde angerufen haben, dann ist sie überall, und überall gleichzeitig.»

Im selben Moment hörten sie vom Gang lautes Gezeter.

Eine Frau beschwerte sich darüber, wie man sie behandelte. Marthaler öffnete die Tür. Zwei uniformierte Polizisten kamen ihm entgegen, in ihrer Mitte eine junge Frau in Handschellen. Im ersten Augenblick glaubte er tatsächlich, es handele sich bei der Festgenommenen um Marie-Louise Geissler. Die Ähnlichkeit war unverkennbar. Aber er hatte in der Nacht in Saarbrücken zu viele Fotos gesehen, um die Verwechslung nicht zu bemerken. Er schüttelte den Kopf.

«Lasst sie laufen», sagte er nur. Dann ging er zurück ins Besprechungszimmer.

«So geht das schon die ganze Nacht», sagte Sven Liebmann. «Das war jetzt die fünfte mehr oder weniger unbescholtene Frau, die hier antransportiert wurde. Irgendwer ruft an und teilt uns mit, die Gesuchte sitze allein in einer Bar an der Theke. Wir schicken einen Streifenwagen los, um der Sache nachzugehen. Die Frau hat keinen Ausweis dabei und wird vorläufig festgenommen. Die Kollegen sind verunsichert. Einerseits wollen sie keine Unschuldigen belästigen, andererseits wissen sie genau, dass uns Marie-Louise Geissler auf keinen Fall durch die Lappen gehen darf.»

Marthaler machte sich daran, die Telefonprotokolle zu sichten. Es war so, wie Liebmann sagte: Fast alle, die anriefen, waren sich ihrer Sache sicher, und es blieb ihnen nichts anderes übrig, als jeden Hinweis ernst zu nehmen.

Einmal stutzte Marthaler bei seiner Lektüre. Ein Taxifahrer hatte in der Nacht angerufen und folgende Aussage gemacht: Er habe am Sonntagmittag mit einer Gruppe seiner Kollegen am Taxistand vor der Alten Oper gestanden, als ein Mann auf sie zugekommen sei und ihnen ein Foto der Gesuchten gezeigt habe. Der Mann habe gefragt, ob einer der Fahrer die Frau gesehen habe. Marthaler überlegte. Am Sonntagmittag hatten sie Lohmanns Leiche noch gar nicht entdeckt, geschweige denn Marie-Louise Geissler zur öffent-

415

lichen Fahndung ausgeschrieben. Das alles war erst einen Tag später geschehen. Wahrscheinlich handelte es sich um einen Irrtum. Entweder hatte sich der Taxifahrer im Tag geirrt, oder die Aussage war falsch aufgenommen worden. Marthaler legte das Protokoll zur Seite und beschloss, der Sache zu einem späteren Zeitpunkt noch einmal nachzugehen.

Gegen elf Uhr an diesem Vormittag schöpften sie noch einmal Hoffnung. Aus Neu-Isenburg kam die Meldung, dass die Bahnpolizei eine hilflose junge Frau ohne Ausweispapiere aufgegriffen habe. Man hatte sie zur Polizeistation in der Hugenottenallee gebracht, um sie dort zu vernehmen. Ihr war das Foto der Gesuchten vorgelegt und sie war gefragt worden, ob sie Marie-Louise Geissler sei. Daraufhin hatte die junge Frau genickt. Allerdings, so berichteten die Kollegen, habe sie auch alle anderen Fragen mit einem Nicken beantwortet. Kai Döring, der sich mit einer anderen Gruppe von Zivilfahndern in Sachsenhausen aufhielt, machte sich auf den Weg nach Neu-Isenburg. Als er dort ankam, hatte sich die Sache bereits geklärt. Das Mädchen war in der Nacht aus einem Heim für geistig behinderte Kinder und Jugendliche ausgerissen und war seitdem durch die Gegend geirrt. Es lag bereits eine Suchmeldung der Heimleitung vor. Zwei Mitarbeiter holten das Mädchen kurz darauf ab.

Die Befragung von Schalterbeamten am Hauptbahnhof, von Zugschaffnern, Hotelportiers und den Mitarbeitern von Reisebüros blieb ohne Ergebnis. Ebenso die Durchsicht der Passagierlisten sämtlicher Flugzeuge, die in den vergangenen Tagen vom Rhein-Main-Flughafen gestartet waren. Selbst auf dem kleinen Flugplatz in Egelsbach hatte man nachgeforscht – erfolglos. Bei der Bahnhofsmission war Marie-Louise Geissler eine Unbekannte. In keinem der städtischen Heime für Wohnsitzlose war sie aufgetaucht. Und als Sven Liebmann auf die Idee gekommen war, bei den Mitwohnzentralen nachzufragen, hatte er auch dort nur ein Kopfschütteln ge-erntet.

Glaubte man den Anrufern, war sie überall. Ging man aber der Sache auf den Grund, war sie nirgends. Liebmann gähnte immer öfter. Alle, die an den Telefonen Dienst taten, arbeite-ten bereits seit über zwölf Stunden. Sie waren müde, und die Erfolglosigkeit ihrer Bemühungen leistete der Erschöpfung noch Vorschub. Trotzdem war Marthaler überzeugt, dass sie das Richtige taten. Sie hatten keine andere Wahl, und irgend-wann würde sich ihre Hartnäckigkeit auszahlen.

Gegen 14 Uhr war es endlich so weit. Sven Liebmanns Mobil-telefon läutete. Weil er selbst gerade mit einem anderen Anru-fer sprach, reichte er sein Handy an Marthaler weiter.

Es war Kerstin Henschel. «Ich hab sie.»

Marthaler hatte das Gefühl, ein ganzer Ameisenstaat krab-bele über seine Haut. Er schaute zu Liebmann hinüber und nickte ihm zu. Der junge Polizist beendete augenblicklich das Gespräch, das er gerade führte.

«Wo bist du?», fragte Marthaler.

Kerstin Henschels Stimme klang heiser. «Bei Peek und Cloppenburg. Im Untergeschoss. Soll ich zugreifen?»

«Nein, das ist zu gefährlich. Sie könnte bewaffnet sein. Warte, bis Verstärkung da ist. Wir schicken zwei Streifen-wagen. Sven und ich machen uns sofort auf den Weg.»

Das Kaufhaus lag auf der Zeil, der großen Frankfurter Ein-kaufsstraße. Marthaler und Liebmann kamen kurz vor den beiden Streifenwagen an. Sie hielten auf der Rückseite des Gebäudes. Marthaler wies zwei der Uniformierten an, die Vor-dereingänge des Hauses zu überwachen. Die beiden anderen sollten sich um den Personaleingang und die Lieferanten-zufahrt kümmern. Dann wählte er die Nummer von Kerstin.

«Wo ist sie?»

«Immer noch im Basement. Jetzt geht sie zur Rolltreppe. Beeilt euch, ich weiß nicht, was sie vorhat. Wenn sie das Haus verlässt, haben wir sie verloren.»

«Was hat sie an?»

«Ein Kostüm. Grau. Sehr elegant. Dunkelblaue Schuhe, dunkelblaue Handtasche. Ich bin jetzt hinter ihr. Sie will in die oberen Stockwerke.»

Marthaler und Liebmann hielten dem Portier ihre Ausweise hin und ließen sich den Weg zum Treppenhaus zeigen. Als sie im ersten Obergeschoss ankamen, sahen sie Kerstin Henschel gerade mit der Rolltreppe in die nächsthöhere Etage fahren.

«Verdammt, wo will sie denn noch hin? Ich sehe sie nicht mehr. Wo seid ihr?»

«Gleich bei dir. Versuch, sie wieder zu finden. Kein Zugriff! Warte, bis wir da sind.»

Sie standen auf den unteren Stufen der Rolltreppe und versuchten, sich an ihren Vorderleuten vorbeizudrängen. Plötzlich spürte Marthaler, wie Liebmann ihn am Arm fasste. Er zeigte mit dem Kopf auf die gegenüberliegende Rolltreppe, die wieder zurück in den ersten Stock führte. Dort stand Marie-Louise Geissler, näherte sich von oben, schien ihnen zuzulächeln und entfernte sich langsam nach unten.

Marthaler starrte die junge Frau an. Ihr Anblick traf ihn wie ein Schlag. Sie war so schön, dass er im selben Moment begriff, wie viel Unglück mit solcher Schönheit einhergehen musste.

Kurz war er versucht, seine Waffe zu ziehen, um sie aufzuhalten. Aber dann wäre sie gewarnt gewesen. Er versuchte, gegen die Fahrtrichtung durch die Menge der nachströmenden Kunden nach unten zu laufen, gab aber sofort auf, als er merkte, dass er damit einen Aufruhr verursacht hätte.

Oben angekommen, sahen sie Kerstin Henschel nervös

zwischen den zahllosen Regalen und Drehständern hin und her laufen. Liebmann rief ihr zu, ihnen zu folgen. Sie fuhren zurück in den ersten Stock. Dort trennten sie sich.

«Ihr sucht hier», sagte Marthaler. «Einer rechts, einer links. Ich fahre nach unten.»

Er lief eilig durch die Gänge. Er durchstreifte den ganzen linken Teil des Erdgeschosses, wo sich die Damenbekleidung befand. Er wurde immer aufgeregter. Schließlich schob er sogar die Gardinen der Umkleidekabinen beiseite, um zu sehen, ob sich Marie-Louise Geissler dort aufhielt. Immer mehr Kunden merkten jetzt, dass etwas nicht stimmte. Es würde nicht mehr lange dauern, und er hätte das Sicherheitspersonal des Kaufhauses auf dem Hals. Die Befürchtung, sie verloren zu haben, wurde größer. Er lief zum rechten der beiden Haupteingänge. Er sah den dort postierten Schutzpolizisten, wie er sich mit einer Gruppe ausländischer Touristen unterhielt, die offenbar nach dem Weg gefragt hatten. Er herrschte den Kollegen an: «Was machen Sie da, Mann? Sie sollen aufpassen und nicht den Stadtführer spielen.»

Es hätte nicht viel gefehlt, und der Uniformierte hätte vor ihm die Hacken zusammengeschlagen. Er stammelte eine Entschuldigung, aber Marthaler winkte nur ab.

«Rufen Sie Verstärkung», sagte er. «Alle Ein- und Ausgänge müssen kontrolliert werden. Jeder, der das Gebäude verlässt, soll seine Personalien hinterlassen. Danach wird das gesamte Haus durchsucht. Haben Sie verstanden?!»

Der Mann nickte stumm. Er ahnte wohl, dass es sich um eine Strafarbeit handelte. Marthaler war überzeugt, dass Marie-Louise Geissler das Kaufhaus bereits verlassen hatte und im Strom der Passanten auf der großen Einkaufsstraße untergetaucht war.

Als er in die Sonne trat, merkte Marthaler, dass ihm schwindelig wurde. Die Anspannung und die fortdauernde Hitze hatten seinen Kreislauf durcheinander gebracht. Er setzte sich auf den Rand des weißen Brunnens, der auf der Kreuzung zwischen Zeil und Hasengasse stand und auf dem sich im Sommer viele Leute ausruhten. Er wählte Sven Liebmanns Nummer.

«Sie ist weg», sagte Marthaler. «Einer der Kollegen am Eingang hat geschlafen. Ich schlage vor, wir durchsuchen die Innenstadt. Wenn sie uns nicht bemerkt hat, wird sie noch nicht weit sein. Vielleicht haben wir Glück. Lasst eure Telefone eingeschaltet.»

Er ärgerte sich, schon wieder auf das Glück angewiesen zu sein. Sie waren ihr so nah gewesen wie nie zuvor, und nun brauchten sie wieder Glück. Langsam ließ er sich treiben. Er lief ein Stück Richtung Hauptwache, wechselte immer wieder die Straßenseite und bemühte sich, keines von den vielen hundert Gesichtern, die an ihm vorüberkamen, seiner Aufmerksamkeit entgehen zu lassen.

Wenn er eine Boutique sah, blieb er vor dem Schaufenster stehen, lugte in das Innere des Ladens und beobachtete den Eingang. Er bemühte sich, nicht allzu sehr aufzufallen. Er hoffte, man würde ihn für einen Ehemann halten, der auf seine Frau wartete, die gerade ihre Einkäufe erledigte.

An der Hauptwache bog er nach rechts und lief zum Eschenheimer Turm und von dort die Schillerstraße zurück Richtung Biebergasse. Einmal glaubte er sie vierzig, fünfzig Meter vor sich zu sehen. Er lief der Frau nach. Sie blieb vor einem Schuhgeschäft stehen und betrachtete die Auslagen. Er näherte sich ihr von hinten, schob die rechte Hand unter sein Jackett, um seine Waffe zu ziehen, als die Frau ihn bemerkte. Sie hatte sein Spiegelbild im Schaufenster gesehen. Sie drehte sich um, sah ihn verwundert an, und erst jetzt erkannte er seinen Irrtum.

Er durchquerte das Erdgeschoss der Buchhandlung Hugendubel, grüßte eine der Verkäuferinnen, die er vom Sehen kannte, gab zu verstehen, dass er es eilig hatte, und gelangte auf der anderen Seite des Ladens wieder ins Freie. Dann über den Rossmarkt und kurz darauf links in die Bleidenstraße.

Dann sah er sie. Auf dem Liebfrauenberg saß sie an einem der Tische vor dem Café. Neben ihr ein Mann, Anfang vierzig, kurz geschnittenes dunkles Haar, grauer Anzug, offenes, freundliches Gesicht. Sie lachte, dann senkte sie kurz den Blick, als ob sie sich schäme.

Marthaler ging in Deckung. Er drückte sich in den Eingang eines Geschäftes und tat, als würde er sich die Regenschirme im Schaufenster ansehen.

Was die beiden sprachen, konnte er nicht verstehen. Offensichtlich hatten sie einander gerade erst kennen gelernt. Sie spielten das Spiel. Marie-Louise Geissler nahm ihre Tasse, hob sie an, hielt inne, legte den Kopf ein wenig schief, sprach ein paar Worte, nippte an ihrem Kaffee, stellte die Tasse wieder ab und lächelte. Der Mann lächelte ebenfalls. Dann hob er die Hand, winkte dem Kellner und zog seine Brieftasche hervor. Während ihr Begleiter zahlte, schaute Marie-Louise Geissler versonnen in die Ferne. Der Mann schien sie etwas zu fragen. Sie wiegte den Kopf, schob sich eine Strähne hinters Ohr, war unentschlossen oder tat nur so. Wieder bewegte der Mann die Lippen, schaute sie treuherzig an. Schließlich nickte sie.

Sie standen auf. Er bot ihr seinen Arm. Sie hakte sich unter. Sie schlenderten zwischen den Häusern hindurch, nahmen ein paar Stufen und bogen unvermittelt ab zur Kleinmarkthalle, deren Eingang nur wenige Meter entfernt lag. Marthaler beeilte sich, ihnen zu folgen, stieß aber an der Tür mit einer alten Frau zusammen, deren Einkauf zu Boden fiel und die ihm fluchend etwas nachrief, als er keine Anstalten machte, ihr zu helfen.

Als er den Innenraum der Markthalle erreichte, waren Marie-Louise Geissler und ihr Begleiter bereits im Gewühl zwischen den Ständen verschwunden. Marthaler überlegte kurz. Er hatte nur eine Chance, die beiden wieder zu finden. Er musste auf den Balkon, der sich über die gesamte Längsseite des Gebäudes erstreckte und den man über eine Treppe am anderen Ende der Halle erreichte. Er lief vorbei an den Wurst- und Fleischständen zu seiner Rechten, achtete nicht auf die Beschwerden der müßig schlendernden Kunden, die er unsanft beiseite schob, hastete die Stufen hinauf und bezog Stellung am Geländer in der Mitte des Balkons, wo er das gesamte Untergeschoss überblicken konnte.

Marthaler kannte die Händler, die hier oben ihre Kojen hatten, war ein gern gesehener Kunde, der zwar nicht häufig, aber über die Jahre immer wieder mal eine Entenbrust, mal einen Rehrücken oder eine frische Gänseleber kaufte, die man nirgends sonst in der Stadt in so guter Qualität bekam. Als der italienische Feinkosthändler hinter ihm seinen Stand verließ, um ein paar Worte mit ihm zu wechseln, wollte Marthaler ihn bereits zurückweisen, überlegte es sich aber im letzten Moment anders. Ein bessere Tarnung als eine scheinbar harmlose Plauderei konnte er sich gar nicht wünschen. Während er die Halle mit seinen Blicken systematisch von einem zum anderen Ende absuchte, erklärte er dem Feinkosthändler, was er hier tat, und bat ihn, ebenfalls Ausschau zu halten nach einer auffallend attraktiven jungen Frau in einem grauen Kostüm.

Tatsächlich war es der Italiener, der Marie-Louise Geissler kurz darauf entdeckte. Gemeinsam mit ihrem Begleiter stand sie vor der Theke eines Händlers, der frisches Brot, unzählige Sorten Käse und ein paar ausgesuchte Süßweine verkaufte. Sie nahmen von den Probierhäppchen, die man ihnen anbot, nippten an kleinen Weingläsern und wirkten wie ein ganz und gar argloses Liebespaar.

Marthaler rief im Präsidium an und dirigierte sämtliche in

der Nähe befindlichen Einsatzkräfte zur Kleinmarkthalle. Dann benachrichtige er Sven Liebmann und Kerstin Henschel und bat sie, sich so rasch wie möglich an den beiden Ausgängen zu postieren.

Keine sieben Minuten später war das Gebäude umstellt.

Marie-Louise Geissler und ihr neuer Freund hatten ihre Einkäufe am Käsestand beendet und waren nur wenige Meter weitergegangen, zu einem Händler, der für seine luftgetrockneten Schinken und spanischen Würste bekannt war. Als Marthaler sah, dass sich von beiden Seiten der Halle uniformierte Polizisten näherten, verließ er eilig den Balkon.

Er ging auf Marie-Louise Geissler zu und schaute sie unverwandt an.

Sie bemerkte seinen Blick. Und Marthaler sah, wie sie erbleichte. So sieht eine Schuldige aus, dachte er. Eine Schuldige, die alle Hoffnung fahren lässt.

Er wusste, dass es nicht nötig war, die Waffe zu ziehen. Er sagte, was er sagen musste. Ihr Begleiter wollte noch protestieren, aber Marie-Louise Geissler hob nur die Hand zum Zeichen, dass es keinen Zweck mehr habe. Sie nahm die Hände hoch und wurde von Kerstin Henschel abgetastet. Die Handtasche nahm man ihr ab. Sie ließ sich widerstandslos abführen.

Vier Die Polizeiaktion in der Kleinmarkthalle hatte für erhebliches Aufsehen gesorgt. Nur mit Mühe gelang es Marthaler und seinen Kollegen, Marie-Louise Geissler durch die Menschenmenge ins Freie zu bringen. In Windeseile hatte sich herumgesprochen, dass es sich bei der Festgenommenen um die gesuchte «Killer-Lady» handelte. Schon wurden die ersten Fotos und Videoaufnahmen gemacht, und Marthaler war überzeugt, dass einige der so entstandenen Bilder in Kürze von den Fernsehsendern ausgestrahlt würden.

Da Marie-Louise Geissler selbst keine Anstalten machte, ihr Gesicht zu bedecken, zog Marthaler sein Jackett aus und versuchte so, sie vor den Blicken und Objektiven der Schaulustigen zu schützen.

Am Ausgang zur Hasengasse standen mehrere Streifenwagen bereit. Um die größer werdende Menge der Neugierigen fern zu halten, hatten die Kollegen bereits Absperrungsbänder spannen müssen. Marthaler schob Marie-Louise Geissler auf die Rückbank eines der Polizeiautos und setzte sich selbst daneben. Auf der anderen Seite stieg Kerstin Henschel ein. Um sich einen Weg zu bahnen, musste der Fahrer Blaulicht und Martinshorn einschalten.

Obwohl sie von zwei weiteren Streifenwagen eskortiert wurden, gelang es auf der Battonstraße einem Motorradfahrer, seine Maschine direkt neben ihr Fahrzeug zu lenken. Auf dem Rücksitz saß ein Fotograf, der sich im Fahren zu ihnen herunterbeugte und mehrmals mit seiner motorbetriebenen Kamera durch das hintere Seitenfenster blitzte. Am folgenden Morgen würden Hunderttausende Zeitungsleser Marthalers wütendes Gesicht als Foto neben ihrem Frühstücksei liegen haben.

Marthaler war beklommen. Er spürte, dass seine Kopfschmerzen wiederkamen. Die plötzliche körperliche Nähe zu der Frau, die sie tagelang gesucht hatten, war ihm unangenehm. Ihre Anmut machte ihn befangen.

Aber es war nicht nur die Schönheit des Mädchens, die ihn irritierte. Er hatte diese Erfahrung schon häufiger gemacht: Sie arbeiteten fieberhaft auf eine Festnahme hin, und wenn es ihnen endlich gelungen war, den Gesuchten zu verhaften, stellte sich statt Befriedigung nur eine tiefe Erschöpfung ein.

Immer wieder drehte er den Kopf ein wenig zur Seite, um das Gesicht der Frau zu studieren, der sie drei Morde zur Last legten. Sie wirkte traurig. Und ein wenig verwirrt, so, als wisse sie nicht, was mit ihr geschehe. Marthaler hatte den Eindruck, dass auch sie die Enge auf dem Rücksitz des Polizeiwagens als Zumutung empfand. Und so unangemessen das auch sein mochte, er hatte Verständnis dafür. Es kostete ihn jedes Mal Überwindung, jemandem Handschellen anzulegen. Er wusste, dass es nicht anders ging, dass es ein Teil seines Berufs war, und dennoch widerstrebte es ihm, jemanden seiner Freiheit zu berauben.

Marie-Louise Geissler schwieg. Während der gesamten Fahrt sagte sie nicht ein einziges Wort. Sie schaute mit undurchdringlicher Miene stumm durch den Zwischenraum zwischen den Vordersitzen hindurch. Es war weniger, dass sie die Polizisten willentlich ignorierte, sondern eher, als sei außer ihr niemand in dem Wagen, als sei sie allein mit sich und ihren Gedanken.

Ein paar Mal seufzte sie laut, und Marthaler fragte sich, ob sie Schmerzen habe, nicht seelische, sondern womöglich in einer Verletzung begründete körperliche Schmerzen.

«Tut Ihnen etwas weh?», fragte er. «Sollen wir einen Arzt ins Präsidium bestellen?»

Aber sie gab nicht einmal durch ein Wimpernzucken zu verstehen, dass sie seine Frage auch nur gehört, geschweige denn verstanden hatte.

Kurz bevor sie am Präsidium ankamen, ließ Marthaler den Fahrer halten und stieg aus. Wie er vermutet hatte, wartete vor der Einfahrt bereits ein Trupp Journalisten. Auf der gegenüberliegenden Straßenseite stand ein weißer Pajero im absoluten Halteverbot. Marthaler überlegte kurz, ob er den Fahrer zurechtweisen solle, ließ es dann aber bleiben. Um die Presseleute von Marie-Louise Geissler abzulenken, hatte er sich zu einer kurzen Erklärung entschlossen. Während sich die Kameras und Mikrophone auf ihn richteten, erreichten die drei Streifenwagen unbehelligt den Hof des Präsidiums.

Marthaler beschränkte sich auf das Nötigste. Ja, man habe die mit Haftbefehl gesuchte Person vor zirka zwanzig Minuten in der Kleinmarkthalle festgenommen. Einen Fluchtversuch habe sie nicht unternommen. Nein, sie habe sich noch nicht zur Sache geäußert. Welchen Eindruck sie mache? Einen indifferenten, anders könne er es nicht beschreiben. Ob man mit einem Geständnis rechne oder sich auf einen Indizienprozess einstelle?

«Ein Geständnis ist uns immer lieber», antwortete Marthaler und wich damit der Frage aus.

Dann bedankte er sich für die gute Zusammenarbeit der letzten Tage und verwies auf eine Pressekonferenz, zu der man sicher in Kürze einladen werde, um die neuesten Entwicklungen bekannt zu geben.

Drei Stunden lang versuchten sie an diesem Nachmittag, mit Marie-Louise Geissler zu sprechen.

Sie saßen zu viert in Robert Marthalers Büro. Kerstin Henschel mit dem Rücken zum Fenster, das sie trotz der Hitze verschlossen hielten. Ihr gegenüber die Beschuldigte, die beunruhigt, aber keineswegs verängstigt wirkte. Marthaler selbst hatte an dem schmalen Ende des Besprechungstisches Platz genommen. Elvira hatte sich an Marthalers Schreibtisch gesetzt. Sie hatte den Auftrag, das Gespräch zu protokollieren. Darüber hinaus waren vor der Tür zwei Schutzpolizisten postiert, die einen eventuellen Ausbruchsversuch verhindern oder einschreiten sollten, falls es während der Vernehmung zu Zwischenfällen kam.

Marthaler war entschlossen, streng den Vorschriften zu folgen. Er hatte ein Vernehmungsformular vor sich und fragte die Beschuldigte nach ihrem Namen.

Marie-Louise Geissler schwieg. Sie sah Marthaler nicht einmal an.

Er fragte noch einmal. Wieder bekam er keine Antwort.

«Ich muss Sie darauf hinweisen, dass Sie verpflichtet sind, Angaben zu Ihrer Person zu machen. Nennen Sie uns bitte Ihren Namen, Ihr Geburtsdatum, den Geburtsort und Ihre Adresse.»

Keine Reaktion.

«Es gibt andere, wenn auch sehr viel aufwendigere Möglichkeiten, Ihre Identität zweifelsfrei festzustellen. Aber Sie würden sich und uns doch sehr helfen, wenn wir zu diesem Zweck nicht erst Zeugen einbestellen müssten.»

Marthaler sah Kerstin Henschel Hilfe suchend an. Die aber hob nur die Achseln. Sie hatte eine solche Situation ebenfalls noch nie erlebt und war genauso ratlos wie er.

«Haben Sie verstanden, was ich gesagt habe? Wenn Sie nicht sprechen wollen oder können, genügt es auch, wenn Sie mir ein eindeutiges Zeichen geben. Nicken Sie einfach mit dem Kopf, wenn Sie meine Frage bejahen wollen.»

Marthaler hatte nicht den Eindruck, als wolle Marie-Louise Geissler sie durch ihr Schweigen brüskieren. Ihre Haltung drückte keinerlei Hochmut oder Feindseligkeit aus. Eher war es so, als sei sie in eine völlig andere Welt eingetaucht, in der die menschliche Sprache keine Bedeutung hatte.

«Wollen wir es noch einmal versuchen? Sie sind Marie-Louise Geissler, nicht wahr?»

Langsam hob sie den Kopf. Ihre Augen hatten sich ein wenig verengt. Marthaler hielt den Atem an.

Sie wandte sich ihm zu und sah ihn an. Eine Antwort gab sie nicht. Aber er glaubte, in ihrem Blick so etwas wie Verwunderung zu lesen, als habe der Name, den er genannt hatte, in ihr ein schwaches Wiedererkennen ausgelöst.

Es ist, dachte Marthaler, als würde sie aus dem Reich der Schatten zu uns herüberblicken. Dann kam er auf eine Idee. Er stand auf, ging zum Schreibtisch und nahm aus der Schublade das Foto, das er aus Saarbrücken mitgebracht hatte. Für die Fahndung hatten sie nur einen Ausschnitt daraus verwendet. Die ganze Aufnahme zeigte eine Szene irgendwo am sommerlichen Strand. Links im Vordergrund waren der Kopf und ein Stück des Oberkörpers von Marie-Louise Geissler zu sehen. Rechts hinter ihr und sehr viel kleiner sah man ihren jüngeren Bruder, der eine Grimasse schnitt. Er saß unter einem Sonnenschirm. Darüber ein blauer Himmel mit wenigen Wolken.

Marthaler legte die Aufnahme vor ihr auf den Tisch. Sie schaute sie lange an. Unendlich lange, fand Marthaler. Als er schon nicht mehr mit einer Reaktion rechnete, erschien auf ihrem Gesicht ein Lächeln.

Kerstin Henschel und Marthaler sahen einander an. Kerstin hob die Augenbrauen und nickte. Sie deutete dieses Lächeln genau wie er. Marie-Louise Geissler hatte sich auf dem Foto wieder erkannt. Vielleicht sogar ihren Bruder. Auch wenn es wie die Erinnerung an eine andere Zeit, an ein anderes Land und an ein anderes Leben wirkte.

«Gut», sagte Marthaler. «Sie sind also Marie-Louise Geissler. Ich werde Ihnen jetzt erklären, was man Ihnen vorwirft. Es besteht der dringende Verdacht, dass Sie zwei junge Männer im Frankfurter Stadtwald durch zahlreiche Messerstiche getötet haben: Bernd Funke und Jochen Hielscher. Wenige Tage später, den Todeszeitpunkt müssen wir noch genauer bestimmen, haben Sie den Journalisten Georg Lohmann in einem Zimmer des Hotels ‹Frankfurter Hof› auf dieselbe Weise und wahrscheinlich mit derselben Waffe umgebracht.»

Die Miene der jungen Frau war wieder so leblos wie zuvor. Sie schaute aus dem Fenster in den Himmel und schwieg.

«Sie müssen sich nicht zu diesen Vorwürfen äußern. Sie haben jederzeit das Recht, einen Anwalt zu konsultieren. Sollten Sie keinen Anwalt kennen, können wir Ihnen gerne eine Liste mit ortsansässigen Strafverteidigern vorlegen.»

Noch während er sprach, merkte Marthaler, dass seine Worte die Frau nicht erreichten. Trotzdem versuchte er es noch einmal. «Diese Vernehmung dient der Aufklärung des Sachverhaltes. Wenn Sie etwas vortragen wollen, das Sie entlasten könnte, so dürfen Sie das tun.»

Aber entweder verstand sie ihn nicht, oder sie tat so, als würde sie ihn nicht verstehen. Seine Ungeduld wuchs. Plötzlich schlug er mit der flachen Hand auf den Tisch. Alle im Raum zuckten zusammen.

«Sie verstellen sich», schrie er. «Ich habe gesehen, wie Sie mit dem Mann vor dem Café in der Sonne gesessen haben. Sie haben mit ihm geplaudert. Sie waren entspannt. Sie haben sich von ihm einladen lassen. Sie haben mit ihm geflirtet. Wenn wir nicht hinzugekommen wären, wäre dieser Mann vielleicht Ihr nächstes Opfer geworden. Also versuchen Sie jetzt bitte nicht, uns hier die Idiotin vorzuspielen.»

Es war Kerstin Henschel, die seinen Wutanfall stoppte. Sie stand auf und legte ihm die Hand auf den Oberarm.

«Komm», sagte sie, «ich muss mit dir reden.»

Sie verließen das Büro und gingen ins Vorzimmer. Sie baten

die beiden Schutzpolizisten, die Bewachung der Beschuldigten zu übernehmen.

«So geht das nicht», sagte Kerstin Henschel. «Du kannst hier nicht rumschreien. Erstens widerspricht das allen Regeln einer Vernehmung. Und zweitens werden wir damit gar nichts erreichen. Sie hat nur kurz gezuckt, als du Krach geschlagen hast. Das war aber auch alles. Du wirst sie nicht beeindrucken, indem du hier den wilden Mann spielst. Eher wird sie sich noch weiter zurückziehen.»

Marthaler nickte. «Vielleicht ist sie wirklich so verwirrt, vielleicht zieht sie aber auch nur eine Show ab. Dann wäre sie allerdings eine glänzende Schauspielerin, das muss ich zugeben.»

Im Stillen ärgerte er sich bereits selbst, dass er sich wieder einmal hatte hinreißen lassen.

«Was sollen wir tun?», fragte er.

«Den größten Erfolg hatten wir, als du ihr das Foto vorgelegt hast. Ich frage mich, ob wir ihr nicht einfach die Aufnahmen von den Tatorten zeigen sollten. Wenn das nichts bringt, weiß ich allerdings auch nicht weiter.»

Marthaler fand den Vorschlag ebenso nahe liegend wie gut. Und er schrieb es seiner Ungeduld zu, dass er nicht selbst auf diese Idee gekommen war.

«Aber zuerst sollten wir etwas essen», sagte er. «Ich habe bereits Kopfschmerzen vor Hunger. In der Kantine wird es nichts mehr geben. Ich bestelle uns etwas beim Pizza-Service. Du kannst in der Zwischenzeit die Fotos heraussuchen.»

«Gut», sagte Kerstin Henschel. «Aber um eins möchte ich dich noch bitten: Sag nichts, wenn wir ihr die Bilder zeigen. Provozier sie nicht mit irgendwelchen Kommentaren. Lass uns einfach sehen, wie sie darauf reagiert. Ich glaube, es hat keinen Zweck, ihr weitere Fragen zu stellen.»

Zwanzig Minuten später kam das Essen. Eine große Schale Pommes frites und eine Familien-Pizza. Marthaler stellte die Mahlzeit auf den Tisch, verteilte die Pappteller und das Plastikbesteck.

Zur großen Verwunderung der Polizisten stürzte sich Marie-Louise Geissler wie ein ausgehungertes Tier über das Essen. Sie ignorierte das Besteck, griff mit beiden Händen in den Berg fettiger Kartoffelschnitze und stopfte sich gleich darauf zwei Pizza-Dreiecke in den Mund. Zum ersten Mal, seit sie hier zusammensaßen, zeigte sie so etwas wie innere Erregung. Was die Vorhaltungen Marthalers nicht vermocht hatten, schien allein der Anblick der Nahrung in ihr auszulösen. Weder scherte sie sich um irgendwelche Tischmanieren noch um ihr graues Kostüm. Als sie keinen Hunger mehr hatte, war ihr Mund verschmiert wie der eines kleinen Kindes. Die Hände wischte sie sich, ohne zu zögern, an ihrem Rock ab. Kurz danach saß sie wieder aufrecht auf ihrem Stuhl und verfiel in dasselbe stumpfe Brüten wie zuvor.

Kerstin Henschel wusch sich die Hände. Dann begann sie die Fotos vor Marie-Louise Geissler auszubreiten. Zuerst die Aufnahmen, die die Spurensicherung am Fundort von Bernd Funkes Leiche gemacht hatte. Marthaler vermied es, sich erneut dem Anblick der Bilder auszusetzen. Er stand auf der Gegenseite des Tisches und versuchte, sich auf das Gesicht der jungen Frau zu konzentrieren.

Zunächst war ihr nichts anzumerken. Ihr Blick, der zwischen den Fotos hin- und hersprang, blieb vollkommen unbeteiligt. Erst als sie sich eine Aufnahme ansah, auf der lediglich der unnatürlich nach hinten verrenkte Kopf des Getöteten zu sehen war, wurden ihre Lippen eine Spur schmaler.

Marthaler entging die Reaktion nicht, aber er wusste sie nicht zu deuten.

Vielleicht war sie einfach entsetzt über den grässlichen Zustand des Leichnams. Das musste nichts heißen. So wäre es jedem unbeteiligten Betrachter ebenfalls ergangen.

Dann zeigten sie ihr die Bilder, die ihnen die Gerichtsmedizin zur Verfügung gestellt hatte. Zu sehen waren Detailaufnahmen des nackten Körpers von Jochen Hielscher, der auf dem Tisch im Seziersaal lag. Man sah die Stichwunden in der vom Wasser aufgeschwemmten Haut. Man sah den geschundenen Körper von vorn und von hinten. Ganz zum Schluss legte Kerstin Henschel ein Foto Hielschers auf den Tisch, bei dem man fast den Eindruck haben konnte, es zeige den Kopf eines Schlafenden. Marthaler merkte, wie Marie-Louise Geisslers Aufmerksamkeit wuchs.

Endlich hatte er einen Einfall. Es waren offensichtlich nicht die grausamen Einzelheiten der Tat, die ihr Interesse weckten. Es waren die Gesichter der Opfer, bei denen sie reagierte.

Er ging zum Schreibtisch, öffnete erneut die Schublade und entnahm ihr zwei weitere Fotos. Auf dem einen waren Bernd Funke und Jochen Hielscher zu sehen. Sie hatten einer den Arm auf die Schulter des anderen gelegt und grinsten frech in die Kamera. Das andere war das Porträt von Hendrik Plöger, das Walter Schilling in dessen Wohnung konfisziert hatte.

Marthaler schob alle anderen Fotos beiseite und legte nur diese beiden vor Marie-Louise Geissler auf den Tisch. Ihre Reaktion kam so überraschend wie plötzlich. Sie starrte die Bilder an. Ihr Blick wechselte aufgeregt von einem zum anderen. Ihr Atem beschleunigte sich. Sie begann zu schnaufen.

Sie sahen, wie ihr Körper anfing zu zittern. Unvermittelt griff sie nach dem kleinen Plastikmesser, das noch immer unbenutzt vor ihr auf dem Tisch lag, und stach auf eines der Fotos ein. Es war das Doppelporträt von Funke und Hielscher. Immer wieder stach sie in die Gesichter.

Kerstin Henschel war aufgesprungen und wollte ihr in den

Arm fallen, aber Marthaler gab ihr ein Zeichen, nichts zu unternehmen.

Als Marie-Louise Geissler endlich erschöpft und heftig schluchzend über dem Tisch zusammensackte, ging er zu ihr und entwand ihrer Hand den Rest des inzwischen zerbrochenen weißen Plastikmessers.

Als sie sich ein wenig beruhigt hatte, rief Marthaler die beiden Uniformierten herein. Sie sollten sie in eine Zelle bringen.

«Was war das jetzt?», fragte er, als sie allein waren. «Ein Geständnis?»

Seine Frage war sowohl an Elvira als auch an Kerstin Henschel gerichtet.

«Jedenfalls keines, das ich wörtlich im Vernehmungsprotokoll zitieren könnte», sagte Elvira. «Überhaupt ist mir schleierhaft, wie ich das zu Papier bringen soll. Sie hat während der ganzen Zeit nicht ein einziges Wort gesagt. Das hab ich noch nie erlebt.»

«Auf Hendrik Plöger hatte sie es jedenfalls nicht abgesehen. Sein Foto hat sie unbehelligt gelassen», sagte Kerstin Henschel. «Und von einem Geständnis kann keine Rede sein. Sie hat auf ein Foto eingestochen, das ist nicht strafbar. Eher war es eine Anklage.»

«Eine Anklage?», fragte Marthaler.

«Sie hat uns gezeigt, wer ihr wehgetan hat.»

«Und wen sie umgebracht hat.»

Kerstin schüttelte zweifelnd den Kopf.

«Auch wenn wir das glauben», sagte sie, «vor Gericht wird uns jeder halbwegs gute Verteidiger auseinander nehmen. Damit kommen wir nicht durch.»

«Und wie geht es jetzt weiter?» Marthalers Frage war mehr an sich selbst als an seine beiden Kolleginnen gerichtet.

«Ich glaube, ich brauche ein wenig Zeit, um die Geschehnisse zu sortieren», sagte er. «Dass ich vorhin laut geworden bin, ist das beste Anzeichen dafür, dass meine Gedanken nicht mehr mit den Ereignissen Schritt halten.»

«Und das Protokoll», sagte Elvira, «was mache ich damit?»

«Lass», sagte er. «Darum kümmere ich mich. Mach jetzt Feierabend. Wir treffen uns morgen früh wieder. Dann aber in der großen Runde.»

Dass es zu dieser großen Runde nicht kommen sollte, jedenfalls nicht mit ihm, konnte er zu diesem Zeitpunkt noch nicht wissen.

Als Kerstin sich verabschiedet hatte, schaute Marthaler Elvira an: «Was ist eigentlich aus der Sache mit Sabine und deinem Schwiegersohn geworden?»

«Sie haben den Test machen lassen, und es ist wie befürchtet: Er ist nicht der Vater der Kleinen.»

«O Gott. Und nun?»

«Zuerst hat er getobt und wollte sich sofort scheiden lassen. Er hat einen Koffer gepackt und ist in eine Pension gezogen. Gestern stand er mit seinem Koffer wieder vor Sabines Tür.»

«Und?»

«Mal sehen. Vielleicht geht's gut. Vielleicht auch nicht.»

«Ja», meinte Marthaler. «Das ist wahrscheinlich alles, was man dazu sagen kann.»

Fünf Noch mehrere Stunden saß er vor seinem Computer und machte sich Notizen über die vorangegangene Vernehmung. Er schrieb alles auf, was er über Marie-Louise Geissler wusste. Das, was ihm Kamphaus erzählt hatte, was er in der Nacht in Saarbrücken aus den Akten erfahren hatte, und das Wenige, das die Französischlehrerin Lieselotte Grandits ihm mitgeteilt hatte.

Wenn die Beschuldigte sich weiterhin weigerte, eine Aussage zu machen, wären sie darauf angewiesen, dem Gericht ihr eigenes Bild von Marie-Louise Geissler zu liefern. Das Problem war nur, dass er den Eindruck hatte, dass das Bild immer unschärfer wurde, je näher sie seinem Objekt kamen. Dass jede Antwort mindestens zwei neue Fragen aufwarf.

Morgen früh würden sie das, was er zusammengetragen hatte, ergänzen müssen. Die neuesten Ergebnisse der Spurensicherung fehlten noch. Die Aussage des Mannes, mit dem sie vor dem Café am Liebfrauenberg gesessen hatte, kannte er ebenfalls noch nicht. Genauso wenig wie die Aussagen des Hotelpersonals.

Und immer noch war völlig ungeklärt, wo sich das Mädchen aufgehalten hatte, nachdem das Auto ihrer Familie am 18. April 1999 in den Nordvogesen den Abhang hinuntergestürzt war. Die lange Zeit zwischen diesem Vorfall und dem Tag, als sie an der Tankstelle Schwarzmoor in der Nähe von Bruchsal gesehen worden war, blieb ein Rätsel. Und alle drei Männer, mit denen sie im Frankfurter Stadtwald gewesen war, waren tot.

Wie so oft bei einer Ermittlung hatte Marthaler das ungute

Gefühl, dass genau jene Teile des Puzzles die wichtigsten waren, die ihnen noch fehlten.

Als er merkte, dass ihm mehr nicht einfallen würde, machte er einen Ausdruck seiner Notizen. Er nahm die Blätter aus dem Drucker und legte sie auf den Schreibtisch, damit er sie morgen vor ihrer Besprechung noch einmal durchgehen konnte.

Als er auf die Uhr schaute, wunderte er sich. Es war bereits kurz nach acht. Ihm fiel ein, dass er eigentlich Tereza heute Abend mit einem Essen hatte überraschen wollen. Jetzt war es zu spät für einen Einkauf.

Er schaltete den Computer aus, zog sein Jackett über und ging auf den Flur. Dort begegneten ihm wieder die Putzfrauen mit den Kopftüchern. Er war bereits an der Glastür angekommen, als er noch einmal umkehrte. Er ging in den Besprechungsraum und nahm sich den Stapel der Anrufprotokolle, die noch überprüft werden sollten. Jetzt, da sie die Gesuchte verhaftet hatten, würde sich wahrscheinlich niemand mehr darum kümmern. Vielleicht würde er heute Abend noch einen Blick hineinwerfen.

Er überquerte den Hof und ging zu dem Schuppen, in dem sein Fahrrad stand. Der Hausmeister war noch da und bastelte an einem alten Videorecorder herum. Marthaler bat ihn um eine Tüte, in der er seine Papiere transportieren konnte.

«Da hab ich was Besseres», sagte der Hausmeister, und sein Kopf verschwand in einer großen Truhe. Als er wieder auftauchte, hielt er einen alten Rucksack hoch.

«Hier. Alt, aber o.k. Hab ich selbst wieder zusammengenäht. Der übersteht auch noch den nächsten Krieg.»

«Zwanzig?», fragte Marthaler.

«Zehn langen dicke», sagte der Mann.

Marthaler verstand nicht sofort.

«Zehn Mark sind völlig ausreichend.»

«Bei Ihnen gibt es wohl nichts, was es nicht gibt, oder?»

Der Hausmeister nickte. Und bemühte sich, Hochdeutsch zu sprechen. «Bei mir können Sie sogar Warmwasser und Knopflöcher kaufen.»

Marthaler bedankte sich und reichte ihm den Geldschein. Dann verstaute er die Akten, stieg auf sein Fahrrad und fuhr nach Hause.

Er stellte den Rucksack mit den Akten im Hausflur ab und brachte das Rad in den Keller.

«Wie war es im Städel?», fragte er Tereza, als er ins Wohnzimmer kam.

«Gut. Sie fertigen mir Reproduktionen der beiden Goyas an. Es gibt noch Negative im Archiv, sodass es wohl nicht allzu teuer wird.»

Tereza saß auf dem Sofa und schaute Fernsehen. Den Ton hatte sie abgestellt. Marthaler merkte, dass sie noch etwas sagen wollte. Er wartete.

«Ich fahre morgen nach Madrid», sagte sie.

Er hatte das Gefühl, einen Schlag in die Magengrube bekommen zu haben. «Du machst was?»

«Ich kann eine Reisegruppe begleiten. Jemand ist krank geworden.»

«Wie lange wirst du bleiben?»

«Die Tour dauert nur eine Woche. Aber ich kann so lange bleiben, wie ich will. Ich bekomme ein Zimmer im Gästehaus der Universität und kann jeden Tag in den Prado gehen. Ist das nicht ein großes Glück?»

Marthaler schwieg. Er war über seine eigene Reaktion erstaunt. Erst jetzt merkte er, dass er schon gar nicht mehr an die Möglichkeit gedacht hatte, dass Tereza irgendwann nicht mehr bei ihm wohnen würde.

«Doch», sagte er schließlich, «das ist ein großes Glück.»

Tereza sah ihn an. «Was ist? Ich dachte, wir freuen uns zusammen.»

Ihm fiel keine Antwort ein.

«Ich habe dich im Fernsehen gesehen», sagte sie. «Ihr habt die Frau verhaftet. Ihr habt euren Fall gelöst. Bist du denn gar nicht froh?»

Marthaler nickte. Dann verließ er das Zimmer. Er war zu verwirrt, um zu reden. Gleichzeitig schämte er sich, dass er sich nicht ehrlich für Tereza freuen konnte. Sie hatte sich nichts sehnlicher gewünscht, als eine Zeit lang in Madrid ihren Studien nachgehen zu können.

Er nahm seine Akten und setzte sich an den Küchentisch. Er begann, die Telefonprotokolle durchzusehen, aber seine Gedanken schweiften immer wieder ab. Es waren Hunderte Anrufer aus dem ganzen Land gewesen, die Marie-Louise Geissler irgendwo gesehen haben wollten. Er wusste nicht, was er suchte. Sie hatten höchstwahrscheinlich die Täterin verhaftet. Aber wie all die rätselhaften Spuren und Ereignisse zusammenpassten, wussten sie noch lange nicht. Hatte eine zierliche junge Frau allein wirklich den schweren Jochen Hielscher in den Kofferraum des grünen Fiat hieven und das Auto dann im Weiher versenken können? Und wo war eigentlich die Tatwaffe, mit der sie aller Wahrscheinlichkeit nach die drei Männer erstochen hatte? Dann fiel ihm ein, dass sie noch nicht einmal wussten, wieso die Fußspuren an der Fundstelle der ersten Leiche so abrupt auf dem Asphalt endeten. Marthaler seufzte. Sie hatten noch viel Arbeit vor sich, bis sie den Fall den Juristen überlassen konnten.

Er wollte den Ordner bereits zuschlagen, als eine Notiz seine Aufmerksamkeit weckte. Ein Mann hatte angerufen und gesagt, Marie-Louise Geissler habe bis vor zwei Wochen in seinem Dorf gewohnt. Danach sei sie spurlos verschwunden. Allerdings habe er sie unter dem Namen Manon gekannt. Der

Mann war Bürgermeister des kleinen Ortes Hotzwiller im Elsass. Er hatte eine Telefonnummer hinterlassen.

Marthaler ging ins Wohnzimmer an den Bücherschrank und zog den großen alten Michelin-Atlas hervor. Er schlug das Register auf und suchte nach dem Ortsnamen. Er merkte, dass Tereza ihn anschaute. Er lächelte ihr zu, dann ging er zurück in die Küche. Mit dem Zeigefinger suchte er auf der Karte das angegebene Planquadrat ab. Dann hatte er das Dorf gefunden. Es war, wie er vermutet hatte. Der Ort Hotzwiller lag nur wenige Kilometer von der Stelle entfernt, wo der Wagen der Geisslers vor anderthalb Jahren an einer Buche zerschellt war.

Er holte das Telefon und wählte die Nummer, die der Mann hinterlassen hatte. Er ließ es lange klingeln, aber es meldete sich niemand. Er nahm an, dass es sich um die Nummer des Bürgermeisteramtes handelte, das um diese Zeit nicht mehr besetzt war.

Dann versuchte er, Kamphaus zu erreichen. Er war überrascht, als bereits nach dem zweiten Läuten abgenommen wurde. «Ich bin's. Robert. Kannst du mir einen Gefallen tun?»

Er merkte, dass Kamphaus zögerte. «Man sagt: Hallo, wie geht's? Man sagt: Danke für deine Hilfe. Man sagt: Entschuldige, dass ich so überstürzt wieder aus Saarbrücken abgereist bin, ohne mich zu verabschieden.»

Marthaler wollte gerade ansetzen, sich zu entschuldigen, als ihm Kamphaus das Wort abschnitt.

«Schon gut. Also: Was kann ich diesmal für dich tun?»

«Du müsstest dir nochmal die Akten im Fall Geissler kommen lassen.»

«Nicht nötig. Die stehen noch hier, wo du sie hinterlassen hast.»

«Umso besser», sagte Marthaler. «Dann schau doch bitte etwas nach. Es gab den Hinweis einer Frau, die behauptet hat,

Marie-Louise Geissler auf einem Dorffest im Elsass gesehen zu haben.»

«Daran kann ich mich nicht erinnern», sagte Kamphaus. «Und glaub mir: Ich kenne die Akten fast auswendig.»

«Das kann sein. Aber ich glaube mich zu entsinnen, dass dieser Anruf erst kam, als ihr die Suche bereits aufgegeben hattet.»

«Soll ich dich zurückrufen?»

«Nein, ich warte.»

Marthaler hörte, wie Kamphaus den Hörer auf den Schreibtisch legte und in den Unterlagen blätterte. Dann war er wieder am Telefon. «Was willst du wissen? Die Adresse der Anruferin?»

«Nein. Ich will wissen, wie das Weindorf hieß. War es Hotzwiller?»

Für einen Augenblick herrschte Stille.

«Was ist», fragte Marthaler, «bist du noch dran?»

Kamphaus stieß einen leisen Pfiff aus.

«Alle Achtung, mein Lieber», sagte er. «Das ist ein Volltreffer. Jetzt rück aber bitte raus mit der Sprache.»

Marthaler erzählte, was in den letzten Tagen passiert war. Wie sie der Gesuchten immer näher gekommen waren und sie schließlich verhaftet hatten. Er erzählte auch von der seltsamen Vernehmung am Nachmittag.

«Und», fragte Kamphaus, «was macht sie auf dich für einen Eindruck? Ist sie wirklich so schön, wie alle sagen?»

«Ja», sagte Marthaler, «das ist sie. Sie ist von einer Schönheit, die einen wie mich sofort einschüchtert. In der Schule gab es auch manchmal so ein Mädchen, vor dem fast alle Jungen in die Knie gingen, vor dem ich aber Angst hatte. Kennst du das? Aber da ist noch etwas anderes. Ich weiß nicht genau, wie ich es besser ausdrücken soll: Sie ist Mitleid erregend schön.»

440

«Ich glaube, ich verstehe, was du meinst.»

«Ich hatte eine unglaubliche Wut auf sie, auf alles, was sie getan hat. Und trotzdem wünschte ich, dass sie unschuldig wäre.» Marthaler war überrascht über seine eigenen Worte. Er hatte Kamphaus gegenüber etwas eingestanden, was er sich bis zu diesem Moment nicht einmal selbst klargemacht hatte. «Erinnerst du dich noch an unser Psychologie-Seminar? Dort haben wir die Geschichte eines Mannes gelesen, der alles zerstören musste, was schön war, der sich alles Schöne einverleiben musste.»

«Ja», sagte Kamphaus. «Grubetsch hieß der Mann. Aber ich habe vergessen, wer die Geschichte geschrieben hat.»

«Ich glaube, Marie-Louise Geissler ist eine Frau, die Männer wie diesen Grubetsch magisch anlockt», sagte Marthaler.

«Und wie geht es jetzt weiter?», fragte Kamphaus.

«Ich wollte dich bitten, dass du einen deiner Leute mal in das Dorf im Elsass schickst. Er könnte mit dem Bürgermeister sprechen. Vielleicht bekommen wir noch ein paar Informationen, die uns weiterhelfen.»

«Ich habe dieses Mädchen monatelang gesucht», erwiderte Kamphaus. «Da glaubst du doch nicht, dass ich einen meiner Leute schicke. Das erledige ich selbst. Ich werde gleich morgen fahren.»

«Gut. Und melde dich bitte sofort, wenn du etwas herausbekommen hast.»

Einen Moment lang schien keiner der beiden Polizisten zu wissen, wie sie das Gespräch beenden sollten.

«Ich habe vor, demnächst ein paar Wochen Urlaub zu machen», sagte Marthaler. «Wenn du einverstanden bist, würde ich dich gerne einmal besuchen. Privat, meine ich.»

«Jederzeit willkommen», sagte Kamphaus. «Wenn es wirklich privat ist.»

Dann legten sie auf.

Als Marthaler ins Wohnzimmer kam, sah er, dass Tereza auf dem Sofa eingeschlafen war. Der stumme Fernseher lief immer noch. Er schaltete ihn aus. Er hätte sie gerne noch gefragt, wann sie morgen abfliegen musste, aber er wollte sie nicht wecken. Er blieb neben ihr stehen und schaute sie an. Dann streichelte er über ihr Haar. Sie legte den Kopf auf die andere Seite und schlief weiter. Er nahm sich vor, sie zum Flughafen zu begleiten und so vielleicht sein unhöfliches Verhalten wieder gutzumachen. Er deckte sie mit einem Laken zu. Bevor er das Licht ausknipste, drehte er sich noch einmal zu ihr um. Ich bin wirklich keusch wie ein Mönch, dachte er. Oder wie ein Esel. Aber Esel waren nicht keusch. Er hatte irgendwo gelesen, dass sie nicht einmal monogam waren.

Er ging ins Bad, um sich bettfertig zu machen. Er putzte gerade seine Zähne, als er das Telefon hörte. Vielleicht Kamphaus, der etwas vergessen hatte. Er beeilte sich, den Hörer abzunehmen, damit Tereza nicht aufwachte.

Er meldete sich, bekam aber keine Antwort. «KD, bist du es?»

Die Leitung am anderen Ende blieb stumm. Er legte auf.

Er knöpfte sein Hemd auf, zog es aus und warf es in den Wäschekorb. Die Hose faltete er zusammen und legte sie über die Stuhllehne. Noch einmal ging er ins Wohnzimmer, um sich ein Buch zum Einschlafen zu holen. Tereza atmete tief und gleichmäßig.

Dann läutete das Telefon erneut.

Noch vor dem zweiten Klingeln hatte er den Hörer in der Hand. «Marthaler. Wer ist da?»

Niemand reagierte. Aber diesmal war er sicher, dass die Leitung nicht tot war. Er meinte, auf der anderen Seite jemanden atmen zu hören.

«Hören Sie, was soll das? Melden Sie sich bitte oder legen Sie auf! Und lassen Sie uns in Ruhe!»

Er hatte ‹uns› gesagt, nicht ‹mich›. Er überlegte, ob vielleicht Tereza jemandem die Telefonnummer weitergegeben hatte. Vielleicht hatte sie einen Verehrer, der nichts davon wusste, dass sie bei einem Mann wohnte.

Das Atmen war immer noch da.

Marthaler merkte, wie sein Herzschlag sich beschleunigte. Dann sagte er ein Wort, das er sonst nie benutzte. Er sagte «Arschloch» und legte auf.

Er legte sich ins Bett und schlug das Buch auf, aber es gelang ihm nicht, sich zu konzentrieren. Als er die erste Seite zum dritten Mal gelesen und noch immer nichts verstanden hatte, gab er auf. Er schaltete das Licht aus, schloss die Augen und versuchte zu schlafen.

Es war immer noch sehr warm. Er schwitzte. Er schob die dünne Decke beiseite, kam aber dennoch nicht zur Ruhe.

Nach zehn Minuten stand er wieder auf, ging zum Kühlschrank, nahm eine Flasche heraus und hielt sich das kalte Glas an die Stirn. Er trank ein paar Schlucke Mineralwasser und legte sich wieder hin.

Als die Türklingel schrillte, zuckte er zusammen. Er blieb liegen und wartete, was geschah.

Er schaute auf die Uhr. Es war bereits nach Mitternacht. Im Haus war alles still. Die meisten Bewohner waren noch im Urlaub. Die alte Hausmeisterin lag sicher längst in ihrem Bett und schlief.

Dann klingelte es erneut. Jetzt zweimal kurz hintereinander. Er ging zur Sprechanlage. «Ja, bitte? Wer ist da?»

Keine Antwort. Außer einem Rauschen war nichts zu hören. Er öffnete die Wohnungstür und horchte in den Hausflur. Dort schien sich jedoch niemand in der Dunkelheit aufzuhalten. Er ging zurück in die Wohnung. Ohne das Licht einzuschalten, zog er sich an und schnallte das Holster mit seiner Dienstwaffe um.

Als es zum dritten Mal läutete, stand er hinter dem dunklen Küchenfenster. Zwar konnte man von hier aus nicht den Hauseingang, immerhin aber den davor liegenden Bürgersteig und die Straße einsehen. Wenn sich jemand vom Eingang entfernt hätte, wäre er vom Licht der Straßenlaternen erfasst worden.

Marthaler wartete noch einen Moment. Als sich auf der Straße niemand zeigte, beschloss er nachzusehen. So leise wie möglich schlich er durch das Treppenhaus nach unten. Licht machte er nicht. Als er den letzten Absatz erreicht hatte, hielt er kurz inne. Er schwitzte stark. Und er meinte, sein Atem müsse im ganzen Haus zu hören sein.

Er näherte sich seitlich der Haustür und drückte die Klinke nach unten. Jetzt war er froh, dass er vorhin wieder einmal vergessen hatte abzuschließen. Mit dem Fuß öffnete er die Tür einen Spalt.

Nichts geschah. Vorsichtig schob er seinen Körper ins Freie. Die Waffe hielt er in der Hand. Er schaute nach rechts und links. Es war niemand zu sehen.

Vielleicht hatte es sich der nächtliche Besucher bereits anders überlegt. Oder es hatte sich nur um einen dummen Streich gehandelt.

Plötzlich meinte er, im Augenwinkel eine Bewegung wahrzunehmen. Es war nur ein Schatten hinter den Ziersträuchern. Ein Schatten, der sich aber mit einem Mal um einen halben Meter verschoben hatte.

Marthaler drückte sich mit dem Rücken an die Hauswand und ging vorsichtig Schritt für Schritt in Richtung des Schattens. Der Kies unter seinen Schuhsohlen knirschte. Das war nicht zu vermeiden.

Dann hatte er die Hausecke erreicht. Er zielte mit seiner Pistole genau auf das Gebüsch. Er machte einen Satz nach vorn, sah, dass hinter den Pflanzen niemand war, und drehte sich im selben Moment auf dem Absatz um.

Alles war dunkel und still. Niemand war da. Er wollte gerade die Waffe sinken lassen, als er ein leises Frösteln im Nacken spürte. Da war ein Geräusch gewesen. Hinter ihm. Ein leises Klicken oder Klimpern. Pling. Pling. Er blieb reglos stehen und lauschte.

Sekundenlang hörte er nichts als seinen Atem und das gleichmäßige Rauschen der Stadt. Da war es wieder. Als ob jemand mit einem Stein auf eine Glasscherbe tippt. Pling. Plingpling.

Er musste eine Entscheidung treffen. Entweder er drehte sich um und schoss. Oder er musste sich augenblicklich in Sicherheit bringen.

Er ließ sich fallen und rollte sich unter den Zierbusch. Er hoffte, die Deckung für einen Moment nutzen zu können, bis er sich neu orientiert hatte.

Er wartete. Als nichts geschah, robbte er ein Stück weiter und richtete sich auf. Seine Anspannung war so groß, dass er am liebsten laut gebrüllt hätte.

Er schaute auf den Boden. Seine Augen weiteten sich vor Angst. Obwohl er selbst reglos stand, wuchs der Schatten vor seinen Füßen. Jemand war hinter ihm. Pling. Der Schatten wurde größer. Er musste schießen.

Als er sich umdrehen wollte, spürte er einen Luftzug am rechten Ohr. Im selben Moment krachte etwas auf seine Schulter. Seine Waffe fiel zu Boden.

Er sackte auf die Knie, wollte den Kopf noch wenden, um seinen Angreifer zu sehen. Der nächste Schlag traf ihn an der Schläfe. Sein letzter Gedanke galt der schlafenden Tereza. War die Haustür hinter ihm ins Schloss gefallen? Hatte er die Wohnungstür verschlossen?

Dann wurde es dunkel.

Sechs Ich habe Glück gehabt, dachte Marthaler. Ich bin in den Himmel gekommen. Ein ganz so schlechter Mensch kann ich nicht gewesen sein.

Ein Engel beugte sich über ihn. Er trug ein weißes Gewand. Der Engel lächelte. Um sein Gesicht spielten blonde Locken. Marthaler lächelte zurück. Er streckte seine Hand aus. Er versuchte, seinen Oberkörper anzuheben. Er wollte das Haar des Engels berühren.

«Nicht bewegen», sagte die Krankenschwester. «Schön brav sein und liegen bleiben.»

Als er sich zurück auf das Kopfkissen sinken ließ, durchfuhr ihn ein reißender Schmerz. Er stöhnte auf. Er schloss die Augen und biss sich auf die Lippen. Nur langsam ebbte der Schmerz ab. «Was ist los?», fragte er. «Was ist passiert?»

Seine Lippen waren trocken, und seine Stimme klang heiser. Er hatte einen unangenehmen Geschmack im Mund.

«Ich weiß es nicht», sagte die Krankenschwester. «Meine Schicht hat gerade erst angefangen. Vielleicht ist Ihnen der Mond auf den Kopf gefallen. Jedenfalls haben Sie eine Gehirnerschütterung.»

Marthaler bat um Wasser. Sie holte ein Glas, setzte sich neben ihn auf den Bettrand und hielt ihm das Glas an den Mund. Als er getrunken hatte, nahm sie ein Tuch und trocknete ihm das Kinn ab.

«Ich muss telefonieren», sagte Marthaler. «Was ist mit Tereza? Ich muss mit meinen Kollegen sprechen.»

«Nein», sagte die Schwester. «Das müssen Sie nicht. Sie müssen sich ausruhen, das ist alles.»

Bevor sie den Raum verließ, löschte sie das Deckenlicht.

Marthaler versuchte, den rechten Arm zu heben, um seinen Kopf zu befühlen. Aber der Schmerz in seiner Schulter ließ ihn zurückzucken. Er wartete einen Moment, dann versuchte er es mit dem linken Arm. Vorsichtig betastete er mit den Fingerspitzen seinen Kopf. Aber statt Haut und Haaren spürte er nur einen dicken Verband. Er merkte, wie ihm schwindelig wurde. Er hatte das Gefühl, in die Tiefe zu fallen. Dann schlief er wieder ein.

Das Nächste, was er hörte, war ein Pochen in seinem Kopf. Mühsam versuchte er, sich zu orientieren. Endlich fiel ihm wieder ein, dass er in einem Bett im Krankenhaus lag. Das Pochen wiederholte sich. Er wollte «Herein» sagen, aber seine Stimme versagte. Dann wurde die Tür geöffnet.

Ein riesiger Blumenstrauß betrat den Raum und kam auf ihn zu. Hinter dem Blumenstrauß erschien Terezas Gesicht. Sie versuchte, ihre Besorgtheit hinter einem Lachen zu verbergen.

«Na, wie geht es meinem Nachtwandler?»

«Blendend», krächzte er. «Was ist passiert?»

Tereza sah müde aus. Es war offensichtlich, dass sie nicht viel geschlafen hatte. Sie hatte ihm eine kleine Reisetasche mit ein paar frischen Anziehsachen mitgebracht.

«Jemand hat dich überfallen und dir etwas auf den Kopf gehauen. Als ich dich gefunden habe, lagst du auf dem Boden und warst bewusstlos.»

Sie erzählte, was geschehen war. Sie sei auf dem Sofa aufgewacht, als sie die Wohnungstür ins Schloss habe fallen hören. Zuerst habe sie sich nichts dabei gedacht. Sie habe sich in ihr Bett gelegt und versucht, wieder einzuschlafen. Aber sie sei beunruhigt gewesen. Schließlich sei sie aufgestanden und habe die Wohnung nach ihm abgesucht. Als sie ihn nicht gefunden habe, sei sie nach unten in den Keller gegangen. Dort seien alle Türen verschlossen gewesen. Schließlich habe sie das Haus verlassen und das Grundstück abgesucht.

«Zuerst habe ich gedacht, du bist tot. Ich wusste nicht, was ich machen soll. Ich glaube, ich habe laut geschrien. Die alte Frau aus dem Haus ist wach geworden.»

«Die Hausmeisterin?»

«Ja. Sie hat einen Krankenwagen gerufen.» Tereza hatte den Notarzt begleitet. Sie hatte die ganze Nacht neben Marthalers Bett gesessen. Erst gegen Morgen, als sich sein Zustand stabilisiert hatte, war sie nach Hause gefahren, um ein wenig zu schlafen. Dann hatte sie geduscht, einen Strauß Blumen gekauft und war wieder zu ihm gekommen.

«Das ist alles», sagte sie. «Deine Kollegen waren auch schon da. Ich habe ihnen gesagt, was ich wusste. Sie waren sehr besorgt. Und jetzt wird es das Beste sein, du schläfst noch ein paar Stunden.»

Aber Marthaler war nicht mehr müde. Das Schwindelgefühl hatte bereits nachgelassen. Und wenn er sich nicht bewegte, waren die Schmerzen in Kopf und Schulter auszuhalten.

«Wie spät ist es?», fragte er.

«Es ist Mittag», sagte sie. «Ich bin froh, dass es nicht schlimmer gekommen ist. Weißt du, wer das mit dir getan hat?»

Vorsichtig schüttelte er den Kopf. Plötzlich fiel ihm ein, dass Tereza heute nach Spanien wollte.

«Was ist mit Madrid?», fragte er. «Wann fliegst du ab? Eigentlich wollte ich dich zum Flughafen bringen. Ich fürchte, das wird nun nicht gehen.»

Sie lächelte. Sie nahm seine linke Hand und strich mit ihrer darüber.

«Das Flugzeug geht erst heute Abend», sagte sie. «Aber ich fliege nicht. Ich will bei dir bleiben.»

Marthaler merkte, wie ihm der Schweiß ausbrach. «Das geht nicht. Du musst. Das ist es, was du wolltest. Du musst fliegen.»

«Nein. Ich bleibe.» Dann stand sie auf, nahm den riesigen Blumenstrauß und entfernte das Papier. «Ich versuche, eine Vase zu besorgen.»

Als sie das Zimmer verlassen hatte, überlegte Marthaler fieberhaft, wie er ihr diesen Entschluss ausreden konnte. Er wollte, dass sie flog. Es war ihr größter Wunsch gewesen. Sie sollte nicht seinetwegen darauf verzichten. Er wollte nicht in ihrer Schuld stehen.

Sie kam aus dem Stationszimmer zurück. Er schaute ihr zu, wie sie die Blumen in der Vase anordnete.

«Es geht nicht», sagte er. «Du kannst in den nächsten vierzehn Tagen nicht bei mir wohnen.»

Sie schaute ihn verwundert an.

«Ich habe gestern Abend noch mit einer Freundin telefoniert. Sie ist für zwei Wochen in Frankfurt, und ich habe ihr versprochen, dass sie das Zimmer haben kann.»

Tereza schüttelte ungläubig den Kopf. «Eine Freundin?»

«Ja. Aus Hamburg. Ich kann es nicht rückgängig machen.»

Sie brauchte einen Moment, um ihre Überraschung zu überwinden. Marthaler merkte, wie enttäuscht sie war.

«Ich verstehe», sagte sie. «Dann wird es wohl das Beste sein, ich fliege wirklich.»

«Ja. Und wenn du zurückkommst, sehen wir weiter.»

«Ja, dann sehen wir weiter.» Sie wandte sich zum Gehen. Dann trat sie noch einmal neben sein Bett. Sie küsste sich auf die Fingerspitzen und tippte ihm auf die Stirn. Sie war blass.

«Ich wünsche dir gute Verbesserung», sagte sie. «Ich muss mich beeilen.»

«Und lass mir deine Adresse und die Telefonnummer da», rief er ihr nach.

Sie nickte noch, bevor sie die Tür hinter sich schloss. Das war das Letzte, was er von ihr sah.

Marthaler war zum Heulen zumute. Er hatte sie belogen. Sie hatte ihm das größte Opfer bringen wollen, das sie bringen konnte, und er hatte es zurückgewiesen. Er fühlte sich schlecht. Trotzdem war er der Auffassung, das Richtige getan zu haben. Er hoffte, sie würde schöne Wochen in Spanien haben. Und er hoffte, dass er nicht zu feige sein würde, sich wieder bei ihr zu melden.

Am Nachmittag stand er das erste Mal auf. Er fragte die blonde Schwester, ob er in den Garten gehen dürfe.

«Wenn du stark genug bist, geh!», antwortete sie.

Er schaute sie verwundert an. Er konnte sich nicht erinnern, dass sie sich das Du angeboten hatten. Sie lachte.

«Entschuldigung», sagte sie. «Das war nur ein Zitat aus einem alten Lied. Ja, wenn Sie sich kräftig genug fühlen, dürfen Sie in den Garten. Um fünf gibt es Abendessen. Das sollten Sie nicht verpassen.»

Sie wollte ihm beim Anziehen helfen, aber er lehnte ab. Er wollte es allein versuchen. Er brauchte lange, stöhnte einige Male vor Schmerzen auf, aber schließlich hatte er es geschafft.

Er setzte sich auf eine Bank in dem begrünten Innenhof. Ein Brunnen plätscherte, die Bienen summten, die Sonne schien. Er dachte an das Bild vom «Paradiesgärtchen», das er gemeinsam mit Tereza im Städel betrachtet hatte. Bloß dass es dort nicht all die humpelnden, bandagierten und hustenden Gestalten gegeben hatte, die den Innenhof der Klinik bevölkerten.

Jemand hatte eine Zeitung neben ihm auf der Bank liegen lassen. Marthaler nahm sie und blätterte darin. Über die Festnahme Marie-Louise Geisslers wurde groß berichtet. Von einem «sensationellen Fahndungserfolg der Polizei» war die Rede. Als «Killer-Lady» wurde das Mädchen nicht mehr bezeichnet. Dann sah er ein Foto von sich. Er wurde zitiert: «Hauptkommissar Robert Marthaler bedankte sich für die hervorragende Zusammenarbeit mit den Medien, die zu einem guten Teil dazu beigetragen hätten, die Gesuchte festzunehmen.» Soweit er sich erinnerte, hatte er lediglich von einer guten Zusammenarbeit gesprochen. Und auch das war nicht ohne Ironie gewesen.

Auf der nächsten Seite war eine Chronologie der Ereignisse abgedruckt. Danach hatten die drei jungen Männer Marie-Louise Geissler als Anhalterin mitgenommen. Im Frankfurter Stadtwald sei es zu sexuellen Handlungen gekommen. Bernd Funke und der einschlägig vorbestrafte Jochen Hielscher hätten nach Lage der Dinge das Mädchen sowohl in dem grünen Fiat Spider als auch auf dem Waldboden vergewaltigt. Marie-Louise Geissler habe sich heftig gewehrt und nacheinander beide Männer mit zahlreichen Messerstichen getötet. Die Rolle des dritten Mannes, Hendrik Plöger, sei unklar. Als wahrscheinlich müsse gelten, dass er der Vergewaltigung und anschließenden Tötung zumindest als Zuschauer beigewohnt habe. Sein späteres Verhalten lasse darauf schließen, dass er unter einem schweren Schock gestanden habe. Womöglich habe er sich schuldig gefühlt, weil er nicht versucht hatte, die Verbrechen zu verhindern.

Um den gewaltsamen Tod Georg Lohmanns im Hotel «Frankfurter Hof» zu erklären, hatte sich die Zeitung den Kommentar eines Psychologen besorgt: «Wir müssen davon ausgehen, dass es sich bei der Beschuldigten um eine hochgradig traumatisierte Person handelt. Was auch immer sie in ihrem früheren Leben erlebt hat, die Ereignisse im Stadtwald haben dieses Trauma zur Explosion gebracht. Als Marie-Louise Geissler Georg Lohmann kennen lernte, hatte sie wohl die Hoffnung, in ihm einen Beschützer und Wohltäter getroffen zu haben. Als auch dieser Mann sexuelle Handlungen von ihr forderte, ist es zu einem erneuten Gewaltausbruch gekommen. Eine andere Erklärung gibt es nicht.»

Marthaler hatte an dieser Darstellung der Ereignisse nichts auszusetzen. Es waren in etwa dieselben Schlussfolgerungen, die auch er gezogen hatte. Alle Spuren und Erkenntnisse liefen auf dieses Ergebnis hinaus. In dieser Hinsicht hatten die Reporter jedenfalls gut recherchiert und gewissenhaft berichtet. Auch wenn es noch zahllose Ungereimtheiten gab, konnte man wohl davon ausgehen, dass der Fall gelöst war. Blieb nur die Frage, wer ihm gestern Abend aufgelauert und ihn niedergeschlagen hatte.

Er legte die Zeitung beiseite, schloss die Augen, legte den Kopf in den Nacken und hielt sein Gesicht in die Sonne. Er döste eine Weile vor sich hin und war kurz davor, wieder einzuschlafen. Dann merkte er, dass das Licht auf seinen geschlossenen Lidern dunkler wurde. Jemand hatte sich zwischen ihn und die Sonne gestellt. Er öffnete die Augen. Vor ihm standen Sven Liebmann und Kerstin Henschel. Kerstin hielt eine Schachtel Pralinen in der Hand, und Liebmann streckte ihm eine Flasche Apfelmost entgegen. Sie schauten ihn besorgt an. Er grinste.

«Keine Sorge», sagte er, «erspart mir euer Mitleid. Es geht schon wieder. Der Verband lässt alles schlimmer aussehen, als es ist.»

«Wir sollen dich von den anderen grüßen. Sie wünschen dir gute Besserung.»

«Brav», sagte Marthaler. «Aber seid ihr hier, um mir ein Ständchen zu singen oder um zu arbeiten?»

«Also gut», sagte Liebmann und zeigte auf Marthalers bandagierten Kopf. «Du kennst unsere Fragen: Weißt du, wer das getan hat? Hast du jemanden erkannt? Hast du eine Idee, warum dich jemand halb tot schlägt?»

«Dreimal nein», sagte Marthaler. «Ich bin völlig ahnungs-los. Der Einzige, der mir in den Sinn gekommen ist, ist dieser Kerl, den wir anfangs im Verdacht hatten, dieser Jörg Gessner.»

«Haben wir schon überprüft», sagte Kerstin Henschel. «Gessner und sein Bruder haben ein Alibi. Sie haben bis zum frühen Morgen im großen Familienkreis den Geburtstag von Jörg Gessners Sohn gefeiert.»

«Heißt das, dass seine Frau wieder bei ihm ist?»

«Und wie. Sandra Gessner hat sich aufgeführt wie eine Fu-rie, als wir heute Nacht aufgetaucht sind. Sie wünscht dich und uns alle zum Teufel.»

Marthaler schüttelte den Kopf.

«Dann bin ich ratlos», sagte er.

Einen Moment lang schwiegen alle drei.

«Da ist noch etwas», sagte Liebmann. «Wir haben ein Ge-ständnis.»

Marthaler schaute ihn verständnislos an. «Ja, aber warum fragt ihr mich dann aus?»

«Nein», erwiderte Liebmann, «nicht für den Anschlag auf dich. Wir haben ein Geständnis für die Morde.»

Marthaler geriet völlig aus der Fassung. «Heißt das, sie hat geredet? Sie hat alles zugegeben?»

«Nicht *sie*. Er!»

Marthaler verstand gar nichts.

«Also bitte», sagte er. «Könnt ihr jetzt vielleicht mal Klar-text mit einem Mann reden, der im Moment nicht ganz richtig im Kopf ist?»

Liebmann begann zu erzählen. «Heute Morgen kam in al-ler Frühe ein Mann ins Präsidium. Er sagte, er wolle eine Aus-sage machen. Nicht Manon habe die Morde begangen, son-dern er. Er sprach nicht von Marie-Louise Geissler, sondern von Manon. Wir dachten zunächst, es handele sich um einen

Verrückten. Dann kapierten wir, dass er ein und dieselbe Frau meinte. Wir haben ihm gesagt, die Sache sei aufgeklärt und die Schuldige gefasst. Aber er ließ nicht locker. Schließlich sind Kerstin und ich mit ihm in dein Büro gegangen. Er behauptet, Marie-Louise Geissler über Tage hinweg gefolgt zu sein. Er habe gesehen, wie Funke und Hielscher im Stadtwald über sie hergefallen sind. Ein dritter Mann habe zugeschaut und onaniert. Er habe die beiden Vergewaltiger mit einem Messer umgebracht. Auch den Fiat mit der Leiche des einen habe er im Kesselbruchweiher versenkt. Der Dritte sei entkommen. Das ist die Kurzfassung.»

Marthaler winkte ab. «So ähnlich stand es schon in der Zeitung.»

«Ja», sagte Liebmann. «Aber erst in der Nachmittagsausgabe. Nicht heute Morgen, als wir ihn vernommen haben.»

Marthaler wurde wütend. «Das ist doch einfach Unsinn. Was soll das heißen, er ist ihr tagelang gefolgt? Wie soll das gehen? Darüber müssen wir doch nicht wirklich reden, oder?!»

«Bis zu diesem Teil der Geschichte haben wir genauso gedacht wie du. Aber warte! Wirklich aufmerksam sind wir geworden, als er erzählte, Marie-Louise oder Manon, die offensichtlich die Nacht zuvor im Wald umhergeirrt war, sei am frühen Dienstagmorgen in sein Auto gestiegen, kurz darauf aber wieder geflohen.»

«Und?»

«Du darfst raten, *wo* sie angeblich in seinen Wagen gestiegen ist», sagte Liebmann.

Marthaler begann es zu dämmern. «Du meinst die Stelle im Wald, wo die blutigen Fußspuren plötzlich endeten?»

Liebmann nickte. «Dieses Rätsel wäre damit jedenfalls gelöst. Aber es geht weiter. Unser Mann erzählte außerdem, er habe sie wieder aufgespürt, als sie in ein großes Haus eingebrochen und dabei von einem Wachmann erwischt worden sei.»

«Und?»

«Darüber stand nichts in den Zeitungen. Das ist eine Information, die nur wir hatten.»

«Und die Hausbesitzer und der Wachmann und alle, denen die Beteiligten inzwischen davon erzählt haben», sagte Marthaler.

Liebmann fuhr fort. «So weit, so gut. Von der Villa auf dem Lerchesberg sei Marie-Louise Geissler mit dem Bus ins Stadion-Bad gefahren. Wir haben das überprüft. Die Aussage stimmt. Die Schwimmbad-Kassiererin erinnert sich an sie, weil sie mit einem Schein bezahlt hat und dann das Wechselgeld liegen ließ.»

Sven Liebmann wartete auf einen neuerlichen Einwand. Aber diesmal schwieg Marthaler.

«Der Mann sagt, im Schwimmbad habe sie Georg Lohmann kennen gelernt. Die beiden seien gemeinsam mit einem Taxi in die Stadt gefahren. Dort habe er sie zunächst verloren. Zwei Tage lang habe er erfolglos nach ihr gesucht. Er ist durch die Kneipen und Hotels gelaufen und hat ihr Foto herumgezeigt. Im ‹Frankfurter Hof› hatte er schließlich Glück.»

«Und woher hatte er das Foto von Marie-Louise Geissler?», fragte Marthaler.

«Er hatte es bei sich. Er hat es uns gezeigt. Und es war eine sehr viel aktuellere Aufnahme als jene, die wir für die Fahndung zur Verfügung hatten.»

«Und dann ist er in das Hotel spaziert, hat Lohmann umgebracht und ist wieder verschwunden?»

«So ähnlich muss es gewesen sein. Jedenfalls behauptet er das. Er habe einen Moment abgepasst, als Lohmann allein im Zimmer gewesen sei.»

«Und es soll ihn niemand gesehen haben in dem großen Hotel?»

«Doch. Er ist gesehen worden. Sogar zweimal. Das erste Mal, als er herausfinden wollte, ob Marie-Louise Geissler dort wohnt. Und dann ein paar Tage später noch einmal. Erinnerst du dich an den Rezeptionisten?»

«Den Mann mit dem seltsamen Namen?»

«Zoran Stanojewic, genau.»

Marthaler bemerkte, dass Kerstin Henschel und Sven Liebmann einen Blick wechselten. «Was schaut ihr so? Was ist mit dem Mann?»

«Er sagt, er habe schon bei der ersten Vernehmung davon berichten wollen. Du hättest ihn allerdings so barsch abgefertigt, dass er sich nicht getraut habe, noch etwas zu sagen. Stanojewic hat unseren Mann gesehen.»

«Warum sagst du immer ‹unser Mann›?», fragte Marthaler. «Hat der Geständige keinen Namen?»

«Doch», erwiderte Kerstin Henschel. Sie klappte ihr Notizbuch auf und schaute nach. «Er heißt Jean-Luc Girod. Er stammt aus dem Elsass.»

Marthaler war wie vom Schlag gerührt. Er machte eine hastige Bewegung. Der Schmerz fuhr ihm wie ein Messer in die Schulter. Er atmete tief durch.

«Und das Dorf, aus dem er kommt, heißt Hotzwiller», sagte er.

Wieder sah Kerstin in ihr Buch. Sie nickte. Liebmann und sie schauten sich sprachlos an.

«Ich bin gestern Abend auf etwas gestoßen», sagte Marthaler. «Ich berichte euch später davon. Machen wir erst mit diesem Girod weiter.»

«Nein», sagte Liebmann, «so geht das nicht. Robert, wir sind sowieso schon reichlich sauer auf dich. Wir haben heute Morgen auf deinem Schreibtisch die Notizen über Marie-Louise Geissler gefunden. Von dieser ganzen Sache in Saarbrücken haben wir erst dadurch erfahren. Zufällig. Und noch etwas lag auf deinem Schreibtisch: das Telefonprotokoll mit dem Hinweis eines Taxifahrers, dem Girod das Foto Marie-Louise Geisslers gezeigt hat. Einen Tag bevor wir mit unserer öffentlichen Fahndung begonnen haben. Dieser Hinweis deckt sich genau mit der heutigen Aussage von Girod. Warum war das Protokoll nicht bei den Unterlagen? Warum lag es in deinem Büro? Was weißt du über Hotzwiller, was wir nicht wissen?»

Marthaler konnte Sven Liebmanns Ärger nur allzu gut verstehen. Nichts war irritierender, als wenn einer im Team ständig auf eigene Faust arbeitete und die anderen nicht von seinen Ermittlungsergebnissen unterrichtete. Und wenn er auch von jedem Ehrgeiz, die Lorbeeren allein verdienen zu wollen, frei war – er wusste, dass er zu einsamen Entschlüssen neigte. Aber diesmal fühlte er sich gänzlich unschuldig. Nicht sein Eigenbrötlertum, sondern der nächtliche Überfall war schuld daran, dass die anderen von seinen Erkenntnissen nichts wussten. Er versuchte, ruhig zu bleiben.

«Versteh mich nicht falsch», fuhr Liebmann fort, «ich glaube nicht, dass du uns absichtlich Informationen vorenthalten hast. Aber deine Schlamperei stinkt manchmal zum Himmel. Wir sind ein Team, also müssen wir auch arbeiten wie ein Team. Anders geht es nicht.»

Marthaler nickte. «Das hätte ich euch eigentlich heute Morgen alles in der Besprechung erklären wollen.»

Er deutete auf seinen Schädel. «Aus offensichtlichen Gründen ist nichts daraus geworden. Aber ihr müsst mir vertrauen. Ich verspreche, nachher alles zu erklären. Jetzt bitte ich euch um etwas Geduld. Lasst uns erst dieser Sache mit dem Geständnis auf den Grund gehen.»

«Gut», sagte Liebmann. «Wie auch immer wir es wenden, es passt vieles zusammen. Wir haben den gesamten heutigen Tag darauf verwendet, die Aussagen Girods zu überprüfen. Bislang konnten wir keinen Widerspruch entdecken. Wir haben sogar Herbert Weber noch einmal vernommen, den Wachmann der Kelster-Sekuritas. Tatsächlich ist ihm noch etwas eingefallen. Er hat an jenem Tag auf dem Lerchesberg ein Auto gesehen, das ihm merkwürdig vorkam. Es war ein weißer Pajero. Genau ein solches Auto fährt Jean-Luc Girod.»

«Ein weißer Pajero?»

«Ja.»

Marthaler dachte an den Wagen, den er am Tag zuvor gegenüber vom Präsidium im Halteverbot hatte stehen sehen. «Aber kommt es euch nicht merkwürdig vor, dass es jemandem gelingt, über Tage hinweg eine Frau in einer fremden Stadt zu beschatten?»

«Merkwürdig ist es schon, aber nicht unmöglich», erwiderte Kerstin Henschel. «Girod sagt, er habe das gelernt. Er war während seines Militärdienstes bei einem Spähtrupp in der Normandie.»

«Und was ist mit den Spuren? Wenn er drei Leute umgebracht hat, müsste es doch irgendwelche Spuren geben.»

Liebmann nickte.

«Ja. Das müssen wir noch überprüfen. Aber wie du weißt, hat es überall unzählige Spuren gegeben. Mit was hätten wir sie vergleichen sollen, da wir ja nichts von der Existenz Jean-Luc Girods wussten. Für uns gab es immer nur das Mädchen und die drei Männer. Alles andere haben wir beiseite geschoben.»

Marthaler musste ihm Recht geben. Immer wieder hatten sich Walter Schilling und Sabato über die Vielzahl der Spuren beschwert. Und immer wieder war ihnen gesagt worden, sie sollten sich bei der Sicherung und Auswertung auf die vier Hauptpersonen des Geschehens konzentrieren.

Gerade wollte Marthaler seinen Kollegen darüber berichten, wie er auf das Dorf im Elsass gestoßen war, als die blonde

Krankenschwester vor ihnen auftauchte. «Hier treiben Sie sich herum. Sie müssen sofort nach oben kommen.»

«Zehn Minuten noch», bat Marthaler.

«Nicht eine einzige», sagte die Schwester. «Das Abendbrot haben Sie bereits ausfallen lassen. Das ist Ihr Problem. Dann müssen Sie halt hungrig ins Bett gehen. Aber gleich ist Visite. Und die Ärzte werden nicht auf Sie warten. Dafür werde ich sorgen.»

Sie fasste ihn unter den Arm und schob ihn in Richtung Eingang. Er machte eine Geste der Resignation.

«Hat er irgendwas zu seinem Motiv gesagt?», wollte er noch wissen.

«Er sagt: Eifersucht.»

«Natürlich. Und warum hat er sich gestellt?»

«Weil er will, dass seine geliebte Manon wieder freikommt. Weil sie unschuldig ist.»

Die Schwester drängte ihn zur Tür des Aufzugs. Er wandte sich noch einmal um. «Trägt dieser Girod eigentlich Schmuck?»

«Ja», sagte Kerstin. «Er trug ein Armband. Mit irgendwelchen Anhängern dran. Während wir ihn vernommen haben, hat es die ganze Zeit geklappert. Warum fragst du?»

«Nur so. Ich würde mir dieses Armband bei Gelegenheit gerne einmal anschauen», sagte Marthaler. Und dann, als wolle er davon ablenken, dass er seine Kollegen schon wieder mit einem Rätsel entließ: «Ach, Kerstin, eine Frage noch: Was ist mit Manfred? Seid ihr beiden nun ein Paar oder nicht?»

Kerstin Henschel war offensichtlich überrascht von dieser Frage. Sie lächelte unsicher. «Ja», sagte sie dann. «Jedenfalls wollen wir es versuchen.»

Marthaler nickte, ohne noch etwas zu sagen.

Sieben Als ihm Marie-Louise Geissler am späten Nachmittag vorgeführt wurde, wusste der Richter Magnus Sommer bereits, dass es ein Geständnis gab. Er hatte sich umgehend das Protokoll der Vernehmung Jean-Luc Girods aus dem Polizeipräsidium zufaxen lassen. Wie Kerstin Henschel und Sven Liebmann hatte auch er den Eindruck, dass die Angaben Girods nicht unplausibel waren.

Auch im Büro des Richters machte Marie-Louise Geissler keinerlei Aussagen. Sie saß auf einem Stuhl, starrte vor sich hin und schwieg. Sie machte auf Magnus Sommer einen erschöpften und hochgradig verwirrten Eindruck. Nach Durchsicht aller Unterlagen entschied er, den Haftbefehl auszusetzen und die junge Frau in einer psychiatrischen Einrichtung unterzubringen. Er veranlasste alles Nötige und rief dann einen befreundeten Psychiater an, mit dem er seit vielen Jahren zusammenarbeitete. Dr. Karl Harpbrecht war dreiundsiebzig Jahre alt. Seine Praxis hatte er zwar bereits vor einiger Zeit aufgegeben, gelegentlich fertigte er aber noch das ein oder andere Gerichtsgutachten an. Karl Harpbrecht war querschnittgelähmt und wohnte in einer alten Villa in Kronberg. Der Richter bat ihn, sich Marie-Louise Geissler einmal anzusehen. Dr. Harpbrecht war einverstanden, bestand aber darauf, dass man die junge Frau gleich am nächsten Morgen um acht Uhr zu ihm bringen solle, da er noch am selben Tag eine längere Reise antreten wolle.

Am Morgen des nächsten Tages, des 17. August, verbreiteten die Agenturen um 8.22 Uhr folgende Nachricht:

Im Fall der drei in Frankfurt am Main getöteten Männer überschlagen sich die Ereignisse. Nachdem gestern ein Winzersohn aus dem Elsass die Polizei mit einem umfassenden Geständnis überraschte, kam es vor einer Stunde zu einer neuerlichen Sensation. Die bislang beschuldigte Marie-Louise Geissler, die gestern auf Anordnung des Haftrichters in einer psychiatrischen Anstalt untergebracht wurde, ist wieder auf freiem Fuß. Sie sollte am frühen Morgen einem im Taunus ansässigen Psychiater zur Begutachtung vorgeführt werden, ist dort aber nie angekommen. Nach bislang unbestätigten Berichten bat einer der beiden Pfleger, die sie in einem Dienstwagen der Anstalt begleiteten, um einen Zwischenstopp. Er wollte, so heißt es, in einem Baumarkt eine kurze Besorgung machen. Die junge Frau nutzte den günstigen Moment und täuschte dem anderen Pfleger einen Schwächeanfall vor. Als dieser das Auto verließ, um ihr zu helfen, gelang Marie-Louise Geissler die Flucht. Die sofort eingeleitete Suche blieb bislang ohne Erfolg.

Robert Marthaler lag in seinem Klinikbett und trank eine Tasse dünnen Kaffee, als er die Meldung in den Zehn-Uhr-Nachrichten hörte. Unverzüglich rief er die Auskunft an und bat um die Telefonnummer des Landeskriminalamtes in Saarbrücken. Fünf Minuten später hatte er KD Kamphaus am Apparat.

«Robert. Wo warst du? Ich habe gestern Abend immer wieder versucht, dich anzurufen. Es hat sich niemand gemeldet, nicht einmal die nette Frau von neulich.»

Marthaler ging nicht auf die Anspielung ein.

«Mir ist der Mond auf den Kopf gefallen», sagte er stattdessen.

«Dir ist *was*?»

«Schon gut. Hast du etwas herausbekommen? Warst du in Hotzwiller?»

«Allerdings. Du hattest Recht. Das Mädchen hat dort gelebt. Die Dorfbewohner kannten sie unter dem Namen Manon. Sie hat bei einer älteren Frau gewohnt, die kürzlich gestorben ist. Danach ist Marie-Louise spurlos verschwunden.»

Manon, dachte Marthaler, der Name passt viel besser zu ihr.

«Gut», sagte er. «Bist du heute Abend zu Hause?»

«Ja. Warum?»

«Vielleicht muss ich dich nochmal anrufen.» Bevor der Hörer wieder auf der Gabel lag, hatte Marthaler bereits einen Entschluss gefasst.

Kurz darauf klopfte es zaghaft an der Zimmertür. Es war Sven Liebmann. Er blieb in der Mitte des Raumes stehen und schaute unter sich.

«Robert … ich muss mich entschuldigen wegen gestern. Mir ist einfach der Kragen geplatzt …»

Marthaler winkte ab.

«Außerdem sieht es ja nun wirklich so aus, als hättest du Recht gehabt», sagte Liebmann.

«Was meinst du damit?»

«Hast du denn noch nicht gehört?»

«Dass Marie-Louise Geissler geflohen ist? Doch, das habe ich gerade im Radio gehört. Was habt ihr vor? Schon wieder eine Großfahndung? Das werdet ihr nicht durchkriegen. Der Richter scheint sie nach dem Geständnis von Girod für unschuldig zu halten.»

«Jean-Luc Girod hat sein Geständnis widerrufen.»

Marthaler stutzte. Dann bekam er einen Lachanfall. Er verzog das Gesicht vor Schmerzen, fasste mit der Linken an seine verletzte Schulter, konnte aber nicht aufhören zu lachen.

«Das ist nicht dein Ernst!», sagte er schließlich.

«Doch. Als er vorhin hörte, dass das Mädchen geflohen ist,

hat er sofort um ein Gespräch gebeten. Insgesamt ist er bei seiner Darstellung geblieben. Allerdings will er jetzt nicht mehr der Täter, sondern nur Augenzeuge gewesen sein.»

«Und damit sagt er die Wahrheit», stellte Marthaler fest.

«Meinst du?»

«Ganz sicher. Ich habe gestern Abend noch lange über die Geschichte nachgedacht. Es gibt nur diese Erklärung. Er ist ihr tatsächlich gefolgt. Er hat gesehen, was passiert ist. Und als wir sie geschnappt haben, hat er die Schuld auf sich genommen.»

«Übrigens behauptet er, dass du es warst, der ihn auf diese Idee gebracht hat», sagte Liebmann.

«Ich?»

«Ja. Er hat dich vor dem Präsidium und im Fernsehen gesehen. Du hast zu den Reportern gesagt, dass uns ein Geständnis immer lieber sei.»

«Und er hat geglaubt, wenn er die Morde gesteht, lassen wir Marie-Louise frei.»

«Ja. Das meinte er.»

«Was für ein Trottel.»

«Sag das nicht», erwiderte Liebmann.

«Aber ein Geständnis», sagte Marthaler, «ist doch immer nur ein Beweismittel unter vielen. Deswegen hätten wir doch die Beschuldigte nicht gleich wieder laufen lassen.»

«Gestern gab es im Präsidium viele, denen diese Lösung nicht so abwegig vorkam.»

Marthaler schüttelte den Kopf. «Jetzt ist Marie-Louise frei, und er kann sein Geständnis widerrufen.»

«Ja», sagte Liebmann. «Es ist geschehen, was er wollte. Wenn auch auf andere Weise, als er sich das vorgestellt hat.»

«Wahrscheinlich glaubt er auch noch, dass er jetzt einfach wieder gehen kann.»

«Darauf könnte es sogar hinauslaufen.»

«Sven, ich bitte dich. Der Kerl hat sich einiges zuschulden kommen lassen: Täuschung, Irreführung, Falschaussage. Was weiß ich, was die Staatsanwälte da noch alles finden werden.»

«Aber er hat einen guten Anwalt. Und weißt du auch wen?»

«Sag's nicht!»

«Doch. Es ist Schneider.»

«Jener Dr. Schneider, in dessen Gartenhaus sich Plöger versteckt hatte?»

Liebmann nickte. Dann ließ er seine Hand in die rechte Seitentasche seines Jacketts gleiten.

«Ehe ich es vergesse …», sagte er.

Bevor Marthaler noch sah, was ihm sein Kollege mitgebracht hatte, hörte er das Geräusch.

Pling. Plingpling.

«Das ist Girods Armband. Wir haben es ihm bei der Festnahme abgenommen. Du wolltest es doch sehen.»

Marthaler lehnte sich zurück, schloss die Augen und grinste.

«Ich muss es nicht sehen. Es reicht, wenn ich es *höre*», sagte er. «Beweg es bitte noch einmal.»

Pling. Pling.

«Danke, das reicht.»

«Kannst du mir vielleicht erklären, was das soll?», sagte Liebmann.

«Das kann ich. Ihr solltet Jean-Luc Girod fragen, wo er vorletzte Nacht gewesen ist. Sollte er kein Alibi haben – und ich bin sicher, dass er keins hat –, kannst du dem guten Dr. Schneider ausrichten, dass sein Mandant in Kürze mit einer Anklage wegen gefährlicher Körperverletzung zu rechnen hat. Nebenkläger: der Geschädigte Robert Marthaler.»

«Du meinst, Girod war der derjenige, der dich überfallen hat? Warum sollte er das getan haben?»

«Das habe ich mich auch gefragt. Bis du eben erzählt hast, dass er mich gesehen hat. Ich war sein Feind. Ich habe seine geliebte Manon hinter Gitter gebracht. So sah es jedenfalls für ihn aus. Er dachte, wenn er mich ausschaltet, geht sein Plan auf. Er muss nur gestehen, dann wird sie freigelassen. Und er kann sein Geständnis widerrufen.»

«Dann hättest du Recht. Das hört sich reichlich trottelig an.»

Marthaler seufzte. «Die meisten Verbrechen werden von Trotteln geplant und begangen. Nur machen wir oft den Fehler, ihnen Logik zu unterstellen.»

Eine Viertelstunde nachdem Sven Liebmann die Tür des Krankenzimmers hinter sich geschlossen hatte, stand Marthaler fertig angekleidet auf dem Gang der Station, um sich von der blonden Schwester zu verabschieden. Wie nicht anders zu erwarten, schimpfte sie mit ihm. Als er trotz ihres Protests darauf bestand, das Krankenhaus zu verlassen, ließ sie ihn ein Formular unterschreiben und wünschte ihm alles Gute.

Mit dem Taxi fuhr er nach Hause. Er bat den Fahrer, vor dem Haus zu warten. Er warf ein paar frische Kleidungsstücke in die Reisetasche, packte seine Papiere ein und ließ sich zu einer Autovermietung auf der Mörfelder Landstraße bringen. Er überlegte, ob er sich für diese Fahrt einen Mercedes leisten solle, entschied sich dann aber doch für einen Golf. Der Mann, der ihm den Wagenschlüssel über den Tresen schob, schaute sich misstrauisch seinen Kopfverband an.

«Keine Angst», sagte Marthaler. «Das ist noch aus dem ersten Krieg. Fast schon verheilt. Sie bekommen Ihr Auto morgen wohlbehalten zurück.»

Bis kurz hinter Bingen fuhr er auf der Autobahn, dann bog er ab und nahm die Landstraße südlich des Soonwaldes. Er suchte sich einen Landgasthof, aß ausgiebig zu Mittag und

fuhr dann weiter durchs Nordpfälzer Bergland Richtung Süd-
westen.

Als er gegen 17 Uhr in Saarbrücken ankam, war Kamphaus
noch im Büro. Marthaler rief in der Zentrale des Landeskriminalamtes an und gab sich als Angestellter der Stadtwerke aus.
Er bat darum, dass man Herrn Kamphaus eine Nachricht
überbringe: Es gebe in seiner Wohnung einen Wasserschaden.
Er möge bitte sofort nach Hause kommen.

Zwanzig Minuten später bog Kamphaus aufgeregt um die
Straßenecke. Marthaler stand grinsend im Hauseingang und
hielt zwei Flaschen Wein hoch.

«Mach dich locker», sagte er zur Begrüßung. «Der Wasserschaden hat sich als Irrtum herausgestellt.»

«Idiot!», sagte Kamphaus.

Dann musste er lachen. «Was ist mit deinem Kopf? Ach so,
ja, der Mond. Also los, komm rein.»

Sie saßen lange zusammen an diesem Abend. Aber so «privat»,
wie sie sich vorgenommen hatten, wurde er dann doch nicht.
Kamphaus hatte etwas Käse aufgeschnitten und ein paar trockene Laugenbrezeln auf den Tisch gestellt. Marthaler erzählte endlich die Geschichte, die er KD versprochen hatte.

Später berichtete Kamphaus von seinem Ausflug nach
Hotzwiller. Er hatte mit dem Bürgermeister und ein paar
Dorfbewohnern gesprochen und erfahren, dass Marie-Louise
Geissler bei der Witwe Celeste Fouchard gewohnt habe. Auf
einem alten Gehöft ein wenig außerhalb des Ortes. Sehr ge-
sprächig seien die Menschen im Dorf allerdings nicht gewesen. Aber alle hätten gesagt, wie schön dieses Mädchen sei.

«Ich hatte den Eindruck, dass man dort einem Vertreter der
deutschen Staatsmacht noch immer mit Misstrauen begegnet», sagte Kamphaus. «Wusstest du, dass die Deutschen ganz
in der Nähe ein Lager hatten, das KZ Struthof?»

«Nein», sagte Marthaler. «Das wusste ich nicht.»

«Einmal hat man dort mehr als hundert Menschen umgebracht, nur, weil man ihre Skelette für eine Ausstellung am Anatomischen Institut in Straßburg haben wollte.»

Marthaler schwieg.

«Aus einem Grund bedaure ich, dass sie euch entwischt ist», sagte Kamphaus. «Ich hätte sie gerne wenigstens einmal mit eigenen Augen gesehen.»

Marthaler nickte. «Das kann ich verstehen», sagte er. «Aber ich glaube, das ist die Wurzel für ihr Problem: dass alle sagen, wie schön sie ist, dass alle sie anschauen wollen.»

«Trotzdem», sagte Kamphaus. Er stand auf, ging in den Flur und kam kurz darauf mit einem verschnürten Bündel zurück. «Hier. Fast hätte ich es vergessen. Das hat mir Lieselotte Grandits heute Morgen gegeben.»

«Die Lehrerin?»

«Ja. Sie stand vor meiner Wohnungstür. Sie sah aus, als wäre sie kurz davor loszuheulen.»

«Ja», sagte Marthaler, «auch in ihr habe ich mich getäuscht. Als mir klar wurde, dass sie den Brief geschrieben hat, dachte ich, es sei ihr nur um den Rektorenposten gegangen. Dabei war es das wohl nur zum Teil, gleichzeitig hat sie dem Mädchen auch wirklich helfen wollen. Und in einem schwachen Moment hat sie sich für die schlechteste Lösung entschieden. Was wollte sie?»

«Sie hat mir das Päckchen gegeben und gesagt, es seien Aufzeichnungen von Marie-Louise Geissler. Das Mädchen habe sie seinerzeit gebeten, die Papiere aufzubewahren, damit sie nicht von ihrem Vater gefunden würden. Ich denke, du kannst mehr damit anfangen als ich. Vielleicht enthalten die Unterlagen einen Hinweis darauf, wo das Mädchen sich aufhält.»

Marthaler nahm das Bündel an sich.

«Ja», sagte er. «Ich werde es mir bei Gelegenheit anschauen. Danke.»

«Was hast du jetzt vor?», fragte Kamphaus.

«Ich weiß nicht», sagte Marthaler.

Aber das war eine Lüge.

Acht Marthaler war müde. Er lag im Bett des Gästezimmers und versuchte zu schlafen. Das Bündel, das ihm Kamphaus gegeben hatte, hatte er in seine Tasche gestopft. Er hatte sich vorgenommen, es erst zu öffnen, wenn er zurück in Frankfurt war.

Schließlich merkte er, dass seine Neugier größer war als seine Müdigkeit. Im Dunkeln tastete er nach dem Schalter und knipste die Nachttischlampe an. Mit dem Schweizermesser, das ihm Katharina zu ihrem letzten gemeinsamen Weihnachtsfest geschenkt hatte, öffnete er die Kordel, mit der die Papiere Marie-Louise Geisslers verschnürt waren. Es handelte sich um eine Reihe alter Schulhefte in verschiedenen Formaten. Wie Marthaler vermutet hatte, waren die Hefte gefüllt mit tagebuchähnlichen Eintragungen. Sie alle waren datiert und umfassten einen Zeitraum von nahezu drei Jahren.

Er begann zu lesen.

Nach einer Stunde hatte er alles überflogen. Die meisten der Aufzeichnungen berichteten von den ganz und gar durchschnittlichen Erlebnissen eines heranwachsenden Mädchens: von Schulausflügen, vom Urlaub mit den Eltern, vom Wunsch nach einem Pferd und von den kleinen Streitigkeiten unter Freundinnen. Es waren Begebenheiten, die jedes andere Mädchen in diesem Alter ebenso hätte aufschreiben können. Dennoch war Marthaler nach seiner Lektüre wie elektrisiert. Denn zwischen all diesen Alltäglichkeiten gab es immer wieder Notizen, die ihm zeigten, dass Marie-Louise Geissler in ihrer Kindheit Dinge erlebt hatte, die sich von den üblichen Erfahrungen einer Heranwachsenden unterschieden. Marthaler kramte einen Bleistift hervor und begann die Hefte erneut zu lesen. Diesmal strich er jene Passagen an, die ihm von Bedeutung schienen.

Heute Morgen waren wir in der Gemeinde. Wir haben gesungen. Papa ist aufgestanden und hat laut für Omi gebetet. Ich war sehr stolz auf ihn. Nachher standen wir vor dem Haus. Ich bin zu ihm gegangen und habe mich an ihn gelehnt. Er hat seinen Arm auf meine Schulter gelegt. Er hat gelacht. Ich war sehr glücklich. Ich habe ihn gerochen. Zum Priester hat er gesagt, wie stolz er auf «seine Große» ist.
…
Gestern war ich undankbar. Mama hat mir ein Kleid gekauft, das mir nicht gefällt. Ich bin in mein Zimmer gegangen und habe mich eingeschlossen. Als Papa nach Hause kam, hat er mich gerufen. Er hat mich lange im kleinen Zimmer warten lassen. Er hat gefragt, was ich mir dabei gedacht habe, aber ich habe geschwiegen. Er sagt, ich bin verstockt. Ich habe ihn gebeten, mich zu schlagen. Ich habe um Vergebung gebeten. Und dass ich wieder Demut lerne. Nachher habe ich gebetet und geweint. Aus der Küche habe ich noch lange die Stimmen meiner Eltern gehört. Ich wollte noch in der Bibel lesen, habe mich aber nicht mehr getraut, das Licht anzumachen. Man sieht den Schein der Lampe durch den Türspalt.
…
Ich beginne zu lügen. Obwohl ich nicht die Unwahrheit sage, lügt mein Gesicht. Ich lächele, wenn ich wütend oder enttäuscht bin. Ich belüge alle. Ich habe Gott schon oft darum gebeten, dass er mir die Kraft gibt, diese Sünde zu besiegen. Aber ich mache es immer wieder.
…

Mama sagt, dass ich mit Gott über alles reden kann. Aber das stimmt nicht. Es gibt Dinge, über die man mit niemandem reden kann. Ich traue mich noch nicht einmal, sie aufzuschreiben. Ich habe sogar Angst, an diese Dinge zu denken.

…

Papa hat alle Spiegel in der Wohnung abgehängt. Er sagt, ich bin in einem Alter, wo die Gefahr besteht, dass ich eitel werde. Ich bin ihm dankbar dafür. Ich merke es selbst. Er denkt, dass ich etwas mit Jungen mache.

…

Nach der Schule habe ich getrödelt. Als ich unten am Bach war, stand André auf einmal vor mir. Er hat gesagt, dass er mir etwas zeigen will. Er hat gesagt, ich soll mich umdrehen und die Augen schließen. Dann hat er von hinten seine Hände auf meine Brüste gelegt. Ich war sehr aufgeregt und habe mich sehr geschämt. Heute Abend hatte ich ein wenig Fieber.

…

Gestern Abend bin ich nach dem Geigenunterricht nicht nach Hause gegangen. Ich war im Jugendzentrum. Von Anja habe ich mir Lippenstift und Wimperntusche geliehen und habe mich auf dem Mädchenklo geschminkt. Dann habe ich meine Bluse aus dem Rock gezogen und sie über dem Nabel verknotet. Die Jungen haben mich angesehen und gegrinst. André hat mir zugelächelt. Ich habe geraucht und Bier getrunken. Ich hatte ein schlechtes Gewissen, trotzdem hat es mir gefallen. Ich bin sehr trotzig. Ich habe hinterher nicht mal ein Pfefferminz gelutscht. Mir ist alles egal. Als ich nach Mitternacht nach Hause kam, brannte in der Küche noch Licht. Papa und Mama saßen am Tisch. Sie haben mich angesehen, ohne etwas zu sagen. Beide hatten verweinte Augen. Ich bin in mein Zimmer gegangen und habe abgeschlossen. Ich weiß, dass sie jetzt tagelang nicht mit mir sprechen werden. Aber sie werden für mich beten.

…

Mama hat gefragt, ob wir uns wieder versöhnen wollen. Ich weiß, dass Papa es ihr endlich erlaubt hat. Sie ist immer die Erste, die sich wieder vertragen will, aber sie würde nie gegen seinen Willen kommen. Sie hat gesagt, dass wir doch nur ein gottgefälliges friedliches Leben führen wollen. Und ob ich das nicht auch will. Ich habe genickt, ohne etwas zu sagen. Dann hat Mama lange gebetet. Am Schluss haben wir beide geweint und uns umarmt.

…

Auf dem Schulhof hat Papa mich am Arm gepackt und mich in die Jungentoilette gezerrt. Er hat mich angeschrien und gefragt, ob ich ihm etwas zu sagen habe. Ich wusste nicht, was los ist. Er hat mir mit der flachen Hand auf die Wange geschlagen. Dann hat er auf die Wand gezeigt. Dort hatte jemand den Satz hingeschrieben: «Marie-Louise Geissler fickt mit André.» Ich werde morgen meine Sachen packen und nie wieder nach Hause zurückkehren.

Marthaler klappte das letzte Heft zu. Er steckte es zu den anderen in seine Reisetasche. Er hatte nicht mehr die Kraft, über das Gelesene nachzudenken. Er knipste die Lampe aus, zog die Decke bis ans Kinn, legte sich auf den Rücken und schlief augenblicklich ein.

Am nächsten Morgen erwachte er früh. Kamphaus schlief noch, und er ließ ihn schlafen. Im Bad trank er einen Schluck Wasser aus der Leitung. Er kleidete sich an. Dann schrieb er einen Zettel, den er auf den Küchentisch legte. Leise zog er die Wohnungstür hinter sich ins Schloss.

Die Straßen waren noch leer, als er durch die Innenstadt

von Saarbrücken Richtung Süden fuhr. Kurz danach überquerte er die Grenze. In Sarreguemines hielt er an. Er setzte sich in eine Bar, die gerade erst geöffnet wurde. Die Kellnerin gähnte, als sie ihm seinen Café au lait und das Croissant mit Butter brachte. Zwei Lastwagenfahrer saßen an der Theke, rauchten und unterhielten sich über ein Fußballspiel, das sie am Abend zuvor gesehen hatten.

Marthaler dachte über das Tagebuch Marie-Louise Geisslers nach. Er fragte sich, ob in dem, was er gelesen hatte, schon ein Teil der Erklärung zu finden war für die Verbrechen, die in Frankfurt geschehen waren. Jedenfalls konnte eine solche Erziehung, wie Marie-Louise sie erlebt hatte, nicht folgenlos bleiben für den Charakter eines Menschen. Er wusste: Wie Männer und Frauen miteinander umgingen, das wurde oft schon in der Kindheit durch das Vorbild der Eltern mitbestimmt. Und dass jemand, der so schön war wie Marie-Louise, niemals in Ruhe gelassen würde. Und Marthaler ahnte, welch fürchterlicher Kampf im Kopf, in der Seele des Mädchens getobt haben musste, als es gemerkt hatte, dass die Liebe zu Gott und den Eltern nicht alles war. Und dann noch der Versuch des Vaters, die ganze Familie auszulöschen, den Marie-Louise wohl nur durch einen Zufall überlebt hatte. Das konnte nicht spurlos an der jungen Frau vorübergegangen sein. War sie vielleicht schon nach dem Unfall geistig verwirrt? War das der Grund, warum sie nie in ihre Heimatstadt zurückgekehrt war, ja sich nicht einmal bei einer ihrer Freundinnen oder bei Lieselotte Grandits gemeldet hatte?

Er wäre froh gewesen, mit Tereza über all das reden zu können. Aber er wusste auch, dass ein solches Gespräch rasch dazu geführt hätte, dass sie über sich selbst, über ihr Verhältnis zueinander hätten sprechen müssen. Und er war sich nicht sicher, ob er das schon gewollt hätte.

Als er sein Frühstück bezahlen wollte, merkte Marthaler,

dass er kein französisches Geld hatte. Die Kellnerin zeigte ihm auf der gegenüberliegenden Straßenseite einen Geldautomaten.

Auf der Nationalstraße 61 fuhr er weiter. Er wunderte sich, wie schnell er vorwärts kam. Nur langsam wurde der Verkehr dichter. In Phalsbourg musste er halten, um auf die Karte zu schauen. Zum Glück hatte er daran gedacht, den großen Michelin-Atlas mitzunehmen.

Er verließ die Nationalstraße. Hinter Lutzelbourg wurde die Gegend bereits bergig. Rechts und links der kleinen, kurvigen Straßen lagen dichte Wälder. Weil er sich nicht auskannte, fuhr er sehr vorsichtig. Mehrmals sah er im Rückspiegel, wie ein nachkommendes Fahrzeug ihn anblinkte. Immer wieder rasten Autos mit gewagten Manövern an ihm vorbei. Wenn sich hinter ihm eine Schlange gebildet hatte, hielt er kurz am Straßenrand und wartete, bis alle ihn überholt hatten.

Er dachte oft an Katharina während dieser Fahrt. Er war sich sicher, dass sie die Gegend gemocht hätte. Und dass sie ihn auf tausend Dinge hingewiesen hätte. Auf den Frühnebel, der über einer Lichtung hing. Auf einen großen Greifvogel, der reglos auf der Spitze eines Strommastes saß. Auf einen merkwürdig gewachsenen Baum. Oder auf ein schön gelegenes, kleines Haus am Waldrand. Das nehmen wir, hätte sie dann gesagt. Da machen wir viele Kinder drin.

Noch zweimal musste er abbiegen, fuhr noch ein Stück Richtung Osten, wo es bereits wieder Weinberge gab. Dann sah er den Hinweis: Hotzwiller, drei Kilometer.

Er ließ sich Zeit, nahm noch einen Umweg. Er wollte ein Gefühl für das Dorf und dessen Lage bekommen, bevor er hineinfuhr. Endlich passierte er das Ortsschild. Die Morgensonne lag auf den Dächern und brachte sie zum Leuchten. Es waren nur wenige Menschen auf der Straße. Der Ort war kleiner, als er ihn sich vorgestellt hatte. Das fremde Auto wurde neugierig beäugt. Ein Junge mit einem gelben T-Shirt sauste mit seinem Mountainbike ein paarmal an ihm vorbei. Aus der Backstube roch es nach frischem Brot. Der Postbote stand auf dem Bürgersteig und unterhielt sich mit zwei Frauen. Vor dem Bürgermeisteramt hielt ein kleiner Lieferwagen. Ein Mann stieg aus und leutete mit seiner Glocke. Marthaler konnte nicht erkennen, was der Mann verkaufen wollte. Langsam fuhr er weiter.

Er kam sich wie ein Eindringling vor. Hinter den letzten Häusern hielt er an. Er stieg aus. Unter ihm lag eine Senke. Felder, einzelne Bäume, ein kleiner Bach. Dazwischen ein alter Bauernhof. Es war genau so, wie Kamphaus es beschrieben hatte. Der Hof sah unbewohnt aus. Die Fensterläden waren geschlossen. Ein kleiner Weg führte durch die Felder bergauf. Am Waldrand ragten die hellen Grabsteine des Friedhofs über die Mauer. Dort oben lag höchstwahrscheinlich auch Céleste Fouchard begraben.

Plötzlich merkte er auf. Seine Augen verengten sich. Angestrengt schaute er auf das alte Gehöft. Da war etwas gewesen. Eine Bewegung, eine kleine Veränderung des Lichts.

Dann sah er sie. Sie trat aus der Haustür und stand in der Sonne. Sie trug ein Sommerkleid aus roter Baumwolle.

So, aus der Ferne, kam sie ihm noch anmutiger vor. Sie bewegte sich wie jemand, der hier zu Hause war. Sie ging um das Haus herum. Marthaler wurde nervös. Einen Moment lang verdeckte ihm das Gebäude die Sicht.

Dann tauchte sie wieder auf. Sie nahm den schmalen Weg zwischen den Feldern und lief langsam den Hügel hinauf.

Sie trug etwas in der Hand. Es sah aus wie ein Blumenstrauß. Manon war auf dem Weg zum Friedhof.

Einen Moment lang überlegte er, was er tun sollte. Er selbst konnte sie nicht einfach festnehmen, nicht nach dem, was er inzwischen alles über sie wusste. Er beschloss, seine Kollegen von der französischen Polizei zu benachrichtigen. Er wusste, dass er damit die unangenehme Aufgabe auf andere abwälzte. Aber er fand, in diesem Fall hatte er einmal das Recht dazu.

Marthaler erschrak, als sein Handy läutete. Er meldete sich. Es war Tereza.

«Wie geht es dir?», fragte sie. Ihre Stimme klang vorsichtig, so, als habe sie Angst, einen Fehler zu machen.

«Danke, gut.»

«Warum flüsterst du?»

«Ich weiß nicht. Wie ist es in Madrid?»

«Sehr schön. Und wie geht es deiner Freundin? Der aus Hamburg?»

Marthaler zögerte einen Moment. Dann antwortete er: «Das war eine Lüge, Tereza. Es gibt keine Freundin aus Hamburg. Ich wollte nicht, dass du meinetwegen auf deine Reise verzichtest.»

«Ist das wahr?»

«Ja. Ich freue mich sehr, dass du anrufst.»

«Ich würde dir so gern alles zeigen. Die Stadt ist laut und schön. Wir könnten im Café sitzen und zusammen ins Museum gehen.»

«Nichts würde ich jetzt lieber machen», sagte er.

«Meldest du dich?», fragte sie.

«Das werde ich tun. Ganz bestimmt.»

«Meine Nummer hast du?»

«Ja.»

«Und grüß die Schwester von mir.»

«Welche Schwester?», fragte Marthaler.

«Die schöne Blonde, die mir die Vase gegeben hat. Sie war sehr freundlich.»

Erst jetzt wurde ihm bewusst, dass Tereza ihn noch immer im Krankenhaus vermutete.

«Ja», sagte er. «Ich grüße sie, wenn ich sie sehe.»

Marthaler fasste in die Innentasche seines Jacketts. Eine letzte Mentholzigarette war noch in der Packung. Er steckte sie an. Als er sie aufgeraucht hatte, setzte er sich hinter das Steuer seines Mietwagens.

Plötzlich hatte er es eilig. Er schaute sich nicht noch einmal um. Auf der N 420 fuhr er bis Molsheim. Danach konnte er die Autobahn nehmen.

Am frühen Nachmittag erreichte er den Frankfurter Flughafen. Er ging zum Schalter der Lufthansa und erkundigte sich nach den Flügen nach Madrid. Er bekam ein Ticket für den nächsten Morgen.

Er nahm sich vor, Carlos Sabato und seiner Frau Elena eine Karte aus Spanien zu schreiben.

Epilog Kurz nach ihrer Festnahme durch die französische Polizei wurde Marie-Louise Geissler den deutschen Behörden überstellt. Wie schon während ihrer ersten Vernehmung machte sie auch in dem später folgenden Prozess keinerlei Aussagen – weder zu ihrer Person noch zur Sache. Es konnte nicht letztgültig geklärt werden, ob es sich bei den Taten um Totschlag oder um Notwehr gehandelt hatte. Einen Mord schloss das Gericht selbst für die Tötung des Hamburger Journalisten Georg Lohmann aus. Niedere Beweggründe seien in diesem Fall nicht ersichtlich. Nachdem zwei Gutachter erklärt hatten, dass Marie-Louise Geissler zum Zeitpunkt der Tötungsdelikte nicht schuldfähig gewesen sei, übergab man sie der Obhut jener psychiatrischen Klinik, in der Elena Sabato arbeitete. Nach einem Jahr war die Genesung des Mädchens so weit fortgeschritten, dass Elena und Carlos Sabato beantragten, Marie-Louise Geissler, die nun wieder Manon genannt wurde, wenigstens zeitweise in Pflege nehmen zu dürfen. Dem Antrag wurde unter Auflagen stattgegeben. Die Rolle Jean-Luc Girods bei den beiden Stadtwaldmorden konnte nie völlig aufgeklärt werden. Das Verfahren gegen ihn musste schließlich eingestellt werden, zumal Marthaler keine Anzeige wegen Körperverletzung erstattet hatte.

Im Sommer des Jahres 2002 erhielt Robert Marthaler folgenden Brief aus einem kleinen Dorf in der Nähe der friesischen Küste:

Mein Alter, während du im Präsidium deine Oberhemden zerknit-
terst, lassen wir drei uns den Nordseewind um die Nasen wehen.
Wir pulen Krabben, spucken Melonenkerne in die Luft und essen
jeden Abend Backfisch. Besonders Manon ist ganz wild darauf.
Nein wirklich, unsere kleine Freundin (die ja schon ziemlich groß
ist) entwickelt sich prächtig. Sie lacht viel, und manchmal spricht
sie auch mit uns. Elena und sie verstehen sich prima. Fast kommt
es mir vor, als sei ich auf meine alten Tage plötzlich Vater eines
erwachsenen Mädchens geworden. Eines Mädchens, das eben ein
wenig anders ist als die anderen. Alles Weitere in Kürze.
Elena lässt herzlich grüßen, Manon winkt mit dem großen Zeh.
Und ich umarme dich,
dein Carlos Sabato

Ziallerns, 2. August 2002

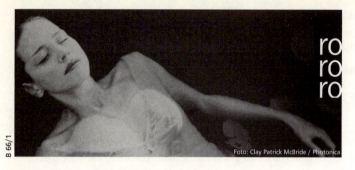

Foto: Clay Patrick McBride / Photonica

Mörderisches Deutschland

Eisbein & Sauerkraut, Gartenzwerg & Reihenhaus, Mord & Totschlag

Boris Meyn
Die rote Stadt
Ein historischer Kriminalroman
3-499-23407-6

Elke Loewe
Herbstprinz
Valerie Blooms zweites Jahr in Augustenfleth. 3-499-23396-7

Petra Hammesfahr
Das letzte Opfer
Roman. 3-499-23454-8

Renate Kampmann
Die Macht der Bilder
Roman. 3-499-23413-0

Sandra Lüpkes
Fischer, wie tief ist das Wasser
Ein Küsten-Krimi. 3-499-23416-5

Leenders/Bay/Leenders
Augenzeugen
Roman. 3-499-23281-2

Petra Oelker
Der Klosterwald
Roman. 3-499-23431-9

Carlo Schäfer
Der Keltenkreis
Roman
Eine unheimliche Serie von Morden versetzt Heidelberg in Angst und Schrecken. Der zweite Fall für Kommissar Theuer und sein ungewöhnliches Team.

3-499-23414-9

Weitere Informationen in der Rowohlt Revue oder unter www.rororo.de